바다의 왕자 張保皐

| 정한숙 장편소설 |

고려대학교출판부
KOREA UNIVERSITY PRESS

바다의 왕자

張保皐

| 일러 두기 |

1. 이 책은 《京鄕新聞》(1960.4.29.—1961.6.13.)에 연재된 鄭韓淑의 연재소설을 한 권으로 엮어 처음으로 펴낸 것이다.
2. 발표 당시의 원문을 되도록 살리되, 작가의 의도를 훼손하지 않는 범위 내에서 제8차 한글 맞춤법 통일안에 맞게 표기를 고쳤다.

   예) 날으는 → 나는, 촛점 → 초점, 망서리던 → 망설이던
3. 원문에 등장하는 방언과 북한어는 국립국어원 표준국어대사전에 등재된 경우 표준어로 바꾸지 않고 그대로 살렸다.
4. 연재 횟수는 본문 좌우측에 기입하였다.

朝刊 小說 豫告

讀者 諸賢에게 삼가 아뢰옵니다. 昨年 4月 30日 本誌가 廢刊의 억울한 通告를 받던 날부터 連載 豫定이던 金八峰 先生의 大作 〈百八義人〉은 그후 너무나 오랜 停刊其間과 作家의 事情에 依하여 不得이 連載치 못하게 되었음을 사과드리는 한편, 새로이 鄭漢淑氏의 〈바다의 王者〉를 明二十九日字 朝刊부터 싣게 되었습니다. 이미 아시는 바와 같이, 鄭韓淑氏는 第一回 來成文學賞 受賞作家로서 年前에는 本誌에 〈處容郞〉을 發表하여 京鄕 各地의 愛讀者들로부터 絶讚을 받은 바 있는 우리나라 文壇의 中堅일뿐더러 이번 作品은 氏가 오랜 時日을 두고 構想을 거듭한 力作으로서 반드시 讀者의 心琴을 울리고도 남을 것입니다. 아울러 挿畵를 大家인 金基昶 畵伯이 수고해 주시게 된 데 대해서도 감사드리며, 여러분의 愛讀을 빌러 마지 않습니다.

作家 鄭韓淑의 말

1960年 4月 29日부터 續刊과 아울러 連載의 붓을 들게 되니 感慨無量한 바 있다. 張保皐는 實로 우리 歷史上 唯一한 海上의 王者임은 周知하는 바다. 그의 本名은 弓福 또는 弓巴라 하여 新羅末期의 新羅人으로 唐과 日本에 이르기까지 海外發展과 海上交通은 물론, 中國 東北沿岸에 新羅人의 勢力을 扶植하였을 뿐 아니라 淸海鎭에 자리 잡고 海賊船을 肅淸한 豪雄이기도 하다. 모든 歷史上의 人物들이 그러했듯이 弓巴도 기울어져 가는 王權의 紛爭에 휩쓸려 臨終을 거두고 말았다. 첫째 바다를 中心한 海洋小說이라는 것과 歷史小說이 歷史的 事實은 아니라 해도 典故, 制度, 慣習에 눈이 어두운 葬才淺學의 道로서 어느 정도의 期待에 어긋나지 않을 수 있을는지 스스로 疑問이다.

畵家 金基昶의 말

鄭韓淑氏와 더불어 復刊 첫날부터 重任을 맡게 되니 感慨가 큽니다. 京鄕이 언제인가는 事必歸正될 것으로 믿어 왔던 것입니다. 이번 鄭 先生의 바다를 中心으로 한 재치 있고 '스켈'이 큰 場面에 讀者와 더불어 붓을 다듬으면서 期待하겠습니다.

---

* 《바다의 王子 – 張保皐》 연재를 시작하며 《京鄕新聞》 1960년 4월 28일자에 실렸던 '朝刊 小說 豫告', '作家 鄭韓淑의 말', '畵家 金基昶의 말'을 발췌 수록한 것이다.

차례

신라방

新羅坊

여기서부터 산은 낮고 넓은 벌판이 옆으로 바라다보인다. 펑퍼진 들엔 흐르는 물줄기도 맑을 뿐 아니라 군데군데 서 있는 버들가지의 그림자가 마치 한 폭의 그림같이 보인다.

푸른 버들가지 사이론 살진 소 잔등에 보습을 짊어지우고 밭을 갈고 있는 농부들의 그림자가 한가하다.

푸른 노새를 타고 다니던 궁파弓巴는 고삐를 늦추었다. 이 모든 풍경이 그로 하여금 바쁜 걸음을 늦추게 했던 것이다.

내리쬐는 햇볕도 흐르는 물줄기도 그리고 부는 바람 흔들리는 가지는 물론 긴긴 밭이랑을 언제 다 갈지 모르는 농부들은 고사하고, 날으는 새들에 이르기까지도 맑고 고운 봄볕을 마음껏 즐길 뿐, 하나도 바빠 보이는 것은 없다.

고삐를 늦추었던 궁파는 노새 잔등에서 뛰어내린다. 주인이 내리자 노새도 지금까지 마구 달려온 벅찬 숨길을 돌리는 듯 하늘을 향하여 목을 길게 뽑고 울어댄다.

노새의 목에 달렸던 워낭 소리가 알을 품던 들새들의 아늑한 꿈을 놀라게 했는지 여기저기서 날아올랐다 다시 숨어 버린다.

노새 잔등에서 내린 궁파는 고삐를 놓은 채 수건으로 목덜미의 땀을 닦고 있다.

벌써 이 길을 몇 번이나 달렸는지 모를 정도로 계절이 바뀌질 때마다 찾아왔다 돌아가던 들판길이다. 궁파는 신라新羅 사람이다. 그러나 그는 장보고張保皐라는 이름으로 당唐나라 서주徐州 땅에서 살고 있었다.

그는 서주의 군관軍官, 그 계급은 소장小將이다. 대개 뜻을 이 방면에 둔 이곳 당나라의 무예武藝를 즐기는 젊은이들은 누구나 부러워하는 벼슬 자리다.

신라 사람으로 이런 벼슬에 오르기까지는 그 단정한 용모에 나타난 품격品格이 말해 주듯이 그렇게 수월했던 것은 아니다. 그 당시 많이 오고가던 신라 정부로부터 파견되었던 유학생도 아니었다.

일찍 남해南海의 외로운 섬 청해淸海=莞島에서 어부漁夫의 아들로 자란 그는 큰 뜻을 품고 한 척의 조그만 배를 모아 대륙大陸의 땅 당나라로 찾아왔던 소년 모험가였다.

봄기운이 서려 가물거리는 들판을 내다보고 있는, 그의 가늘게 뜬 눈은 다른 때와 달리 초점이 흐려져 있는 것으로 보아 옛 추억을 되풀이해 보고 있는 것 같기도 했다.

일곱 명의 소년이 조그만 돛과 노를 유일한 희망으로 넓은 황해를 건너야 했을 땐 오늘같이 이렇게 따스한 봄볕이 사람의 마음에 한가를 마련해 주는 그런 달콤한 계절이 아니었다.

계절에 따르는 것이 아니라 바람에 따라 움직이는 바다의 기후란 익숙한 도사공都沙工의 눈에도 위험이 쫓는 법이거늘 이 어린 소년들이 그것을 건넜다는 것은 누구나 곧이들을 수 없는 사실이기도 했다.

검은 용구름이 일으킨다는 성난 파도가 삼켜 간 친구가 있는가 하면 산 설고 물 설은 땅에서 이국인의 눈치를 봐야 하는 고된 노복奴僕 생활에 시달리다 죽어 버리기까지 한 친구들도 있어, 지금 여기 남아 있는 것은 궁파의 유일한 벗인 정년鄭年이 있을 뿐이다.

궁파의 단정한 용모와 품격은 이렇듯 빼저린 곤경 속에서 닦여진 것이라 해도 과언이 아니다.

제2회 궁파는 다시 노새 등에 오를 생각은 하지 않고 봄기운에 흐려져 있는 지평선을 바라보고 있다.

머흘거리는 지평선은 이렇게 잠시 쉬는 동안에도 그로 하여금 망향의 정을 품게 했다.

그러나 그는 무엇인지 모르게 자신이 그런 안일한 생각에 잠긴다는 것이 까닭없이 죄스러웠다.

그것은 지금 자기가 디디고 있는 땅 구석에 묻혀 있는 친구들의 의로운 영혼을 생각해서다.

한 섬에 자란 친구들… 이렇게 이국의 땅에 와 있고 보면, 같은 핏줄을 갈라 받은 형제나 다름없었다.

그렇듯 다정했던 일곱 형제 중 파도가 앗아간 것은 고사하고도 고역에 시달리다 쓰러져 거친 땅에 묻힌 채 만유萬有가 움트는 봄이 되어도 소생할 줄 모르는 그들을 생각할 때 잠시나마 그런 감상에만 사로잡혀 있을 수가 없었다.

오늘날 궁파 자신과 정년이가 이러한 자리에 오르게 된 것도 생각하면 비록 지금은 땅속에 묻혀 유명幽明을 달리했다 해도 떠나오던 때의 그들의 높고 푸른 뜻과 끊임없는 그 영혼들의 격려가 없었던들 오늘의 영광을 꿈조차 꿀 수 없었던 일인지 몰랐다.

궁파는 아직도 잊혀지지 않은 채 눈앞에 선하게 떠오르는 그들을 위로하기나 하려는 듯 잠시 눈을 감았다.

양 떼와 소를 몰고 가던 어린 목동들이 들판 가운데 서 있는 귀인貴人을 보자, 양과 소를 몰고 갈 생각은 하지 않고 걸음을 멈춘 채 궁파 옆으로 가까이 하지 못한 채 바라보고 있었다.

그는 군관의 정장正裝을 하고 있었다. 이러한 귀인이 청노새를 타고 혼자 이런 들판길에 나타난다는 것은 좀처럼 있을 수 없는 일이고 보니 그들의 눈엔 더욱 진기할 수밖에 없었다.

난데없이 나타난 즉흥적인 풍물風物에 이끌리기도 했지만 궁파의 흥을 돋우어 주는 것은 자기를 쳐다보고 있는 목동들의 모습이었다.

노새를 버려둔 채 그들 앞으로 몇 걸음 걸어갔다.

목동들은 서로 얼굴을 마주 쳐다보며 멈칫거린다.

그들 앞으로 간 궁파는 군관 복장에 어울리지 않을 정도로 부드러운 말씨로 말을 걸었다.

"너희들은 이 근처에 사는 목동들이냐? 여기서 등주登州까지 몇 리나 되니."

등주까지의 거리를 몰라서 묻는 말은 아니다. 잠시나마 그들과 친근한 정을 맺어 보고 싶은 생각으로 그랬을 뿐이다.

목동들은 얼굴을 붉힌 채 잠시 대답이 없다.

대개 목동들이란 이렇게 수줍어하는 천품을 타고난 것이라고 생각한 그는 웃음을 먹으며 그들의 얼굴을 번갈아 쳐다보았다.

얼굴의 윤곽과 눈매가 어디인지 모르게 이 고장 사람들과는 다른 것같이 보였다.

"등주란 가 보질 못해서 어느 쪽에 붙어 있는지도 모릅니다."

오른쪽에 서 있던 소년의 망설이던 끝에 하는 대답이다.

순간 궁파의 가슴속에 뭉클 불덩어리 같은 것이 떠오르며 눈앞이 아찔했다.

그 서투른 말투는 분명 이 고장 소년의 말씨가 아니었던 까닭이다.

그들 앞으로 한 걸음 더 나간 그는 그들의 얼굴을 찬찬히 바라다보았다.

궁파의 눈앞을 스치고 지나가는 영상은 목전에 서 있는 목동들의 모습이 아니라 일찍 모험의 배를 타고 황해를 건너왔을 때의 옛일이다.

그 하나하나의 얼굴 위엔 이미 유명을 달리한 어린 시절의 친구들의 모습이 되살아 오르고 있었다.

몰려가던 소와 양 떼들은 살진 풀과 맑은 물가로 인도해 줄 주인을 부르기나 하는 듯 제각기 울어댄다.

"너희들은 신라 소년들이 아니냐?"

궁파의 입에서 귀에 익은 고국의 말이 떨어지자 그들의 얼굴엔 지나친 놀람과 슬픔이 한꺼번에 번져 이상야릇한 표정으로 그를 쳐다보고 있었다.

아무리 침착하려 해도 궁파의 음성은 자기도 모르게 떨고 있었다.

"너희들은 언제부터 여기 살게 되었느냐?"

궁파의 묻는 말에 그들의 착한 눈엔 눈물부터 고여 있었다.

"한 석 달쯤 되었습니다."

목이 멜 정도로 벅차지는 가슴을 누르고 난 그는 다시 나직한 목소리로 물었다.

"어떻게 되어 이곳에까지 와서 살게 되었는지 자세히 말해 보아라."

궁파가 여기까지 말하게 되자 그들도 터져 오르는 슬픔을 옷소매에 적시고 있었다.

그들이 이토록 슬퍼하는 것을 보면 그 옛날 자기들이 배를 모아 푸른 꿈을 품고 떠나오던 때와는 달리 무슨 곡절이 숨어 있다는 것을 즉각적으로 느낄 수 있었다.

그것보다도 궁파는 자기로서 듣고 있던 소문이 있었다.

지금 그가 등주로 달리던 것도 그런 소문과 다소의 관련이 없지 않았다.

그것은 양주楊洲나 또는 초주楚州 등지에 드나드는 신라 교역선交易船 중엔 금품에 눈이 어두운 몰지각한 상인이 있어 어린 소년소녀들을 싣고 와선 노비로 판다는 소문이 있었던 것이다.

그가 짬이 있을 때마다 신라방新羅坊이 있는 곳을 찾는 이유도 거기 있었다.

신라방을 관리하는 신라소新羅所의 책임자를 만나 이런 일들을 협의하고 사전 방지에 노력해 왔던 것이다.

그런 일에 몸소 앞장서서 일하고 있는 궁파 앞에 이런 엄연한 사실이 버그러진 것을 볼 때 눈앞이 어두워질 지경으로 분노가 치솟아 올랐던 것도 무리는 아니다.

계절이 바뀌어도 새옷을 갈아입지 못한 그들은 어느 목동이 입던 옷을 입었는지 남루하기가 짝이 없었다.

"나도 바쁜 걸음이다. 너희들이 여기까지 오게 된 사유를 알고 싶으니 어서 말해 보아라."

그제서야 그들은 눈물을 닦고 나서 목 메인 소리였지만 차근차근 자기들의 신세를 늘어놓았다.

"깊은 밤이었습니다. 어른들은 잠이 들었습지요. 별안간 덤벼든 사람들이 저와 제 누이를 밖으로 끌고 나왔습니다. 잠결이라 영문도 모르고 끌려 나왔고 소리를 치자니 입은 수건으로 재갈이 물려 있었습니다."

더듬더듬 말하는 소년은 아직도 그때의 공포가 가시지 않는지 얼굴이 파리한 채 몸서리를 치고 있었다.

"그래서…"

궁파는 설레는 마음을 억제하지 못한 채 더듬는 소년을 향하여 뒷말을 재촉했다.

"저희들이 끌려온 곳은 해변이었습니다." 제4회

옆에 서 있는 소년들도 지금 말하고 있는 소년과 같은 경우를 당했다는 듯 고개를 끄덕이고 있었다.

"어두운 밤이어서 얼굴들은 알 수 없었습니다만 그곳에 붙잡혀 온 것은 저희들

뿐이 아니었습니다… 배에 실려진 저희들은 그날 밤 바다 한가운데서 기다리고 있던 배에 실려 방향 없이 끌려온 것이 이곳이었습니다."

궁파는 모든 사정을 짐작할 수 있었다. 그는 가슴이 빠개지는 것같이 아팠다.

정부에서 파견되어 오는 유학생들은 나라의 실정을 낱낱이 말하지 않지만 상인들로부터 들은 말을 종합하고 지금 눈앞에 보이는 현실로 미루어 볼 때 나라의 사정을 짐작할 수 있었다.

왕족王族들이 왕권王權 다툼으로 타락한 조정의 모습과 그로 인하여 무고한 백성들이 입어야 하는 피해를 역력히 눈앞에 그려볼 수 있었다.

궁파의 지금 심정 같아선 수만 리의 거리지만 지척인 듯 달려가고 싶었다.

가슴에 북받치는 슬픔과 침통한 우울을 누르고 난 그는 다시 소년들을 쳐다본다.

"너희들과 같이 잡혀 온 애들이 몇 명이나 되느냐."

"열다섯 사람이었습니다만 도중에 셋이 뱃간에서 죽고 여기까지 온 것은 열두 사람이었습니다."

"딴 애들은?"

"딴 애들은 어떻게 되었는진 몰라도 저희들만은 다행히 같은 집에서 일을 하게 되었습니다."

"조금 전에 네 누이가 있다고 했는데 누이는 몇 살이며 어떻게 되었느냐."

소년은 약간 얼굴을 붉히더니만 곧 대답을 이었다.

"누나는 열일곱입니다… 저의 주인 집 근처에 진陳씨라는 부잣집이 있지요. 그 집에 팔려갔는데 도망을 쳤다는 소식이 들리고 있어 어떻게 되었는지 알 수 없습니다."

"도망을…?"

궁파는 외마디 소리를 치듯 이렇게 내뱉고는 무엇을 생각하는지 한참 말이 없다. 소와 양 떼들이 또 한 차례 주인의 발걸음을 재촉하듯 울어댄다.

궁파는 그때서야 무슨 결심을 했는지 소년들을 향하여 조금 전과는 달리 낮은 목소리로 속닥거리는 것이었다.

"채찍을 버리고 지금부터 나를 따라오너라."

소년들은 무슨 영문인지를 몰라 잠간 서로 얼굴을 마주 쳐다본다.

중파가 청노새 잔등에 올라타서 궁파와 말을 주고받던 소년이 앞으로 가서 그 고삐를 잡아든다.

그것이 무슨 신호나 된 듯이 다른 소년들도 그 옆을 따라나섰다.

그렇게 아름다워 보이던 들판 풍경도 지금 궁파의 시야엔 그냥 무연한 사막으로밖에 보이질 않았다.

그는 이 불쌍한 소년들에게 호주머니 속에 들어 있는 은자銀子 몇 닢씩을 나눠주고 위로해 줄까도 했지만 그의 정열이 그것을 허락하질 않았다.

그런 일이란 오히려 이 불쌍한 소년들로 하여금 노복 생활에서 영원히 벗어나지 못하게 하거나 도둑의 누명을 씌워 주는 데 도움이 될망정 아무런 소용이 없을 것만 같았다.

오직 소년들을 구원하는 방법은 그들을 데리고 가는 수밖에 없다고 생각한 그는 그대로 실천에 옮겼을 뿐이다.

등주까지의 이정里程은 여기서 삼십 리밖에 안 된다. 제5회

밭일을 하던 농부들은 궁파 일행을 이상한 눈초리로 바라다보며 무어라 숙덕거리고 있다.

그들은 철없는 목동들이 노새를 타고 지나가는 군관에게 버릇없는 행실을 하고 붙잡혀 가는 것으로 알고 있는 것 같았다.

그러나 농부들과 서로 얼굴을 알고 있는 목동들은 은근히 겁을 집어먹지 않을 수 없었다. 혹시나 그들이 주인집에 알려 자기들이 도망치는 것을 알게 될 경우를 생각해서다.

그러게 그들은 외면을 한 채 달리는 노새 뒤를 따라 총총걸음으로 걸어갔다.

노새 잔등에 앉아 있는 궁파는 그런 자질구레한 잔걱정은 생각지 않는 척 봄기운이 곰실거리는 들판을 바라볼 뿐이다.

비록 그의 얼굴엔 아무런 표정도 없었지만 가슴속에 오르내리는 생각은 고양이 눈알보다도 급격한 변화를 일으키고 있었다.

들판길을 굽어 돌자 긴 제방堤防이 보인다. 푸른 잔디 위에 피어 있는 복숭아꽃

이 일층 눈에 띄어 아름답다.

등주 고을은 제방을 넘어서면 곧 거리가 보인다.

쫓기는 듯 뒤따라오던 목동들의 얼굴도 이곳에 이르러 비로소 안도의 빛이 돌기 시작했다. 그들의 얼굴은 복사꽃송이 못지않게 붉어져 귀염성스러웠다.

“저 뚝을 지나면 곧 등주 고을이다.”

“등주 고을엔 누가 있나요.”

궁파는 소년의 물음에 엷은 미소로써 대답한다.

“등주 고을엔 우리 신라 사람들이 모여 살고 있는 신라방이라는 곳이 있단다….”

여기까지 말하자 소년들은 극도의 흥분과 기쁨을 이겨내지 못하여 함성을 지른다.

귀청을 울리는 함성에 궁파는 가슴이 뭉클했다.

그들이 얼마나 고국을 그리워하였는가는 외마디 고함 소리로써도 충분히 이해할 수 있었다.

소년들은 자기 흥분에 겨워 조잘조잘 주고받지만 궁파의 귀는 그 소리를 듣고 있지 않았다.

지금 그의 가슴속을 누르고 있는 것은 뒤따르는 네 소년과 같은 불행한 처지에 놓여 있는 신라의 소년들을 어떻게 구출할 것이며 그런 불행을 무슨 방법으로 사전에 막을 것인가 하는 생각이었다.

어느덧 그들 일행은 제방길을 걷고 있었다.

등주골이 뿌연 아지랑이 속에 아득하게 바라다보인다.

제방 밑으로 맑은 냇물이 흐르고 있다. 그들은 냇물을 내려다보며 돌다리를 건너 거리 길을 더듬었다.

조그마한 어촌에서 자란 목동들에겐 번화하게 늘어져 있는 거리를 호기심이 가득 찬 눈으로 살필 수밖에 없었다.

지금 눈앞에 보이는 거리는 자기들이 자라던 마을에 비할 바가 아니었다.

대개 어느 거리든 들어가는 입시엔 주점酒店이 있는 법이다. 문을 열어 놓은 그곳에선 주모酒母들이 진기珍奇한 일행을 앞을 다투어 구경하고 있었다.

그 시선에 소년들의 얼굴은 까닭 없이 후끈후끈 달아오르기만 했다.

궁파가 노새 잔등에서 내린 것은 신라소 앞이었다.

소년들은 번화한 거리에 이렇듯 많은 신라 사람이 살고 있다는 사실에 놀란 듯 주위를 두리번거리고 있었다.

잠시 후 문이 열리더니 한 소년이 나와 궁파에게 공손히 절을 한다. 신라소에 있는 사환 아이다.

궁파는 빙긋이 웃으며 소년에게 말을 걸었다.

"그동안 별일 없었느냐."

"덕분에 별일 없이 지냈습니다."

궁파 일행은 소년의 안내로 사무실 안으로 들어갔다.

여기 일하는 사환 아이도 어떻게 된 일인가 궁금한 듯 네 소년을 번갈아 힐끔힐끔 쳐다본다.

소년들은 자기들의 행색에 어울리지 않는 분위기가 어색한 듯 얼굴을 붉히고 있었다.

"다 같은 우리 신라 사람들이다. 몸을 닦고 옷을 갈아입을 수 있도록 준비해라."

"알았습니다."

소년은 안으로 들어가더니만 잠시 후 다시 나와 네 소년을 데리고 안으로 들어갔다.

궁파는 그때서야 전신에 약간 피로를 느끼는 듯 의자에 기댄 채 눈을 감고 있었다.

잠시 후 사환이 다시 다담상茶談床에 차를 담아 갖고 나왔다. 향긋한 향기가 궁파의 피로를 풀어 주는 것 같았다.

"총관摠管 어른은 어데 나가셨느냐."

"네, 부두에 배가 들어왔다 하여 그쪽으로 나가신 모양입니다. 아마 곧 돌아오실 것입니다."

궁파는 조용히 고개를 끄덕거리며 차를 들었다. 그는 차를 마시면서 부두에 와 닿았다는 배를 생각하고 있었다.

지금 데리고 온 네 소년과 같은 불우한 일이 있지 않는지….

그는 내심 여러 가지 걱정이 있었지만 얼굴엔 나타내질 않았다.

총관이라는 사람이 믿을 수 있는 위인이거늘 자기가 공연한 걱정을 하고 있는 것 같았다.

그러나 총관은 좀처럼 돌아오질 않았다. 그는 다시 사환을 불렀다.

"내 잠간 다녀오련다."

"부두로 나가시렵니까."

"아니다, 그냥 잠간 거리로 나갔다 오련다."

이렇게 말한 궁파는 밖으로 나가려던 걸음을 멈춘 채 다시 돌아선다.

"이리 오너라."

"네."

"조금 전 내가 데리고 온 소년들 말이다."

"네…."

"옷을 갈아입혀도 내가 돌아올 때까지는 밖으로 내보내질 말아라."

"네 알겠습니다."

"그리고 저… 어떤 사람이 와서 물어봐도 아는 바 없다고 말해라."

"네 잘 알겠습니다."

궁파는 그제서야 안심한 듯 밖으로 나와 버렸다.

그는 나오는 길에 잠간 부두 쪽에라도 들러 볼까 생각해 보았지만 그만두기로 했다.

긴 여행에 지치기도 했지만 그는 혼자 앉아 있어야 할 무료無聊를 풀기 위하여 이곳에 올 때마다 들르는 주점으로 찾아갔다.

연옥

蓮玉

진씨陳氏는 그 이름을 온溫이라 하여 등주현에선 이름난 부자일 뿐 아니라 원외員外의 직책으로 양반 행세를 하는 사람이다.

그가 몇 년 전 등주 고을에서 집을 옮겨 이 넓은 들판에 자리 잡고 전원田園생활을 즐기고 있는 것은 오래 병석에 누워 있는 아내를 위해서다.

아내는 슬하에 남매를 둘 때 시름시름 앓기 시작한 것이 지금엔 백약이 효과 없이 이렇게 자연을 벗하는 수밖에 도리가 없었다.

젊어선 그렇게 유순하던 진씨의 아내였지만 병들어 누워 있게 되면서부터는 점점 투기가 심하여 진온의 출입은 물론 일거일동에 이르기까지 과도한 신경을 쓰는 통에 모든 일을 삼가지 않을 수 없었다.

원외의 벼슬이란 관아官衙에 출입하는 벼슬은 아니다. 그러나 수많은 돈을 놀리고 있는 그는 잠시도 쉴 새 없었지만, 모든 일을 아들 청아淸兒에게 맡기다시피 하고 교외로 나와 있었다.

교외에 자리 잡고 있는 이 집은 물론 등주 고을 안에 있는 집에 비할 정도의 것은 아니지만 그 규모와 아담한 모습에 지나는 사람은 누구나 잠시 걸음을 멈추게 할 정도다.

이렇게 큰 집이었지만 언제나 비어 있는 집 모양 한산했다.

그것은 진온의 아내가 사람을 꺼릴 뿐 아니라 자기와 진온의 시중을 드는 종도 단 하나밖에 두지 않고 있었던 까닭이다.

진온의 내외와 몸종 춘화春花와 그리고 밖을 돌보는 두세 상노常奴가 있을 뿐이다.

진온의 아내는 자기의 병으로 인하여 지나친 지출을 해야 하는 까닭에 검소한 생활을 애써 한다는 이유였지만 기실은 물오른 버들가지 모양 파릇파릇해지는 아리따운 몸종들을 많이 두고 부린다는 것은 오십이 넘은 남편이었지만 그것은 고양이한테 고기를 지키게 하는 위험한 일이라, 일부러 그런 구실을 만든 것이다.

춘화도 금년 들어 열여덟이다. 삼 년 전 데려올 때만 해도 풋강아지 같았던 것이 요즈음은 검은 머리에 기름기가 돌기 시작할 뿐 아니라 나날이 짙어 가는 화판 같은 그 얼굴이 아무래도 수상하게 보였다.

그렇게 누워 있는 진온의 아내는 춘화로 하여금 영감의 시중을 들되 잠시도 붙어 있지 못하게 불러대곤 했다.

이러한 아내의 심사를 번연히 알고 있는 진온은 어떤 구실을 붙여 갖고는 등주 고을 출입을 자주 했다.

그가 등주 고을 출입을 하는 것은 잠시나마 이런 분위기에서 벗어나 청루각青樓閣이 아니면 교방敎坊의 기녀妓女들과라도 춘흥春興을 즐기기 위해서다.

그러게 등주 고을에 있는 이런 집이란 진온의 출연을 여간 반기질 않았다.

그날도 진온은 그런 생각으로 등주 고을로 왔다.

아들한테 들렀을 때 청아가 신라에서 온 계집종을 삼십 냥三十兩으로 사 왔다는 것이다.

비록 나이는 어리지만 첫눈에 들은 진온은 아내의 시중을 핑계로 그것을 아들로부터 돌려받게 약속하고 다음 날 사람을 시켜 보내도록 하였던 것이다.

그 일로 진온은 그날 술집에도 들지 않고 맹숭맹숭한 얼굴로 일찍 돌아왔던 것이다.

진온의 아내는 생각 밖에 남편이 빨리 돌아온 것이 기뻤다.

대개 등주 고을로 가면 한나절 이상이 걸리지 않으면 어떤 때는 밤이 깊어 돌아올 뿐 아니라 술이 곤드레가 되어 오는 것이 보통이었던 까닭이다.

"볼일은 다 보시고 오셨나요."

조금도 술 냄새를 풍기지 않는 남편의 행동이 희한하여 묻는 아내의 말이다.

"청아한테 들렀더니 당신에게 상의해 볼 일이 생겨 선길로 돌아온 것이오."

누워 있는 아내는 자기하고 상의할 일이 생겼다는 통에, 푹 꺼져 들어간 눈을 크게 뜨며 남편을 쳐다보았다.

진온은 아내의 기색을 살피듯 잠시 얼굴을 바라다보고 있다.

"청아가 무슨 일인가요?"

"응! 청아 녀석은 어미한테 효자야…."

진온은 아들에 대한 칭찬부터 먼저 시작했다.

아내는 그 말만으로도 벌써 만족해 하는 듯, 핏기 없는 얼굴에 홍조를 그리고 있었다.

"어미한테만 효자면 당신한테는 불효자였던가요?"

"그렇진 않지만 언제나 어미 생각만 하니 말이지."

진온은 소리 없이 씩 웃고 나서 다시 한 번 아내의 얼굴을 찬찬히 쳐다본다.

"청아가 무어라고 하던가요."

"계집종 하나로선 어미의 시중이 충분치 않을 것이라고 신라에서 온 계집종을 삼십 냥이나 주고 샀다 하지 않소."

"삼십 냥이요?"

아내는 약간 놀란 듯 이렇게 되씹으며 눈을 감았다.

"이곳 종들에 비하면 십 냥 하나는 더 비싼 셈이지만, 역시 부릴 맛이 여기 종 따위가 아니지. 여기 종을 사는 데 비하면 비싼 값이지만 신라 종 값으로 따지면 싸게 산 셈이야."

아내는 진온의 말을 듣는 둥 마는 둥 하고 있었다.

아들이 어미를 위하여 샀다니 불평은 할 수도 없고, 그렇게 비싼 값을 주고 샀다는 것도 마음에 들지 않았지만, 종을 여럿 두고 부리지 않는 어미의 마음을 이해하지 못하는 아들이 안타까워 잠시 아무런 말도 하고 싶지가 않아 그냥 잠자코 있었다.

이렇게 말없이 누워 있는 진온의 아내는 아들로부터 보내온 종을 받지 않으려는 생각보다도, 위험을 느끼고 있는 춘화와 잠시 비교해 보고 있었다.

"나이는 몇 살이라고 하던가요."

"글쎄…."

아내의 마음에 가장 궁금한 점은 그것이었다.

"그럼 나이도 물어보지 않으셨던가요."

가벼운 불평이 섞여 있는 아내의 말이었다.

"물어보나 마나 열다섯 살이 되었을까 말까 하던걸…."

"그럼 보셨나요?"

"응…."

진온의 아내는 남편의 눈에 열다섯 살밖에 더 나 보이지 않는다는 말에 우선 안심이 갔다. 눈을 감고 누워 있는 아내는 어떤 구실을 붙여서라도 춘화와 바꿔쳐 볼 생각을 혼자 하고 있었다.

"그래 언제 보낸다고 하던가요…."

"내일 사람을 시켜 보내라고 했지만 당신 마음에 들지 않으면 돌려보내면 그만 아니우…."

아내는 아무런 대꾸가 없었다.

제9회

연옥은 절에 온 색시나 다름없었다. 첫째, 말이 통하지 않고 보니 그들이 하라는 대로 눈치를 따라 하는 수밖에 도리가 없었다.

이 고장 옷으로 바꿔 입은 연옥이가 청아네 집 늙은 종을 따라 진온의 집으로 올 때는 한낮이 다 된 무렵이다.

모든 것이 생소한 연옥에겐 조그만 인정에도 곧잘 눈물이 나오곤 했다.

이 늙은 종을 따라 이곳에 이르는 동안만 해도, 몇 번이나 코끝이 시어짐을 느꼈는지 모른다.

그렇다고 마음 놓고 울어 볼 수도 없는 연옥의 처지였다.

연옥의 머릿속에서 가시지 않는 것은 부두에서 잠간 얼굴이 마주쳤을 때 서로 아무런 말도 주지 못한 채 눈물이 글썽해졌던 동생의 모습이다.

동생도 아직은 살아 어느 집에 자기 모양 팔려 가 있을 것이 뻔했지만, 자기보다 동생 걱정이 머릿속에서 가셔지질 않았다.

연옥은 친절한 늙은 종을 따라 대궐 같은 집으로 들어가면서도 쉴 새 없이 두근거리기만 하는 마음을 진정시킬 수가 없었다.

물론 진온도 이날은 바깥출입을 하지 않고 있었다.

사랑방에서 들리는 진온의 기침 소리를 들으며 그들은 안으로 들어갔다.

그들이 안으로 들어가자 춘화가 반갑게 나와 맞아 주었다.

"춘화를 참 오랜만에 보누만… 어쩌면 저렇게 예쁘게도 되었담…."

"아주머니도… 정말 아주머니는 조금도 늙지 않으셨네요."

늙은 종과 춘화가 이런 말을 주고받은 뒤를 따라 들어간 곳은 진온의 아내가 누워 있는 방이었다.

"임자는 오늘도 또 나를 위하여 이렇게 수고를 하누만…."

"마님도… 수고는 무슨 수고겠습니까, 제 할 일을 하는 겁지요. 그동안 병세는 좀 차도가 있으신지요."

"긴병이 하루 이틀에 낫겠나?"

진온의 아내는 늙은 종과 말을 주고받으면서도 연옥의 얼굴만을 쳐다보고 있었다. 연옥은 무슨 까닭인지 피할 수 없는 그 시선에 얼굴이 달아오르기만 했다.

연옥은 늙은 종이 시키는 대로 그 시늉을 따라, 누워 있는 진온의 아내에게 큰절을 했다.

"애가 얌전해 보이누만…."

"하루 데리고 있어 보았습니다만 퍽 얌전해 보입니다."

"몇 살이지…."

"아직 말이 통하지 않아 나이는 알 수 없습니다만, 열너덧 되지 않았겠습니까…."

진온의 아내는 늙은 종의 대답에 고개를 끄덕거렸다.

맑은 얼굴과 그 고운 몸매가 누워 있는 진온의 아내의 눈에는 마땅치 않았지만, 춘화에 비하면 앳돼 보이는 것이 그런대로 마음에 흡족했다.

"춘화, 너와 같은 방에 있게 해라. 같이 데리고 있으면서 조심해서 버릇을 가르치도록 해야지…."

춘화는 주인 마누라의 시선을 피하며 고개를 수그린다.

"그리고 오늘 저녁부터 춘화는 내방 시중을 들게 하고, 저 애를 시켜 영감 시중을 들게 해라."

춘화는 대답 대신 머리를 수그렸지만 주인 마누라의 이 말이 귀에 거슬리고 마음속에 불평을 일으키게 했다. 그러나 내색은 할 수 없었다.

제10회

연옥은 그날부터 춘화와 같은 방에서 살게 되었다.

아무리 춘화와 같은 방에서 산다 해도 바다 한가운데 있는 무인도無人島에 혼자 떨어져 있는 것이나 다름없는 심정이다.

아무리 춘화가 언니나 다름없이 다정을 베푼다 해도 말이 통하지 않고 보니, 그 정을 받아 느낄 수 없을 뿐 아니라, 전신에 젖어 드는 듯싶은 슬픔과 고독을 아무리 호소해 보려 해도 호소할 길이 없었다.

그러게 연옥은 남의 눈길에 싸여 있을 때는 그렇지도 않았지만 홀로 있을 때는 하염없는 눈물을 지워야만 했다.

밝은 한낮에는 그런 슬픔과 외로움도 덜했지만 어둠이 밀려드는 밤만 되면 더욱 그러했다.

그러게 연옥은 잠자리에 누워서도 뜬눈으로 새우기가 일쑤였다.

어느 날 밤이다. 춘화가 잠자리에 누운 다음 연옥도 따라 누웠다. 등잔을 껐지만 흐리멍텅한 달빛이 창 너머로 새어 흐르고 있었다.

연옥은 누운 채 달빛이 흘러드는 창을 바라보았다.

바람은 불지 않지만, 그 창 너머서 무엇인지 넘실거리는 것 같았다. 연옥은 잠시도 그곳에서 시선을 옮기질 않았다.

거센 파도가 몰려든 고향의 앞바다다. 거칠게 밀려들면 파도는 다시 잠잠해진다.

연옥은 눈앞에 보이는 파도 이상으로 가슴이 설레었다.

파도가 잦아들자 이번엔 스쳐 가는 정든 언덕과 집이다.

어머니, 아버지… 그리고 아직도 잊혀지지 않는 붙잡혀 오던 그날의 악몽이 하나하나 되살아 오르는 것이었다.

연옥은 더할 수 없는 슬픔과 고통에 그냥 베개 위에 엎드리고야 말았다.

흑흑 느껴져 나오는 슬픔을 아무리 참으려 해도 참을 길이 없었다.

가만가만 등을 흔드는 것은 춘화가 분명했지만 그때도 연옥은 가슴 밑바닥으로부터 솟구쳐 오르는 그것을 억제할 수 없었다.

"연옥이 우지 마… 처음 남의 집에 오면 그렇게 슬픈 법이야. 그러나 참아야지…

참고 살면 모두가 잊혀지는 때가 오는 거야… 연옥이 우지 마…. 나도 처음에 왔을 땐 얼마나 울었다구… 밤마다 생각나는 것은 집 생각뿐이었으니까….”

춘화의 말소리도 코 메인 목소리였다.

그런 것으로 보아 그녀가 자기를 마음으로 위로해 주는 줄은 알 수 있었지만, 말을 알아들을 수 없고 보니 무어라 대답할 수가 없었다.

“춘화 언니, 미안해요, 밤중에 언니까지 공연히 잠들지 못하게 해서….”

연옥도 이렇게 깍듯이 인사를 차렸지만 춘화 역시 그 말을 알아들을 까닭이 없었다.

연옥은 그날 밤 겨우 슬픔을 누르고 돌아누워 버리고 말았다.

연옥은 나날이 말귀를 알아듣게 되었다. 그것은 물론 춘화의 힘이 크기도 했다.

그러나 날이 갈수록 춘화의 연옥에 대한 태도는 달라져 갔다. 그것은 연옥이가 이집 바깥주인 진온의 시중을 도맡아 보게 됨으로 그러해지는 것이었지만 연옥으로선 어찌할 수 없는 일이었다.

온갖 화초의 향기가 열려 있는 사창紗窓을 밀고 들었다. 제11회

희미한 달빛 아래 봄은 무르익어 가고 있건만 보이는 것은 아무것도 없었다.

사랑방에 앉아 있는 진온은 홀로 있기가 갑갑할 지경이다.

진온은 무슨 생각을 하였는지 안을 향하여 춘화를 부른다.

오래간만에 바깥주인의 부름을 받은 춘화가 어느 사이인지 달려 나왔다.

“부르셨나이까….”

진온은 약간 놀란 표정으로 밖을 내다본다. 목소리만 들렸을 뿐 춘화의 그림자는 언뜻 눈에 들어오질 않는다.

“이리 가까이 온….”

춘화는 주인이 부르는 대로 등잔 불빛이 흘러나오는 문앞으로 한걸음 나선다.

봄도 무르익었지만, 오래 보지 않은 사이에 춘화도 눈에 뜨일 정도로 활짝 피어 있었다.

진온의 기름진 입시울엔 알 수 없는 미소가 스치고 있다.

“짧은 봄밤이건만 저윽히 갑갑하구나. 내 이 무료를 풀고자 하니 연옥을 시켜 주안상을 마련하도록 해라.”

이러한 주인의 말에 춘화는 까닭 없이 귀밑머리가 화끈 달아올랐지만 내심으론 주인 말이 여간 언짢지 않았다.

춘화는 대답 대신 가벼이 허리를 굽히고 나서 안으로 들어갔다.

자기더러 주안상을 봐 갖고 연옥을 데리고 나오라고 했던들 그렇게까지 속이 부풀어 오르진 않았을 것이다.

춘화가 돌아온 기색이 보이자 이번엔 누워 있는 주인 마누라가 불러 댄다.

"춘화냐…."

"네…."

이번 대답엔 어딘지 모르게 힘이 없다.

"사랑에서, 왜 부르더냐."

"주안상을 마련하라 하시며 꼭 연옥을 시켜 갖고 나오게 하라 하십니다."

누워 있던 진온의 아내도 춘화의 말을 듣는 순간 공연히 가슴이 뭉클했다. 말 가운데 가시가 돋아 있는 듯싶은 말이 귀에 거슬리기도 했지만 연옥을 꼭 집어 시켰다는 것이 적지 않게 수상했다.

그러고 보면 요즈음 남편이 전혀 출입을 하지 않고 있는 것까지도 이상할 지경이다.

그렇다고 몸종을 옆에 두고 공연한 투기심을 보일 수도 없는 일이다.

"연옥일 부를까요."

"그래라."

진온의 아내는 성큼 대답은 해 놓고도 잠시 망설였다. 그리고 그녀는 곧 춘화를 다시 불렀다.

"춘화야."

"네."

"연옥이 그 나이 어린 것이 뭐 알겠니. 영감께서 하도 갑갑해서 그러시는 모양이니 주안상을 차리면 연옥이만 내보내지 말고 네가 따라 나가 시중 좀 들도록 해라."

이런 말을 들은 춘화는 속으로 은근히 기뻤다.

"제가 따라 나갔다가 꾸중 들으면 어떡해요."

"꾸중은 무슨 꾸중을 하시겠니. 구관舊官이 명관名官이라구. 네가 나가지 않으면 그것이 변변히 시중이나 들겠니….”

춘화가 돌아서자 진온의 아내는 절로 흘러나오는 한숨을 어찌할 수 없어 길게 토하며 천장을 향한 채 눈을 감았다.

혼자서 대충 주안상을 갖춰 놓은 춘화는 자기 방으로 갔다. 제12회

연옥은 여전히 수심에 잠긴 얼굴로 무엇을 골똘히 생각하고 있던 모양이다.

“글쎄 집 생각일랑 인젠 잊어버리라니까.”

연옥은 춘화의 말을 듣는 둥 마는 둥 하고 있었다.

춘화는 말을 하면서 부랴부랴 옷을 갈아입었다.

세상에 뜻이 없는 연옥에겐 그런 것에 관심이 갈 까닭이 없었다.

옷을 갈아입고 난 춘화는 장대粧臺 앞으로 가더니만 전에 없이 짙은 화장을 했다.

몸단장을 하고 난 춘화는 그제서야 연옥을 돌아다보며 옷을 갈아입으라고 했지만, 연옥은 갈아입으려 하질 않았다.

춘화는 이러한 연옥을 데리고 밖으로 나와 미리 장만하여 놓은 주안상을 들고 사랑방으로 나갔다.

주안상을 마주 들고 들어오는 춘화와 연옥은 마치 꽃잎을 마주 물고 날아드는 한 쌍의 나비나 다름없었다.

등잔을 앞에 놓고 꽃과 꽃봉오리 같은 두 소녀의 얼굴을 바라보는 진온의 눈엔 금시 음탕한 빛이 넘쳐흐르고 있었다.

잠간 동안 차린 주안상이지만 진온의 눈에도 놀라운 정도의 음식이 마련되어 있었다.

소·돼지·양·닭·오리 등으로 만든 요리 솜씨가 이만저만이 아니다.

“누구의 솜씨냐….”

잔을 들며 진온이가 앞에 앉아 있는 춘화와 연옥에게 묻는 말이다.

춘화가 먼저 금화주金華酒 병을 들어 술을 따르며 얼굴을 붉히고 대답한다.

“별안간 말씀하셔서 갖출 것을 다 갖추지 못하였나이다.”

“응! 춘화의 솜씨가 인젠 일급 숙수[熟手]로군….”

주인의 칭찬에 춘화는 더욱 얼굴을 붉힐 뿐이다.

술을 마시는 진온에겐 음식 맛도 술 맛도 다 좋았지만 나란히 앉아 있는 두 소녀의 모습이 더욱 좋았다.

오랜 세월을 두고 교방과 청루 누각의 출입이 잦았던 진온이었지만 이렇듯 아름다운 미희美姬는 오늘 밤이 처음인 듯 깊은 생각도 없지 않았다.

그러고 보면 보물寶物은 자기 손에 갖고, 천리 길을 찾아 헤맨 감도 없지 않았다.

지금 오른쪽에 앉아 있는 춘화의 모습을 활짝 피어오른 모란화라고 할 것 같으면 그 옆에 앉아 있는 연옥의 모습은 흰 연꽃이 아니면 이름 그대로 푸른 구슬이요, 깊은 산 아늑한 골짜기에 홀로 피었다 지는 목련화 꽃송이 같기도 했다.

진온이가 잔을 비우자 이번엔 춘화가 연옥이더러 술을 한 잔 따르라고 권했다.

연옥의 가는 손이 떨며 조심조심 술을 따른다.

두 소녀를 꽃이라고 하면, 자기를 무엇이라고 할까….

진온은 술잔을 든 채 스스로 눈을 감는다.

살찐 범나비라고 할까….

가는 바람에 등잔이 흔들린다. 흔들리는 불꽃 모양 또한 진온의 가슴속에도 뜨거운 불길이 새삼 넘실거렸다.

고개를 숙이고 앉아 있는 두 소녀는 벌과 나비를 기다리는 꽃송이 같기도 했다.

향긋한 금화주로 목을 축인 진온은 다시 눈앞에 앉아 있는 두 소녀를 번갈아 쳐다본다.

그의 시선은 마치 범나비가 어느 화판에 앉을까를 망설이는 듯 가벼운 동요가 깃들어 있는 것 같기도 했다.

짙은 색깔을 가지고 있는 모란화도 좋았지만 그것은 언제나 어느 때든지 흔히 찾을 수 있는 꽃이다.

그러나 깊은 산골에 즐겨 피는 목련이란 그리 흔한 꽃이 아니다.

연옥의 얼굴을 더듬는 진온의 시선엔 절로 흐뭇한 빛이 담겨 있었다.

가꾸고 나온 몸차림도 아닌 연옥의 모습에 진온의 마음은 기울어지고야 말았다.

"춘화는 오늘 비파를 한번 타 보도록 하여라."

연옥이가 오기 전까지는 춘화는 짬이 있는 대로 진온으로부터 비파를 배운 바 있었다.

춘화는 은근히 기뻤다. 연옥의 앞에서 자랑하고 싶은 생각도 있었지만 이런 좌석에서 자기에게 비파를 타게 하는 것은 주인이 연옥이보다 자기를 더 사랑하는 탓이라 생각했던 까닭이다.

춘화는 주인이 시키는 대로 줄을 골라 비파를 타기 시작했다.

비록 서투른 솜씨라 해도 한가한 전원에 울리는 그 소리는 새로운 흥취를 느끼게 했다.

그러나 진온의 관심은 귀로 듣는 비파 소리보다도 바라보고 있는 연옥의 모습에 더 황홀해질 뿐이다. 그러게 진온은 춘화가 비파를 끝내는 것도 모르고 있을 정도이기도 했다.

춘화가 끝나자 이번엔 연옥이더러 해 보라 하였지만 연옥은 그것을 조금도 할 줄 모른다고 하자 춘화는 더 의기양양한 태도로 주인과 연옥을 바라보았다.

그리 과한 술은 아니었지만 진온의 얼굴엔 주기가 돈 듯 붉어져 있었다.

"계절 탓인지 술이 벌써 취한다… 춘화야…."

"네!"

짧은 대답이었지만 춘화의 갖은 아양이 스며 있는 대답이었다.

"인전 밤도 자욱히 깊었는가 보다. 마님이 혼자 누워 계시기가 갑갑할 테니 네가 먼저 들어가 시중을 들도록 해라. 남은 술은 연옥에게 따르게 하고 나도 곧 파할 테다."

춘화의 머릿속에 떠오르던 아기자기한 꿈은 이 말 한마디로 산산이 부서지고 말았다.

졸지에 꿈을 잃어버린 탓인지 춘화는 자리에서 성큼 일어서지 못한 채 머뭇거렸다.

"연옥은 아직 만사에 서툴 테니까 마님 시중은 들지 못할 것이다. 어서 네가 들어가거라…."

춘화는 자리에서 일어서지 않을 수 없었다.

힐끔 연옥을 쳐다보는 그녀의 시선엔 온갖 투기가 비수같이 번득거렸지만 선불리 흐트려 놓을 수도 없었다.

춘화는 마지못하여 일어서 밖으로 나왔다.

등잔이 흔들릴 때마다 짧은 봄밤은 소록소록 깊어가기만 했다.

뿌연 어둠 속이라 어느 방향인지 분간할 수 없었지만 두견새杜鵑 울음소리가 들려온다.

밖으로 나온 춘화는 멈칫 서 버린 채 솔깃이 귀를 기울이고 있다. 자기 처지가 꼭 짝을 잃고 우는 두견새와 같이 느껴졌던 탓이다.

두견새의 울음소리에 귀 기울이고 있던 춘화는 알 수 없이 눈시울이 축축이 젖어 들었다.

걸음을 옮기지 않고 서 있는 춘화는 지금 당장 안방에 누워 있는 주인 마누라가 자기를 부른다 해도 들어갈 것 같지 않았다.

아련히 들려오던 두견새의 울음소리도 어둠 속에 지워져 버린 듯 들리지 않는다.

자리에 누워 있으면서도 사랑방 일이 궁금하여 잠이 들지 못했는지 간간히 나는 기침 소리가 여기까지 들려온다.

어둠을 나는 바람 소리가 좀 거칠어진 것 같았다.

"연옥아! 고개를 들어!"

부드러우면서도 가늘게 떠는 진온의 목소리를 듣는 순간 춘화는 잠들었던 괭이가 꼬리를 밟힌 것같이 획 돌아섰다.

그 눈빛도 괭이 눈 못지않게 반들거린다.

춘화는 스스로 격해진 가슴을 누르듯 엷은 숨길을 돌리며 방 안의 일거일동을 살피느라고 온 신경을 그리로 집중시키고 있다.

방 안은 다시 조용한데 아무런 소리도 들리지 않는다. 그럴수록 춘화에겐 더욱 궁금했다.

그녀는 방 안이 들여다보일 곳으로 살그미 옮겨 선다.

출렁이는 등잔 앞에 연옥은 길을 잃은 쥐 모양 고개를 숙이고 앉아 있는가 하면, 진온은 음탕한 웃음을 만면에 띠우고 지긋이 연옥을 바라다보고 있었다.

춘화는 행여나 주인의 시선이 이쪽으로 미치지 않을까 겁을 먹으면서도 그들로부터 한순간도 시선을 놓지 않고 있었다.

"자, 연옥아, 이리 가까이 앉아 술을 한 잔 더 따라라…."

연옥은 머리를 쳐들지 못한 채 주인이 시키는 대로 옮겨 앉더니만 잔에다 술을 붓는다.

춘화에겐 그러한 연옥이 다시없이 미웠다.

고개를 들지 못할 지경으로 새침한 듯하면서도 주인의 비위를 살금살금 맞추려 드는 것같이 보였던 까닭이다.

술을 따라 받은 진온은 잔을 반상 위에 놓은 채 연옥의 얼굴만 뚫어지게 쳐다본다.

"연옥이, 이제 몇 살이지…."

"열일곱이옵니다."

자기 나이를 말하는 연옥의 말소리는 춘화의 귀엔 들릴락 말락 했다.

"열일곱?"

진온은 무엇을 생각하였는지 연옥의 나이를 되받아 외우며 밖으로 시선을 돌린다.

춘화는 어둠 속으로 숨어 버린 채 잠시 숨소리도 크게 내질 못한다.

"연옥아… 이리 와 내 어깨를 자근자근 두들겨라."

연옥이가 일어서자 벽에 그려진 그림자가 크게 움직인다.

어둠 속으로 숨어들었던 춘화는 다시 방 안의 광경을 주시하고 있었다.

진온의 등 뒤에 돌아와선 연옥이가 가만가만 진온의 어깨를 두드린다.

밖에서 노려보고 있는 춘화는 연옥의 주먹이 진온의 어깨를 두들기는 것이 아니라 자기 가슴을 모질게 두들겨 패는 것 같아 몹시 가슴이 설레임을 어찌할 수 없었다.

춘화는 설레는 가슴을 누르기라도 하려는 듯 그 고운 입술을 힘껏 베어 물고 있었다.

춘화는 눈앞이 아찔했다. 수없는 불꽃이 어둠 속에 떨어지는 것 같았다. 두근 제15회
거리던 가슴이 그만 터질 것만 같았다.

춘화는 자기도 모르게 흑느끼고야 말았다.

그러나 방 안의 사람들은 바깥일은 아랑곳하지 않는다.

어깨를 두들기는 연옥의 가는 손목을 잡아당기는 주인 진온의 얼굴이 더욱 번들거렸다.

연옥은 붙잡힌 손목을 아무리 빼어 보려고 해도 막무가내다. 그것은 연약한 병아리가 솔개의 발톱에 끼인 것이나 다름없었다.

울상이 된 연옥은 주인이 끌어당기는 대로 그의 품에 안겨질 수밖에 없었다.

바람도 잦건만 한가운데 놓여 있는 등잔이 춤을 추듯 너울거린다.

춘화는 그 이상 더 서서 바라볼 수가 없었다.

안으로 뛰쳐 들어온 그녀는 주인 마누라가 누워 있는 침소로 달려갔다.

"누구냐?"

아직도 잠을 이루지 못하고 있는 주인 마누라가 묻는 말이다.

춘화는 그 물음에 순순히 대답할 마음의 여유를 가지지 못했다.

"마님!"

춘화는 이렇게 불러 놓은 채 주인 마누라가 누워 있는 자리 옆으로 엎드린 채 울음보를 터뜨리고야 말았다.

무슨 이유로 이렇게 울음보를 터뜨려 놓아야 했는지 자신도 모를 설움이 북받쳤던 것이다.

"춘화야, 왜 그러느냐. 어서 말을 해 보아라."

주인 마누라가 이렇게 물어도 춘화는 사랑방 광경을 무어라 설명해야 할지 알 수 없었다.

"춘화야 왜 그래?"

"마님! 사랑방엘 좀 나가 보세요."

진온의 아내는 이미 직감적으로 느껴지는 바가 있었다.

"사랑방이 어떻게 됐단 말이냐!"

"절더러 먼저 들어가 아주머니 시중을 들라 하시더니!"

춘화가 그 이상 더 설명하질 않았다.

진온의 아내도 더 이상 설명을 들을 필요가 없었다.

뒷간 출입도 제대로 하지 못하던 그녀가 무슨 힘인지 자리를 박차고 일어났다.

"춘화야, 나하고 같이 사랑방으로 나가 보자!"

밖으로 나가는 진온의 아내 모습은 흔들리는 유령의 모습이나 다름없었다.

춘화도 그제서야 울음을 거두고 뒤따라 나섰다.

누워 있을 때와는 딴판으로 주인 마누라의 걸음은 춘화보다 빨랐다.

안방에서 이런 소동이 일어난 줄도 모르고 진온은 지금 막 껴안은 연옥의 앞가슴을 헤치려는 판이었다.

아무리 요동을 쳐도 어쩔 수 없었던 연옥은 눈을 감은 채 체념할 수밖에 없었다.

그녀의 고운 뺨엔 체념의 빛인 듯 두 줄의 눈물이 흐르고 있었다.

맨발로 뛰쳐나온 진온의 아내는 이 몰골을 보자 무슨 소릴 질렀는지 자신조차 알 수 없었다.

물었던 고기를 떨어뜨린 개 모양, 진온은 뜻하지 않은 소동에 연옥을 놓은 채 한 걸음 물러앉으며 뒤돌아보았다.

헌데 벌떡거리는 아내가 금시 달려들 것 같기만 했다.

아내의 눈은 뱀의 혀끝보다도 독살스러워 보였다. 第16회

진온은 그러한 아내의 심정을 느꾸어 보려고 씽긋 웃었다. 그러나 굳어 버린 아내의 표정은 풀릴 까닭이 없었다.

"네 이 고약하고 요망한 계집년이! 나이가 어리다고 했더니 종년으로서 앙큼한 짓을 해…."

진온의 아내는 얼굴조차 들지 못하는 연옥이에게로 와락 달려 그 검은 머리채를 잡아낚았다.

그의 성은 그것으로도 풀리지 않았다. 힘이 있으면 모진 매질을 해야만 성이 풀리겠지만 그럴 기운은 없었다.

안문 쪽으로 쓰러졌던 연옥은 주인 마누라가 밖으로 썩 나가라는 호령에 정신도 수습지 못한 채 나와 버렸다.

그러한 연옥의 귀에 지금 사랑방에서 영감을 볶아 대는 주인 마누라의 소리 같은 것이 들릴 까닭이 없었다.

자기 방으로 가려던 연옥은, 또 무슨 봉변을 당할는지도 몰라 그냥 뒷대문 쪽으로 걸어갔다.

훈훈한 바람이 들먹거리는 고운 뺨을 어루만져 준다.

연옥은 그제서야 가슴속에서 북받쳐 오르는 설움을 참지 못하여 흑흑 느껴 울었다.

밤은 어느 때쯤 되었는지 분간할 수 없었지만 어둠이 막혀 있는 주위는 그냥 고조곤하기만 했다.

이젠 사랑방의 떠들썩하던 소리도 들리지 않는다.

마구 흐르는 눈물을 소매로 닦고 난 연옥은 자기 신세를 생각하니 막막하기가 그지없었다.

종으로 팔려 온 것도 억울한 터에 이런 뜻하지 않은 봉변까지 당해 놓자 앞으로 무슨 일이 닥쳐올지도 모를 일을 생각하니 슬픈 마음이 더욱 그지없었다.

이러한 슬픔 속에서도 연옥의 머릿속에서 항상 떠나지 않는 것은 같은 배로 끌려 와서 어디로 팔려 갔는지조차 모르는 동생 일이었다.

자기가 지금 이런 낭패를 당하여 견딜 수 없는 슬픔에 잠겨 있듯이 동생도 어느 낯 모를 곳에 자기보다 못지않은 서러운 구박을 당하고 있을 것만 같았다.

이런 생각에 잠겨 있던 연옥은 문뜩 하늘을 쳐다보았다. 잔별 그림자 하나 보이지 않게 차분히 어둠만이 깔려 있었다.

살아서 이런 구박을 당하느니보다 차라리 죽어 버리는 것이 일찍 편할 것 같기만 했다.

연옥은 주위를 살펴보았다. 짐짓 어디다 목이라도 매어 버리고 싶었지만 죽은 다음 일일망정 시체나마 이 집의 사람들한테 구박을 받고 싶지 않았다.

어디서인지 두견새의 울음소리가 들려왔다.

저 두견도 지금 나와 같은 슬픈 처지를 견디지 못하여 저렇게 슬피 우는 것일까….

연옥은 뒷대문의 빗장을 가만히 열고 밖으로 나왔다.

무연한 벌판이 어둠 속에 깔려 있을 뿐 향방조차 가눌 수 없었다.

두견새의 울음소리를 따라갈까….

연옥은 양 뺨에 철철 흐르는 눈물도 닦을 새 없이 어둠을 더듬으며 걸었다.

두견새의 울음소리를 따라가면 넓은 개울이나 강이라도 있겠지….

그 맑은 물속에 풍덩 빠져들고 싶었다. 그러면 물결을 따라 비록 죽을망정 고향 앞바다까지 밀려갈 것만 같은 생각에서이다.

두견새의 울음소리를 따라 발밑을 분간치 못한 채 한참 걸어가던 연옥은, 등 뒤에서부터 비치는 불빛에 놀라 뒤돌아보았다. 제17회

몇 개의 횃불이 이리저리로 오고 가고 있었다.

연옥은 슬픔에 앞서 불안하지 않을 수 없었다.

횃불은 정녕 주인집 상노들이 자기를 찾아 헤매는 것이 틀림없었던 까닭이다.

어둠 속에 보이는 불빛은 먼 것같이 보이는가 하면 가깝게 느껴지는 것이 좀처럼 추정하기가 어려웠다.

연옥은 불빛을 피하여 도망치려 하였지만 움직이는 횃불에 발목이 잡힌 듯 마음만 설렐 뿐 좀처럼 걸음이 옮겨지질 않는다.

이리저리 움직이던 세 개의 횃불이 가지런히 서서 이쪽을 향하여 오고 있다.

주고받는 그들의 말소리가 들리는 것 같았지만 무슨 소리인진 구별할 수가 없었다.

바람도 없건만 펄럭이는 불길은 마치 성난 주인 마누라의 모습을 닮은 것 같았다.

순간 연옥은 등허리가 오싹해졌다.

생각만 해도 진절머리가 나는 일이다. 이제 그들의 손에 잡히게 된다면 무슨 일을 당하게 될지도 모르는 일이다. 그러나 불빛은 점점 이리로 가까이 오고 있다.

틀림없이 그들은 발견한 자기 발자취를 따라 곧장 이리로 오고 있는 것이 틀림없었다.

눈앞이 아찔해짐을 느낀 연옥은 싸여 있는 어둠보다 앞길이 캄캄하게 느껴질 뿐이다.

몇 걸음 불빛을 피하여 걸음을 옮겨 보았지만 불안에 휩쓸린 그녀의 밑도리는 후들거리기만 했다.

인제는 불빛만이 아니라 그것을 들고 있는 그들의 그림자까지도 확실히 보이는 것 같았다.

허청거리는 그들의 그림자가 자기 눈에 보인 것 같으면 그들도 자기 그림자를 쉬 발견할 수 있을 것은 빤한 일이다.

인제는 정말 무슨 일이 있어도 피해야만 했다.

그러나 무연한 벌판엔 몸 하나 감출 만한 장소가 눈에 띄질 않았다.

연옥은 무턱대고 걸어 나갔다. 자기 걸음이 빠르면 빨라질수록 뒤쫓는 불빛도 더욱 빨라지는 것 같았다.

숨통이 금시 터질 것 같기만 했다. 이제 한 걸음도 더 옮겨 디딜 것 같지가 않았다.

어쩔 수 없이 앞으로 쓰러지는 순간 행인지 불행인지 발을 헛디딘 채 그냥 떨어지고야 말았다.

처음에 깊은 웅덩이 속같이 느껴졌지만 사실은 그리 깊은 구멍은 아니었다.

불빛도 보이지 않고 두견의 울음소리마저도 들려오질 않는다.

될 대로 되어 버리라는 듯 푹 주저앉아 버렸다.

구덩이 속에 떨어질 때 다친 허리가 뻐근했지만 지금 처지로선 그런 것을 생각할 마음의 여유조차도 없었다.

생각하면 용케 자기를 위하여 이런 피신처가 마련되어 있는 것이 그냥 고맙기만 했다.

터질 것같이 심하게 느껴지던 고동 소리도 그제서야 어느 정도 진정되는 것 같았다.

제18회 불안과 공포와 지나친 긴장에 지쳤던 연옥은 그 구덩이 속에 주저앉은 채 그냥 잠이 들어 버렸다.

으시시한 습기에 잠을 깨쳤을 땐 시간이 얼마나 경과했는지조차도 알 수 없었다.

연옥은 용케 붙잡히지 않았다고 생각하면서도 주위를 살피며 일어섰다.

그가 빠졌던 구멍은 한 길도 되지 못했다.

온 들판을 찾아 헤매었을 횃불의 그림자도 인제는 보이질 않았다.

차분히 내려깔린 구름일래 별빛은 역시 하나도 보이질 않는다.

구멍에서 나온 연옥은 주위를 살펴보았지만 아무리 살펴봐도 방향을 잡을 수가 없었다. 새로운 불안이 어둠 모양 가슴을 누른다.

선불리 찾아 들어가다간 범의 아가리에 제 발로 기어 들어가듯 주인집에 되들어가게 될는지도 모른다는 생각이 떠올라서다.

언젠가 아버지를 따라 바다에 나갔던 일을 생각해 보았다. 그날도 역시 늦어서 별 하나 없는 파도 위를 노를 저어 돌아왔던 것이다. 지금 이 무연한 벌판은 그 바다와 다름없었다. 그때 어둠 속에서 방향을 잡는 방법을 물어 두지 않았던 것이 절실히 후회스러웠다.

어느 쪽으로 걸어갈 것인가… 이제는 모든 운명을 하늘에 맡길 수밖에 도리가 없었다.

그때 어디서인지 또 한 차례 두견새의 울음소리가 들린다.

주인집을 뛰쳐나왔을 때의 그런 슬픈 울음소리가 아니라 어딘지 모르게 맑은 소리로 들렸다.

그것은 마치 어둠 속에서 등불을 만난 것같이 반가웠다.

이제는 그 소리를 유일한 길잡이로 삼을 수밖에 없었다.

연옥은 끝없는 벌판에 축축이 내리는 밤이슬을 밟아 가며 걸었다.

지금 그 벌판을 걸어가는 연옥의 시선을 붙잡아 매는 것이 있었다.

그것은 조그만 불빛이었다. 그렇게 공포와 불안을 가져다 주던 횃불과는 딴판으로 아늑하고 따스한 입김으로 연옥이 자기를 부르는 것 같았다.

연옥에겐 그 등잔 앞에 잠들어 있지 않으면 도란도란 말을 주고받고 있을 인간이 그리웠다.

아침을 재촉하는 닭의 울음소리가 들린다. 불안에 뒤끓던 가슴속도 인제는 공복을 느낄 정도로 시장했다.

그러나 그 불빛도 경계하지 않을 수 없었다. 아무리 많이 걸었다 해도 그것은 자기 주인집과 같은 마을인 것만 같았을 뿐 아니라, 헛된 인정에 끌려 한때의 편안을 구하려다간 앞으로 또 무슨 봉변을 당할지도 모르고 보면 그곳을 멀리하지 않을 수 없었다.

두견새의 울음소리도 어느덧 끊어지고 말았다.

냉랭한 공기 속에 어둠은 더 짙어지는 것 같았다.

불빛은 그곳뿐이 아니었다. 여기저기서 반짝거리는 것이 어쩌면 자기를 감시하며 갈 길을 가로막는 것 같기도 했다.

불빛을 피하여 걷는 사이에 자기도 모르게 어떤 조그만 산길로 접어들었다. 연약한 여아의 몸이라 연옥은 걸을수록 정신이 혼혼昏昏해지기만 했다.

연옥은 누가 깨우는 바람에 고단한 잠을 깼다. 제19회 눈이 부실 정도로 날이 밝아 있었다. 겁에 취한 연옥은 눈 비빌 새도 없이 자기를 깨워 일으킨 사람을 쳐다보았다.

보살을 닮은 여승女僧이 자기를 내려다보고 있지 않은가….

염주를 든 여승은 연옥을 향하여 합장을 한 채 가벼이 고개를 수그렸다.

당황한 연옥은 어떻게 해야 옳을지 언뜻 생각이 떠오르지 않았다. 일어서려고 해도 쑤시는 허리와 피곤한 다리가 마음대로 움직이지 않는다.

그때 합장을 하고 있던 여승이 고운 목소리로 연옥에게 물었다.

"어이한 사람이기에 이렇게 한데서 잠이 들어 있었던가요."

연옥은 서툰 이곳 말로 길을 잃고 헤매다 그만 지쳐 잠이 들었다고 간신히 대답했다.

듣고 있던 여승은 한참 무엇을 생각하는 듯 머뭇거리고 나더니만 다시 묻는다.

"말소리를 들으니 이 고장 사람은 아닌 것 같은데 어떻게 된 일인지 자세히 설명해 보구려."

연옥은 모든 것이 탄로 날 것이 두려워 불안한 마음으로 여승의 얼굴을 쳐다보았다.

인자한 눈매… 고운 뺨….

자신을 숨기는 것보다는 오히려 모든 것을 밝히고 차라리 구원을 청하는 것이 도리라고 생각한 연옥은 마음을 결정했다.

"저는 이 고장 사람이 아니라 신라 사람이옵니다."

"신라 사람…."

"네…. 틀림없이 신라의 딸입니다."

여승의 고운 얼굴에도 놀란 빛이 짙었다.

"신라 사람이 어떻게!"

연옥은 자기의 기구한 운명을 조금도 감추지 않고 지난밤까지 겪어 온 경로를 낱낱이 설명했다.

여승은 말을 듣고 나서 다시 합장하고 나무아미타불 관세음보살을 연거푸 외우고 있었다.

"스님도 어딘지 신라 사람을 많이 닮은 것 같아요."

"그래… 나도 본래는 신라 사람이지만 지금은 등주 땅 적산 법화원赤山法華院에서 수도하는 몸이라오."

모든 일이 신기하게 돌아가는 것 같았다. 신라의 여승을 이곳에서 만난 것도 그러했지만 신라 사람들이 이곳에까지 와서 수도를 하고 있다니 더욱 희한한 일만 같았다.

"스님이 살고 계시는 등주 땅이란 곳은 얼마나 먼가요."

"등주 고을은 여기서 얼마 되지 않지만 법화원이 있는 곳은 여기서 한나절 길이 아마 넉넉할 거다."

아침 이슬을 앗아 가는 부드러운 바람이 두 사람 사이를 스치고 지나간다.

"앞으로 어떻게 할 생각인지…."

이렇게 들어 주는 여승의 말이 친동기와도 같이 고마웠다.

"다만 스님만을 믿고 따라가겠나이다."

"등주 고을에 신라방이라 하여 신라 사람들이 모여 사는 곳이 있으니 원한다면 그리로 데려다 주어도 무방하니 생각대로 하는 것이 좋으리라."

연옥의 생각엔 아무리 신라 사람들이 모여 산다 해도 낯선 사람들이 있는 곳보다는 이 여승을 따라가는 것이 좋을 것같이 생각되었다.

"스님께서 불편하시지만 않으시다면 스님을 따라 그 적산 법화원이라는 곳으로 제20회
가서 몸과 마음을 닦고 싶나이다."

스님은 연옥의 말에 가타부타는 말없이 걸음을 옮겼다.

여승의 뒤를 따라가는 연옥의 가슴속엔 밤새껏 뒤볶던 불안은 말짱하게 가시고 말았다.

넓은 들판에 양 떼를 몰고 나가는 목동들의 그림자와 농부들의 그림자가 군데군데 보인다.

그러나 그들이 아무리 자기 옆으로 가까이 온다 해도 지금 연옥에게는 조금도 불안한 것이 없었다.

여승의 걸음도 그리 빠른 편이 아니었지만 어젯밤 지쳤던 연옥은 뒤떨어지기가 일쑤다.

버들가지가 우거져 있는 둑 뒤엔 복숭아꽃이 한창이다.

그들도 마치 한 폭의 그림 속의 사람 모양 둑 위를 걸어가고 있었다.

둑 밑으로 흐르는 맑은 흐름이 둑 뒤의 그림자를 실은 채 흐르고 있다.

연옥은 다시 어젯밤 일을 생각해 보았다. 풍덩실 물속에 몸을 던져 고향 앞바다에까지 흘러가고 싶던 심정… 만일 어젯밤 이 흐름을 발견할 수 있었다면….

스스로 결심을 했던 일이긴 하지만 다시 굽어보니 새삼 마음이 불안하여지는 것 같았다.

앞서 건던 여승이 돌아서며 걸음을 멈춘다. 연옥이도 따라 서 버린다.

"저기…."

연옥은 여승이 가리키는 곳을 바라보았다.

아직도 확 퍼지지 않은 엷은 냇속에 즐비한 거리가 보인다.

"저곳이 등주 고을이고 저 안에 신라방이 있지…. 고을 구경을 하고 갈라면 길이 늦게 되니까…."

연옥은 여승의 말로 지금 자기들이 걸어가는 길이 적산 법화원으로 가는 길임을 알 수 있었다.

여승은 연옥에게 고을 구경을 시키지 못하고 그냥 데리고 가는 것이 미안한 듯한 표정이었지만 연옥은 조금도 그러고 싶은 생각이 없었다.

둑을 지나자 등주 고을의 그림자도 가물거리더니만 보이질 않았다.

여기서부터 지형도 완전히 바뀌는 것 같았다.

그냥 무연한 벌판같이만 느껴지던 이곳에 이렇듯 기묘한 산이 있을 줄은 누구도 생각할 수 없는 일이다.

소리 내어 흐르는 조그마한 물줄기에도 담뿍 꽃향기가 어려 있는 것 같았다.

줄곧 물줄기를 따라 올라갔다. 오르면 오를수록 기화요초琪花瑤草가 만발해 있을 뿐 아니라 낭떠러지는 절병풍을 돌려 친 것 같았다.

이 계곡谿谷을 잠시 끼고 오르자 반석이 깔려 있는 넓은 동학洞壑으로 들어서게 된다.

수림이 울창한 곳에 선학仙鶴이 대낮에 새끼를 칠 것만 같은 곳이다.

연옥은 절로 옷깃을 가다듬지 않을 수 없었다.

여승의 뒤를 몇 걸음 더 따라 들어가자 단청丹青으로 정묘한 단장精妙을 이룬 법화원의 웅장한 모습이 보인다.

누구도 이곳에서 감히 속세의 정념情念을 품을 수조차 없는 경치인 것 같았다.

제21회

부두

埠頭

소년들을 신라소에 맡기고 난 궁파는 가까운 주점酒店으로 찾아갔다.

술을 마시기 위해서가 아니라 무료를 풀 겸 이곳에 오면, 세상 형편을 손쉽게 알아볼 수도 있었던 까닭이다.

궁파가 문을 열고 들어서자 낯익은 주모가 반가이 나와 맞아 준다.

"아이구 나아리 이게 얼마만이십니까…."

"허 참 그렇군. 나도 주모의 얼굴을 잊을 뻔 했는걸…."

궁파는 주모의 인사를 농으로 받으며 껄껄 웃는다.

"오실 줄 미리 알았더라면 치워나 놓았을걸…."

주모는 나이에 비하면 앳된 표정이었다.

"주점이란 좀 어수선해야 제격이지 너무 말끔하면 주점 같아야지…."

"원 별말씀을…."

주모는 자리를 안쪽으로 권했다.

걸상에 걸터앉은 그는 그제서야 주점 안을 찬찬히 한 바퀴 살펴본다.

지난 겨울 이곳에 와서 들렀을 때나 별로 변한 것이 없었다.

"요새 형편은 어떤가."

"이럭저럭 이어갑지요. 모든 것이 나아리들 덕분인가 합니다."

주모와 이런 말을 주고받을 때 귀밑머리를 곱게 빗어 내린 예쁜 소녀가 차를 들고 나왔다.

소녀는 궁파에게 차를 권하고 다시 안으로 들어갔다.

궁파의 날카로운 시선이 잠간 소녀의 뒤를 따른다.

눈치 빠른 주모가 먼저 입을 열고 수선을 떨었다.

"글쎄 나아리 생각해 보십시오. 이 하잘것없이 늙은것도 이제 나잇값을 하는지 작년과 금년이 다르지 않습니까."

"이제 몇 살인가…."

주모는 궁파의 물음에 나이에 어울리지 않게 얼굴을 붉힌다.

"금년 들어 마흔셋이 아닙니까."

궁파는 차를 마시면서도 조금 전 나왔던 소녀의 생각을 하고 있었다.

전에 보이지 않던 소녀가 있다는 것이 별로 수상한 것은 없었지만 그러나 궁파의 머릿속엔 그 소녀의 얼굴에 엉클어진 어떤 비밀의 실마리가 붙어 있는 것같이 보였다.

그래서 그는 일부러 성급히 물어보는 것을 피했다.

"제 형편에 사람을 사서 부린다는 것이 주제넘은 일인 줄은 알지만 어떻게 할 도리가 있어야지요."

"암, 주모도 인젠 자기 몸을 자기가 아껴야 할 나이지…."

"나아리같이 그렇게 너그럽게 생각하시는 분이 몇 있습니까… 제가 무슨 큰돈이 있는 것같이들 생각하지요."

"아니 사람 하나 두고 쓴다고 누가 큰돈이 있다고 생각하겠는가."

궁파의 마음속엔 딴생각이 있어 이렇게 넌지시 던진 말이다.

"그래도 세상 사람들이야 어디 그렇게들 생각합니까… 큰돈이 있어서 제가 산 줄 알지요."

"아니, 사다니?"

궁파는 좋은 기회를 놓치지 않으려고 주모의 얼굴을 뚫어지게 쳐다보며 반문했다.

급작스레 달라진 궁파의 눈빛에 주모는 자기가 무슨 실수라도 저지르지 않았나 해서 얼굴을 붉힌 채 희미한 미소를 짓고 있었다.

이때 차를 나르던 소녀가 다시 주안상을 마련하여 갖고 나왔다. 제22회

소녀가 들고 나온 쟁반을 주모가 받아 상에다 차려 놓는다.

깔끔한 주모의 솜씨였지만 예쁜 소녀가 쟁반을 들고 나온 탓인지 차린 음식들이 더 화려해 보였다.

"오늘 나아리 오실 줄을 하늘이 알렸던지 싱싱한 물오리를 샀답니다. 나아리는 물오리를 유달리 좋아하시지요."

통마리째 기름에 튀긴 물오리가 큰 접시에 그냥 놓여 있었다.

주모의 말대로 물오리라면 사족을 못 쓰는 궁파이기도 했지만 그것보다도 그의 관심을 끄는 것은 옆에 서 있는 소녀에 관한 일이다.

등주 고을로 오던 길에 데리고 온 소년들과 이 소녀도 어떤 관련성이 꼭 있는 것 같이 생각되었던 까닭이다.

"네 나이는 몇 살이지?"

"열다섯입니다."

"이름은?"

"복아福兒라고 합니다."

"나아리 어서 목축임도 하실 겸 술부터 한잔 드셔요."

소녀를 쳐다보는 눈길이 심상치 않아 주모는 그에게 술을 따라 권했다. 잔을 받아 든 궁파의 눈길은 아직도 소녀의 얼굴에서 옮겨지질 않았다.

"복아야, 이 어른에게 인사 여쭈어라, 우리들을 살려 주시는 높으신 어른이시란다."

복아는 주모의 말을 좇아 곱게 절을 하고 나자 주모가 말을 이었다.

"어서 안으로 들어가 맛나는 안주를 더 마련하도록 해라."

복아는 주모가 시키는 대로 아무 말 없이 안으로 들어가 버렸다.

궁파는 술을 마셔도 전에 없이 울적했다.

이역의 땅에서 아무것도 부러울 것이 없이 안일한 생활을 할 수 있었지만 육로수로陸路水路 수만 리나 떨어져 있는 조국의 안위安危는 지척咫尺같이 느껴졌던 까닭이다.

"이 늙은것이 혼자 쓸쓸히 지나는 것을 하늘이 불쌍히 여겼는지 저렇게 얌전한 것이 생기지 않았습니까… 이름이 남이지 제 딸이나 다름없습지요. 저도 인전 나한테 그렇게 정을 주고 있답니다."

주모가 수 년 전 술망나니였던 영감이 죽은 다음부터 혼자서 살고 있다는 것은 궁파도 알고 있는 일이다.

그때나 지금이나 주모는 별로 변한 것이 없었지만 역시 눈시울의 잔주름은 속일 수가 없었다.

"주모는 조금 전에 복아를 샀다고 했는데 어데서 샀소."

"사긴 샀습지요… 나아리도 아시다시피 제가 무슨 돈이 있어 샀겠습니까…."

"그럼…."

"조금 전에도 말씀드렸지만 혼자 사는 저를 하늘이 불쌍히 여겨 그냥 하나 딸로 생겼습지요."

궁파의 눈치를 봐 가며 말꼬리를 빼려는 주모의 말이 더욱 수상했다.

"나만 혼자 마시기도 뭣하니 주모도 한잔 드오."

"원 제게도 술을 다 주시고 이렇게 인정을 주시니 고맙습지요."

주모는 궁파가 주는 잔을 받아 그가 따른 술을 마셨다.

주모의 얼굴엔 금시 복사꽃 빛 같은 반점이 생기기 시작했다. 궁파는 그에게 연거푸 석 잔을 권하고 다시 잔을 받았다.

"복아의 부모는 신라방에 사는 사람들인가?" 제23회

"아닙지요."

주모는 그만 술기운에 이렇게 솔직히 말해 버리고 말았다.

그때 주모의 취기로 흐릿해진 눈앞엔 만복萬福의 얼굴이 스치고 지나갔다.

만복은 이곳에 드나드는 신라 무역선 의사공이다.

이곳에 오기만 하면 이 주점에서 머물곤 했다.

만복과 주모는 주모의 영감이 살아 있을 때도 서로 눈이 맞아 지내던 사이였다.

그러던 것이 주모가 홀로 되자 이제는 터놓고 살다시피 하는 정부精夫가 되었다.

그런 만복이가 누구에게든지 복아의 일을 그이라는 것을 그만 실언하고 보니 주모도 당황할 수밖에 없었다.

궁파는 당황하는 주모의 표정을 모른 척해 버리려는 듯 눈을 감고 있었지만 그 얼굴은 몹시 붉어져 있었다.

"그럼 이곳에 부모가 없다면 정말 하늘에서 내려온 앤가!"

"원 별말씀을, 나아리도… 저 무역선을 타고 다니는 만복이란 사공을 나아리는 아십지요."

"그런 사람이 있었던 것같이 생각되는데…."

궁파는 만복이와 주모의 소문을 듣고 있으면서도 모른 척했다.

주모에게는 궁파가 만복에 대하여 자세히 알고 있지 않은 것이 다행했다.

"저의 집과 그 만복이란 사람과는 오래전부터 참 인연이 깊습지요… 주점에 꼬리가 길면 으레 외상이라는 것이 있지 않습니까… 그것도 그거려니와 제가 혼자 고생하는 것을 보고 인정을 쓴다고 이곳 부자가 삼십 냥三十兩이나 준다는 것을 마다하고 저한테 돌려 주었습지요."

"허 그 친구 몹시 사람이 좋은 모양이지…."

"뱃사람이라 욱할 땐 그 성미를 당해 내기가 힘들지만 사람이야 인정 많고 참 좋지요."

궁파는 주모와 주고받은 간단한 말 속에서 모든 사연의 내용을 파악할 수 있었다.

만복이만 붙잡으면 모든 비밀의 실마리를 풀 수 있다는 자신을 가진 그는 어서 이 자리를 일어설 생각을 하고 있었다.

"그 만복이란 사람은 언제쯤 다시 오나… 그렇게 인심이 좋다니 만나거든 내가 술을 한턱 해야지."

궁파의 입에서 이런 소리가 나오자 주모의 얼굴엔 화기가 별안간 번져 흘렀다.

"아직 배가 떠나지 않았으니까 불원간 들릴 것입니다. 오면은 나아리의 고마운 뜻을 제가 전갈합지요."

"꼭 그렇게 전해 주게, 세상에 그렇게 인심 좋은 사람도 있을라구…."

만복이가 여기 있기만 하다면 독안에 든 쥐나 다름없었다.

궁파는 잔을 들면서도 만복을 붙잡아 놓을 생각을 하고 있었다.

그때 주점의 문이 열리더니만 신라소의 사환 아이가 들어서며 공손히 절을 한다.

"지금 총관 어른께서 돌아오셨습니다."

"그래 내 곧 가지…."

그러지 않아도 자리에서 일어설 구실을 찾고 있던 그로선 사환 아이가 온 것이

다행했다. 술값을 두툼히 준 궁파는 다시 들른다는 약속을 하고 주점을 나섰다.

사환 아이를 따라 신라소로 돌아오자 그새 총관 일을 보는 장수張數는 손님을 맞고 있었다. 제24회

궁파보다는 나이가 십 년이나 위였지만 그와는 퍽 가까운 정의를 맺고 있었다.

사람 됨됨이 의리가 깊고 도량이 있을 뿐 아니라 또한 재물에 욕심이 없는 깨끗한 사람이다.

궁파가 장수를 아끼는 것도 그러한 점을 마음으로 아끼는 데서다.

궁파가 들어서자 그들은 지금까지 주고받던 말을 중지하는 것 같았다.

궁파는 일부러 그 자리를 피할까도 생각해 보았지만 찾아온 사람이 신라 사람이 아닌 듯한 인상에 이상한 예감이 들어 일부러 그 자리에 섞여 들었다.

"별로 중대한 말씀이 아니시면 제가 섞여도 좋겠지요."

궁파는 장수에게 이렇게 깍듯이 말을 건넸다.

장수는 그러지 않아도 쩔쩔매는 판에 궁파의 이런 의견은 새로운 도움을 얻는 것 같아 은근히 마음으로 기뻤다.

지금 신라소의 총관 장수를 찾아온 사람은 등주 고을에서 이름 있는 부호일 뿐 아니라 세력가인 진온이다.

진온은 군관복으로 성장을 한 궁파를 보자 좀 언짢은 표정을 참는 것이 분명했다.

"실례하겠습니다."

장수가 자리를 권하기에 앞서 궁파는 그들이 자리하고 있는 옆으로 앉으며 인사를 했다

궁파와 부딪힌 진온의 시선은 상대편의 눈빛에 못지않게 이상하게 빛났다.

"참 아직 인사가 없었던가요."

장수는 두 사람을 번갈아 보며 인사를 권하자 진온이 먼저 자기를 소개한다.

"진온이라고 부릅니다."

"등주 고을 유지이신 진온 씨입니다."

장수는 진온이 자기 소개에 꼬리를 붙여 설명하고 나서 다시 궁파를 그에게 소개했다.

"신라 사람, 궁파라 합니다. 군관으로서 벼슬이 소장이온데 이곳에선 장보고張保皐라 부릅니다."

장수의 설명이 끝나자 궁파는 다시 그에게 자신을 소개했다.

"궁파입니다."

그의 단정한 용모와 위압적인 음성에 눌렸는지 진온은 처음 신라소를 찾아왔던 때의 기세가 죽어 드는 것 같았다.

장수에겐 그것만으로도 다행하지 않을 수 없었다.

"일찍 지방 어른을 찾아뵈옵지 못했습니다."

"원 천만의 말씀을… 신라 사람으로서 이렇게 우리나라의 큰 벼슬을 하고 계시는 줄 알았더라면 제가 백성 된 도리를 찾지 못하여 도리어 죄송합니다."

그들은 오늘 첫 대면이긴 했지만 일찍부터 이름은 알고 있었던 터로 빛 좋게 인사치레를 해 넘기는 것이었다.

그러나 진온은 은근히 놀라지 않을 수 없었다.

신라 사람으로 벼슬을 한다는 소문을 듣기는 하였지만 이렇듯 높은 자리에 있다는 것과 정작 만나고 보니 그 사람됨이 호락호락하게 보이지 않았던 까닭이다.

그들은 사환 아이가 날라 온 차를 들어 종시 시선을 주고받고만 있었다.

차를 마시고 나자 역시 장수가 먼저 입을 열었다.

"큰일이 생겼습니다."

장수가 꺼내는 이 허두의 말로써 궁파는 모든 사태를 짐작할 수 있었다. 그것은 이곳으로 올 때 데리고 온 목동으로 팔렸던 소년들로부터 들은 말도 있었지만 조금 전 주점에서 직접 목격한 바도 있어 누구보다도 뚜렷이 알고 있었다.

궁파는 그럴수록 좀더 침착하고 태연했다. 그 태연이란 진온의 입으로부터 정확한 정보를 얻기 위한 생각이기도 했다.

장수가 막상 그런 말을 다시 이 자리에서 끄집어내자 오히려 진온은 거북해 하는 눈치였다.

"큰일까지야 없습지요만 그냥 억울해서 찾아온 길이지요."

"무슨 피해라도 신라 사람으로부터 입으셨던가요?"

이번엔 궁파가 진온에게 직접 묻는 말이다.

"네 피해랄 것까지는 없습지요만…."

"그럼 무슨 억울한 일이라도?…"

"아, 아닙니다."

진온은 캐어묻는 궁파에게 손까지 내저어 보이는 것이 장수에겐 우습기만 했다.

조금 전까지만 해도 큰일이라도 낼 것 같던 그가 이렇게 수그러들고 보니 우습기도 했지만 장수 자신이 민망했다.

"실은…."

진온의 말투도 그러했지만 그 표정도 조금 전과는 달리 어디까지나 타협적인 것이 분명했다.

"어렵게 생각하실 것 없이 무슨 말씀이든 하시지요. 저희들이 도움이 될 수 있다면 얼마든지 도와 드리도록 하지요."

"그렇게 말씀하시니 마음 놓고 말씀드리겠습니다… 얼마 전 제가 계집종 하나를 샀습지요… 그것도 자그마치 삼십 냥 돈을 주고 샀으니 말입니다."

궁파는 진온의 말에 일부러 크게 놀란 표정을 하여 보였다.

"아니 계집종 하나에 삼십 냥씩이나 주고 사시다니요…."

궁파가 동정하는 듯한 빛을 보이자 진온은 정말 억울하다는 듯이 자기 처지를 설명했다.

"실은 제 늙은 처가 오래전부터 병석에 누워 있습지요. 그래 처를 간호시키기 위해 그렇게 많은 돈을 주고 샀답니다."

이렇게까지 비굴해진 진온은 삼십 냥의 돈보다도 쥐고 있던 보물을 잃어버린 듯싶은 연옥에 대한 아쉬움 때문에 이 신라소까지 찾아오게 되었던 것이다.

그가 여기까지 올 때 같아선 연옥을 당장 찾지 못한다면 그 대신 딴 사람을 보물로 데려갈 생각으로 달려왔지만 정작 와 보니 생각지 않았던 적수를 만나게 되어 크게 실망했던 차였다.

"그런데 그 종이 어떻게 되었다는 것입니까?"

"간단히 사유를 말씀드릴 것 같으면 도망을 쳐 버렸다는 것입니다. 도망을 말입니다… 모든 것을 믿고 감시를 좀 소홀히 했더니 그만 도망을 치지 않았겠습니까?"

"도망을요?"

"네 도망이지요. 밤중에 말입니다. 그래서 제가 일부러 여길 왔습지요. 어떻게 좀 속히 찾아 줍시사 하고 말입니다."

제26회 궁파는 진온의 얼굴을 퍽도 딱한 듯이 바라보고 있었다.

장수도 일이 이렇게쯤 되고 보면 아무런 걱정도 할 것 없다는 듯 도리어 싱글거리기만 했다.

"영감님은 오늘 아침 길을 잘못 드신 것이 아닙니까?"

"길을 잘못 들다니요."

진온은 궁파의 그러한 물음이 오히려 이상하다는 듯싶은 표정이다.

"그런 일이랄 것 같으면 그것은 신라소의 소관은 아니지요."

궁파의 말투는 조금 전과는 달리 냉랭했다.

"신라소의 소관이 아니시란 무슨 말씀이십니까."

붉어진 진온의 얼굴도 예사롭진 않았다.

"영감님은 무슨 착각을 일으키신 것 같습니다. 댁의 종이 도망쳤을 것 같으면 신라소로 오실 것이 아니라 이 고을 현감한테로 가셔야죠."

궁파의 말에 진온은 좀 당황하는 빛이었다.

"그렇습지요… 의당 현감한테로 가야지요… 그러나 사정이 그렇지가 않습니다."

"그렇지 않다는 사정은 무슨 일인데요."

궁파는 잠시도 진온의 얼굴에서 시선을 돌리지 않았다.

"집에서 사들인 종이 이곳 애가 아니랍니다."

"일전 신라에서 온 무역선에서 산 신라 아이입니다."

"신라 소녀라구요?"

"그러게 삼십 냥이나 주고 샀습지요… 그렇지 않구야…."

궁파의 파리한 얼굴은 매서울 정도였다.

"큰일 났습니다. 신라와 당나라는 서로 노비를 팔고 사게 되어 있지 않습니다. 영감이 말씀하시는 신라의 무역선이란 아마 해적선일 것입니다. 그들은 당나라의 딸들을 훔쳐다 신라에 팔고, 신라서 훔쳐 온 것은 이곳에 갖다 팔고 있습니다. 그것은 법으로 막고 있는 일입니다. 파는 자도 그렇지만 사는 자도 물론 그에 못지않은 벌을 받습니다."

그렇게 기세가 당당하던 진온도 말문이 막힌 채 궁파의 얼굴만을 쳐다보고 있었다.

산 사람도 벌을 받는다는 말에 권세가인 진온이었지만 분명 그의 얼굴엔 겁이 넘쳐 있었다.

"돈을 주고 종을 사는 것이 무슨 죄라고 벌을 받습지요."

겁은 먹으면서도 궁파의 속을 떠보려는 진온의 엉큼한 속이 들여다보이는 말이다.

"신라와 당은 서로 이웃나라입니다. 그렇듯 서로 국법이 다르기도 하구요… 자기 고장에서 노비를 사고파는 것은 별문제지만 이웃나라의 사람의 경울 때는 사정이 달라지지요… 영감 같은 분이 그런 일을 알고 하셨다는 것는 더욱 곤란한 문젯거리라 됩니다."

"곤란한 문젯거리라니요—."

"우선 저희들이 그런 일을 안 이상엔 가만 있을 수가 없습니다. 신라소에서 이곳 관헌에게 먼저 항의를 하게 될 것입니다. 그러니까 영감은 곧 이 사실을 현감에게 알려야 합니다."

진온은 아무 대꾸 없이 궁파의 말을 듣고만 있었다.

"영감은 지금 삼십 냥의 돈을 크게 생각하는 모양이지만 삼십 냥의 돈을 돌려 제27회
받고도 그 애를 돌려주지 못할 때는 어떻게 할 작정이지요."

진온은 앉아 있을수록 난처한 경지에 빠져 들어가야만 했다.

현감까지도 자기 뜻대로 할 수 있던 그 자신이 무슨 까닭에 궁파 앞에선 기를 쓰지 못하게 되는지 자신조차도 알 수 없는 일이다.

도망을 친 연옥은 틀림없이 신라소에 와서 숨어 있을 것이고 자기가 신라소에 나타나기만 하면 곧 찾을 수 있을 뿐 아니라 찾기만 하면 등주 고을에서 멀어진 곳에 자그마한 집을 장만하려던 생각은 대낮에 꾼 꿈에 지나지 않은 일이 되어 버렸다.

"여러 가지로 폐를 끼쳤습니다. 그럼 곧 현감한테로 가 보기로 하겠습니다."

"생각지 않은 큰일이 생겼습니다."

궁파는 그가 문을 열고 나갈 때까지도 마음에 압력을 주기 위하여 이런 말을 해 보냈다.

그가 돌아가자 장수와 궁파는 다시 자리를 같이하고 마주 앉았다.

그들은 진온을 혼내어 돌려보낸 것이 우스워 서로 빙긋이 웃었다.

그러나 그 웃음 뒤엔 가슴을 누르는 큰 걱정거리가 있었다.

"오시자마자 복잡한 일이 생겼습니다."

궁파는 주점에서 마시고 온 술도 이젠 멀쩡하게 깨어 버리고 말았다.

조금 전부터 흐리기 시작한 날씨가 삽시간에 구름으로 뒤엉키더니만 밖에는 부슬비가 내리기 시작했다.

"어떻게, 대체적인 내용은 알고 계시지요."

"그래서 지금도 막 부두엘 나갔다 돌아온 길입니다. 모두가 제 덕이 부족한 탓으로 생기는 일인 것 같아 죄송합니다."

장수는 모든 것이 자기 불찰로 일어난 일인 것 같아 우울한 얼굴을 하고 있었다.

"장형의 불찰이 무엇 있겠습니까. 원인은 다만 조정이 정신 못 차린 탓이 여기까지 파급되는 것이겠지요."

창밖을 내다보는 궁파의 가는 눈시울엔 역시 조국의 안위를 걱정하는 빛이 넘쳐 있었다.

"벌써 한 달 전부터 그런 소문이 돌기에 각별히 부두에 드나드는 배를 주의하고 있지만 그 정체를 잡을 수가 없습니다."

궁파는 고개를 끄덕거리고 있더니만 새삼 무슨 생각이 떠오르는지 장수의 얼굴을 쳐다보며 입을 열었다.

"만복이라는 사공의 뒷조사를 좀 해 보았는가요…."

궁파가 이 말을 하자 장수는 상반신을 내밀며 낮은 목소리로 대꾸하는 것이었다.

"벌써부터 만복의 소행이 수상하다는 소문을 들었지요. 그래 조사도 하고 뒤따르는 중입니다."

"어떤 단서를 잡으셨던가요?"

"아직도 확실한 증거는 잡지 못했습니다만 여하튼 수상한 것만은 사실입니다.

그래서 며칠 전에도 그랬고 오늘도 그 배에 다녀온 길이지요. 가져온 물건은 별로 보이지 않는데 오늘부터 배에 싣는 짐을 보면 역시 수상하게 생각지 않을 수가 없구만요."

장수의 차근차근한 말소리는 창밖에 뿌리는 빗소리보다도 작게 들렸다.

갖고 온 짐도 없이 배에다 짐을 싣는다는 것은 장수의 말대로 수상한 일이다. 제28회

그렇다고 그것만으로 섣불리 손을 댔다간 오히려 대사를 망치기가 쉬운 일이기도 했다.

장수도 뜬소문을 들었지만 진온으로부터의 항의와 또 궁파가 데리고 온 소년들을 목전에 바라보았을 때 마음의 충격을 받지 않을 수 없었다.

"소년들은 어디서 구출해 내셨던가요."

"오늘 일찍 등주 고을로 오는 도중 만났습니다… 조금 전 진 영감이 와서 말하던 소녀의 동생이 바로 저 안에 있을 겁니다."

등주 고을 땅을 밟은 지 얼마 되지 않는 그가 이렇게 자상하게 알고 있는 것을 볼 때 장수는 무안하지 않을 수 없었다.

그렇다고 자신이 태만했던 것은 아니었다.

"그럼 남매가 그런 일을 당했던가요."

"그런 모양인 것 같습니다."

그들은 점차 무거워지는 마음을 주체하지 못하는 듯 침묵이 잠시 두 사람 사이를 가로막는다.

"어떻든 말씀하신 대로 만복이란 자가 수상한 것은 틀림없습니다… 하도 그런 소문이 돌고 단서는 잡을 수 없던 차에 만복의 정부情婦가 경영하는 주점에 낯선 소녀가 보인다기에 주모를 불렀습지요"

"그렇습니까… 주모의 말에 의하면 만복이란 자가 자기 조카딸을 양녀로 데려다 주었다구 하두만요."

"주모의 입에서 나온 말인가요."

"그렇습지요…"

"그럼 틀림없이 만복이란 자가 주동이 되어 있구만… 지금 내가 주모한테 들은 말은 그렇지가 않았습니다."

궁파의 말을 듣자 장수의 얼굴은 금시 달라지고 말았다.

"그럼 그 주모를 곧 붙잡아 들여야 하겠습니다."

"쉬! 그렇게 서두르다 큰일을 그르치기가 쉽습니다. 그냥 버려둔 채 정체를 보는 것이 옳을 것입니다. 오늘 부두에 나가셨을 때 만복이란 자를 만나셨던가요."

"며칠째 통 그림자를 보지 못했습니다."

잠시 궁파는 묵묵히 창밖만 내다보고 있었다.

그의 머릿속을 감돌고 있는 것은 역시 만복의 존재였다.

조금 전에 들렀던 주점과 부두에도 보이지 않는다면, 역시 그 행방이 수상하고 궁금하지 않을 수 없었다.

창밖을 내다보고 있던 궁파는 무슨 생각을 했던지 시선을 옮겨 장수를 쳐다본다.

"봉화鳳和는 어디 멀리 나가지 않았을까요?"

"곧 부를 수 있을 겁니다."

장수는 궁파의 청에 의하여 사환을 시켜 곧 봉화를 불러오게 했다.

봉화라는 젊은 장정은 궁파로부터 직접 무예武藝의 훈련을 받은 사람으로서 신라소의 경호警護 일을 맡아보고 있었다.

장수는 별안간 궁파가 무슨 까닭에 봉화를 부르는지 자못 궁금한 일이었지만 물어볼 수는 없었다.

비가 내리는 탓인지 밖이 진작 어두워지고 있었다.

"저 애들을 여기다 묻어 둔다는 것은 아무래도 좋지 않을 것 같습니다."

장수는 그제서야 궁파가 사환을 시켜 봉화를 부르게 한 이유를 짐작할 수 있었다.

"어디로 옮기는 것이 가장 안전할까요."

"여기 있다고 해서 별로 안전치 않을 것은 없지만 역시 시끄러울 것 같아 그럽니다… 어떨까요, 적산 법화원으로 옮긴다면…."

"저도 지금 그런 생각을 했습니다."

"여러 스님들이 좀 불편하시겠지만 이런 때야 별 수 있습니까…."

이런 말을 주고받고 있을 때 봉화를 부르러 갔던 사환 아이가 들어왔다.

"지금 막 오십니다."

"수고했다. 너는 안으로 들어가 있도록 해라…."

주인의 말에 사환 아이는 안으로 들어갔다. 뒤이어 봉화가 따라 들어왔다. 우장을 차리고 온 그가 그것을 벗으려고 하자 궁파가 제지했다.

"바쁘니까 그냥 입고 있게."

봉화는 우장을 걸친 채 궁파에게 크게 절을 한다.

"언제 오셨습니까…."

"오늘 온 길이네…."

"긴급한 부탁이 있어 자넬 부른 걸세… 다름이 아니라 지금 곧 법화원까지 어린 소년들을 데려다 주고 돌아오도록 해야겠네…."

"뭐 어렵지 않습지요… 그런데 오늘 밤 아무래도 부두가 좀 수상한 것 같습니다."

"수상하다니…."

"역시 짐을 싣고 푸는 것은 건성뿐이고 딴 일이 꼭 있는 것 같습니다."

"어떻든 부두일일랑 우리가 나가 볼 테니 자네는 내가 시키는 일부터 해 주게…."

안에 들어가 있던 소년들을 불러내어 우장을 차린 후 궁파는 그들 일행을 봉화에게 딸려 적산 법화원으로 떠나보냈다.

"우장은 여분이 있나요."

"우장은 있지만 시장하실 텐데…."

"주점에서 요기를 해서 별로… 참 노형께서 요기를 좀 하시지요."

"저도 별로…."

"그럼 우리 주점 술이 신통치 않지만 주점에나 나가 보지요."

아무리 큰일이라 해도 별로 서두는 일이 없는 궁파라 무슨 계획이 있는 것 같아 장수는 그와 함께 우장을 차리고 밖으로 나왔다.

창가에 뿌리던 것은 가는 실비였지만 정작 밖으로 나오고 보니 제법 줄기차게 내리고 있었다.

어디서인지 꽃향기가 빗줄을 타고 풍겨 왔다.

비가 내리는 탓인지 거리는 인적이 끊긴 것같이 조용하다.

즐비한 거리의 창문에서 흐르는 불빛이 말없이 걸어가는 두 사람의 그림자를 비칠 뿐이다.

역시 주점엔 비가 내리는 탓인지 또는 밖에서 보아 그런지 손님의 그림자가 어른거리지 않는 것 같았다.

궁파가 먼저 문을 열자 안에 있던 주모가 달려 나왔다.

우장을 입어 사람을 잘못 보았던지 한참 어름거리고 나서야 반가이 나와 맞는다.

"아이구 들러 주시니 저의 집에 영광입지요."

궁파의 뒤로 장수가 들어서자 주모는 같은 말을 되풀이하며 수다를 떨었다.

"어떻게 내가 낮에 부탁했던 만복은 아직 안 들렀던가."

주모는 나이에 넘치는 교태로 대답한다.

"제가 나아리의 고마운 말씀을 듣고 곧 사람을 보내 보았습지요… 그랬더니 오늘은 뱃일이 바빠서 저녁에 나오질 못한다는군요."

장수는 주모의 말이 미덥지가 않았다. 부두는 물론 배에서도 얼굴은 고사하고 비슷한 코빼기 구경도 못 했는데 그런 소리를 했던 까닭이다.

"그럼 배로 나가 보지요."

무슨 뜻이 있어서가 아니라 무심중에 한 장수의 말이다.

"원 별말씀을… 이렇게 일껏 들르셨는데 그냥 돌아가시면 이 늙은 주모의 마음이 얼마나 섭섭할라구요."

그들은 주모의 권에 이기지 못하여 자리에 앉았다.

역시 손님이 없는 것이 그들에겐 다행했다. 안주와 술을 이번엔 주모가 직접 날라 왔다.

"그앤 어델 갔나?"

"그것이 나이 어리고 일손이 서툴다 보니 몸이 아프다고 초저녁부터 들어가 자리에 누워 있습지요… 제 팔자란 서서 먹을 팔잔가 봅니다. 양딸 시중까지 들어야 하니 말입니다."

궁파와 장수는 요기할 정도로 술과 안주를 들고 나서는 주모가 그렇게 잡는 것을 뿌리치고 나와 버렸다.

"자, 부두로 나가 봅시다."

궁파의 말에 장수도 따라나서는 길로 두 사람은 곧장 부두로 가는 길로 접어들었다.

서로 자상한 말은 주고받지 않았지만 마음이 바쁘듯 그들의 걸음도 빨랐다.

빗발은 줄기차게 내려도 파도는 높지 않았다. 어찌 보면 마구 쏟아지는 빗발에 고개를 숙인 채 터져 오르는 분통을 참고 있는 것 같기도 했다.

먹물을 뿌려 놓은 것같이 어두운 부둣가였지만 여기저기 정박해 있는 배 그림자가 뚜렷이 보였다.

"어느 배지요?"

궁파가 나직이 장수에게 묻는 말이다.

"저 둘째 번 뱁니다."

그때 누군지 이리로 오는 것 같아 그들은 잠시 어둠 속으로 숨어 버린다. 그러나 누구도 이리로 오는 기색은 없었다.

"배에 한번 다녀오시지요."

"그럼 제가 다녀올 때까지 여기서 기다리시지요."

궁파는 고개를 끄덕이자 장수는 곧바로 정박해 있는 배를 향해 걸어갔다.

장수의 그림자는 곧바로 어둠이 삼켜 버렸다.

궁파는 서 있을수록 궁금하다 못하여 불안했다. 그러나 배 안에선 아무런 소리도 들리지 않는다.

이럴 즈음 어둠 속에서 불쑥 장수가 나타났다.

"만복이가 있던가요."

"있을 리가 있습니까… 배는 비다시피 했두만요…. 다행히 얼굴을 몰라보고 어데서 왔느냐고 묻기에 주점에서 왔다고 했더니만 큰 배로 나가서 오늘을 못 돌아온다고 하질 않아요."

"큰 배?"

"역시 그들은 저 바다 한가운데 배를 두고 무슨 장난을 하고 있는 것 같습니다."

궁파는 얼굴에 비를 맞아 가며 보이지 않는 어둠을 뚫고 내다보았지만 시야에 드는 것은 아무것도 없었다.

제31회

법화원

法花院

적산 법화원의 경내境內로 들어가니 풍경의 절승함은 말할 것도 없거니와 엄숙하고 신령神靈하기가 스스로 옷깃을 여미게 하는 것 같았다.

얼핏 눈에 띄는 여승女僧들만 해도 십여 명이 넘는다.

그들은 한결같이 조용해 보이는 얼굴에 티끌 정도의 번뇌煩惱도 있어 보이질 않는다.

몸과 마음이 지칠 대로 지쳤지만 그러한 모습이 연옥의 마음을 끌었다.

그러나 그것보다도 연옥의 눈을 더 놀라게 한 것은 탑상榻上에 모셔 있는 금빛 삼불三佛과 엄청난 가람伽藍의 규모다.

연옥은 우연히 자기를 구출해 준 여승을 따라 주지 여승住持女僧 방으로 갔다.

젊은 여승이 먼저 손을 모으고 크게 절을 하자 늙은 주지 여승은 그와 연옥을 번갈아 쳐다보는 것이다.

"돌아오는 길에 실신하여 쓰러져 있는 소녀가 있어 구출하여 물어본즉 우연히도 신라의 소녀였습니다."

"신라의 소녀?"

주지 여승은 크게 놀라 다시 한 번 연옥을 쳐다본다.

연옥은 차곡차곡 쌓였던 설움이 폭발하려는 것을 억지로 참아야만 했다.

갸웃이 고개를 숙이고 있는 연옥의 머리 위로 부드러운 주지 여승의 인자한 말소리가 봄바람같이 지나간다.

"신라 소녀가 어찌하여 이 사고무친한 땅에 와서 방황하다 실신하기에 이르렀는가… 정말 기이한 일이다…."

법화원으로 오는 길에 연옥은 자기를 구출하여 준 여승한테 자기의 기구한 과거를 하나도 숨김없이 설명하였지만 주지 여승의 묻는 말에 다시 대답하려 하나 목부터 먼저 멜 뿐이었다.

이때 옆에 앉았던 연옥을 구원해 준 젊은 여승이 그 첫머리에서 끝까지에 이르는 말을 자세히 하자, 주지는 길게 탄식하며 연옥을 더욱 측은한 눈으로 바라다보았다.

"이렇듯 세상이 어지러워지니 딱한 일이다… 한때 액운厄運이 지나면 반드시 길이 열릴 것이니 소녀는 이럴 때일수록 자중해야 하는 법이다."

연옥은 주지의 이런 말만으로도 크게 마음의 위안을 얻을 수 있었다.

연옥은 소리 없이 떨어지는 눈물을 옷소매로 닦으며 고개를 들어 주지를 쳐다보았다.

"잃었던 목숨을 다시 찾게 하여 주시고 이제 또한 따뜻한 정을 주시오니 모두가 다 부처님의 높으신 은덕인 줄 알겠나이다."

주지도 연옥의 말에 가느다란 미소로 응낙한다.

"모두가 부처님의 자비로운 마음인 것이니 소녀는 액운이 가시고 다시 길이 열릴 때까지 안심하고 이곳에 머물러 있음이 좋으리라…."

연옥이가 고개 숙여 주지에게 고마운 뜻을 표하자 다시 젊은 여승을 향하여 말을 잇는다.

"동편東便 행각行閣에 빈방이 있을 것이다 곧 치우고 소녀를 들게 하여 편히 쉬도록 하여라—."

이러한 주지의 마음씨는 어머니의 사랑보다도 더 뜨거운 것 같았다.

연옥은 젊은 여승이 하는 대로 따라 일어나 주지 앞에 손을 모으고 그의 거처를 나왔다.

연옥이가 동편 행각에 방을 정하고 들자 여러 젊은 여승들이 떼를 지어 모여들었다. 제32회

그들은 연옥의 아름다운 얼굴과 단정한 몸매에 끌려 서로 쑥덕거린다.

이곳의 여승들은 스스로 불도佛道를 닦기 위하여 멀리 신라로부터 모여들었던 소녀들이다.

그들의 젊음은 이 그윽한 산속에서 법화원 앞을 흐르는 맑은 시냇물 모양 깨끗

이 흘러가고 말았다.

이미 불도에 들어선 지 수년이 지난 그들이지만 그녀들은 연옥에게 이상한 매력을 느끼는 것 같았다.

어찌 생각하면 그들은 연옥의 모습에서 지나간 자기들의 추억을 찾아보는 것 같기도 했다.

연옥에겐 그녀들의 지나친 사랑이 오히려 송구스러울 정도다.

다과茶菓를 가져다 주는가 하면 한결같이 동정 어린 위안과 칭찬으로 시종始終하는 것이었다.

"어쩌면 저 피부색갈이 목련꽃보다도 흴까…."

"목련이란 지극히 약한 꽃이야. 그러니 소녀에게 그러한 액운이 닥쳤을 것이다…."

그들은 서로 이런 말을 주고받으며 연옥의 사정을 동정했다.

불도에 들어서 길을 닦는 사람들이라 해도 여럿이 모여 떠들면 속세의 사람이나 다름없었다.

그들이 한참 떠들고 법석할 즈음 연옥을 구출해 준 여승이 나타났다.

"주지 스님께서 걱정하시니 어서들 돌아가는 것이 좋으리다…."

그녀의 입에서 이런 말이 떨어지자 그제서야 각기 자기 처소로 뿔뿔이 헤어져갔다.

"소녀는 피곤할 텐데 어서 좀 누워서 쉬도록 하지…."

여승은 연옥을 위하여 자리를 권했지만 차마 누울 수가 없었다.

"별로 피곤한 줄도 모르겠나이다."

"아직 놀란 긴장이 풀리지 않아 피곤한 줄을 모를 터이지. 이제 긴장이 풀리면 지친 피곤이 한꺼번에 몰릴 것이니 아무쪼록 조심해야지…."

차근차근 타일러 주는 그녀는 연옥에게 있어서 오래 헤어졌다 처음 만나는 언니같이 다정했다.

"이 깊은 은혜는 정말 갚을 길이 없을 것 같나이다."

"우리가 서로 이렇게 만났음은 부처님의 뜻이라. 또한 그것도 형제와 같은 인연인 것을 무슨 은혜를 말하랴."

그때 벌써 본당本堂을 비롯하여 여러 암자庵子에서 울리는 목탁 소리가 흘러나오기 시작했다.

"벌써 저녁불공이 시작되었구만."

여승은 목탁 소리에 귀 기울이며 자리에서 일어선다.

"내 불공이 끝나는 대로 다시 올 테니 그동안 편히 쉬도록 해."

밖으로 나가는 여승을 향하여 연옥은 조금 전에 배운 대로 합장하고 절을 했다.

연옥의 시선은 본당을 지나 암자로 향해 가는 그녀의 뒷모습에서 옮겨지질 않았다.

구르듯 울려 오는 목탁 소리는 산 전체를 울리는 것 같기도 했다.

연옥의 가슴속에 스며드는 그 여운은 무엇인지 모르게 부드러우면서도 마음의 초조를 느끼게 하는 것 같았다. 눈시울에는 자기도 모르게 눈물이 맺혀 들고 있었다.

흐르는 목탁 소리에 밖은 점점 어둡기 시작했다. 제33회

연옥은 창밖을 내다보며 하염없는 생각에 잠겨 있었다.

자기 한 몸은 우연히 구원을 받아 산사山寺의 좁은 방일망정 편히 쉴 수 있게 되었지만 동생 일을 생각하니 마음만 더 무거워질 따름이다.

동생은 사내아이라 자기와 같은 경우를 당하지는 않을 것이지만, 남의 집 종으로 몸에 익지 않은 일을 하며, 갖은 구박을 받을 생각을 하니 잠시나마 견딜 수가 없었다.

가슴에 북받쳐 오르는 그리움과 우울에 연옥은 펄떡 자리에서 일어섰지만 그냥 주저앉고야 말았다.

어둠이 깔리는 밖으로 뛰쳐나갔댔자 소용없는 일이기도 했지만 어제의 피곤이 그대로 온몸을 휩쓸었던 탓이다.

주저앉은 연옥은 옆으로 쓰러지듯 누워 버리고 말았다.

주체할 수 없는 눈물만이 흐를 뿐이다.

연옥은 눈물을 닦을 생각도 없이 그냥 누워 있었다. 가깝게 들리던 목탁 소리도 인제는 점점 희미하게 멀어져 갈 뿐이다.

잠시 자기마저 잊은 듯 누워 있던 연옥은 크게 놀랐다.

그것은 자기가 앉아 있는 곳이 법화원의 동편 행각이 아니었다.

어디인지 분간할 수 없는 무연한 벌판이다.

기지개를 펴고 싶도록 날씨는 다사롭고 향긋한 꽃향기가 바람결에 풍겨 오고 있다.

연옥은 정신없이 사면을 살펴보았다. 어디서인지 맑은 방울 소리와 같은 물 흐르는 소리에 섞여 자기를 부르는 목소리가 들린다.

아무리 살펴보아도 그림자는 보이질 않았다.

이름을 부르는 것이 아니라 누나를 찾는 동생의 목소리다.

언뜻 그 소리도 바람결에 한 번 들렸을 뿐 다시는 들리지 않는다.

연옥은 일어서 목소리가 들리던 곳으로 달음질치려 하였지만 몸이 움직이질 않는다.

"영권寧權아 나 여기 있다."

있는 소리를 다하여 불러 댔지만 그 소리는 막다른 골목에서 소리치는 것같이 메아리쳐 올 뿐 아무런 반응이 없다.

그래도 행여나 하여 다시 조용히 귀 기울여 보았다.

"누나 연옥이 누나!"

틀림없는 동생의 목소리였지만 그것은 목이 꽉 잠겨 쉰 목소리다.

목이 갈라질 지경으로 애타서 부르는 동생의 목소리를 들으니 연옥은 더 참을 수 없었다.

"영권아… 영권아… 누나 여기 있다, 여기…."

있는 힘을 다하여 소리치며 움직여지지 않는 몸을 억지로 일으켜 벌판을 뛰쳐 내려갔다.

그러나 역시 동생의 모습은 보이지 않았다.

"누나! 내 누나한테로 갈게. 누난 움직이지 마… 움직이지 마…."

연옥은 다시 그 자리에 펄썩 주저앉아 버리고 말았다.

숨이 막힐 지경으로 숨통이 부풀어 올랐다.

주저앉은 채 아무리 목을 길게 뽑아 주위를 살펴보았지만 동생의 그림자는 보이질 않았다.

시간이 흐를수록 연옥은 불안했다.

제34회 아무리 살펴보아도 조금도 기억에 없는 장소다. 어떻게 이런 곳에 자기가 와 있는지조차도 알 수 없었다.

조금 전까지 있던 곳은 법화원 동편 행각이 분명했다. 그럼 언제 이곳엔 왔으며 또 주위가 이렇게 훤한 것을 보면 밤이 아니라 낮인 것을 생각할 때 아무래도 무엇에 홀린 것 같기만 했다.

동생의 그림자는 보이지 않고 또 누나를 불러 대는 소리가 들린다.

인제는 더욱 불안해지기만 했다. 결국 동생은 어디서 원통하게 죽어 버린 것이 아닐까?

자기더러 움직이지 말라고 하고 누나한테로 간다고 하면서도 얼른 나타나지 않는 것을 보면 결국 원통하게 죽은 그 혼령이 자꾸만 누나를 불러 대는 것 같기만 했다.

자기가 지금 여기 기억조차 할 수 없는 장소에 나와 앉아 있는 것은 동생의 혼령에 이끌려선가 하는 생각뿐이었다.

연옥은 동생의 이름을 불러 대며 통곡했다.

아무리 울고 울어도 설움은 그치지 않는다.

그때 누가 자기 어깨를 흔드는 것같이 느끼면서도 지나친 설움에 고갤 들지 못했다.

그러나 이번엔 가벼이 이름까지 불러 대지 않는가….

연옥은 고개를 들고야 말았다. 웬일일까… 영권이가 서 있다.

그러나 연옥은 무슨 생각에서인지 동생한테 덤벼들지 못한 채 멍청 바라다만 보고 있었지만 동생 역시 표정 없는 싸늘한 얼굴로 자기를 쳐다보고만 있었다.

"영권아 웬일이냐?"

역시 동생은 말이 없었다. 연옥이 동생 앞으로 한 걸음 다가서면 동생은 차가운 얼굴을 한 채 한 걸음 물러설 뿐이다.

"영권아 웬일이냐… 답답하구나, 그새 지난 일이라도 좀 얘기해 주렴…."

동생은 대답은 고사하고 누나가 성급히 조르면 조를수록 뒷걸음쳐 가기만 했다.

그렇듯 매정한 동생이 원망스러워 연옥은 소리쳐 울기만 했다.

누가 잡아 일으키는 통에 자리에서 일어나고야 말았다. 그러나 연옥은 엉엉 울고 있었다.

"진정해요, 어서 진정해… 몹쓸 꿈을 꿨나 보지…."

그제서야 연옥은 정신이 펀뜩 들었다.

그 목소리는 동생이 아니라 자기를 구출해 준 그 여승이었던 까닭이다.

그러나 울음은 좀처럼 그칠 수가 없었다.

방 안엔 어둠이 가득히 흘러 있었다.

연옥이가 진정하는 것을 보자 여승은 등잔을 마련하는 모양이다.

메아리를 부를 정도로 울리던 목탁 소리도 인제는 어둠 속에 묻혀 버린 채 맑은 고요만이 넓은 절간을 잠재우고 있었다.

흐느낌 속에 설움을 참는 연옥은 생각할수록 불안하기만 했다.

여승이 밝혀 놓은 등잔불로 방 안의 어둠은 가라앉았지만 연옥의 가슴속을 감고 도는 불안과 설움은 좀처럼 가시질 않았다.

제35회 생각하면 생각할수록 연옥은 불길한 꿈자리가 불안했다.

"꿈자리가 사나움은 세속의 번뇌를 벗어나지 못하였을 뿐 아니라 소녀의 몸이 지나치게 피곤한 탓이라…."

여승은 연옥을 위로하며 어서 잠자리에 들 것을 권했지만 그러고 싶은 의향은 조금도 없었다.

연옥은 이 한밤을 여승과 같이 새우고 싶었지만 그것은 자기로서는 무리한 부탁이 아닐 수 없었다.

"하도 꿈자리가 사나우니 부처님 앞에 분향焚香하고 기도를 올리면 어떠하리까…."

여승과 떨어지고 싶지 않을 뿐 아니라 이런 일이라도 하면 불안이 가실까 하는 생각에서였다.

"부처님은 자비하실 뿐이지. 그런 기도란 십왕전十王殿에 드리는 것이다. 인간의 모든 화복禍福과 악귀를 다투는 일은 십왕이 맡아 하지만 벌써 때가 늦었으니 내일 몸을 깨끗이 하고 암축暗祝하는 것이 좋을 것이다."

더 붙들고 늘어질 도리가 없었다.

방 안에 켜 놓은 등잔불의 탓인지 산사의 밤은 더욱 캄캄하고 조용한 것 같기만 했다.

갸름한 연옥의 얼굴은 눈물은 보이지 않는다 해도 그냥 슬픔에 함빡 젖어 있었다.

"스님!"

등잔불보다 또렷하고 맑은 여승의 눈이 연옥을 쓰다듬는다.

"소녀가 비록 세상을 많이 경험해 보지 못하였습니다만 무엇인지 알 수 없게 세상은 덧없는 것 같고 인생은 가시밭길 같기만 하나이다. 소녀도 머리를 깎고 승려僧侶가 되어 불가의 몸이 되고 싶습니다."

슬픔에 젖어 있던 연옥의 얼굴에 붉은빛이 번져 흐르는 것은 등잔불 탓만도 아니었다.

여승은 측은한 생각에 그녀의 얼굴을 한없이 쳐다보고만 있다.

고개를 숙이는 연옥의 뺨에 새로운 눈물이 흘러, 보기에 딱할 정도다.

"나도 부처님에게 바친 몸이지만 소녀의 얼굴을 본즉 아직 앞날이 쓸쓸치 않으니 그런 생각은 삼가는 것이 좋을 것이다. 한때 액운이 가면 반드시 참된 밝은 날이 돌아오는 법이니 부질없는 생각으로 평생을 그릇 택하지 않는 것이 좋으리라. 일단 불가에 발을 들여놓으면 다시 나올 순 없는 일이니 말이야… 부처님만을 모시고 산다는 일도 그리 쉬운 일은 아니란다."

딸을 타이르는 어머니 모양 차근차근 말하는 여승의 얼굴에도 전에 없이 쓸쓸한 빛이 깃들어 있었다.

"스님 그럼 저는 앞으로 어떻게 하면 좋으리까."

"지나치게 앞날을 걱정하는 것이 첫째는 네 몸에 해로운 것이다. 몸이 성하고 때가 오면 네 잃어버린 동생도 만날 수 있을 것이다. 부처님은 항상 착한 사람에게 어진 일을 베풀어 주시는 법이란다."

슬픔과 불안에 뒤헝클어졌던 연옥의 마음도 그제서야 좀 가라앉는 것 같았다.

"내 오늘 이 방에 같이 있고 싶지만 주지 스님께서 허락지 않는 일을 어길 수 없으니 어서 편히 눕도록 하여라."

연옥은 여승이 돌아가고 나서도 한참 후에야 등잔을 껐지만 잠은 좀처럼 오질 않았다.

연옥이가 법화원으로 온 지 이삼 일 지난 어느 날이다. 제36회

등주 고을 어느 부호의 집에서 이 절로 와서 불공을 올린다 하여 일찍부터 떠

들썩했다.

이윽고 밤이 깊자 법고法鼓 소리와 불음佛音이 뒤흔들었지만 연옥은 어쩐지 마음이 뒤숭숭하여 밖으로 나가질 않았다.

불공이 끝난 다음 날 아침 손님이 떠나는지 절 안마당에서 여러 여승들과 주고받는 말이 연옥이가 있는 동편 행각에까지 낱낱이 들렸다.

"이번 길엔 주인마님이 오시지 않으셨던가요."

"조금 전에 주지 스님에게도 말씀드렸지만 요즈음 몸이 불편하셔서 제 혼자 왔지요."

그들이 주고받는 말이 이 고장 말이라 연옥은 눈 뜬 장님이나 다름없었지만 어쩐지 공연히 가슴이 설레는 것이었다.

살며시 밖을 내다보았지만 여승들과 이야기를 주고받는 늙은이는 전연 기억에 없는 사람이다.

"그럼 젊은 주인마님도 편치 않는다는 말씀인가요."

"뭐 그리 대단치는 않지만 이삼 일째 자리에 누워 있답니다."

"좀처럼 질고가 떠나지 않아, 늘 염려되겠습니다."

그들과 주고받는 말을 대충 들어도 이 여인은 법화원 출입이 잦음을 알 수 있었다.

"그동안 오래 오지 못한 탓인지 절 안이 많이 변한 것 같습니다."

"변한 것이래야 뭐가 있겠습니까. 다만 계절이 바뀐 탓이겠지요."

여인은 이곳저곳을 살피며 연옥이가 있는 쪽으로 가까이 오고 있었다.

문을 꼭 닫고 있었지만 밖에서 인기척이 느껴지는 모양 같았다.

"이 방엔 손님이 들어 계신가요."

"어린 소녀가 잠간 쉬러 들어 있답니다."

여인의 눈초리가 이상하게 빛나고 있었지만 옆에 따르는 여승은 별로 이상하게 느끼는 것 같지가 않았다.

소녀가 들어 있다는 소리를 듣자, 여인은 갑자기 방 앞으로 다가와 문을 열려 했다.

"주지 스님께서 소녀는 외인外人을 싫어한다 하여 접촉을 막고 계시니 삼가 주시면 좋겠나이다."

여승이 이렇게 말하자 여인은 태연히 웃으며 말하는 것이었다.

"스님도, 주지 스님이 외인의 접촉을 막으라고 하심은 남자의 일이겠지, 저같이 늙은 여인을 상면케 말라는 말씀은 아니겠지요."

법화원과는 특별한 인연을 가지고 있는 집 사람일 뿐 아니라 여인의 말을 듣고 보니 여승도 납득이 가지 않는 바는 아니었다.

여승이 여인의 말에 미처 대답지 못하고 주저하는 기색을 보자 그녀는 서슴지 않고 문을 열었다.

연옥은 문이 열리자 잠시 얼굴에 놀란 빛을 숨기지 못하더니만 자기를 구출해 준 여승이 옆에 서 있는 것을 보자 다시 태연해진다.

역시 연옥의 모습은 여인의 눈에도 아름다웠다.

흐려진 양미간에 슬픔이 가시지 않았지만 그 흰 살결과 빛나는 눈은 능히 사람의 마음을 뒤흔들어 주는 바가 있었다. 연옥의 모습에 마음속으로 감탄한 여인은 옆에 서 있는 여승에게 나직이 묻는다.

"어떻게 되어 저렇듯 아름다운 소녀가 혼자 승당僧堂에 머물러 있는 몸이 되었는지요." 제37회

여인이 묻자 이번엔 여승이 조금 난처해진 표정이다.

그러나 이번엔 여인도 여승에게 더 물으려 하질 않는다.

"정말 예쁘고도 가엾어라. 소녀는 몇 살이오."

연옥은 여인이 지금 자기에게 나이를 물어보는 것쯤은 짐작했지만 서투른 이 고장 말을 지껄이고 싶지 않아 잠자코 있었다.

"소녀는 이 고장 사람이 아니라 부인의 말씀을 못 알아들을 것입니다."

"이 고장 소녀가 아니라니요?"

여인은 일부로 놀란 빛을 보이며 앞질러 물었다.

인제는 여승이 더 대답지 않는다 해도 짐작할 수 있었다.

주인집 바깥어른이 자기를 이곳에 보낸 데 대한 충분한 증거를 얻어 갖고 갈 수 있는 기쁨이 먼저 앞섰다.

"소녀는 신라 소녀랍니다."

여인은 여승의 말에 확증을 얻은 기쁨을 속으로 웃으며 고개만 끄덕거렸다.

그들은 방문을 닫아 버리고 돌아섰다. 뒤따르던 여승들은 연옥의 방 앞에서 대

화가 길어지자, 각기 자기 방으로 사라졌는지 뜰 한가운덴 단 두 그림자밖에 없었다.

"어떻게 된 소녀인지는 몰라도 그 얼굴에 보이는 슬픈 빛을 보니 정말 동정이 갑니다. 법화원과 저의 집은 인연이 있는 사이니 제 힘이 있는 대로 저 소녀를 도와 보고 싶은 생각입니다."

"늘 이렇게 큰 정을 베풀어 주셔서 뭐라 하올지…."

여승은 손을 모아 가볍게 절을 한다. 여승은 연옥이가 어떤 부잣집 종으로 팔려 갔다 봉변을 당했다는 것만 알고 있었지, 지금 불공을 드리러 온 이 골 부자 진陣씨 집에서 뛰쳐나온 줄은 전연 모르고 있었다.

그러게 여승은 자기가 기껏 구원해 준 연옥을 다시 자기도 모르고 함정에 빠쳐 버리는 짓을 해 버리고 말았다.

산문山門 밖까지 나오는 사이에 여승은 이 여인에게 연옥이가 지금까지 당한 정경을 하나도 빼지 않고 설명해 버렸던 것이다.

"스님이 여기까지 정중히 배웅을 나와 주신 은덕은 마음에 새겨 잊지 않겠습니다."

"저의 집에 오신 손님인데, 별말씀을… 돌아가시거든 마님의 건강이 하루 속히 회복되시도록 기도 드린다고 전해 주십시오."

"전하고 말곱쇼. 우리 댁 젊은 마님이 그 말씀을 들으면 얼마나 기뻐하실라구요… 마님이 깨끗해지시면 곧 다시 한 번 와서 치성致誠을 드리겠습니다."

"기다리고 있습지요."

여승은 돌아서 언덕길을 내려가는 여인을 향하여 손을 모으고 눈을 감은 채 나직나직 염불을 외우고 있었다.

언덕길을 내려와 산문山門이 보이지 않게 되자 여인은 걸음을 빨리했다.

그녀는 두말할 것도 없이 진온의 아들네 집에서 일하고 있는 늙은 종이었던 것이다.

지금 잰걸음새로 집에 가는 그녀의 머릿속엔 늙은 주인이 연옥의 거처만 분명히 알아 오면 삼십 냥을 상금으로 주겠다던 말 이외엔 아무런 생각도 없었다.

제38회 진온이가 신라소를 찾아간 것은 아들네 늙은 여종들을 일단 내세운 뒤였다. 법화원을 비롯하여 신라 사람들이 숨을 만한 곳엔 통털어 그들을 보내 보았던 것이다.

나갔던 여종들이 각기 돌아와 말하지만 연옥의 종적은 누구도 알아 가지고 오질 못했다.

다만 이제 남아 있는 것은 법화원뿐이었다.

그러나 법화원으로 간 늙은 종은 좀처럼 돌아오질 않았다.

나이에 알맞지 않게 성급해진 진온은 초조한 마음으로 그녀를 기다리고 있었다.

법화원에서 늙은 종이 돌아온 다음에 신라소로 찾아간다는 것이 자기 성미에 못 이겨 그만 집을 나섰던 것이다.

신라소 총관을 만났을 때 쉬 연옥을 찾을 것 같은 기미로 보였던 것이, 생각지도 않았던 내객來客으로 꿈은 여지없이 깨지고 말았다.

신라소를 나온 진온은 몹시 우울했다.

불손한 궁파에 대한 불만도 컸지만 그로부터 들은 말이 은근한 불안을 자아내게 했던 것이다.

불쾌와 불만을 생각하여선, 어떻게 서둘러서라도 궁파라는 자를 혼내어 주고 싶었지만 그 지위가 지위인 만큼 서뿔리 서두를 순 없었다.

우장 준비를 하지 않고 나왔던 진온은 비까지 맞고 보니 그 우울한 심사는 비할 데가 없었다.

그러게 그는 한길을 걸어가며 몇 번이나 법화원으로 간 늙은 여종을 기다리지 못하고 나온 자신을 후회하였는지 모른다.

점점 날씨가 어두워지며 안갯발이 두터워지는 것으로 보아 비는 좀처럼 개일 것 같지가 않았다.

날씨가 이렇게 되고 보면 법화원으로 간 종이 하루쯤 더 묵어 오지나 않을까 하는 생각도 없지 않았다.

진온은 집으로 향하던 걸음을 멈춘 채 잠시 머뭇거린다.

이런 울화를 풀기 위해선 집으로 돌아가는 것보다는 차라리 기녀妓女의 집을 찾아가 술이라도 마시는 것이 옳을 것 같은 생각이었지만 연옥의 거처를 기다리는 마음은 그것마저도 성큼 실천에 옮기게 하질 않았다.

그러할 무렵이다. 옆을 지나치는 인기척에 고개를 돌린 진온은 그것이 한길이라는 것도 잊은 채 다급히 소릴 지르고야 말았다.

"어데 거처를 알았느냐?"

늙은 여종은 체면도 생각지 않고 수선을 떠는 주인이 하도 우스워 그냥 서 있었다.

"글쎄 거처를 알았느냐 말이다."

"성미도 급하시지… 여기가 한길이 아닙니까…."

진온은 여종의 말에 주춤해서 주위를 살펴보았다.

때마침 한길엔 누구의 그림자도 보이지 않는 것이 다행이다.

여종은 그러한 주인은 아랑곳도 하지 않고 앞서 걷는다. 그녀의 생각에도 이 늙은 주인이 이토록 서두는 것을 보면 그냥 연옥이란 종한테 쓰인 삼십 냥이 아까워서만 그러는 것 같지가 않았다.

남의 집에서 평생 늙은 그녀들은 주인들의 버릇을 잘 알고 있었다.

그러게 그녀는 이번 기회를 놓치지 않고 단단히 한몫 볼 생각을 하며 걸었다. 진온은 버릇없는 늙은 종을 마구 꾸짖어 대고 싶은 생각도 간절했지만 참고 뒤따라갔다.

여종의 뒤를 따라 집으로 돌아온 진온은 사랑방으로 들어가 의젓이 자리하고 그녀가 나오기만 기다리고 있었다.

그러나 안으로 들어간 여종은 이제나저제나 기다리고 있어도 좀처럼 나오질 않는다.

참다 못하여 진온은 안으로 사환을 보내어 여종을 불러내게 했다.

한참 후에야 겨우 여종이 사랑으로 나왔다.

여종이 비를 맞으며 밖에 서 있자 진온은 안으로 들어오라고 한다.

"어찌 그리 더디냐."

와락 치밀어 오를 것 같던 진온의 화도 여종의 얼굴을 보는 순간 어지간히 사그라지고 말았다.

"제가 늦은 것이 아니라 주인 어른께서 너무 성급하셔서 그런가 하옵니다. 절엘 갔으면 불공도 드리며 동정도 살피고 할라니 어디 쉬운 일입니까."

여종의 말도 그른 바 없었지만 그가 알고 싶은 내용은 그런 것이 아니라 연옥의 소식이다.

"그래 도망친 계집애는 그곳에 있더냐 말이다."

"있기는 합디다만…."

"있기는 한데 어떻드냐…."

반문하는 진온의 눈엔 불안한 빛이 번져 있었다.

그는 조금 전 신라소에서 당했던 일을 생각하며 그곳에도 그런 방비가 있지 않은가 해서다.

주인의 표정이 뜻밖에 달라진 것을 본 여종은 공연한 허두를 끄집어낸 것을 속으로 걱정은 하면서도 어떻든 미리 약속했던 삼십 냥 돈을 옭아낼 생각을 하고 있었다.

"어서 손을 써야 할 것같이 보였습니다."

"손을 쓰라니…."

"참 어른께서 저에게 약속하신 것부터 내셔야 제가 말씀드리지 않습니까."

그제서야 진온은 자기가 여종에게 약속했던 바를 생각하고 전낭錢囊을 풀었다.

"자 여기 있다! 그런데 어떻게 되었느냐."

여종은 주인이 내놓은 돈부터 잡아당기고 나서 자기가 지껄인 거짓말이 탄로가 나지 않게끔 조심조심 선후를 가려 설명했다.

"틀림없이 주인 어른이 사들였던 종 같은 소녀가 있삽기에 그곳에서 가깝게 사귄 여승에게 인정人情을 써 가며 물어보았지요… 그 여승의 말이 신라 소녀라 이곳 말을 할 줄 모른다 하며 그곳에 며칠째 머문다 하두만요."

"그래 그것이 틀림없느냐?"

"틀림은 고사하고 제 시퍼런 눈으로 똑똑히 보기까지 하였는걸요…."

"그럼 어찌하여 빨리 서둘러야 한다고 하였느냐…."

"참 주인 어른은 알 수 없습니다. 그렇게 성급하시면서도 왜 서둘러야 하느냐고 물으시니 말씀입니다. 여승의 말에 의하면 소녀는 곧 불가의 몸이 된다 하오니 불가로 입도하게 되면 돈을 주고 샀다 한들 어떻게 돌려받을 수가 있겠습니까…."

주인은 여종의 말에 고개를 크게 저욱거린다.

여종이 나간 다음 한참 멍청 앉아 무엇을 생각하고 있던 주인 진온은 사환을 다시 불러 젊은 상노 세 명을 데려오도록 했다.

가랑비는 사납게 꼬리치듯 사창까지 적셔 놓았다.

한참 후 젊은 세 상노가 사랑방으로 달려왔다. 제40회

맨 처음 얼굴을 내민 것이 이 집에서 가장 힘꼴이나 쓰는 선신宣信이다.

"선신이냐? 그 뒤엔 누구누구냐."

진온의 묻는 말에 선신이가 굽실하고 나더니만 차례차례 이름을 아뢰었다.

"소광素光이와 학한鶴翰이가 같이 왔습니다."

"이리들 들어오너라."

상노의 신분으로 주인이 거처하는 사랑방으로 들어간다는 일은 좀처럼 쉬운 일이 아니다.

그들은 뜻밖의 일이라 주저주저하며 앞장을 선 선신이를 따라 방으로 들어갔다.

비는 내리고 밖은 더 어두워 오기만 했다.

"오늘 내 너희들을 부른 일은 다른 일이 아니라…."

"무슨 일이든지 주인 어른의 분부시라면 저희들이야 목숨이라도 걸고 합죠."

세 상노 중 가장 형 격인 선신의 말이다.

"다름이 아니라… 일전 집에서 사들인 계집종을 알겠느냐…."

"그런 말씀은 들었습니다만 보지는 못하였습니다."

진온은 고개를 끄덕이고 나서 다시 말을 이었다.

"얼마 전 많은 돈을 주고 집에서 신라의 계집종을 사들였더니만 도망을 쳐서 신라인들이 만든 법화원에 들어가 숨어 있다 하지 않냐…."

"그런 법이 어디 있습니까…."

주인의 비위를 맞추는 선신의 대꾸였다.

"내 현감에게 부탁하면 될 일이지만 사사로운 집안 일을 공연히 크게 잡을 수도 없고 하여 너희들을 불렀다."

"우리 집 종 우리가 찾아오는데 무슨 관아의 힘을 빌립니까…."

진온은 가는 눈으로 앞에 앉아 있는 세 상노를 번갈아 쳐다본다. 그러더니만 전낭에서 돈을 꺼내어 선신이 앞으로 내어 놓는다.

"자 오늘은 비도 오니 그것을 갖고 주점으로 나가서 요기들이나 하도록 하여라."

주인의 인심이 별안간 후해지고 보니 그들은 당황할 수밖에 없었다.

"어서 걷어 넣어라… 그리고 내 또 한 가지 부탁이 있다. 법화원은 딴 곳과 달라

절이다. 절에서 소동을 일으키면 남부끄러운 일이다. 그러니 그런 일이 없이 우리 집 종을 찾아와야 할 것이다."

"네 알아서 하겠습니다."

그들이 물러나갈 듯이 한꺼번에 엎드려 절을 할 때 진온은 조용히 입을 열었다.

"밤중에 너희들이 그 애를 잡아 가지고 집에 돌아오려면 노상에서 소리를 칠 것이 아니냐… 그렇다고 상처를 내는 일이 있어선 안 된다… 너희들이 쥐도 새도 모르게 이 일을 성취하고 또 상처도 내지 않고 잡아 온다면 내가 너희들을 크게 상 줄 생각으로 있으니 그렇게 알고 하여라."

그들은 진온의 앞에 첫닭 울기 전에 일을 성취할 것을 약속하고 물러 나갔다.

사랑방을 나온 그들은 우장으로 몸을 단장한 채 우선 주점으로 밀려가 요기를 하고 떠날 생각이었다.

신바람이 난 그들은 공연히 어깨를 우쭐대었다.

제41회

기연

奇緣

부슬비를 맞아 가며 찬물에 목욕을 하고 난 연옥은 입시울이 파리해져 있었다.

덜덜 떨릴 정도로 차거웠지만 훨훨 벗고 전신을 닦고 나니 마음은 한결 가벼워진 것 같았다.

연옥은 검은 머리를 고르며 밖을 내다보고 있다.

소리 없이 내리기 시작하던 꽃비도 제법 줄기차져, 떨어진 꽃잎들이 마당귀를 핥고 지나가는 물줄기를 타고 흐른다.

언덕 위에 뚜렷이 보이던 시왕전도 비단 같은 안갯발에 가리워져, 흐려진 묵화같이 보일 뿐이다.

어디서인지 여승의 불경 외우는 소리가 가까우면서도 먼 것같이 들린다.

머리를 고르던 연옥은 멈칫한 채 밖을 내다보고 있다.

흩어져 떨어진 생생한 꽃잎들이 그녀의 시선을 끌었다.

꽃은 지고 잎은 피고….

오늘은 가깝게 와서 울고 놀던 산비둘기 울음소리도 들리지 않는다.

피면 지고, 지면 다시 피고….

연옥으로선 이렇듯 무상無常한 자연과 인생을 생각해 본 적은 없었다.

이런 생각에 골몰하고 있는 순간 연옥의 이목耳目엔 아무 소리도 들리지 않고 보이지도 않았다.

"무엇을 그렇게 골똘히 생각하고 있지, 연옥은…."

깜짝 놀란 연옥은 머리채를 뒤로 돌리며 자리에서 일어선다.

언제 어느 길로 왔는지 여승이 우장을 차리고 문 앞에 와 있었다.

"비가 오시는데…."

"연옥이가 갑갑해 할 것 같아 왔지… 무슨 생각을 하기에 내가 오는 줄도 몰랐을까…."

연옥은 정신없이 앉아 있던 것이 무안하기도 하고 또한 여승에게 미안하기도 하여 얼굴을 붉힌다.

꽃비에 젖어 떨어지는 꽃잎같이 붉어진 그 빰이 여승의 눈에도 더할 나위 없이 고왔다.

여승은 우장을 마루에 풀고 연옥의 방으로 들어갔다.

연옥은 고르던 머리를 아무렇게나 빗어 넘겼다.

여승은 그제서야 연옥이가 머리를 감은 것을 알아차릴 수 있었다.

"음산한 날 머리를 감고 감기라도 들리면…."

연옥은 무엇을 말하려다 자기를 위하여 걱정해 주는 여승한테 미안한 생각이 들어 주저했다.

"연옥아, 내가 머리를 골라 주지…."

"제가 고르지요."

"아니야 이리 와."

연옥은 마지못하여 여승 앞에서 돌아앉았다.

연옥의 머리채를 고르는 여승의 손이 가늘게 떤다.

돌아앉은 연옥은 그것을 알 까닭이 없었다.

연옥의 머리털은 유난히 기름지고 부드러웠다.

지금 연옥의 머리를 고르는 여승의 손이 떤 것은 잠시 그 마음이 어린 시절로 돌아갔던 탓이다.

옛 생각에 마음의 동요를 느낀 여승은 손끝만이 아니라 얼굴빛도 약간 달라져 있었다.

그렇다고 사파娑婆를 그리워하는 그런 마음에서가 아니라 자기 머리에선 영영 느껴 볼 수 없는 어린 시절의 부드러운 감촉을 다시금 느꼈을 때 일어날 수 있는 가벼운 마음의 파문 같은 것이기도 했다.

제42회 "연옥의 머리털은 유난히 부드러운걸."

"스님도 공연한 말씀을… 일 년 사시절 바닷바람에 씻기운 머리가 뭐 부드럽겠습니까."

"바닷바람이 거세다고 머리털조차 거칠어질라구… 해초海草는 짠 바닷물 속에 있으면서도 일 년 사시절 부드럽고 바위 그늘에서 난 고사리는 아늑한 산속에서도 빳빳해지기 마련이 아닌가…."

연옥은 여승의 비유가 하도 적절하여 자기도 모르게 생긋 웃었다. 그녀의 웃는 얼굴이란 처음이다.

아무리 바다에서 자랐다 해도 연옥의 얼굴은 해변 태생의 그것이 아니었다.

파리해졌던 그녀의 입시울은 그제서야 제 빛으로 돌아갔다.

여승한테 머리를 골라 곱게 빗고 난 연옥은 그제서야 조용히 입을 열었다.

"스님, 사실은 오늘 밤 시왕전에 기도를 드리면 어떨까 하여 머리를 감고 몸을 정히 닦았습니다."

여승은 벌써 연옥의 머리를 골라 줄 때부터 그것을 깨닫고 있었다.

"시왕전에 기도 올려, 모든 잡념을 없게 하는 것이 몸수에도 좋을 것이다."

여승은 합장을 하며 이렇게 선뜻 대답해 주는 것이 다시없이 고마웠다.

"연옥이…."

연옥은 여승의 부름에 고개를 들어 대답을 대신한다.

"오늘은 딴 불공도 없고 비도 내려 한가하기는 하지만, 주지 스님에게 여쭤 보고 와야겠어. 물론 주지 스님께서 허락하실 줄 알지만 절 안의 크고 작은 행사는 모두 다 주지 스님의 허락이 있어야 하는 거니까."

"모든 일을 스님만 믿고 부탁드리겠습니다."

"그럼 내가 이러구 앉아 있을 것이 아니라 일찌감치 주지 스님의 허락을 받도록 해야지…."

여승은 조용히 일어섰다. 연옥이가 밖으로 따라 나오려고 하자 여승은 굳이 말린다.

"날씨가 궂으니 들어가 있어… 감기 걸릴라구… 내 곧 다녀올 테니까 어서 들어가 있도록 해….”

여승은 다시 우장을 갖추며 비 내리는 뜰로 나선다.

연옥은 사창가에 기대선 채 주지 스님이 거처하고 있는 암자로 가는 젊은 여승의 뒤를 바라보고 있었다.

동기같이 아껴 주는 그 고운 마음씨를 믿고 자기 욕심만을 부리는 자신이 무엇인지 모르게 미안하기만 했다.

차분히 가라앉은 하늘에선 쉴 새 없이 비가 퍼부었다.

모든 자연이 함빡 젖어 들 듯이 이렇게 혼자 호젓이 서 있고 보면 연옥의 가슴마저도 누기를 받아 축축이 젖어 드는 것 같았다.

쉴 새 없이 내리는 빗발이 더 짙은 안개를 몰아오는지 조금 전만 해도 희미하게나마 보이던 시왕전의 묵화 같은 그림자도 인제 아주 보이질 않는다.

여승이 다녀간 지 그리 오래되지는 않았지만 퍽 오랜 시각이 경과한 것 같기만 했다.

주지 스님은 허락하실 것인가?… 만일 날이 궂다고 허락하시지 않는다면….

몰려드는 안개로 인전 빗발마저도 보이질 않는다.

흐리멍덩한 시야 속에서 혼자 이런 생각을 되풀이하고 있는 연옥의 마음은 초조해 들기만 했다.

제43회

연옥이가 거처하는 동쪽 행각에서 나온 젊은 여승은 주지 여승이 거처하는 암자로 갔다.

언제나 불경 외우는 소리가 그치지 않는 암자도 오늘은 축축이 내리는 꽃비에 젖어 아무런 소리도 흘러나오질 않았다.

우장을 벗고 여승이 암자의 문을 열고 들어서자, 생불生佛 모양 단정히 앉아 있던 주지 스님이 눈을 가늘게 뜨며 바라다본다.

“동편 행각에 있는 소녀는 잘 있느냐….”

주지 여승이 먼저 연옥을 위하여 문안해 주는 것이 말문을 열기가 퍽 수월했다.

“푹 쉬고 나더니만 건강을 회복하였습니다.”

“여기 생활이 몸에 배지 않아 여러 가지로 불편할 테니 잘 살펴 주도록 하여라.”

“네 알아서 잘 하고 있습니다.”

주지 여승은 잠시 가늘게 뜨고 있던 눈을 다시 감고는 혼잣말같이 중얼거린다.

"궁파 어른이 수일 내로 오심 직도 하지만… 큰일이다…."

젊은 여승은 늙은 주지가 걱정하는 것을 짐작은 하지만 무엇을 그리 크게 근심하고 있는지는 깨닫지 못하고 있었다.

"실은 동편 행각에 머물고 있는 그 소녀의 청이 있어 올라왔습니다."

"무슨 청이드냐."

"소녀는 몹시 꿈자리가 사납다고 합니다. 오늘은 머리를 감고 몸을 깨끗이 하고 나서 시왕전에 기도를 올렸으면 하는 소원을 말하고 있었습니다."

"정해져 있는 불공도 없으니 소녀의 소원을 풀어 주도록 하여라."

주지 여승이 선뜻 허락해 주는 것이 연옥을 위해 여간 기쁘지 않았다.

"그럼 소승이 그 모든 절차를 맡아 하리까?"

"그렇게 하는 것이 좋을 것이다."

시왕전에서 기도 올릴 것을 허락받고 난 여승은 곧바로 그 암자를 나왔다.

우장을 걸친 여승은 시왕전으로 먼저 올라가 모든 준비를 하고 나서 연옥에게로 갔다.

비는 아직도 끊일 줄 모르고 퍼붓고 있었다.

안갯발에 완전히 뒤덮인 산문 안은 오늘 따라 쉬 어두워지는 것 같았다.

산문 안의 넓은 뜰 안은 목탁 소리도 멎은 채 비 쏟아지는 소리로 가득하다.

지칠 지경으로 기다리고 있는 연옥이 앞에 예고 없이 불쑥 여승이 나타나자 그녀는 어쩔 줄을 몰라 한다.

"주지 스님은 저의 소원을 허락하여 주시던가요."

우장에서 떨어지는 빗물을 걷으며 서 있는 여승에게 성급히 묻는 연옥의 말이다.

"아무렴, 스님께서 연옥의 소원을 들어주지 않으실라구…."

여승도 마음속으로 기뻐서 농조의 대답이다.

연옥은 지나친 고마움에 그만 눈시울이 흐리고야 말았다.

"모든 준비도 갖추어 놓고 있으니 어서 올라가야지…."

연옥은 자기를 위하여 애써 주는 여승이 새삼 고마웠다.

그 고마운 뜻을 말로써 표시하느니보다 잠자코 그를 따라 밖으로 나갔다.

연옥을 데리고 시왕전으로 들어간 여승은 불을 밝혔다.

연옥이 정히 씻은 손으로 분향焚香하고 나서 불전에 앉아 마음속으로 암축暗祝을 올렸다.

"소녀 연옥은 전생前生에 죄가 많아 덕을 입지 못하여 입으로는 다 헤아릴 수 없는 재앙을 받는 줄 아나이다. 이 한 몸은 어떤 고난을 당한다 해도 두려울 것이 없지만 소녀의 동생은 아직 나이가 어려 어느 곳에서 무슨 고난을 당하고 있는지 알 수 없나이다. 바라건대 시왕님께서는 특히 어린 동생에게 도움을 주시어서 편안히 침식寢食을 누릴 수 있는 복을 베풀어 주시기를 기도드리옵니다."

이렇게 간곡히 기도를 올리는 연옥의 눈에는 새로운 눈물이 배잦아 올랐다.

연옥은 이러한 슬픈 표정을 자기를 위하여 애쓰는 여승에게 보이지 않기 위하여 잠시 고개를 숙이고 있었다.

기도를 마친 연옥은 다시 일어나 시왕 앞에 절을 하고 물러섰다.

기도는 끝마쳤지만 연옥은 여승과 함께 이곳에 오래오래 머물러 있고 싶었다.

산문 안을 휘감고 도는 짙은 어둠으로 불빛도 밖으로 새어 나가질 못하는 것 같았다.

여승과 연옥이가 함께 시왕전을 내려오던 때다.

어둠에 가려 확실히 보이지는 않지만 몰려가는 인기척이 분명했다.

연옥과 여승은 멈칫하고 어둠 속을 노려보았지만 아무것도 눈에 들어오는 것은 없었다.

여승은 연옥을 위하여 아무쪼록 태연하려 했지만 그 얼굴을 스치고 지나가는 불안의 빛은 숨기질 못했다.

산문 안에 저렇듯 난동하듯 인기척이 난다는 것은 예사로운 일이 아니었던 까닭이다.

"주지가 있는 암자가 어딘가. 주지가 있는 암자로 가…."

두말할 것도 없이 도둑이 든 것이 틀림없었다.

언젠가 도둑이 들었다는 말은 들은 적이 있기는 해도, 실제로 도둑을 만나는 것은 이번이 처음이다.

"저기 불빛이 보인다. 불빛이 보이는 곳으로 먼저 가 보자…."

연옥은 당황하여 켜 놓았던 불을 꺼 버렸다.

그러나 보이지 않는 그림자들은 이쪽으로 몰려오는 것 같았다.

천둥이 울리더니만 번개가 어둠을 가르고 지나간다.

뜰에서 서성거리는 그림자들이 보이는 것 같았다.

여승은 시급한 위기를 구하려는 듯 그 자리에 물러앉은 채 합장을 하고 열심히 염불을 외우고 있었다.

연옥도 놀란 가슴을 진정시키며 불안을 덜기 위하여 여승 모양 합장을 하고 옆에 앉았지만 들떠 오르는 불안은 합장하고 있는 손끝마저 떨게 했다.

벌써 밀려 올라왔으면 그 무리들은 이 시왕전에 오고도 남을 정도의 시간이 흘렀지만 그런 기색이 보이지 않는 것을 보면 그들은 주지가 있는 암자로 몰려간 것 같기도 했다.

"스님 어쩌면 좋으리까."

"이런 때일수록 마음을 진정하도록 노력해야지…."

여승도 말만 이렇게 할 뿐 어떻게 해야 할지 진정할 도리가 없었다.

제45회 진온의 집 상노인 선신과 소광과 학한은 주점에 들른 김에 마음껏 술과 고기로 요기를 했다.

일행은 술을 더 마실 핑계로 밤이 깊어서 거사하는 것이 편하다는 구실로 늦어서야 떠났다.

그들은 장밤 쏟아지는 비로 술을 마셨기에 마련이지, 법화원에 이르기도 전에 지쳐 버릴 뻔했다.

어둠과 비에 엉켜 버린 법화원은 지척을 구별하기가 힘들 지경이다.

그들은 진온으로부터 들은 말대로 동편 행각을 샅샅이 뒤졌다.

법화원으로 오기만 하면 곧 성사를 하여 갖고 돌아갈 줄 알았던 그들은 결국 허탕을 치고 만 셈이다.

사람이 들어 있던 방이 분명한 곳이 있기는 했다.

그러나 있어야 할 사람의 그림자는 보이질 않는다.

허탕을 치고 난 그들은 초조와 당황으로 거칠어지고야 말았다.

"틀림없이 사람이 있었어, 그런데 먼저 눈치를 알아차리고 중놈들이 선수를 쓴 것이 틀림없어…."

눈이 붉어져 벼락 화를 내다시피 하는 학한의 말이다.

"조용히 해…."

옆에 서 있던 소광이 말리는 소리다.

"쥐도 새도 모르게 해치우기엔 벌써 코집이 기운 일인걸…."

학한은 어디까지나 투덜거리기만 했다. 두령 격인 선신은 침묵만 지키고 있었다.

"이 방이 틀림없는 것 같은데, 거취를 감춘 것은 숨은 것이 아니라 어느 암자로 놀러 간 것이 아닐까?"

"그럴지도 모르지…."

선신의 말에 학한은 대번에 마음을 돌리는 모양이다.

"그렇다면 이렇게 떠들어 댈 것이 아니라 이제부터 여승들의 방을 하나하나 뒤져 보도록 해야 할 거야…."

선신이가 단안을 내리듯 이런 의견을 말하자 소광과 학한은 아무 대꾸 없이 묵묵히 서 있기만 했다.

어둠 속으로 나온 그들은 거치른 숨결을 가다듬으며 우선 가까운 행각과 정당正堂부터 뒤지기 시작했다.

대개 사람이 들어 있는 방에선 불경佛經 외우는 소리가 아니면 염불念佛 소리가 불빛과 더불어 흘러나오고 있었다.

그들은 뒤창 틈으로 방방을 들여다보았다. 모두가 머리를 깎은 여승들뿐이지 주인이 말하던 소녀의 그림자는 어느 방에서도 찾아볼 수 없었다.

그들은 비를 맞아 가며 뜰 한가운데 서 있었다.

"이제는 하는 수 없이 주지를 잡아 내는 수밖에 없어…."

학한의 성급한 제안이 나왔지만 선신은 잠자코 있었다.

주인집과 가깝게 지내는 절이니 근신하라던 주인의 말도 있었지만 선불리 서둘렀다 공연히 도둑의 누명을 쓰게 될지도 모른다는 생각도 없지 않았던 까닭이다.

그렇다고 그냥 이 고생을 하고 빈손으로 돌아갈 수도 없는 일이다.

그것도 오늘 밤은 주인으로부터 술값을 먼저 톡톡히 받았을 뿐 아니라 성사하고 돌아가면 먼저 받아 써 버린 술값 정도가 아닌 상금이 기다리고 있는 터이기도 했다.

"별 수 없다. 인전 학한의 말대로 주지를 묶어 내어 터는 수밖에 도리가 없다."

제46회 선신의 입에서 주지를 묶어 털자는 소리가 떨어지기가 무섭게 그들은 주지가 있는 암자로 가자고 떠들어 대며 어둠 속을 달렸던 것이다.

이렇게 서두르는 그들이 저 불빛이 있는 곳으로 가자고 서둘 때 불을 꺼 버린 연옥과 여승은 매에 쫓기던 꿩 모양 합장을 하고 주저앉은 채 꼼짝도 못하고 있었다.

그러나 도둑의 목소리는 고사하고 인제는 발자취 소리도 들리지 않았다.

여승에겐 그것이 더 불안했다. 그들이 조금 전에 소리쳤듯이 주지가 있는 암자로 가지 않았는가 하는 생각이 들어서다.

주지가 욕을 본다면 자기가 당하는 일보다도 더 큰일이다.

여승은 연옥을 데리고 우장을 쓰지 못한 채 밖으로 나왔다.

어둠이 깔린 절 전체는 빗소리만 들릴 뿐 역시 조용할 뿐이다.

여승은 이제는 자신을 의심하는 수밖에 없었다.

도둑의 난동하는 발소리를 분명 들었지만 인제는 아무런 소리도 들리지 않을 뿐 아니라 절 전체가 이렇게 잠든 것같이 조용하고 보면 자기만이 무슨 착각을 일으킨 것 같은 생각도 없지 않았다.

"연옥이 무슨 일일까… 분명 도둑의 발자국 소리가 들리지 않았던가…."

"스님 저도 틀림없이 그렇게 들었는데요."

불안에 싸인 그들은 다시 귀를 기울였다.

역시 아무런 소리도 들려오질 않으니 더욱 수상한 일일 수밖에 없었다.

내디딘 걸음이니 그녀들은 어둠을 더듬으며 밑으로 내려갔다.

그러면서도 가다가 한참씩 우뚝 서 버리곤 했다.

흔들리는 나뭇가지, 언제나 그 자리에 서 있는 석등石燈마저도 사람의 그림자같이 보였던 까닭이다.

뜰로 내려서자 여승은 아무래도 수상하다는 듯 주지가 있는 암자 쪽을 바라다보았다.

비와 어둠에 흐려진 불빛이 보일 뿐 아무런 기색도 느껴지질 않았다.

연옥도 그쪽으로만 신경을 쓰고 있던 모양이다.

"스님…."

연옥의 부르는 소리는 낮으면서도 다급했다.

"저 그림자!"

연옥이가 말하기 전에 여승도 불빛에 어른거리는 그림자를 보았다.

무서운 불안에 떨고 있는 그들은 인제는 걸음마저도 옮겨 디딜 수가 없을 것 같았다.

불빛에 어른거리는 그림자는 보이지만 아무런 소리도 들리지 않는 것이 이상했다.

"스님 어쩌면 좋아요."

"글쎄 잠간…."

연옥의 손을 잡은 여승도 어떻게 해야 할지 몰라 했다.

연옥은 자기도 모르게 소리를 지르고야 말았다.

"도둑이야!"

여승도 연옥의 고함 소리에 힘을 얻은 듯 그제서야 소리를 내었다.

"주지 스님 암자에 도둑요! 도둑요!…"

차분히 싸였던 어둠이 별안간 소란하게 흔들렸다. 이 방 저 방에서 문을 열자 조용하기만 하던 마당이 소란해지기 시작했다.

주지의 암자로 가서 문을 열자 늙은 여승은 조금도 놀라는 빛이 없었다. 제47회

이때 선신이가 모든 말을 가로막고 앞질러 말을 했다.

"저희들은 도둑이 아니라 도망친 비자가 산문에 의지하고 있다는 소식을 듣고 왔으니 스님은 의심치 말고 돌려주기를 바랍니다."

주지는 동요하는 빛이라곤 조금도 없었다.

태연하게 앉아 있는 여승의 모습이 학한에겐 아니꼬웠다.

"스님은 산문에 도망 와서 숨어 있는 남의 집 종을 어찌 내주려 하지 않소… 만일에 우리가 여기서 그것을 못 잡아 갖고 간다면 절에 불을 질러 놓고라도 찾아갈

테니 그리 아시오."

절에 불을 지른다는 말에 놀란 주지는 말하는 자의 얼굴을 쳐다보니 눈엔 살기가 등등한 것이 능히 그런 일을 저지를 만한 자였다.

이들이 벌써 연옥이가 여기 왔었다는 것을 알고 왔는데도 그냥 시치미를 떼다갈 것 같으면 절을 위해서도 좋은 결과는 생기지 않을 것 같았다.

"자세히는 알 수 없지만 한 소녀가 동편 행각에 와서 머물고 있으니 그리로 가보면 알리다."

"우리가 지금 그 행각을 샅샅이 뒤졌는데 무슨 말이오."

"잠시 자리를 비웠는지는 알 수 없으나 틀림없이 그 행각에 머물러 있을 것이니 그리 가 보는 것이 좋으리다."

연옥과 여승이 도둑이라는 고함을 질러 방방에서 불빛이 새어 흐르고 수선해진 것은 바로 이럴 즈음이었다.

"자 어둠을 비출 수 있게 그 불을 이리 좀 내주시오."

암자 안에 켜 놓은 불을 받아 삽시간에 횃불을 만들어 든 그들은 다시 밑으로 내려왔다.

도둑이란 소리를 들은 그들은 펄럭이는 횃불 모양 화가 치밀어 올랐다.

"우리는 도둑이 아니다. 며칠 전 이곳에 와 숨어 있는 소녀의 거처하는 방이 어디냐…."

이 소리를 듣고 놀란 것은 여승과 연옥이다.

"스님, 제 액운으로 산문 안이 이런 변을 당하게 되니 이 일을 어찌하면 좋겠습니까… 차라리 제가 그들의 손에 붙잡혀 감이 좋을 것 같습니다."

"연옥이는 그런 말 말고 어서 이리로 와요."

여승은 연옥의 손을 잡고 끌다시피 하여 어둠 속으로 숨어들었다.

방방이 문을 열고 나왔던 여승들도 그들의 이런 소리에 엉거주춤한 채 어쩔 줄을 몰라 했다.

처음엔 큰 소동을 일으키지 않고 쥐도 새도 모르게 하려던 일이 이렇게까지 벌어지고 보니 그들은 인제 횡포해질 대로 횡포해진 것 같았다.

횃불을 내저으며 먼저 내려온 소광이 뒤따르는 선신과 학한을 기다리는 듯 두리번거린다.

빗발은 좀 뜸해진 것 같았지만 요란한 천둥소리에 뒤이어 훤한 번갯불이 지나간다.

"저기 도망치는 두 그림자가 수상하다. 저리로 가자…."

선신이가 이렇게 소리쳤다. 번갯불에 드러난 여승과 연옥의 도망치는 그림자를 보았던 모양이다.

"스님! 하늘마저 저를 도우려 하지 않으니 어찌합니까."

연옥은 이렇게 말하며 쓰러지듯 주저앉아 버리고 말았다.

뒤쫓는 도둑들이 가까워지자 여승도 쓰러진 연옥을 어찌할 도리가 없었다. 제48회

여승도 이제는 운명을 부처님께 맡긴 채 돌아서 버렸다.

도둑들이 달려들거든 대들기라도 할 기세다.

성급한 도둑들의 발자국 소리가 가까워진 때다.

난데없이 문뜩 한 장정이 나타나더니만 달려드는 도둑을 향하여 벼락 같은 소리를 지르며 대들었다.

"어떤 놈들이야! 불량한 도둑들은 꼼짝 말고 그 자리에 서라!"

연옥은 쓰러진 채 정신을 못 차렸지만 여승은 어둠 속에서 범이 뛰어들듯 날쌘 장정의 모습을 눈익혀 보았다.

나타난 것은 장정뿐이 아니라 그 뒤에도 두세 그림자가 쫓고 있었다.

여승 앞을 가로막으며 도둑을 정면으로 대하는 장정은 어둠 속에서도 믿음직했다.

앞장서서 달려오던 학한이가 횃불을 든 채 장정에게로 덤비자 그는 옆으로 빗서며 무슨 수를 썼는지 학한은 맥도 못 춘 채 횃불을 떨어뜨리며 땅에 쓰러지고야 말았다.

학한이가 쓰러지는 것을 보자 이번엔 선신이가 먼저 횃불을 집어 던지고 달려들었다.

한쪽이 달려들면 한쪽이 밀리고 밀렸던 쪽이 다시 나서면 이번엔 이쪽이 물러서며 겨루었다.

비는 다시 퍼붓는다. 이 광경을 바라보고 있던 여승은 쓰러진 연옥을 간신히 일으켜 부축하여 갖고 도둑의 눈을 피하여 자기 방으로 데리고 갔다.

봉화를 좇아온 소년들은 뜻밖의 일을 당하자 불안에 떨며 한쪽으로 몰려 있었다.

또 한 번 천둥이 울며 번개가 번쩍했다. 번쩍하는 불길에 봉화의 거센 주먹에 얻어맞아 얼굴이 피투성이가 되어 선신이가 쓰러졌다.

봉화는 땅에 떨어진 채 아직 꺼지지 않은 횃불을 집어 들었다.

맨 뒤에 서 있던 소광은 선신이가 쓰러지는 것을 보자 어느새 도망쳐 버렸는지 보이질 않는다.

먼저 쓰러졌던 학한이도 상대가 만만치 않은 것을 알자 어둠을 틈타서 도망쳤다.

쓰러졌던 선신은 일어서긴 했지만 인저 대들어 볼 용기가 없었다.

선신은 횃불을 들고 있는 봉화보다도 도망쳐 버린 친구들이 원망스러웠다.

단 한 명을 셋이 당하지 못한 것을 생각하면 분하기도 했지만 조금 전에 겨루던 솜씨를 보면 상대가 이만저만한 장사가 아니었다.

"네 이놈!"

봉화가 횃불을 들고 크게 꾸짖으며 선신이 앞으로 갔다.

선신은 도망치다 붙잡혀 경을 치느니보다는 이 지경에 이르고 보면 인전 사과하는 도리밖에 없었다.

"어떤 어른이신지 모르겠습니다만 저희들은 도둑이 아닙니다."

"그렇다면 무엇을 하는 놈들이냐."

"주지 스님께도 여쭤 보시면 알 수 있을 것입니다. 저희들은 다만 주인집 심부름을 왔다 이 봉변을 당했을 따름입니다."

이런 소리를 듣고 보면 봉화도 잠시 주저하지 않을 수 없었다.

"그렇다면 이렇게 무례한 짓이 어데 있느냐 빨리 물러가지 못할까!"

봉화의 호령에 그는 두말없이 어둠 속으로 내빼고 말았다.

제49회 절이 뒤집힐 지경의 소란이 있어도 주지는 암자에 앉은 채 염불만 외우고 있었다.

봉화가 도둑을 물리치는 것을 보고 있던 여승이 달려와 이 사실을 먼저 알린 까닭에 그는 암자에 앉아 있으면서도 연옥의 일신이 무사했다는 것을 알고 있었다.

도둑이 도망치고 나자 봉화는 소년들에게 비를 거두기 위해 추녀 밑으로 기다리게 한 다음 주지가 있는 암자로 올라갔다.

수년 동안 느닷없이 이곳을 드나들던 봉화라 누구보다도 이곳 사정을 잘 알고 있었다.

"스님, 뜻하지 않은 일로 크게 놀라셨겠습니다."

어떤 장정이 도둑을 물리쳤다는 소식만 듣고 있던 주지는 그것이 바로 신라소의 봉화임을 알자 지나친 기쁨에 말도 하지 못하고 머뭇거리고만 있었다.

"신라소에 있는 봉화입니다."

"알아, 봉환 줄… 어서 이리로 들어와요."

우장을 벗고 들어간 봉화는 주지 앞에 공손히 절을 하고 주저앉았다.

"어떻게 이렇게 밤중에… 도둑이 들 줄 알고 미리… 모두가 부처님의 은덕이시지…."

주지는 중얼거리듯 말하며 합장을 했다.

"사실은 궁파 어른의 일로 왔던 차에 난데없는 도둑이 들지 않았습니까… 크게 놀라셨을 겁니다."

"궁파 어른이 이곳에 오셨던가?"

"네."

"참 고마워라. 무슨 급한 일이 있어 이렇게 우중雨中이요 늦은 밤에 오게 되었던가!"

"급한 부탁이 있어 밤중인데도 불구하고 오게 되었습니다."

"무슨 일인데?"

"의지할 곳 없는 네 소년이 있어 잠시 동안 법화원에 머물게 해 달라고 부탁 드리러 왔습니다."

"의지할 곳 없는 소년이라니 무슨 일인가?"

이때 주지의 암자에 시중을 드는 동승이 차를 갖고 들어왔다.

목이 걸걸하던 참에 차를 한 모금 마시고 나자 한결 생기가 도는 것 같았다.

"실은 이번 궁파 어른께서 등주 고을로 오시는 길에 어떤 목동들을 만났다고 합니다. 그런데 그 목동들이 모두가 신라의 소년들로서 이곳에 노비로 팔려 왔다는 것입니다."

이 말을 듣자 주지는 도둑이 들었을 때보다 훨씬 동요한 듯 얼굴이 파리해졌다.

"불쌍도 해라…."

주지는 연옥의 사정을 듣고 있어 모든 사정을 짐작하고 있었지만 이런 일을 되풀이하여 듣게 되니 속세를 떠난 자신이었지만 조국의 일이 암담하게 느껴지지 않을 수 없었다.

"자세히는 알 수 없지만 그 소년들을 신라소에 머물게 하면 이곳 당나라 사람들로부터 무슨 항의가 있지 않을까 하여, 소년들을 일단 이리로 보내어 스님께 부탁드리려 하는 것 같습니다."

봉화는 이렇게 자기 의견까지 덧붙여 말했다.

주지는 또 한차례 입 속으로 염불을 외우고 나더니만 봉화를 쳐다보며 조용히 고개를 끄덕거린다. 그것은 심상치 않은 사태를 근심하는 표정이기도 했다.

"사실은 여기에도 벌써 그런 처지의 소녀가 행각에 와서 머물러 있다오… 그래서 나도 궁파 어른을 기다리고 있던 참이었지요."

"소녀라니요."

봉화는 주지의 말을 듣고 한편 놀라며, 한편 은근한 호기심도 없지 않았다.

자기가 그 소녀의 위기를 구원해 주었다는 것이 은근한 자랑같이 느껴지기도 했다.

"그럼 지금 그 소년들은 어디들 있소."

주지 여승의 물음에 봉화는 그냥 행각 추녀 밑에서 기다리고 있게 했다고 말하자 주지는 놀란 빛을 하더니 시중 드는 여승을 불러 북쪽 행각에 방을 둘 마련하라고 했다.

그제야 봉화는 자기더러 곧 돌아오라던 궁파의 말이 생각났다.

"방을 둘까지 마련할 필요는 없습니다. 저는 이 길로 곧 돌아오라는 분부를 궁파 어른으로부터 받고 온 몸입니다."

봉화가 이런 말을 하자 주지는 좀 난처한 표정이다.

"무슨 급한 일이 있었던가?"

"별로 그런 기미는 없었습니다만 궁파 어른의 분부였으니 돌아가야 할 것 같습니다."

"내가 훗날 그 어른을 뵙고 사유를 말씀드리기로 하고 오늘 밤은 무슨 일이 있어도 이곳에 머물러 주어야 할 것 같군요. 도둑의 무리들이 물러가기는 했지만 한밤중에 무슨 일을 또 저지르려는지 안심이 안 되니 그렇게 하도록 나로서 부탁이오."

궁파의 명령도 명령이었지만 이런 사태를 보고도 그냥 돌아간다는 것은 스스로 위험한 일에서 발을 뽑으려는 것 같아 봉화도 그 자리에서 쾌히 승낙해 버렸다.

봉화는 소년들의 일도 있고 해서 그 이상 더 앉아 있을 수가 없었다.

소년들은 윗방에서 같이 머물게 한 다음 봉화는 혼자 아랫방으로 내려왔다.

봉화는 자리에 누운 채 불을 끄지 않았다.

온통 빗소리에 뒤엉켜 있을 뿐 아무런 소리도 들리지 않는다.

자리에 눕자 그제는 사지가 좀 노근했다.

밤길을 걸은 탓도 있었지만 신통치 않은 일이었지만 한두 도둑을 넘어뜨리기에 자기도 모르게 긴장했던 모양 같았다.

봉화는 천장을 향하여 누운 채 빙긋이 웃는다.

별 생각이 있어서 그런 것은 아니었지만 조금 전 주지가 말하던 소녀가 자기가 데려온 소년의 누나 같은 막연한 생각이 떠올라서였다.

봉화는 네 소년을 이리로 데리고 오면서부터도 그중 영권이라는 소년에게 이상하게 정이 더 가는 것을 그때는 미처 깨닫지 못한 일이었지만 이렇게 호젓한 시간에 생각하면 그것도 우연한 일 같지가 않았다.

또한 소년으로부터 누나도 이곳에 와 있다는 말을 들었을 그때는 별반 큰 관심을 느끼지 않았지만 지금 생각해 보면 은연중에 어떤 인연을 갖고 있는 것 같은 생각에 공연히 속이 들먹거리기까지 했다.

아직 잠을 이루지 못하는 것은 보지 못한 그 소녀를 제멋대로 마음속에 그려 보고 있는 탓이기도 했다.

봉화는 일찍 일어난다는 것이 꽤나 고단했던지 별로 이른 편도 아니었다. 제51회

목탁 소리가 아침의 고요를 깨뜨리기 시작한다.

아침에 일어나자 생각은 어제와는 달라지고 말았다.

아무리 생각해도 궁파 어른이 걱정할 것을 생각하니 잠시도 그대로 있을 수가 없었다.

별다른 사고를 일으켰으리라고는 생각지 않는다 해도 지금까지 이런 일은 없었다. 물론 절 일도 부득한 사정이었지만 봉화로선 아무래도 아침 일찍 출발해야 할 것 같았다.

옆방의 소년들은 어제 일로 꽤나 지쳤던 모양인지 아직도 꿈쩍도 하지 않고들 있었다. 그들의 단잠을 깨울 필요는 없었다.

부랴부랴 길 차비를 하고 나선 그는 우선 주지가 있는 암자로 올라갔다.

어느 사이엔지 암자 주변은 티끌 하나 없이 가꾸어져 있었다.

언덕바지를 걸어 올라온 봉화는 숨길을 돌리듯 암자 앞에서 잠시 주춤한다.

아직도 사창이 열려 있지는 않았지만 암자 안에는 주지만이 있는 것 같지가 않았다.

누구와의 주고받는 말소리가 들린다. 빨리 다녀와야 할 생각으로 마음이 바쁜 그는 언제까지나 이렇게 서 있을 수가 없었다.

"스님, 일어나셨습니까… 저 봉화입니다."

그는 말끝에 헛기침을 하며 안의 동정을 살피듯 허리를 굽히고 있었다. 도란도란 새어 흐르던 말소리가 그쳤다.

"참 잘됐구먼… 어서 이리로 올라와요…."

주지의 반기는 말소리다. 봉화는 길이 더딜 생각을 하고 그냥 인사나 드릴 생각이었다.

"지금부터 잠시 등주로 돌아갈까 하여 인사를 드리러 왔습니다."

"등주로 가다니?…"

당황해 하는 주지의 목소리다. 곧 문이 열리더니만 밖으로 나온다. 서로 합장으로 인사를 주고받았다.

"어젯밤으로 돌아오라고 하셨습니다. 크게 걱정하실 것 같아 아무래도 다녀와야 할 것 같습니다."

처음 돌아간다는 말엔 약간 당황했지만 잠시 생각해 보면 주지도 그것이 더 마음 든든한 것 같았다.

"바쁜 길이지만 잠간 올라와요."

주지가 다시 청하자 봉화는 주저 끝에 감발을 풀기 시작했다.

범의 아가리에서 구출된 연옥과 여승은 어젯밤 한잠도 이루질 못했다.

그들은 오늘 아침 일찍 어젯밤 일을 자세히 주지에게 알려 드릴뿐더러 주지의 승낙을 얻어 봉화에게 치하를 하려고 왔던 것이다.

연옥은 빚어 놓은 사람같이 앉은 자리에서 꼼짝도 하지 않았지만 그녀의 온 신경은 밖에 있는 봉화 쪽으로만 쏠렸다.

젊은 여승도 궁파를 따라 왔던 봉화를 한두 번 본 일은 있었지만 오늘은 유난히 관심이 컸다.

주지의 뒤를 따라 봉화가 들어왔다. 넓은 방이었지만 그가 들어옴으로써 방 안이 가득 차는 것 같았다.

연옥은 그가 들어오는 기색을 보자 고개를 더 수그렸다.

"이 사람이 바로 신라소에 있는 사람으로 어젯밤 우리 절을 지켜 준 이라우…."

연옥은 고개를 들지 못한 채 절에서 배운 대로 봉화를 향하여 합장한 채 절을 했다.

여승은 구면인 처지라 가벼운 미소로써 대한다.

"사나운 도둑의 무리에 얼마나들 놀라셨나요."

물론 연옥에게 묻는 봉화의 말이었지만 그것은 좌중에 대고 하는 말 같기도 했다.

봉화의 눈길은 주지와 젊은 여승을 쳐다보면서도 연옥에게서 오래 떠나질 않았다.

어제 피곤한 잠자리에 누우면서도 궁금해 하던 모습이었지만 안치安置되어 있는 보살菩薩이 무색할 지경으로 아름다운 얼굴이다.

연옥은 비록 수줍음에 고개는 들지 못하고 있어도 그 목소리로 사람을 알아볼 수 있었다.

무어라 치하를 하려고 하지만 벅차오르는 가슴일래 입이 좀처럼 열어지지가 않았다.

"죽은 목숨이나 다름없었던 천한 몸이 스님들 도움을 입게 되고 또 어젯밤과 같은 뜻하지 않은 곤경에서 다시 구원을 받게 된 은혜를 무엇으로 이루 다 갚을 수 있을지 마음이 송구할 뿐입니다."

언제나 슬픔 속에 흐려져 있던 연옥의 목소리도 이날 아침만은 유난히 윤기가 흐르듯이 맑았다.

"모두가 다 스님들의 은덕이시지 제게 무슨 공이 있겠습니까…."

"겸손한 말씀이지…."

이렇게 말하고 난 주지는 뒤이어 입 속으로 염불을 외우고 있었다.

"지나친 것 같습니다만 법화원엔 어떻게 오시게 되었나요."

봉화는 어젯밤 뒤숭숭하던 통에 잠간 들은 말이 있기는 했지만 연옥에게 대한 사연을 알고 싶어 다시 한 번 은근히 물었다.

연옥이가 주저하자 옆에 앉았던 젊은 여승이 그 얄궂은 신세를 대충 설명해 주었다.

봉화는 여승의 설명을 듣고 나자 무엇인지 모르게 가슴에 짚이는 것이 있었다.

고개를 활짝 들지 않아 장담은 할 수 없었지만 언뜻 본 눈매라든지 그 윤곽이 어디인지 모르게 자기가 어젯밤 데리고 온 네 소년 중 영권이라는 소년과 비슷한 것 같기도 했다.

봉화는 법화원으로 올 때 영권이가 무심히 말한 것을 생각해 본다.

(우리 누님이…)

"실례의 말씀 같지만 혹시 남동생이 있지 않은지요…."

봉화의 말에 연옥은 수줍음도 없이 고개를 번쩍 들었다.

그녀의 얼굴엔 엷은 홍분부터 앞서 있었다.

"동생요? 있었습니다… 그 동생을 혹시나…."

연옥의 음성은 애원과 홍분에 뒤엉켜 있었다.

"혹시 동생의 이름이 영권이가 아닌가요?"

"네 바로 영권입니다."

연옥의 고운 눈엔 눈물부터 앞섰다.

"정말 기이한 인연입니다. 궁파 어른께서 데리고 왔습지요. 아직도 행각에서 잠이 들어 있을 것입니다."

주지와 젊은 여승은 한결같이 염불만을 외우고 있었다.

제53회 지나친 기쁨에 어쩔 줄 몰라 하는 연옥은 옷소매로 눈물을 닦으며 봉화를 쳐다본다.

봉화의 입시울엔 뜻 모를 미소가 스며 있는 채 자기를 쳐다보는 연옥을 바라본다.

"어서 동생을 데려다 만나보도록 해야지요."

그들은 봉화의 재촉에 일어섰다. 유난히도 맑은 아침 햇살이 연옥에겐 황홀할 뿐이다.

목탁 소리도 그 여운을 계곡에 남긴 채 점점 잦아들고 있었다.

햇살을 보자 봉화의 마음은 더 바빴다.

같이 내려가 연옥과 더불어 큰 기쁨을 함께 나누고 싶은 생각도 없지 않았지만 갈 길을 서둘러야 했다.

"길이 바빠서 저는 그대로 다녀와야겠습니다."

주지가 말리지 않으니 연옥과 젊은 여승이 딴말을 할 수 없었다.

봉화는 그들이 산문 밖까지 따라나오려는 것을 만류한 채 언덕길을 내려오고야 말았다.

한참 걸어 내려오던 봉화는 다시 뒤돌아보았다.

연옥의 목소리가 들리는 듯싶은 환각에서다.

행각으로 돌아간 연옥의 그림자가 보일 까닭이 없었다. 그러나 봉화의 눈앞에서는 보이지 않는 연옥의 그림자가 좀처럼 지워지질 않았다.

숲속에서 들리는 아침 새 울음소리까지도 그에겐 꼭 연옥의 목소리 같은 착각을 일으켜야만 했다.

연옥을 찾으러 법화원으로 선신 일행을 보내고 난 진온은 이제나저제나 하고 기다리고 있었다.

밤도 인제는 적이 깊었다. 별로 잠이 없는 진온이었지만 얼결에 잠이 들었던 것 같았다.

창밖엔 아직도 빗발 치는 소리가 끊기질 않는다.

선하품을 하고 일어나 앉은 진온의 눈은 자던 눈 같지도 않았다.

"무슨 놈의 봄비가…."

혼잣말같이 중얼거리는 것은 그들이 퍼붓는 비로 인하여 길이 더디는 것 같았던 까닭이다.

진온은 하도 갑갑하여 사창을 열어 놓았다. 습한 냉기가 한꺼번에 스며들어 온다.

줄기찬 빗소리만 들릴 뿐 빗발은 보이지도 않는다.

어둠이 돌려맺혀 있는 밖은 아무것도 보이질 않는다.

그러고 보면 아직도 날이 새기엔 먼 것 같기도 했다.

등잔의 기름 졸아드는 소리가 유난히 크게 들린다.

벌써 등잔 기름이 다 졸았다면 날도 샐 무렵이지만 이상한 일이다.

진온은 옆방에서 자고 있는 사환 아이를 불러내었다.

사환 아이는 첫잠을 들었는지 좀처럼 일어나질 않는다.

하나에서 열까지가 모두 다 비위에 거슬려 들기만 했다.

진온은 거르렁거리는 가래를 돋우어 열어 놓은 사창 밖으로 뱉어 버리곤 다시 사환을 불렀다.

그제서야 잠을 깨는 동정이 보이더니만 한참 후에야 선잠을 깬 채 눈을 비비며 나타났다.

등주현감

登州縣監

"무슨 놈의 잠귀가 그렇게 어둡느냐."

잠이 덜 깬 눈에도 늙은 주인의 표정이 이상하여 사환 아이는 아무런 대꾸도 하지 못하고 서 있다.

"초저녁에 등잔 기름 마련을 해 둘 것이지 저것이 뭐냐."

진온의 말에 사환 아이는 이상하다는 듯 고개를 기웃거리며 등잔을 바라다본다.

무엇보다도 등잔 마련부터 했는데 주인으로부터 그런 소리를 듣게 되는지 이상하다는 표정이다.

사환 아이는 말없이 진온의 옆으로 물러서며 등잔을 들여다본다. 아직도 등잔 기름이 다 졸아들랄 것 같으면 이틀 밤을 새우고도 남을 텐데 무슨 소리인지 알 수 없었다.

"등잔 기름이 이렇게 많은데 무슨 말씀이십니까."

사환 아이놈의 볼 부은 말소리다.

"기름이 아직 있느냐."

"그 기름이 다 졸아들랄 것 같으면 이틀 밤을 새워도 남을 것입니다."

"그럼 왜 그리 심지 타는 소리가 나느냐."

"어디 심지가 탔습니까."

조금 전까지도 유난히 지글거리는 것같이 들리던 등잔에서 아무런 소리도 들리질 않는다.

진온은 기실 사환 아이놈 보기가 좀 무안했다.

"내가 심부름을 보낸 선신의 일행이 돌아왔느냐?"

그들이 돌아오지 않은 것은 사환 아이보다도 진온 자신이 더 잘 알고 있으면서도 무안결에 물어본 말이다.

"자세히는 알 수 없습니다만 아직 안 돌아들 온 것 같습니다."

"네 들어가 보고 오너라."

사환 아이가 그들이 돌아왔는지를 알아보려 안으로 들어간 다음에도 진온은 줄곧 귀를 밖으로만 기울이고 있었다.

그들이 돌아오는 기색은 조금도 보이질 않는다.

아무리 법화원이 멀다 해도 그들의 걸음이랄 것 같으면 넉넉히 잡고 두 번은 더 다녀올 수 있을 것 같은데 이상한 일이다.

그것은 고사하고 엎드리면 코가 닿을 정도의 거리인데 안으로 들어간 사환 아이놈은 왜 또 이렇게 늦은지 알 수 없다.

진온은 공연한 홧머리에 절로 삼각수가 거슬러 올라가기만 했다.

열어 놓은 사창으로 거센 바람이 몰아치며 등잔이 꺼진다. 뒤이어 집이 흔들리는 듯싶은 천둥과 아울러 번개가 번쩍한다.

진온은 겁결에 엎드리다 그만 머리를 쥐어박고야 말았다.

부딪힌 앞이마가 아프기도 했지만 까닭 없이 불안하여 좀처럼 일어날 수가 없었다.

마음이 불안해지고 보니 더욱 불길한 예감이 들기 마련이다.

이때 안으로 들어갔던 사환 아이가 나왔다.

"주무시나요."

불이 꺼진 것이 천만다행한 일이다. 진온은 체면을 생각하여 부딪힌 이마의 아픔도 잊은 채 일어나 앉았다.

"그만 바람이 불어 꺼져 버렸다. 불씨가 어디 있느냐…."

"제가 키지요."

사환 아이가 더듬거리며 방 안으로 들어오더니만 간직해 두었던 불씨를 골라 불을 켰다.

"무슨 놈의 봄비가 그렇게 퍼부으며 천둥은 사납게 우는지…."

그는 혼자 중얼거리며 등잔을 한쪽으로 밀어 놓고 열려 있던 사창을 다시 닫았다.

"돌아들 왔드냐."

"아직 안 돌아왔습니다."

번연히 안 돌아온 줄 알면서도 사환의 입에서 이런 소리가 떨어지자 진온의 속은 다시 뒤집혀지고야 말았다.

"열두 번도 다녀왔을 텐데 도중에서 술추렴이 벌어진 모양이지…."

"주인 어른의 심부름을 갔다 오다 어떻게 감히 술추렴들을 하고 있겠습니까. 아무리 열이 크다고들 하지만 말입니다."

"그렇지 않고야 이렇게까지 늦어질 리가 있겠느냐."

"아마 도중에 딴 일이 생겼든지 한 모양이겠지요."

사환 아이는 어디까지나 그들을 싸고도는 말투였다.

"안에서는 다 자더냐?"

"시각이 어느 때라고 주무시지 않겠습니까… 코를 베어 가도 모를 지경입지요."

자기더러 잠귀가 어둡다고 꾸중을 한 주인에게 대한 은근한 불평을 늘어놓는 수작이었다.

진온은 무엇을 생각하는지 한참이나 잠잠히 앉아 있었다.

"저는 그만 돌아가도 좋으리까."

아직도 잠이 미흡했던지 사환 아이가 묻는 말이다.

진온은 무엇을 생각했던지 안으로 들어가 법화원에 다녀온 늙은 종을 불러내오고 들어가 자라고 한다. 오늘따라 유난히 사람을 볶아 대는 늙은 주인이 밉살스러웠지만 하는 수 없이 다시 밖으로 나갔다.

안으로 들어갔던 사환 아이가 이번엔 곧 돌아왔다. 第56회

"인제 곧 나온다고 합니다."

사환 아이는 밖에 선 채 주인에게 말했다.

"고단할 테니 어서 들어가 자도록 하라."

사환 아이는 아무 소리 없이 자기 방으로 들어가 버린 모양이다.

사환 아이의 뒤를 이어 곧 따라 나올 줄 알았던 늙은 여종은 좀처럼 나오질 않았다.

벽에 그려진 그림자와 마주앉아 있다시피 하는 진온은 그제서야 초저녁 무렵 법화원으로 갈 때 선신이가 하던 말을 생각한다.

아무리 늦어도 첫닭 울기 전엔 돌아온다고 하지 않았던가….

비가 내려 그렇지 첫닭은 벌써 열 번은 울고도 남았을 시각인 것만 같았다.

"비도 짓궂게도…."

별안간 문밖에서 들린 말소리이다. 늙은 여종이 나온 모양이다. 진온은 잠자코 창문만을 노려보고 있었다.

"주무시는가요."

"아니다 어서 이리로 들어오도록 하라…."

사환 아이놈이 잠을 험히 자는 모양인지 벽이 쿵 울린다.

여종이 조그만 다담상을 품에 안다시피 하고 들어온다.

진온은 불러내기는 했지만 거동이 수상하여 물끄러미 여종을 쳐다본다.

"잠자리가 불편하여 주무시지 못하시는 것 같아 주안상을 마련하여 갖고 나왔습니다."

진온은 그녀의 마음씨가 하도 기특하여 자기가 무슨 이유로 불러냈는지조차도 잊고 있었다.

"안에선 다 자더냐."

"네, 그래서 무엇을 좀 차려 갖고 나오자니 눈치가 보이고 손이 바빠 마련한 것이 없습니다."

변명을 늘어놓는 그녀의 얼굴엔 앳된 젊음이 어디인지 모르게 스며 있는 것 같았다.

진온은 그녀가 따라 주는 술도 술이었지만, 전에 보지 못했던 그 젊음이 까닭없이 마음을 흐뭇하게 해 주는 것 같았다.

한두 잔 술에 진온은 벌써 핑 도는 것 같았다. 술이 돌았을 뿐이 아니라 여종이 보기에도 거슴츠레해진 눈은 하나도 기운이 있어 보이질 않았다.

"참 무슨 용건이 있으셔서 부르셨던가요."

"음, 잠도 안 오고 하도 갑갑해서 잠시 나와서 말동무나 돼 달라고 불렀지."

진온의 대답은 자기가 생각하기에도 엉뚱했다. 그 대답이 딴청을 부리듯이 진온은 딴생각을 하고 있었다.

종살이로 오늘까지에 이른 그녀는 주인의 말이 무엇을 뜻하는지를 쉬 알 수 있었다.

그러게 그녀의 얼굴은 나이에 어울리지 않게 붉어져 있었다.

"저같이 늙어 빠진 것이야 무슨 변변한 말동무가 되겠습니까."

진온은 슬그머니 그녀의 손을 잡아당겼다.

"어서 약주나 드시지요."

또 한차례 벽이 쿵 울린다. 아무리 잠을 험하게 잔다 해도 그놈의 소행이 괘씸하기는 하였지만 진온으로서도 어쩔 수가 없었다.

벽이 울리는 통에 놓쳤던 손을 다시 잡은 진온의 숨결은 등잔불 심지 타는 소리보다도 거칠었다. 제57회

"상을 물려라."

상을 물리고 자리를 보는 여종의 마음은 등잔불보다도 더 달아올랐다.

여종으로서의 슬픔…

여종으로서의 외로움…

그것은 여종으로서만이 아니라 여자로서의 슬픔이요, 외로움이요, 한 걸음 더 나가선 견딜 수 없는 괴로움이기도 했다.

그러한 것을 잠시나마 마음 놓고 풀 수 있는 기쁨이란 그녀와 같은 처지의 몸이 아니고서는 누구도 상상조차 할 수 없는 일이기도 했다.

진온이 먼저 자리에 누우며 등잔을 껐다.

소리 없이 넘쳐흐르는 어둠 속엔 거치른 숨길이 오고 갈 따름이다.

사환 아이놈은 역시 잠이 들어 있지 않은 모양 같았다.

잠이 못 든 것이 아니라 잠을 자지 않고 이쪽 방에 신경을 쓰는지 뒤치락거리는 소리가 들린다.

수 없이 그러한 옆방에 신경이 쓰이는 것이지만 그렇다고 그를 불러 나무랄 수도 없는 일이다.

어둠 속에서 여종의 몸을 더듬던 진온은 빙긋이 웃는다.

생각 밖으로 그녀의 몸은 아직도 탄력이 가시지 않은 채 젊었던 까닭이다.

그는 연옥에게 풀지 못한 욕정을 마음껏 희롱해 보는 것이었다.

진온의 이러한 마음을 조금도 알아차리지 못하는 여종은 늙은 주인의 애무가 그지없이 고맙게 여겨질 따름이다.

"네 절에 가서 분명히 우리 집 종을 보았느냐?"

이 말엔 여종도 금시 실쭉해지고 말았다.

이 늙은 주인을 자기가 차지하려는 생각은 조금도 없다 해도 여자로서의 투기는 숨길 수 없었다.

"어른께서는 어찌하여 울타리 안에 핀 호박꽃은 꽃이 아니라 하시고 산속의 꽃만을 생각하십니까?"

여종의 눈엔 비록 어둠으로 보이진 않아도 금시 눈물이 맺혀 굴렀다.

여종으로부터 이런 항의를 받고 보니 아무리 주인이라 해도 진온은 할 말이 없었다.

"내가 그런 뜻에서 한 말이 아니라 삼십 냥 돈을 그냥 버릴 수는 없지 않느냐."

이 말엔 여종도 아무런 대꾸를 하지 않았다.

뒤치락거리던 사환 아이도 인제야 겨우 잠이 들어 버렸는지, 아무런 소리도 들리지 않는다.

창밖엔 아직도 그치지 않는 비바람 소리가 소란할 뿐이다.

진온도 이제는 자기 한 몸을 가누지 못한 채 피곤과 취기에 활개를 펴고 늘어졌다.

그러나 여종은 아직도 미흡한 정에 좀처럼 떨어지질 못한다.

가까운 곳에 벼락이 떨어지는지 요란한 천둥소리와 함께 번개가 방 안을 샅샅이 뒤져 보고 나간다.

진온은 번개가 설레고 천둥소리가 요동을 쳐도 아랑곳하지 않고 잠이 들어 있었다.

여종은 우뢰와 번개가 뒤섞여 칠 때마다 진온의 품을 파고들었다.

고목古木같이 뻣뻣해 있는 진온의 품에 달려들어 그를 안고 있는 여종은 이렇듯 미흡한 채 날이 새는 것이 무엇인지 모르게 아쉬웠다.

제58회 진온은 비가 걷는 것은 고사하고 날이 새는 줄도 모르고 그냥 잠이 들어 있었다.

이른 아침 아들이 문안을 드리러 온 것도 그는 몰랐다.

여종은 그것을 알고 있었지만 기색을 낼 수가 없어 그냥 모르는 척했다.

또 누가 문밖에 와 어정거리고 있었다.

사환 아이는 아니다. 여종은 곧 일어나 나가 버리지 못한 것을 후회하였지만 소용없는 일이었다.

"아직 주무시는지요."

선신이 일행의 목소리가 분명했다. 여종은 진온을 마구 잡아 흔든다. 그러나 진온은 한두 번 입만 다실 뿐 또 코를 골 참이다.

하도 답답해진 여종은 참다 못해 그냥 코를 비집듯 잡았다.

그제서야 진온은 눈을 뜨고 두리번거린다.

여종이 창밖을 향하여 손짓을 하자 진온은 더 얼떨해할 뿐이다.

"주무시는지요."

선신의 풀이 없는 목소리다. 그제서야 진온은 정신을 차리며 일어나 앉는다.

다급한 생각 같아선 그냥 문을 열고 싶었지만 그럴 수도 없었다.

진온은 여종보다도 더 민망해하는 표정이다.

훤한 햇살이 사창을 비치고 있는 것도 진온은 비로소 느꼈다.

"그래 잠간 물러가 있다 내가 부르거든 다시 나오너라."

그들에게 어떻게 되었느냐고 물으려다 응당 무사하게 성사를 하고 돌아온 줄만 알고 그냥 돌아가 있으라고 했다.

그들이 물러가는 기색을 보자 여종도 어젯밤 갖고 왔던 다담상을 그냥 갖고 나가 버렸다.

여종이 나가 버리자 진온의 마음은 더 바빴다.

아직도 어젯밤 피곤이 가시지 않아 등허리가 뻐근했지만 그렇다고 늘어지게 누워 있을 수도 없었다.

대충 옷을 차려 입은 진온은 사창을 열었다.

간밤에 내린 비로 인하여 햇살은 밝고 더 부드러웠다.

아무 일도 없었다는 듯 의젓이 앉은 진온은 사환 아이를 불렀다.

옆방에 사환 아이가 있는 것 같은 기색이었지만 빨랑 뛰쳐오질 않았다.

전 같았으면 불호령을 했겠지만 어젯밤 일이 쑥스러워 다시 한 번 의젓이 불렀다.

"부르셨습니까?"

"너는 왜 성큼 대답을 하지 못하느냐."

"이른 새벽부터 몇 번이나 살펴봅니다만 고단히 주무시기에 아직도 잠들어 계신 줄만 알고 있었습니다."

진온은 한마디 더 꾸짖으려다 그놈의 입에서 무슨 소리가 새어 나와 무안을 당할지도 모를 것 같아 속으로 참아 버리고 말았다.

"절에 갔던 일행이 온 것 같으니 어서 나오라고 해라."

"벌써 와서 몇 번이나 다녀갔습니다."

"그러니까 어서 잔말 말고 불러오라고 하지 않냐."

진온의 음성엔 약간의 노기가 드러나 보였다. 이런 빛을 보자 사환 아이는 그 자리에서 냉큼 돌아서 버리고 말았다.

진온은 모든 것이 뜻대로 이루어졌을 것만 같은 기쁜 생각에 지나치다시피 했던 어제 일은 까마득히 잊고 있었다.

제59회 주인이 부른다는 소리를 듣고 나온 선신이 일행은 문밖에서 방 안의 동정을 살피며 서성거리기만 했다.

"선신이냐, 어서 이리로 들어오너라."

"뭐 여기도 괜찮습니다."

기운 없이 들리는 그 목소리에 진온의 예감은 불안했다.

그는 사창을 열고 밖을 내다보았다.

사창이 열리자 그들은 일시에 고개를 수그렸다.

간밤 호언장담을 하고 갔던 그들이라 주인 보기가 무안해서다.

그들의 늘어진 꼴로 보아 사태가 그른 줄은 짐작을 하면서도 묻지 않을 수가 없었다.

"어떻게 되었느냐."

"말씀드릴 아무런 면목이 없습니다."

진온이 자신 가장 믿던 선신의 입에서 나온 말이다.

"무엇이 어떻게 되었다구?"

생각 같아선 그냥 뛰쳐나가 구부리고 서 있는 그들을 매 모조리 갈겨 주어야만 속 시원할 것만 같았지만 그럴 체면도 없고 기실 기운도 없었다.

진온은 다리 부러진 장수 모양 앉아서 위세를 부릴 뿐이다.

그가 뭐라고 하든 간 이 집 늙은 주인이고 보면 이 처지에 있어선 죽는 시늉이라도 할 수밖에 없었다.

어제 당한 봉변이 창피하고 또한 그것이 자기변명 같아 선신은 굳이 설명하려 하질 않았다.

진온의 노발대발하는 재촉이 심하여 선신이 옆에 오므리고 서 있던 소광이가 사건의 전말을 설명하기 시작했다.

"그래 그곳을 지키는 놈이 어떤 군기軍器를 가지고 있더냐?"

"군기는 별로 가지고 있는 것 같지 않았습니다."

진온의 노여움은 대단했다. 성이 나면 으레 하는 버릇이지만 그는 몇 번이고 마른 코를 킁킁거렸다.

"군기도 갖고 있지 않은 놈을 셋이서 묶질 못해—."

"워낙 그놈이 힘꼴이나 쓰는 놈일 뿐 아니라 그 뒤에 또 여러 놈이 있었습니다. 그뿐 아니고 공연히 붙잡혀 우리들의 정체가 밝혀지는 날엔 뒷일이 시끄러울 것 같아 그냥 도망쳐 버리고 말았습니다."

"그래 설사 붙잡혀 정체가 알려진다 해도 이 고을서 나를 당할 놈이 누가 있단 말이냐."

"그렇기는 하지만 다른 곳도 아닌 절에서 난동을 일으켰다면 체면이 안 될 것 같아 그랬습니다."

진온은 그지없이 분하기만 했다. 이는 아무리 생각해도 어제 신라소에서 만났던 그 군관의 소행이 틀림없을 것 같았다.

등주 고을에 있는 장정이라면 감히 선신을 당해 낼 놈이 없다고 생각하고 있던 그였던 까닭에 더 그러했다.

그 젊은 군관의 소행이라면 진온으로서도 어찌할 수 없는 일이고 보니 더욱 분할 수밖에 없었다.

그는 그들을 꾸짖어 물러가 있게 하고 나서도 좀처럼 그 분이 사그라지질 않았다.

어차피 이렇게 된 바에는 그도 지고 앉아 있기는 싫었다.

그는 아침을 뜨는 둥 마는 둥 한 채 아들의 집을 나와 버렸다.

그가 아들의 집을 일찍 나온 것은 현감을 찾아가 그를 들추어 어떤 묘한 해결책이라도 짜낼 생각이 있었던 까닭이다.

관아로 들어가기엔 아직 이른 시각이다.

진온은 그래서 현감의 집으로 곧장 발길을 옮겼던 것이다.

아직도 기침을 하지 않았던지 큰 문이 그냥 잠겨 있었다.

지나치게 이른 것 같아 잠시 주저하던 진온은 대문 앞으로 가서 사환을 불렀다.

대문이 열리더니 사환이가 진온을 알아보고 인사를 한다.

"그동안 안녕하셨습니까, 오늘은 아침 일찍 어렵게 오셨습니다."

"응, 너의 댁 어른이 지금 계시느냐?"

"계시구 말굽쇼."

사환 아이는 진온이가 왔다는 것을 주인에게 알리러 안으로 곧 들어갔다.

잠시 후 들어갔던 사환 아이가 다시 나와 진온을 사랑으로 안내했다.

진온이가 왔다는 말에 손 빠르게 채비를 하고 난 현감 황안黃安은 반갑게 그를 맞는다.

"영감 이게 웬일이십니까. 이렇게 이른 아침 이런 누옥엘 찾아오시니…."

황안은 진온의 방문을 지극히 황송해 한다. 그것도 그럴 수밖에 황안은 현감이라 해도 언제나 진온의 경제적 뒷받침을 얻고 있는 터이고 보니 그러는 것도 무리는 아니었다.

"내 오늘은 특별히 청이 있어서 왔소이다."

진온의 특별 청이라는 말에 황안은 귀가 번쩍 뜨였다.

진온은 말 허두는 내놓고도 얼른 뒷말을 잇지 않았다.

황안은 그를 마주 쳐다보며 진온의 특별 청이라는 것이 무엇인가를 얼른 생각해 본다.

"특별 청이시라니 영감께서 저에게 무슨 청이 있을 리가 있겠습니까?"

한참 후 황안이가 진온에게 사양하며 물어보는 말이다.

사실 홧김에 이른 아침 집을 나서긴 했지만 황안으로부터 막상 이런 질문을 받고 보니 진온은 좀 쑥스러운 바가 없지 않았다.

기껏해야 삼십 냥짜리 계집종이라고 하겠지만 진온의 쏠린 정은 그렇게만 생각할 수 없었다.

"아무리 내 집 사정이 있어 속세를 버리고 전원에 묻혀 산다 해도 이런 멸시를 받고야 사람이 사는 도리가 있겠소."

진온의 말은 황안에게 뜻밖의 일이 아닐 수 없었다.

등주 고을의 진온이라면 세상이 다 아는 가문인데 누구도 감히 그를 넘볼 수 없었던 처지다.

그러한 진온의 입에서 이런 말이 나오고 보니 더욱 뜻밖이 아닐 수 없었다.

"무슨 일이신가요… 제가 비록 하치않은 벼슬 자리에 있다 하오나 등주 고을 현감으로 있는 한 영감 앞에 버릇없는 짓을 하는 자가 있다면 그냥 두어 둘 수 없습지요."

황안은 진온의 눈치를 살피며 그에게 있는 충성을 다하겠다는 듯싶은 어조로 말한다.

진온은 그 말엔 별 대꾸도 없이 길이 탄식할 뿐이다.

진온의 표정으로 보아 일인즉 이만저만한 일이 아닌 것 같았다.

"제가 힘이 될 수 있는 일이라면 무엇이든지 아끼지 않겠나이다. 무슨 일인가요."

진온은 옅은 한숨을 되풀이하며 황안을 쳐다본다.

"일은 별로 큰일은 아니지만 이 고장 사람들의 모욕이지요." 제61회

황안은 이 고장 사람들의 모욕이란 진온의 말에 어떤 단서가 잡힌 것 같았지만, 확실치가 않았다.

"일전 제 집에서 계집종을 하나 사들인 일이 있답니다. 마침 누워 있는 마누라의 간병을 하는데 알맞을 것 같아 삼십 냥을 주고 사들였지요."

"계집종 하나에 삼십 냥이라니요."

터무니없는 가격에 황안도 약간 놀라는 빛이다.

"그것이 이 고장 애가 아니라 신라의 애라 하여 그런 가격이 매겨졌던 모양입니다."

"아무리 신라 애라 한들 그런 터무니없는 일이야 있을라구요."

진온은 그 삼십 냥 정도의 돈은 아무렇지도 않은 것이라는 듯 대수롭지 않게 그냥 웃어넘겼다.

"그것은 그렇다 하고, 그 종 애가 온 지 불과 며칠 안 돼서, 도망을 쳐 버렸겠지요."

"도망을요?"

"병을 간호하는 일이 언짢아 그런가 보다 하고, 별로 찾을 생각도 하지 않았지만, 적산 법화원은 제 집과 각별한 관계가 있어, 집에서 늙은 종이 불공을 드리러 갔다가 그 애를 만났다고 하지 않겠습니까. 수상하게 여겨 사람을 보내 보았더니, 틀림없다 하기에 절과의 관계도 있고 해서, 돌려보내 주기를 청했더니만, 이는 신라소에서 맡겼다 하여, 거절을 당했답니다."

진온은 말로는 별로 큰일이 아니라고 했지만 그 속은, 화와 분이 한꺼번에 뒤끓고 있었다.

"항차 절에서 그런 무례가 어디 있겠소이까. 무슨 착오겠지요. 다른 집도 아니고…."

"글쎄 저도 그렇게 생각했지요. 그러나, 사람을 보내도 신라소의 분부라 거절을 당하게 되었으니, 제 체면은 무엇입니까… 그 일로 해서 집에 부리는 상노애들까지도, 인젠 저를 알기를 그 정도로밖에 알지 않을 것이니, 이런 수치를 받고 어떻게 그냥 참을 수가 있어야지요."

그런 정도의 일이라면 황안은 언제든지 발 벗고 나설 용의가 있었다.

"그럼, 그 일은 제가 맡아 해결 짓기로 하겠습니다."

"그래서 왔지요. 별 큰일이 아니지만, 소문이 퍼지기 전에 수습을 해야지, 체면이 있지 않습니까."

진온의 말도 무리는 아니라고 생각한 황안은 잠시 혼자 그 해결책을 꾀하고 있었다.

"오늘 중으로 곧 일을 해결하도록 하겠습니다."

"사실은 제가 신라소의 총관을 찾아가려 했지만, 직접 나서면 역시 서로 체면이 있고 해서, 이렇게 특청하는 것이니 잘 알아 처리해 주시오."

"하구 말구요."

진온은 이때 전낭을 꺼내어 삼십 냥 돈을 내놓았다.

“많지는 않습니다만, 역시 다소 술값이라도 있어야 할 테니, 허물 말고 받아 주시오.”

“원, 제가 신세를 지는 형편에, 이래서야 되겠습니까.”

“돈보다는 체면이 중하니, 별로 걱정하지 마시오.”

이런 일에 그것도 딴 사람 아닌 진온에게 받을 수 있다면, 황안은 삶은 호박에 침을 놓는 일보다도 수월한 일이라 생각지 않을 수 없었다.

진온이가 돌아간 다음, 아침을 느지감치 마치고 난 황안은 약속대로 오늘 중으 제62회
로 일을 끝맺기 위해서 신라소로 찾아갔다.

신라소에선 지금 총관과 궁파가 무슨 말을 주고받고 있었다.

현감이 왔다는 소리에 그들은 주고받던 말을 멈춘 채 자리를 물린다.

“어찌된 일이십니까.”

총관이 먼저 일어서 황안을 반갑게 맞는다.

“오래 뵈옵질 못했습니다.”

황안은 총관에게 공손히 인살하며, 앉아 있는 궁파를 힐끔 쳐다본다.

궁파는 이쪽으로 등을 보이고 앉아 있던 까닭에 황안의 그런 눈길은 보질 못하고 있었다.

“손님이 계신가요.”

“네….”

그들이 주고받는 말을 듣고야, 궁파는 이쪽으로 고갤 돌리며 일어섰다.

“아이구, 난 누구시라구… 궁파 어른이… 언제 오셨던가요.”

궁파와 황안은 그전부터 서로 안면이 있는 사이다.

“참 오래 못 뵈었습니다.”

궁파도 의젓한 목소리로 그에게 인사를 했다.

그들은 서로 마주앉았다. 마주앉기는 했지만, 황안은 좀 거북스러웠다.

하필이면 오늘따라 이 자리에 궁파가 끼었다는 것은, 황안으로선 아무래도 마땅칠 않았다.

아무리 궁파가 신라인이요 무관이라 해도, 그는 자기에 비하면 몇 배나 윗자리

의 벼슬이고 보면, 자리가 임의로울 수가 없었다.

그러게 황안은 처음부터, 그 얘기는 꺼낼 생각도 못하고 딴 핑계를 생각하고 있었다.

"한번 문안을 드리러 온다 온다 벼르기만 하다, 오늘에야 이쪽으로 오는 일이 있어 잠간 들렀습니다. 이렇게 들리고 보니 궁파 어른까지 와 계시고, 일이 정말 다행이구만요…."

말투나 태도로 보아 그는 나이에 어울리지 않게 아첨하는 꼴이 분명했다.

"저도 한번 들린다는 것이, 그만 소홀히 지냈습니다."

그들의 대화를 듣고만 있던 궁파는, 딴생각을 하고 있었다.

궁파의 생각엔 황안 자신이 말하듯이 우연히 지나가는 길에 들린 것 같지는 않아 보였다.

그리고 보면, 어젯밤 봉화가 법화원으로 간 채, 아직도 돌아오지 않는 것이 더 궁금할 수밖에 없었다.

비가 쏟아지는데 갔던 길을 돌아오라고 한 것이 좀 지나친 일 같았지만, 궁파는 오늘 계획을 생각하고, 그렇게 일렀던 것인데, 아직 못 오는 것을 보면 아무래도 무슨 일이 생긴 것만 같은 예감이 앞섰다.

봉화의 성격이 명령을 어길 위인이 아니고 보면 더욱 그럴 수밖에 없었다.

그런데다 생각지 않았던 현감 황안이가 찾아온 것을 보면, 무슨 곡절이 생겨난 것이 틀림없었다.

이 자리에서 말하기엔 벌써 코집이 글러 먹은 것을 깨달은 황안은 계획을 생각했다.

필요치 않은 돈을 쓰는 것이 속으론 좀 아쉬운 생각이 들었지만, 그것도 진온으로부터 받은 것이라, 그렇게라도 해서 일을 꾸밀 결심을 한 황안은, 야릇한 웃음을 입가에 띄우며, 두 사람을 번갈아 쳐다보았다.

제63회 "오늘은 제게 무슨 복이 터진 날인 것 같습니다. 우연히 들렀던 길에 궁파 어른까지 만나게 되다니 말입니다. 그러니 제가 그냥 있을 수가 있겠습니까… 오늘 제가 변변치 않지만 두 분을 모시고 저녁을 같이 하고 싶은데 아무쪼록 시간을 좀 내주시면 고맙겠습니다."

총관은 현감인 황안의 지나치게 정중한 초대에 어리둥절해질 수밖에 없었다.

그러나, 궁파는 이자가 무슨 계획을 꾸민다는 것을 짐작할 수 있었다.

총관이 황안의 말에 성큼 대답치 못하는 것은 자기 의견을 묻는 것같이 보여 궁파가 가로막고 나섰다.

"참 고맙습니다. 모처럼 뜻을 베풀어 주시니 말입니다."

"천만의 말씀입니다. 변변치 않은 저녁을 대접하려는 것뿐입니다."

황안은 자기 청에 응해 준다는 말로 알아듣고, 이렇게 말했던 것이다. 황안뿐만 아니라 총관까지도 궁파의 뒷말이 없었더라면 그렇게 생각하기가 쉬울 뻔했다.

"뜻은 고맙습니다만, 실은 오늘 저녁 딴 곳에 선약이 있습니다."

"약속이라니요. 모처럼의 기회인데…."

"약속만 없었다면 사양하겠습니까…."

황안은 기껏 올가미에 걸려들었던 것이 빠져나간 듯싶은 생각에 한참이나 그들의 얼굴만을 쳐다보고 있었다.

"참 그것보다도…."

궁파는 별안간 생각했다는 듯이 말꼬리를 이었다.

"실은 그러지 않아도 며칠 사이에 저희들이 찾아가려고 했습니다만, 이렇게 오신 기회에 말씀드리겠습니다."

"무슨 말씀이신가요."

궁파가 정색을 하자, 황안도 낯빛이 약간 달라지는 것 같았다.

"현감 어른은 무슨 소문을 듣지 못하셨던가요…. 실은 제가 이번에 온 것은 위의 명령도 있고 해서 그 일로 왔습니다만…."

"어떤 소문인지요."

"소문만이 아니라, 상부에 알려지기엔 등주골이 가장 심하다는 것입니다."

물론 궁파의 표정만으로도 심상치 않은 일이라는 것쯤은 황안도 알아차릴 수 있었다.

"요즈음 당나라의 처녀들을 잡아다 신라의 노비奴婢로 팔고 신라의 처녀들을 해적들이 노략질해다 이곳에 판다는 소문이 있습니다."

황안은 잘못 걸렸다고 생각은 하면서도, 자기가 진온으로부터 받은 부탁을 미리 말하지 않았던 것만 천만다행으로 생각했다.

"상부에까지 알려져 있다는 소문을 제가 금시초문이란 황송한 일입니다만 정말 처음 듣는 말입니다… 그런 일을 제가 진작 알았더라면, 그냥 놔둘 리가 있겠습니까… 총관 어른과 의논해서 절단을 냈습지요."

"현감 어른이 설마 알고야 모르는 척하시겠소만, 벌써 이 고을 돈냥이나 있는 사람들이 그런 짓을 한다니, 걸리기만 하면 누구를 막론하고 크게 다칠 것입니다. 어떻든 각별히 주의해 주시기를 바랍니다."

궁파는 현감을 만난 김에 윽박질러 놓을 생각으로 이렇게 말했던 것이다.

자기가 그런 말을 미리 끄집어 내놓지 않은 것만을 다행으로, 황안은 어름어름 꽁무니를 빼고야 말았다. 진온은 고사하고 진온의 할아버지의 부탁이라도 나설 수 없음을 깨달았던 까닭이다.

제64회 봉화가 온 것은, 현감이 돌아가고 나서 얼마 있지 않아서다.

"뜻밖의 일이 생겨 하룻밤 묵고 왔습니다."

으레 무슨 일이 생겼으리라고 짐작하고 있던 그들이었지만, 그들은 봉화의 다음 말을 기다리기나 하는 것처럼 그의 얼굴만을 쳐다본다.

"혼자 몸이 아니어서 절에 도착한 것은 예정보다 늦어서였습니다. 막 경내境內로 들어가는 순간, 산문 안이 소란하기에 달려가 보았더니, 도둑이 들지 않았습니까…."

"도둑이?…"

총관과 궁파가 똑같이 놀란 표정으로 반문하는 말이다.

"한 놈도 아니고 세 놈이 작당을 해 갖고 온 것인데, 보통 도둑은 아닌 것 같았습니다."

봉화가 그 자리에 있었고 보면, 물론 도둑의 피해는 없었으리라곤 짐작했지만 궁금하지 않을 수 없었다.

"그래, 그놈들을 어떻게 처리하였느냐."

"붙잡아 놓아야만 했을 텐데, 잡지는 못하고 그냥 쫓아 버리기만 했습니다."

사실 어젯밤은 급했던 터라 그들을 쫓아 버린 것만으로, 대수로 생각하였던 봉화였지만 궁파 앞에 이런 말을 하는 자신이 쑥스러울 뿐 아니라, 오히려 부끄러웠다.

"그래, 절엔 별 피해는 없었느냐?"

"별 피해는 없었습니다. 도둑이 노린 것은 절에 있는 재물이 아닌 것 같았습니다."

"재물이 아니면…."

이렇게 묻는 궁파는 얼굴빛마저 달라져 있었다.

"절에는 어떤 소녀가 피신해 있었습니다. 도둑은 그 소녀를 앗아가는 것이 목적이었던 모양 같았습니다."

"소녀?"

궁파는 자기가 이리로 오던 때 소년한테 들은 말이 떠올라 이렇게 반문했던 것이다.

"그런데, 참 우연한 일도 있습지요. 그 소녀가 어젯밤 제가 데리고 간 소년의 누나가 아니겠습니까."

"소년의 누나였다구?…"

"네…."

"그럼, 이는 틀림없이 진온의 장난일 것이다."

총관의 말에 궁파도 고개를 끄덕거린다.

"오늘 아침 현감이 들른 것도, 우연한 일이 아닌 것 같습니다."

"결국 이곳 동정을 살펴봐 달라는 진온의 부탁이 있었음이 틀림없을 것입니다."

총관과 궁파가 주고받는 말이다. 그들은 각기 무슨 생각을 하는지 서로 얼굴을 쳐다본 채 말이 없더니만 궁파가 먼저 조용히 입을 열었다.

"일은 점점 크게 버그러진 것 같습니다. 어떻든 절은 그대로 둘 수 없으니까, 수고롭지만 봉화 자네가 다시 절로 돌아가 지키고 있도록 하게."

금시 절로부터 달려온 그를 잠시 쉴 사이도 주지 않고, 그냥 보내는 것이 안된 일이긴 했지만, 궁파로선 그렇게 하는 수밖에 도리가 없었다.

"그럼, 곧 절로 돌아가겠습니다."

"때가 때인 만큼 수골 해 주게."

궁파와 총관은 봉화에게 번갈아 이렇게 당부하며, 그를 문 앞까지 일부러 배웅한다.

봉화는 새삼 무거운 책임을 느끼며 발걸음을 재촉하는 것이었다.

봉화를 절로 보내고 난 궁파와 총관은 조용히 마주 앉았다.

"신라방에 사는 사람으로, 만복의 얼굴을 아는 사람은 없을까요."

"여기 있는 사환 아이도 알고 있을지 모르겠습니다. 한두 번 들릴 일이 있으니까요."

"그럼 사환 아이를 곧 좀 불러 보지요."

총관이 부르는 소리를 듣고, 사환 아이가 곧 달려 나왔다.

"네, 교역선을 부리는 도사공의 얼굴을 기억하겠느냐."

"알구 말굽쇼… 주점에 잘 드나드는 어른이 아닙니까."

"옳지!"

궁파가 사환 아이 얼굴을 찬찬히 쳐다보며 말을 한다.

"네, 이제부터 주점 앞에 가서, 그 만복이라는 사람이 주점에 오는 것을 지키고 있다가, 오기만 하면 지체 말고 알리도록 하여라. 그런데 한 가지 주의할 것은 누구의 눈에도 띄지 않게 해야 한다."

"네, 명심해서 하도록 하겠습니다."

궁파는 오늘은 무슨 일이 있어도, 만복을 잡아 놓고, 일을 처리해야겠다는 생각이었다.

사환 아이가 나간 다음, 궁파는 또 총관과 무슨 말을 주고받고 있었다.

"그럼, 정년鄭年 어른이 틀림없이 양주陽州골에 와 있을까요."

"어제오늘 양주 고을에 들렀을 것입니다."

"그럼, 사람을 곧 보내도록 해 보지요."

"지금 말씀드렸지만, 믿을 만한 젊은 사람으로, 걸음이 빠른 친구가 있을까요…. 무슨 일이 있어도 내일 안으론 정년이가 여기 들어서야 할 테니 말입니다."

총관은 한참 잠자코 앉아 있더니만 다시 입을 열었다.

"있습니다."

"그럼 곧 부르게 하지요."

"이름을 원순元荀이라고 하는 장정으로 믿을 만할 뿐 아니라 기운꼴도 쓰지요."

총관이 부른다는 말을 들은 원순은 곧 신라소로 달려왔다.

키가 후리후리한 데다가 이글거리는 눈이 보기에도 믿음직했다.

"자네가 원순인가."

"네…."

궁파는 그에게 한두 마디 말을 물어보고 나서 양주 고을까지 다녀올 것을 부탁하자 그는 서슴지 않고 승낙했다.

"제가 하는 일이 고깃간 일입니다. 지금 막 들어온 양고기를 부탁받은 집에다 배달하게 하고 나서, 곧장 차비를 하고 오겠습니다."

궁파는 그에게 그렇게 하라고 하고 나서 곧 정년에게 간단한 사연을 적었다.

원순은 생각보다도 빨리, 떠날 차비를 하고 다시 나타났다.

궁파는 정년을 찾아가 만날 수 있는 경로를 자세히 설명하여 주는 한편, 그에게 전할 편지를 주었다.

"별로 중한 내용은 아니지만, 실수 없이 전하도록 하게…."

"각별히 주의하도록 하겠습니다."

원순이까지 양주 고을로 떠나 보낸 총관과 궁파는, 해야 할 만반준비를 다하고 만 셈이다.

그들이 지금 기다리는 것은 주점 앞에 보낸 사환 아이의 돌아옴이었다. 우선 사건의 장본인은 어디까지나 만복이었던 까닭이다.

제66회

역습

逆襲

밤새 내리던 비가 개었지만 바다 위는 바람이 제법 차가웠고, 또한 물결도 높았다.

만복과 더불어 앉아 있는 두 친구는 어젯밤 술을 마시던 때의 즐거운 얼굴과는 딴판으로 침울해 보인다.

만복의 해적선의 두목 격인 당나라 출신인 손희孫熙와 그 옆에 앉아 있는 친구가 부두목 격인 나항羅恒이다. 역시 그도 당나라 사람으로 손희보다는 삼사 년 젊어 보인다.

"벌써 우리가 사흘이나 지체된 셈이 아닌가."

"분명 오늘까지 사흘이지요. 앞으로 사흘만 더 지체되면, 큰 낭패입니다."

손희의 말에 나항이가 대답한다. 그들은 아침 햇살에 고기 비늘같이 번쩍이는 바다 위를 한참 바라다보고 있다.

"글쎄 걱정입니다. 전번에 비하면 손이 더디누만요."

만복의 얼굴엔 그들보다 더 짙은 근심의 빛이 보인다.

"원인이 무얼까…."

손희는 만복의 얼굴을 노려보며, 다시 물었다.

언제나 그러했지만, 그의 눈 속엔 이때도 살기가 흘렀다.

누구도 그러한 그의 눈초리를 당해 내는 사람은 없었다.

한 배의 도사공으로서 만복이도 호락호락한 편은 아니었지만 손희 앞에선, 머리를 들 수가 없었다.

"하루 이틀 사이에 사정이 달라진 것 같습니다."

"사정이 달라지다니…."

"어제도 말씀드렸지만, 요즈음 팔려 갔던 노비들이 도망을 치는 까닭에, 누구도 전같이 사려 들지 않는 것이 큰 탈입니다."

"도망을?"

손희는 무엇을 생각하는지, 참말 그 매서운 눈을 감고 있었다.

헝클어지는 물결에 배가 좌우로 흔들려도 이런 것에는 익숙한 그들은 반석 위에 앉아 있는 것같이 태연할 뿐이다.

"팔려 간 노비들이 도망을 친다는 것은, 역시 예사로운 일이 아닙니다. 이는 반드시 뒤에 누가 있어 조종하는 탓일 겁니다."

의미심장하게 설명하는 나항의 말이다.

나항은 이런 말을 하면서도 만복의 얼굴을 힐끔힐끔 쳐다보는 것이, 만복이 자기에게 어떤 의심을 품는 듯한 표정이어서 불안할 뿐 아니라, 한편 불쾌하기도 했다.

그들의 모든 행동은 믿음으로 시작하여 믿음으로 그치는 것이, 신조信條이고 또한 의리이기도 했다.

그러나 비록 조그만 의심이라 해도 그런 것이 생기기 시작하면 그 결과가 어떻게 된다는 것을, 누구보다도 더 잘 알고 있는 까닭에, 그 불쾌에 앞서 만복은 불안했다.

"그런 뒷조종이라면 신라소의 총관이 틀림없겠지만, 아직도 그런 낌수는 보이질 않던걸요."

사실 만복이도, 총관의 눈을 가장 꺼려 왔기에, 그에 대하여선 각별한 신경을 쓰고 있었지만, 그런 눈치는 전혀 찾아볼 수 없었다.

"낌수를 채지 못하였다면, 그것은 우리들의 불찰이지…."

나항이가 만복을 따지듯이 이렇게 말할 때, 손희는 감고 있던 눈을 뜨고, 두 사람을 번갈아 쳐다보았다. 그의 눈은 무엇을 알아내고야 말겠다는 듯이 빛나며, 살기등등해 있었다.

"그동안 총관이란 친구를 만나 본 일이 있던가." 제67회

이번엔 손희가 만복에게 물었다.

"만났지. 짐을 실을 때 선창에 나와 한나절이나 있었답니다. 그때만 해도 그는 그런 눈치를 조금도 알아차린 것 같지가 않던걸요."

"그놈이 그런 눈치를 보이지 않는다는 것은, 결국 우리들을 속임수에 넣는 것일 거요."

나항의 말은 처음부터 끝까지 만복이 자기 잘못을 따지는 것만 같아 무어라 대답할 수가 없었다.

"총관이 뒷조종은 않는다 해도, 결국 그들이 도망을 친다는 것은, 신라소로 도망치는 것이 분명한 일이지."

"제가 오늘 나가면 그것부터, 수탐해 보도록 하지요."

"그러자면, 또 날자가 걸릴 게 아니오."

나항의 말엔 이럴 수도 저럴 수도 없었다.

"현감한테 뇌물을 써서 그를 매수해 봄이 어떨까."

손희의 제안은 엉뚱한 의견이었다.

"뇌물을 쓰다니요."

나항이가 반문하자, 그는 씽긋 웃는다.

"역시 앞으로 이 일을 계속하자면 그를 매수하는 수밖에 도리가 없을 거야… 그에게 뇌물을 주어 그로 하여금 신라소의 총관에게 항의를 하게 하면, 자연적으로 막을 수 있게 될 게 아닌가."

"그것보다는…."

나항은 두목인 손희의 의견과는 다르다는 듯 이렇게 말한 채 눈을 갑삭거렸다.

"그럼 자네 의견은 무엇인가."

"제 생각엔 신라소 총관놈을 배로 납치해 오는 것이 좋을 것 같습니다."

"그를 납치해다간?…"

"우선 그를 납치해다 놓고 전말을 조사하고 나서 현감을 움직이는 것이 좋을 것 같습니다."

"그럼 뒷일이 시끄러워질 것이 아닌가."

"쥐도 새도 모르게 잡아 오는데 시끄러울 것이 뭐가 있습니까… 잡아다 놓고 만사를 끝낸 다음엔 총관을 용궁으로 보내 놓으면 하늘인들 알 수 있는 일입니까…."

손희의 귀는 나항의 의견에 솔깃했다.

우선 총관을 잡아 오게 하여 도망친 노비들을 현감으로 하여금, 그들을 주인집에 돌려주게만 한다면 노비 값도 오를 뿐 아니라, 앞으로 도망치는 일이 있다 해도, 감히 숨겨 두질 못하게 될 것이니 일은 자연히 풀릴 수 있을 것 같았다.

"그렇다면, 총관을 어떻게 납치해 오느냐가 문제일 따름이지…."

"그것은 저한테 일임시키는 것이 좋을 것 같습니다."

만복이는 곧 자원하고 나섰다.

"혼자서 넉넉할까?"

"남의 이목에 띄지 않기 위해선 오히려 제 혼자 일을 꾸미는 것이 좋을 것 같습니다."

나항도 만복의 이번 의견엔 별로 반대하질 않았다.

쌀쌀하던 바람도 햇살이 확 퍼져 오른 탓인지 한결 부드러워졌다.

"그럼, 저는 곧 건너가 봐야 할 것 같습니다."

손희는 만복의 의견에 고개를 끄덕거릴 뿐이다. 자리에서 일어선 만복은, 어젯밤 타고 왔던 작은 배를 풀어, 단신 몸을 실었다.

만복은 어쩐지 마음이 자포자기해지며 애꿎은 노를 와락 잡아당겼다. 지금 그의 마음에는 무슨 계획이 선 것도 아니고, 무작정 나선 길이었다.

배를 저어 오는 만복은 오늘따라 못마땅하게만 구는 나항이가 아니꼬왔지만 제68회
하는 수 없었다.

어떻든 이번같이 일이 이렇게 더디며 꼬여 본 적은 없었다.

계획이 처지고 보면, 그럴 법도 한 일이지만, 두목인 손희가 잠자코 있는데도 불구하고 그가 한술 더 뜨는 것은, 만복으로서도 불평이 아닐 수 없었다.

"제기랄…."

은근히 화가 난 만복은 혼자 중얼거리며, 노를 힘껏 잡아당겼다.

잡아챈 노에 부딪친 물살이 튕겨 오르는 통에 그만, 밑도리만 함빡 젖고 말았다.

만복은 힐끗 뒤를 돌아다보았다. 갑판에 서 있던 손희와 나항의 그림자도 인젠 보이질 않는다.

그들은 심신을 풀기 위하여, 술을 마시러 선실로 내려간 모양 같았다.

그럴수록, 무엇인지 모르게 못마땅하게 여겨지는 만복은 또 한 번 투덜거리며 노에다 힘을 주었다.

한참 노를 젓던 만복은 허리를 펴고 대안을 바라다본다.

햇살은 확 퍼져 올라 있었지만, 선창 쪽으로 안개가 무연히 끼어 있어 잘 보이지 않았지만, 점점 어렴풋한 윤곽들이 드러나 보이기 시작했다.

만복이가 한참 노를 젓고 있을 때다. 무슨 소리가 들리는 것 같아, 그는 다시 허리를 폈다.

선창에 대어 놓은 배에서 분명 누가 소리를 치고 있었다. 만복은 노를 쥔 채 자세히 살펴보았다.

아직도 거리가 먼 탓인지 확실히 그림자는 보이지 않지만 또 한차례 무슨 소리가 분명 들렸다.

노를 쥐고 있는 만복에겐 불길한 생각부터 앞섰다.

무슨 일이 생겼다는 신호같이도 생각되었던 까닭이다.

그러나 한두 번 그런 소리가 들렸을 뿐 바다는 곧 잠잠했다.

불안하기도 하였지만 한편 설레는 마음에 그는 힘껏 노를 저었다.

선창에 대어 있는 배 앞에 점점 가까워지고 있었다.

배 위엔 누구의 그림자도 보이질 않는다.

"웬일인가?"

이번엔 만복이가 먼저 소리를 질러 보았다.

누군가가 배 위로 뛰쳐나왔다. 망을 보는 소년이다.

"밤새 무슨 일은 없었느냐."

"아무 일도 없었습니다."

"그럼 누가 지금 배 위에서 소릴 쳤나."

"아무도 소리친 사람이 없는걸요…."

만복은 이상하다는 듯 고개를 기웃거리며 그 소년이 던져 준 밧줄에 타고 온 배를 매어 놓곤 큰 배로 올라갔다.

역시 배 안엔 아무런 변동도 없었다. 만복은 배에 있는 동료들에게 주점에 가 있을 테니, 무슨 급한 연락이 있으면 그리로 알리라는 전갈을 해 놓고 다시 육지로 올라왔다.

육지는 아직도 바다에 비하면 잠이 덜 깬 것 같은 인상이었다.

—신라소의 총관을 납치한다…

손두목 앞에선 쉽게 장담하고 나선 그였지만 막상 육지에 오르고 보니, 엄두가 나질 않았다.

어떻든 만복의 생각으론 주점으로 가서 구체적인 계획을 꾸밀 생각으로, 그는 걸음을 빨리 했다.

신라소의 사환 아이는 처음에 자기 눈을 의심했다. 제69회

똑바로 마주치기는 했지만, 처음엔 그 사람이 아닌 것만 같아, 다짐하듯 쳐다보았던 것이다.

그러나 주점 안으로 들어서는 옆모습을 보곤 틀림없이 만복이라는 것을 확인할 수 있었다.

그는 만복이를 확인하고 나서도 한참은 주점 앞에 서성대고 있었다.

혹시나 그가 돌아 나오지나 않는가 하는 생각에서다.

아무리 살펴도 그런 기색은 보이질 않는다.

이 기회를 놓쳐서는 안 되겠다는 듯 사환 아이는 신라소로 곧장 달려왔다.

그가 문을 열고 들어서자 총관과 궁파는 특별한 사람을 기다리고 있었다는 듯 그를 쳐다보는 것이었다.

"지금 막 주점으로 왔습니다."

"그래 틀림없이 교역선의 도사공이더냐?"

기쁨을 참지 못하여 물어보는 총관의 말이다.

"처음엔 긴가민가 하였습니다만, 그 옆얼굴이 틀림없이 그 사람이 분명했습니다."

사환 아이는 자기가 보고 느낀 사실대로 말했다.

이때 총관은 궁파한테 어떻게 하면 좋겠느냐고 의견이라도 물어보는 듯 그를 쳐다보았다.

"그래, 그 사람이 혼자 주점으로 들어가더냐?…"

이번엔 궁파가 사환 아이에게 묻는 말이다.

"네, 누구도 달지 않고 혼자 들어가두만요."

"수고했다. 너는 안으로 들어가 있어라."

사환 아이가 궁파의 말대로 안으로 들어가 버리자, 총관과 궁파는 새로운 계획을 짜기라도 하려는 듯 다시 조용히 마주 앉았다.

"그자가 주점에 와 있다니, 인전 독 안에 든 쥐나 다름없지만 남의 이목에 띄지 않게 붙잡으려면, 역시 우리가 어떤 계교를 써야 할 것입니다."

"물론이지요, 어떤 방법이 있으신지요?"

궁파는 총관의 제안에 대답하는 한편 그에게 그 계교까지를 물었다.

"글쎄, 별다른 계획은 없습니다만, 제가 가서 그와 술을 대작하고 있을 때 그리로 오시면 어떠하실까요."

궁파는 총관의 말에 가타부타는 결정도 없이 잠간 무엇인지 생각하고 있는 것 같았다.

"그것도 좋은 안입니다만, 제 생각으론, 그자를 데리고 주점에서 술을 만판 마시다가, 같이 밖으로 나오는 것이 좋을 것 같습니다."

"나오면…."

총관은 그다음 일이 궁금한 듯, 이렇게 반문했다.

"그때 제가 지키고 있다가 그를 쓰러뜨려 이리로 끌고 오도록 하지요."

"그럴라면 날이 어두워야 하지 않을까요."

"물론 어두워져야지요."

"그러나 그새 그 친구가 다시 배로 돌아가 버리면, 낭패가 되지 않을까요."

총관의 걱정에 궁파는 가볍게 웃으며 말을 이었다.

"어제도 나오지 않았으니까, 그가 그리 쉽게 배로 돌아가지는 않으리다. 제 생각 같아선 오늘은 주점에서 묵을 것 같구만요."

총관도 궁파의 말에 따라 웃었다.

제70회 만복이가 들어서는 것을 보자 주모는 지칠 정도로 기다리며 원망하던 생각은 까마득히 잊어버린 채 그를 반겨 맞는다.

"웬일이신가요."

"응, 배에 좀 바쁜 일이 있어서 그만…."

그래도 주모에겐 그 말이 믿어지질 않는다는 듯 이번엔 조금 비꼬는 말투였다.

"말두 말아요. 이렇게 들어앉아 있으면, 귀는 통 소용없는 물건인 줄 알아요?"

"그놈의 귀는 뜬소문에만 밝은 모양이군…"

이렇게 대꾸는 하였지만, 만복의 얼굴엔 어딘지 모르게 침울한 빛이 엿보이는 것 같았다.

"무얼 좀 드실까요."

"아무 생각도 없지만, 술이나 해 볼까."

만복은 사실 별로 구미가 당기질 않았다.

"애는 어디 있지?"

"아이구, 말두 맙시우. 그래 그 덕을 좀 입을까 했더니만, 오자마자 골골 앓고 보니, 덕은커녕 그 시중들기에 지칠 정도라우."

주모는 필요 이상의 교태와 수다를 떨었다.

만복은 주모가 따라 준 술을 들며 수다를 늘어놓는 주모를 제지했다.

아무래도 만복의 표정이 심상칠 않았다.

전 같으면 주점으로 들어서기가 무섭게 안방으로 끌고 들어가려고 성화를 하던 그였지만, 오늘은 주모가 말하는 것조차 귀찮아 하는 것 같았다.

필경 무슨 일이 생긴 것이 분명하다고 느낀 그녀는, 만복이와 마주 앉으며 무슨 눈치를 채려 했다.

잔을 단숨에 비워 낸 그는, 주모의 얼굴을 쳐다보며 무겁게 입을 열었다.

"요즈음 무슨 소문 듣지 못했소."

"별다른 소문이 도는 것 같진 않던데요."

"들어앉아 있으면서도 알 만한 소문은 다 듣고 있었다던 그놈의 귀는 정말 쓸데 없는 귀군…."

퉁명스레 지껄이고 난 만복은, 이번엔 술을 자작으로 마셨다.

전에 없이 무안을 당한 주모의 얼굴은 눈에 띌 정도로 붉어져 있었다.

"참, 그이를 아시지요."

주모는 그제서야 궁파 일이 생각나서 물었다.

"그이라니…."

"신라소에 가끔 들르는 그 궁파라는 나리 말이오."

"궁파! 그래서…."

만복의 얼굴엔 금시 긴장의 빛이 흘렀다.

"그이가 어제 들렀습지요."

"궁파가?…"

혼잣말같이 중얼거리는 만복의 머릿속은, 점점 복잡해지고 있었다.

그와 별로 친교는 없다 해도, 만복은 그 위인을 잘 알고 있었다.

그가 별안간 왔다는 것도 그러고 보면 예사로운 일이 아닌 것 같기만 했다.

그러고 보면, 손희와 나항의 앞에서 신라소의 총관을 문제없이 납치할 수 있다던 자기 장담도 그리 수월한 일인 것 같지는 않았다.

"그이와 무슨 이해관계라도 있는가요?"

주모의 얼굴에도 자못 걱정의 빛이 흘렀다.

주모의 물음엔 별로 아무런 대꾸도 없었다.

"그자가 여긴 무엇 때문에 들렀지?"

"우리집 오리 고기와 술이 맛있다고, 여기 오면, 언제나 한두 번은 들러 갑지요."

"그래, 그자가 와서 별말은 없었던가."

궁파가 왔다는 말에 만복은 아무래도 예감이 이상하여, 주모에게 꼬치꼬치 캐어물었다.

"참, 그 어른이, 같이 술을 한번 하면 좋겠다구 하던데요."

"누구하구?…"

"누구긴…."

"나하고 그리 친교도 없는데 무슨 일인가."

만복에겐 그것이 더 수상하기만 했다.

"친교는 없다 해도 서로 얼굴은 알고 있었던가 보던데요."

"알기야, 나를 몰라볼 사람이 있을라구…."

만복은 주모 앞이라 그런 대로 한번 뻐겨 보았다.

그러나, 주모는 주모대로 그런 숨은 공이 자기한테 있다는 것을 은근히 설명하기라도 하려는 듯 궁파와 주고받던 이야기를 늘어놓았다.

"그이가 오셨을 때, 마침 저 애가 나와 시중을 들었지요… 밤낮 저 혼자 볶이는 것만 보던 그이도 이상했던지 묻두만요."

여기까지 듣고 난 만복은 벌써 가슴이 덜컹 내려앉는 것 같았다.

"그래, 뭐라고 대답했어."

만복의 눈엔 벌써부터 핏줄이 서 있었다.

"무어라고 하긴요. 설마 누가 그 말이야 했을라구요… 집에 자주 드나드는 교역선 도사공 어른한테 전에부터 부모 없는 애를 수양딸로 삼고 싶으니, 그런 애가 있으면 꼭 구해다 달라고 신신당부를 했더니만 고맙게도 이번 길에 그런 애를 얻어다 주더라고 했지요. 그랬더니 그렇게 인정이 있는 사람이 어디 있느냐구 하시며 짬이 있으면 서로 술이라도 같이 나누고 싶다고 하두만요. 제 생각에도 그런 사람과 우연히 사귀어 두는 것이, 좋을 것 같아서 한번 다시 들르면 기별을 해 드린다구 했습지요."

주모의 말을 듣고 보니 그럴듯하기도 했다.

만복이 자신 이번 기회에 그와 사귀는 것도 좋았지만 역시 총관을 납치해 가야 할 처지로선 궁파의 존재가 여간 시끄럽질 않았다.

"그 밖에 딴소리는 없었니?…"

"별말은 없었는데요… 아까부터 봐 하니, 무슨 걱정거리가 있는 것 같은데, 말씀해 보시지요, 제 힘도 도움이 될지 알아요…."

만복이 자신도 처음부터 주모를 그일 생각은 없었다.

"걱정거리라기보다도, 장사가 돼야지."

"장사가 안 되다니요."

"기껏 팔아먹은 노비들이 요즈음, 모두 도망을 친다는 통에, 누구도 사려 하질 않거든… 사고무친한 그들이 도망을 치면 이 만리타향에서 어딜 치겠나… 신라소 놈들의 조작인 것만 같지 않아…."

주모로서도 처음 듣는 소리였다. 하많은 사람이 드나드는 주점이라, 그런 일이 있었다면 귀 떨어진 소리라도 들었을 법하지만, 아직껏 아무 소리도 들은 적이 없고 보니, 더욱 이상하지 않을 수 없었다. 도대체 신라 태생의 어린 노비들이 멋대로 도망친다는 것은 상상할 수도 없었다.

제72회 "사실이 그렇다면 참 수상한걸요. 그래도 그런 일이 있다면 제가 그렇게 조금도 모르고 있을까 봐요."

이렇게 말한 주모는 무엇을 다시 생각하는지 잠자코 있었다.

한참 그렇게 앉아 있던 주모가, 다시 눈을 갑삭거리며 묻는다.

"이 고을 진원외陣員外댁에서도, 이번에 노비를 샀던가요."

진원외란 물론 진온의 집을 말하는 것이다.

"글쎄…."

만복은 한참 생각해 보고 나더니만 그렇다는 대답을 했다.

"샀지, 샀어… 아마 남매가 붙잡혀 왔는데, 그 누이는 틀림없이 진가네가 사 갔을 거야."

만복의 말에 주모는 무슨 짐작이 있다는 듯 생긋이 웃는다.

"왜, 진가네가 무어라는 소문을 들었나?"

"그렇다면 제가 짐작이 가는 일이 있어 그럽니다."

"무슨 짐작인가."

"어젯밤 진원외댁, 상노 셋이 와서 술을 마셨지요… 그들이 술을 만판 마시며 하는 말이 지금 생각하여 보니 도망친 노비를 찾으러 가던 것이 분명합니다."

"도망친 노비를?"

만복의 눈엔 또 한 번 불길이 번뜩거렸다.

"영감의 분부였던 모양이두만요… 법화원에 가서 잠든 것을 업고만 오면 술값의 몇 배나 되는 상금을 받는다고들 떠들지 않아요…."

만복은 주모의 말에 고개를 끄덕거린다.

만복으로서도 인제는 모든 것을 짐작할 수 있었다.

도망친 노비들이 우연하게 법화원으로 간 것이 아니면 신라소에서 그렇게 주선해서 법화원에다 숨겨 두었다고 보는 것이 틀림없을 것 같았다.

일은 어떻든 총관을 납치해 간다고 장담한 이상 손희와 다항에게 면목을 세우기 위해서라도 그 일을 해야 할 뿐 아니라 법화원과의 배후 관계를 알아내기 위해서라도 우선 그를 만나기라도 해야 할 것 같았다.

“총관을 이리로 오게 할 수 없을까?”

“총관이라니요, 궁파 어른은 어떻게 하구요.”

“내게 필요한 것은 궁파보다 총관이니까.”

주모는 만복의 그러한 속마음을 언뜻 알아차리질 못했다.

“궁파 어른이 와 있는데 그분만 오시라기가 뭣하지 않아요.”

하긴 주모의 말도 그럴듯하지만, 만복에겐 궁파는 역시 마음이 놓이는 상대가 아니었다.

만복이가 아무 말을 하지 않고 있자 주모는 그제서야 그가 궁파를 달갑지 않게 생각하는 것을 짐작할 수 있었다.

“그럼 제가 지금 가서 우선 동정을 살펴보고 총관 어른만 모실 수 있으면 그렇게 하지만, 영 그럴 수 없는 경우엔 같이 모셔 오도록 하지요.”

“어떻든 눈치껏 하도록 해야지….”

만복이가 이렇게 말한 것은 될 수 있으면 궁파는 빼놓고 총관만 데려오도록 하라는 말이기도 했다.

“손님을 맞을 테니, 술일랑 더하지 마시고, 안으로 들어가 좀 쉬도록 해요.”

주모는 만복에게 이런 다짐을 하고 신라소로 가기 위하여 밖으로 나섰다.

신라소로 찾아온 주모는, 어쩐지 문을 열고 들어서기가 멋쩍어 한참이나 망설였다. 제73회

때마침 사환 아이가 나오다 머뭇거리고 있는 주모를 보자 이상한 눈초리로 쳐다본다.

사환 아이는 자기가 주점 앞에서 망을 보고 서 있었듯이 그도 그런 것이 아닌가 하는 생각이 들어서였다.

주모도 사환 아이의 얼굴을 알고 있었다. 그녀는 그가 나타난 것을 다행으로 그의 앞으로 다가갔다.

"총관 어른이 계신가?"

"네…."

"궁파 나리는?"

"계십니다. 무슨 일로 오셨는가요."

"급히 전해야 할 말이 있어서 왔는데."

"잠간 기다리세요."

사환 아이는 주모를 밖에 세워둔 채 안으로 들어갔다.

사환 아이로부터 주모가 찾아왔다는 소리를 듣자 궁파가 먼저 들어오게 하라고 했다.

사환 아이가 나와, 들어오라고 하자, 주모는 그의 뒤를 따라 들어갔다.

"나아리, 밤새 편안들 하셨습니까."

"주모가 웬일인가. 어서 이리 올라오게…."

궁파가 나서서 이렇게 권하자, 주모는 주점에 있을 때와는 딴판으로, 황송하여 어쩔 줄을 몰라 한다.

"실은, 나리께서 들르셨을 때 말씀하셨던 일로 왔습니다."

"내가 들러서 무슨 부탁을 했던가."

"저, 나리께서…."

"오, 참! 그 사람이 왔는가…."

궁파는 그제서야 생각났다는 듯 앞질러 말했다.

"조금 전에 왔습니다. 그래서 나아리께서 하신 말씀을 제가 말씀드렸지요— 그랬더니 그렇게 고마운 일이 어디 있겠느냐고 하며 오늘 저녁 저의 주점에서 모시면 좋겠다고 하기에 나리 말씀도 계셨고 해서, 제가 이렇게 왔습니다."

주모는 총관만을 초대한다는 말을 할 수 없어 그냥 얼버무려뜨리고 말았다.

"허, 고맙구먼… 그런데, 어떻게 하나…."

궁파는 옆에 앉아 있는 총관을 쳐다보며 일부러 난처한 얼굴을 해 보였다.

궁파가 난처해 하는 얼굴을 하자, 주모가 입을 열었다.

"나아리께선, 무슨 거북한 일이라도 있으신가요."

"아니 별로… 모처럼 좋은 기횐데 난 벌써 선약이 있으니 총관이 가시면 어떨까…."

주모는 그 말을 듣자, 속으로 은근히 기뻤다. 그러면서도 총관이 사양을 하거나 발뺌을 하지 않을까 하여, 곧 그 말을 받았다.

"나리께서 선약이 있으시다면, 섭섭하지만 총관 어른만이라도 오셔 주신다면야, 고마운 말씀이지요… 그러지 않아도 제가 지금 오면서 여러 가지 준비를 부탁하고 왔답니다. 제 집을 생각하셔서라도 꼭 와 주셔야 하겠습니다."

"그렇다면야 혼자서라도 가야지… 주모의 입장이 딱하다니…."

총관이 크게 주모를 생각하는 듯이 이렇게 말한다.

"아이구 고마우셔라… 그럼 저녁때 꼭 기다리고 있겠습니다."

주모는 정말 고맙다는 듯 손을 모으고 크게 허리를 굽혀 절을 하고는 신라소를 나왔다.

주모는 신라소를 찾아오던 때와는 딴판으로 걸음걸이가 가벼워진 것 같았다. 제74회

특별한 조작을 부린 것도 아니지만 만복이가 바라는 대로 일이 되고 보니 여간 기쁘질 않았다.

주모는 오는 도중에도 오늘 저녁 차려 놓을 안주 생각을 이것저것하며 주점으로 돌아왔다.

문을 열고 들어서자 만복은 아직도 그 자리에 앉아 술을 마시고 있었다.

안방에 들어가 한잠 늘어지게 자고 있으리라고 생각한 주모는 놀라지 않을 수 없었다.

"아니, 들어가 한잠 주무시라고 했는데, 이렇게 낮부터 술을 마시면 어떻게 하지요."

"괭이 보고, 고기를 지키라는 셈이지 이 사람아! 술을 보고야 어떻게 잠이 오겠는가 말이다… 그래 갔던 일은 어떻게 됐어…."

만복은 얼근한 소견에도 그것부터가 걱정스러웠다.

"제가 나선 일이 안 되는 것 보신 일이 있어요?"

"아따, 큰소린…."

"큰소리도 칠만 하지요."

만복은 일어서서 주모를 힘껏 껴안아 주었다.

"그러니까, 내가 만사를 믿고 다니지 않나…."

주모는 만복의 억센 팔이 싫지 않으면서도 그를 밀어 대었다.

"남이 보면 어떻게 해요, 숭 업게…."

"그래, 큰소리를 떵떵 치는데 어떻게 됐다는 건가…."

만복은 좀더 자세한 내용이 알고 싶은 듯 자기 자리에 다시 앉으며 주모에게 물었다.

"저녁에 손님이 오시기로 되었으니까… 술은 그만해요…."

"손님이 글쎄 어느 손님인가 말이야."

"총관 어른만 모시라 하지 않았어요."

"그래 총관만 정말 온다던가? 그 궁파란 친군 오지 않구…."

"당신이 청하지 말라는 손님을, 제가 무엇 때문에 청해요."

주모는 이렇게 말머리를 꺼내 놓고는 신라소에 갔던 일을 처음서부터 끝까지 자세히 말해 주었다.

"하늘이 날 버릴 까닭이야 있나. 오늘은 결판을 내야지…."

만복은 주모의 말을 듣자, 손뼉을 치며 기뻐했다. 그러나 주모의 귀엔 결판을 내야겠다는 말이 심상치 않게 들렸다.

"여보, 결판을 내다니요."

"아따 마누라, 자넨 무슨 걱정인가. 내 장사가 잘 돼야 자네도 사는 판이 아닌가…."

주모는 만복의 말이 무슨 뜻인지 몰라 잠자코 있었다.

"저녁에 손님을 접대하랄 것 같으면 어서 들어가, 한잠 푹 주무시도록 해요."

만복은 주모의 권도 권이었지만, 만만치 않은 일을 무사히 끝내기 위하여선 술을 더 마셔서는 안 되겠다는 생각으로 자리에서 일어서 버렸다.

만복을 안방으로 데려다 눕힌 주모는 여러 가지로 마음이 바빴다.

궁파가 오질 않는 것이 좀 섭섭한 일이었지만 총관만이라도 자기 집에 온다는 것은 여간 대단한 일이 아니었던 까닭이다.

그러게 주모는 낮이 되자, 오늘은 영업을 하지 않는다는 구실로 손님을 받아들이지도 않았다. 만반 준비에 그의 마음은 몹시 바빠만 갔다.

총관이 주점으로 온 것은 어두워지려는 무렵이다.

주모는 그동안 몇 번이나 문을 열고 살펴보았는지 모른다.

그가 들어서는 것을 보고 반색을 한 주모는 안방으로 안내했다.

총관이 안방으로 들어오자 만복이도 정중히 그를 접대한다.

주안상을 놓고 두 사람이 마주 앉았다.

"허다한 신세를 지면서도 한 번도 가깝게 모셔 보지 못하다 오늘 우연히 이렇게 모시게 되니, 크게 영광으로 알겠습니다."

만복이 총관에게 술을 권하며 공손히 하는 말이다.

"천만의 말씀을… 우리가 객지의 몸으로 서로 이렇게 만나게 되니, 어찌 기쁘지 않을 수 있으리오."

주모는 쉴 새 없이 들락거리며 시중을 들기에 바빴다.

"궁파 어른까지 한자리에 모셨으면 더 좋았을 것을 참으로 섭섭하기 비길 데 없습니다."

"좋은 기회에 참석치 못함을 섭섭히 여긴다고 말씀을 하더이다. 앞으로 기회가 또 있으면 우리가 서로 자주 상종하게 되겠지요."

"그런 기회가 마련되기를 기뻐 기다리겠나이다."

처음엔 서로 무거운 인사말에 치우쳐 좌석이 서먹한 것 같았지만, 잔이 오고 갈수록 딱딱한 분위기도 점차 풀리기 시작했다.

총관은 본래 술이 약한 편이었지만, 만복을 취하게 만들기 위하여 일부러 잔을 사양하질 않았다.

그에 비하면 진종일 마셔도 까딱하지 않던 만복이었지만, 어젯밤도 그러했고, 낮에 혼자 마신 밀술 탓인지, 취기가 옆에서 보기엔 총관과 맞서는 것같이 보였다.

총관도 눈과 얼굴은 취했지만, 속은 멀쩡했다.

그는 잔을 받으면서도 밤이 깊기만 기다릴 뿐 아니라, 그를 어떻게 하여 밖으로 유인해 버릴 것인가를 골똘히 생각하고 있었다.

또 한차례 술이 들어 왔다. 만복은 취기가 겹쌓일수록 마음만 초조해졌다.

이제 자기 자신이 술이 더 취한달 것 같으면 좋은 기회를 놓칠지도 모른다는 불안도 없지 않았다.

"집에서 마시는 술이란 어쩐지 홍이 없구만요. 어떠실는지요. 시간이 허락하신다면 제 배에서 한잔 더 하시는 것이 어떠하실까요."

만복의 입에서 이런 소리가 나오자 술을 날라 온 주모는, 총관이 보이지 않게 눈을 흘겼지만, 소용없는 일이었다.

총관은 만복이가 그런 소리를 하자, 호탕한 웃음을 웃는다.

이젠 모든 일이 계획대로 이루어질 수 있는 기회가 절로 굴러 왔다고 생각했던 까닭이다.

"그러고 보니, 퍽이나 풍류를 즐기시누만요. 오늘은 기껏 나를 위하여 자리를 베풀어 주시는 날이니 어찌 제가 사양하겠소."

총관의 말에 만복은 술이 단숨에 깨는 것같이 눈이 번쩍 뜨였다.

인제는 조금도 지체할 필요가 없었다.

"자, 그럼 선창으로 나가시지요…."

만복은 새삼 생기가 도는 듯한 눈을 번쩍거리며 홍에 겨워 앞장을 서듯 나선다. 그들은 서로, 색다른 꿈을 안은 채 각기, 상상 외에 쉽사리 이루어지려는 꿈에 흥분되려는 감정을 억눌러 본다.

제76회 거리엔 인기척조차 없었다. 주모는 그들을 배웅하러 나왔다느니보다는 행여나 만복을 다시 데리고 들어갈 수 있을까 하여 따라 나왔지만, 그런 눈치가 보이질 않자, 주점으로 들어가더니 불을 꺼 버리고 말았다.

만복은 밖으로 나오는 순간, 술이 더 취해 드는 것 같았다.

그것은 벌써 만사가 자기 뜻대로 되었다는 안도감에서 오는 취기였었는지도 모른다.

그러나 총관은 총관대로 또한 긴장했다.

어디서 별안간 궁파가 달겨들지 모른다는 생각에서 오는 긴장이다.

그는 궁파에게 신호라도 하듯 일부러 헛기침을 연방 하며 걸었다.

이러한 분위기도 모르는 만복은, 혼자 기세를 돋우며 떠들어 댄다.

"총관 어른은 역시 풍류를 아시거던… 배에서 마시는 술이란 별미랍니다. …배로 가 보세요…."

이때 어둠 속에서 바람을 일으키며 나타난 그림자가 만복이한테로 달겨들었다.

물론 그것은 궁파에 틀림없었다. 그러나 그것이 번연히 궁파의 소행인 줄 알면서도 총관은 한참 동안 어리둥절한 채 서 있었다.

만복은 술이 취한 데다가 불의의 습격을 당하고 보니 꿈쩍하지를 못했다.

그를 단숨에 쓰러뜨린 궁파는 옆에 찼던 수건을 뽑아 만복의 입에다 자갈을 물린 채 손쉽게 결박을 지우고 나서 그를 일으켜 세웠다.

만복은 그런 대로 기를 쓰고 소리라도 지르려고 했지만 무가내였다.

밤도 이미 늦은 때고 보니 그들 일행을 수상하게 볼 사람도 없었다.

소용없는 악을 쓰다 보니 만복은 전신에 구슬 같은 땀만 흠뻑 젖어 흘렀다.

만복은 결박을 당한 채 걸어가면서도 주위의 기색을 살폈다.

총관이 끌려가는 자기 옆으로 분명 따라오고 있었다.

만복은 처음엔 수상한 일이라고 생각했다. 그러나 알고 보면, 별로 수상할 것도 없었다.

만복은 누구의 사정을 듣지 않고서도 모든 사태를 짐작할 수 있었다.

결국은 먹느냐 먹히느냐 하던 판에 자신이 그들에게 먹혀 버렸던 것이 뻔했다.

자기 딴에는 수단을 부렸다는 것이, 그들의 속임수에 넘어가게 된 것이 분명했다.

만복은 오면서 짐작했던 대로 신라소로 끌려왔다.

이렇게 붙잡혀 오고 보니, 팔려 갔던 노복들이 도망치는 이유도 훤히 알 수 있었고, 자기가 무슨 이유로 그들에게 잡혔다는 것도 짐작할 수 있었다.

인제는 아무리 발악을 해도 소용없다는 것을 알아차린 그는 궁파가 하라는 대로 하는 수밖에 없었다.

궁파는 결박을 풀지 않은 채 만복을 꿇어앉혔다.

전신이 오그라드는 듯한 취기도 취기였지만 컥컥 들어 막히는 숨길이 괴로워 만복은 견딜 수가 없었다.

그제서야 입에 물렸던 재갈을 궁파가 풀어 주었다. 그것만으로도 우선 살 것 같았다.

"물을 한 모금 주시오."

총관은 어딜 갔는지 보이지도 않았다. 잠시 후 사환 아이가 물을 떠 들고 나와 먹여 주었다. 벌름벌름 한 그릇 마시고 나서야 크게 숨을 돌릴 수 있었다.

연심

戀心

연옥은 동생 영권이가 거처하는 방으로 온 채 그냥 앉아 있었다.

왁 밀려와 있던 여러 여승도 인전 각기 자기 방으로 돌아간 때다.

"그런데 누난 참 용케 도망쳤수…."

"모두 다 부처님의 높으신 덕이지."

"누난 또 절에 와 있다구 부처님의 덕이라구 해…."

영권의 말에 딴 소년들은 입을 틀어막고 웃는다.

"얜 버릇없이 그런 소릴…."

"하기야 누나가 도망쳤다는 소릴 듣긴 했지…."

연옥은 금시 놀란 표정으로 동생을 쳐다본다. 영권은 자기 말을 입증시키기라도 하려는 듯, 딴 친구들을 둘러보며 다짐을 받는다.

"그런 소릴 들었지."

딴 소년들은 연옥을 바라는 듯 크게 고개를 주억거렸다.

"누난 진가라는 부잣집에 있지 않았수…."

"그래…."

연옥은 자신도 모르게 얼굴을 붉히며 나직이 대답했다.

동생이 자기의 거처를 알고 있었다는 것도 수상했지만 동생의 귀에 자기에 대한 공연한 소문이라도 들리지 않았는가 하는 생각도 없지 않았다.

"너는 어떻게 내가 진가라는 사람의 집에 있는 것을 알았니?"

"우리들도 그 진가라는 사람네 근처에 팔려 가 있었다우."

알고 보면, 동생은, 지척에 와 있었던 것이다.

"그렇지만 내가 거기 있는 줄은…."

"누나두… 예쁜 신라 처녀가 와 있었다니, 누나가 아니구 누구겠수…."

그동안 떨어져 있는 사이에 동생 영권은 말하는 것이나 생각하는 것이 어른이나 다름없이 변해진 것 같았다.

"우리는 그곳에 팔려 가 목동 노릇을 했지요. 그러니 항상 들에 나와서 살 수밖에요. 말은 잘 알아듣지 못한다 해도, 눈치야 없을라구요. 눈치로 도망친 것을 알았지요. 그런데 누난 어떻게 도망칠 생각이 났수?"

"오죽하면 도망을 쳐서 나왔겠니? 무턱대고 도망을 치다 보니, 죽을 사람에게도 살 길이 열리는지, 이곳 스님한테 구출되었단다. 그래서 여기서 편히 쉬게 되고 또 너를 만나게 되었으니…."

연옥은 등어리에 소름이 끼치던 진온의 집에서의 일과 생각지 않은 장소에서 동생을 만나게 된 일이 생각할수록 고마워 이런 말을 하는 도중에도 몇 번이나 눈시울이 뜨거워지곤 했다.

"참 생각하면 이상한 노릇이기도 해."

영권은 무엇을 생각하는지 이런 소릴 하며 혼자 눈을 껌뻑거리고 있었다.

"너희들도 그 어른이 도대체 누구며 무얼 하는 사람인질 모르니?…"

"그게 말이야…."

딴 소년들도 영권이 모양 고개만을 기웃거렸다.

연옥은, 영권이가 어제 자기를 이곳으로 인도해 준 봉화를 말하고 있는 줄만 알았다.

아침에 잠간 주지의 방에서 만났다 헤어진 사람이긴 하지만 연옥에게는 그 사람의 존재가 크게 생각되지 않을 수 없었다.

어떠한 인연이기에, 그 사람의 힘으로 자신의 위기를 모면할 수 있었으며, 또 그립던 동생을 데려다 주게 된 것일까… 생각사록 얽힌 그 인연의 줄이 궁금해 오는 것이었다.

제78회 "누나 아직 그 사람을 한 번도 못 만났지…."

동생의 말이 봉화를 두고 하는 말인 줄만 알았던 연옥은 엉뚱한 대답을 하고 말았다.

“왜 못 만나. 아침 일찌감치 주지 스님 방에서 뵈옵기는 했지….”

“아따, 누나도… 누구 그 사람 말이우.”

“그럼, 누구 말이냐….”

“우리를 구출해 준 사람은, 그 사람이 아니우… 그 사람보다 나이도 많고 몇 배나 높은 사람이라우. 그렇지….”

옆에 앉았던 얼굴이 좀 검고 여윈 소년이 대답을 했다.

“응, 높구 말구. 아마 우리를 여기 데려다 준 사람보다는 갑절이나 높은 사람일거야….”

연옥은 그들이 주고받는 말을 들으며 잠시 고개를 갸웃거렸다.

역시 모두가 알 수 없는 일이다.

바다를 건너 이렇게 넓은 땅이 있다는 것도 상상 밖의 일이었지만, 그런 곳에 신라 사람들이 모여 사는 곳이 있다는 것도 연옥에겐 이상했다. 그런데 동생 일행을 이곳으로 데려다 준 사람 외에 또 늠름한 사람이 있다고 하니, 꼭 다 못 깬 꿈속에 있는 것과 같은 느낌도 없지 않았다.

“생각하면 우리, 그날 운수가 참 좋았어….”

지금까지 말 한 마디 하지 않고 앉아 있던, 가장 나이가 어려 보이는 소년의 말이다.

“그래, 운이 좋았어…. 그 애가 제일 먼저 보았지….”

“아마 곽송郭松이었을 거야….”

나이 어린 소년의 대답이다.

“그래 곽송이야… 곽송이가 먼저 소릴 치는 통에 우리가 고개를 돌렸으니까….”

“뭐 다 같이 발견했지….”

얼굴이 검고 여윈 소년이 곽송이었던 모양이다. 그는 친구들이 자기의 공을 내세우려는 것같이 말하는 것이 겸연쩍었던지 얼굴이 약간 붉어진 채 변명하는 것이다.

“난 그 사람이 꼭 이곳 사람인 줄만 알았지요. 그래서 처음엔, 되게 겁을 먹었지….”

“누군 겁을 먹지 않았나, 다 같지. 그러게 우리가 그 사람을 보고 처음엔 비실비실 피했던 게 아니야. 그래도 영권이가 담이 좀 큰 셈이었지. 채찍을 쥔 채 그 사람 앞으로 갔으니 말이야."

곽송은 영권에게로 공을 미루려는 듯 이렇게 말했다.

"그 사람이 먼저 말을 거니 앞으로 나가지 않을 수 없었어. 그런데 그 사람은 용케 우리가 신라 사람인 줄 알아차렸지…."

이렇게 서로 주고받는 그들의 얼굴엔 궁파에 대한 깊은 존경의 빛이 어려 있었다.

"어떻든 벼슬도 높고 담도 있는 사람이야."

곽송의 결론적인 말이었다.

"그래, 그 사람이 높은 사람이 아니면 우리가 양 떼를 버리고 오는 것을 본, 마을 농부들이 그냥 놔둘 까닭이 없지 않아…."

연옥은 그들의 주고받는 말로써 동생 일행이 여기까지 오게 된 전후 사실을 알 수 있었다. 연옥에겐 그들의 주고받는 말보다도 그 뒤에 있는 인물들에게 관심이 더 커 갔다.

제79회 한참 그런 말을 주고받던 그들도 인젠 제김에 흥이 사그라진 것 같았다.

연옥은 자기가 너무 오래 그 방에 머물러 있어서 오히려 그들에게 방해가 된 것 같아 일어설 생각을 하고 있었다.

"누나 무슨 말이 없었던가요?"

"누가?"

"그이가 가면서 말입니다."

그제서야 연옥은 누구의 말을 묻는지 알았다.

"응, 오늘 안으로 곧 다녀오신다고 하시더라…."

"오실까?"

"오신다고 하셨으니까 돌아오시겠지."

영권은 누나의 말을 못 믿어서 하는 것은 아니었지만 불안해 하는 눈치가 분명했다.

"돌아오시지 않으면 어떻게 하지…."

친구들을 향하여 영권이가 이런 말을 하자, 그들도 그와 마찬가지로 침울해진 채, 서로 얼굴을 마주 쳐다본다.

연옥이 자신도 으레 오늘 안으로 꼭 돌아올 것이라고 믿고 있었던 처지였지만 동생이 그런 말을 되풀이하는 것을 들었을 땐, 마음 한구석이 떨어져 나간 것같이 허전했다.

"우리들이 번갈아 지키면 되지 않어."

"무엇을 지켜?"

"절을 말이야…."

"체!"

신바람이 나서 말하던 곽송은 영권의 코웃음에 그냥 쑥 들어가 버린다.

연옥이 자신도 그들의 말을 듣고 보면 그런 불안도 없지 않았지만, 그러나 그녀의 마음에 번져 들고 있는 허전감은 그것만이 아닌 것 같았다.

스님도 이 한가한 낮 한때를 무엇을 하며 지내는지, 뜰에는 그림자조차 얼씬하질 않는다.

"누나, 그이가 꼭 오신다고 했지요."

동생이 또 한 번 이렇게 다짐할 때, 연옥은 무슨 이유에서인지 절로 얼굴이 붉어지는 것 같았다.

인사조차도 별로 주고받지 못한 자기한테 동생이 무슨 이유로 이렇게 따지고 드는지 알 수 없을뿐더러 그렇게 묻는 동생에게 꼭 돌아온다는 약속이라도 그로부터 받은 것같이, 장담하고 싶은 이유는 무슨 까닭인지 알 수 없었다.

"글쎄 오신다고 하셨으니까, 돌아오시겠지. 그런데 너는 뭐가 그리 걱정이 되니…."

연옥은 일부러 마음에도 없는 딴청을 부려 보았다.

"해지기 전에 돌아오실 수 있을까…."

이렇게 곽송이 영권에게 물었다.

"아무리 걸음이 빠르다고 해도, 해 떨어지기 전에야 어디 돌아올 수 있을라구. 누나, 그이가 어느 때쯤 떠나셨지요 여기서…."

"뭐 너희들이 일어나기 조금 전이었는걸…."

"그렇다면, 잘하면 해 떨어지기 전에 돌아올 수 있을지도 모르겠네요."

영권은 밤중 길이라 자세한 거리를 따질 순 없었지만, 자기들이 걸어온 분수로

멋대로 생각하는 것이었다.

"벌써 돌아오시네요…."

이때 문밖을 내다보고 있던 곽송이가 이렇게 외치듯이 말하며 벌떡 일어섰다.

그들은 제각기 가슴에 품고 있던 불안을, 함성을 질러 터뜨리며 각기 앞을 다투어 밖으로 뛰쳐나갔다.

만리타향에서, 이제는 그들이 믿는 기둥이 오로지 한 사람 그뿐이라는 듯 그들의 기쁨은 비할 바가 없었다.

연옥은 자리에서 일어선 채 어떻게 해야 할지 망설이기만 했다.

제80회 "등주 고을에 벌써 다녀오시는 길인가요?"

아무리 생각해도 믿어지지 않는다는 듯 앞서 나간 영권이가 묻는 말이다.

"응, 마음이 바빠서 선길로 돌아오는 길이다."

영권은 거짓말 같은 사실이라는 듯, 돌아서서 누나 있는 쪽을 향하여 혀를 홀군거려 보인다.

연옥은 철없이 까불거리는 동생의 행동이 부끄러워, 얼굴을 붉히면서도 제지는 못한다.

봉화는 자기가 돌아온 것을 반겨 뛰쳐나온 네 소년들보다도 그 뒤에 서 있는 연옥에게 관심이 더 컸다.

그는 소년들의 등 너머로 연옥을 쳐다보며 인사를 한다.

연옥은 무어라 말을 해야 할 것 같으면서도, 문이 확 닫힌 것같이 가슴만 답답할 뿐, 말문이 열어지질 않았다.

"아 참! 내가 이러고 있을 때가 아니지…."

봉화가 소년들과 같이 옮기려던 걸음을 멈춘 채, 이런 말을 하자 소년들은 이상한 표정으로 쳐다보았다.

"저 잠간 주지 스님부터 가 뵙고 오겠습니다."

소년들의 등 뒤에 서 있는 연옥을 보고 하는 말이다.

연옥은 어서 다녀오라는 듯 미소로써 응수한다.

그가 돌아서 주지가 있는 암자로 올라가는 것을 보고 나서, 소년들은 다시 방 안으로 몰려 들어갔다.

어떻게 할지 마음의 결정을 내리지 못한 연옥이만이 문 앞에 서 있었다.

"얘, 암만해도 믿어지질 않는걸… 어떻게 그 먼 델 그렇게 금방 다녀올 수 있겠니…."

"누가 알어, 속히 다녀올 수 있는 지름길이 있는지…."

"체, 지름길이 있다면 우리들을 데리고 올 때 그 길로 왔을 게 아냐…."

역시 영권의 주장이 곽송이보다는 옳았다.

"누난 안 들어오우? 곧 오실 게 아니우, 주지 스님한테 인사나 드리군…."

"들어가지…."

그러면서도 연옥은 방으로 들어서려 하질 않았다.

"어떻게 하면 좋을까…."

"무엇 말인데 누나…."

"온몸이 땀에 젖었을 텐데…."

"정말…."

"얘 영권아… 이리로 물을 떠 갖고 오긴 무엇한데, 내가 저기다 물을 받아 놓을 테니, 오시면 그리로 오셔서 땀을 씻으시란다고 해라…."

"그러지요. 그럼 누난 그리로 나가 있겠수?"

"그래…."

연옥은 그 말을 하기가 무엇이 그리 힘들었는지, 알 수 없는 일이었다.

물이 흐르는 곳은 뒤쪽 울타리를 넘은 경내 밖이었다.

낙락장송이 허리를 구부리고 있는 으슥히 구석진 곳에 있는 낭떠러진 돌틈에서 흐르는 물을 나무판에다 받아 식수를 하고 있었다.

연옥은 나무 물통을 몇 번이나 씻고 나서 거기다 물을 받는다.

돌틈에서 흐르는 물은, 아직도 손끝이 저릴 정도로 차가웠다.

물통에 떨어지던 물이 가끔 방울진 채 튕겨 오른다. 연옥은 그것을 손에 받으며 어서 봉화가 나오기만을 기다리지만 통이 철철 넘칠 때까지도 그의 그림자는 보이질 않는다.

주지 스님이 거처하는 암자가 있는 곳으로 올라간 봉화는 신라소까지 무사히 제81회 다녀왔음을 알렸다.

"오, 어쩌면 그리 빨리 다녀왔을까."

주지는 봉화가 빨리 돌아온 것이 놀랍기도 하였지만 한편 마음이 놓여 혼잣말 같이 말했다.

"어서 이리로 올라오지…."

문 앞에 서 있는 봉화를 향하여 권하는 말이다.

"네, 발이 좀 험해서…."

이렇게 사양하는 봉화는 발이 험하다는 구실보다도 연옥이가 있는 곳으로 가고 싶은 마음이 앞서 올라갈 생각이 처음부터 없었다.

"아무리 발이 험하다고 잠간 못 올라올라구…."

"네, 감사합니다."

봉화는 마지못하여, 마루에 걸터앉았다.

주지도 봉화가 더 올라올 생각이 없는 것을 알았던지, 그가 마루에 걸터앉자 권하지는 않는다.

"궁파 어른과 총관 어른께서 자세한 문안을 보내시더군요."

"고마워라… 다들 무사하시겠지…."

"네, 그곳은 별고가 없습니다만 이곳 일로 퍽 걱정하셨습니다."

"바쁘신 어른들에게 공연한 일로 걱정들을 끼쳐서 면목이 없지… 모두가 내 부덕의 탓인걸…."

"스님도 별 말씀을… 아마 궁파 어른께서 곧 오실 것입니다."

"궁파 어른이 오신다구?…"

"도둑의 무리가 그냥 심상한 무리가 아닌 것 같습니다. 그래서 아마 그 일로 며칠 더 계시다 이리로 오실 모양입니다."

주지는 봉화의 말을 들으며 고개만을 끄덕거린다.

"궁파 어른이 오실 때까진 제가 여기 머물러 폐를 끼치게 될 것 같습니다."

주지는 봉화를 쳐다보며 조용히 웃는다.

"폐라니… 모두가 우리 절을 아껴 주는 정성이지…."

이렇게 말하는 주지의 마음은 한결 더 든든했다.

"그럼 내려갔다 다시 짬 있는 대로 올라와 뵙겠습니다."

"고마워요. 오죽 피곤할라구… 어서 내려가 좀 편히 쉬도록 해야지…."

봉화는 주지 앞에 공손히 절을 하고 돌아섰다.

한낮의 절간이란 역시 텅 빈 것같이 조용하기만 하다.

그러나 봉화의 마음속은 조용하면서도 전에 느껴 보지 못한 새로운 정이 꿈틀거렸다.

"주지님한테 인사를 드리고 오시는 길인가요?"

봉화를 보자 영권이가 네 소년 중 먼저 물어본 말이다.

"응, 지금 막 인사를 드리고 오는 참이다."

봉화의 음성이나 태도는 어디까지나 태연했지만, 그의 눈만은, 방 안을 향하여 누구를 찾고 있었다.

응당 기다리고 있을 줄 믿었던 연옥의 그림자가 보이질 않는다.

그렇다고 그들에게 물어보기도 어쩐지 어색하게 느껴지는 것도 이상한 일이다.

야릇한 감상에 사로잡힌 채, 봉화는 방 안을 한 바퀴 더 둘러보았다. 그러나 그것은 어디까지나 헛된 일이 아닐 수 없었다.

자기의 시선을 좇으며 앉아 있는 네 소년을 발견하자, 그는 생각난 듯 신들메를 풀려 한다.

"저, 샘터로 나오시라고 하던데요…." 제82회

"샘터로?"

이렇게 반문하며 봉화는 신들메를 풀려던 손을 멈춘 채 영권의 얼굴을 쳐다본다.

"누나가 이리로 물을 길어 갖고 오기가 불편하니까, 거기 물을 받아 놓겠답니다. 그리로 나오셔서 몸을 닦으시라고요."

"그래…."

순간 봉화의 가슴속엔 잔잔히 꿈틀거리던 더운 기운이 뭉클 가슴을 치오르는 것 같았다.

그 더운 기운은, 가슴에만 떠오른 것이 아니라 얼굴에까지 번져 올랐다.

봉화는 자기의 이런 표정을 보이지 않기라도 하려는 듯 혼잣말같이 중얼거린다.

"몸을 좀 닦기도 해야겠는걸… 땀에 흠뻑 젖었으니… 자 그럼, 내 샘터에 다녀오지…."

"빨리 다녀오세요…."

"그래…."

하룻밤 사이에 정이 든 소년들은 그를 친형이나 다름없이 모두들 따르고 있었다.

봉화의 마음은 바빴다. 일어선 그는 걸음을 옮기려다 돌아선다.

법화원엘 몇 번씩 다녀갔지만, 아직 샘터가 어디 있는지 알지 못하고 있었다.

"샘터가 어데지?"

"제가 모시고 갈까요?"

오늘 아침 그곳에 가서 세수를 하고 온 곽송이가 일어서며 말한다.

"괜찮다. 어데로 가는지만 가르쳐 다우…."

"제가 같이 가도 좋을 텐데요."

곽송은 굳이 따라나서고 싶은 눈치다.

"같이 갈 것까진 없다. 어느 쪽으로 가는 거지?"

"저쪽으로 가면 곧장인걸요."

영권이가 곽송이 대신 일어서 봉화에게 방향을 가르쳐 주었다.

"그래, 그럼 내 곧 다녀오지…."

봉화는 그들이 따라 나올 것이 두려웠던지, 영권이가 가르치는 방향으로 뒤돌아볼 새도 없이 걸어갔다.

봉화는 그쪽으로 걸어갔지만 샘터를 쉬 찾진 못했다.

한참 서서 사면을 두리번거리고 있을 때 물 떨어지는 소리가 들린다.

으슥한 곳에서 들려오는 물 떨어지는 소리는 듣기만 해도 시원한 것 같았다.

푸른 그늘에 가리어져 연옥의 그림자는 보이지 않지만 떨어지는 물소리가 마치 보이지 않는 곳에서 자기를 부르고 있는 그녀의 목소리가 아니면 손짓 같기도 했다.

그늘 밑을 찾아 들어가던 봉화는 잠간 걸음을 멈추었다.

열심히 물통만 들여다보고 있던 그녀도 봉화의 발자국 소리를 들었던지 이곳을 쳐다본다.

봉화는 얼굴에 웃음을 띠며 그 앞으로 걸어간다.

"물을 길어 갖고 가지 못하고 여기까지 나오시라 해서 죄송합니다."

이렇게 말하는 그녀의 얼굴은 푸른 그늘에 반사되어 있었지만 붉어져 있었다.

"저를 위하여 염려하여 주시니 정말 감사합니다."

흘린 땀을 닦으라고 물까지 준비해 주는 따스한 인정을 세상 처음 느껴 보는 봉화라서 진정 그녀의 마음씨가 고마웠다.

샘물은 자꾸만 물통을 넘쳐흐르고 있었다.

생각 같아선 훨훨 벗고 한바탕 물을 끼얹고 싶었지만, 연옥이가 있는 그 앞에서 제83회
그럴 수도 없었다.

잠간 주저하던 봉화는 물통의 물을 손으로 떠 본다.

"물이 짐작 차겁습니다."

"샘물이 되어 특별히 찬 모양이죠."

말을 주고받는 동안 우연히 시선이 부딪치자 그들은 서로 사양하듯 금시 눈길을 돌린다.

누구도 침범할 수 없는 고요한 순간이다.

"참…."

혼잣말로 중얼거리고 난 연옥은 그냥 돌아서 버린다.

그녀의 걸음은 빨랐다. 무슨 영문인지 모르고 걸어가는 뒷모습을 바라보고 있는 봉화의 가슴은 맥없는 눈초리 모양 허전하고 불안했다.

무슨 이유일까….

혹시나 그녀의 비위에 거슬리는 행동을 나도 모르게 저질렀던 것인가?…

연옥의 그림자가 보이지 않을 때까지 봉화는 땀을 닦을 생각조차 잊은 채 오래 오래 서 있었다.

뻐꾸기의 울음소리가 졸리웁게 바람결에 들려온다.

멋없이 서 있어야 하는 봉화는 그제서야 전신에 피곤이 몰려드는 것 같았다.

봉화는 고개를 벌떡 들었다. 긴장과 놀라움에 그는 잠시 이쪽으로 걸어오고 있

는 연옥을 쳐다보고만 있었다.

연옥은 총총걸음으로 다녀온 탓인지 꽤나 숨 가쁜 표정이다.

"닦으셨나요?"

그녀의 물음에 봉화는 대답할 바를 잊고 있었다.

"그만 수건을 잊고 나왔지 않아요."

연옥은 자기가 다녀와야 했던 이유를 변명하기라도 하는 듯 이렇게 말했다.

순간 봉화는 찬찬한 그녀의 마음씨가 더없이 고마우면서도 말문이 막혀 버리고 말았다.

"여기 놓아 둘까요."

그것은 수건을 거기다 놓고 가겠다는 말이 분명했다.

"고맙습니다."

봉화는 그녀 앞으로 가서 수건을 받아들었다.

그것보다도 더 할 말이 있었지만, 봉화는 주저했다.

봉화의 이런 눈치를 연옥도 알아차렸던지, 그냥 돌아설 것만 같이 보이던 그녀도 그냥 머뭇거리고 서 있었다.

"실은…."

봉화의 음성은 낮으면서도 가늘게 떨었다.

"저는 조금 전 그냥 돌아가실 때, 저의 행동에 불만한 점이라도 있지 않았는가 하여 몹시 괴로워했습니다."

여기까지 말하고 난 봉화는 곪은 종기라도 터뜨린 것같이 시원하였지만, 연옥은 고개를 숙인 채 얼굴을 붉혔다.

솔직한 사람에 대한 호감도 있었지만 급한 생각으로 공연한 걱정을 끼친 미안한 생각이 들었던 까닭이다.

그제서야 자기가 돌아올 때 시름없이 서 있던 그 표정도 이해할 수 있었다.

"곰곰치 못한 제 성격으로 공연한 걱정을 끼쳐 드려 미안합니다."

"천만의 말씀을… 제가 그런 뜻으로 말씀드린 것은 아닙니다… 그렇게 말씀하시면, 도리어 제 좁은 소견을 부끄럽게 생각하겠습니다."

두 사람의 말은, 주고받는 대로 서로 눈에 보이지 않는 섬세한 감정의 실머리가, 엉켜드는 것 같았다.

물통에 떨어지는 물소리보다도 그들은 서로의 숨소리가 더 가깝게 들리는 것 같이 느껴졌다. 제84회

주고받는 말도 없었지만, 오래 마주 서 있어도 지루하질 않았다.

그러나 역시 연옥은 주위에 신경이 쓰이지 않을 수 없었다.

절이라는 것….

톡톡히 신세를 지고 있는 형편에 여러 스님들의 눈을 조심하지 않을 수 없었던 까닭이다.

"피곤하실 테니 어서 닦고 들어가시어 쉬도록 하시지요."

"고맙습니다."

"편히 쉬고 나신 다음, 틈이 있으시면, 여러 말씀 올리기로 하고, 또 듣고도 싶나이다."

연옥은 이런 말을 남긴 채 그냥 돌아섰다.

연옥의 그림자가 보이지 않자, 봉화는 옷을 훨훨 벗었다.

아직 물이 차가웠지만, 역시 끼얹고 나니, 몸과 마음이 한꺼번에 가뜬해진 것 같았다.

연옥이가 갖다 준 수건으로 몸을 닦던 그는 무엇을 생각하였는지 빙긋이 웃는다.

그럴싸해서가 아니라 역시 그 수건에선 전에 느껴 보지 못하던 어떤 향취가 풍겨 오는 것 같았다.

바람도 이 순간만은 더 부드러운 감촉을 느끼게 했다.

봉화가 돌아오는 것을 보자 방 안에 앉아 있던 소년들이 일제히 내다보고 있다.

목에 수건을 걸고 혼자 오는 그를 이상한 눈초리로 쳐다보던 영권이 묻는다.

"저의 누나는 오지 않아요?"

"누님… 누님은 벌써 오신걸…."

"그럼 자기 방으로 가 버렸는가 봐요."

"글쎄…."

봉화가 이렇게 시치미를 떼자, 영권도 더 묻질 않았다.

"이렇게 하루 종일 방구석에만 틀어박혀 있을라니 갑갑해 죽을 지경입니다."

나이 어린 곽송의 말이었지만, 봉화도 그 심정을 충분히 이해할 수 있었다.

"오늘 하루만 지나면 내일부터는 갑갑해지지 않게 해 주련다."

"정말인가요?"

"정말이구 말구, 자 어서 들어가 있어라…."

봉화의 말에 소년들은 방 안으로 들어갔다.

조금 전 그녀의 말로 미루어 그녀가 여기 와 있지 않을 줄은 번연히 알고 있었지만 역시 봉화는 혼자 허전했다.

소년들이 각기 방으로 들어간 후, 봉화는 자기 방으로 들어섰다.

잠간 의자에 걸터앉고 있던 그는 다시 무엇을 생각했는지, 침대 위로 가서 누워 버렸다.

연옥의 말을 좇아 푹 쉬어 볼 생각이었다. 그러나 그의 신경은 푹 쉴 수 있을 정도로 가라앉지 않았다.

자리에 누운 봉화는 그녀의 말을 다시 되풀이하여 본다.

듣고 싶다던 말과, 하고 싶다던 말이란 무엇일까….

그런 생각이 꼬리를 물고 일어날수록 봉화의 머리는 뒤숭숭해지기만 했다.

"좀 푹 쉬어야…."

자신에게 타이르듯 다시 한 번 이렇게 말해 본다.

꼭 올 것만 같이 생각키우던 그녀는 저녁 불공을 올리는 목탁 소리가 그칠 때까지도 나타나질 않았다.

제85회 봉화가 눈을 떴을 땐 주위를 구별할 수 없을 지경으로 어두웠다.

벌떡 일어난 그는 문을 열고 의자를 당겨 자리를 옮겨 앉았다. 바람 소리마저도 들리지 않는다.

밤하늘은 어젯밤 일은 씻은 듯이 잊고 별들의 그림자가 또렷또렷했다.

그는 옷을 챙기고, 밖으로 나왔다. 옆방의 소년들도, 모두 다 곤히 잠이 들어 있었다.

봉화가 밖으로 나온 것은 어젯밤 같은 일을 생각하여 나온 것은 아니다. 그냥 밤의 유혹에 이끌려 나왔을 뿐이다.

나온 길에 봉화는 가만가만 경내를 한 바퀴 돈다.

아직도 여기저기 불빛이 흐르고 있었지만 그중에서도 연옥이 거처하는 방에서 흘러나오는 불빛만은 유난히 밝은 것 같았다.

봉화는 사창에 비치는 불빛을 바라보며 한참이나 서 있었다.

불빛이 새어 흐르는 사창엔 인기척이 어리지 않지만, 봉화의 눈엔 그녀의 얼굴이 뚜렷이 보이는 것 같았다.

끝없는 마음의 유혹을 받으면서도 참고 서 있어야 하는 봉화의 마음은 괴로웠다.

봉화는 이러한 자신을 꾸짖으며 돌아서고야 말았다.

밤이 으슥한 지금, 그것도 절에서….

이렇게 서성거리고 있는 것조차도 마땅치 않다고, 자신을 꾸짖는 봉화의 이마엔 땀까지 진득거렸다.

훅 뿜어내야 하는 숨길이 왜 이다지도 뜨거운지 알 수 없었다.

그러나, 이렇게 타이르며 자기 방 앞까지 온 봉화의 생각은 조금 전과는 딴판으로 바뀌고 말았다.

그녀가 아직도 불을 끄지 않고 있는 것은… 결국 자기의 내방을 기다리고 있는 표시가 아닐까….

하고 싶다던 말… 듣고 싶다던 말… 그리고 푹 쉬고 난 다음….

여기까지 생각하고 난 봉화는 목구멍까지 떠오르는 더운 기운을 눌러야만 했다.

푹 쉬고 난 다음이란 말은 결국 밤을 뜻하는 것이 아니었을까….

수건을 자기에게 맡기고 갔다는 것은 밤중에 찾아가는 일을 예절에 벗어나지 않게 하기 위한 방패로 한 일이라고 생각하고 싶었다.

이렇게 생각이 뒤바뀐 봉화는 다시 걸음을 옮겼다.

별들까지도 자기와 마찬가지로 자리를 옮겨 앉는 것 같았다.

연옥의 방에서 새어 나오는 불빛은 점점 더 밝아지는 것 같기만 하다.

그러나 막상 발길을 옮겨, 그녀가 거처하는 방 앞으로 와 보면, 발길을 돌리던 때의 용기는 자취를 감추어 버리고 만다.

가슴이 뛴다.

눈에서까지 열기가 쏟아지는 것 같았다.

인기척이 없는 밤중에 찾는다는 것은… 결국 이렇게 어둠 속에 마음을 가라앉히지 못하고 헤맨다는 것은, 봉화 자기가 그녀를 생각하고 있는 것이 틀림없었다.

만일에 그녀가 자기를 거절한다 해도 자기가 그녀를 생각하고 있다는 것만 알리면 그만이 아닐 것인가—.

이런 생각에 미치자 봉화는 무슨 예고라도 하는 듯, 가벼운 기침을 했다.

안에서도 바깥 동정을 알아차렸던지 불빛이 흔들거렸다.

확실히 안에서도 바깥의 인기척을 알아차렸음이 분명하다. 그렇다면 아무런 반응도 없이 이렇게 서 있는 것이 오히려 그녀에게 어떤 불안을 준 것이 아닌가….

이렇게 생각하자 봉화는 그대로 서 있을 수가 없었다.

"주무시는가요?…"

창문에 그려진 그림자와 함께 문이 열린다.

주춤하고 서 있던 봉화는 불빛이 새어 흐르는 문 앞으로 나섰다.

"난 누구시라구…."

연옥은 봉화를 보자, 고개를 수그리며 한 걸음 물러선다.

"밤이 깊어 실례가 되지 않을까도 생각했지만…."

이렇게 자기변명을 하고 난 봉화는 방 안으로 들어섰다.

연옥이가 권하는 의자에 앉은 봉화는 그녀의 얼굴을 한 번 쳐다보며 낮에 받았던 수건을 꺼냈다.

"낮에 영권이 편으로 보낸다는 것이 그만 깜박 잊고 있었습니다."

"그렇게까지 염려하지 않아도 좋으실 것을…."

수건을 받는 연옥의 얼굴은 더 한층 붉어져 있었다.

소리 없는 등잔 불빛만이 방 안에 넘치도록 피어 흐른다.

"동생을 구출하여 주신 데다 간밤엔 도둑의 손에서 건져 주신 은혜 생각할수록 갚을 길이 없을 것 같습니다. 틈을 보아 찾아뵈려고 하던 중, 이렇게 밤중에 염려하시고 찾아 주시니, 더욱 죄송할 따름입니다."

연옥은 스님 앞에 하듯이 합장까지 하며 고개를 수그렸다.

봉화에겐 그녀의 지나친 그러한 행동이 도리어 민망했다.

“우리가 서로 이렇게 알게 됨은, 한낱 평범한 인연만이 아닌 줄 아나이다. 인연이 있어 서로 만나게 된 것을, 어찌 제가 공치사를 받을 수 있겠습니까. 그런 말씀을 하시면, 도리어 제가 부끄럽습니다.”

사양하는 봉화의 말은, 사양뿐이 아니라, 짙은 정이 암시되어 있음을 연옥도 알아차릴 수 있었다.

연옥은 봉화가 자기 일신상의 말을 하고 있을 땐, 자기 일보다도 깊게 동정이 갔다.

부모의 얼굴은 물론, 자기가 어디서 태어난 것조차 모른다는 봉화, 파도에 밀려다니는 해초와도 같다는 그의 신세….

아무리 불행하다 해도 자기들 남매는 봉화에게 비하면 그래도 행복한 편이라고 생각지 않을 수 없었다.

배에 따라다니며, 부엌데기 노릇을 하던 소년을 구하여, 이렇게 늠름한 청년으로 길러 주었다는 궁파라는 사람은 어떤 사람일까….

그러고 보면 궁파라는 어른은, 온 신라 사람의 은인이 아닐 수 없었다.

연옥은 지금, 궁파의 모습을 혼자 생각하고 있었다.

“궁파 어른은, 이 절엔 한번 오시지 않는가요.”

“모든 일이 처리되면, 다녀가시구 말구요. 영권이 누님이 와 계시다면, 그 어른도 대단히 기뻐하실 것입니다.”

그들은 밤이 드는 줄도 모르게 회포를 주고받았다.

온갖 얘기를 주고받는 사이에 그들은 자신들도 모르게, 오래전부터 사귀어 온 사람들 사이같이 여겨지는 것 같았다.

제87회

습격

襲擊

사환 아이가 들어와 고하는 말이다.

"지금 그 사람이 술이 깬 모양인지 멍청 천장을 바라다보고 있두만요. 제가 문을 열자 무서운 눈을 부릅뜨지 않겠어요."

궁파와 총관인 장수는 사환 아이 말을 들으며 고개만 끄덕거렸다.

"그러더니 벼락 소릴 지르지 않아요. 나를 무슨 이유로 너의 주인이 붙잡아 왔느냐고 하지 않겠어요."

"그래 무어라고 했느냐…."

"좀더 있으면 이유를 알게 되리다 하고 문을 닫아 버리고 나와 버렸지요."

"알았다. 그냥 나가 있거라."

궁파의 말에 따라 사환 아이가 나가 버리자 그들은 아침 차를 들며 한참은 말이 없었다.

"어떨까요, 오늘 중으로 올 수가 있을까요."

"오늘 중이라니요… 저는 지금 오정 때까지는 돌아오리라고 생각하고 있는데요."

"글쎄 그렇게 쉬울 수가 있을까요."

"딴 사람이라면 몰라도, 정년이라면 올 겁니다."

궁파의 말이 자신을 갖고 있는 것 같아 장수도 마음 든든했다.

"그럼 어떻게 하시는 것이 좋으실까."

장수의 묻는 말에 궁파는 무엇을 그러느냐고 눈으로 되묻는 표정이다.

"오신 다음에 취조를 해 두는 것이 낫지 않을까 해서 묻는 말입니다."

"글쎄…."

궁파는 한참 무엇을 생각하고 있었다.

"오기 전에 알아둘 것을 알아 두도록 하지요."

"그럼 어떻게 하는 것이 좋겠습니까, 이리로 데려올까요."

"뭐 데려올 것 없이 그리로 가지요."

금방 일어설 것 같던 궁파는, 다시 주저앉아 버린다.

"참, 어제 배로 같이 나가자고 했다지요."

"그랬습니다."

"그럼 주모는 배로 나간 줄로만 알고 있겠구만요."

"그렇지요… 만일 그렇지 않았다면 주모가 배에다 연락이라도 하고 있을지 모르니 말입니다."

"배로 나간다고 했으니 그런 염려는 없을 것 같습니다."

"그럼 가 보지요."

궁파가 이렇게 말하며 먼저 일어섰다.

만복이를 가두어 놓은 방 앞에서 기웃거리고 있던 사환 아이가 그들이 나오는 것을 보자 흠칠한 채 물러서 버리고 만다.

"너는 저쪽에 가 있어라."

눈짓과 함께 장수가 이렇게 말하자 사환 아이는 다시 물러나 버렸다.

만복이가 갇혀 있는 방문을 먼저 연 것은 궁파다.

문이 열리자 의자에 기대앉아 있던 만복이가 사환 아이 말대로 이번에도 이쪽을 노려보고 있었다.

만복이도 그가 어젯밤 총관과 함께 나올 때 자기를 쓰러뜨린 궁파라는 것을 직감적으로 느낄 수 있었다.

아무리 붙잡혀 있는 몸이라 해도, 만복의 가슴엔 적개심이 일어나지 않을 수 없었다. 발악을 하듯 다시 한 번 궁파를 노려보았다.

그러나 궁파의 그 늠름한 모습에는 무언중에 벌써 압도되는 바가 있었다. 만복이 자기로서는 도저히 당할 배 아니라고 생각은 하면서도 가슴에 일어나는 분노는 어쩔 수가 없었다.

궁파의 시선도 그에게 못지않게 노려보는 것이었다.

총관 장수가 궁파의 등 뒤로 나타나자 만복의 시선은 그리고 옮겨진 채 구멍이라도 뚫을 듯이 그를 노려보았다.

"총관 어른을 모시고 기껏 대접한 보람이 겨우 이런 결과밖에 안 된단 말이오."

만복의 억울하다는 불평이었지만 궁파는 물론 장수까지도 싸늘하게 비웃기만 했다.

"자네는 아직도, 자네의 죄상을 몰라서 하는 소린가. 그렇지 않으면 끝까지 우리들을 속이려는 것인가… 우리가 무고한 백성을 괴롭히려고 붙잡아 온 것이야 아니겠지…."

궁파의 노기한 음성은 낮으면서도 위엄이 있었다.

"제 죄라는 것은 사공이라는 것과 어젯밤 총관 어른을 대접했다는 죄밖에 없는걸요."

만복은 어디까지나 태연하려고 하지만 그런 가면에 호락호락 넘어갈 궁파의 눈이 아니었다.

"주모와는 어떤 관계인가?…"

성큼 대답지 못하는 만복의 얼굴빛이 달라졌다.

"주모와는 무슨 관곈가 말이야?"

"뱃놈이라 이곳에 올 때마다 신세를 지고 있을 따름입니다."

"그 외에는?"

"별로 큰 관계는 없습니다."

"그럼 그 집에 있는 복아라는 소녀와는 어떻게 되나?…"

만복은 말문이 막힌 채, 그들의 얼굴만을 빤히 쳐다보고 있기만 했다.

"복아라는 소녀를 어디서 데려다 주었느냐 말이야."

이렇게 궁파가 다시 물을 때까지도 만복은 주모를 의심했다.

혹시나 그녀가 밀고를 하지 않았는가 하는 생각에서다. 그러고 보면 어젯밤 총관을 데려온 것도, 의심이 가지 않을 수 없었다.

아무리 주모가 밀고를 했다 해도, 만복이 역시 순순히 시인해 버릴 위인은 아니었다.

"이곳에 올 때마다 주모의 신세를 지고 있기에 혼자서 손이 딸려 하는 것 같아 그 신세 갚음으로 데려다 주었습니다."

"어디서 데려왔는가?"

"시 신라에서 데려왔습지요."

"신라 사람으로 딸을 이곳까지 데려간다는데 순순히 보내는 사람이 있었던가…."

만복은 점점 당황하는 빛이 보이면서도 끝까지 밝히려 들질 않았다.

"부모 없이 남의 집에 자란 어린애를 사왔습지요."

궁파는 치가 떨릴 지경으로 화가 치밀어 오르는 것을 꾹 참았다.

"그래서 주모의 말이 뱃사람치고는 지나치게 인정이 후한 사람이라고 했구만…."

홧김에 비꼬아 대는 궁파의 말이다. 궁파의 입에서 이런 말이 떨어지자, 이번엔 장수가 참견을 했다.

"그럼, 진온의 집엔 무슨 신세를 졌기에, 그 소녀를 데려다가 인정을 베풀었는가."

그제서야 만복의 고개는 밑으로 떨어지고 말았다.

"진온의 집뿐인가. 딴 집의 소년들은 모두 무슨 신세 값이었던고…."

다시금 떨어지는 궁파의 호령에, 만복은 떨어뜨린 고개를 들지 못했다.

"이래도 그대는 우리들을 속일 셈인가?" 제89회

궁파의 음성은 전과는 달리 부드러웠다. 그러면서도 어디까지나 위엄은 있었다.

"그대는 어찌하여 신라에서 낳은 신라 사람으로 그런 짓을 하고 다니는가…."

만복은 그제서야 떨어뜨린 고개를 힘없이 들었다.

"저지른 죄는 무슨 벌을 받아도 감당하겠나이다."

이렇게 말하는 만복의 얼굴엔 조금 전과는 달리 뉘우침으로 가득했다.

흉악하게만 느껴지던 그가 이렇게 쉬 구부러들자, 궁파도 그를 벌하기에 앞서 수월하게 일을 서두르고 싶은 생각이 간절했다.

"죄를 따져 벌을 주기에 앞서, 그대는 무슨 이유로 이런 일을 하게 되었는가?…"

궁파의 묻는 말에 만복의 눈엔, 눈물부터 비치었다.

"이곳을 왕래하랄 것 같으면, 생각지 않은 일도, 하지 않을 수 없었습니다."

"그 이유는?"

"이제 모든 것이 드러난 지금, 무엇을 속이리오. 바다엔 바다대로 하나의 나라가 있습니다. 그것이 바로 해적선들입니다."

"해적선…."

궁파도 그것을 모르고 있던 바는 아니나, 만복의 입으로부터 그런 소릴 직접 듣고 보니, 다시금 기가 막히지 않을 수 없었다.

"결국 무사히 교역선 구실을 하랄 것 같으면, 그들의 말을 듣지 않을 수도 없을 뿐 아니라, 이것은 신라 조정에서도 눈감아 주는 일입니다."

"무엇이? 조정에서도 눈을 감아 준다고?"

"조금도 거짓 없는 말입니다. 그것은 마치 용왕제龍王祭를 드리는 일이나 다름없는 일이니까요."

이런 말을 듣는 순간, 궁파는 하도 어이가 없어, 그냥 서 있질 못했다.

그는 혼자 좁은 방을 오고 가며 중얼거렸다.

"조정의 썩은 무리들… 썩은 조정… 해적 행위를 용왕제로 묵인한다고?… 안 될 말이지. 용왕이 무섭다면 하늘은 무섭지 않은가… 용왕이 어데 있단 말인가. 안 될 말이지 안 될 말이야!"

극도의 흥분에 사로잡힌 그는 꼭 실신한 사람 같기도 했다.

이렇게 오고 가며, 자기 흥분을 누르지 못하고 있던 궁파가 다시 만복을 쳐다본다.

"그 해적선이 바다 한가운데 있다는 거지…."

"네 그렇습니다."

"그 속에 아직도 신라의 아들딸들이 있는 거지…."

"네 그렇습니다."

궁파의 흥분은 또다시 성난 파도와 같아졌다.

"안 될 말이지. 제아무리 사나운 해적선이라 한들, 그냥 둘 수는 없어. 없구 말구."

만복은 모든 것을 고백해 버린 것이 속 시원하기도 했지만, 한편 그들에 대한 의리를 배반한 불안이 없지 않았다.

"제가, 죄가 있다면, 그 해적선들로부터 받아야 하는 목숨의 위협입니다."

궁파는 만복의 이런 고백을 듣는 둥 마는 둥 무엇인지 혼자 골똘히 생각하고 있었다.

궁파는 잠시 자기가 고국으로 돌아가야 할 때가 왔다는 것을 생각하고 있었다. 제90회

비단옷을 입고 고향으로 돌아간다는 공명심보다도, 조국의 강토를 지킬 수 있는 조그만 돌의 역할이라 해도, 지금이 가장 알맞은 시기일 것만 같았던 까닭이다.

바로 그때다. 사환 아이가 와서 정년이가 왔다는 소식을 알렸다.

궁파와 총관은 사환 아이의 말이 믿기 어렵다는 듯 서로 얼굴을 쳐다보며 잠시 머뭇거린다.

궁파가 생각하기에도 정년이가 오기에는 너무나 이르다고 생각했다.

그들은 만복이를 그냥 둔 채 사무실로 나왔다.

말에서 내린 정년이가 막 들어오고 있었다.

들어서는 길로 정년이가 궁파를 보고 절을 한다.

"형님! 오래 뵈옵지 못했습니다. 그동안 별고는 없었던가요?"

"별안간 사람을 보내서, 크게 놀랐겠지…."

그들이 주고받는 말도 그러했지만 서로 반기는 품이 친동기나 다름없었다.

총관 장수는 궁파와 정년의 인사가 끝난 다음, 서로 맞절로써 인사를 대신했다.

의자에 마주 앉은 채, 그들은 사환 아이가 날라온 차를 들었다.

"그곳 인심은 어떠한가…."

"크게 달라진 것은 없습니다…."

궁파는 다행하다는 듯 고개를 끄덕거렸다.

정년은 먼 길을 달려왔지만 조금도 피곤한 빛이 보이질 않는다.

"실은, 도사공 만복이네 배가 며칠 후 그리로 온다고 하기에 기다리고 있었습니다."

정년이는 생각난 듯이 중얼거린 말이다.

"만복이네 배가?"

반문하는 궁파의 얼굴엔 약간의 놀란 빛이 보였다.

"오늘내일, 오늘내일 하기에 기다리고 있었지요."

"자넬 부른 것은, 다름 아닌 그 만복이네 배 때문에 부른 걸세…."

"만복이네 배가 무슨 사고라도 일으켰나요…."

"음…."

그러고 보면 정년은 아무런 소식도 모르고 있음이 분명했다.

"자넨 그 만복이라는 도사공과 친분이 있는가…."

"두터운 친분은 없지만 그냥 안면은 서로 있는 터이지요."

"그 만복이라는 자를 어젯밤 붙잡아다 두었네…."

"만복이란 자가, 무슨 못할 짓을 저질렀던가요."

궁파는 정년에게 지난 일을 대충 설명해 주었다.

궁파의 설명을 듣고 난 정년은, 성이 머리끝까지 올라서 푸르락거렸다.

"아니 그래, 그놈을 붙잡아다 그냥 두어 두기만 했단 말이오, 본때를 보이기 위해서라도 한길에서 목을 잘라 버리지요… 그놈을 어디 두어 두었습니까…."

정년은 당장에라도 달려가서 만복을 처리해 버릴 기세였다.

이렇게 공기가 험악해지자, 궁파가 정년을 달랬다.

"너무 서두르지 말게, 일이란 선후가 있지 않겠는가… 득을 보아 쥐를 못 치는 거지…."

제91회 "그래 만복이네 배는 아직 부두에 매여 있는가요?"

"매여 있지…."

"그럼 오늘이라도 그 배를 갖고 나가서 해치우지…."

성급한 정년은 앞뒤 생각 없이 서둘러 대기만 했다.

"그런 생각이 있어서, 자넬 부른 게 아닌가…."

정년은 크고 작은 간에 궁파가 모든 일을 자기와 상의하고 자기를 믿어 주는 것이 고마워, 그냥 잠자코 있었다.

"그럼 형님 의향은 어떠신가요."

이번엔 정년이가 궁파의 의견을 물었다.

"어떨까… 나는 오늘 밤에 거사를 할 생각인데…."

"무슨 이유로 형님, 불편한 밤을 택합니까…."

"밤이 불편하다니!"

"낮보다는 밤이 불편한 것이 사실 아닙니까?"

"그러나 놈들의 눈에 띄지 않게 하기 위해선 낮보다는 밤이 적합하지 않을까?"

"그놈들의 눈에 띄는 것이 뭣이 그리 무섭습니까."

"무섭지 않으면 그놈들이 눈칠 채고 도망쳐 버린달 것 같으면 우리 계획은 수포로 돌아가지 않겠나."

"형님…."

정년은 무엇을 생각했는지 궁파를 바라보며 씩 웃더니만 다시 말을 이었다.

"그놈들이 만복이네 밴 줄 아는데, 도망칠 까닭이 없지 않습니까… 그리고 그놈들에게 의심이 가지 않게끔 이쪽 배에서 신호를 하면 되지 않겠습니까! 놈들 사이엔, 분명 무슨 신호가 있을 것입니다. 만복이 놈이 자기 목이 아까우면 거짓 신호를 못할 것입니다. 만일 그대로 그놈들이 도망친다면 만복이 놈을 해치우면 되지 않습니까."

궁파는 정년의 의견을 좇아 낮에 거사를 하기로 했다.

성격이 괄괄한 데다 급하긴 했지만 정년은 물 안에 들어가기만 하면 고래나 다름없었다.

잠수潛水에 능한 그는 물속에 들어간 채 오십 리 정도는 단숨에 헤엄쳐 갈 수가 있었다.

궁파가 정년을 부른 이유도 그 재주 하나를 믿었기 때문이기도 하다.

그들은 부두에 있는 배를 갖고, 바다로 나가는 도중, 정년은 그 배에서 내려 물속으로 헤엄쳐 가서 해적선의 배 밑창에 구멍을 뚫어 놓기로 했다.

배에 물이 들어와 허둥거릴 즈음, 신라에서 잡혀 온 애들을 구출해 내자는 계획이다.

모든 계획을 짜고 나서 그들은 만복을 불러냈다.

만복은 정년을 보자, 부끄러워 어찌할 바를 몰라 한다.

"나는 그대를 선량한 사공으로 알았는데 어쩌다 그런 실수를 하였소."

정년이가 말하자, 만복은 고개를 들지 못했다.

"만일 그대가 우리 일을 도우면, 앞서 저지른 죄가 아무리 중하다 해도, 용서할 수 있지. 그러나 딴마음 먹을 땐 그대 목숨은 없다는 것을 알고 있어야 해."

정년은 그를 타이르듯 위협을 주었다.

봉화가 있으면 이럴 때 큰 도움이 되겠지만, 그들은 아쉬운 대로 그냥 만복을 앞장세우고 부두로 나가지 않을 수 없었다. 그들은 모두 태연한 표정으로 걷고 있었다.

배에서 만복을 기다리고 있던 일행은 그들을 보자, 무슨 수나 난 것같이 반겨하였지만, 뒤에 따르는 궁파 일행과 만복의 시무룩해진 표정을 보고부터는 슬슬 눈치만 보는 것 같았다.

만복은 명령이라기보다도 수하手下들을 꾸짖는 것 같은 호령을 질렀다.

"닻을 빨리 걷어 올려라…."

이런 소리가 떨어지기가 무섭게 그들은 만복의 손발이나 다름없이 빨리 움직였다.

닻을 걷어 올리는 소리가 괴로운 만복의 심정을 말하기나 하는 듯 삐거덕거린다.

궁파는 그들 일행을 감시하듯, 일거일동에 대해서까지 세심한 주의를 게을리하질 않았다.

역시 힘깨라도 쓸 만한 위인은 만복이 하나밖에 없었다.

궁파는 우선 그것만으로 안심할 수 있었다.

닻을 걷어 올리자 배의 동요가 심하다. 부두가 이 정도고 보면, 역시 파도가 센 편인 것 같았다.

궁파는 정년이가 하는 일에 지장이 있지 않을까 하여, 나직한 목소리로 묻는다.

"물결이 좀 거세지질 않을까?"

"파도가 센 편이 일하는 덴 도움이 될 겁니다."

"그렇다면 다행이구…."

궁파는 은근한 기쁨에 엷은 미소를 짓는다.

닻을 걷어 올리자 그들은 만복의 호령에 따라 노질을 한다.

육중한 배가 머리를 돌리고 부두 밖을 향한다.

궁파는 그때 무엇을 생각하였는지 만복을 불렀다.

배 위에선 누구한테도 굽실거려 본 적이 없는 만복이가 궁파 앞에 하는 수 없이 굽실한다.

"저 우리 세 사람에게 옷을 빌려 줄 수 없을까?"

"있구 말굽쇼."

궁파의 부탁이 있자 만복은 세 사람이 갈아입을 수 있는 옷을 가져왔다.

옷을 갈아입고 보니, 그들은 누가 보든 간에 뱃사람에 틀림없었다.

배가 부두 밖으로 빠져나오기 시작하자, 만복은 다시 돛을 올리도록 했다.

돛이 올라가고 용총줄을 당겼다 놀 때마다 배의 속도는, 점점 빨라지기만 한다.

배가 부두 밖으로 빠져나왔지만, 아무런 그림자도 보이질 않는다.

궁파는 물론, 정년과 장수까지도 열심히 수평선 쪽만을 바라다보고 있었다.

파도를 타듯 오르내리던 물새들도 배를 보자 날아와 잠시 돛 위에 앉아 쉬었다간 다시 짝을 지어 날아가곤 한다.

수평선 쪽을 지키듯 바라보고 있던 정년이가 만복에게 물었다.

"배의 방향이 어느 쪽쯤 되오."

"이 방향으로 아직도 지금 나온 거리의 세 배는 더 나가야 보일 것입니다."

정년은 만복의 말에 무슨 의심이나 가는지 고개를 기웃거리더니만 혼잣말같이 중얼거렸다.

"그럼 배가 꽤나 큰 배겠는걸…."

정년은 혼자서 배의 크기와 위치를 생각하는지, 잠시도 수평선 쪽에서 시선을 돌리지 않고 있었다.

그는 자기 임무에 비추어 용의주도한 마음의 준비가 필요했을 것이다.

바다 한가운데 정박해 있는 배 그림자가 보이기 시작한다. 제93회

순간 그들의 얼굴엔 긴장의 빛이 흐른다. 배의 윤곽은 뚜렷했지만 아직 피차의 일거일동이 자세치는 않다.

"저 밴가?"

궁파가 옆에 있는 만복에게 묻는 말이다.

"그러합니다."

"저 배에 선원은 몇 명이나 되는가?"

"모두 합하면 스무 명 안짝입니다."

"그들은 어떤 흉기를 갖고들 있는가?"

만복은 무엇을 생각하는지 한참 침묵을 지키고 있더니만 무거운 입을 열었다.

"두목 손희라는 자는 창법槍法이 능숙하옵고, 부두목인 나항은, 칼의 명수입니다."

"그리고…"

“그 밑에 따르는 졸개 중에, 활을 쏘는 자가 한둘 있습지요만, 별로 신통한 것 같지는 않습니다.”

궁파는 고개를 끄덕거리며 혼자 생각하고 있었다.

칼이나 창이랄 것 같으면 어떤 명수라 해도, 자기를 감당할 자가 있을 것 같지가 않았지만, 활이랄 것 같으면, 아무리 서투른 솜씨라 해도, 경계해야겠다고, 혼자 다짐하였다.

그러나 옆에 서 있던 정년은 만복의 말에 껄껄거리며 태평한 소리를 하고 있었다.

“그래 저놈들이야 인전 독 안에 든 쥐나 다름없는 놈들인데, 창칼을 잘 쓴들, 무슨 소용이 있단 말입니까.”

“그러나 매사에 신중을 기해야지.”

그래도 정년은, 별로 걱정하는 빛을 보이지 않는다.

“형님은 이 배만 지키고 있으면 됩니다. 만사는 저한테 맡겨 두십시오.”

궁파는 정년의 솜씨를 크게 믿고 있는 터였지만, 배를 부숴 버리는 일은 쉬워도 그 안에 들어 있는 소년들을 구출해 내는 일에 대해선, 은근한 걱정을 하지 않을 수 없었다.

“선창을 부수는 일은 쉽지만, 우리 애들을 하나도 빠짐없이 건져 낼 생각을 해야지.”

“암, 그렇구 말굽쇼… 그렇게 배 밑창을 뚫어 놓고, 곧 배로 오를 생각입니다. 그래서 그 배에다 불을 질러 놓을 참이지. 밑으론 물이 들어오고, 위에서 불을 당기면 아무리 담이 센 놈들인들 당해 낼 재주가 있겠습니까. 그 틈을 타서 소년들을 불러 이 배로 모두 옮기도록 해야 할 것입니다.”

정년의 만만한 자신과 계획은, 그럴듯했다.

배와 배 사이의 거리가 한결 가까워지기 시작한다.

벌써 배 위에 서 있는 그림자가 보일 정도다.

“저 배에서 깃발을 흔드는데 무슨 신호지?”

“어디 깃발 흔드는 것이 보입니까?”

궁파가 묻기 전에 만복이도 그것을 보았지만 일부러 모른 체했다.

“저기 뱃머리에서 깃발을 흔들고 있지 않는가….”

만복은 일부러 눈이 잘 보이지 않는 시늉을 하며, 궁파가 가리키는 쪽을 바라다보았다.

어떤 배냐를 확인하는 신호일 뿐 아니라, 경우에 따라선, 자기편의 밴 줄 알고 할 때는, 사고 여부를 묻는 신호이기도 했다. 궁파는 긴장한 얼굴로 시종 만복을 지키고 있었다.

그대로 잠자코 있으면 사고가 있다는 신호가 될 뿐 아니라, 어서 도망치라는 신 제94회
호가 되기도 한다.

자기가 저지른 죄를 궁파 앞에 자백한 만복이었지만, 아직도 망설이게 되는 것은 자신도 알 수 없었다.

만복은 그들과의 의리를 생각하여 그대로 있을까도 생각해 보았다. 그러나 그들이 도망쳐 버린다면 모든 책임을 자기한테 물을 것이 틀림없었다. 차라리 그것보다는 갈 데까지 가 보자는 것이 자신을 위하여 영리한 방법일 것 같기도 했다.

"네, 뱃머리에서 기를 흔들고 있습니다… 야, 여기서도 기를 들어 흔들어라."

이렇게 명령하고 난 만복은 다시 궁파를 향하여 말을 이었다.

"대개 상대편의 배가 어떤 밴지를 알아보기 위하여 흔드는 신호입니다. 여기서 기를 같이 흔들면, 자기네와 같은 속인 밴 줄 알아차릴 것입니다."

이쪽에서 기를 흔들자, 뱃머리에서 기를 흔들던 자가, 안으로 뛰쳐 가는 모양이다.

잠시 후 뱃머리에 세 그림자가 보였다. 만복은 그것이 두목 손회와 부두목 나항임을 한눈에 알아차릴 수가 있었다.

"저기서도 기를 걸었으니까, 그만 흔들어라."

만복이가 명하자 이쪽에서도 중지해 버리고 만다.

배의 거리가 가까워질수록 만복의 가슴속엔 이상한 흥분이 오락가락하고 있었다.

그들은 분명 자기가 총관을 붙잡아 갖고 오는 줄로 알리라.

배에 싣기야 분명 실었지만….

이런 생각을 하며 고개를 돌리던 순간, 총관 장수와 시선이 마주치자 만복은 당황한 채 고개를 돌린다.

그러나 장수가 만복의 그런 속을 알 까닭이 없었다.

뱃머리에 서 있던 그림자들이 어디로 가 버렸는지 보이질 않는다.

만복의 생각엔 그들이 자기의 성공을 축하하여 주기 위하여 벌써부터 술상을 마련하려고 들어가 버린 것이라고 생각했다.

"자 형님, 그럼 저는 여기서부터 헤엄을 쳐 가겠습니다."

"만사를 자네 수완만 믿겠네."

"형님, 믿고 말고가 있습니까, 늘 하던 일을 할 뿐이지요."

이런 말을 주고받는 사이에, 정년은 물속에 들어갈 차비를 했다.

만복은 그들의 일거일동만을 주의 깊게 보고 있었다.

"형님…."

무슨 말이냐 하는 듯 궁파가 턱으로 묻는다.

"배에서 불길이 오르기 전엔 절대로 배를 가깝게 해서는 안 됩니다. 불길이 일어나는 것을 신호로 배를 바싹 대도록 해 주시우."

궁파는 만사를 알아 하겠다는 듯 고개를 크게 끄덕거렸다.

이런 부탁을 하고 난 정년은 배 위에서 뛰어내렸다.

파도가 크게 밀린다. 그 밀리는 파도를 가르고 정년은 머리를 쳐들어 배 위를 돌려다 보고 나더니만, 다시 물속으로 자취를 감추어 버리고 말았다.

모두가 다 물에 익숙한 그들이었지만 만복을 비롯한 사공들까지도 그의 빠른 동작을 황홀한 눈으로 바라다보고 있었다.

만복은 다음 순간 긴 한숨을 내쉬며 어쩐지 마음이 좀 가벼워지는 듯했다.

정년이가 물속으로 들어가고 나자, 만복의 마음속엔 새로운 변화가 생겼다.

그것은 궁파만 없이해 버리면 만사는 수월히 해결될 것만 같은 생각이 들었던 까닭이다.

만복의 이러한 속임수를, 궁파와 장수가 알 까닭이 없었다.

그들은 배 안 일보다 물속으로 들어간 정년에게만 관심을 두고, 보이지 않는 그의 그림자를 찾고 있었다.

만복은 뭉클 치밀어 올리는 숨길을 돌린다. 궁파를 그냥 밀어 대기만 하면 물귀신이 될 판이다.

궁파만 그렇게 처치해 버리면, 장수 같은 것은 문제 삼을 필요조차 없었다.

궁파를 물속에 잡아 넣어 버릴 결심을 하고 난 만복은 기맥을 살피기 위하여, 슬쩍 말을 걸었다.

"배를 서서히 하기 위하여 돛을 좀 늦출갑쇼."

"글쎄 아직은…."

이런 대꾸를 하며 궁파는 만복의 얼굴을 쳐다본다.

만복의 눈에 살기가 도는 것을 짐작한 궁파는, 아무렇지도 않게 돌아서 버리면서도, 온 신경을 그한테로 기울이고 있었다.

궁파와 장수에게 세심한 주의를 하고 있던 만복은, 그 기회만을 노리다, 먼저 궁파한테로 달겨들었다.

훅 밀어 버리면 그냥 물속으로 떨어질 줄만 알았던 궁파가, 옆으로 돌아서며 만복을 붙잡고야 말았다.

만복에게 밀린 궁파의 위험이 아니라 이제 자칫하면 만복은 궁파를 바다에 떨어뜨리기는 고사하고 자기가 던져질 판이다.

위험을 눈앞에 둔 만복이라 그도 죽을힘을 다하는 통에, 만만치가 않았다.

겁에 취한 장수가 달겨들 사이도 없었다.

만복이가 다급한 소리를 지르자, 배에 있던 졸개들이 손에 잡히는 대로, 쟁기를 들고 달려들었다.

장수는 인젠 귀신도 모르게 죽을 것을 각오하는 듯, 눈을 감았다.

사태가 위급해지자 궁파는 허리에 숨겨 두었던 칼을 뽑았다.

그는 벌써부터 이런 일을 생각하고 옷을 갈아입을 때도, 그것을 잊지 않았던 것이다.

뽑은 칼이 바닷바람에 뻔쩍일 새도 없이 만복의 가슴을 향하여 찔렀다.

만복은 외마디 소리를 지르며 전신의 맥이 풀린 듯 궁파를 붙잡았던 손을 떨어뜨리며 쓰러지고야 말았다.

만복이가 쓰러지는 것을 보자, 쟁기를 들고 나섰던 그들은 비실비실 피하여 버린다.

누구 하나 옛 주인을 위하여 결사적으로 나서는 위인이 없었다.

"배신하는 자에겐 죽음이 따른다는 것을 똑똑히 보아라."

이렇게 호령하며, 궁파는 그들을 휘둘러본다.

"죄 없는 너희들은 자기 맡은 바 일만 하면 목숨은 부지할 테니 그리 알고 잘 해라."

궁파의 말에 그들은 모두 자기 부소로 돌아가 버린다.

궁파는 칼에 묻은 피를 손으로 닦고 칼집에 집어넣고는 쓰러져 넘어진 만복을 귀찮다는 듯이 안아서 물속에 던져 버리고 말았다.

하도 순식간에 버그러진 일들이어서 저쪽 배에서는 아마도 눈치 채지 못한 모양 같았다.

제96회

배와 배 사이가 서로 얼굴을 알아볼 수 있을 지경으로 거리가 가까워졌다.

궁파와 장수가 거기 서 있다 해도 누구도 의심스럽게 여길 사람은 없었다.

어느 모로 보나 그들의 모습은 뱃사람에 틀림없었던 까닭이다.

궁파는 정년의 말대로 배의 속력을 늦추게 했다.

인제는 모든 선원들도 궁파의 명에 따르지 않을 수가 없었다.

배가 속력을 늦추자 저쪽 배에 있던 친구들이 이상한 표정으로 이쪽을 바라보면서 기웃거린다.

궁파와 장수는 정년으로부터의 신호가 있기만 기다리고 있다.

잠시 후 두 그림자가 나타났다. 궁파는 그들이 두목인 손희와 부두목인 나항임을 즉각적으로 알아차릴 수 있었다.

그들은 궁파와 장수의 얼굴이 익숙지 않았던지 한참이나 기웃거리더니만 소리를 친다.

"너희 주인은 어데 있느냐."

"선실에 들어가 있습니다."

궁파가 얼른 말을 받았다.

"곧 나오라고 하여라."

"이제 곧 나오실 것입니다."

궁파는 태연히 그를 노려보며 대답한다.

"너는 누구냐?"

역시 궁파의 낯선 얼굴을 의심스럽게 생각했던 모양이다.

"저는 그전부터 이 배에 있던 사람입니다."

"왜 배가 움직이질 못하고 있느냐."

"배가 왜 움직이질 않겠습니까 그리로 가고 있습니다."

바로 그때였다. 그들이 타고 있던 배가 한쪽으로 기우뚱하는 것같이 느껴지더니만 배 안이 소란스러웠다.

배 밑이 터졌다는 소리가 여기저기서 들려온다.

궁파는 다시 소리쳐 배를 가까이 대게 하라고 명했다.

배 밑이 터졌다는 통에 궁파에게 시비를 걸고 있던 손희와 나항도 허겁지겁 저쪽으로 달려가고 있었다.

그들이 한쪽으로 쏠리는 기색이 보이자, 이번엔 뱃머리에서 불길이 터져 오르기 시작했다.

붉은 불길이 뿜어내는 검은 연기가 삽시간에 배 위를 덮었다.

정년의 날쌘 솜씨가 미더워지면서도 궁파는 한편 불안했다.

그것은 정년의 그림자가 보이지 않을 뿐 아니라, 이 불과 물속에서 소년들을 어떻게 구출해 내느냐는 걱정에서다.

삽시간에 일어난 일이라 그들도 정신은 차리지 못한 채 갈팡질팡하고 있었다.

"소선小船을 내려라! 소선을…."

그것은 분명 조금 전 궁파에게 말을 걸던 말소리가 분명했다.

그들은 소선을 내리자 밧줄을 드리우고 앞을 다투어 내려가기가 바빴다.

"붙잡혀 온 신라 소년들은 이리로 오너라, 이리로…."

그것은 연기 속에서 이리 뛰고 저리 뛰며 소리치는 정년의 목소리다.

궁파는 정년을 돕기 위하여 그쪽 배로 뛰어 넘어가고 싶은 생각이 간절했지만 역시 이쪽 배가 마음에 놓이질 않았다.

궁파도 성난 고래 모양 고함을 쳤다. 불을 피하고 이쪽으로 달려오라고….

이윽고 연기를 헤치고 나오는 소년들의 그림자가 보였다. 궁파는 그들이 붙잡고 넘어올 수 있게 밧줄을 그쪽으로 던져 주었다.

정년은 손에 닿는 대로 부수며 선실이란 선실은 샅샅이 뒤졌다. 제97회 붙잡혀 온 소년의 그림자가 눈에 뜨이지 않자 그는 안심하고 다시 방으로 뛰쳐 나왔다.

배는 벌써 반 이상이나 기울어져 가고 있었다.

정년은 다시 궁파를 향하여 소리친다.

"소년들이 그 배에 다 올라갔는가요."

"염려 말게. 나온 소년들은 다 배를 옮겨 탔네."

"형님, 저는 걱정 마우."

정년은 이런 말을 남기고 다시 연기 속으로 자취를 감춰 버렸다.

궁파는 정년이 아직도 남아 있는 소년이라도 있지 않는가 하여 찾으러 가는 줄만 알고 있었다.

배를 옮겨 탄 소년들은 영문은 알 수 없었지만 불안 속에서도 기뻤다.

그것은 서로 말이 통할 수 있는 신라 사람을 만났다는 기쁨에서다.

연기 속으로 뛰쳐 들어간 정년은, 아직도 배에서 내리지 못했거나 또는 줄을 잡고 내려가는 선원들을 물속에다 떨어뜨리며 돌아다녔다.

소선이라야 겨우 두 척뿐이다. 그곳에 오른 놈이 몇이나 되는진 알 까닭이 없다.

바람에 풍기는 연길래 인전 숨이 컥컥 막힐 지경이었다.

정년은 배가 가라앉는다 해도 아무 염려가 없었지만 역시 뱃길이 궁금하여 되돌아왔다.

배가 물속에 가라앉는 것은 시간문제다.

"형님, 밧줄을 하나 던지시우…."

정년이가 이렇게 소리치자 궁파는 곧 굵은 줄을 그를 향하여 던져 주었다.

궁파가 던진 밧줄을 잡은 정년은, 나는 듯이 이쪽 배로 옮겨 올랐다.

그 민첩한 행동은 누가 봐도 놀랄 지경이다.

정년은 얼굴이며 어깨가 군데군데 데어서 바닷바람에 쓰릴 것이지만 그런 것은 아랑곳하는 것 같지도 않았다.

"형님 애들은 무사하지요."

"수고했네…."

그들은 불길 속에 묻혀 바닷물 속에 기울어져 들어가고 있는 배를 바라보고 있다.

파도가 밀릴 때마다 가속도로 그 커다란 몸집이 물속으로 자취를 감춰 들었다.

"선실마다 샅샅이 뒤지기는 했지만 남은 애는 없을는지요."

선체가 물속으로 잦아드는 것을 보고 있던 정년은 혹시나 자기 실수로 구출하지 못한 소년이 있지나 않나 하여 궁파에게 물어보는 말이다.

궁파도 그제서야 제정신으로 돌아가는 듯 옆에 서 있는 소년들에게 물어본다.

"너희들 가운데 혹시 빠진 애는 없느냐?"

"네 빠진 애는 아마 없는 것같이 보입니다."

"남아 있던 너희들이 도합 몇 명이었더냐."

그중에서도 가장 나이 든 듯한 소년의 대답이다.

"남은 애들은 전부 서른두 명이었습니다."

"서른둘?"

궁파는 그들을 한 줄로 세우다시피 하고 두 번이나 연거푸 인원을 세어 보았다.

"…서른둘!"

소년의 말대로 남았던 인원은 서른두 명이 틀림없었다. 궁파는 크게 고개를 주억거리며 우선 안심하는 표정이다.

선체는 이미 가라앉았고 물 위에 떠 있는 것은 타다 남은 용총줄과 나무토막 제98회
같은 자질구레한 물건들뿐이다.

파도는 조금 전보다는 사나워지는 것 같았다.

밀고 밀리는 파도 위에 두 척의 조그만 배와 그곳에 오르려고 헤엄치는 무리들의 그림자가 여기저기 보인다.

불의의 봉변을 겪은 그들이라 어리둥절했음인지 어쩔 줄을 모르고 있는 것 같았다.

"형님 저놈들을 그냥 버려두면 또 후환이 생길 게 아닙니까."

궁파는 정년의 말을 잠자코 듣고만 있었다.

"처음엔 곧 뒤따라가서 저놈의 배들까지 뒤엎어 놓으려고 했습지요. 그러나 연기가 풍기는 통에 숨이 막혀 견딜 수가 있어야지요."

그래도 궁파는 무엇을 생각하고 있는지 잠자코 있었다.

"제가 지금이라도 저놈들이 타고 있는 배를 뒤엎고 올 테니 그때까지만 기다리고 계십시오."

그제서야 궁파의 무거운 입이 떨어졌다.

"그만두게…."

"그만두다니요. 범의 새끼를 길러서까지 호환虎患을 입을 필요야 있습니까? 차제에 멸종을 시켜 버리면 될 것을…."

"저들도 뉘우칠 날이 있겠지…."

"뉘우치다니요."

"아니야, 신라 사람들이 사납고 무섭다는 것을 알리려면 저들을 죽여 없이 하느니보다는 제대로 버려두는 것이 날 걸세."

"그래도 형님…."

"아닐세… 저희들이 뉘우치지 않는다면 하늘도 그냥 버려두진 않을 거야… 만일 그들이 뉘우치지 않으면 다음 기회에 없애 버려도 늦지는 않을 걸세."

궁파가 타이르자 정년은 더 고집을 부리지 못했다.

그래도 그는 그들을 그냥 버려두는 것이 마음에 꺼렸던지, 종시 그들을 감시하듯 노려보고만 있었다.

"누구나 뉘우칠 줄 모르거나 배반이 있을 땐 만복이라는 자와 같은 길을 밟을 테니까…."

그것은 정년을 향하여 하는 말이라기보다도 궁파 자신 혼자 중얼거린 말이었다.

"만복이라니요."

정년은 약간 놀란 표정으로 궁파를 쳐다보며 반문했다.

"물귀신이 제일 먼저 된 것은 이 배의 만복일세…."

"만복이가요."

한참 침묵을 지키고 있던 궁파는 만복을 죽여 바다에 던져 버린 전후 사정을 그에게 차근차근 설명하여 주었다.

"죽일 놈!"

정년이가 이렇게 외마디 소리를 지른 것은 그에 대한 증오심보다는, 가련한 생각이 있었던 까닭이다.

바다 위는 아무런 일도 없었다는 듯 파도만이 출렁거릴 뿐이다.

궁파의 마음은 바다 모양 야릇하게 설레고 있었지만 그의 얼굴은 맑게 개인 하늘같이 담담했다.

뱃머리를 돌리라는 궁파의 호령이 떨어지기가 무섭게 선체가 방향을 바꾸기 시작했다.

바람을 받는 돛이 움직일 때마다 삐걱거리는 용총 소리가 침묵을 더해 주었다.

제99회

구출

救出

배에서 구출된 소년들을 법화원으로 보내는 날 밤 주점에 와 있던 복아도 함께 그들을 따라갔다.

복아는 처음 자기를 데리러 왔을 때 한사코 싫다고 했다.

주점의 일이 고되기는 하였지만 그런대로 주모에게 정이 들었을 뿐 아니라 혹시나 옮겨 가는 곳이 지금보다도 더 겪기 힘든 곳이 아닐까 하는 점이 앞섰던 까닭이다.

"전 무슨 일이 있어도 여기서 안 떠날랍니다."

복아는 주모의 등 뒤에 선 채 애원하듯 이렇게 말했다.

아무리 복아의 소원이 그러하다 해도 그것이 궁파와 이곳 총관 어른의 말이고 보면 어쩔 도리가 없었다.

"복아야, 낸들 늙은 것이 너를 의지하고 싶다마는…."

주모도 끝내는 말끝을 흐린 채 목이 메고야 말았다.

이런 정경을 보고 있던 신라소의 사환도 난처한 표정이었다.

사환 아이가 시름없이 서 있을 때다.

"그래 우리 복아를 데려다 궁파 어른이 어떻게 하신다더냐?"

"잘 모르긴 해도 법화원으로 보낸다고 하던 것 같더군요."

"법화원으로?"

주모는 법화원으로 보내어 여승을 만드는 것이라고 생각하여 놀라며 반문하는 것이었다.

"네, 배에서 데려온 소년들과 함께 모두 다 법화원으로 보낼 모양입니다."

시름에 잠겨 있던 복아도 배에서 데려온 소년들이라는 말에 귀가 번쩍 띄었다.

복아도 그제서야 주모의 등 뒤에서 고개를 들고 사환 아이의 얼굴을 빤히 쳐다보았다.

주모는 복아를 법화원으로 데려간다는 말보다도 배에서 소년들을 데려왔다는 사환 아이의 새로운 소리에 더 크게 놀랐다.

"누가 배에서 소년들을 데려왔다고 하더냐?"

"여기 드나드는 만복이라는 도사공이 있습지요…."

"그래…."

"그 사람을 앞세우고 오늘 궁파 어른과 총관 어른이 배에 가서 데려왔습지요."

"그럼 그 도사공 양반은 어디 가셨더냐…."

"알 수 없습지요. 아마 그냥 배에 남아 있겠지요."

주모는 무엇인지 모르게 머리가 뒤숭숭했다.

어젯밤 배로 나간다던 그들이 그럼 오늘 아침 다시 거리로 들어왔던 것일까…? 주모는 의심쩍은 생각에 다시 물었다.

"도사공 양반이 오늘 아침에 오셨더냐?"

"아니오."

사환 아이는 무엇을 말하려다 주모의 눈치를 살핀다.

"그럼?…"

"어젯밤에요."

"어젯밤에?"

주모는 더욱 모르겠다는 듯 한 걸음 다가서며 되물었다.

"그 양반 출입을 못하게 막으시지요."

밤중에 홍두깨 격으로 불쑥 하는 말에 주모는 사환 아이의 얼굴을 그냥 쳐다보고만 있었다.

"길이 바쁘신 모양인데 어서 떠나도록 해요. 공연히 큰일 생기리다…."

"도사공 양반을 출입시키지 말라니 그것이 무슨 말이냐…." 제100회

"글쎄 자세히는 알 수 없어도 그러는 것이 아주머니한테 이할 것 같으니 그리

아세요."

사환 아이는 이런 암시만 줄 뿐 더 말하려 하질 않았다.

"복아야, 정으론 나도 너를 보내고 싶지 않지만, 어른들의 말씀이니 어떻게 하니, 아무래도 가야 할 길 늦기 전에 어서 가도록 해라."

사환 아이의 큰일이 날지도 모른다는 말에 겁을 집어먹은 주모는 복아를 달랬다.

복아는, 처음엔 무슨 일이 있어도 가지 않으려 했었지만, 배에서 데려온 애들과 같이 간다는 말엔 귀가 솔깃이 기울어졌던 모양이다.

그럼 그중엔 연옥 언니도 있을 것이 아닌가….

복아는 연옥을 혼자 두고 배에서 제일 먼저 내렸던 관계로 그녀에 대한 소식이 제일 궁금했다.

사환 아이한테 연옥에 대한 소식을 물어보고 싶기도 했지만, 어쩐지 초면에 그런 것을 물어볼 수가 없었다.

복아는 주모의 말을 순순히 좇기로 했다.

기회가 있으면 오겠다는 말을 남긴 채 복아는 사환 아이의 뒤를 따라 주점을 나섰다.

복아를 돌려보내고 난 주모는 복아 일보다도 만복에 대한 생각으로 통 일손이 잡히질 않았다.

이제부터 손님이 들끓을 판이었지만 그녀는 일찌감치 문을 닫아 버리고, 만복에 대한 소식을 알아보려고, 혼자 부두로 나갔다.

제101회

법화원으로 옮겨 온 복아는 연옥과 같은 방에 들었다.

그녀들은 그동안 지나던 일을 장밤 새워 가며 주고받았지만 그칠 줄을 몰랐다.

절의 관습에 따라 일찍 일어나 불공을 드리고, 조반을 끝내고 나서도 그녀들은 아직도 미진한 듯 마주 앉았다.

간밤을 새우다시피 해선지 그녀들의 눈은 보숭보숭 분 것 같기도 했다.

"복아야, 넌 우리들을 구출해 준 그 궁파 어른을 봤겠구나."

"궁파 어른? 보기는 봤겠지만 어느 어른인지 몰라요."

"어느 어른인진 모르다니…."

"어른이 세 분이나 계시던걸요."

연옥은 봉화로부터 들은 궁파의 모습을 혼자 상상하여 보았다.

정말 고마운 분이 아닐 수 없었다. 신라에도 그런 분이 있다는 것을 생각하면 여아의 소견에도 무엇인지 모르게 믿음직했다.

"우리들이 타고 온 그 배 있지 않아요. 그 배에다 불을 질러 버리고 잡혀 오던 소년들을 죄다 살려 냈다고 하지 않아요."

연옥은 벌써 이 말을 어젯밤만 해도 두 번이나 더 듣고 있었다.

법화원으로 오는 도중 소년들로부터 들은 말이 복아에게는 제일 신도 나고 신기했던 모양이다.

"그렇게 우리들을 살려 주신 분이 왜 한 번도 오시지를 않을까…."

이번엔 연옥이가 복아에게 물었다.

"저희들을 데리고 온 분에게, 세 분 중 한 분이 그러시더군요. 수일 내로 간다고 주지 스님한테 말씀드리라고요. 아마 아직도 무슨 일이 남아 있는 모양이지요."

활짝 열어 놓은 문으로 짙은 푸른 향기를 담은 바람에 뒤섞여 뻐꾸기의 울음소리가 들린다.

연옥과 복아는 가는 눈을 감은 채 뻐꾹새의 울음소리에 귀 기울이고 있는 것 같았다.

"언니."

복아의 부름에 연옥은 실눈을 크게 뜨며 바라다본다.

"여기 있는 그분은 누구지요?"

복아의 얼굴엔 약간 붉은 빛이 돌았다. 수줍어 하는 품이 벌써부터 물어보고 싶은 것을 겨우 참고 있다 묻는 눈치였다.

"응, 이름을 봉화라고 하셔… 그 궁파라는 어른의 제자라나 봐… 그래서 우리들을 보호하여 주기 위하여 여기 와 있지… 저번 도둑이 들었을 때 글쎄 혼자서 도둑 세 놈을 다 잡아 쫓질 않겠니…."

"언니 봤수?"

"보고 말구. 마구 억수 같은 비가 쏟아지는 날 밤이었는걸…."

연옥도 봉화에 대한 설명을 늘어놓는 것이 자기 자랑같이 신이 나면서도 복아 모양 얼굴이 붉어지는 것은 어쩔 수 없었다.

"장사이시구만요."

"참, 우리 구경 나가. 그분이 지금 저쪽 뒷들에서 애들에게 검술을 가르쳐 주고 있을 거야."

"그래요…."

복아도 어젯밤의 피곤은 잊은 듯 연옥을 따라나섰다.

연옥은 벌써 이곳 주인이나 다름없이 지리에 밝았다.

경내를 벗어나자 저쪽 그늘에서 그들이 지르는 고함 소리가 요란하게 들려오고 있었다.

제102회 아람도리 나무 그늘 사이를 지나면 널찍한 풀밭이다.

봉화를 중심한 소년들이 제법 무술을 배우기에 정신을 잃고 있었다.

여러 소년들은 둘러앉았고, 봉화는 목검木劍을 들고 있었다. 지금 그 목검을 들고 있는 봉화를 향하여 영권이가 번들거리는 긴 창을 들고 노리고 있다.

영권이가 창을 들었다 내릴 때마다 햇빛을 받아 번쩍거린다.

복아와 함께 걸어가던 연옥은 까닭 없이 가슴이 선뜻했다.

인제는 한 걸음도 제대로 앞장서서 옮길 수가 없었다.

연옥과 복아는 그들이 모여 있는 장소에서 좀 떨어진 나무 그늘 뒤에 서 버리고 말았다.

"언니, 저 창을 든 소년이 동생 영권이가 아니우?"

연옥은 복아의 묻는 말에 고개만 까딱거렸을 뿐 시선을 돌릴 수 없었다.

그녀의 시선은 그들이 서로 겨누고 있는 그 장소에서 조금도 옮겨지지 않았다.

"그래, 영권이야…."

"어마! 어쩌면 영권이가 그새 저렇게 어른이 다 되었을까…."

복아의 놀람도 무리는 아니었다. 같이 배를 타고 올 때까지의 영권은 그야말로 젖비린내가 풍기는 것 같은 어린애에 불과했는데 지금 창을 들고 있는 모습은 그런 어린애 같지는 않았던 까닭이다.

연옥도 그러한 영권이가 믿음직했지만 조금도 마음이 놓이질 않았다.

물론 그런 일이야 없겠지만, 영권의 서투른 창끝에 혹시나 목검을 들고 있는, 그 사람이 상처라도 입지 않을까 하는 생각에서다.

나무 그늘 밑에 서 있는 누나의 이런 심정은 아랑곳도 하지 않고 영권의 들었던 창이 공중으로 나는 듯 오르더니만 봉화의 목덜미를 향하여 찔렀다.

복아도 놀라 연옥의 팔을 붙잡았지만 연옥도 복아의 품에 얼굴을 가리우고야 말았다.

"언니 어쩌면 그 사람의 재주가 저렇게 빠를까…."

그러나 연옥의 귀엔 그런 소리가 들리질 않았다.

영권이가 든 창끝에 묻은 피와 봉화의 목덜미에서 철철 흘러내리는 피밖엔 아무것도 보이질 않았다.

"언니, 저것 봐요… 영권의 창이 목검에 쩔쩔매질 않아요…."

연옥은 복아의 이런 소리에 다시 간신히 고갤 들었다.

아무리 영권의 창이 그를 노려도 목검을 당해 내지 못하고 있었다.

한참 동안 목검을 당해 내지 못하여 뒤로 질질 밀리던 영권이가, 다시 자세를 돌이키고 있었다.

둘러앉아 있는 소년들도 눈에서 불을 뿜는 듯이 열심히들 구경하고 있었다.

영권의 이마에는 멀리서 보기에도 구슬땀이 흐르고 있음이 분명했다.

"언니, 저 어른이 한꺼번에 세 도둑을 잡은 사람인가요?"

"그렇단다…."

연옥은 무슨 자기 자랑이라도 하는 듯 크게 대답했다. 그리고는 봉화 쪽을 한 번 그윽히 쳐다보는 것이었다.

복아도 유심히 그를 쳐다보았다. 기골이 장대하고 그렇다고 우악스러워 보이지는 않는 그 모습은 복아가 보기에도 범상한 인물 같지가 않았다.

복아와 연옥은 그들의 일거일동에 숨길을 흩어뜨리며 언제까지나 서 있었다.

봉화가 목검을 거두자 영권도 이윽고 창을 내렸다. 제103회

봉화가 무어라고 했는지 말소리는 들리지 않았지만, 영권은 창을 갖고 소년들이 있는 쪽으로 가서 앉더니만 땀을 닦는다.

"언니, 아마 연습이 다 끝난 모양이죠."

"글쎄…."

연습이 다 끝난 모양 같으니 그리로 가 보자는 복아의 말이 분명했지만, 연옥은 그들에게 방해가 되지 않을까 하여 망설였다.

연옥으로선 벌써 매일같이 나와 보던 광경이다. 그럴 때마다 그들에게 방해가 되지 않게 노력해 왔었지만, 봉화는 연옥의 그림자만 보이면, 신바람이 나서 시키던 무술 연습도 일찍 끝을 내곤 했다.

그것이 미안하여 연옥은 복아의 의향을 알면서도 그냥 주춤하고 서 있을 때다.

"자 이번엔 염장閻長이 나오너라."

가무칙칙한 얼굴 바탕에다 눈까지 유난히 반들거리는 소년이다.

키도 제일 컸지만 소년들 중에선 가장 나이도 들은 축이다.

영권과 같이 섞여 같은 또래같이 지냈지만 나이는 연옥과 동갑이었다.

그런 탓인지 연옥을 바라보는 눈이 언제나 조숙하여 보였다.

그럴 때마다 연옥은 그것을 피했지만 홀로 가슴에 이상한 것을 느끼곤 했다.

같은 배를 타고 있을 때도 그런 것을 느꼈지만 연옥은 요즈음 절에 와서 더욱 그 눈길이 이상해졌음을 혼자 알고 있었다.

그럴 때마다 연옥은 어쩐지 등허리가 오싹해지곤 했다.

그것은 그 시선에서 조숙을 느끼는 데서 오는 감정만이 아니다. 염장의 눈엔 어디인지 모르게 비수같이 매서운 것이 숨어 있는 것 같았다.

배에서도 그러했지만 지금도 염장은 영권과 가장 친근하게 지내고 있었다. 그렇다고 새삼 연옥은 영권에게 염장을 경계하라는 말까지는 할 수 없었다.

이렇듯 영권과 가장 친했던 관계로 연옥은 같은 배를 타고 온 복아가 모르고 있는 염장에 대한 내력을 알고 있었다.

염장은 본시 무주武州(지금의 광주) 태생이었다. 일찍 아버지를 여의고 편모 슬하에 자라던 것이 어머니가 재가하는 통에 어머니를 따라 새아버지를 섬기게 되었다는 것이다.

새아버지에게 소생이 없었을 땐 그래도 편안히 지낼 수 있었지만 동생이 생기면서부터는 염장에 대한 구박이 날로 심해져 갔다는 것이다.

그래서 염장은 하는 수 없이 무주 땅을 도망쳐 해변가에 있는 이모네를 찾아와 살았다는 것이다.

결국 염장이 연옥이와 같은 배를 타게 된 것은 이모네 집에 와서 살게 된 것이 원인이었다는 것이다.

그런 탓인지 염장은 남달리 고집스러운 데가 있었고 연옥이가 보기엔 퍽이나 인정을 그리워하는 것같이 보이기도 했다.

그러게 배에서 연옥이가 먼저 팔려 갈 때 가장 많이 운 것은 동생 영권이보다도 염장이었다는 것도 똑똑히 기억하고 있었다.

이러한 염장이었지만 연옥은 별로 호감을 느낄 수 없는 것은 그 조숙한 눈과 괴벽한 인상의 탓이었는지도 모른다. 선의로 해석하려 하지만 아무래도 역겨워지는 그 시선을 어쩔 수 없었다.

염장이 성큼 일어서 나오자 봉화는 자기가 들고 있던 목검 비슷한 막대 한 개 제104회
를 들려 주었다.

염장은 그것을 들고 조금 전 영권이가 봉화를 겨뤄 보듯 혼자서 허공에 대고 휘둘러 보는 것이었다.

"영권이도 그만큼 쉬었으면 인전 땀을 거뒀으리라."

봉화의 입에서 이런 소리가 떨어지기가 무섭게, 벌떡 일어선 영권이가 봉화 앞으로 나온다.

봉화는, 이번에도 마찬가지로 염장에게 준 것만 한 막대를 영권에게 들려 주었다.

봉화가 그들을 향하여 무어라고 소리치자 그들은 나란히 봉화 앞으로 가 서더니만 절을 하고 나서 서로 갈라져 맞섰다.

다시 한 번 봉화가 호령을 하자, 이번엔 그 막대를 창 대신 들고 서로 겨누었다.

역시 염장에게 비하면 영권은 어린애였지만 그래도 제법이다.

염장이 막대를 뒤로 올리면 영권은 그 밑을 틈타서 찌르고, 상대편이 밑을 막으면 번개같이 그 목덜미를 겨누었다.

이렇게 서로 겨누고 도는 몸이 얼핏 보면 무슨 수탉과 암탉이 겨누는 것 같아

연옥은 멀리서 바라보면서도 그냥 우습기만 했다.

언제나 먼저 선수를 쓰기 좋아하던 영권이라 이번에도 선수를 쓰는 것 같았지만 웬일인지 염장의 막대가 영권의 목을 찔렀다.

이때 봉화의 호령이 떨어지자 그들은 다 같이 막대를 내리었다.

봉화의 호령 소리는 분명 성이 난 것 같았다.

연옥은 서투른 동생을 꾸짖으려고 하는 것이 아닌가 하여 마음이 조마조마했다.

그들은 막대를 내린 채 똑같이 봉화를 쳐다보고 있었다.

의기양양해 보이는 염장에 비하면 영권은 기실 풀이 죽은 것같이 보였다.

"염장은 늘 내가 말하는 것을 왜 듣지 않지?…"

금시 염장의 표정이 달라진다. 연옥도 눈을 들고 바라보지 않을 수 없었다.

그러게 연옥은 봉화가 혹시나 잘못 생각한 것이 아닌가 하는 생각도 없지 않았다.

봉화가 염장을 꾸짖는 듯한 눈치를 보이자, 이번엔 영권의 표정도 금시 달라졌다. 연옥에겐 그것이 더욱 우스웠다.

"검술이란 결국 상대방에게 이기면 되지 않습니까…."

봉화의 눈길을 피하고 있던 염장이 고개를 들고 대드는 듯한 볼부은 소리였다.

연옥에게도 염장의 불평이 당연하다고 생각키웠다.

염장의 그런 불평에 봉화가 가벼이 미소로써 응수한다.

연옥도 봉화가 공연히 영권의 편을 들라는 것이라고 생각되었다.

그러나 봉화의 말은 뜻밖이 아닐 수 없었다.

"검술이란 사람을 해치우기 위하여 배우는 것이 아니다. 자기를 올바르게 지키기 위한 것이야. 그러니까 염장은 영권에게 이겼지만 그것은 진 것이나 다름없는 것이다. 검술에 있어선 속임수가 있어선 안 되는 법이야."

염장을 타이르는 봉화의 말이 그럴듯했지만, 염장의 귀에 봉화의 말이 곧이들리지 않듯이 연옥에게도 쉬 이해가 가질 않았다.

제105회 염장의 얼굴은 봉화에 대한 불평으로 가득 차 있었다.

연옥은 이쪽을 향하여 서 있는 염장의 얼굴에서 넉넉히 그것을 엿볼 수가 있었다.

검술을 습득하는 데 있어선 봉화의 말이 옳을진 몰라도 결국은 영권을 두둔하는 일같이 보이고 보면, 공연히 염장과 영권의 사이를 버그러지게 할 염려도 없지 않았다.

이런 생각에 미치자 연옥은 복아와 더불어 언제까지나 나무 그늘 밑에 숨어 있을 수만은 없었다.

"복아야 연습이 대충 끝난 것 같으니 우리 저리로 가 볼까."

"그래요 언니…."

아까부터 바라고 있던 복아가 반대할 리가 없었다.

연옥과 복아가 오는 것을 먼저 본 소년들이 동요하는 것을 본 봉화가 이쪽을 쳐다본다. 그는 염장과 영권을 세워둔 채 몇 걸음 걸어오며 만면에 웃음을 띄고 웃는다.

염장도 연옥과 시선이 마주치자, 막대를 들고 서 있던 자기 행색이 멋쩍었던지 그냥 동댕이쳐 버리더니만, 몇 걸음 이쪽으로 나선다.

염장의 얼굴도 조금 전과는 달리 확실히 새로운 변화가 있었다. 연옥에겐 그것이 당돌하게 느껴질 정도였다.

"매일 어린것들을 데리고 수고하십니다."

연옥으로선 멋쩍은 인사였다.

"같이 나오셨구만요."

봉화는 연옥과 복아를 번갈아 쳐다보며 이런 말로 인사의 말을 대신했다.

"자, 인전 그만들 땀을 씻고 점심이나 먹거든, 다시 시작하자…."

봉화의 입에서 이런 소리가 떨어지자 영권을 비롯한 소년들은 일제히 고함을 지르며 절 뒤쪽에 있는 샘터로 향하여 줄달음쳤다.

염장만이 뒤떨어져 이쪽을 몇 번이나 돌아보며 가기 싫은 걸음을 옮기는 것같이 어슬렁어슬렁 내려가고 있었다.

연옥만은 염장의 그런 태도를 충분히 이해할 수 있었다.

염장의 그러한 조숙이 징그러우면서도 한편 우스웠다.

염장의 뒷모습을 바라보고 있던 연옥은 한참 후에야 상긋이 웃으며 말을 한다.

"염장이 성이 난 모양이지…."

"왜요."

봉화도 연옥에게서 시선을 돌려, 잠시 염장의 뒷모습을 쳐다본다.

"왜라니요. 염장이 성도 날 만하지 않을까요?"

연옥의 음성은 부드러우면서도 염장을 두둔하려는 항의조였다.

그래도 봉화는 연옥의 말에 이해가 가지 않는 모양이다.

"생각해 보셔요. 아무리 어리다 해도 성이 안 나겠어요. 저희들 서투른 눈으로 보기에도 확실히 염장의 검술이 능하고 이겼는데도 불구하고 도리어 그렇게 꾸짖으시니 어린 마음에 그러지 않을라구요."

연옥의 표정은 제김에 약간 흥분한 것 같았다. 연옥은 말은 해 놓고도 멋쩍은 듯 복아를 쳐다보며 상긋이 웃는다.

"염장과 영권이가 겨루는 것을 보셨구만요."

봉화도 멋쩍은 듯 얼굴을 붉히었다.

"보구 말구요. 저 나무 그늘 밑에 서서 한참이나 구경을 하고 있었던걸요… 그렇지 복아야…."

복아도 갸웃이 고개를 흔들어 보였다.

"제가 지금 그들에게 가르쳐 주는 것은 이기고 지는 승부가 아닙니다. 그들에게 습득시키려 하는 것은 검술일 따름입니다. 그런데 염장은 그것을 몸에 지니기 전부터 속임수를 쓰려 합니다."

여기서 말을 뚝 끊은 봉화의 얼굴엔 그것이 농이 아니라 엄숙한 빛이 보이는 것 같았다.

연옥은 잠자코 있었다. 행동뿐이 아니라, 그 말 한마디 한마디까지도 어디인지 모르게 믿음직스러웠다.

"칼과 창을 잘 쓰는 간장奸將 백 명이 지장智將 한 명을 당하지 못합니다. 앞으로 우리가 고국으로 돌아가면…."

봉화는 말을 뚝 끊고 연옥을 쳐다본다.

"고국으로 돌아가다니요."

봉화의 말에 충격을 받은 듯 이렇게 묻는 연옥의 얼굴은 붉어져 있었다.

"그럼 연옥 아가씨는 여기서 언제까지나 사실 생각이었습니까."

"그렇지는 않지만…."

연옥의 낭랑하던 목소리가 금시 작아졌다.

"우리도 언젠가는 고국으로 돌아가야 할 것입니다. 제 사부師父인 궁파 어른도 늘 그렇게 말씀하셨습니다. 기회를 보아 돌아가야 한다고…."

걸음을 옮기면서도, 연옥은 어떤 꿈에 잠겨 있는 것같이, 그 눈이 황홀해져 있었다.

언제 돌아간다는 기약이 있는 것은 아니었지만 연옥의 생각은 금시 고향 하늘을 줄달음질치고 있었다.

"그 꿈이 언제쯤 이루어질까요."

"꿈이라니요. 우리는 꿈을 생각하는 것이 아니라 언제나 현실을 도모하고 있답니다. 그것은 제 사부만이 아시는 일이지요. 그분이 공명功名을 누리실라면, 언제까지나 이곳에 머물러 있으시겠지요. 그러나 그것을 탐탁지 않게 생각하신답니다."

연옥이 옆을 따라 걸어가는 복아도 봉화의 말이 꼭 꿈속에서 듣는 말 같았다.

이제는 영영 잃어버린 것으로만 알고 있던 고향으로 돌아간다는 말이고 보니 더욱 그러했다.

녹색이 짙은 그늘 사이를 천천히 걸어오는 세 사람은 각기 제 생각에 잠긴 채 말이 없었다.

뻐꾸기의 울음소리가 한가를 재촉하면 그늘 사이를 나는 들새의 울음소리가 흐르는 물소리보다도 맑게 울린다.

"연옥 아가씨는 요즈음 퍽 지루하시지요."

조용히 묻는 봉화의 말이다.

"하는 일이 없이 편안히 지내기가 송구스럽습니다."

"천만의 말씀을…."

봉화의 말이 떨어지기가 무섭게, 두세 소년이 헐레벌떡거리며 뛰쳐 올라왔다.

연옥과 복아는 멈칫 서 버린 채 봉화에게 뛰쳐 올라오는 그들 앞으로 잰걸음을 옮긴다.

"그 어른이 오셨습니다. 높으신 그 어른 말입니다."

숨길을 제대로 돌리지 못하는 영권의 말이다.

"궁파 어른이 오셨느냐?"

"네, 지금 막 들어오시고 있습니다."

"알았다. 저 연옥 아가씨, 궁파 어른이 오셨는가 봅니다. 천천히 내려오서요. 전 먼저 내려가 보겠습니다."

봉화는 소년들을 앞세운 채 연옥과 복아를 남기고 앞서 내려갔다.

연옥도 급작스러운 일이라 크게 놀라 가슴부터 설레었다.

"언니, 그이가 누구지요."

주점에서 본 그 사람이 궁파임을 모르는 복아는 연옥에게 물었다.

"나도 아직 뵈옵지는 못했지만, 우리들을 구원해 주신 사람으로, 이곳에서 높은 벼슬을 지내고 계시는 분이라고 해."

"그런 분이 있던가요."

"자, 우리도 어서 내려가 보자…."

연옥과 복아도 발밑을 조심하며 봉화와 소년들이 뛰쳐 내려간 길을 뒤좇았다.

소년들을 뒤좇아 내려온 봉화는 본당 앞으로 와 있는 궁파 일행 앞으로 갔다.

궁파 일행이 왔다는 소리가 들리자, 온 절간이 급작스레 떠들썩해지는 것 같았다.

그들의 일행이란 물론 궁파를 비롯하여 총관인 장수와 정년이다.

"이렇게 곧 오실 줄을 모르고 있었습니다. 짬이 있기에 소년들을 데리고 후원에서 검술을 습득시키고 있었습니다."

봉화는 세 사람 앞에 번갈아 절을 하며 곧 뛰쳐나와 영접을 드리지 못한 것을 사과라도 하는 것 같이 이렇게 말했다.

"그동안 수고가 많았지…."

궁파가 봉화를 위로하는 말이다.

"저야 절에서 그냥 편안히 있었습지요. 어른들께서는 얼마나 수고가 많으셨습니까… 정년 어른께서는 언제 오셨는지요."

봉화는 궁파의 말에 대답하며 오래간만에 보는 정년을 향하여 인사말을 한다.

"응, 이삼 일 되네…."

언제나 그러했지만 정년은 딱딱한 표정이다.

"그럼 저희들의 거처에 들르셨다 주지 스님 계신 암자로 올라가실까요."

"그러지, 아마 그것이 좋으리다."

봉화는 그들 일행을 자기의 처소로 안내하고 나선 주지가 있는 암자로 올라갔다.

소년들은 무슨 큰 구경이나 만난 것같이 그들을 감싸고 싱글거린다.

궁파는 소년들의 이런 모습을 보는 것만으로도 마음이 기뻤다.

주지 암자로 올라갔던 봉화가 곧바로 내려왔다.

"주지 스님께서 오셨다는 말씀을 들으시고, 대단히 기뻐하시며, 곧 올라오시라고 하십니다."

"그래, 그럼 곧 올라가 뵙도록 해야지…."

그들 일행은 봉화의 뒤를 따라 암자로 올라간다.

그들 일행과 마주친 젊은 스님들이 합장을 하고 지나간다.

궁파의 덕망이 절에까지 높은 것은 그가 극진히 부처를 섬길 뿐 아니라 이 절을 각별히 아꼈던 탓이기도 하다.

그들이 올라온다는 소리를 들은 스님은 밖으로 나와 극진히 맞아들인다.

모든 예의 절차가 끝난 다음, 그들은 암자 안으로 들어가 자리하고 앉는다.

"스님을 뵈었던 지도 오래되었습니다. 그동안 돌연한 일로 절 안을 떠들썩하게 하여 크게 놀라셨을 것입니다."

궁파가 정중히 인사를 하자, 주지는 고맙다는 뜻으로 합장을 하며 고운 목소리로 입을 연다.

"이번엔 부처님과 나라에 크게 영광을 돌리는 일을 하셨구만요."
하고는 나무아미타불을 외우며 눈을 내리까는 것이었다.

궁파는 주지의 말에 무슨 대꾸를 하려다 그들이 주지 암자에 왔다는 소리를 듣 제108회
고 인사를 드리러 온 여승들이 있어 그냥 참았다.

인사를 온 여승들은 대개 서로 안면이 있는 사람들이다.

이때 구석지로 앉아 있던 정년이가 봉화더러 묻는다.

"두 소녀의 그림자가 보이지 않으니 그들은 어데 있나?"

봉화는 성큼 대답할 수가 없었다. 연옥과 복아가 검술 연습하는 곳에 나와 있

었다는 말을 하기가 거북할 뿐 아니라 자신이 절에서 하지 못할 일을 저지른 것같이 부끄러워서, 잠자코 있자니 절로 얼굴이 뜨거워지는 것 같았다.

이때 주지 스님이 여승 한 사람을 부른다. 연옥과 복아의 시중을 돌봐 주던 여승이다.

"두 소녀를 데리고 와서 인사를 드리게 하여라."

"그러하겠습니다."

주지의 분부에 두말 없이 젊은 여승이 물러간다. 그래도 봉화의 마음은 안정되질 않았다.

그들이 지금쯤 거처로 돌아왔는지 또는 아직도 그냥 후원에 있는지 궁금하지 않을 수 없었다.

만일 아직도 후원에서 돌아오지 않았다면….

봉화는 그녀들이 후원에 있다는 것을 여승에게 귀띔해 주지 못한 것이 민망하고 안타까울 정도였다.

이런 생각으로 마음을 안정시키지 못하고 있는 봉화에겐 그 시간이 꽤나 오랜 것 같았다.

그러나 봉화의 이런 걱정은 부질없는 일에 불과했다.

그녀들을 데리러 갔던 여승이, 곧 연옥과 복아를 데리고 왔던 까닭이다.

여승의 인도를 받은 그녀들은 차례로 인사를 하였다.

복아는 연옥이가 말하던 사람이 그제서야 누군지를 알았다.

"네 이름을 복아라고 했지. 내 얼굴을 기억하겠느냐?"

궁파도 복아의 얼굴을 알아보고, 웃으며 이렇게 물었다.

"주점에서 뵈었나이다."

"그렇지!"

복아는 그 말이 무엇이 그렇게 부끄러웠던지 얼굴이 금시 빨개져 있었다.

봉화는 무슨 이유에서인지 그들과 이렇게 자리를 같이하고 보니 공연히 가슴이 들먹거렸다.

처음 연옥이가 거처하는 방을 혼자 찾았을 때보다도 더 심한 흥분이 번져 흐르는 것 같았다.

한쪽 구석지로 앉아 있는 정년은 두 소녀 중 연옥이만을 유심히 쳐다보았다.

거리에서 들은 소리가 있어 일부러 불러온 것이지만 저만한 미인이라면 등주 고을 진가 놈이 침을 흘리고 덤빌 만한 인물이라고 생각했다.

"소녀는 몇 살이며 이름이 무어지?"

"열일곱이오며 연옥이라 부르옵니다."

"동생이 있다지?"

"네, 동생도 절에서 같이 신세를 지고 있습니다."

인물도 그러했지만, 그 목소리도 또렷했다.

물어보는 정년의 목소리는 의젓했지만 그 시선이 어쩐지 이상하게 느껴져, 연옥은 고개를 수그렸다.

연옥이 일행이 물러간 다음, 궁파는 장수와 정년과 더불어 주지를 향하여 조용 제109회
히 앉았다.

그의 얼굴엔 조금 전과는 달리 수심의 빛이 어려 있었다. 궁파가 먼저 조용히 입을 열었다.

"날이 갈수록 세사가 어지러워지니 이 일을 장차 어떻게 하면 좋으리오."

주지는 백팔염주를 든 채 묵념을 하듯 눈을 감고 있었다.

궁파도 말을 던졌을 뿐 한참은 잠자코 있더니만 다시 말을 잇는다.

"이 사람이 앞으로 이 나라에서의 모든 벼슬 자리를 물러날까 합니다."

궁파의 이 말엔 장수와 정년도 금시초문인 탓인 듯 크게 놀라는 빛이다. 그러나 본인인 궁파와 주지는 역시 묵묵할 뿐이다.

염주를 한 번 굴리고 난 주지는 가는 눈으로 궁파를 쳐다본다.

"벼슬을 내어 놓다니요?"

이렇게 묻는 주지의 얼굴에도 전연 뜻밖이라는 듯 표정이 없지 않았다.

"스님께서도 이미 본국의 소식을 들어 아실 줄 믿습니다."

주지는 안다 모른다는 대꾸도 없이 다시금 눈을 감고 있을 뿐이다.

"조정은 갈리어, 아침저녁으로 왕권을 다투기에 민심을 살필 새가 없어 도둑의

무리가 난동한다 하니, 어찌 한 몸의 편안함과 공명을 위하여 이곳에 오래 머물러 있을 수 있겠습니까."

궁파의 목소리는 자신도 모르게 비통해졌다.

장수와 정년도 이 말엔 묵묵히 고개를 수그리고 있을 따름이다.

"그럼 어른께서는 당나라의 벼슬을 버리시고 본국으로 돌아가실 생각이신가요?"

"비록 이 몸이 배운 것과 아는 것이 없사오나 어머니의 나라가 이렇듯 위태로운 때 한 몸의 편안을 찾아 이곳에 머물러 있을 수는 없습니다."

주지는 역시 묵묵히 눈을 감고 있을 뿐이다.

염주를 굴리는 속도가 점점 빨라지는 것으로 보아, 그의 흉중을 오고 가는 생각도 예사로운 것 같지가 않았다.

그가 구도승求道僧으로 이 땅에 발을 옮기고 여기에 자리 잡은 지도 이미 이십여 년이 넘었다.

청춘과 평생을 바친 곳이라 해도 왕손의 핏줄을 이어받은 그로선 오늘날까지 조정의 안위를 한때도 걱정하여 보지 않은 적이 없었다.

조정이 나날이 기울어져 가고, 나라가 어지러워진다는 것은 어제오늘에 들은 말은 아니다.

그러나 지금 궁파로부터 다시 그 말을 들을 때 아무리 속세를 버린 그라고 해도 가슴에 떠오르는 번뇌는 숨길 수가 없었다.

"당나라의 벼슬을 버리고 본국으로 돌아가신다면 무슨 소원을 가지고 계시는지요."

"내 일찍 청해清海 땅 조그만 섬 어부의 자식으로 태어난 범부凡夫의 몸이, 무슨 큰 소원이 있으리오만, 고향으로 돌아가면 그물을 뜨고 배를 젓는 선조의 유업을 본받는다 해도, 해안을 어지럽히는 해족의 더러운 발길이 촌토寸土나마도 범할 수 없게 하리라는 것이 소원일 따름입니다."

궁파의 목소리는 열을 띠고 있었고 묵묵히 듣고만 있는 주지의 양 뺨에도 희미하나마 홍분의 빛이 어리었다.

"이제 본국으로 돌아가신다면 한쪽 팔을 잃은 것같이 섭섭한 일이오나, 뜻이 그러하다 하시니 어찌 만류할 수 있으리오."

암자 안은 향냄새가 가득한 채 조용하기만 하다.

이때 구석 쪽에 쭈그리고 앉아 있다시피 했던 정년이가 입을 열었다.

"우리 형님이 당나라에서 군관으로 서주의 소장을 지냈사온즉 이제 본국으로 돌아가 손바닥만 한 청해 땅에서 어떻게 그물이나 깁는 지질구레한 어부 노릇을 할 수 있겠습니까?… 형님의 뜻이 그러하다 하오니 스님께서 회견사回遣使 편에 봉서封書를 올리시어 우리 형님이 일할 만한 자리를 주선하여 주시는 것이 좋지 않을까 생각합니다."

정년의 성격은 어디까지나 우락부락했다.

궁파가 정년의 말을 듣다 못하여 옆에서 나무랐다.

"이 사람아 그게 무슨 소린가. 그런 말을 함부로 하는 것이 아닐세. 어부의 자식이 선조의 유업을 받들어 어부가 되는 것이 무엇이 잘못이겠는가. 넓은 땅에선 우리가 근원도 밝히지 않고 벼슬을 얻어 할 수 있었지만, 우리가 본국으로 돌아가 벼슬한다면 남의 웃음거리 밖에 더 되겠는가—."

정년을 타이르는 말이긴 하지만 말 속에 뼈가 들어 있는 말이기도 했다.

정년은 궁파가 이렇게 타이르자 잠자코 있었다.

"정년이 자네는 어쩔 생각인가, 본국으로 돌아갈 의향은 없는가."

"형님이 돌아가신다면야 제가 여기 남아서 무슨 재미가 있겠습니까. 저도 형님을 따라가서 어부가 되든 뱃놈이 되든 하지요."

두 사람의 말을 듣고 있던 주지는, 입시울에 가벼운 미소를 띤 채 번갈아 쳐다본다.

그들의 두터운 우의가 몹시 기뻤던 탓이다.

"회견사가 며칠 후 이곳에 들른다고 하셨습니다. 그때 봉서를 올리도록 하지요."

"아무쪼록 스님만 믿고 잘 부탁드리겠습니다."

정년은 먼저 이렇게 부탁하며 물러나 앉았다.

"별안간 손님이 많이 들어서 불편하실 줄 아오나 저희들도 오늘 밤은 여기서 묵기로 하겠습니다."

궁파가 새로 각설로 이런 말을 하자 주지는 정색을 하고 말한다.

"절에 오셨으면 아무쪼록 묵고 가셔야지 그게 무슨 말씀입니까."

"오늘은 이대로 묵고 내일 서주로 갔다 오겠습니다."

"내일요?"

"네."

"형님, 그렇게 급히 서둘러야 할 필요가 없지 않습니까?"

"아무래도 서두르는 것이 좋을 것 같네… 내 스님과 조용히 의논해야 할 일이 있으니 그럼 먼저 내려가 있도록 해 주게."

정년에게 이렇게 말하자, 장수도 따라 일어섰다.

정년은 장수와 함께 암자를 나오면서도 몹시 궁금했다. 그렇다고 무슨 일이냐고 따져 물어볼 수는 없는 일이기도 했다.

장수와 함께 거처로 내려오는 정년은 혼자서 빙긋이 웃었다. 조금 전 인사를 왔던 연옥의 모습을 생각해서다.

제111회 다음 날 궁파와 정년은 고국으로 돌아갈 모든 일을 정리하기 위하여 각기 거처하던 곳으로 일단 돌아갔다가 다시 적산赤山으로 와야만 했다.

"형님, 저야 뭐 갈 것 없지 않겠습니까."

"갈 것이 없다니…."

"정리할 것이 뭐가 있습니까. 그까짓 벼슬 안 나가면 그만두는 거지요."

"이 사람아, 사람이란 시작보다는 끝이 중한 걸세… 그래도 이 땅의 녹을 먹고 살던 우리들이 아닌가. 여러 말 말고 가기로 하세. 이곳 일도 마음에 걸리니까 나보다는 자네가 빨리 다녀오도록 해야겠네."

이렇게 말하는 궁파에게 정년은 더 거절하질 못했다. 그가 성격은 팔팔하다 해도 그렇게까지 사람이 미련한 축은 아니었다. 잠시나마 그런 생각을 하게 된 것은 연옥의 미모에 끌려 앞뒤를 재 보지 않고 한 말에 불과했을 뿐이다.

정년은 가는 길로 벼슬 자리를 집어치우고 될 수 있는 대로 빨리 돌아올 생각으로 궁파의 의견에 다시 순순히 좇기로 했다.

길차비를 하고 난 궁파 일행은 다시 봉화를 불렀다.

"이제 우리가 다시 돌아올라면 꽤나 시일이 걸릴 게다. 모든 일은 네가 알아서 하고 네 힘에 겨운 일이 생기면 총관 어른을 찾아서 처리하도록 해라."

이런 분부를 받고 보니 봉화는 어깨가 더 무거워지는 것 같았다.

"모든 일을 알아서 하겠습니다. 그러나 시일이 오래 걸린다 하오니 걱정되는 바 없지 않습니다."

그들이 떠날 때는 주지는 물론 여러 여승들까지도 산문 밖까지 배웅을 나왔다.

연옥과 복아도 그들의 틈새에 끼어 있었다.

정년은 전에 없이 몇 번이나 걸음을 멈추고 뒤돌아보곤 했다.

정년이 총각은 아니었지만, 상처하고 나서는 아직도 홀몸인 터이다. 그러한 그였고 보면, 연옥의 미모에 이끌리는 것도 무리는 아니었다.

예사로운 말 한 마디쯤 연옥에게 한다 하여 눈치 사나와 보일 처지는 아니었지만 어쩐지 정년은 거리끼어 종시 말 한마디 건네 보지 못한 채 그냥 떠나오고 말게 되었다.

배웅하는 일행은 산문 밖에서 돌아섰지만 봉화만은 그들을 따라 그대로 내려갔다.

"아니, 봉화 어른도 가시는가 보지."

연옥의 뒤를 따르던 어느 소년의 입에서 나온 소리다.

분명 그 목소리 속엔, 자기들끼리 남아 있어야 한다는 어떤 불안이 깃들어 있었다.

"설마 가실라구."

앳된 영권의 대꾸다. 그러나 영권의 이런 대꾸가 나오기가 무섭게 염장의 투덜거리는 목소리가 들렸다.

"가면 어때, 우리들끼리 있으면 못쓰나? 그까짓 검술을 배우는 것보다는 마음대루 산에 가서 멧새나 잡는 맛이 더 좋지 않을라구…."

멧새 잡는다는 소리에 몇몇 소년들은 귀가 솔깃하여 손뼉을 치며 좋아하지만 역시 대부분의 소년들은 별 반응도 없이 잠자코 있었다.

"절에서 살생을 하다가 쫓겨나면 어떡하지?"

연옥이가 나무라듯 이렇게 말하자 염장도 아무런 대꾸를 하지 못한 채 얼굴만을 붉혔다.

장화부인

章和夫人

이 해따라 신라의 왕도王都 경주엔 이른 봄부터 짙은 안개가 끼곤 했다.

첨성대瞻星臺의 일관日官들은 이 괴이한 변고에 눈살을 찌푸린 채 서로 쑥덕거리고 있을 때, 이 짙은 안개는 왕궁의 수운愁雲으로 바뀌지고 말았던 것이다.

그것은 만민萬民의 국모國母요 신라 사십이 대 흥덕興德왕비 장화부인章和夫人이 세상을 떠난 일이다.

며칠을 두고 온 조정이 슬픈 곡소리에 목이 잠겼고, 백성들은 국모상國母喪을 당하여 친어버이를 잃은 것이나 다름없이 섧게 울었다.

뒤 끓던 슬픔도 가라앉고 사람의 마음을 무겁게 하던 안갯발도 걷혔지만 오직 왕비를 잃고 난 흥덕왕의 용안에는 그제나 지금이나 다름없이 즐거웠던 그날의 밝은 빛이란 찾아볼 수 없었다.

국왕의 얼굴이 나라의 얼굴이요 나라의 얼굴이 또한 국왕의 얼굴이나 다름없거늘 그 속에 업을 이루고 있는 백성들의 얼굴이란 설명하여 무삼하랴.

왕은 오늘도 정사엔 뜻이 없는 듯 임해전臨海殿에 있을 조례朝禮를 폐하도록 하고 왕비와 더불어 지나던 처소에 홀로 앉아 깊은 생각에 잠긴 듯 눈을 감고 있었다.

짙은 녹음에 반사되는 햇살에 눈이 부실 지경이다.

아침 햇살 속에 짝과 짝이 어루는 들새 울음소리가 한창이다.

왕은 여전히 눈을 감고 앉은 채 깊은 탄식을 토한다.

왕비는 무엇이 부족하여 먼저 갔으랴— 인명人命에 천수가 있다 하되 그것은 짓궂은 장난이 아닐 수 없었다.

구중심처九重深處의 대전 안에 무슨 부족이 있었던가….

왕은 기대앉았던 자리에서 허리를 펴 보며 문득 밖을 내다본다.

그의 얼굴엔 전에 찾아볼 수 없었던 살기가 흐르고 있었다.

들새들의 자유마저도 빼앗아다 왕비의 자유로 할 수 있는 자기가 아니었던가. 무엇이건 부족이 없었던 것에 결국은 지쳐 버렸던 것일까?

그렇다면 왕은 일찌감치 왕위를 초개같이 버리고 산간벽지에 옮겨 살지 못했던 과거가 한스러울 따름이었다.

모든 절간에 명하여 사십구재를 올린 지도 벌써 오래다.

살아서 옆에 같이 있을 때보다 몇 갑절의 정성을 다하면 할수록 더욱 크게 느껴지는 것은 허무뿐이다.

왕은 폈던 허리를 그대로 의지한 채 눈을 감는다.

부르면 금시 나타날 것만 같은 사람이지만 영영 가까이 느낄 수 없으니 그대로 원통할 뿐이다.

그의 메마른 입술을 새어 나오는 것은 무거운 한숨뿐 굳어진 표정은 움직이질 않는다.

아직도 젊은 그였지만 왕비를 잃음으로써 같이 잃어버린 그의 의욕은 모든 번잡한 것이 싫어졌다.

그러게 왕은 가깝게 따르며 모셔 주던 궁녀들도 일체 멀리하게끔 분부한 지도 오래다.

궁녀가 따르고 정성껏 받들어 주는 즐거움도 장화부인이 없는 지금엔 번거롭고 귀찮기만 했다.

사뿐거리는 발자국 소리가 들리더니 한 궁녀가 들어와 선 채 왕의 가까이는 오지 못하고 읍하고 고개를 떨어뜨리고 있다. 궁녀의 태도는 공손하기는 하나 어떤지 결연決然한 데가 엿보였다.

제113회

왕은 깊은 꿈속에서 깨어난 사람 모양 고개를 틀더니만 주위를 살피다 거기 서 있는 궁녀를 쳐다보고 깜짝 놀란 표정이었지만 점차 그 표정을 가라앉히며 은근한 시선으로 바라다본다.

장화부인이 살아 있을 땐, 무척 귀여움을 받던 궁녀다. 왕비뿐이 아니라 왕 자신도 여러 궁녀 중 가장 아끼던 궁녀이기도 했다.

궁녀의 모습을 보자 장화부인의 모습이 생생하게 떠올랐다.

왕은 정신의 핏줄이 뒤집히는지 뜨거운 열기가 떠오르며 현기증을 느껴야만 했다.

진득히 눈을 감고 있던 왕은 겨우 자신을 돌이킬 수 있었다. 왕의 가슴속엔 뜨거웠던 열기 대신 새로운 노여움이 번져 흘렀다.

"너는 무슨 일로 출입을 금하였건만 이곳까지 들어왔느냐?"

읍하고 서 있는 궁녀는 수그린 고개를 더 떨어뜨릴 뿐 대답이 없다.

용포 자락이 바람도 없이 흔들거리는 것으로 보아, 왕도 아직 흥분이 가라앉지 않은 모양 같았다.

왕의 시선을 온몸에 느끼던 궁녀가 그제서야 약간 고개를 들며 왕이 꾸짖는 물음에 대답한다.

"왕비마마께서 생존해 계셨을 땐 한시도 떠나 있지 않고 옆에 모시던 저희들이 옵니다."

왕도 그 소리엔 묵묵히 시선을 떨어뜨렸다.

"왕비마마께옵선 위로 상감마마로부터 밑에 이르러선 저희들에 이르기까지, 온갖 정성을 다하여 간호하였사오나, 천수가 부족하와 가시게 되었습니다. 왕비마마께서 가신 지도 어언…."

궁녀는 새삼 장화부인의 정을 생각했음인지, 말끝을 흐려 버린 채 목이 메어 버린다.

시선을 떨어뜨린 왕은 왕비가 있던 날을 낱낱이 그려 보고 있다.

"이제 왕비마마께옵서 가셨다 하여 저희들이 상감마마를 가깝게 모시지 못하고 또한 상감마마의 슬픔과 외로움마저도 풀어 드릴 수 없다 하오면, 저희들이 넓고 넓은 궐 안에서 무엇으로 긴긴 해를 소일하오며, 어찌 무위도식無爲徒食으로 세월을 허송할 수 있으리까."

궁녀의 말에도 일리 없는 것은 아니었다. 그러나 장화부인에 대한 지극한 정은 무엇으로도 돌릴 길이 없었다.

"그렇다면 너희들은 궐 밖으로 나가고 싶단 말이냐?"

왕의 묻는 말은 궁녀에게는 목석보다도 무감각한 말이었다.

차마 그렇다고도 할 수 없는 일이었지만, 그보다 더 무엄한 말을 올릴 수는 없어 궁녀는 고개를 떨어뜨린 채 떨어지는 눈물을 닦으려 하질 않았다.

"내가 부를 때까지는 누구도 출입을 말고 그냥들 물러가 있도록 하여라."

왕은 내뱉듯 이런 소리를 하고는 돌아앉아 버린다.

시선을 돌려 밖을 내다보는 것이지만 역시 그의 시선엔 아무것도 어리는 것이 없었다.

조용히 서 있는 궁녀의 인기척이 장화부인의 숨소리 같은 착각에 왕은 잠시 고개를 든다. 궁녀가 그대로 서 있다. 얼굴을 찌푸린 왕은 날카로운 음성으로 분부한다.

"만사가 귀찮을 뿐이다. 어서 물러가 있도록 하라."

궁녀는 마지못하여 고개를 떨어뜨린 채 돌아서고야 말았다.

제114회

돌아서 나오던 궁녀는 눈물부터 닦았다. 아무리 장화부인을 사랑한다 해도 사십구일재나 지나면 왕도 모든 정회를 떨쳐 버리고 가까이 부르리라고 믿고 있던 그녀였지만, 사십구일재가 지난 지도 가마득히 지났지만 아무런 소식도 없었다.

그런데 궁녀는 기회를 노리고 기다리다가 왕이 거처하는 방으로 찾아들었던 것이다.

궁녀들은 왕의 신변에 일체 가깝게 하지 말라는 분부를 알고도 그러한 일을 한 것은 그녀 자신으로선 크나큰 모험이 아닐 수 없었다.

동료들의 눈을 피한다는 일도 힘든 일이었지만, 왕이 거처하는 곳엔 궁녀들을 멀리하고 나서부터는 아지阿知라는 고자를 두고 있었던 관계로 그의 시선을 피한다는 것이 무엇보다도 난사가 아닐 수 없었다.

결국 따지고 보면 그녀에겐 다시없는 기회이기도 했던 것이다.

그것은 왕을 모시고 있던 아지가 무슨 일로인지 자리를 비우고 나가는 것을 보았던 까닭이다.

그 틈을 타서 침소로 찾아 들어갔던 것이었지만 돌같이 무표정한 왕으로부터 물러가 있으라는 분부를 받고 물러 나와야 할 때의 그녀의 심정은 더할 수 없는 치욕에 떨렸고, 아무리 만승萬乘의 몸이라 해도 그 사람이 원망스럽기만 했다.

눈물을 닦아 내고 난 그녀의 눈엔 치욕을 씻지 못한 원망의 빛으로 가득했다.

그녀는 옮기던 발걸음을 멈칫했다. 왕의 거처를 지키는 아지가 병신스러울 정도로 큰 키를 휘청거리며 오고 있었다.

그냥 옆으로 피해 버릴까도 생각했지만 보고도 못 본 척했다는 것으로 그의 비위를 거스를 필요는 없을 것 같았다. 그러나 아지가 물을 때 무어라고 대답할 것인가가 은근한 걱정이 아닐 수도 없었다.

그녀는 아지 앞으로 걸어가며 먼저 상긋이 웃었다.

아지의 표정은 언제나 그러했지만, 웃는 얼굴인지 성이 난 것인지 분간하기가 어려웠다.

"어델 갔었어?"

큰 키에 비하면 투명치 못한 그의 음성은 어린애의 목소리 같았다.

"어델 갔었어?"

아지가 재우쳐 물을 때 그녀는 자신마저도 생각지 않고 있던 말을 태연히 해 버리고 말았다.

"상감마마께서 다녀가라 하옵기에 다녀가는 길이오."

"응…."

아지는 아무런 의심도 품지 않고 그냥 고개를 주억거릴 뿐이었다. 아마 그녀의 태도가 지나치게 태연했던 탓인지도 모른다.

이렇게 아지를 넘겨 버린 채 총총걸음을 옮겨 가지만 그녀의 가슴은 걷잡을 수 없이 술렁일 뿐 아니라 마구 눈시울이 뜨거워지며 시선이 흐려지기만 했다.

무엇을 생각했던지, 아지는 돌아서서 한참이나 총총걸음을 치는 궁녀의 뒷모습을 바라다보고 있더니만, 혼자 고개를 갸웃거리며 다시 돌아서서 왕의 처소로 향한다.

일체 궁녀들을 가깝게 하지 않던 왕이 궁녀를 자기 없는 틈에 불렀다는 것이 의심스러워, 그녀의 뒷모습을 쳐다보았지만 그럴 수 있으리라는 생각에 미치자 아지는 자신을 생각하여, 쓴웃음을 웃으며 입맛을 다셨다.

허무한 생각에 골몰하며 정신없이 왕의 처소로 들어가던 내시 아지는 뜻밖에 왕과 시선이 부딪치자 당황하여 허리를 굽힌다.

궁녀가 사라진 문을 무심히 바라보고 있던 왕은 아지의 당황해 하는 표정을 보자 이상한 예감과 의심이 들었다.

모든 것이 흉측한 내시 놈의 장난이로구나….

아지를 정면으로 노리고 있던 왕의 눈길이 번쩍한다.

"너는 어딜 갔었더냐?"

전에 없는 노기가 찬 왕의 물음에 아지는 더욱 당황해 하며 뒷걸음치며 간신히 대꾸한다.

"임해전에서 시중侍中 어른이 불러서 다녀온 길입니다."

"시중 어른이?"

"네, 그러하옵니다."

투명치 않은 그 목소리부터가 왕에겐 모두 다 거짓말인 것만 같았다.

"너는 어찌하여 왕명을 거슬러 흉측한 계책을 했느냐?"

왕의 목소리는 서릿발같이 차가웠지만, 아지에겐 도무지 청천벽력 같은 소리가 아닐 수 없었다.

"주야로 상감마마를 모시는 몸이 무슨 흉모를 꾸미겠소이까?"

겁에 질려 떨려 나오는 아지의 목소리는 분간하여 듣기조차 어려울 지경으로 희미했다.

"흉모가 아니라면 너는 왕명으로 궁녀의 출입을 금하고 있거늘, 어이하여 조용한 틈을 타서 이곳에 궁녀를 들어오게 하였느냐."

아지는 그제서야 전후 사실을 짐작할 수 있었다.

조금 전 만났던 궁녀의 모습이 선히 지나간다.

아지는 무심중 그 깜찍한 궁녀에 대한 분심으로 절로 이가 갈렸다.

"궁녀를 다시 불러 알아보시면 전후 사정을 아실 수 있사오리다만 소신은 조금 전 임해전으로부터 돌아오는 길에, 그 방자한 궁녀를 만났사옵니다. 하도 그 행동이 수상하와 어딜 다녀오는 길이냐고 물었더니, 마마께옵서 부르셔서 다녀가는 길이라 하와 그냥 돌려보낸 것이옵니다. 사실을 밝히기 위하여 지금 당장 그 버릇없는 궁녀를 부르도록 하오리까?"

왕은 차근차근 아뢰는 아지의 말을 들으며 짐짓 눈을 감고 있었다.

아지는 왕명이 떨어지면 곧 나가 궁녀를 붙잡아 오겠지만 왕은 눈을 감고 앉은 채 아무런 분부가 없다.

살아생전 왕비 장화부인에게 대한 미안함과 가슴에 맺혀 있다시피 한 미진한 정을 위하여 자기 결백을 주장하고 싶어 아지를 꾸짖었지만 한편 궁녀의 정경을 생각할 때 측은한 바도 없지 않았다.

자신을 위하여 신하를 벌주거나 괴롭히는 것은 인군人君의 정이 아니라 생각한 그는 스스로 마음을 풀었다.

"시중 영공이 무슨 일로 부르더냐?"

왕의 음성은 뜻밖에 너무나 부드러웠다.

아지는 그것이 도리어 마음에 불안하여 한참 머뭇거리다가 겨우 고개를 들고 대답한다.

"상감마마의 기침을 물어보시고 곧 들어오신다고 하더이다."

"조금 전 일은 알은척 말고 또 누구에게도 말하지 말라."

"네, 알아 모시겠소이다."

아지는 무슨 영문인지 몰라 그냥 고개를 수그렸다.

제116회 밖에 인기척이 있자 주렴珠簾을 걷고 밖으로 나갔다가 들어와 아뢴다.

"시중 영공 어른께서 상감마마를 뵈러 오셨나이다."

아지의 아뢰는 말에 왕은 귀찮은 듯 미간에 주름을 잡았지만, 피할 수는 없었다.

"들어오시라고 하여라."

아지가 왕의 분부에 따라 주렴을 올리자 시중 영공이 관복을 갖추고 들어와 뵈었다.

왕이 시중 영공에게 자리를 주며 아지로 하여금 밖으로 나가 있게 명하였다. 아지가 나가자 영공은 고개를 들어 용안을 우러러 보았다.

전일 입궐하여 뵐 때보다 왕의 기상은 말이 아니다.

돌아간 왕비 장화부인을 생각하여 정사엔 뜻을 두지 않고, 홀로 번민에 잠긴 모습은 차마 볼 수가 없었다.

시중 영공은 그 성격이 강직한 사람이다. 신하의 몸으로 왕의 이러한 정경을 마음 쉽게 생각하지만, 그가 크게 걱정하는 것은 왕보다도 한 걸음 더 나가서 나라와 백성이다.

"경은 오늘 무슨 급한 일이 있어서 나를 만나려 하였소."

왕이 먼저 묻자 시중은 약간 수그렸던 고개를 들어서 왕을 향하여 입을 열었다.

"이제 국모께서 세상을 떠나신 지도 이미 백 날이 가까웠나이다. 온 백성들과 군신群臣의 걱정은 지금에 이르러선 돌아가신 국모보다도 상감마마의 신변을 근심하고 있나이다."

영공은 말을 여기서 끊고 용안을 쳐다보았다.

왕은 지금 영공이 무슨 말을 하려는질 짐작할 수 있었다.

이러한 직언을 듣고 보면 왕도 무안했다. 영공과 눈길이 부딪치자 시선을 돌린 왕의 입술엔 자신도 모를 한숨이 서렸다.

"군신이 그렇듯 내 신변을 염려한다면 경이 본 대로 나가 알리면 안심할 것이 아니오."

만사가 귀찮아진 왕은, 영공의 말에 얼굴을 돌린 채 혼잣말같이 중얼거렸다.

영공은 기가 막혔다. 그렇다고 신하의 몸으로 왕을 나무랄 수도 없는 입장이다.

"상감마마…."

왕은 하는 수 없이 고개를 돌려 영공을 쳐다본다.

"마마께옵서 들어앉으시고 보니, 세상은 빛을 잃은 것같이 어두워졌나이다. 변방엔 도둑의 무리가 날로 늘어가고 거리의 인심은 흉흉하오니 이 일을 어떻게 하오리까."

"경은 어찌하여 그것을 짐에게 물으려 하오. 나라를 다스림은 임금이 아니라 국법인 줄 아오."

절로 흥분해진 왕의 음성은 가늘게 떨렸다.

본래가 혼군昏君이 아닌 흥덕왕이다. 시중 영공의 주언奏言을 뻔히 알면서도 이런 말을 하지 않을 수 없는 그의 심정도 괴로운 듯, 다시금 길게 탄식할 뿐이다.

"마마, 국법國法이 나라를 다스리는 기강紀綱인 줄은 신하인들 모르고 있으리오만, 그 러나 어두운 세상엔 아무리 엄한 국법으로 기강을 세운단들, 무삼 소용이 있으리오. 다만 갈渴함엔 물이 필요하듯이 어둠엔 빛이 필요할 뿐이옵니다. 백성은 국법보다도 마마의 자애를 바라고 있나이다."

"백성들이 자애를 바란다면 선왕의 예를 따르는 나의 법이 엄하다는 것이오?"

"마마, 마마께옵선, 마음에도 없으신… 무슨 일로 흰 것을 검다고 주장하려 하시나이까."

영공은 왕으로 하여금 딴말을 하지 못하게끔 못을 박아 놓듯 이렇게 잘라 말했다.

"마마…."

영공의 음성은 조금 전보다도 한결 부드러웠다.

"신이 오늘 마마를 뵈러 들어온 것은 딴 일이 아니옵니다."

"경이 말하고자 하는 용건은 무슨 일이오."

"며칠을 두고 여러 군신들과 의논한 바를 아뢰고자 함이옵니다."

"군신들과 더불어 의논한 바는 무슨 일이오."

"마마께옵선 이미 유명을 달리한 망비亡妃를 잊지 못하시고 창연불락悵然不樂하시니, 이는 사직에도 어긋나는 일일뿐더러 왕도王道에도 그릇된 일이오니, 하루속히 재빙再聘을 바랄 뿐이옵니다."

왕은 영공의 말에 묵연默然히 창밖을 내다보고 있었다.

짙은 녹음 속엔 들새들의 울음소리가 한창이다.

어디서 날아왔는지 한 마리의 새가 그늘 속을 오르내리며 슬피 울고 있는 것이 눈에 뜨인다.

"경은 저 녹음 속에 오르내리는 새가 보이지 않소."

왕이 가리키는 대로 바라보니 과연 한 마리의 새가 슬피 울며 짝을 찾아 헤매는 모습이 보인다.

영공은 아무 말도 없이 고개를 돌리고 말았다.

왕은 무엇을 생각했는지 용포 자락으로 젖은 눈시울을 닦았다.

"짝을 잃은 새도 저렇듯 슬픔이 있어 헤매거늘 하물며 좋은 배필을 잃고서랴… 사직과 왕도가 중하다 하나 내 어찌 차마 무정하게 곧 재취를 할 수 있으랴."

왕의 음성은 오열에 메어 있었다. 왕의 심정이 이러하거늘 영공은 다시 무어라 아뢰올 말이 없었다.

나라를 생각하는 마음도 극진하였지만 시중 영공이 왕을 사모하는 마음도 이에 못지않았다.

그러게 벼르고 별러 들어와 주언하던 차였지만, 이런 정경이고 보면, 왕으로 하여금 군신들이 상표上表하는 바라 해도 더 간청할 순 없었다.

두 번 다시 왕에게 재취를 아뢴다 해도 청종聽從하지 않을 것을 안 영공은 세월이 흘러 스스로 사모의 정이 엷어지는 것을 바라며 물러 나오는 수밖에 도리가 없었다.

영공이 물러 나오려 하자 이번엔 왕이 그를 조용히 불렀다.

"경은 잠간만…."

"무삼 분부가 계시온지요."

"내 경에게 무슨 분부할 바가 있으리오. 다만 경과 이렇듯 조용히 만난 자리에서 부탁하여 두고 싶은 말이 있소."

왕의 부탁이란 말에 영공은 놀라는 기색으로 다시 자리를 바로 하였다.

"망비의 무덤이 안강현安康縣 북쪽에 있음은 경도 아는 바이요, 내 세상을 버리게 되면 경이 기억하였다가 반드시 망비의 무덤에 합장하여 주기 바라오."

영공은 이 말에 엎드려 낙루落淚하지 않을 수 없었다.

이렇듯 왕이 망비에 대한 정이 굳어 그 마음을 돌릴 길이 없음을 깨달은 영공 제118회
은 그대로 물러 나올 수밖에 도리가 없었다.

그러한 왕의 심정을 동정하면서도 영공은 역시 나라의 앞날을 생각할 때 눈앞이 캄캄해짐을 어찌할 수 없었다.

영공은 홀로 쓸쓸히 앉아 있는 왕보다도 지금 임해전에서 자기의 돌아옴을 기다리고 있을 여러 중신들의 모습이 다시금 떠올랐다.

영공은 부랴부랴 임해전으로 향해 갔다.

임해전으로 들어가자 중신들이 영공을 맞아 일어선다.

영공은 무어라 입을 열기도 힘들어 자기를 중심하여 둘러선 여러 사람들의 얼굴을 쓸쓸히 쳐다보기만 했다.

눈치 빠른 늙은 사람들은 일이 그릇됨을 짐작하고 돌아서는 사람들도 있었지만, 젊은 축들은 그래도 영공의 입에서 무슨 소리가 떨어지기만 기다리고 있었다.

"다 틀렸소."

영공의 입을 스치고 나온 첫마디의 소리다.

둘러섰던 중신들의 얼굴엔 삽시간에 짙은 수심의 빛이 흘렀다.

"마마께옵선 망비에 대한 정을 아직도 잊지 못하여 재빙이란 꿈에도 생각지 않고 계시오."

"재빙을 안 하신다 해도 정사를 이렇게 버려두시면 어떻게 하신다 하시더이까."

영공도 이 물음엔 무어라 대답할 수가 없었다. 그러나 이렇듯 실망한 그들을 그대로 바라볼 순 없었다.

"마마의 비어 있는 마음도 세월이 지나면 무엇으로 메워질 날이 있을 것이오. 그것만이 메워지면 마마께옵선 옛날이나 다름없이 다시 정사를 돌보게 될 것이오."

역시 여러 신하들은 묵묵하고 있을 뿐이다.

백년하청百年河清을 기다려야 한다는 영공의 말에 납득이 가지 않는 듯한 표정들이다.

이때 내마柰麻 벼슬로 있는 현탁玄卓이라는 사람이 헐레벌떡 들어오고 있었다.

여러 사람들의 시선은 그리고 쏠리었다.

그는 들어오는 길로 영공에게 말한다.

"지금 당나라로부터 회견사가 법화원 스님의 봉서封書를 갖고 돌아왔소이다."

여러 신하들은 뜻하지 않았던 일에 떠들썩했다.

회견사가 오면 으레 왕을 알현해야 하겠지만, 봉서까지 갖고 왔다니, 이는 의당 왕이 직접 받아야 할 것이다.

영공은 잠시 갈피를 잡지 못했다. 그렇다고 무슨 중대한 일이 있을지도 모를 지금, 제멋대로 처리할 수도 없는 노릇이다.

영공은 하는 수 없이 다시 왕이 거처하는 정전正殿으로 갔다.

영공이 다시 왔다는 아지의 아뢰는 소리에 왕은 불끈 화가 났다.

영공이 들어서자 왕은 쳐다보지도 않고 말한다.

"경은 짐에게 다시 재빙을 권하러 들어온 것이오?"

왕의 음성은 떨렸다. 영공은 그러한 왕의 마음을 가라앉기를 기다려 조용히 입을 열었다.

"지금 당나라로부터 회견사가 도착하였나이다."

"회견사가?"

당나라로부터 회견사가 돌아왔다는 말엔 왕도 그대로 있을 수가 없었다. 제119회

시중을 따라 임해전으로 나온 왕은 하도 오래간만에 나온 까닭에 아침마다 조례를 받던 그 자리가 아닌 것만 같았다.

왕이 나와 자리하자 여러 신하들도 당황하여 각기 제자리를 하고 앉는다.

왕은 용상에 앉아 있으면서도 넋을 잃은 사람같이 허공을 쳐다보고 있었다.

잠시 후 당나라로부터 돌아온 유학생 계업季業이가 나와 왕에게 절하고 봉서를 올렸다.

"육로陸路 수로水路 먼 길에 얼마나 수고하였느냐."

"무사히 돌아왔음은 오로지 지극한 황은의 덕인 줄 아옵니다."

왕은 계업으로부터 받은 봉서를 옆에 서 있는 시중 영공에게 준다.

봉서를 받아 든 영공은 왕의 분부를 다시 기다린다.

왕비가 살아 있으면 이런 일이 있을 땐 으레 나라의 경사라 하여, 임해전 넓은 뜰에서 큰 잔치가 벌어져, 밤과 낮을 가리지 않고 가곡으로 일을 삼았을 것이지만 왕비가 없고 보니, 그런 일은 꿈조차 꾸질 않고 있었다.

이윽고 왕이 시중더러 봉서를 받들어 읽으라 하니 그제야 영공은 봉서를 받들어 절을 하고 나서 뜯어 읽기 시작한다.

봉서는 물론 법화원 스님으로부터 보내온 것이다.

왕비를 잃은 왕을 극진히 위로하는 글을 서두로 왕비의 명복을 빌기 위하여 법화원에서도 기도를 드렸다는 말이 쓰여진 다음 구구절절이 나라를 근심하는 사연이었다.

첫째는 왕위王威가 미치지 못하는 골엔 도둑의 침입을 받아 청소년들과 소녀들이 잡혀 와서 당나라의 노비로 매매되고 있다는 실정과, 이렇게 팔려온 노비들은 신라인 궁파의 힘으로 구출되어 법화원에 수용되고 있다는 사실이다.

끝으로 궁파라는 사람이 당나라의 군관 벼슬을 버리고 이제 고향인 청해진淸海鎭으로 돌아가니, 그 사람을 등용하여 변방을 어지럽히는 도둑을 막는 것이 좋을 것이라는 내용이었다.

영공이 봉서를 다 읽을 때까지, 왕은 시종 눈을 감고 있었다.

중신들은 왕명을 기다려 고개를 수그리고 있다.

"어이하면 좋으랴."

뚜렷한 계책이 얼른 서지 않는 왕은 탄식조로 중얼거린다.

누구도 이 말에 대꾸하는 신하는 없었다.

"궁파라는 위인을 경은 알고 있소."

시중 영공에게 묻는 말이다.

"일찍 청해진 사람으로 입당入唐하여 그곳에서 군관을 지내는 사람 중에 궁파와 정년이라는 자가 있다는 말을 들었으나 어떤 위인인진 모르고 있소이다."

그 태생이 청해진이요, 입당하여 그곳에서 군관 벼슬을 지내고 있을 뿐 아니라 법화원 주지가 천거하는 인물이라면, 믿어서 상관없는 사람이라고 생각한 왕은 다시 영공에게 분부했다.

"사람은 모른다 해도, 인물은 청해진을 지킬 만한 위인일 것 같으니 경이 그를 불러오도록 모든 절차를 맡는 것이 좋을 것이오."

이렇게 만사를 영공에게 맡기고 난 왕은 자리에서 일어서고 말았다.

제120회 궁파를 그의 뜻대로 청해진으로 오게 하라는 회신이 당나라로 가는 사신 편에 있은 후 얼마 있지 않아 신라의 서울 거리는 온통 뒤집혔다.

날이 가물어 사람마다 하늘만 쳐다보며 비를 기다리고 있는 바람 한 점 없는 저녁때였다.

어디서 나타났는지 도포를 입은 사람이 그늘마다 쉬고 있는 사람들을 향하여 이상한 소문을 퍼뜨리고 다녔다.

그는 한 손에 긴 지팡이를 들고 언제나 눈을 내려 감은 채 하늘을 쳐다보지 않고 말하는 버릇이 있었다.

"사람이 가난에 싸여 헤어나지 못함은 속부速富가 되는 원리를 모르는 까닭이다. 나는 한산주漢山州 사람으로 이 법을 가르치라는 하늘의 명을 듣고 예 왔노라…."

처음엔 사람마다 그 말을 귀 기울여 들으려 하지 않았지만 시일이 지날수록 은근히 그것을 바라며 따르는 사람이 늘어 밤이면 저저마다 그를 청하려고 다투는 형편이었다.

이런 소문이란 딴 일과 달라 삽시간에 퍼지기가 일쑤다.

이렇듯 요인妖人이 민심을 흐리고 다닌다는 소문이 조정에 들리지 않을 까닭이 없었다.

정사에 뜻을 두지 않는 왕이었지만 영공의 이러한 보고를 듣고는 그를 곧 잡아들이게 했다.

왕은 그를 불러들여 사도邪道를 갖고 뭇 사람을 현혹케 하는 것은, 이를 중벌로써 다스림이 나라의 법이라고 하여 그를 묶어 먼 섬으로 귀양을 보내게 했다.

그러나 사람은 국법에 의하여 멀리 떨어진 섬으로 귀양을 보냈다 해도, 사람들의 가슴깊이 뿌리박혀 있는 그 발칙한 요언妖言은 좀처럼 사라질 까닭이 없었다.

밖으론 도둑이 들어와 설레고, 안으론 생각지 않은 이런 요언이 민심을 문란케 하고 다니니, 나라의 정상이란 이루 다할 수 없었다.

물론 조정의 여러 신하들도 크게 국정을 걱정하는 것이었지만, 그중에서도 영공의 근심은 이루 헤아릴 수가 없었다.

이러할 즈음 첨성대의 일관日官이 말하기를, 태백성太白星이 달을 범하고 있으니 이는 나라에 큰 변고가 생길 징조라는 것이다.

이러한 실정과 풍설을 누구보다도 재빨리 들을 수 있는 영공은, 모두가 다 자기의 덕이 부족한 탓이라 개탄하며 조정의 자리를 물러날 것을 결심했다.

처음 영공이 왕을 찾아 들어가 뵈옵고 벼슬에서 물러날 뜻을 말하자, 왕이 그의 청을 들어줄 까닭이 없었다. 그러나 강직한 영공이 일단 결심한 바고 보니 아무리 왕이 윤허允許하지 않는다 해도 자기의 뜻을 굽히지는 않았다.

그는 왕이 허락지 않을 것을 알자, 조정에 나오지 않을뿐더러 문을 굳게 닫고 병을 칭탁하여 누구도 만나려 하질 않았다.

왕은 여러 중신을 보내어 영공의 뜻을 다시 한 번 돌리려 하였지만 드디어 그것이 이루어지지 않을 줄 알자, 하는 수 없이 그의 퇴관을 허락하며 길이 탄식하였다.

"영공조차도 이제는 내 부덕을 욕하고 물러가니, 내 장차 어이하리."

누구도 옆에 없는 줄 알고 홀로 중얼거리며 낙루하는 모습을 본 것은, 언제나 왕을 모시고 있는 고자 아지뿐이었다.

청해진

清海鎭

궁파가 청해 땅으로 돌아온 것은 적산 법화원 스님이 홍덕왕에게 봉서를 올린 후 근 일 년이 지나서였다.

궁파의 가족이라야 아내와 열한 살 난 딸 미윤美允이까지 해서 세 식구뿐이었지만, 거느려야 했던 식솔은 근 백 명에 가까웠다.

백 명이나 되는 큰 식구를 육로도 아닌 바닷길로 무사히 거느리고 돌아왔다는 것만 해도 그에겐 다행한 일이었다.

그러나 어려서 떠난 고향의 땅을 밟으면서 가장 섭섭했던 것은, 정년과 같이 돌아오지 못했던 것이다.

비록 크지는 않다 해도 섬 중심을 이루고 있는 울창한 수림이라든지 또는 바다를 끼고 도는 무연한 벌판과 쉴 새 없이 밀려드는 파도 소리는 근 이십 년의 세월이 흘렀어도 조금도 변한 것이 없었다.

의구依舊한 산천이고 보니 궁파의 감개感慨는 더욱 무량한 바가 있었다.

궁파와 정년은 이렇듯 조용하고 아늑한 섬에서 벌거벗고 뙤약볕을 쬐며 자라난 친구들이다.

옆에 정년만 있었더라면 무량한 감개 속에 자라나던 추억을 더듬을 수 있었겠지만 홀로 밟은 고향 땅이고 보니 구름같이 일어났던 벅찬 감개는 그냥 뜨거운 눈물로 바꿔지기 마련이었다.

그러게 궁파는 어떤 곤경에서라도 흘려 보지 못한 고귀한 눈물이었지만 자기를 기둥이라 믿고 따르는 식솔을 위하여 풀럭거리는 설움을 덤덤히 참아야만 했다.

궁파도 정년이가 같이 배에 오르지 않은 이유를 이해할 수 있었다. 이해할 수 있었던 까닭에 그는 굳이 정년을 향하여 배를 타라고 강권하질 못했던 것이다.

정년은 가정적으로 퍽 불행한 사람이었다.

그가 장가를 든 것은 궁파보다도 일 년 앞서서였다. 그는 누구보다도 아내를 지극히 사랑했다.

그러나 정년에겐 오랜 방랑 끝에 몸에 배다시피 한 주벽酒癖이 있었다.

정년이 결혼하자 삼 년이 못 되어 아내를 잃게 된 것도 결국은 그 심한 주벽의 탓이기도 했다.

아내에 대한 지극한 사랑과 주벽은 때로는 광인狂人이나 다름없었다. 정년의 아내가 스스로 목숨을 끊은 것은 정년의 지나친 증세로 인해서다.

이렇게 가 버린 아내라 정년은 그 정을 잊지 못할 뿐 아니라 자신을 뉘우쳐 술을 끊고 나서는 언제나 홀몸으로 떠돌아 다녔던 것이다.

당나라 권문權門의 규수로부터 청혼이 있었어도 그가 이를 받아들이려 하지 않은 것은, 자기 속죄의 길도 있었지만 어디까지나 죽은 아내에 대한 정이 깊었던 탓이다.

그러한 정년이가 연옥에게 마음을 두게 되었으니 궁파로선 신기한 일이기도 했지만, 한편 그것이 세상에 다시없는 친구와 함께 고향으로 돌아오지 못하는 슬픔의 원인이 될 줄은 꿈에도 생각지 못했던 일이다.

사실상 궁파의 처지는 난처했다. 그러나 연옥의 의향이 봉화를 따르고 보니 인륜에 관한 일이요 더구나 그것이 누구도 개입할 수 없는 당사자들 간에 결정한 문제였고 보니, 하는 수 없는 일이었다.

그들 일행이 돌아오자 크게 놀란 것은 섬 사람들이었다. 그러나 섬 사람들 중에는 누구도 궁파의 얼굴을 알아보는 사람은 없었다.

으리으리한 배가 들어오자 먼저 궁파를 찾아온 사람은 인근 어부들이었다. 제122회

그들의 말에 의하면 해적의 출몰이 심하여 여유 있는 사람들이란 육지로 옮겨가지 않았으면 대개가 딴 섬으로 이사 가고, 지금 여기 남아 사는 사람들이란 정말 하잘것없는 사람들뿐이라는 것이다.

그러고 보니 마을엔 젊은 축들이란 거의 있는 것 같지가 않았다.

궁파는 자기를 통성명하고 부친의 행방을 물어봤지만 아는 사람도 없었다.

어떤 사람은 고기를 잡으러 나갔다가 바다에 빠져 죽었다는 사람도 있고, 또 어떤 사람은 벌써 죽었다는 사람도 있고, 또 어떤 사람은 벌써 십여 년 전에 죽어서 그 무덤이 어느 쪽쯤에 있으리라는 추측을 말할 뿐 확실한 것을 말하는 사람은 거의 없었다.

그러고 보니 청해라는 섬은 거죽일 뿐 속은 텅 비어 있다시피 했다.

궁파에게 자극을 주어 이를 갈게 한 것은 그들을 만나서 실정을 듣고 나서부터였다.

결국 이렇게까지 고향 땅이 피폐된 것도 해적의 무리로 인한 것이고 보면 그는 무슨 일이 있어도 그들을 잡아 물리쳐야 하겠다는 결심이 더 짙어 갔다.

궁파는 청해 땅에 발을 옮긴 지 일삭 동안에 그들이 거처할 수 있는 장소를 마련하였을 뿐 아니라 또한 당나라로부터 가져온 여러 가지 물건들을 주민들에게 나누어 줘서 크게 인심을 썼다.

이런 일이 있자 주민들은 저마다 이제야 청해의 주인이 왔다고 하며 기뻐했다.

그날도 궁파는 이곳 늙은이들을 몇몇 불러 술과 고기로 대접하며 고장 실정을 물었다.

"요즈음 사정은 어떠한가요."

짠 바닷바람에 쩔어 피부색과 눈알이 구별되지 않는 늙은이가 궁파로부터 받은 잔을 비우며 하는 소리다.

"이제야 가져갈 것이 있어야 가져가지요. 노략질을 해 가다 못해서 막판엔 사람들까지 잡아갔으니…"

그의 착잡한 눈시울이 젖어 들었다. 궁파의 가슴은 더욱 이글거렸다.

"우리 따위 송장이야 가져간들 무엇하겠우. 그래도 해를 봐야 살 줄 알고 밤만 되면 죽은 목숨이나 다름없습지요."

늙은이의 말은 체념의 넋두리였다.

"그럼 요즈음은 해적들이 들르지는 않는가요."

"아이구 말씀 마시우. 안 들르다니요. 이것이 우리 섬인 줄 아십니까? 해적들의 섬이지요. 나라가 여기다 진을 두었을 땐, 아무리 해적이라 해도 체면이 있었던지

밤에나 나타나군 했지만, 나라에서 진을 걷은 후부터는 때가 있나요. 아무 때나 들러서는 있고 싶은 대로 있다 가군 하지요."

그들의 입에서 나오는 말들을 들을수록 궁파는 분통이 터져 오는 것 같았다.

청해 땅으로 말하면 해상의 요새要塞인데도 불구하고, 진을 걷었다는 것은 아무리 생각해도 이해가 가지 않는 일이었다.

궁파는 마을의 늙은이를 돌려보내고 나서도 한숨도 쉬어지질 않았다.

그는 근방의 지형을 다시 살펴보며 다녔다.

궁파는 그날 밤 서울로 올라가서 조정에 들어가, 자기의 포부抱負를 말하고, 새로운 계획을 세우기 위하여 밤 가는 줄 모르고 있었다.

자리가 안정되자 궁파는 수행을 거느리고 다시 서울로 올라가기로 했다. 제123회

봉화까지 데리고 간다면 섬은 비다시피 하지만 그렇다고 혼자 올라가기엔 무엇인지 모르게 호젓하여 유일한 수행원으로 정하게 되었다.

"아버지, 이번에 가시면 얼마나 걸리는가요…"

궁파의 딸 미윤은 아버지를 떨어지는 것이 이번이 처음이라, 무척 섭섭한 표정이다.

"응, 한 보름 걸릴 게다. 아버지 없는 동안은 엄마나 연옥이 아줌마 말을 잘 들어야 한다."

미윤은 머리를 들지 못한 채 고개만 끄덕거린다.

옆에 있던 연옥이가 미윤의 머리를 쓰다듬어 준다.

연옥도 손은 미윤의 머리를 쓰다듬어 주고 있지만 그녀의 시선은 잠시도 배에 오르고 있는 봉화 옆을 떠나지 않고 있다.

봉화로부터 어떻게 되면 궁파와 함께 서울을 다녀와야 한다는 소리를 듣기는 하였지만, 막상 이렇게 일을 당해 놓고 보니, 역시 섭섭한 정이란 이루 비길 데가 없었다.

이제 배에 오를 사람은 오르고, 내릴 사람은 다 내렸다.

바닷빛에 반사되는 푸른 햇빛이 유난히 눈부시다.

염장은 그들 일행과는 좀 떨어진 곳에 선 채 이상한 눈초리를 하고 있었다. 그러나 모두가 떠나는 배에 대해서만 열중하고 있는 때라 누구도 그의 태도를 이상하게 보는 사람은 없었지만 유독 복아만이 신경을 쓰고 있었다.

복아도 처음 법화원에 있을 때 우연히 그에게 손목을 잡혔을 때는 그가 징글맞게 싫었지만, 그로부터 자기한테 상냥한 친절을 베풀어 주는 그에게, 절로 호감이 가기 시작했다.

염장이 지금 복아 자기더러 그쪽으로 오라는 눈짓을 하고 있는 줄 뻔히 알고 있으면서도, 복아는 뭇 시선이 두려워 가슴만 두근거렸다.

일부러 모른 척하고 있으려고 해도 그럴 수가 없었다.

복아는 후끈후끈 달아오르는 얼굴을 들지 못한 채 주위를 살펴보았다.

누구도 자기나 염장에게 신경을 쓰는 것 같지가 않았다.

이번엔 염장이 복아를 향하여 손짓을 한다.

복아는 뒤로 물러서는 척하고, 살금살금 염장의 옆으로 갔다.

염장도 아무 일도 아닌 척해 보이며 복아 옆으로 가까이 온다.

일행과는 떨어진 곳에 잠시 서로 마주 서게 되자, 염장이 먼저 입을 연다.

"복아야 오늘 밤 연옥이가 잠이 든 다음 이리로 나와 응!"

복아는 고개를 들지 못한 채 대답을 못한다.

"꼭 나오지 응?"

염장의 목소리도 떨렸다. 복아는 그 소리를 누가 들은 것만 같아 더 불안했다.

불안감에 복아는 그냥 고개를 흔들어 보였다.

"그럼 저리로 가 있어."

복아는 법화원에서 그에게 손목을 붙잡혔던 때와 마찬가지로 무엇인지 모르게 불안하기만 했다.

배에 오른 사람들은 모두 다 이쪽을 바라다보고 있었다.

한쪽에선 닻을 걷어 올리는가 하면 늙은 사공은 용총줄을 당기고 있었다.

제124회 활짝 걷어 올린 돛에 바람이 닿자, 배는 어느 사이엔지도 모르게 점점 멀어 가고 있었다.

배 위에 있는 봉화가 손을 흔든다. 연옥도 마주 흔들고 싶었지만, 그대로 서 있는 미윤이 어머니 눈치가 보여 그냥 서 있었다.

움직이는 것 같지도 않았지만, 인제는 서로 얼굴도 알아볼 수가 없었다.

파도 소리뿐이 주위의 고요를 깨뜨리고 있었지만 그들은 발길을 돌리려 하질 않는다.

미윤의 눈엔 눈물이 글썽해져 있었다.

"울긴, 다 큰 게…."

딸을 나무라는 어머니의 말이다. 연옥은 미윤의 머리를 쓰다듬어 주며 자신도 모르게 슬퍼지는 것을 진득이 참아야만 했다.

"자 들어가지…."

염장이 소년들의 앞장을 서서 소리를 치며 달음질을 치자 곽송 들이 뒤따른다.

뒤떨어졌던 영권이만 연옥이 옆으로 풀이 죽은 표정으로 가까이 온다.

"누나, 며칠 걸린다고 하셨지요."

"보름 걸린다고 하셨지만 워낙 먼 길이어서 그렇게 빨리 돌아올 수야 있겠어?"

누구보다도 빨리 돌아오기를 초조히 기다리는 연옥이었지만, 자신의 마음을 누그리기 위하여 일부러 늘려 잡아 보는 것이다.

"이번에 가셔선 임금님도 만나 뵈옵고 오신다지요."

"그러신다더라."

영권의 꿈은 왕과 만난 장면을 눈앞에 그리고 있었다. 영권에겐 생각만 해도 황홀한 일이었다.

자기도 좀더 컸더라면, 이번 기회에 같이 따라나설 수 있었겠지만, 결국 어린 탓으로 시기를 잃었다고 생각하면 한없이 서운하기만 했다.

"제길, 나도 어른이었더라면… 시…."

"영권이는 무슨 까닭에 별안간 어른이 되고 싶어 하지?"

미윤이 어머니가 묻자, 영권은 얼굴을 붉히며 씩 웃는다.

"저도 어른이었더라면, 이번 길에 따라갈 수 있었지 않아요."

"오라, 영권이도 임금님을 만나 뵙고 싶은 생각이 있었구먼…."

들새 한 마리가 푸드득거리며 날아오른다.

자기 속을 속속들이 알아 버린 것이 무안했던지, 영권은 나는 새를 뒤쫓아 달음질친다.

미윤네 모녀가 앞서고 연옥과 복아가 그 뒤를 따르고 있다.

들새를 쫓아 따라가던 영권이가 다시 이쪽으로 온다.

탐스러운 찔레꽃을 꺾어 온 영권의 얼굴도 꽃송이 모양 붉어져 있다.

"누나 예쁘지?"

"참 탐스럽구나."

영권이가 꽃을 미윤의 머리에다 꽂아 준다.

"아야!"

미윤의 비명이다.

"참 잘 어울리누나."

연옥의 말에 비명을 터뜨렸던 미윤의 얼굴에도 웃음이 번졌다.

"누나 우리 집 울타리 밖에 있던 것보다 꽃송이가 더 크지."

"그렇구나."

연옥은 잠시 오래 잊고 있던 집 생각이 다시금 떠오르는지 하늘을 쳐다본다.

흰 솜구름이 뭉게뭉게 흐르고 있는 하늘을….

제125회 요란히 짖어 대는 개 소리에 연옥은 잠을 깼다.

보름달이 훤하게 비치고 있다. 잠을 깨친 연옥은 무심중 복아의 자리를 보았다.

잠자리가 비어 있었다. 연옥은 복아가 뒷간에 가느라고 잠을 깨어 나가는 것을 보고, 개가 짖는 줄로 알고 그냥 눈을 감았다.

잠시 뜸했던 개가 또 으르렁거린다.

"쉬! 쉬!"

덤벼들려는 개를 누가 달래는 모양이다.

연옥은 처음에 잠을 깼을 때보다, 더 의심이 들었다.

비스듬히 일어나 앉은 그녀는 바싹 귀를 기울이며 바깥 동정을 살펴본다. 발소리가 들린다.

또 개가 달려들 것같이 으르렁거리자 발자국 소리가 뚝 그친다.

"쉬 쯧쯧, 쉬…."

확실히 구별할 수 없는 소리이긴 하지만 복아가 아님은 분명했다.

웬일일까?…

도대체 복아는 어디로 갔을까?…

일어나 앉은 연옥의 밑도리는 자기도 모르게 후들거렸다.

질식할 지경으로 답답하고 불안했지만 섣불리 소리도 지를 수 없는 일이다.

만일에 도둑이 들어온다 해도 욕을 보지 않기 위하여 연옥은 옷을 주워 입었다.

옷을 주워 입으면서 이상하게 느낀 것은 복아가 자리옷을 갈아입고 나간 일이었다.

뒷간엘 갔다면 옷을 갈아입고 나갔을 까닭이 없었다.

연옥의 머릿속을 덮고 누르는 불길한 예감은 지난날 도둑의 무리에게 묶여 가던 일이다.

그러나 만일 도둑이 들어왔다면 아무리 자기가 잠들어 있었다 해도 모를 까닭이 없었을 뿐 아니라 옷을 바꿔 입을 시간의 여유가 있을 까닭이 없었다.

어떻든 이상한 일이 아닐 수 없었다. 이제 옷을 갈아입고 나니 연옥의 마음은 처음보다는 좀 가라앉았다.

마음의 안정을 얻은 연옥은 봉화가 떠날 때 맡기고 간 비수를 생각했다.

자기를 지켜야 할 때 쓰라던 칼….

칼 쓰는 법을 직접 배우지는 못했지만 법화원 뒷터에서 소년들의 훈련을 많이 봐 온 연옥이다.

칼을 잡은 연옥의 눈에서도 불빛 같은 것이 흐른다.

아직도 밖에서 개가 으르렁거리고 한쪽에선 달래느라고 열심이다.

연옥은 앉아서 도둑을 기다리고 있느니보다는 쫓을 생각을 해 본다.

아무리 사나운 개라 해도 그것 하나를 마음대로 하지 못하고 쩔쩔 매는 것을 보면, 도둑이라 해도 대담한 도둑 같지는 않았다.

그럴 바엔 이쪽에서 잠을 깨고 있다는 것을 알면, 그냥 도망쳐 버릴 것 같기도 했다.

이런 생각이 떠오르자 연옥은 일부러 인기척을 내며 불씨를 골라서 등잔에 불을 켜 놓았다.

달빛이 새어 들던 때보다 한결 마음이 가라앉는 것 같았다.

방에서 사람 소리가 나며 불이 켜지자 연옥이가 생각했던 것처럼 도둑도 주춤한 모양인지, 조용하다.

그러나 으르렁거리던 개마저 잠잠해진 것은 더욱 수상한 일이다.

제126회 염장은 같은 방의 소년들이 잠드는 것을 보자 일찌감치 밖으로 나와 그늘 밑에 몸을 숨기고 연옥이네 방을 노려보고 있었다.

기다리는 마음이란 언제나 시간이 더디 가고 초조하기 마련이다.

밤도 퍽 깊었을 것 같았지만 그 방에서만 불빛이 새어 흐르는 것이 좀처럼 자리에 누운 것 같지가 않았다.

염장은 그대로 들어가 버릴까도 생각해 보았다. 그러나 기껏 마련해 놓았던 기회를 그냥 버리기가 아쉬워 이제나저제나 하고 기다리고 있었던 것이다.

그동안 그는 몇 번이고 졸리는 눈을 비볐는지 모른다.

오늘 밤은 무슨 일이 있어도…

혼자 이런 생각에 잠기는 동안, 염장은 지나온 날을 되풀이해 보았다.

연옥은 자기와 같은 나이면서도 결국 자기를 동생 영권이와 같이 생각하는 것이 불만이었다.

절에 있을 때는 직접적인 태도를 보여 주지 못했지만 배를 타고 오는 도중엔, 그래도 자기 마음을 고백했던 염장이기도 했다.

어떻게 된 영문이었던지 그날 밤은 배 위에 연옥과 염장 자기뿐이었다.

사람들의 시선이 두려운 염장은 잠시 그녀의 옆으로 가서 평소부터 그녀에게 자기가 마음을 두고 있었다는 말만 하고는 그냥 돌아서 버렸던 것이다.

그로부터 오늘 밤까지, 그녀도 자기한테 어떤 호의를 품고 있으면서도, 결국은 봉화로 인하여 억제받고 있는 탓이라고 생각했다.

그러게 오늘 봉화가 없는 틈을 노렸던 것이다.

사실 복아 보고 낮에 만나자고 약속한 것은 이 기회를 만들기 위한 수단에 불과했을 뿐이다.

염장이 복아에게도 전연 마음이 없는 것은 아니었다. 그러나 복아는 복아요 연옥은 연옥이라고 생각하는 그로선, 그것은 당연한 일이라고 생각했다.

연옥이네 방에 불이 꺼지고… 시간이 얼마나 흘렀는진 몰라도 복아가 고양이 걸음새로 나오는 것을 본 순간, 염장은 가슴이 메어지는 것 같았다.

달그림자 밑으로 사라진 복아의 그림자도 보이질 않는다.

연옥은 잠이 들어 있을 것이다… 법화원 경내에서 처음 복아를 붙잡았을 때 모양….

염장은 그때나 다름없이 얼굴이 상기해졌다.

복아의 오른손을 잡고 입을 맞추었듯이….

이런 생각에 골몰하며 연옥이네 방 앞으로 가던 때다.

자기를 못 알아볼 까닭이 없을 텐데 이놈의 개가 무슨 이유로 이렇게 으르렁대는지 알 수 없었다.

그냥 소리를 치고 싶었지만, 기껏 잠들어 버린 그들을 깨울 필요는 없었다.

그는 목소리를 낮추어 달래 보았지만 그럴수록 이쪽을 더 의심하는지 딱 버티고 미련을 떠는 것이 아닌가….

이런 미련퉁이가 방해가 되리라고는 조금도 생각지 않았던 염장은, 한편 당황하기도 했다.

이럴 즈음 연옥이네 방에 불이 켜졌던 것이다.

이왕 이렇게 된 바에야 염장도 대담해지고 말았다. 그는 앞을 가로막고 있는 개를 발길로 후려갈기고 나자, 그냥 연옥이네 방 앞으로 가까이 갔다.

호되게 짖을 것 같던 개도, 콧등을 얻어맞곤, 어디로인지 자취를 감춰 버렸다.

방 앞으로 다가선 염장은 안의 동정이라도 살피는 듯 잠시 그냥 서 있었다. 제127회

불빛만이 새어 흐를 뿐 방 안의 동정은 도저히 살필 수가 없다. 그대로 서 있던 염장은 조용히 문을 두들겼다. 역시 안에선 아무런 대꾸도 없다.

긴장한 눈으로 문 쪽을 바라보고 있던 연옥은 안으로 문을 잠가 버리지 못한 것을 후회했지만, 때는 이미 늦은 것 같았다.

지금이라도 문고리를 걸어 놓고 싶은 생각이 간절했지만, 밖에서 문을 잡아채는 순간 맞부딪칠 것만 같아, 용기가 나질 않는다.

이윽고 문이 열렸다. 누가 서 있는 것 같았지만 얼굴 윤곽은 보이질 않는다.

연옥은 문이 열리는 순간 한 걸음 물러서며 손에 든 칼에 힘을 주었다.

"도둑은 아니니까 염려하실 것은 없습니다."

듣던 목소리다. 분명 염장의 목소리다. 연옥은 놀람에 앞서 분했다.

"문을 닫지 못할까…."

연옥의 목소리는 자기 표정 모양 분기에 가득 차 있었다.

"제가 연 문이니까, 제 생각대로이지요."

지나칠 정도로 염장의 대답은 가라앉아 있었다. 가라앉은 그 목소리가 이번엔 연옥에게 불안을 더해 주었다.

염장이 방 안으로 들어서며 문을 닫는다.

"문을 닫으라 하셨으니 문을 이렇게 닫았습지요."

야무지고 똑똑해 보이는 얼굴에, 염장은 웃음까지 그리며 연옥을 쳐다보는 것이다.

연옥도 그에게 못지않게 그를 노려본다.

다행히 그에겐 아무것도 든 것이 없었다. 순간 연옥의 마음은 한결 가벼워지는 것 같았다.

조금이라도 불안한 빛을 보이면 오히려 불리할 것이라고 생각한 연옥은 일부러 태연을 꾸몄다.

"할 말이 있으면 밝은 낮에 할 것이지 무슨 일로 남이 잠든 밤을 틈타서 도둑의 행세를 하러 다니는 것인가. 속히 물러가지 못할까…."

"아무리 밤중에 왔다 한들, 얼굴을 알고 있는 사람을 어찌 도둑이라고 칭하리오. 내 이 방에 무슨 물건에 욕심이 나서 도둑의 행세를 취하고 다니리까."

연옥은 언제나 그를 영권이 또래로 취급하지만 역시 그에게도 장부다운 데가 있는 것 같았다.

"속히 물러가도록 해요."

숨길을 가다듬듯 눈을 진득이 감은 염장은 연옥이가 물러가라고 하자 더 꿈쩍도 않는 것 같았다.

이렇게 말하면서도 연옥이가 지금 은근히 바라는 것은 복아가 나타나는 일이다.

복아가 염장에게 관심 이상의 것을 표시하고 있는 것을 연옥이도 알고 있었다.

그렇다면, 오늘 밤… 복아와 서로 짠 일도 아닐 것이고 만일 우연한 일이라면 복아가 돌아오는 것이 너무나 늦은 것 같았다.

"이 자리에 복아가 나타나면 그대는 무슨 면목이 되려고 이러는 건가. 어서 돌아감이 좋으리라."

염장은 연옥의 타이르는 말을 오히려 냉소하는 태도였다.

"부질없는 걱정, 복아는 여기 나타나지 않을 것입니다. 또 나타난들 제 체면과 무슨 관계가 있으리오." 제128회

"관계가 없다니."

연옥은 그것을 자기가 따질 문제가 아니었지만 철면피하게도 잡아떼는 그의 행동이 미워서 물었다.

"복아를 좋아한다던 땐 언제며 관계가 없다고 하는 말은 무슨 말인고."

"여자가 지나친 자신을 가지면 뭇 사내가 다 자기를 좋아하는 것같이 보이는 법이겠지요."

염장의 모욕적인 언사에 연옥의 노기 찬 입술이 가늘게 떨었다.

"물러가라. 그대는 머리에 피도 마르지 않은 주제에 사람을 농락하려 하는가."

지나치게 차갑고, 지나치게 자기를 멸시하고 드는 연옥의 태도에 염장은 비위가 거슬렸다.

염장의 입시울엔 야릇한 웃음이 번져 흘렀다.

"여자를 농락한다 하지만 봉화만 한 재주는 없다우…."

"썩 물러가질 못할까."

어둠을 찌르는 연옥의 목소리다. 으르렁거리던 개마저 그림자를 감춘 채 주위는 조용하기만 하다.

힐끔 주위를 살피듯 하고 난 염장은 한 걸음 더 연옥의 앞으로 가까이 가며 손을 내밀었다.

"인적이 잠든 틈을 타서 찾아온 것은 봉화에게 못지않게 당신을 생각하고 있는 것이 병일 뿐이라오. 자 어서 그 손을 이리로 주오."

연옥은 어이가 없었다. 눈을 흘겨 노려보지만 그는 꼼짝도 하진 않는다.

"더 시간을 지체한다면 사람을 부를 테니 그리 알고 속히 물러가도록 하라."

연옥이가 다시 고운 목소리로 타일러도 염장은 물러서기를 고사하고 한 걸음

더 나서며 이번엔 연옥의 손을 강제로 잡으려 했다.

재빨리 뒤로 물러선 연옥은 드디어 들고 있던 칼을 뽑았다.

"그렇듯 행실이 부정한 손이라면, 그 손을 내 이것으로 버릇을 가르쳐 줄 테니 그리 알라."

연옥의 손에 든 칼이 불빛에 반사되어 번쩍한다. 염장은 그제서야 손을 내민 채 주춤한다.

여기까지는 염장도 미처 생각지 못했던 일이다.

달겨들어 그것을 빼앗아 볼 생각도 없지 않았지만, 그렇게 되고 보면, 만사는 수포로 돌아갈 것이 뻔한 일이다.

어떤 모욕적인 언사보다도 염장의 비위를 더 상하게 했다.

연옥의 얼굴을 쳐다보는 염장은 이를 갈았다. 무언중에 오늘의 실패를 보복하리라는 선언이기도 했다.

"물러가지 않으려면 어서 그 손을 내밀라."

연옥의 눈매도 칼날에 못지않게 매서웠다.

"내 오늘의 일을 가슴 깊이 새겨 두리다. 내 버릇을 가르쳐 준다 했으니 나도 언젠가는 봉화의 버릇을 가르쳐 주고 그대에게 나의 본심을 보여 주리다."

이렇게 말하고 난 염장은 발로 문을 차고 밖으로 나와 버렸다.

역시 달빛만이 흐를 뿐 주위는 깊은 잠에 잠겨 있다.

염장이 나가자 연옥도 문단속을 하고 나서 치밀어 오르는 분을 가라앉히려는 듯 조용히 앉아 있었다.

제129회

복아는 약속한 장소로 나와 얼마를 기다렸는지 모른다.

연옥이가 잠드는 것을 기다리던 때도 지쳤지만 먼저 나와 기다리리라고 믿고 있던 염장을 기다리는 마음도 그에 못지않았다.

바닷가가 되어서 그런지 퍽 차가웠다. 밀려드는 파도 소리 외엔 아무것도 보이질 않는다.

훤한 달빛 탓인지 머리를 들고 밀리는 파도가 마치 난파를 당한 사람들이 제각기 살길을 찾아 허덕이는 모습과 흡사하기도 했다.

그러나 복아에게는 설레는 파도 소리도 그냥 단조로워진 지 오래다.

그녀는 바위에 올라앉아 바다를 굽어보다간 고개를 들어 자기가 걸어 나온 길을 돌아보곤 한다.

행여나 염장이 걸어 나오는 것 같아 일어서 눈 익혀 보았지만, 그것은 번번이 복아를 속이는 바닷바람에 흔들리는 작은 나무들이었다.

그도 자기 모양 주위 사람들이 잠들어 버리기를 기다리고 있는 것일까?… 하기야 한밤에 여럿이 잠들고 있으니까. 그러나 다시 생각해 보면, 자기 모양 연옥과 단둘이 있는 것보다는 여럿이 있는 것이 밖으로 나오기가 수월할 것 같은 생각도 없지 않았다. 그러고 보면, 그는 남의 눈을 피하여 나오기가 힘들어서 그러는 것이 아니라 자기한테 한 약속을 잊어버렸거나 그렇지 않으면 그냥 잠들어 버린 것 같기도 했다.

바위 위에도 축축히 이슬이 내리는지 꽤나 차가웠다.

지금까진 언제나 먼저 나와 기다리던 그였다. 복아의 불룩한 가슴엔 처음으로 원망 같은 것이 부풀어 올랐다.

돌아가 버릴 생각을 하며 일어섰지만 발길은 좀처럼 옮겨지질 않았다.

문을 열고 나올 때나 기다리고 있는 동안은 별로 그런 생각을 못했지만 막상 돌아갈 생각을 하니 불안한 점도 없지 않았다.

그동안 연옥 언니가 잠을 깨치지는 않았었는지… 뒷간에라도 간 줄 알고 그냥 잠들어 버렸으면 좋지만 혹시나 쓸데없이 찾지나 않고 있는지….

결국 염장은 그런 일이 있어서 나오지 못하고 있는 것이 아닐까… 만일 그런 일이라도 있었다면 차라리 염장이 나오지 않은 것이 여간 다행한 일이 아니다. 염장만 거기 있어 주었다면 발뺌할 정도의 말은 얼마든지 있었다.

그런 데까지 생각이 미치자 복아는 더 서 있을 수가 없었다.

혹시나 하여 주위를 살펴보며 걸음을 옮기려던 순간이다.

파도에 휩쓸려 움직거리는 불빛이 눈에 띄었다.

아직도 밤고기를 잡는 때라면 밤은 그리 깊지 않았지만, 그것이 이른 새벽 그물을 건으러 나온 배라면 머지않아 동이 틀 무렵이었다.

그러나 그 불빛도 파도에 휩싸인 채 보이질 않는다.

바닷가에 미련을 둔 채 돌아서려던 때다. 뒤로부터 누가 달려들더니만 눈을 가린다.

처음엔 겁에 질려 그냥 몸을 돌려 빼려 하였지만 눈을 가리고 있는 따스한 체온에 그런 불안은 쉬 가라앉아 버리고 말았다.

"사람을 그렇게 오래 기다리게 한담."

복아가 목을 돌리려 하자 그는 복아를 덥석 껴안은 채 그냥 주저앉아 버렸다.

제130회 주저앉은 것이 아니라 그는 복아를 껴안은 채 벌렁 모로 누워 버렸다.

풀밭에 젖은 이슬이 축축히 젖어 들었지만 조금도 차가운 것 같지가 않았다.

복아는 이렇게 누워 버린 것이 이유 없이 불안했다.

훤한 달빛이라도 없으면 덜 불안할 것 같았다. 그래서 복아는 일부러 몸을 바위 그늘 밑으로 끌어당겼다.

처음 법화원 뜰에서 염장을 만났을 땐 그가 손에다 몇 번이나 입을 맞추었다. 그때는 지금 모양 불안하지는 않았다.

그런데 오늘은 무슨 이유로 불안이 가슴속에 들먹거리는지 알 수 없는 일이다.

복아는 사정없이 달려드는 염장이 싫어서라기보다도 거친 숨결을 돌려 보려고 그를 밀었다.

"복아야 너도 인젠 내가 싫으냐?"

별안간 염장이 복아 가슴을 주먹으로 밀며 하는 말이다. 그 목소리는 전에 없이 거칠었다.

"아니…."

"그럼, 왜 나를 밀지?"

복아는 무엇인지 부끄러워 염장의 가슴에 얼굴을 묻어 버리고 말았다. 훤하던 달빛도 그대로 바다 속에 떨어져 버리는지 별안간 캄캄해지는 것 같기만 했다.

요란한 파도 소리도 천지를 뒤엎을 듯 설레었다.

천지가 뒤엎어지는 것 같은 순간이었지만 달빛도 파도도 변한 것은 아무것도 없었다.

염장이 기대앉아 있는 옆으로 복아도 나란히 앉았다.

복아는 콧잔등에 스며 오른 땀방울을 가는 손끝으로 닦으며 염장을 쳐다본다.

성난 파도 소리가 가라앉듯이 복아의 설레던 가슴도 그제서야 가라앉았다.

"저…."

복아는 무엇을 말하려다 제김에 부끄러워 염장의 어깨에 얼굴을 묻어 버린다.

"뭐 말이지?"

"우리 말이야, 결혼도 안 하구 그래서 되나."

"씨! 난 또 무슨 소리라구… 어른이 돼야 결혼을 하지 않어, 어서 어른이 말이야."

"그래야만 어른이 되나?"

"그것도 몰랐어?… 내가 눈에다 입을 맞춰 주었지."

복아는 조금 전 일을 생각하며 고개를 갸웃거렸다.

"그래 아무것도 달라져 보이는 것이 없었어? 자 복아도 내 눈에다 내가 하듯 입을 맞춰 다고."

복아는 염장이 하라는 대로 그 고운 입술로 염장 양쪽 눈에다 입맞춤을 해 주었다.

"확실히 다르거든… 역시 눈이 밝아져 보이지 않어."

복아도 염장으로부터 그렇게 해 받았지만 별로 큰 차가 있는 것 같지가 않았다.

뿌연 안개가 별안간 끼기 시작한다. 염장이 먼저 일어서자 복아도 따라 일어섰다.

"복아야, 연옥이가 물어도 이 일만은 언제까지나 비밀을 지켜야 한다."

복아는 염장이 꼭 쥐어 주는 손에 손목을 맡긴 채 고개를 끄덕였다.

파도 소리도 점점 멀어져 갈 뿐이다. 누구의 그림자도 보이지 않았지만 그들은 그들의 숙소로 가까워지자 서로 떨어져서 각기 자취를 감춰 버리고 말았다.

제131회

진알

進謁

낙동강洛東江 하구河口에 배를 매게 한 궁파는 선원들을 거기서 기다리게 한 후 봉화만을 데리고 서울로 향하였다.

음陰 사월이라면 녹음이 우거질 대로 우거진 계절이건만 넓은 김해 벌판은 지금에 겨우 이른 봄을 맞은 것 같은 형편이다.

청해 섬에 비하면 계절이 엄청나게 늦었다.

"육지가 되어서 이렇게 계절이 늦은가 보지요."

"아무리 육지라 한들 이렇게 계절이 늦을 수야 있겠냐. 필경 무슨 변괴가 있던 모양이다."

궁파와 봉화는 좌우에 벌어진 벌판들을 바라보며 김해 고을을 향하여 걸어갔다.

언뜻 보면 마치 형제가 떠난 것 같은 인상이다.

배에서 점심 요기를 하고 떠난 그들은 좀 시장하기도 했지만 들러서 요기할 만한 부락도 별로 눈에 띄질 않았다.

봉화는 물론, 궁파도 이번이 초행길이었다.

산수가 모두 다 낯선 땅이고 보니 몸도 갑절이나 지치는 것 같았다. 때마침 소를 몰고 오는 늙은이가 보이자 궁파가 잰걸음으로 그 앞으로 달려갔다. 봉화도 궁파를 뒤쫓아 따라갔다.

"노인장, 길을 좀 묻겠습니다."

소를 몰던 노인이 소 고삐를 당겨 잡으며 궁파 앞으로 나선다.

"어디로 가시는 손들이신가요."

"네, 김해에 볼일이 있어서 가는 중입니다."

"김해 고을이면 얼마나 남지 않았습니다만, 해 떨어지기 전에 들어가시긴 힘들 것 같구만요."

"그래요?"

"보아 하니 이곳 분들은 아니신 것 같은데 어디서 오는 손들이신가요."

"네, 청해 섬에서 오는 중입니다."

"그럼 뱃길로 오셨구만요."

노인은 뱃길로 무사히 왔다는 것을 신기해 하는 표정이다.

"그런데 금년엔 계절이 왜 이렇게 늦은가요."

"허, 계절이 늦었지요. 지난달에 오죽이나 눈이 왔다구요. 그러니 철이 늦어질 수밖에요."

삼월에 눈이 왔다는 소리에 궁파도 놀라지 않을 수 없었다.

"그래, 인심은 어떤가요."

인심을 묻자 노인은 그들 일행에 의심이 갔던지 궁파와 봉화를 번갈아 쳐다볼 뿐 입을 열려 하질 않았다.

"달리 묻는 것이 아니라 초행길이라서 그럽니다."

"계절이 이런 제 젊은 양반, 인심은 물어서 무엇하우."

귓속말같이 나직이 말하고 난 노인은 검은 눈을 끔뻑해 보인다.

"참, 해가 지면 김해 고을로 들어가지 말고 밖에서 머물었다가 다음 날 들어가시는 것이 좋으리다."

궁파와 봉화는 지나칠 정도로 친절한 노인과 헤어져 김해 고을로 향하여 걸어갔다.

"저것이 무엇입니까."

봉화의 물음에 궁파도 그쪽을 바라다보았다.

넓은 강변에 수많은 젊은이들이 들끓고 있었다.

찬찬히 바라보니 그들은 주변의 돌들을 주워다 강변에 무더기로 쌓아 놓고들 있었다.

이쪽에서뿐만이 아니라 강 저쪽에도 그런 풍경이 버그러져 있었다. 제132회 이쪽에도 그러했지만 저쪽에도 큰 무명 깃발이 강바람에 펄럭이고 있는 것이 크게 눈에 띄었다.

"응, 아마 석전石戰이 있는가 보구나."

이미 해는 김해 벌판을 물들이며 낙동강 하구 푸른 바닷속으로 향하고 있었다.

그러나 그들은 갈 길이 바쁜 터라 그냥 걸음을 재촉할 수밖에 없었다.

"패싸움인 모양이지요."

"그렇지, 강을 사이에 둔 마을과 마을의 패싸움들이지."

그들은 어느덧 김해 고을이 바라보이는 조그만 마을에 도착했다.

궁파는 노인의 말을 생각하여 마을 입구에 있는 집으로 찾아 들어가기로 결심했다.

마당엔 큰 느티나무가 있는, 시골집치고는 그런대로 꽤나 깨끗해 보이는 집이다.

궁파와 봉화가 마당에서 불러도 안에선 대답이 없다.

이상하게 조용한 것이 주인들이 들에 나간 채 들어오지 않았는가 하여 딴 집으로 갈 생각을 하며 궁파는 다시 한 번 불러보았다.

"주인장 계시오."

그제서야 안에서 인기척이 들려 나왔다.

"누구를 찾으시오."

앞가슴을 벌린 채 나온 사람은 나이가 오십쯤 되어 보이는 사람이다.

검은 수염과 상투로 보아 그냥 농부 같아 보이지는 않았다.

궁파가 그의 앞으로 한 걸음 나서며 묻는다.

"댁이 이 집 주인이신가요?"

"네 그렇습니다."

"다름이 아니라 하룻밤 이곳에서 묵고자 해서 주인을 불렀습니다."

"그러신가요, 어디로 가시는 손들이신가요."

"김해, 양산을 거쳐 서울로 가는 도중입니다."

"서울로요?"

그는 이렇게 반문하며 봉화가 걸머진 짐과 그들의 행색을 한편 살펴보는 것이었다.

"하루쯤 묵고 가시는 것은 염려 없습니다만, 제 집이 워낙 누추해서 잠자리가 불편하실 텐데요."

"요기나 하고 지나면야 잠자리야 어디서 잔들 상관없을 겁니다."

"정 그러시다면…."

그들은 주인이 안내하는 대로 안으로 따라 들어갔다.

안뜰에 널려 있는 그물로 보아 주인은 고기잡이가 생업인 것 같았다.

그들은 대청과 붙어 있는 안으로 들어갔다.

궁파와 봉화가 짐을 치우고 자리한 다음 주인이 들어와서 인사를 했다.

생김새는 거칠었지만 성격은 퍽 차분하면서도 서글서글한 편이다.

"별 음식은 없습니다만, 오늘 제가 농어鱸魚를 하나 잡았습니다. 조금 전에 그것을 손질하노라고 미처 대답을 못했습지요. 신통한 안주는 못 되지만 농어 조림에 이곳 토주를 한잔 들어 보시면 어떠실까요."

주인이 술을 권하는 품이 자기가 무척 즐기는 것 같아 궁파도 피곤을 풀 겸 사양치 않고 가져오게 했다.

달치한 농어 조림 냄새가 봉화의 허기를 더 돋우어 주었다.

한참 후 밥상 겸 술상이 마련되어 들어왔다. 제133회

시골 음식치고는 꽤나 깔끔히 차린 것으로 보아 그냥 여염집 같지는 않았다.

봉화는 술을 들지 못하므로 처음부터 사양하고 주인과 궁파가 서로 대작을 했다.

"내 배꼽 떨어지자부터 낚시질과 그물질을 하였지만 오늘같이 이렇게 큰 농어를 잡아 보기는 처음인걸요. 우리 마을이 열세 집인데 고루 나누고도, 우리 식구가 이삼 일은 실컷 먹을 것 같았습니다."

"그렇게 큰 농어가 있었던 가요."

"커도 이만저만 해야지…."

그렇게 큰 농어가 되어서 그런지 또는 주인아주머니의 솜씨 탓인지 특별한 맛이 있었다.

"그런데 형장은 무슨 일로 서울로 가시는가요."

"섬에 묻혀 살기가 무엇하여 구경 삼아 가는 길입니다."

"섬이라니."

"네, 청해 땅에 삽니다."

주인은 궁파를 다시 아래위로 훑어본다. 어느 모로 보나 섬사람 같아 보이지는 않았던 까닭이다.

"이쪽 인심은 어떻습니까… 우리 청해는 해적이 날마다 침입하여 말이 아닌 형편이랍니다."

"이쪽은 그런 피해는 없습니다만, 여기도 작년과 금년이 다릅니다. 때 아닌 때 눈이 내리는가 하면 말이 아니지요. 참 내일 김해 고을로 들어가도 농어 소리는 입 밖에도 내질 마십시오."

"그것은 무슨 까닭인가요."

눈이 휘둥그레져서 묻는 궁파를, 오히려 주인이 이상하게 쳐다보며 대꾸를 한다.

"형장도…, 우리네야 날 때부터 벼슬아치를 위하여 태어났지 자신을 위해서입니까? 그렇게 큰 농어를 잡고도 알리지 않았다면 난리가 나지 저희들을 그냥 둬두겠습니까…?"

"김해 고을 벼슬아치가 그렇게도 악한 사람이었던가요."

"악하고 선한 것이 아니라, 그 사람들의 사는 품이 그런 것이 아닙니까…. 우리네 농군들이 하루 종일 뙤약볕에서 탄다는 건 밭고랑뿐이라면, 그들이야 쌍가마도 마다하는 형편이 아닙니까. 모두 다 전생의 업원業冤이라 생각하고 살아가는 것이 우리네 백성들이 아닙니까. 자 형장, 어서 잔을 내시우."

궁파는 술잔을 든 채 그것을 비우는 것까지 잊은 채 무엇을 골몰히 생각하고 있었다. 나라 형편이란, 더 묻질 않아도 알 수 있는 일이었다.

"모두가 다 어진 국모國母께서 세상을 떠나신 탓이겠지요."

궁파는 잔을 내어 이렇게 탄식하는 주인에게 술을 따랐다.

이때 밖에서 무슨 인기척이 들리자 주인은 들었던 잔을 놓고 밖을 내다본다.

"광한이냐?"

"네."

"그래 내일 일은 어떻게 다 잘 되었느냐?"

"네."

"참, 애 광한아, 등잔을 마련하여 갖고 이리로 들어오너라. 손님한테 인살 드려야지."

"네."

"저희 집 놈입니다."

주인은 광한이가 들어오기 전에 미리 궁파에게 자기 아들을 소개했다.

봉화는 벌써 한 그릇 밥을 다 치우고 상을 물렸을 때다. 제134회

주인 아들 광한이가 등잔을 마련하여 갖고 들어왔다.

얼굴은 아비를 닮았지만, 키는 아비보다 더 커 보였다.

그는 아버지가 시키는 대로 궁파와 봉화에게 절을 하고 아버지 옆으로 쭈그리고 앉았다.

"자 이 잔에다 술을 따라 이 어른께 드려라."

광한은 아버지가 하라는 대로 술을 따라 궁파에게 올린다. 궁파는 잔을 받으면서도 그의 얼굴을 유심히 쳐다본다.

기골이 장대한 모습이 보기에 탐스럽게 늠름하였던 까닭이다.

"이제 몇 살인고."

"열아홉입니다."

"이분들은 내일 서울로 올라가시는 분들이란다."

아들이 서울엘 언제나 가고 싶어 하고 또 아버지도 그런 생각이 있던 터라 일부러 이런 말을 했다.

"서울로요? 저는 따라갈 수 없을까요?"

광한이가 직접 궁파에게 묻는 말이었다.

"왜, 갈 수도 있지."

"참 여러 가지 귀찮으시겠지만 이 애를 좀 데리고 가시면 어떠실까요. 노자는 많이 주지는 못하지만 제가 쓸 것은 이 늙은것이 늘 준비해 두고 있답니다."

"노자 걱정은 하실 것이 없습니다."

궁파도 하도 그 늠름한 모습이 탐이 나서 쾌히 승낙했다.

"그런데 한 가지 걱정거리가 있구나."

"이 어른들이 떠나신 다음 내일 그 일을 끝마치고 떠나든지 하루 뒤떨어져서

가든지 하도록 하지요."

"네 말이 옳다."

"무슨 그렇게 중대한 일이 있는가요."

궁파가 묻자 주인이 머리를 긁으며 좀 말하기를 거북해 하더니만 그 사정을 말하는 것이었다.

"해마다 이곳엔 건넌 마을과 석전이 있답니다."

궁파는 오늘 이곳으로 오면서 구경했던 그 장면을 눈앞에 그렸다.

"강을 가운데 두고 서로 팔매질을 하지요. 자랑이 아니라 이 마을에선, 제 집 놈을 당할 놈이 없습지요. 그런데 작년엔 이 애가 그만 괴질에 걸려서 자리에 누웠기 때문에 이 마을이 지지 않았습니까. 십 년을 두고 이 마을이 져 본 적은 없었지요. 그러니 금년은 무슨 일이 있어도 작년의 부끄러움을 씻어야 한다고 벼르고 있답니다."

"온 마을이 들고 나서는 일이라면 꽤나 중대한 일이구만요. 마을의 이름을 위해서라도 그런 일에야 빠질 수 없습지요. 어느 때쯤 시작해서 얼마나 걸리는지요."

"시간은 요량할 수 없습지요. 상대편이 하나도 남지 않고 도망칠 때까지 해야 하니 말입니다. 시작은 동이 틀 무렵이 된답니다. 자랑이 아니라 제 집 놈이 나가면 그렇게 시간을 끌지는 못할 겁니다."

"그러면 저희들도 석전 구경을 하고 같이 떠나기로 하지요."

"그러신다면야…."

주인과 궁파는 밤이 꽤나 깊을 때까지 술을 주고받았다.

광한은 내일 있을 석전보다도, 서울로 갈 생각에 자못 흥분해 있었다. 그는 봉화와 마주 앉아 무슨 말인지 술상을 물릴 때까지 주고받고 있었다.

제135회 다음 날 아침 동이 트일 무렵부터 온 마을은 뒤숭숭거렸다.

궁파와 봉화도 주인을 따라 강변으로 나갔다. 시원한 바람이 안갯발을 헤치고 있었다.

건너쪽에서도 누구를 부르는 듯한 말소리가 똑똑히 들려도 아직 그림자는 확실히 보이질 않는다.

피융!…

바람을 끊는 소리가 울린다. 갑자기 긴장을 한다.

"서두르지 마."

광한의 말이 떨어지기가 무섭게 또 한차례 돌이 날아왔다. 그래도 이쪽에선 광한의 말대로 쉽사리 움직이려 하질 않았다.

이쪽에 둘러서 있는 축들도 저마다 손에 돌을 든 채 숨길만 가다듬고 있었다.

광한은 딴 축들과는 달리 헝겊에 굵직한 돌을 하나 감아쥐고 있었다.

희뿌연해 보이던 동녘이 금시 붉어지기 시작하더니만 해가 솟아오르기 시작했다.

강변을 덮고 있던 안갯발도 이것을 신호로 죽 갈라지는 것 같았다.

저쪽 강변에 서 있는 축들도 이 측 수와 별 차가 없었다.

광한이가 먼저 소리를 지르자 기세를 돋우기 위하여 일제히 고함을 친다.

저쪽에서도 이에 못지않게 손을 들어 이에 호응한다.

흐르는 강물에 반사된 아침 햇살에 눈이 부실 정도다.

돌이 날아오고 돌이 날아가도 아직은 양쪽이 다 부상을 입은 사람이 없었다.

"승부가 어떻게 결정이 되나요."

궁파가 옆에 서 있는 주인에게 묻는다.

"상대편이 대항할 사람이 없어질 때 비로소 승부가 결정되지요."

"그렇다면 승부가 좀처럼 나지 않겠구만요."

"그렇지도 않답니다."

여러 친구들이 열심히 돌을 집어 던지고 있었지만 광한은 처음부터 돌을 헝겊에 감아쥔 채 아직도 한 번도 던지질 않고 있었다.

그는 날아오는 돌을 이리저리 피하며 건너쪽을 노리고 있기만 했다.

궁파는 너무 다급하여 자기도 모를 소리를 질렀다.

어느 돌에 맞았는지 건너쪽 한 친구가 골통을 맞고 쓰러지는 것을 보았던 것이다.

역시 하나가 쓰러지자 전세는 동요하였다.

두세 친구가 쓰러진 친구를 뒤로 끌어내고 있었다.

"세 개를 갖고 승부를 끝내려고 했더니만 좀 어렵겠는걸요."

광한이가 뒤에 서 있는 궁파 일행을 보고 하는 말이다.

광한은 이런 말을 하면서 돌 한 개를 다시 헝겊에 감고 있었다.

그리고 보면 조금 전 맞아 쓰러진 친구는 광한의 돌에 맞은 것이 분명했다.

"옆의 놈을 친다는 것이 그만 빗맞아 졸개가 맞고 쓰러지지 않았어요."

광한은 어이없다는 듯 쓴웃음을 지으며 돌아섰다.

한 놈이 쓰러지는 것을 본 이쪽에선 더 기세가 올라서 마구 돌을 던지며 함성을 올렸다.

이렇게 다급한 때도 언제나 한둘의 낙천가는 끼우는 법이다. 얼핏 보아 팔삭동이 같아 보이는 다리병신은 처음부터 돌 던질 생각은 하지도 않고 어디서 마련한 것인지 돼지 오줌통을 북 삼아 치면서 혼자 뛰어 돌아다니고 있었다.

제136회 "저 애도 이 석전 터에서 저렇게 다리병신이 되었지요. 그러게 석전만 있으면 저 놈이 저렇게 반미치광이가 된답니다…."

골이 터지고 다리가 부러져 병신이 되어도 해마다 석전을 계속하며 마을과 마을이 다투는 모습은 장한 한편 측은한 면도 없지 않았다.

"저 지금 구부리고 돌을 쥐는 친구가 저쪽 두목이지요. 길이 바쁘니 하는 수 없이 저놈부터 해치워야지요."

광한의 이런 소리가 떨어지기가 무섭게, 그가 감아쥐고 있던 돌은 벌써 직선을 긋고 있었다.

허리를 펴려는 순간 돌이 그의 옆구리를 찔렀던 모양인지, 비틀하며 일어서고 있었다.

노여움에 가득 찬 그 얼굴이 이쪽에서도 똑똑히 보였다.

일어서기는 했지만 꽤나 단단히 얻어맞았던지 그는 돌을 든 채 던질 생각을 못하고 있었다.

"에라 모르겠다. 하나만 더 받아 보아라."

광한의 동작을 본 그는 돌이 자기한테로 오려니 생각했던지 피하기는 했지만 역시 광한의 겨냥은 틀림없었다.

두 번째보다도 이번엔 그들의 동요가 더 커 보였다.

쓰러진 축을 중심하여 두 겹 세 겹 둘러서자 이쪽에선 그곳만을 노리고 집중시켜 돌을 던지고 있었다.

마구 날아드는 돌에 그들은 갈피를 잡지 못하고 돌을 던질 생각보다도 몸을 피하기가 바빴다.

그쪽의 부두목인지 열심히 소리를 치며 진용을 수습하려 하는 것같이 보였지만 좀처럼 쉽게 되질 않는다.

이번에도 광한은 돌을 감아쥐고 궁파를 향하여 말한다.

"이번 마지막 돌을 던지면 승부는 끝날 것입니다."

그는 돌아서 한참 기맥을 살피듯 서 있다.

가만히 보고 있으면 결국 그들이 서로 노리는 것은 두목들이었다. 그러자 저쪽에서 던지는 돌의 대부분도 광한을 향해서 날아왔지만 그 대부분이 다 어중간해서 도중에서 떨어져 버리기가 일쑤였다.

"자, 이번엔 마지막 돌이다."

광한은 높이 손을 들어 상대편을 향하여 소리치더니만 몇 걸음 앞으로 껑충 뛰쳐나가며 감아쥐었던 돌로 팔매질을 쳤다.

아니나 다를까, 돌은 생각대로 건너쪽 부두목의 얼굴에 들어맞았다.

금시 피를 흘리며 그도 양손으로 얼굴을 가리운 채 도망을 친다.

그가 도망을 치자 나머지 조무래기들은 걸음아 날 살리라는 격으로 뿔뿔이 헤어진다.

이쪽에선 일제히 환성을 지르며 들고 있던 돌을 강물 위에다 던진다.

돼지 오줌통을 두드리며 돌아다니던 다리병신은 그들이 도망치는 것을 보자 너무 기뻐서 깡충깡충 뛰돌아 다니더니만 그냥 활개를 펴고 넘어진 채 엉엉 소리를 내어 우는 것이었다.

벼르고 벼르던 석전이 예상외로 빨리 끝난 것이 승리는 거두었지만 이긴 편에선 오히려 맥이 풀린 모양이었다.

궁파는 광한의 솜씨를 마음속으로 깊이 감탄했다. 성품도 그러했지만 그 재주도 살리면 살릴 수 있는 처지였던 까닭이다.

"자 이제는 길을 서둘러야지요."

광한은 길 떠날 것을 재촉했다.

양산梁山을 지나 언양彦陽 쪽으로 나가면서부터 길은 더 험하기만 했다.

궁파와 봉화는 산길에 익숙지 못했던 까닭에 뒤떨어지기가 일쑤인데 언제나 앞장을 서는 것은 광한이다.

하늘을 뒤덮은 울창한 수림과 앞길을 가로막는 칡넝쿨로 길을 빠져나가기란 여간 힘들지 않다.

"아무리 험한 산길인들 이럴 수야 있겠나. 우리들이 아마 길을 잘못 든 것이 아닐까…."

어떻게 보면 길 같기도 하고 어떻게 보면 길이 아닌 것 같은 의심에서 궁파가 묻는 말이다.

"틀림없습니다. 길이 있다면 이 산중에 큰 길이 있겠습니까. 아! 어데서 이렇게 구린내가 날까요."

앞장을 섰던 광한이가 코를 훌쩍거리며 좌우를 휘둘러본다.

가슴을 누르듯 무거운 습기에 헐떡거리던 궁파와 봉화는 광한의 말에 걸음을 멈춘 채 이마의 땀을 닦으며 사방을 살핀다.

광한의 말대로 분명 어디서인지 거름냄새 같은 구린내가 분명 났다.

"설마한들 호랑이 똥 냄새가 이렇게 구리지는 않겠지요. 이는 틀림없이 사람의 똥 냄새입니다. 그리고 보니 길은 틀림없이 길입니다만…."

앞섰던 광한이가 이렇게 말하며 말끝을 흐렸다.

봉화는 그새 짐바를 고쳐 매어 짐을 둘러메었다.

아직도 밑으로 내려다보이는 연한 산봉우리엔 햇살이 한참 남아 있었지만 이곳은 벌써 어둠이 시작되는지 침침했다.

"길을 확인한 것은 좋지만 역시 염려스럽습니다."

"뭐가 그렇게 염려스럽다는 말인가, 자네는."

광한은 궁파의 얼굴을 한참 쳐다보고 있더니만 그 이유를 설명하는 것이었다.

"생각해 보십시오. 이 산중에서 구린내가 난다는 것은 사람이 있다는 것이 아니겠습니까."

"그야 사람의 똥내라면 사람이 있는 것이겠지."

"이런 산중에 있는 놈이라면야 그것이 산적山賊이 아니겠습니까."

"누가 알겠나. 우리 같은 일행이 지나갔는지."

"그랬으면 좋지만, 혹시나 해서 그럽니다."

"여보게, 자네에게 그런 재주가 있는 데 뭐가 그리 걱정인가, 나는 자네 재주를 믿으니까 조금도 겁나는 것이 없네그려."

"그래서 아까부터 이렇게 돌 장만을 하고 있습니다만 워낙 수가 많으면 곤란하지요."

"이 사람아, 도둑이 있다면 이 산속에 천 명이나 만 명이 있겠나. 어서 해 떨어지기 전에 숙소를 찾아야 할 테니 길이나 서두르게…."

무슨 재주를 갖고 있는지는 몰라도 궁파의 말을 듣고 보니 광한도 그리 겁날 것은 없을 것 같았다.

비좁은 언덕바지를 올라오고 보니 이제부터는 내림길일 뿐 아니라 폭도 퍽 넓어진 것 같았다.

시원한 바람을 풀어 놓은 앞가슴에 받으며 그들이 이 내림길을 내려가고 있을 즈음, 별안간 뒤에서 고함 소리가 들렸다.

"게 가는 놈들, 짐을 풀어 놓고 서지 못할까!"

일행은 엉거주춤 서 버리고 말았다. 궁파 일행이 지나온 언덕바지에 세 놈이 한결같이 칼과 창을 뽑아들고 금시라도 달려 내려올 것 같은 기세를 하고 서 있었다.

"어서 짐을 내려놓고 거기 꿇어 앉아라."

일행은 꿇어앉기는 고사하고 짐도 풀어 놓을 생각도 않고 그들을 노려보고 있 제138회
기만 했다.

"너희들은 어데 사는 쥐새끼 같은 놈들이기에 그래 우리들을 못 알아보느냐."

도둑의 입에서 이런 말이 떨어지기가 무섭게 광한이가 던진 돌이 악담질을 하려던 그의 입을 가로막고 말았다.

그는 들었던 칼을 떨어뜨린 채 앞으로 고꾸라지고야 말았다.

이때 또 한 패거리가 고함을 지르며 나타났다.

"어떤 놈들이기에 짐을 풀라면 풀 것이지 뻗치고 섰느냐."

역시 밑에서 소리치는 놈도 셋뿐이었다.

산 위에서 호령하던 친구들은 한 놈이 쓰러지는 것을 보자 당장 달려들 것같이 창과 칼을 휘젓기만 했지 내려오지는 못하고 있었다.

이번엔 광한의 돌이 창을 든 놈의 앞가슴을 후려 갈겼다. 그놈도 창을 떨어뜨린 채 곤두박질을 하여 나가떨어지고 말았다.

이런 광경을 보자 밑에서 소리치던 놈들이 아무것도 들지 않은 일행을 만만히 보았던지 그들을 향하여 달려들기 시작했다.

궁파와 봉화는 쫓기는 척하면서 먼저 쓰러진 놈들이 떨어뜨린 창과 칼을 각기 주워 들었다.

이때 벌써 밑에서 달려오던 놈들 중에서도 광한의 돌에 맞아 쓰러진 놈이 둘이나 생겼다.

이때 남은 두 놈들은 겁에 질려 도망을 치기 시작했다.

"이 못나고 고약한 놈아. 아무리 산중에서 도둑을 일삼고자 하는 놈이라 한들 네 놈들에겐 의리나 인정머리도 없느냐. 그래 친구들이 다 쓰러진 것을 보고 자기만 살려고 도망치는 놈이 어데 있느냐."

궁파가 도망치려는 두 놈을 향하여 이렇게 소리쳐도 그들은 아랑곳하지 않고 그냥 내빼려고 하기만 했다.

"이놈들 네놈들의 걸음이 얼마나 빠른가 보자."

광한이가 투덜거리며 내던진 두 개의 돌에 그들은 각기 발목을 얻어맞고 쓰러지고야 말았다.

"네 이놈들, 도망칠 생각을 버리고 어서 이리로들 기어 올라오지 못할까."

광한이가 소리치자 그들은 칼을 버린 채 발을 절룩거리며 올라와서 일행 앞에 꿇어 엎드리며 백배사죄한다.

"너희 놈들은 어데 살고 있는 놈들이냐."

"이 밑에 있는 산채山寨에 머물고 있나이다."

"우리 일행이 이쪽을 지나간다는 것을 어떻게 알았느냐."

"양산 쪽에서 기별이 와서 일찍부터 목을 지키고 있었습니다."

이때 광한의 팔맷돌에 얻어맞았던 친구들도 피투성이가 된 얼굴들을 하고 그들 앞으로 몰려들기 시작하였다.

날은 벌써 어둡기 시작했다. 궁파 일행은 그들을 거느리고 그들이 거처한다는 산채로 내려왔다.

이름이 산채지 깊숙한 골짜기에 꽤나 큼직하게 세운 집이었다. 제139회

그들은 궁파 일행을 털고 나면 저녁에 큰잔치라도 열려고 했던지 그들이 들어서기가 무섭게 호화로운 주안상이 마련되어 들어왔다.

봉화와 광한은 술을 못한다 하여 저녁상을 먼저 받고 나서는 일찌감치 자리에서 물러났다.

도둑의 두목 상해尙海는 앞니가 건들거리는 것이지만 억지로 참고 궁파와 대작하고 있었다.

그들은 누구도 상처를 입지 않은 자는 없었다.

무릎을 대고 이렇게 마주 앉고 보면 궁파에게도 한편 미안한 생각이 없지 않았다.

"생각지 않은 일로 이렇게 상처를 입히게 해서 여러분들에게 도리어 미안하오."

"원 천만의 말씀을. 여로旅路를 불안하게 해 드려 죄송하나이다."

궁파는 잔을 비워 상해에게 내주며 둘러앉은 친구들을 살펴본다.

"봐 하니 여러 형장들은 이런 산채에 머물러 있을 사람들이 아닌 것 같은데 어떻게 된 영문인들인가요."

궁파가 이런 말을 하자 더러는 부끄러운 듯 고개를 수그리고 더러는 쓴웃음을 치는 것이 무슨 곡절이 있는 것 같았다.

"저희들도 이런 일을 하고 싶어 하겠소… 우리들이 판박이 도둑이 아니라는 것은, 여기 가족들을 데려다 두지 않은 것을 보아도 알 수 있을 것이오."

"그럼 이렇게 된 데는 어떤 곡절이라도 있었던가요."

"형장께서 서울로 올라가시면 이렇게 되지 않을 수 없었던 사정을 알게 되리다."

"아무것도 아닌 우리 같은 것이 서울로 올라간들 어떻게 그런 사정을 알 수 있으리오."

자리는 잠시 잠잠했다. 활짝 열어 놓은 문으로 어디서인지 향긋한 냄새가 풍겨

오고 있었다.

"아무것도 아니긴 고사하고 삼척동자도 알 수 있는 일이지요. 저희들의 식솔들도 모두 서울에 있답니다."

"서울요?"

"지금은 이 꼴들입니다만, 저희들도 한때는 칼깨나 쓴다는 군졸들이었지요."

"아니 그러한 분들이 어떻게…."

"결국은 마찬가지오. 군졸이라는 이름으로 눈에 보이지 않는 칼을 들고 도둑질을 하고 살기나 도둑이라는 이름을 걸고 이 짓을 하기나 마찬가지지요."

"조정이 어지럽다는 소리는 들었지만 이렇게까지야…."

궁파는 자기도 모르게 크게 한탄했다.

"말이 아닌 때는 벌써 지났지요. 지금은 꼴이 아니랍니다. 변방에 해적이 발호하고, 서울엔 뇌물로 벼슬을 사고파니, 인심이 흩어질 수밖에요. 그렇게 사느니 차라리 산중에서 편히 살라던 것이 결국 오늘의 봉변을 당하게 됐지요. 우리가 여기 산채를 세우고 나서 일 년이 됩니다만, 이번 같은 일은 정말 처음입니다. 그런데 형장은 어디 살고 계신가요."

"저희들 일행은 김해 땅 가까운 어촌에서 살고 있소이다. 처음 당한 일이라 하니 더욱 미안하군요."

궁파의 말에 상해는 쓴웃음을 지을 뿐이었다.

제140회 어떤 인기척에 봉화가 먼저 잠이 깨었다. 봉화는 잠결에 누구의 잠꼬대인 줄만 알았지만 그런 것 같지가 않았다.

"자 어서 이 기회밖엔 없어."

"글쎄."

봉화는 바싹 귀를 기울였다. 바로 문밖에서 주고받는 말이 분명했다.

"선불리 쟁기를 쓰다간 아무리 잠이 들어 있다 해도 경을 칠지 모르니까 살그미 들어가서 저놈들이 갖고 있던 그 짐만 갖고 도망을 치잔 말이다."

"그러군 어떻게 하지?"

"이곳에 백 년을 살면 무엇 하겠나. 저 짐만 훔쳐 갖고 우리가 도망만 치면 살

길이 생길 게 아닌가."

밖은 다시 조용해졌다. 그들이 곧 기어들어 올 것 같은 생각에 봉화는 온 신경을 그쪽에다 기울여 본다. 별로 들어오는 것 같지도 않았다.

봉화는 광한을 깨울까도 생각해 보았지만 섣불리 굴다간 도리어 그들을 놓칠 것 같아서 혼자 일어나 앉았다.

날이 밝아올 때가 되어서 그런지 밖이 더 어두운 것 같았다.

열어 놓은 문밖에서 그림자가 얼씬했다. 봉화는 도사리고 앉은 채 그들의 동작만 보고 있었다.

앞에 선 자가 숨소리마저 죽인 채 벌렁벌렁 기어들어 오고 있었다.

가만히 도사리고 앉았던 봉화는 벌렁거리는 그놈의 뒤통수를 내리갈기곤 그길로 밖에 서 있는 놈의 배를 발길로 걷어찼다.

순식간의 일이었지만 그들은 크게 비명을 지르며 그 자리에 쓰러지고 말았다.

그들의 비명에 광한은 물론 술이 곤드레로 취했던 궁파도 잠을 깨치고 일어났다.

궁파의 묻는 말에 봉화는 자초지종을 설명했다.

"쓸개 빠진 놈들!"

궁파는 어이가 없었던지 그들을 꾸짖었다.

딴 방에서 잠이 들은 친구들은 취해 쓰러진 채 아랑곳하지 못하고 그냥 잠이 들어 있었다.

"개심도 못하고, 게다가 의리도 없는 놈들이니 함께 묶어라."

궁파의 입에서 이런 소리가 떨어지자 봉화와 광한은 그들을 꼼짝도 못하게 한 군데 그냥 묶어 놓았다.

생각 같아선 이 쥐새끼 같은 놈들을 칼로 찔러 버리고 떠나고 싶었지만, 차마 인정이 그렇지 못했다.

봉화더러 횃불을 켜게 하여 궁파는 그들의 얼굴을 들여다보았다.

어제 광한의 돌에 발을 얻어맞고 쓰러졌던 젊은 놈들이었다.

"너희 놈들이란 주인에 대한 의리도 없는 놈들이다. 그냥 목을 베어 버릴 생각이었지만 앞날이 불쌍하여 그냥 버려두니 그 썩어빠진 마음보를 고쳐야 한다."

한데 묶인 놈들은 말을 하지 못하고 그냥 허리를 조아릴 뿐이다.

궁파는 상해를 불러서 전후 사정과 떠난다는 말이라도 하고 떠나려 했지만 그 놈이 그놈인 것 같아서 만나보고 싶지도 않았다.

"너의 주인이 일어나면 바른대로 말하여라. 언제까지나 이런 짓을 하고 있으면 귀신 몰래 죽는다고."

뱉어 놓듯 그들을 꾸짖고 난 궁파는 봉화와 광한을 데리고 아침이슬이 차갑게 젖어드는 숲길을 횃불로 밝히며 산채에서 내려왔다.

제141회 임해전臨海殿엔 오늘 오래간만에 만조백관滿朝百官이 좌우로 갈라져 앉아 있었다.

용상에 앉은 홍덕왕은 법화원 주지의 신임서를 올리는 궁파를 굽어보고 있다.

왕은 오늘에야 망비亡妃에 대한 시름을 잊은 것 같아 보이기도 했다.

영공永恭이 시중 벼슬을 퇴관하고 난 후 우징祐徵이 대아찬大阿飡 벼슬에서 시중의 벼슬로 옮겨진 후 처음으로 모인 회합이다.

"그대가 당나라에 들어간 지는 언제였던고."

"열네 살에 들어가서 근 이십 년이나 있었습니다."

"이름을 장보고라 하기도 하고 또 궁파라 하기도 하니 어찌된 영문인고."

궁파는 잠시 수그렸던 고개를 들었다. 좌우에 앉아 있던 여러 조신들도 궁파의 뒤통수만을 바라다보고 있다.

"아명兒名은 궁복弓福이라 불리었고 자라선 궁파라 하였습니다. 장고보란 이름은 당나라에서 불리어진 이름이옵니다."

왕은 여러 신하를 둘러보며 조용히 고개를 끄덕인다.

"그대가 서주의 군관 벼슬로 소장을 지냈다 하니 어떤 경로로 벼슬을 얻게 되었던가."

그가 서주 땅의 군관을 지냈느냐는 왕의 묻는 말에 여러 신하들도 잠시 놀란 빛을 금하지 못했다.

"사고무친한 곳에서 어찌 그런 벼슬을 감히 생각조차 할 수 있었으리이까… 일찍 입당하여서는 남의 집 양을 지키는 목동으로 살고 있었습니다. 우연히 주인댁 어린애가 사나운 이리에 습격을 받아 화급한 지경에 이르렀을 때, 이 몸이 들고 있던 쟁기로 때려잡은 것이 인연이 되어 주인의 사랑을 받게 되어, 하루 한때씩 검술을 배울 수 있었던 몸이 되었나이다. 자신으로선 알 수 없었습니다만, 주인의 눈엔 그 재주가 특출하다는 칭찬을 받게 되어 누구도 그 마을에선 소신을 당할 자가 없게 되었습니다. 그해 우연히도 과科를 본다 하여 주인이 서둘러 추천한 바가 있사와 그것이 계기가 되어 그 고장의 벼슬을 얻어 하게 되었나이다."

법화원 주지의 신임에서도 그러했지만 그의 말하는 품이 어딘지 모르게 믿음직한 데가 있었다.

"그 고장의 군관 벼슬이라면 그곳 사람도 얻어 하기가 힘든 벼슬일 뿐 아니라 그대는 그곳에 귀화歸化하면 대대로 편안히 살 수 있을 것을 어찌하여 본국으로 돌아올 생각을 하게 되었는가?"

이 물음엔 잠시 침묵을 지키고 있더니만 자기가 돌아오게 된 동기를 낱낱이 아뢰어 바쳤다.

"일찍이 좁은 청해 땅에 태어났을 때에는 항상 바다 저편을 동경하였사옵니다. 이 꿈을 실현하기 위하여 당나라의 육지를 밟았습니다만 그곳 흙을 밟고 나서부터는, 물새 울고 가는 청해 땅을 잠시도 잊고 살 수 없었습니다. 수구초심首丘初心이란 말이 있습니다. 아무리 벼슬이 높고 영화가 지극하단들 어찌 모국을 그리는 마음에 변함이 있겠나이까. 그러던 중 우연히 노비로 팔려 온 신라의 청소년을 보게 되었사오니 이는 불붙는 가슴에 기름을 붓는 일과도 같았습니다."

궁파는 고개를 번쩍 들어 용안을 우러러보았다. 그의 얼굴엔 어떤 권력도 지울 수 없는 힘찬 열기가 흐르고 있었다.

"이 땅의 청소년들이 노비로 팔려갔다고?" 제142회

이렇게 중얼거리는 흥덕왕의 얼굴엔 금시 짙은 수운이 깃들었다.

"소신이 당나라 근해에서 잡은 해적선에 의하면 그놈들이 우리나라 변방을 드나들기를 자기 집 문지방 드나드는 것이나 다름없이 말하더이다."

궁파의 이 말에 여러 신하들도 불쾌한 얼굴로 고개를 돌렸다.

여러 신하들의 이러한 차가운 눈길을 궁파도 짐작 못하는 바는 아니었다. 그러나 강직한 그의 성격은 조금이라도 이런 것을 숨겨 두고 싶지가 않았다.

"변방의 수비가 이러함은 당나라에 있을 때 이미 알고 돌아왔습니다만 청해 땅에 돌아와 짐을 풀고 나니 해상의 형편이 말이 아님을 더욱 뼈저리게 느꼈나이다."

왕으로선 모두가 금시초문의 말들이었다. 망비로 인하여 통 정사에 뜻을 두지 않고 돌보려 하지 않는 자신의 책임도 있었지만 그동안 당으로부터 돌아온 회견사廻遣使는 물론 누구 한 사람 어지러운 나라 안 사정을 자기에게 말한 사람은 없었다.

"그대가 보고 들은 청해 땅의 사정은 어떠하던고?"

"청해 땅이란 이름이 신라의 영토이옵지 해적들의 소굴이나 다름없는 형편이옵니다. 해적에 시달린 백성들은 섬을 버리고 육지로 옮겨 가는 형편이옵고, 지금 그곳에 머물러 뚫어진 그물코를 기워 고기를 잡아 끼니를 에우는 사람들은 모두가 백발이 성성한 늙은이들뿐이옵니다."

"이렇듯 나랏일이 어지러워졌음은 모두가 짐의 실덕의 탓이라. 장차 이 일을 어찌하면 좋으랴."

왕은 조신들을 돌려 보며 크게 탄식한다.

이때 옆에 있던 시중 우징이 허리를 굽혀 아뢰었다.

"나라가 어지러워졌음을 어찌 상감마마의 실덕이라 하오리까. 이는 마마를 보필하는 소신들의 불충한 탓인 줄 아뢰옵니다. 다행히 하늘이 서라벌 천 년 사직을 염려하여 이제 사람을 보내어 실정을 깨닫게 하였사오니 상감마마께옵서는 주저하지 마시옵고 이 사람을 조정과 사직을 위하여 중용重用함이 옳은 줄 아나이다."

시중 우징의 간곡한 권에 왕도 마음의 힘을 얻은 것 같았다.

"밖으론 해적의 화를 없이 하고, 안으론 풀어진 기강을 바로잡아야 하겠거늘 이에 대한 묘책은 없는가."

왕의 물음에 궁파는 서슴지 않고 대답했다.

"풀어진 기강을 세움은 조정의 중신들이 할 바이오니 소신으로선 아뢸 바 없사오나, 한 가지 해상을 지켜서 해적의 화를 면키 위하여서는 청해 땅에 진鎭을 두어 문전門前을 감시함이 옳을 줄 아나이다. 청해 섬으로 아뢰오면 서해로는 당나라와 동으로는 왜倭에 미치게까지 바다에 있어서 중요한 거점일 뿐 아니오라, 이는 서라벌 문전의 초소哨所라 해도 과언이 아니옵니다."

홍덕왕을 비롯한 여러 중신들도 궁파의 주언을 조금도 의심치 않았다.

이날 늦게까지 중신회의가 있은 다음 궁파로 하여금 청해진 대사大使를 제수하는 한편 그에게 군졸 만 명萬名을 주어 이를 경비하게 하는 임무를 분부하였던 것이다.

제143회

청해대사

清海大使

궁파 일행이 정한 집은 영지影池 근처에 있는 조그만 집이었다.

바깥사람은 딸을 하나 남긴 채 일찍 세상을 떠난 까닭에 이 집 모녀는 객주업客主業을 유일한 생업으로 삼고 있었다.

궁파가 대궐로 들어가고 나서 봉화와 광한은 별로 할 일이 없어 집에 빈둥거리고 있었다.

집주인인 노파는 궁파 일행을 그냥 시골서 온 장사치로 알고 있었던 모양이다.

"큰 어른이 아직 돌아오지 않으시니 웬일인가요. 설마 장에 나가셨다가 길을 잃은 것은 아니겠지요."

"장이라니요?"

봉화가 깜작 놀라 반문하는 말이다.

"그럼 장에 나가신 것이 아닌가요. 점심을 드려야 할 텐뎁쇼."

"참, 할머니 시장하니 저희들이나 어서 점심을 차려 주시오…. 대궐엘 가셨으니까 아마 늦게야 돌아오실 겁니다."

광한의 말에 이번엔 주인 노파가 놀란 표정이다.

어느 모로 보나 그들이 대궐 출입을 할 것 같아 보이지 않는데 그런 소릴 하니 적이 의심스럽기도 했지만 한편 그들의 정체가 궁금하기도 했다.

주인 노파는 그들을 한번 훑어보고는 안으로 들어가 버렸다.

하긴 차림새는 시골 사람 같았지만 두 젊은이의 눈망울을 보면, 자기가 생각던 것과 같이 그냥 막사람들은 아닌 것 같았다.

"얘, 아가야 참 별일두 다 많구나."

"어머니 무슨 말씀인가요?"

딸은 어머니가 손님한테 무슨 불쾌한 일이라도 당한 것이 아닌가 하여 사뭇 걱정스러운 표정이었다.

어머니의 얼굴을 많이 닮은 딸의 얼굴을 보면, 어머니도 젊었을 땐 꽤 미인이었을 것 같았다.

"글쎄 저 손님들이 그냥 장사치인 줄만 알았더니 대궐엘 들어갔다는구나, 대궐엘…"

주인 노파는 아무래도 믿어지지 않는다는 말투였다.

"그래요?"

딸도 어머니에 못지않게 놀란 표정이다.

"그래 무얼 하는 사람들 같으냐?"

"글쎄요."

딸은 건성으로 대답할 뿐 무엇인지 골똘히 생각하고 있는 것 같았다.

봉화와 광한은 주인 노파가 차려 준 점심상을 마주하고 앉았다.

아침에 비하면 눈에 띌 정도로 찬도 좋아진 것 같았다.

"어떠실까요, 좋은 법주가 있는데 한잔씩 드실까요?"

"뭘요, 저희들은 아직 술을 못합니다. 저의 사부께서 돌아오시면 저녁때 한잔 대접해 주십시오."

봉화의 그런 말이 노파에겐 퍽이나 기특하게 들렸다.

점심을 하고 나서도 그들은 궁파가 돌아오기만 기다리고 있었지만 좀처럼 오질 않았다.

"형님, 우리 그동안 이 근처 구경이라도 나가 보면 어떨까요."

나이 어린 광한은 봉화를 깍듯이 형으로 섬기었다.

"그러지, 아마 썩 지체하실 모양 같으니…"

그들이 밖으로 나오자 주인 노파가 따라 나왔다.

"어딜 나가시는가요." 제144회

신들메를 매던 봉화가 일어서 대꾸한다.

"할머니, 사부께서 늦으실 것 같아서 그동안 잠간 구경을 하고 돌아오렵니다. 만일 저희들이 나간 틈에 돌아오시면 그렇게 말씀해 주십시오."

"젊은 양반들이라 갑갑해서…. 어서들 다녀와요. 돌아오시면 그렇게 전해 드리지요."

봉화와 광한은 나란히 서서 먼저 영지 쪽으로 걸어갔다.

이때 주인 노파가 뛰쳐 오며 그들을 불렀다.

"젊은 양반들, 이 늙은 것이 그만 잊었구먼요. 길에 구경을 나가서도 조심들을 하셔야 합니다."

"왜요?"

"왜라니요, 요새 인심이 사나와져서 거리엔 불량배들이 득실거린답니다. 낯선 사람들을 보면, 공연히 행패 하지요."

"그래요?"

광한은 주인 노파에게 신통치 않은 대답을 하고 돌아섰다.

광한이가 거리로 가자는 것을 봉화가 만류하여 데리고 영지 가로 갔다.

"서울 불량배들이 힘꼴이나 쓰면 얼마나 쓰겠수."

"그것이 문젠가, 눈꼴 사나와 그놈들 다리를 부러뜨려 놓을 순 있지만 그 일로 사부께서 하시는 일에 지장이 있으면 이 사람아, 우리가 무슨 면목이 있겠나."

쉬 울컥해 버리는 자기에게 비하면, 역시 봉화는 여러 모로 생각하는 것이 믿음직했다.

영지는 그리 큰 못은 아니었지만 굽어볼수록 그 깊이를 측량할 수 없을 지경으로 신비해 보이는 물빛이 그들을 언제까지나 그 기슭에 머물러 앉아 있게 했다.

광한은 오늘에야 비로소 자기가 모시는 궁파가 어떤 사람이라는 것을 똑똑히 알 수 있었다.

어느덧 영지 가엔 낙조의 빛이 깃들기 시작했다.

광한은 자기가 이 사람들을 무턱대고 따라온 것을 정말 잘했다고 흐뭇해 했다. 그렇지 않았더라면 평생을 두고 석전 터의 괴수 노릇이나 했을 것을 정말 자신도 앞으로는 보람 있는 일을 하고 살 것만 같아서 기뻤다.

"허, 어느덧 해가 떨어지기 시작하네. 가 보세."

봉화 말에 광한도 따라 일어섰다.

"이젠 돌아오셨을까요?"

"글쎄 별일이 없었으면야 지금쯤은 돌아오셨겠지…."

그들은 뒤로 늘어지는 두 그림자를 끌며 걸음을 재촉했다.

그들이 발걸음을 멈춘 것은 언덕길을 내려와 주인집 근처에 이르렀을 때다.

분명 자기들이 들어 있는 주인집이 틀림없었다. 무슨 시비가 벌어진 것이 확실하다.

"어떤 놈들이 우리 사부에게 버릇없이…."

광한은 벌써 피가 머리끝까지 올라 있었다.

"너무 서두르지 말게, 좀 알아서 해야지…."

봉화의 만류에 광한은 성을 누그리며 그의 뒤를 좇았다.

마을 사람인 듯싶은 구경꾼한테 봉화가 먼저 말을 걸었다.

"무슨 일이 생겼는가요?"

낯선 봉화의 얼굴을 유심히 쳐다보는 이 중늙은이는 좀처럼 이야기를 하려 하 제145회
질 않았다.

"저희들은 어제 저 집에 주인을 정했습지요. 별안간 저런 소동이니 내용을 알고 있어야 하겠기에 묻는 말입니다."

"허, 금시 그치면 좋으련만, 술 행패고 보니 주인을 정한 손님들도 큰일 났는걸요."

"아니 술도 난알물일 텐데 저럴 수가 있을까요. 그런데 무슨 이유로 젊은 사람들이 불쌍한 늙은이한테 저런 행팬가요."

"허, 그럴 만한 속심이 있어서 그러는가 보지…."

봉화와 광한은 도중에서 말을 중늙은이와 주고받는 동안 행패꾼들이 객줏집 주인 노파와 시비가 벌어져 있다는 것을 알 수 있었다.

그들은 어슬렁어슬렁 집 근처 가까이로 갔다.

"할머니가 나와서 이렇게 따질 것이 아니라 할머니의 따님을 내보내세요. 따님의 생각은 글쎄 다르다니까…."

유들유들하게 생긴 친구가 술에 취한 입을 헤벌리며 말하고 있었다.

칠팔 명 둘러섰던 같은 또래의 친구들도 그가 이런 소리를 할 때마다 왁자지껄

떠들어 대었다.

봉화와 광한은 더 들어 보지 않아도 모든 내용을 짐작할 수 있었다.

주인 노파는 갑자기 나타난 봉화와 광한을 보자 당황해 하면서도 그들에게 악을 쓰고 있었다.

"아무리 세상 꼴이 망해 간단들 이런 변이 어데 있담. 아이구 원통해라! 하느님! 눈이 있으면 이 불한당 놈들을 좀 내려 보시우."

이런 광경을 보고 있던 중 봉화보다도 광한이가 참질 못했다.

"어떤 놈들이기에 여염집에 모여들어 행패를 부리는 거냐?"

노파와 시비를 걸고 있던 친구들은 일제히 시선을 봉화와 광한이한테로 돌렸다.

"이 어데서 빌어먹던 후레자식이냐! 이 자식아, 귀신 몰래 죽고 싶으냐?"

주인 노파에게 대들던 친구가 이번엔 화살을 봉화와 광한에게로 돌렸다.

"후레자식? 이놈아, 누가 후레자식이란 말이냐? 이 개새끼보다도 못한 놈들 같으니."

봉화의 입에서 이런 소리가 떨어지기가 무섭게 그들은 뻥 둘러싸고 덤볐다.

그러나 봉화나 광한은 눈 하나 깜짝하질 않았다.

옆에서 보고 있던 주인 노파가 덜덜 떨다 못하여 이번엔 통곡을 터뜨려 놓고야 말았다.

"저놈의 새끼들을 아예 없애 버리자."

누구의 입에선지 이런 소리가 떨어지기가 무섭게 그들은 욱 달려들었다. 그런데 어느 사이엔가 봉화와 광한은 그들의 포위망을 저만큼 벗어나 있었다.

"형님, 여기보다 저놈들을 저기 넓은 장소로 끌어냅시다."

광한의 말을 옳다고 생각한 봉화도 그들이 덤벼들어도 대들 생각은 안 하고 비실비실 피해 가기만 했다.

주위에 구름 떼같이 둘러서서 구경하고 있던 사람들은 손에 땀을 쥐고 있었다.

노인네들은 저저마다 봉화와 광한을 위하여 걱정했다.

"허, 공연한 젊은 친구들이 화를 입게 됐는걸. 거참…."

주인 노파는 더욱 악을 쓰면서 통곡을 하는 것이었다.

제146회 아무리 고함을 치고 떠들어 대도 봉화와 광한은 저만치 앞선 채 멎으려 하질 않았다.

저녁놀이 영지 주변을 곱게 물들이고 있다.

도망치기만 하던 그들이 영지 주변까지 와선 번쩍 뒤돌아섰다.

"자, 이놈들아, 덤빌 테면 이 넓직한 곳에서 마음대로 덤벼 봐라."

봉화가 돌아서며 앞가슴을 번쩍 벌리고 이렇게 소리치자 그들은 잠시 주춤한 채 서로 시선을 주고받을 뿐이다.

한길에 늘어서다시피 했던 구경꾼들도 태반 없어지고 지금 뒤따르는 것은 마을 조무래기들뿐이었다.

"저놈을 그냥 둬? 한 주먹에 해치워."

그들 중 한 놈이 소리치자 앞에 섰던 얼굴이 흉악한 놈이 봉화에게로 껑충 달려들었다.

슬쩍 몸을 피하는 봉화의 동작은 물을 차고 나는 제비보다도 빨랐다.

몸을 옆으로 피했던 봉화는 달려드는 놈을 잡아 공중에 들더니만 뒤통수를 한 대 후려갈기고는 그냥 집어 던졌다.

번쩍 들리웠던 놈은 양팔을 풀썩 드리운 채 그냥 퍼런 영지 물속으로 곤두박질을 치고야 말았다.

순식간의 일이다. 옆에 있던 광한도 봉화에게 그런 재주와 힘이 있을 줄은 생각지 못했다.

첨벙 소리를 내며 물속에 빠져 들어간 친구는 한참 소식이 없었다. 기세를 돋우던 친구들도 이때만은 어쩔 줄을 몰라 갈팡질팡하고 있었다.

물에 빠져 들어갔던 친구가 풀럭거리며 개헤엄을 쳐서 나오려고 하고 있었다.

이런 광경을 당하고 난 그들은 술이 말짱하게 깬 채 감히 달려들지 못하고 으르렁대기만 했다.

이때 그들 중 두 놈이 옆에 차고 있던 칼을 뽑아 들고 봉화와 광한이한테로 달려들었다.

"한칼에 찔러 없애라!"

칼이 없는 친구들은 이런 소리로 고함지르기만 했다.

광한은 자기보다도 봉화의 신변이 걱정스러웠다. 그러나 그의 양손엔 이미 두 개의 돌이 들려져 있었다.

몇 걸음 뒤로 피하듯 물러섰던 광한은 드디어 들었던 돌을 던지고야 말았다.

봉화를 향해서 칼을 휘두르던 친구가 팔꿈치에 돌을 맞고 칼을 떨어뜨린 채 비명을 울렸다. 봉화가 떨어뜨린 칼을 집어 들자 뒤따르던 놈들은 벌써 반이나 도망칠 생각을 하고 있었다. 또 한 차례 돌이 던져지자 이번엔 광한이 앞에 섰던 친구가 또 칼을 떨어뜨리고야 말았다.

그들은 벌써 줄달음치기 시작했다. 광한이가 그 칼을 집어 들었다.

"이놈들 왜 덤비지 못하는 거야."

광한이가 소릴 쳐도 그들은 아무런 대꾸도 하지 못한 채 비실비실 피한다.

"더러운 놈들! 제대로 칼도 잡을 줄 모르는 놈들이…."

봉화는 혼잣말 같이 중얼거리며 들었던 칼을 영지에다 집어 던졌다.

헤엄쳐 기어오르던 친구는 자기한테 던지는 줄 알고 자라목을 하고 움찔한다.

"형님, 그 칼을 왜 던지우."

"그렇게 가벼운 칼을 어데다 쓰겠나. 돌 부스러기만도 못한 걸…."

봉화의 말에 광한도 주워 들었던 칼을 물에다 집어 던지고야 말았다.

그들은 어디로 도망쳤는지 이젠 자취도 보이질 않는다. 봉화와 광한은 아무런 일도 없었던듯 언덕을 내려오고 있었다.

제147회 청해진 대사를 제수받은 궁파는 그날 어두워질 무렵에야 객줏집으로 돌아왔다.

군졸軍卒까지 붙여 주는 것을 마다하고 혼자 돌아온 그는 주인 노파의 말에 우선 놀랐다.

생소한 곳에서 큰 말썽이라도 일으켜 신수 사납게 시일이라도 지연되지 않을까 하는 염려가 없지 않았다.

"글쎄 젊은 양반들이라 성미가 욱해서 그놈들하고 맞섰지요. 우리집 애도 참았더라면 오늘날 이 지경은 안 됐을 것을 살아 생이별하고 이렇게 사는 게 아니겠습니까."

노파의 말을 듣고 앉아 있던 궁파는 도대체 허구헌 날 행패를 부리고 다닌다는 그놈들의 정체를 알아 두고 싶었다.

"그래 그자들은 어데서 살고 있는가요."

"어델 살다니요, 모두 다 서울 장안에 틀어박혀 있는 놈들이지요."

"법은 무엇하라는 법인가요, 그런 놈들을 그냥 놔두면…."

"누가 아니랍니까, 아이구 말씀도 마세요. 나아리."

주인 노파는 궁파가 대궐에 들어갔다 왔다는 말을 듣고 나서는 그를 부르는 칭호가 달라졌다.

궁파는 나리 나리 하는 말이 듣기에 좀 거북했지만, 속으로 혼자 한탄했다.

백성들이 이렇게 비굴하게 되기까지는 나라 벼슬아치들이 얼마나 횡포했다는 것을 스스로 말해 주고 있는 것 같았던 까닭이다.

노파의 말에 의하면 젊은 사위가 군졸을 다니고 있었다는 것이다. 노파는 그 말만 할 뿐 사위의 행방을 감추는 것이 수상하여 물었다.

"그럼 사위는 지금 어데 가 있나요."

"양산 쪽 어느 산골에 피신을 하고 있지요."

"양산요?"

"언젠가 밤중에 한 번 다녀간 일이 있었습지요. 그때 하는 말이 양산엘 가 있다 하두만요. 어데 가 있던 간에 몸 신수나 편안하면 좋으련만…."

궁파는 노파의 사위에 대한 인상과 그 이름을 물었다. 틀림없이 그곳에서 만났던 산적 중 젊은 친구가 분명했다.

궁파는 그 젊은 친구가 그날 밤 자기들의 짐을 훔쳐서 도망치려던 그 심정과 또 그를 한칼로 벌을 주지 않고 살려 두고 온 것을 지금 와서 잘 했다고 혼자 생각했다.

궁파가 이것저것 캐묻자 노파는 그제서야 사위가 양산 땅 산속에서 산적질을 하게 된 동기를 설명했다.

노파의 사위는 사람이 퍽 얌전하면서도 부당한 일을 보면 참지 못하는 성격이라는 것이다.

그가 군졸로 있을 때 오늘 찾아와 행패를 부린 그놈들이 대낮에 술에 만취가 되어 동네 처녀를 희롱하고 있는 것을 보고 그를 그대로 버려둘 수 없어서 타이르자 그만 싸움이 되어 그들 중 한 놈에게 상처를 입혔던 것이 결국 오늘의 처지를 가져오게 되었다는 것이다.

그 상처 입은 놈이 조정의 높은 벼슬아치였던 관계로 그는 군졸 직에서 해고당하게 되었을 뿐 아니라 옥에 갇혀야 할 형편에 이르러 드디어는 야간도주를 했던 것이다.

노파와 더불어 이런 말을 주고받고 있을 때 봉화와 광한이가 돌아왔다.

노파는 마치 자기 사위가 돌아온 것이나 다름없이 뛰쳐나가 그들을 반겨 맞아들였다.

제148회 "공연한 일로 늦어졌습니다."

봉화가 궁파에게 변명같이 사과하며 얼굴을 붉힌다.

"어데 상처들이나 입은 데 없는가요. 워낙 사나운 놈들이어서…."

노파는 봉화와 광한을 번갈아 쳐다보며 어쩔 줄을 몰라 했다.

"앉아라."

그들은 궁파의 지시대로 꿇어앉았다.

궁파는 그들이 시장할 것을 생각하여 저녁밥을 끝낼 때까지 아무런 소리도 하질 않았다.

그들에겐 궁파가 말없이 앉아 있는 것이 자기들의 행동을 꾸짖는 것 같아 송구했다.

"대궐에 들어가셨던 일은 무사히 되셨는가요?"

저녁상을 물리고 난 봉화가 물었다.

"대개 생각대로 되었다. 그런데 그 불량배들은 어떻게 처리를 했느냐."

"두어 놈 윽박질러 놓았더니만 그냥 도망을 쳐 버렸습니다."

"무사했으면 좋겠지만…."

"무사하지 않을 것이 뭐가 있습니까."

"세상이란 언제나 그렇게 단순한 것이 아니니다."

그런 말을 듣고 나니 봉화나 광한은 자기들의 처사가 크게 잘못된 것 같아 더욱 미안했다.

"내일 이른 새벽 떠나야 할 테니 오늘 일찍 자도록 하자."

"내일 출발하시나요?"

옆에 앉았던 주인 노파가 되묻는 말이다.

"네, 내일은 떠나야 하겠습니다. 할머니는 어떻습니까. 이 고장을 떠나서 사위와 함께 저의 곳으로 가서 살 생각은 없으신가요."

"늙은 것이 아무델 살면 어떻습니까. 꽃 같은 것이 남편 없이 사니 걱정이지 어떻든 제가 안으로 들어가 딸애하고 의논해 갖고 나오겠습니다."

안으로 들어간 노파는 역시 의논이 분분한 모양인지 쉬 나오지 않았다.

무슨 말이 그렇게 길었던지 노파가 다시 나왔을 때는 등잔의 기름이 꽤나 줄었을 때다.

"딸애와 의논을 했습지요."

"뭐라고 하던가요."

"그 애야 기뻐하지요. 그러나 길들은 것들을 버리고 가자니 마음이 내키지 않아서 저는 여기 떨어져 살겠다고 하니, 애가 통 말을 들어줘야지요."

"할머니, 그곳도 사람 사는 곳이라 집도 있고 솥도 있답니다."

"원 말씀두… 그럼 어느 때쯤 떠나시는가요."

"동이 트기 전에 할머니는 이곳에서 출발을 하셔야 할 것입니다."

"그러시다면 어서 들어가 채비를 갖추어야겠구만요."

노파가 들어간 다음 궁파는 광한에게 일러 두었다.

"광한은 내일 아침 이 집 식구들을 데리고 일찍 출발하도록 하여라."

"네, 어데로 갑니까."

"양산 그 산적들이 있던 산채로 가 기다려라."

"그럼 사부께서는 그리로 오시는가요."

"아마 어떻게 되면 내가 앞서 들어갈지도 모른다."

"알았습니다."

그들은 내일을 위하여 일찌감치들 자리에 누워 버렸다.

궁파는 자리에 누워 있으면서도 오늘 어전에서 청해진 대사의 직을 제수받던 일을 생각하니 가슴이 벅차기만 했다.

광한은 궁파의 지시대로 주인집 노파와 딸을 데리고 동이 트기 전에 길을 떠났다. 제149회

궁파도 예정대로 아침 일찍 봉화를 데리고 서교西郊로 나갔다.

이미 수많은 군졸들이 정해진 시각에 늦지 않으려고 몰려들고 있었다.

궁파는 곧 군령을 내려서 단을 쌓게 하고 청해진淸海鎭 대사大使의 기치를 세운 후 군졸들을 모아 정돈케 했다.

이때 행군行軍하는 것을 친송親送하겠다던 왕이 어가御駕를 타고 나타났다.

청해진 대사는 군례軍禮를 따라 아뢰었다.

"무인은 허리를 굽혀 절함이 없으니 군례로써 뵈옵나이다."

모든 군졸들도 궁파의 군령에 따라 일거일동을 취한다.

홍덕왕도 이에 정색하고 답례를 한 후 모든 군졸들을 살펴본다.

용안엔 만족한 미소가 넘쳐흘렀다.

이러한 절차가 끝난 후 왕은 궁파를 불러 어배御杯를 주어 석 잔의 술을 권하며 말했다.

"청해진은 서라벌의 서문西門이라. 다시는 이를 지켜 바다를 제압하고 나라를 편하게 하라. 짐朕도 선왕先王의 법을 따라 나라 안을 다스릴 것이니, 만일 군령을 좇지 않는 자 있으면 이를 엄벌하고 곧 상계上啓하도록 하라."

궁파의 답례는 당당하였다. 서라벌 땅에 수많은 낭도郎徒가 있었고, 또한 이들이 자라 국사國事에 중책을 맡는 여러 장군將軍이 있었지만 이만한 위인은 드물어, 왕으로 하여금 더욱 마음 든든하게 하는 바가 있었다.

친송의 예가 끝나자 왕은 다시 어가에 올라 궁궐을 향했다.

어가의 그림자가 멀어지자 대사는 다시 단으로 올라가서 군졸들을 배부르게 먹인 후 행군을 시작했다.

동이 터 오르는 하늘에 울리는 고각鼓角의 소리와 바람에 흔들리는 정기旌旗는 일찍이 보지 못했던 위풍威風으로 주위를 누르는 것 같았다.

수많은 구경꾼들이 행군이 시작되는 군졸들을 구경하고 있었다.

이 군중들 틈에 끼어 있는 젊은 패들이 있었다.

대사인 궁파를 가깝게 모시고 있던 봉화는 그들을 무심히 쳐다보고 있었지만 얼굴에 멍들고 상처 입은 것이 수상하여 자세히 바라보니 그들은 어제 주인 노파 집에 와서 행패를 부리던 놈들이 분명했다.

구경에 눈을 팔고 있던 그들도 처음엔 봉화를 알아보지 못했다가 서로 시선이 부딪치고 나서야 눈치를 알아차렸던 모양이다.

그들은 서로 눈짓을 해 가며 군중들 틈새로 숨어 버리는 것이었다.

공연한 일로 어제보다 더 크게 낭패 볼 것이 두려워서 도망을 치는 모양 같았다.

행오가 당당할 뿐 아니라 질서가 정연한 모습은 어제의 군졸들이 아닌 것만 같았다.

이를 총지휘하는 군령이 시시각각으로 내릴 때마다 엄숙하고 보니 수많은 구경꾼들도 서로 쑥덕공론으로 칭찬하지 않는 사람이 없었다.

"이제 관군官軍이 명장군名將軍을 만나, 저렇듯 정연하여졌으니, 도적의 무리들이 어찌 감히 침범할 수 있으랴…."

그들의 얼굴엔 감탄과 아울러 안도의 빛이 깃들어 있었다.

산채에 머물던 도적들은 크게 믿고 덤볐던 일에 오히려 낭패를 보고 말았던 것이다. 제150회

그들은 오늘 서울 쪽에서 오는 손님을 털 생각으로 꽤나 먼 곳까지 나와서 목을 지키고 있었다.

양산 일대의 길은 산을 꺼려 웬만한 길손들은 조금만 늦어도 산을 넘을 생각을 단념하고 근처 부락에 머물렀다간 떼를 지어 넘곤 했다.

궁파 일행에게 단단히 덴 그들은 떼를 막기 위하여 오늘은 상당한 먼 곳까지 나와서 목을 보고 있었다.

광한 일행이 걸어오는 것을 먼 곳에서 지키고 있던 그들은 각기 몸을 숨기고 가까이 오기를 기다리고 있었다.

그러나 제일 먼저 놀란 것은 객줏집 노파의 사위다. 처음엔 자기 눈을 의심하였지만 틀림없는 자기 장모요 아내인 것을 알아차린 그는 먼저 뛰쳐나가 그들을 맞았다.

별안간 숲속에서 나타난 사람이 사위인 것을 보자 노파는 지나친 반가움에 목이 멘 채 사위를 붙잡고 어쩔 줄을 몰라 했다.

이런 광경을 보고 있던 딴 친구들도 숲에서 나왔다.

"아니, 어떻게 우리가 오는 것을 알고 여기까지 나왔소."

광한의 묻는 말에 그들은 그냥 웃기만 했다.

노파가 말하는 전후 사정 이야기와 광한이가 전하는 말에 그들은 일변 놀라기

도 하고 또 기뻐하기도 했다.

두령의 지시에 따라 젊은 축 세 명은 노파를 모시고 먼저 산채에 들어가게 하고 남은 세 명은 광한과 함께 거기서 궁파를 기다리고 있었다.

광한이가 노파를 데리고 오게 된 말을 되풀이하자, 두령이 변명 같기도 하고 자랑 같기도 한 말을 하였다.

"그러니 우리들을 나쁘다고 나무랄 순 없지 않어. 도망쳐 나와 있자니 이런 짓이라도 할 수밖에…."

"에이 여보슈! 아무렴 그렇다고 도적이 되어서야 쓰우."

이때 바람결에 우렁차게 울리는 고각의 소리가 들려왔다.

그들의 귀는 모두 그쪽으로 쏠리며 눈살을 조이고 먼 곳을 바라다보았다.

고각 소리뿐이 아니었다. 지금 이쪽을 향해 오는 행오는 마치 떼구름이 일어나는 것 같았다.

제일 먼저 놀란 것은 이곳 두령이기도 했지만 사실 광한도 심히 의심하였다. 광한도 그 행오가 궁파와 봉화를 따르는 대열인 줄은 모르고 있었던 것이다.

일찍이 군졸의 경험들이 있는 그들은 저러한 행차면 어떤 것이라는 것을 알고 있었던 까닭이다.

"야, 굉장한걸…."

그러나 광한은 무엇이라고 말해야 할지 퍽이나 거북했다.

만일 저 행렬이 그들의 행렬이 아니면 어떻게 하냐는 생각이 들 뿐 아니라 광한의 생각엔 꼭 아닌 것만 같았던 까닭이다.

덩덩 울리는 북소리에 맞추어 언덕길을 올라오는 그들의 모습은 마치 바위를 후려갈기는 파도 같기도 했다.

광한은 의심스러운 생각에 행렬 앞으로 가까이 나가질 못하고 자리를 피하여 풀밭에 옮겨 섰다. 그들도 광한을 따라 모두가 그쪽으로 옮겨 섰다.

전군이 그들 앞을 지나가자 중군에 있던 밤색 말 한 필이 우뚝 서 버린다. 워낭 소리가 우렁찬 말 잔등에 타고 있는 사람이 바로 궁파 그 사람이 아닌가….

제151회 늦게야 도적이 기거하는 산채 부근에다 진을 치게 했다.

궁파는 밤이 이슥해지자 봉화를 데리고 산채를 나왔다.

"내 나가서 진세陣勢를 구경하고자 하니 먼저 자도록 하오."

이런 말을 남긴 궁파는 봉화와 더불어 중봉中峰으로 올라갔다.

이슬이 떨어지는 소리가 들릴 지경으로 조용하다.

어둠이 짙어서 그들의 방위方位를 분별하기는 어려웠지만, 조련을 별로 받지 못한 그들로선 그런대로 정연하고 믿음직했다.

대체의 진세를 보고 난 그는 다시 막차幕次를 단속할 겸 진중을 순행巡行했다.

이러할 즈음, 산채에 남아 있던 여섯 명의 산적들은 의론이 분분했다.

광한은 딴 방에 벌렁 누워서 그들이 주고받는 수작을 한 귀로 들으면서도 자는 척하고 있었다.

"형님, 우리들은 어떻게 하면 좋겠습니까?"

두령보고 이런 말을 하는 것은 그 객줏집 노파의 사위가 분명했다.

"자네 가족이 온 것을 보니 나도 처 권속이 보고 싶네."

두령의 입에서 이런 소리가 나오는 것은 처음이었다.

딴 친구들도 고개를 숙인 채 말이 없다.

"이곳으로 가족을 다 모셔 오면 어떨까요."

역시 미안을 느끼는 객줏집 사위의 권하는 말이다.

"가족을 데려와? 이 사람아… 처 권속 앞에서 도적질하는 것을 보이며 살 바에야 차라리 살아서 무엇 하겠나."

"그럼 장차 어떻게 하지요?"

"기왕 자네는 가족들이 왔으니 대사 어른께 부탁하여 그리로 가기로 하게."

"저 혼자만이야 어떻게 갈 수 있습니까… 설사 가고 싶다 해도 엊그제 저지른 실수가 있는데 저를 데리고 가 주실까요?"

"이 사람아, 독 안에 든 쥐가 사람의 손을 물고 싶어서 물었겠나. 사람이란 궁지에 빠지면 별 수 없는 법일세. 그 어른이 그런 청쯤은 들어주겠지."

"우리가 이곳을 헤치고, 모두 다 그곳으로 옮기면 어떨까요."

객줏집 주인의 사위 옆에 앉아 있던 젊은 친구의 말이다.

"그거야 우리 생각이지, 저쪽에서 어떨는지…."

그리고 싶은 의향은 있으면서도, 두령은 두령대로 망설이는 것 같았다.

"여러분들이 이곳 생활을 버리고 그곳으로 옮겨 가서 새 살림을 하실 생각이라면 제가 그 어른한테 청을 드려 보지요."

잠이 들은 줄만 알았던 광한이 벌떡 일어나 앉으며 하는 말이다.

그들은 별로 실수하거나 실례될 만한 말을 한 것도 아니지만 일제히 놀란 표정으로 뒤돌아보고 있었다.

"무엇보다도 우선 여러분들의 마음을 작정하시오. 여러분들도 여기서 이 노릇을 할 사람들은 아니었는데 어쩌다 그렇게 된 것 같으니, 우리 같이 가도록 합시다."

"그럼 그대가 모든 책임을 질 수 있을까?"

"암! 있구 말구요."

광한은 혼자서 장담을 하고 나선 순행을 나간 궁파와 봉화가 돌아오는 것을 기다리고 있었다.

제152회 궁파 일행은 낙동강 밖 구에 모두 진을 쳤다.

사람을 보내어 이곳저곳에서 배를 빌려 봤지만 불과 삼십여 척밖에 되질 않았다.

그 배를 갖고는 어림도 없는 일이었다. 그래서 궁파는 근처 목수들을 불러서 배를 무을 수밖에 없었다.

광한의 아버지는 아들이 우연한 기회에 귀인貴人을 만나 그 밑에서 일 보게 된 것을 기뻐하여 배를 동원하는 일이나 목수를 불러 대는 일들을 혼자 도맡다시피 했다.

그러나 뭇기 시작하는 배를 기다려서 언제까지나 묵을 순 없었다.

궁파는 사람을 갈라서 세 패로 나서어 수송하기로 했다.

이곳 사정에 가장 잘 통하는 광한으로 뒷수습까지 다해 갖고 오게 하고 자기는 청해진 땅에 자리를 잡게 하기 위하여 봉화를 데리고 첫 배에 오르기로 했다.

객줏집 식구 일행도 궁파와 함께 첫 번 배에 올랐다.

산채에 머물던 도둑들도 솔가하여 청해 땅에 옮겨 갈 생각으로 식구들을 데리러 간 채 아직들 돌아오질 않았다. 물론 그들은 뒤에 남은 광한의 일행과 합류하는 수밖에 없었다.

궁파 일행이 서울로 가기 위하여 이곳에 배를 정박시키던 때와는 딴판이었다.

들끓다시피 하는 사람의 수효도 그러했지만, 대사의 관복 차림 한 궁파도 지나가는 행인의 모습이 아니라 어느 모로 보나 위풍이 당당했다.

궁파의 이런 모습을 가장 기뻐한 것은 일찍이 만복을 도사공으로 따라다니던 선원들이었다.

언제 물속의 고혼이 될지도 모르는 자기들의 신세가 이제야 제 주인을 그래도 만나 안정된 살림을 할 수 있다는 안정감을 느끼는 데서 그러했다.

궁파 자신도 일찍이 말에 오르면 수하 군졸을 호령하여 천릿길도 다녀 본 그였지만, 넘실거리는 파도를 가르며 달리는 해상의 기분이란 역시 육지에 비길 수 없는 맛이 있었다.

궁파는 사면을 살펴보며 사공들에게 다도해多島海의 섬 하나하나의 이름을 물었다.

지금 모두가 다 기억에서 희미해진 이름들이지만 역시 그것은 어린 시절의 요람과 같은 꿈을 지니고 있었다.

그것은 당나라 해안에서 볼 수 없었던 아름다운 풍경이기도 했다.

크고 작은 섬을 둘러 나가면 또 섬이 앞을 가로막고….

배는 거센 바다를 헤엄쳐 가는 것이 아니라 잔잔한 호숫가를 노 저어 가는 것 같았다.

이제 청해의 그림자도 바다 한가운데 묵직하게 보이기 시작한다.

배는 자기 고장을 반기는 듯 바람을 맞아 속력이 더 빨라지고 있었다.

여기저기서 그물을 던지던 조그만 어선들도 전에 보지 못했던 당당한 이 위풍에 정신을 잃고 바라들 보고 있었다.

"이상한 배가 지금 섬 앞에 정박하고 있습니다."

"이상한 배라니?"

사공의 말에 궁파는 청해 앞바다를 찬찬히 바라본다. 과연 사공의 말대로 한 척의 배가 보이기는 했지만 그것은 아무래도 고깃배는 아닌 것 같았다.

"어데 밴가?"

"글쎄올시다."

궁파의 시선은 한곳에 머문 채 움직이지 않고 있었다.

궁파는 배의 정체를 알기 위하여 속력을 빨리 하도록 했다.

섬 앞에 머물러 있던 배는 지금 닻을 올리고 있었다.

이때 선원들이 궁파 앞으로 달려와서 아뢰었다.

“저 배는 해적선입니다.”

“해적선이라구?”

“네. 틀림없는 해적선입니다.”

궁파의 머릿속을 스치는 것은 무엇보다도 가족들의 안부였다.

“저것 보십시오. 푸른 기를 흔들고 있지 않습니까. 우리들의 배를 알고 하는 신호입니다… 야, 어서 신호를 해라….”

이때 선원 하나가 저쪽에서 기를 흔드는 것과 같이 이쪽에서도 푸른 기를 흔들어 보였다.

닻을 올리며 떠날 준비를 하던 것이 이쪽의 신호를 보자 닻줄을 다시 풀었다.

“보십시오. 틀림없이 해적선입지요. 지금 우리 배를 만복이네 밴 줄 알고 저놈들은 안심을 하고 있습지요.”

“저기엔 몇 명이나 타고 있는가.”

“약 삼십 명 정도일 겁니다. 그러나 저 배에 있는 놈들은 이 서해 바다에선 가장 흉악한 놈들만이지요. 우리 배는 고사하고 요전에 경을 친 놈들보다도 한 수 위지요. 말하자면 해적선의 두목 격입니다.”

“그놈들은 무슨 재주를 갖고들 있느냐….”

“그런 것은 아는 바 없습니다만, 어떻든 별의별 놈이 다 있습니다. 왜倭놈이 있는가 하면 얼굴이 검은 남방 놈도 타고 있답니다.”

궁파는 무엇을 생각하는지 한참 묵묵히 고개를 숙이고 있더니만 배에서 가장 젊고 힘이 센 장정 중에 검술을 아는 사람들로 골라서 저쪽 배로 뛰어오를 수 있도록 만반 준비를 하였다.

조금 전까지도 웅성거리던 저쪽 배는 조용해진 것 같았다.

배가 가까이 가자 저쪽 배에서 발판이 될 만한 넓적한 나무를 이쪽 배에다 걸어 놓는 것이었다.

궁파는 발판이 마련되기가 무섭게 봉화를 데리고 뛰어 건너갔다. 건너선 길로 그들은 발판을 옮겨 놓아 주던 두 선원을 물에다 집어 던지곤 뽑아 놓은 장정들로 하여금 한꺼번에 뛰어들도록 했다.

별안간 배 안이 소란스러워지자 안에 들어가 있던 친구들이 하나둘 나오는 것을 궁파는 될 수 있는 대로 해치지 말게 해서 그냥 묶어 놓도록 하였다.

이 소식을 전해 듣고 놀란 것은 이 배의 두목과 부두목이었다.

그들은 자기 부하가 생포되었다는 소리를 듣자 각기 장기長技인 칼과 창을 휘두르며 뛰쳐나왔다.

그러나 궁파는 그 창법을 보고 상대가 어디 사람인 것쯤은 알아차릴 수 있었을 뿐 아니라 그 창법이야말로 모두가 속임수임을 알아차릴 수 있었다.

그런 창법이란 광대나 노름꾼들이 하는 장난이지 무예를 제대로 배운 사람은 누구도 쓰지는 않았다.

궁파는 당나라 말로 크게 꾸짖으며 그의 창을 한칼로 갈겨 떨어뜨렸다.

그가 창을 떨어뜨리자 물러섰던 군졸들이 달려들어 그를 결박하는 동안 궁파는 다시 봉화와 겨루는 놈과 맞섰다.

역시 그놈은 검술을 제대로 배운 것 같았지만 오랜 해적 생활에 타락하여 그것도 별로 크게 상대할 정도는 못 되는 위인이었다.

자칫했더라면 온 식구를 잃어버릴 뻔했던 위기일발의 경지에서 구출한 셈이었다. 제154회

해적에게 붙잡혔던 가족과 딸린 사람들은 먼저 풀어서 임시 거처로 보내 놓고 난 다음 궁파는 배에서 내리는 모든 군졸들로 하여금 바닷가가 내려다보이는 언덕 일대에 진을 치게 했다.

사로잡힌 해적들은 크게 놀라지 않을 수 없었다. 이 조그만 섬에 도대체 무슨 이유로 이렇게 많은 군졸이 주둔하는지 그 이유를 알 수 없었다.

모두 다 결박을 지은 그들은 임시로 마련된 장소로 옮겨 앞뒤로 감시병이 달려 있었다.

진을 치고 자리 잡기에 바빴던 그들도 해가 질 무렵에야 겨우 정돈된 채 안정할

수 있었다.

궁파는 수하 군졸들에게 오늘 밤은 배부르게 먹고 푹 쉬도록 하라는 군령에 앞서 붙잡은 해적들에게 극진히 대접을 해 주라고 하였다.

이런 분부를 받은 군졸들도 놀랐지만 당장 묶인 채 목이 날아갈 줄만 알고 있던 해적들도 이 생각지 않았던 대우에 크게 놀라는 한편 의론이 분분하였다.

그들은 술과 고기를 나누며 이런 소리를 주고받았다.

이렇게 자기들을 후대하는 것은 결국 죽이기 전에 원한이라도 없게 하기 위하여 술과 고기를 배부르게 먹이는 것이라고도 하고 또는 자기들의 환심을 사서 이곳에 머물게 하려는 수단이라고 말하는 축도 있었다.

어떻든 시장기에 굶주렸던 그들은 술과 고기를 배부르게 먹을 수 있었던 것만이 다행이었다.

임시로 쳐 놓은 진지를 순행하고 나서 궁파가 이곳에 왔을 땐 꽤나 밤이 깊었을 무렵이다.

오늘따라 파도 소리는 거세었고 거품이 자옥한 파도 위엔 반들거리는 고깃배의 불빛도 보이질 않았다.

궁파는 들어서는 길로 불을 밝히게 하는 한편 정중히 문안을 하여 그들을 당황케 하였다.

한때는 밧줄에 결박되었던 그들이라 별안간 달라진 지극한 대접이고 보니 어리둥절해지는 것도 무리는 아니었다.

궁파가 그들을 흘겨보며 다시 말을 이었다.

"이번은 처음이라 그대들을 그냥 돌려보낼 것이니 아무쪼록 본국으로 돌아가서 어진 사람들이 되도록 하라. 만일 그대들이 바다에 미련이 있어서 풍랑을 뚫고 다닌다면, 서해에 궁파가 있음을 잊지 말도록 하라."

그들은 묵묵히 고개를 숙인 채 말이 없었다.

날이 밝으면 이목耳目이 많아서 의견이 구구할 테니 어둠을 타서 배에 오르라고 하니, 그들은 궁파의 넓은 도량에 크게 감격하여 어찌할 바를 몰랐다.

궁파와 마주 창을 겨누던 두목도 앞으로는 이런 생활을 청산하고 어떻게든 평범한 생업에 종사할 것을 약속하며 배에 올랐다.

배에 오를 때까지 그들은 수차례나 심문을 당하였지만 함께 따라 나온 궁파의 덕으로 무사할 수 있었다.

그들 일행이 닻을 걷어 올릴 때에야 비로소 옆에 따르던 봉화가 물었다.

"도둑의 무리를 놓아주심은 무슨 일이신가요."

"앞으로 두고 보면 알리라."

궁파는 조용히 말하며 히죽이 웃었다.

제155회

진출

進出

군졸 만 명이 청해 땅으로 옮겨 오는 데는 상당한 시일이 걸렸다.

수송 작업을 일단 끝내고 난 궁파는 새로운 제도와 방어防禦를 위한 축성築城에 바빴다.

이백구십 리나 되는 섬 둘레를 직접 답사하고 난 궁파는 풍수와 더불어 직접 지형을 보고 높은 자리엔 망루를 세우게 했다. 한편 궁파는 이천여 명의 군졸을 동원하여 산에 올라서 벌목해 내렸다.

벌목해 온 나무는 이것을 그늘에 두고 말리게 했다.

"이제 우리가 서라벌의 앞문을 지키기 위하여선 망루와 성만으로선 부족할 것이니, 수십 척의 배가 필요할 것입니다. 지금 있는 배는 노후老朽할 뿐 아니라, 속력이 늦어서 쓸모없이 생각되오니 새로운 설계로 배를 고안하여 봄이 좋으리다…."

낙동강 하류에서 고기 그물이나 던지며 살던 어부였던 광한의 아버지는 이 청해 땅으로 옮겨 와서부터는 수군을 조련시키며 또한 모든 공장工匠들을 지휘하여 조선造船의 일까지 맡아서 감독하게 되었다.

"며칠만 말미를 주신다면 보통 배와는 다른 규모의 배를 설계하여 보겠나이다."

궁파는 그의 청대로 허하여 주었다. 본래 그는 낙동강 하류에서 그물이나 치며 근근이 살아가던 어부에 불과했지만 두뇌가 퍽 치밀한 사람으로서 하잘것없는 고깃배였지만 직접 자기가 목수 일까지 봐 가며 뭇곤 했다.

며칠 후 그는 흰 목판에다 숯으로 설계도를 그려 갖고 궁파한테로 왔다.

그 배는 넓이만 해도 보통 배보다 삼 배나 되었다.

뚜껑을 닫으면 방주方舟가 되어 마치 자라가 엎드린 것 같고 그 뚜껑을 열면 그것이 좌우로 달려 조그만 배가 되는 것이다.

앞뒤가 뾰족하고 돛도 없이 배는 안에서 돌려서 노를 젓게 하여, 가고 오는 속력을 마음대로 조절할 수 있게 되어 있었다.

또한 그 배는 푸른색으로 물결 무늬를 그려서 물속에선 뚜껑만 닫고 있으면 가깝게 있어도 배라고 보기가 힘들 지경으로 되어 있었다.

궁파는 그 설계도를 보고 크게 기뻐했다.

수십 척의 배를 이런 규모로 만들게 하는 한편 물에 익숙한 군졸들을 뽑아서 배가 만들어지는 대로 그것을 운용運用하는 법을 광한의 아버지가 도맡아 가르쳤다.

한편, 양산 산골에서 산적의 두목놀이를 하던 상해로 하여금 청해 땅 이백구십 리의 둘레에 세워져 있는 열두 군데의 망루를 총감시하게 하였다.

망루에는 밤낮을 가리지 않고 사람들을 두어 감시하게 하니 백성들은 이제야 마음 놓고 다리를 펴고 잠들 수 있게 되었다. 그러나 만여 명의 군졸들이라 이 가운데는 언제나 한가하게 지낼 수 있는 자도 있었다. 궁파는 이를 막기 위할 뿐 아니라 또한 자급자족하기 위하여 언덕과 산을 불 질러 이를 개간케 하여 농경지農耕地를 넓히었다.

황폐화해 가던 땅을 다시 일으키고 불안에 떨던 섬을 웃음의 낙원으로 자리 잡게 하기 위해선 수많은 군졸들의 손을 빌려야 했다. 이렇게 자리 잡혀 가는 동안 궁파는 모든 백성들의 정신적인 위안처를 위하여 적성산의 절을 본 따서 법화원法華院이라는 절까지 세웠다.

궁파는 오늘도 회선정會仙亭 앞에서 군졸들의 무예 연습을 관람하고 있었다. 제156회

높아진 하늘 밑에 떠도는 흰 뭉게구름이 완연한 가을을 알리고 있다.

말도 살이 쪄 소리 높여 울어 대고 사람들도 선기 바람에 쳐들어 휘두르는 창과 검엔 벅찬 기운이 서린다.

차일遮日을 한 단 위에 앉았던 궁파가 잠간 고개를 들어 언덕 밑을 굽어본다.

좌우에 섰던 군졸들도 서로 얼굴을 쳐다보며 언덕 밑으로 시선을 옮긴다.

"지금 언덕을 뛰쳐 올라오는 것이 망루를 지키고 있는 군졸이 아니냐?"

"그러하옵니다."

옆에 서 있던 군졸이 아뢰는 말이다.

회선정 앞에 둘러서 있던 여러 군졸들도 잠시 열중하고 있던 무예 연습에서 정신을 판 채 언덕 밑을 내려다보며 쑥덕거렸다.

언덕 밑에서 뛰쳐 올라오는 군졸이 가까워 오자 회선정 앞에 둘러섰던 군졸들은 좌우로 피하여 길을 내주었다.

언덕을 뛰쳐 올라온 군졸이 궁파 앞으로 오더니만 숨 돌릴 새도 없이 군례軍禮를 취하고는 망루에서 일어난 일을 자세히 보고하는 것이었다.

청해 땅에 자리 잡고 모든 제도를 갖추고 산을 일으켜 수리水利를 이용하여 경지까지 넓혀서 자급자족을 이루기에 어언 이태 동안 별고 없이 지내던 그들이라 순식간에 얼굴에 긴장의 빛들이 떠돌고 있었다.

"망루에서 바다를 지키고 있는 중 이상한 배가 오도 가도 않고 앞바다에서 방황하기에 곧 수군에게 연락하여 이를 붙잡아 왔기에 급히 알리러 왔나이다."

"그 배가 어디 배 같더냐…."

"서로 언어가 통하지 않아서 어느 나라 배인지는 알 수 없사오나, 해적의 배는 아닌 것 같사오며, 그 인물들이 보기에 꼭 원숭이 같더이다."

"원숭이?"

이렇게 되받아 외우며 고개를 기웃해 보는 궁파는 그들이 왜倭나라 배가 아닌가 생각했다.

"네, 얼굴이 붉을 뿐 아니라 몸에는 온통 노란 털이 나 있는 것이 영락없는 원숭이와 흡사하더이다."

궁파는 곧 봉화를 불러내었다. 봉화도 역시 옛날과는 달리 군례로써 앞에 와서 대령한다.

"곧 가서 배를 점검해 보고, 선장과 두목이 될 만한 자를 데리고 오되, 그들을 죄인으로서 대할 것이 아니라 예를 갖추도록 하여라."

"분부대로 하겠나이다."

봉화는 두세 군졸을 데리고 망루의 군졸과 함께 배를 억류하여 두었다는 해안으로 내려갔다.

뜻밖의 일이 생겼으므로 오늘은 훈련도 그것으로 끝맺은 군졸들은 각기 막사로 돌아갔다.

궁파도 그 길로 관아로 돌아가 봉화가 돌아오기를 기다리고 있었다.

모든 군졸들이 각기 막사를 찾아 돌아갈 때 가장 뒤떨어진 것은 염장이었다.

염장도 이태 동안에 제법 골격이 굵어졌지만 그의 가슴속에선 한때도 불평과 불만이 사라지지 않고 있었다.

그것은 적산 법화원에서부터 시작되어 오늘날에 이르기까지의 불평이었지만, 요즈음에 이르러서는, 그것이 점점 더해만 가고 있었다.

봉화와 연옥이가 결혼하던 날만 해도 염장은 하루 종일 마시지 못하는 술을 마시 제157회
고 생트집을 부리다가, 어린놈이 까분다고 여러 군졸들한테 몰매를 맞은 적이 있었다.

염장의 불평은 그것뿐이 아니다. 하잘것없는 사공의 아들인 광한이도 수궁에 우두머리가 되었지만, 자기만이 복아와는 떨어져 막사에 자고 깨는 군졸 생활을 하게 되었으니 기가 막히지 않을 수 없었다.

이러한 염장이고 보니 언제나 눈엔 불심지가 가시지 않아 눈알마저도 붉어져 있었다.

막사 앞으로 온 염장은 들어가지도 않고 빙글빙글 돌고 있었다.

인제는 복아를 한번 만나 보려고 해도 꽤나 힘들었다.

영권은 봉화네와 따로 나서 살게 되자 복아는 궁파의 집에서 살게 되고 보니 전에 비하면 여간 힘들지 않았다.

그것보다도 염장은 기실 복아에겐 점점 흥이 없어져 가고 있었다.

사실 복아에게 비하면 궁파의 딸 미윤이가 퍽 마음에 들었지만, 그것은 나이가 어려서 잘못 건드렸다간 봉변을 당할 것이 두려워, 감히 생심조차 할 수 없는 일이었다. 그것보다도 미윤이에 대해선 영권이 녀석이 은근히 마음을 품고 있는 것이 아니꼬웠지만 도리가 없었다. 그것보다는 염장의 비위를 상하게 하는 것은 곽송을 비롯한 무리들이었다.

그들은 봉화를 한결같이 신주단지 모시 듯하며 굽실거리는 것이 정말 눈에 거슬렸다.

염장은 봉화에 대한 원한이 적산 법화원 뒤뜰에서 검술을 연습할 때부터 비롯하여 오늘날까지 잠시도 가시질 않았다.

그때는 그렇다 해도 지금쯤 봉화와 겨눈다면 염장은 문제없이 그를 한칼에 해치울 수 있을 것만 같았다. 그러게 염장은 조금도 그에게 존경이 가질 않았다.

잔뜩 기분이 상해 있는데 영권이가 막사 앞을 지나가고 있었다.

영권이도 자기를 뻔히 보았을 텐데 불구하고 모른 척하고 지나가는 것이 염장의 비위를 상하게 했다.

"영권아, 뭐 그럴 필요 없지 않어?"

"오, 무얼 하니, 망루에 내려가 보지 않을래?"

"매부 덕을 톡톡히 본다고 인심을 쓰는 거냐?"

대수롭지 않은 말이었지만 영권도 그만 기분이 잡쳐지고 말았다.

금시 실쭉해진 영권은 염장을 아래위로 훑어 보았다.

"뭐 그렇게 사람을 노려볼 필요는 없지 않어…."

염장은 천연덕스러웠다. 영권에겐 그것이 더 미웠다.

"그래 너는 밤낮 무슨 시비냐."

"네가 그 무엇 같은 매형을 믿고 나한테 덤빌 테냐?"

"매형은 왜 거드는 거야!"

"너보다도 그 자식이 더 보기 싫으니 그러지."

"뭐가 어째?"

영권은 염장의 앞으로 달려들었다. 염장도 딱 버티고 선 채 선수는 쓰지 못하고 있다.

이때 망루로 내려갔던 봉화가 이상한 배에 있다는 선원들을 데리고 올라오고 있었다.

"어디 두고 보자!"

영권은 이런 말을 남기고 봉화 일행에 앞서 언덕으로 올라갔다.

제158회 "두고 봐? 흥! 볼 테면 보자!"

염장도 혼잣말같이 중얼거리며 영권의 뒤통수를 노려보았다.

염장은 봉화 일행이 자기 앞으로 가까이 오자 그냥 막사 안으로 들어가 버리고 말았다.

왜선의 선원들을 데리고 올라온 봉화는 궁파가 하라는 대로 그를 정중히 관아로 안내했다.

망루대의 군졸이 말하듯이 그들의 모습이란 정말 원숭이에 흡사했다.

봉화가 그들을 궁파 앞으로 안내하고 나서 자기가 들은 바에 대하여 설명을 한다.

"이쪽에 선 모리毛利란 사람은 전에 붙잡았던 해적선에 있었던 사람으로 당나라 말에 약간 통하나이다."

"해적선에 있었다고, 그러고 보니 얼굴이 기억에 있는 것 같기도 하군…."

궁파는 그들에게 극진한 손님으로서의 자리를 권했다.

"이 사람 말에 의하면 다른 두 사람은 왜나라 지쿠젠筑前 태수太守로부터 보낸 사신들이라고 합니다."

"옳아…."

궁파는 봉화의 설명을 들으며 세 사람을 번갈아 쳐다본다.

이때 해적선에 붙잡혔다던 모리라는 사람이 궁파 앞에 머리를 조아리며 입을 열었다.

물론 당나라 말이지만 그의 말은 배에서 배운 말들이라 여간 상스럽지가 않았다.

"무지한 사공의 아들로 태어나 뜻하지 않은 해적선에 몸을 두고, 수많은 죄악을 저지르고 다니다가 우연히 장군의 힘으로 뉘우치게 되어 다시 고국으로 돌아가 사람다운 살림을 하게 된 것은 오로지 장군의 은덕인 줄 알고 그 은덕을 뼈에 새기고 있나이다."

궁파는 엷은 미소를 지으며 조용한 말로 묻는다.

"모두가 하늘이 당신에게 베푼 복인 것이오, 그때의 딴 사람들은 모두 어떻게 되었소."

"그 배의 두목은 남쪽 토족土族으로서 그 얼굴이 검붉던 친구였나이다."

궁파는 자기한테 창을 휘두르고 달려들던 그 자의 모습을 잊지 않고 있었다.

"그 토족 밑에 소인이 부두목으로 있었습지요. 저희들이 타고 다니던 배는 다른 배와는 달리 각 나라 사람들이 다 타고 있었습지요. 뿐만 아니라 이 근방에선 저의 배를 당할 것이 없었습니다. 그러던 것이 장군을 만나 무참히 패하였을 뿐 아니라 또한 넓은 도량을 보여 주시어 저희들을 그냥 놓아 주신 덕으로, 저희들은 생업을 달리 바꿀 것을 결심하게 되었나이다."

도둑의 무리를 그냥 놓아주던 것을 의아하게 생각했던 봉화는 그제서야 사부인 궁파의 넓은 뜻을 깨달았다는 듯이 고개를 주억거렸다.

잠시 수그렸던 고개를 든 모리는 다시 말을 이었다.

"그래서 소인도 본국으로 돌아가서 생업을 바꿀 수 있었을 뿐 아니라 또한 제가 바다에서 얻은 경험을 진언하여 저의 나라 태수님으로부터 오늘 이렇게 사신을 보내어 장군님을 찾아 뵈옵게 되었으니 그 기쁨 더할 나위가 없나이다."

"무엇보다도 그대가 생업을 바꿨다는 것이 기쁘오."

이런 말을 하면서 궁파는 마음으로 무한히 기뻤다. 본국으로 돌아올 때의 꿈이 점점 실현되는 것 같아서다.

제159회 모리가 안내한 지쿠젠 태수가 보낸 사신들은 궁파에게 서신과 또한 예물을 올렸다.

"앞으로 친교親交를 맺는 정표情表로 보내는 것이오니 허물없이 받아 주시기를 바란다는 본국 태수님의 말씀이었나이다."

"왜나라는 우리와 이웃의 나라로 친교를 위하여 두터운 정표까지 보내왔으니 내 깊은 정의를 잊지 않을 것이오."

그날 밤 궁파는 이들 두 명의 사신과 또한 선원들을 위하여 주연을 베풀게 했다.

손님으로 두 사신을 앉히고 그리고 궁파가 앉은 다음 모리와 봉화는 그 옆에 역관譯官 격으로 앉고, 그 다음에 선원들과 궁파의 수하들이 자리하고 있었다. 청해진 땅에서 이렇듯 큰 잔치를 베풀기는 이것이 처음이다.

남빛 휘장이 둘러 있는 주연 좌석에는 타오르는 광솔불이 말은 서로 통하지 않지만 주고받는 인정을 더욱 두텁게 하는 것 같았다.

율객律客이 나와 앉아 비파줄을 고르고 미녀美女들이 주호酒壺를 들고 돌 때마다 사람은 취하여 좌석은 홍성거렸다.

궁파가 잔을 비어서 고루고루 회배回杯를 권하자 그들은 잔을 두 손으로 받아들인다.

이렇게 잔치가 한참 무르익어 갈 무렵 염장은 슬그머니 막사를 빠져나왔다.

휘장 뒤에 숨어서 안을 굽어보던 염장은 무엇이 그리 화가 났는지 침을 퉤 내뱉고는 돌아서 버린다. 그에겐 모든 것이 마땅치 않았다.

그 마땅치 않은 속에서도 가장 비위에 거슬리는 것이 봉화의 존재다.

이렇듯 큰 잔치가 있고 보면 남의 눈을 피할 수 있을 것 같아, 그는 지금 복아를 불러내려 가던 참이다.

대궐같이 늘어선 집 앞으로 온 염장은 주춤한다.

혹시나 누구의 눈에라도 띄지 않을까 해서다.

그러나 나무그늘 밑에서 염장의 그림자를 본 사람이 있었다.

하도 아름다운 비파 소리를 들으러 나왔던 연옥이다. 연옥은 그것이 염장인 줄 알자 그들을 따라 궁파의 집으로 걸음을 옮겨갔다.

연옥이가 들어서는 것을 보자 반기는 것은 역시 복아였다.

"그러지 않아도 언니네 집으로 간다던 참이었는데…."

"참 잘 됐군. 음식과 술을 갖고 우리 저리로 나가서 비파 소리를 듣도록 하자."

"술을?"

"애, 오늘 같은 날 술 한잔쯤 마셔 본다고 어떻게 되겠니?"

복아는 연옥이가 시키는 대로 술과 음식을 마련하여 갖고 연옥을 따라 나왔다.

밖으로 나오자 연옥이가 복아의 귀에다 대고 속삭거린다.

"복아야, 그이가 저기 와 있단다. 갖고 나온 술과 음식이니 조용한 곳에 가서 대접하도록 해라."

복아는 연옥의 말에 얼굴이 화끈했다. 그러나 연옥은 벌써 총총걸음으로 사라지고 말았다.

어둠 속을 살펴보는 복아는 전신이 짜릿했다. 정말 연옥이 말대로 저만큼 우뚝 서 있는 것은 염장에 틀림없었다.

복아를 남겨 놓은 채 이쪽으로 걸어오던 연옥은 흠칠했다. 제160회

지금 숲속에 나란히 앉아서 주연장에서 들려오는 비파 소리에 귀 기울이고 있는 것은 동생 영권이와 미윤이었다.

벌써부터 그런 눈치를 알고 있는 연옥이었지만, 나이 어린 그들이라 그냥 동기같이 지내는 것이라고 생각해 왔지만 이렇게 으슥한 곳에 단둘이 앉아 있는 것을 본 순간 그들도 어린 것 같지가 않았다.

연옥은 자리를 피할까 생각하다가 일부러 그들 옆으로 가까이 간다.

"어데를 갔는가 했더니 여기들 나와 있었구먼…."

연옥의 목소리를 듣자 그들은 약간 놀란 듯 자리에서 일어선다.

"누님이세요?"

"응…."

"복아 언닌 안 나왔는가요?"

"집에 있는가 보지."

미윤의 묻는 말에 연옥은 시치밀 뗐다.

"공연히 집에 틀어박혀 있는다구…."

영권이의 다 알고 있다는 듯싶은 말대꾸다.

연옥이와 미윤이도 영권의 말엔 아무런 대꾸가 없다.

가까운 주연장에선 주홍이 고비를 넘는지 음률 소리가 점점 질탕해지고 있었다.

"이슬이 차가웁다. 밤이 깊기 전에 들어가자."

"누님은…."

"사내대장부가 음률 구경이 뭐냐."

영권은 누나의 말에 무안을 느낀 채 덤덤히 일어서고야 말았다.

한참 질탕하게 흐르던 음률 소리도 다시 뜸해지더니만 또 술이 돌기 시작했다.

"오늘은 이렇듯 좌석을 마련하여 주서서 저희들을 한껏 위로하여 주시니 장군의 은혜, 이루 다 말씀드릴 수 없나이다. 본국으로 돌아가면 태수님 앞에 하나도 빠짐없이 아뢰겠나이다."

"생소한 바닷길에 지친 여러분을 오히려 소홀히 대접하여 무안할 따름이오."

"천만의 말씀을…."

이번엔 지쿠젠 태수의 사신이 궁파에게 잔을 올린다.

궁파는 잔에 술을 따라 받으며 그의 얼굴을 쳐다본다. 사신이 다시 말을 잇는다.

"장군의 넓으신 도량에 의지하여 한 가지 청이 있나이다."

"청이라니 무슨 청이오."

"다름이 아니오라 장군께옵서도 저희들 지쿠젠 땅에 사신을 보내시어 모든 문물을 보고 오게 하여 친히 들어 보심이 앞으로의 친교에 더욱 도움이 되지 않을까 하나이다."

궁파는 언저리에 꽃이 핀 듯 붉어진 눈을 감고 고개를 끄덕인다.

사신의 말이 아니었더라도 궁파 자신 그것을 생각하고 있던 일이다. 그러던 차에 사신으로부터 그런 말을 듣고 보니 마음이 바빴다.

누구를 보낼 것인가….

봉화!… 그러고 보면 수하에 사람은 많아도 적요함이 없지 않았다.

"알아서 하리다."

잠간 생각 끝에 이런 대답을 하며 그는 다시 사신에게 잔을 돌렸다.

사람도 취하고 보니 음률 소리는 물론 휘황하게 비치는 불빛마저도 취해지는 것 같았다.

술과 음식을 싸든 복아는 뒤돌아서 걸어가는 연옥을 한참이나 멍청히 쳐다보 제161회
고 있었다.

자기를 위해 그렇게 마음 써 주는 것이 고마우면서도 무엇인지 모르게 서운하여 금시 눈물이 글썽해짐을 어찌할 수 없었다.

그러고 보면 염장을 만났던 지도 벌써 수삼 일이 지났다.

언제나 만나고 싶고 보고 싶었을뿐더러 하루 속히 같이 있고 싶은 그였지만 요즈음은 복아도 그가 무슨 까닭인지 점점 서먹서먹해지는 것 같았다.

연옥이가 돌아설 때 글썽해진 눈물도 그러고 보면 연옥에게 대한 것이 아니라 그로부터 느껴진 서글픔으로 인한 것인지도 모른다.

그러면서도 돌아선 연옥을 불러 세우고 싶지 않음은 복아 자신도 모를 심정이기도 했다.

복아는 연옥의 그림자가 보이지 않자 주위를 살펴보았다.

이쪽으로 걸어오는 그림자가 보인다. 틀림없이 염장이다. 염장인 줄 알면서도

복아는 달려가고 싶지 않아서 그대로 서 있었다. 정말 자기도 모를 심정이다.

"영권이 누님은 왜 돌아갔지?"

그러고 보면 염장은 아까부터 자기들의 동정을 살펴보고 있었음이 분명했다.

"왜 보시고도 알은척하시질 않았어요."

복아는 전에 없이 톡 쏘아붙이고 말았다.

"뭐 그렇게 화낼 것 없지 않어. 영권이 누님이 있는데 아는 척했댔자 소용없지 않어."

"그것이 나빠요. 여기 와 계신 줄 알고 연옥이 언니가 저를 데리고 나왔는걸요…."

그러고 보면 연옥이가 조금 전에 자기를 보고 들어갔던 것이 확실했다. 그러나 복아가 무슨 말을 해도 염장은 조금도 고마운 생각이 들질 않았다.

"알은척하면 무엇해, 도리어 방해가 되지 않어."

"아무렴 그럴라구요…. 연옥 언니가 여기까지 저를 데려다 주는 형편인데 무슨 방해가 된다구요."

"그렇다고 방해가 되지 않나? 모르는 소리… 둘이서 만나면 되지 영권이 누나까지 만날 필요가 어데 있어."

염장을 말을 듣고 보면 사실이 그랬지만 복아는 만날 때마다 그러했듯이 오늘 밤도 역시 불안했다.

복아의 팔을 덥석 붙잡은 염장은 음률 소리가 유난하게 들리는 자리를 피하듯 어둠 속으로 이끌었다.

"누가 보면 어떡해요."

"누가 보면 어때!"

염장은 복아 팔을 붙잡은 채 놓으려 하지 않았지만 복아도 그 팔꿈치를 빠져나오고 싶지가 않았다.

그들은 언제나 만나던 깊숙한 그늘 밑으로 들어갔다.

궁파의 집에서 별로 떨어져 있지도 않았지만 인적이란 거의 없다시피 한 장소다.

나무 그늘이 우거진 데다 평퍼진 반석이 깔려 있어서 그들이 밀회하는 장소로선 십상이었다.

염장이 먼저 털썩 주저앉았지만 복아는 무엇이 못 미더웠던지 주위를 살핀다.

염장을 만났을 때 그것은 복아의 한 가지 습관이 되어 버렸다.

망루에 깜박이는 불빛이 꼭 자기들을 감시하고 있는 누구의 눈길같이 여겨지기만 했다

앉지 않고 서성거리고 있는 복아를 보다 못하여 염장이 일어서 끌어안아 주저 제162회
앉힌다.

"누가 보면 어떻게요."

"오늘 밤은 왜 유별나게 이러지…."

"음률 소리를 들으려고 사람들이 온통 나와들 있지 않아요."

"음률 소리를 들으려 하지 우리들을 보려고 하는가."

복아는 주저앉은 채 고개를 수그렸다. 언제나 마주 앉으면 수줍어지는 그녀의 마음이다.

"그 갖고 나온 건 무어야."

"이 정신 봐요. 연옥 언니가 갖다 드리라고 술과 음식을 싸 주지 않아요."

염장은 술과 음식이란 말에 귀가 번쩍 뜨이면서도 또 겉투정을 부렸다.

"사람을 대접하려면 의젓이 대접을 할 것이지 내가 거지였던가, 보퉁이에 음식을 싸들고 다니게 하니…."

"그럴 수 있는 형편이면 좀 좋을라구요. 형편이 그렇지 못하니 그렇지."

"무슨 형편이 그렇지 못해…."

염장에겐 복아의 말이 자기를 업신여기는 것 같아 절로 목소리가 거칠어졌다.

"뻔히 아시면서도…. 형편이 옳으면 우리가 이렇게 남의 눈을 피할 필요가 있어요."

복아도 지질 않았다. 잠자코 있을 줄만 알았던 복아가 한술 더 뜨고 나오니 염장도 할 말이 없었다.

잠자코 있자니 염장의 분통은 더 터져 오를 뿐이다.

이러니 저러니 해도 자기 형편이 펴지 못하는 것은 암만 해도 봉화의 탓만인 것 같았다. 아니 그것뿐도 아니었다.

뒤통수에다 양손으로 깍지를 끼고 있는 염장은 자기와 복아의 관계를 생각해 보고 있었다.

절로 한숨이 흘러져 나온다. 아름다운 비파의 소리도 들리질 않을뿐더러 염장은 어두운 시야가 더 캄캄해지는 것 같기도 했다.

그래도 자기 혼자 생각으론 하다못해 망루의 우두머리라도 될 줄 알았는데 낙동강 뱃사공의 아들 광한이보다도 못한 형편이 되고 보니 이는 봉화가 자기를 처음부터 미워한 결과로밖에 생각할 수가 없었다.

지금 맥없이 눈을 꾸벅거리고 있는 염장의 눈앞을 가로막는 것은 어둠뿐이 아니라 새롭게 떠오른 어떤 환상이었다.

궁파의 딸 미윤이다…

지금 옆에 앉아 있는 것이 복아가 아니라 미윤이었더라면 만사는 달라졌을 것이다.

염장은 또 한 번 무거운 한숨을 내뿜었다.

"몸이 불편하세요."

"아니 마음이…."

복아는 잠자코 있었다. 요즈음 그를 만나면 입버릇처럼 하던 말을 들으니 대강 짐작할 수 있었던 까닭이다.

"그렇게 성미가 조급하시면 어떡해요. 그러지 않아도 연옥 언니도 그런 말을 하던데. 앞으로 좋은 기회가 생기겠지요."

"연옥이… 흥… 그 봉화 녀석이 나를… 두고 보자지 두고 보래…."

"쉬…."

복아는 누가 들을까 두려워서 나긋나긋한 손으로 염장의 입을 틀어막아 주었다.

"시장하실 텐데 음식이나 드시지요."

"그 술이나 줘!"

복아는 아무 말 없이 들고 나온 주호에서 술을 따라 염장에게 권했다.

제163회 염장은 잔에 따라 받은 술이 실차지 않았다.

"그 술단지를 이리 줘요."

"그렇게 마시고 어떻게 하신다고 그러지요."

"이렇게 마시나 저렇게 마시나 마시는 것이야 매일반 아니야."

염장의 고집을 알고 있는 복아는 더 만류하지 않고 그냥 술단지를 내어 주었다.

술단지를 받아 든 염장은 맹물을 들이켜듯 꿀꺽꿀꺽 삼켜 보았지만 후련해질 것만 같던 가슴은 더 답답해지기만 했다.

전에 없이 이렇게 술을 들이켜는 것을 보니 복아는 옆에 앉아 있기가 불안할 정도였다.

"술을 그만 마시고 음식이나 좀 들어요."

염장은 고개를 떨어뜨리고 앉은 채 대답이 없었다.

복아는 술을 마시는 염장만이 불안한 것이 아니라 밤이 점점 깊어가는 것이 더 초조했다.

주연장에선 아직 술좌석이 파하지 않은 듯 음률 소리가 더 질탕해질 뿐이다. 복아는 그러한 분위기나마 엿들을 수 있는 것이 다소나마 마음에 위안이 되었다.

"복아…."

조금 전과는 딴판으로 부드러운 염장의 부르는 소리다.

복아는 대답 대신 고개를 돌리었다. 술기운에 달은 뜨거운 입김이 뺨에 뜨거웠다.

"눈을 떠야 별을 보고, 언덕이 있어야 기대질 않나…. 언제까지나 이렇게 군졸 노릇만 하고 있어서야 복아와 나는 언제 결혼할 수 있지?"

"너무 성급히 굴진 말아요. 마련되어 있는 언덕이요 보고 싶을 때 볼 수 있는 햇님이지 무슨 말씀을 그렇게 하세요."

"흥, 마음 편한 소리지, 그렇게 될 수 있다면, 벌써 그렇게 됐지. 여기 온 지도 이젠 이 년이 되었는데 밤낮 뒤꽁무니에만 따라다니는 군졸 노릇이 아닌가."

염장이 그런 소리를 되풀이하면 할수록 복아도 은근한 걱정이 없지 않았다.

연옥은 물론 알고 있는 터이고, 궁파 내외도 인제는 복아 자기와 염장의 관계를 눈치 채고 있음 직도 하건만 그냥 버려두는 것을 보면 역시 이상하기도 했다.

"모두가 다 봉화놈의 덕이지, 두고 보래, 내 그놈을 한번…."

복아는 혼자 투덜대는 염장의 입을 억지로 틀어막았다.

염장이 봉화를 무슨 이유로 그렇게까지 미워해야 하는지 복아가 좀처럼 납득이 가질 않았다.

"글쎄 연옥 언니나 그이가, 우리를 될 수 있는 대로 도우면 도와주었지 무슨 이유로 해칠 리가 없지 않아요."

복아가 아무리 이해를 시키려 해도 막무가내였다.

"모르는 소리, 모르고 하는 소리야, 두고 봐…."

사실 복아는 자기 입으로 말할 수 없어서 그냥 있었지만 연옥이한테 은근히 바라고 있던 것은 물론이다. 그런데도 불구하고 오늘날까지 그런 문제에 대해선 일언반구도 비추지 않는 것을 보면 염장의 말대로 무슨 원인이 있는 것 같기도 했다.

그러나 오늘 밤같이 자기와 염장이 서로 만날 수 있게 앞장을 서 주는 것을 보면 복아로선 만사가 통 이해가 가지질 않았다.

제164회 "정말 모르겠어… 사람이 이럴 수가 있나…."

염장은 술은 취하는 것 같지는 않았지만, 이젠 공연히 마구 슬프기만 했다.

무엇인지 모르게 자신을 한탄해 보는 그는 이런 소리를 혼자 중얼거리고 나선 훌쩍훌쩍 울기까지 했다.

떼고집을 쓰던 그가 난데없이 이렇게 울고 있는 것을 보니 복아도 따라서 코허리가 시큰거려 한참을 아무 말도 하질 못했다.

"그만 참아요…."

복아는 염장의 팔꿈치를 잡아 흔들었다.

염장이 복아의 옆으로 비스듬히 쓰러지며 그의 가는 허리를 껴안았다. 복아는 여전히 불안하면서도 숨통이 터질 것만같이 가슴이 달아올랐다.

한참 무르익어 가던 주연도 이젠 파할 때가 되었는지 비파 소리도 끊긴 지 오래다.

찬 이슬을 품은 바람에 비하면 염장의 숨길은 너무나 뜨거웠다.

복아는 극도의 흥분과 슬픔에 몸부림치는 그를 위로하여 주기 위하여 그가 하는 대로 몸을 맡겼다.

벌써 그에게 이런 자리를 허한 것이 한두 번은 아니었지만, 오늘따라 몸은 더 노곤했다.

복아는 언제까지나 일어서려 하지 않는 염장을 일으키고 이삼일 후에 다시 만날 것을 약속하고 그를 막사로 돌려보냈다.

주연이 거의 파할 무렵인 탓인지 휘황한 불빛도 점차 가라앉고 사람들의 그림자도 퍽 줄어들었다.

혹시나 하는 생각에 복아는 염장의 그림자가 언덕 밑으로 사라져 보이지 않을 때까지 지켜서 보았다.

이렇게 헤어져 그가 보이지 않게 되고 보면 복아도 역시 마음 한 구석지가 허전했다.

주연상에는 불빛이 그대로 켜 있었다. 복아는 혹시나 누구의 눈에라도 띄지 않을까 하여서 자기의 거처로 뛰는 듯이 돌아갔다.

지금쯤은 자리에 누워 있을 줄 알았던 미윤의 그림자가 보이지 않는다.

이런 때 미윤이가 없는 것은 그녀에게 다행했다.

복아는 부랴부랴 옷을 갈아입고 먼저 자리에 누웠다.

자리에 눕고 보니 온몸은 묵직이 잦아들었지만, 마음만은 더욱 또렷해질 뿐이다.

자리에 누운 채 그녀는 염장이 하던 말을 하나하나 되풀이해 보았다.

염장이 그렇게 불평을 늘어놓았지만 사실 따지고 보면 연옥의 동생 영권이와 자기뿐이 혜택을 입는다면 입을 뿐이지 딴 사람은 모두가 다 염장이나 다름없었다.

낙동강 뱃사공의 아들 광한이…

생각이 여기에 미치자 복아는 눈을 뜨고 천장을 똑바로 쳐다보았다.

염장의 말이 옳기도 했지만, 그러나 복아는 염장 모양 실망하고 싶지는 않았다.

이때 문이 방싯 열렸다. 물론 미윤인 걸 알면서도 복아는 눈을 감고 자는 척했다.

어딜 다녀오는지도 궁금했고, 염장에 대한 말까지도 툭 털어놓고 싶기도 했지만 어린 미윤이가 아직 미덥지가 않아 복아는 그냥 눈을 감고 있었다. 비파 소리마저도 이젠 그녀에게 꿈결에서 들려오는 소리인 것 같기만 했다.

제165회

청해진 땅에 정착한 이후 물샐 틈 없는 방어와 자급자족의 터전을 닦아놓은 궁파는 백성과 군졸들에게 정신적인 위안을 주기 위하여 적산赤山 법화원法花院을 모방하여 이곳 상왕봉象王峰 중턱에다 법화원法華院이란 절을 세웠던 것이다.

절간의 규모나 자연의 아름다움도 적산 법화원의 그것에 못지않게 수려하였다.

절이 세워진 지 오늘로 세 번째의 모임이다.

행사가 있을 때마다 으레 온 섬 안이 명절 기분이었지만 오늘은 더 그러했다.

오늘은 밤을 새워 가며 기도를 올린다.

아름다운 단청은 화려한 불빛에 반사되어 더욱 아름다웠다.

오늘의 기원은 다른 것이 아니었다. 왜나라의 지쿠젠 태수한테로 보내는 사절들의 뱃길이 무사하기를 비는 젯날이다. 그런 까닭에 궁파도 일찍부터 참석하여 있었다.

법고法鼓가 크게 울리자 봉화와 영권이가 불전으로 나와 분향을 올리고 절을 한다.

법고의 뒤를 이어 법사法師들의 축원이 여운을 길게 끈다.

봉화와 영권이가 물러 나오자 이번엔 연옥이가 불전으로 걸어 나갔다.

연옥이가 나가는 것을 보자 구슬 염주를 손에 쥐고 알을 놀리고 있던 미윤이가 그녀의 뒷그림자를 물끄러미 쳐다보고 있다.

그녀의 아름다운 눈매 속엔 그지없는 부러움이 서려 있었다.

부드러운 그녀의 손끝 속에서 돌고 있던 염주알도 그냥 꽉 쥐어진 채 움직이진 않는다.

미윤은 긴 속눈썹을 깜빡거리며 양옆을 살펴본다.

다행히 부모님들도 합장을 한 채 자기의 동정을 눈치 채지 못하고 있었다.

염주를 돌리지 못하고 꽉 붙들고 있듯이 그녀의 마음속엔 당황과 동요가 먹구름 모양 번져 들었던 것이다.

연옥이가 걸어 나가는 뒤를 따라 자기도 불전으로 걸어 나가고 싶은 충동을 느끼면서도 미윤은 꾹 참고 앉아 있어야만 했던 자신이 괴로웠다.

연옥이가 봉화를 위하여 불전으로 나가 성심성의껏 빌어야 한다면 자기도 영권을 위하여 정성껏 기도를 올려야 한다고 생각했던 까닭이다.

다시 크게 법고가 울린다. 미윤은 법고 소리에 놀라 불전을 쳐다보았다.

합장을 한 연옥이가 있는 정성을 다하여 허리를 굽혀 절하는 모습이 미윤의 눈엔 꽃에 앉으려는 나비 모양 아름다워 보이기만 했다.

그러면서도 미윤의 눈길은 자기도 모르게 흐려졌다.

그냥 앉아 있으면 마구 눈물이 떨어질 것 같아 미윤은 자리에서 일어서고야 말았다.

딸의 동정엔 관심이 없는 듯이 앉아 있던 궁파의 아내는 딸이 일어서자 금시 그쪽으로 시선을 돌린다.

"미윤아 졸리면 먼저 들어가 자도록 해라."

어머니가 자기한테 무어라고 말을 보내는 것 같기는 했지만 지금의 미윤의 귀엔 통 그런 소리가 들어오지 않는 것이었다.

웅성거리는 사람들의 틈새를 피해서 나온 미윤은 호젓한 나무 그늘 밑으로 그림자를 숨겨 버렸다.

미윤은 한동안 푸른 하늘을 멍청히 쳐다보고 있었다.

나무 그늘 밑에 서 있는 미윤의 눈앞엔 아직도 환한 불전의 모습이 사라지질 않았다. 제166회

영권의 앞길을 위하여 꼭 자신이 나가 기원을 올려야 할 터였지만, 그러지 못하는 입장이 그냥 서럽기만 했다.

물론 연옥 언니가 동생의 일이라 봉화와 더불어 흡족한 기도를 올린 것이 빤한 일이기도 했지만, 미윤으로선 그것으로 만족이 가질 않았다.

밖으로 뛰쳐나온 그녀였지만 콩밭에만 쏠리는 비둘기의 마음 모양 그녀의 생각은 불전에서 떠나질 않았다.

그늘 사이로 올려다 보이는 하늘은 오늘 밤도 한 발은 더 높아진 것 같았다.

미윤이가 훌쩍 일어서 밖으로 나가는 것을 본 영권은 그녀가 나가 버린 쪽으로만 눈길을 팔고 있었다.

곧 다녀올 것이라고 생각했던 그녀의 모습은 좀처럼 나타나질 않는다.

영권은 벌써부터 궁둥이가 들썩거렸다. 무엇보다도 궁금한 것은 그녀의 행방이다.

어딜 갔을까?…

집으로?… 텅 비다시피 한 집으로 돌아갈 리는 만무한 일이다.

불빛이 펄럭인다. 영권의 가슴속도 불꽃 모양 너울거려서 인젠 더 참고 앉아 있을 수가 없었다.

여러 시선들이 자기한테만 쏠리는 것같이 느끼면서도 그는 일어서 밖으로 나와 버렸다.

절 앞마당에 가득 차 있던 군졸들의 그림자도 인젠 보이질 않는다.

밝은 불빛을 보다 나온 탓인지 시야가 좀처럼 밝아지질 않는다.

그도 사람들의 그림자를 피하여 으슥한 곳으로 걸음을 옮기다가 주춤 서 버린다.

나무 그늘 밑에 어떤 그림자가 보였던 까닭이다.

어둠 속을 노려보고 있던 영권은 그것이 틀림없이 미윤임을 알아차릴 수 있었다.

멍청 서 있던 미윤은 생각지 않았던 인기척에 고개를 돌린다.

영권이다! 그의 앞으로 뛰쳐 가고 싶었지만, 좀처럼 발걸음이 떨어지질 않는다.

미윤이 앞으로 가까이 온 영권은 낮은 목소리로 속닥거린다.

"밤이슬이 차가울 텐데…."

미윤에겐 이렇듯 부드러운 영권의 애무가 그냥 슬프기만 했다. 그녀는 고개마저 떨어뜨린 채 아무런 대꾸도 하질 못한다. 그러한 미윤의 태도가 영권에겐 오늘따라 이상하기만 했다.

"미안해요."

미윤의 목소리는 차분히 가라앉아 있는 중에도 촉촉이 젖어 있음이 분명했다.

영문을 알 수 없는 영권은 당황했지만 그녀의 슬퍼하는 원인을 알아내기라도 하려는 듯 지긋이 쳐다보고 있기만 했다.

"장도壯途에 오르는 이를 위하여 불전에 나가서 정말 진심으로 기원을 올리고 싶었지만…."

미윤의 흐려진 목소리는 말끝을 잇지 못하고 있었다.

영권은 그제서야 미윤의 모든 심정을 이해할 수 있을 것 같았다. 그러자 그는 새로운 기쁨이 전신에 흘러내리는 것 같기만 했다.

"기원이란 어데서나 진심만 있으면 되는 거지, 반드시 불전에 나가서 축원을 해야 된다는 법은 없지 않소."

영권은 미윤의 마음을 어루만지듯 조용히 말했다.

제167회 "물론 그러기도 하겠지만 밝은 곳에서 축원을 드리지 못하고 어두운 속에서 혼자 기원해야 할 자신이 무언지 모르게 슬퍼지는걸요."

영권은 어둠 속에서 혼자 빙긋이 웃었다.

"미윤이."

낮으면서도 뜨겁게 느껴지는 목소리에 그녀는 고개를 수그리고 있다.

"우리도 밝은 하늘을 우러러보며 기원할 수 있을 때가 오겠지… 모든 일은 세월이 해결해 줄 수 있을 거야… 나도 이번 길에 아버님의 분부를 장부답게 처리하고 돌아오면, 그런 길이란 절로 열어질 것이 아니겠수."

미윤을 넌지시 타이르는 영권의 마음은 드높아진 하늘보다도 더 서느럽고 시원하기만 했다.

미윤에겐 영권의 이러한 말들이 믿음직하여 더욱 고개를 들 수가 없었다.

"자 밤이슬을 맞으면 몸에 해로울 것이오… 인젠 제도 끝날 무렵이니 어서 들어가도록 해요."

미윤의 눈앞엔 다시금 불전의 광경이 떠올랐다.

차가운 밤이슬을 맞을 걱정보다 오래 자리를 비우고 있는 자신을 염려하고 계실 부모님의 눈길이 마음에 거리꼈다.

그러나 그와 이렇게 마주 서 있는 자리고 보면 자리를 옮기고 싶진 않았다.

"모레, 배에 오른다지요."

"그렇소. 모레 배에 올라서 바람길만 순탄하면 곧 돌아오게 될 것이오."

미윤은 영권의 말을 들으며 손에 들고 있던 구슬 염주를 만지작거리고 있었다.

어느 알이건 영권을 위한 기원이 깃들지 않은 알은 없는 염주다.

미윤은 영권이 앞으로 한 걸음 다가서며 돌렸던 염주를 꼭 쥐었다.

"이것은 일찍, 적산 법화원의 주지 스님께서 소녀의 수명을 빌어 주시며 주신 선물이어요. 그날로부터 오늘에 이르기까지 소녀는 이것을 한시도 손에서 떼어 놓은 적이 없나이다. 이제 왜나라는 동쪽으로 먼 나라라 하오니 이것을 항상 갖고 계시어 멀리 계셔도 조석으로 소녀를 보는 것같이 대해 주십시오."

미윤은 들고 있던 염주를 영권에게 내주었다. 영권은 마음으로는 무척 반기면서도 좀처럼 그것을 받으려 하질 않았다.

"그렇듯 귀중한 물건을…."

"아무리 귀중하다 해도 소녀보다야 귀중하지 못하겠지요."

영권은 그 이상 미윤의 정을 거절할 순 없었다.

미윤으로부터 받은 구슬 염주엔 그녀의 체온이 스며 있어 언제까지나 따스했다.

불전에 나가 기원을 올리지 못한 마음의 불안도, 이제 구슬 염주나마 그에게 정표로 줌으로써 얼마간 가셔지는 것 같았다.

"마음 다한 정성이 어려 있는 이 구슬 염주는 그대의 마음으로 알고 어딜 가나 소중히 간직하리다."

"소녀를 그렇듯 생각하여 주시니 그 기쁨 비할 데 없나이다."

바닷바람에 스미는 찬 이슬을 밟으며 그들은 다시 법화원 경내로 돌아왔다.

밖에서 웅성거리던 그림자들은 태반이 줄어들었지만 아직도 불공은 그치지 않는 듯 휘황한 불빛으로 장식된 불전에선 쉴 새 없이 목탁 소리가 흐르고 있었다.

두 사람은 조심조심 발걸음을 옮기며 각기 자기 자리로 돌아왔다.

봉물

제168회

封物

봉화와 영권이가 왜나라로 떠난 지 이틀 후였다.

염장은 어디서 들었는지 수일 내로 조정에 사람을 보낸다는 말을 듣곤 전에 없이 복아를 졸라 댔다.

복아 자신도 언제나 초조해 하는 그를 위하여 힘이 되어 주고 싶던 차이기도 했다.

그래서 오늘은 일찌감치 연옥을 찾아갔던 것이다.

봉화가 없고 보니 마냥 늦장을 피우고 있던 연옥은, 복아를 보자 반겨 맞아들였다.

"웬일이야, 이렇게 일찍…."

"언니두… 일찍이 뭐예요. 해가 이렇게 되었다구…."

맑은 가을 햇살이라 눈이 부실 지경으로 따가왔다.

"어떻게 미윤이는 같이 오지 않구…."

"오늘은 제가 언니한테 조용히 말씀드릴 일이 있어서 저 혼자만 왔어요."

"어마, 나한테 조용히 의논할 일이 있다구?"

이렇게 대꾸하는 연옥은 전에 없이 자기한테 의논할 말이 있다는 복아를, 아래위로 훑어보았다.

동기같이 지내는 새라곤 하지만 그러한 연옥의 시선이 복아에겐 부끄러웠다.

엷은 빛으로 얼굴이 붉어진 복아는 선뜻 올라서지 못하고 잠시 주저하고 있었다.

"자, 어서 이리로 올라와."

그제서야 멍청 서 있던 복아는 활짝 열어 놓은 방 안으로 들어갔다.

"별안간 무슨 의논할 말이 생겼다구 서둘렀지?"

연옥이가 재촉하듯 이렇게 물어보았지만 복아는 그 말이 성큼 나오질 않았다.

같은 배에 납치되었던 연옥과 자기였지만 이렇게 마주 앉고 보니 역시 하늘과 땅 차이 모양, 먼 거리가 있다는 것이 복아는 오늘 아침따라 새삼스레 느껴지는 것 같았다.

염장이 볼이 부어 늘어지도록 불평을 하며 서두는 것도 사내대장부고 보면 무리한 일도 아니었다.

"언니 그 일 말이야…."

복아의 정색을 한 얼굴과 말의 요령을 얼핏 붙잡지 못한 연옥은 복아의 얼굴을 한참 쳐다보고 있기만 했다.

복아는 연옥이가 무슨 맞장구가 있어야만 말하기가 덜 어색하겠지만 얼굴만 쳐다보고 아무런 대꾸가 없으니 어색하기만 했다. 그렇다고 언제까지나 그러고만 있을 수 없는 그녀는 같은 말을 다시 한 번 되풀이하였다.

"언니, 그 말 말이우…."

물론 염장에 대한 말이라는 것은 처음부터 모르고 있는 것은 아니다.

"왜, 무슨 일이 생겼니?"

복아는 고개를 살래살래 흔들었다.

"그럼…."

"언니 수일 내로 조정에 사람을 보낸다지요."

"글쎄 그런 말을 들은 것 같기도 하지만 그런 일이야 알 수 있니…."

연옥의 대답은 복아에게 기대를 어그러지게 했다.

처음부터 장단이 잘 들어맞지 않는 것 같았지만 염장이 그렇게까지 조르던 일이고 보면 자기 힘이 자라는 데까지는 해 봐야 할 것만 같아 복아는 다시 한 번 다짐하듯 연옥에게 물었다.

"그럼 언닌 전연 모르고 있는 일인가요?"

제169회 복아의 말은 어딘지 모르게 차가웠다. 연옥이가 그런 표정을 못 느낄 까닭이 없었다.

"글쎄 그런 소릴 듣기는 했지만 확실히 알 수 있니… 어른들이 하시는 일을…."

이렇게 말하는 연옥은 무엇 때문에 복아가 그런 일을 새삼 묻는지가 궁금했다.

"조정에 사람을 보낸다는 말은 미윤이가 그러더냐?"

"아니요."

"그럼…."

"어제 그이가 그러질 않아요. 수일 내로 그런 일이 있다구…."

"그래…."

"그런 말을 그이한테 듣긴 했지만 어떻게 제가 미윤이보고야 할 수가 있어요. 그래서 오늘 부랴부랴 언니한테로 왔지요."

"조정에 사람을 보낸다는데 의논은 무슨 의논이야."

"그이가 그러지 않아요. 왜나라엔 영권이가 따라갔으니 이번 길엔 자기가 따라갈 수 있게 언니한테 가서 말해 달라고 말이우."

그만하면 연옥도 심술궂은 염장의 마음을 이해할 수가 있었다.

연옥이도 복아의 입으로부터 이런 말을 듣기 전까지는 미처 깨닫지 못하였지만 생각해 보면 궁파 어른이 염장을 까마득히 잊고 있는 것같이 생각되기도 했다.

복아도 그러했지만 연옥은 궁파의 아내를 친어머니와 다름없이 섬겨왔을 뿐 아니라 또한 궁파 아내의 연옥에 대한 사랑도 그러했다.

"그런 말을 듣고 보니 영권이가 따라갈 때 같이 갔다면 좋을 것을 그랬지… 결국 미처 생각지들 못한 탓이지…."

미처 생각질 못했다는 말엔 복아도 그냥 섭섭하기만 했다.

"그러게 언니가 이번 길엔 틀림없이 말씀을 드려서 꼭 갈 수 있게 해 주어요."

"그런 말이야 내가 하나 네가 하나 마찬가지 아니겠니."

"그래도 제가 어떻게…."

"그럼 내가 해 보겠지만, 원체 어른들이 하시는 일이라 어떻게 될는지 알 수 없구나…."

"되든 안 되든, 언니가 말씀이라도 해 줘요."

"글쎄 그래 보자꾸나."

승낙은 하면서도 연옥이가 성큼 일어서 주지 않는 것이 섭섭했다.

"언니, 그럼 전 먼저 내려가 있을까요?"

"그래."

부탁을 하고 돌아왔지만, 복아는 일이 미덥지는 않았다.

연옥 언니도 인젠 그전과는 딴판으로 달라진 것이 분명했다.

그러고 보면 염장이 입버릇 모양 하는 불평에 무슨 원인이 있는 것 같기도 했다.

복아는 집으로 돌아와서도 꼬박 연옥이 오기만을 기다리고 있었다.

미윤이가 풀이 없는 복아를 보자 어디 몸이 불편하냐고 물어도 복아는 흐리멍덩한 대답만 할 뿐 밖에만 정신을 팔고 있었다.

연옥이가 내려와서 미윤이 어머니 방으로 들어간 것은 거의 해가 질 무렵이었다. 궁파도 오늘은 집으로 일찌감치 돌아와 있었다.

한나절을 풀기 없이 지내던 복아였지만 연옥이가 내려와서부터는 새끼 낳을 개가 자리를 잡으러 다니듯 안팎을 들락거리기만 하고 있었다.

제170회 염장은 복아를 내새워 졸라 댄 보람이 있어 이번에 조정으로 봉물과 계장啓狀을 보내는 일행 중에 끼어들 수 있었다.

이번 봉물 짐을 갖고 가는 주동 인물은 광한의 부자였다. 그러니 염장은 서울 구경을 하기 위하여 따라가는 수행원에 불과했다.

어떻든 염장은 자기 소원이 이루어진 것만 기뻤다. 그것은 서울에 가 보아서 섬에 있는 것보다 나은 곳이 있으면 슬그머니 떨어질 생각도 미리부터 하고 있었던 까닭이다.

그들은 역시 이번에도 자기들에게 익숙한 길을 택했다.

낙동강 하구에 배를 머물러 있게 하고 그들은 김해 땅을 거쳐서 양산 고을의 험준한 길을 더듬었다.

염장은 이곳까지 따라오면서도 항상 궁금하게 여겨지는 것은 광한의 부자가 서로 번갈아 지고 가는 짐짝이다.

배에 머물러 있는 사람을 시키거나 그렇지 않으면 사람을 사도 될 일이지만, 그들은 굳이 그럴 생각도 않고 부자끼리만 서로 번갈아 지는 것이 좀 수상하기도 했다.

일행이 고개마루 턱에 올라왔을 때다.

"자, 여기 한숨 쉬고 갑시다."

염장의 말이 아니라도 한숨 쉬고 싶었던 광한은 자기 아버지 얼굴을 힐끔 쳐다보았다.

남보다 뛰어난 힘을 가진 광한이었지만 무르익은 얼굴에 구슬땀이 함빡 젖어 있었다.

"그래라. 아직 해가 머니 한숨 쉬어가도 무방하겠다."

아버지의 입에서 이런 소리가 떨어지기가 무섭게 광한이 땅에다 짐을 내려놓는다.

산이 높고 험준한 데다 수목이 무성하여 햇볕을 받지 못한 탓인지 일대에 습기가 가득하였다.

"얘야, 짐을 거기다 놓으면 어떡하니…."

광한의 아버지가 아들을 나무라는 말은 보통이 아니었다.

광한은 물론 염장도 짐을 땅에 풀어놓은 것이 무엇이 잘못인지 알 수 없어 그냥 어리둥절한 채 쳐다보고만 있었다.

"여염집 짐도 아닌 봉물 짐을 함부로 아무 데나 놓으면 어떻게 하냐."

아들을 한 번 더 이렇게 나무라고 난 그는 짐짝을 번쩍 들어 바위 위에다 올려놓고선 그 옆으로 가서 서 있었다.

아버지의 나무람을 듣고 난 광한은 좀 멋쩍었지만, 그 옆으로 따라가 서서 땀을 훔쳤다.

모르긴 해도 염장의 생각에도 그 짐짝엔 꽤나 소중한 물건이 들어 있는 것만 같이 생각되었다.

염장도 슬금슬금 그 옆으로 가서 그들 부자의 눈치만 살폈다.

광한을 나무라던 그의 아버지 성도 좀 가라앉은 것 같았다.

"그 봉물이란 무슨 말인가요."

"이런 데서 그런 말을 묻는 게 아니니다."

이렇게 대답하는 그는 불안한 눈으로 주위를 살피는 것이었다.

염장에겐 그것이 더욱 수상하기만 했다.

"아니, 이 산중에 누가 있다구요… 이렇게 험한 산엔 들짐승들도 살지 않을 텐데요."

"글쎄 그렇다 치더라도 말이란 함부로 하는 것이 아니라니까 그래… 더욱이 이런 일로 가는데…."

광한은 아버지의 고집이 염장에게 미안하여 변명 같은 소리를 그의 귀에 입을 제171회

가까이 대고 쑥덕거렸다.

"산이 험하지, 그러니까 무서운 기야. 대개 도둑이란 이런 데 있기 마련이니 말이야."

"아니 도둑이라니, 그래 도둑도 사람일 텐데 이런 데 숨어서 무얼 한다고 있단 말이야."

"그야 모르는 소리지. 일전에 대사 어른을 모시고 갈 때도 여기서 도둑이 났는걸…."

염장은 사뭇 놀란 표정으로 광한을 쳐다본다.

"왜, 내 말이 믿어지지 않다는 말이지… 여기가 서울로 올라가는 길목이거든. 길목을 지키자면 험한 데를 지켜야 하지 않어…."

"그래 여기서 만난 도둑을 다 어떻게 했지…."

"어떻게 하긴. 대사 어른이나 봉화 형님 손까지 빌릴 것 있어, 나 혼자 다 해 버렸지…."

염장은 광한이가 자기한테 일부러 허풍을 떠는 것이라고 생각했다.

"그때 도둑이 몇 명이었기에 혼자서 다 치워 버렸단 말이야…."

"여섯 명이었던가…."

"여섯 명?"

염장의 눈초리는 네가 무슨 재간을 가졌기에 혼자서 여섯 명을 다 해치울 수 있었겠느냐는 듯싶은 표정이다.

"내 말을 그렇게 믿지 못하겠거든 섬으로 돌아가서 망루지기 상해尙海한테 물어 보면 알 게다."

상해라면 염장과 같이 있는 망루지기 중에서도 우두머리다. 그러니 염장에겐 더욱 광한의 말을 믿을 수가 없었다.

"그래, 그 상해 영감이 도둑이었단 말이냐?"

"도둑이라도 좀도둑이 아니라 산적山賊이었지…."

염장으로선 처음 듣는 소리이기도 했다. 그러고 보면 그 심상치 않은 눈초리가 어느 모로 보면 그런 데가 있는 것 같기도 했다.

"그래, 네 혼자 해치웠다면 무슨 재주가 네게 있느냐…."

"재주야 나 같은 게 무슨 재주가 있겠냐… 강가에서 고기 낚고 하던 것이."

"그럼, 뚝심으로 해치웠단 거야?"

염장은 또 한 번 이렇게 물으며 이번엔 찬찬히 광한의 몸집을 살피고 있었다.

몸집도 자기보다 별로 클 것이 없을뿐더러, 힘꼴을 쓸 것 같지가 않아서다.

"힘은 무슨 힘, 그냥 팔매질을 했을 뿐이지…."

"팔매질이라니 돌팔매를 쳤단 말이냐."

"강바닥 자갈판에서 자란 놈이 무슨 재주가 있겠니? 심심할 때마다 친 것이 돌팔매였고 보니 어떻게, 한꺼번에 달겨들기에 돌을 주워서 돌려챘지."

"그럼, 그 도둑들은 쟁기란 아무것도 들고 있지 않았던 모양이구나…."

"왜? 칼이니 창이니 갖기야 다 갖고 있었지…."

"그럼 네가 그렇게 돌팔매를 잘한다면 날아가는 새도 떨어뜨릴 수 있다는 거냐?"

"네가 누굴 놀려 보려고 그러는 거니."

광한은 염장의 말이 귀에 거슬렸던지 그를 똑바로 쳐다보았다.

"놀리긴, 네가 하도 팔매질을 잘한다니 그렇게 물어본 게 아니냐."

그들은 어느새 다투는 것같이 언성이 커져 있었다.

"무엇 갖고 거기서 그러느냐. 이젠 어서 떠나자…." 제172회

광한의 아버지가 그 틈을 힐끔 쳐다보며 길을 서둘렀다.

광한이가 먼저 피식 웃었다. 그 웃음이 염장 자기를 얕보는 것 같아서 불쾌하여 그는 가는 도중 봉화한테 배운 쥐꼬리만 한 검술이었지만 그것을 좀 자랑해 볼 생각을 마음으로 혼자 다짐하며 일어섰다.

일어서는 길에 언덕 밑을 내려다보니 어떤 장정 세 명이 뚝 버티고 이쪽을 향하여 오고 있었다.

그들의 손엔 역시 큰 칼이 들려 있었다. 염장은 질겁하며 옆에 있는 광한의 옆을 꾹 찔렀다.

고개 위에 있는 사람들의 이런 기맥을 알자 그들이 먼저 고함을 질렀다.

"이놈들 꼼짝 말고 이리로 내려오너라."

"어떤 졸개 놈들이냐, 볼일이 있으면 올라오너라."

광한의 이런 소리가 떨어지기가 무섭게 또 한 패가 등 뒤에서 소리치는 것이었

다. 염장은 보기만 해도 치가 떨릴 정도로 부리부리하게 생긴 놈들이 그것도 하나도 아니고 둘이 짝을 지어 금시 이쪽으로 덤벼들기라도 할 듯이 노려보고 있었다.

등 뒤에서 나타난 축이 그들에게서 거리가 가까웠다.

이때 벌써 광한의 손엔 딴딴한 돌이 몇 개 들려 있었다.

“염장아 너는 이 짐을 지키고 있어라.”

염장은 겁결에 광한이가 시키는 대로 짐을 가서 부둥켜안았다.

염장이 짐을 부둥켜안자 그들은 광한을 상대도 않고 염장만을 노려보는 것만 같았다.

순간 염장은 광한이가 자기한테 짐을 맡기고 자기네 부자는 도망쳐 버리려고 하는 것이 아닌가 하는 의심도 없지 않았다.

눈치 빠른 염장은 광한의 그런 소행이 몹시 괘씸하게 느껴져서 그냥 도망쳐 버릴 생각을 하고 있을 때다.

이때 염장을 향하여 칼을 휘두르며 달려오는 억센 놈을 향하여 광한이가 들고 있던 돌 한 개로 후려갈겼다.

딱! 소리와 함께 으악 소리가 나더니만 칼을 들고 덤벼들던 놈은 이마빡을 양손으로 부둥켜안은 채 한길이나 높이 뛰어오르더니만 그냥 나가 쓰러진 채 일어서지도 못하고 있었다.

같이 달려오던 놈들은 이 꼴을 보더니만 주춤하였지만 밑에서 올라오던 축들은 더 바락바락 악을 쓰며 뛰쳐 올라왔다.

염장은 봉물 보따리를 부둥켜안은 채 동정만을 살피고 있었다.

광한은 어느 사이에 벌써 밑으로부터 올라오고 있는 놈들을 향하고 있었다.

광한의 아버지는 아들 뒤에 선 채 그냥 허겁지겁하고 있기만 했다.

이런 판국이 벌어졌을 때, 염장의 머릿속엔 이상한 생각이 고개를 쳐들기 시작했다.

그것은 정신없이 이렇게 다투고 있는 틈새를 타서 봉물 짐을 짊어지고 그냥 도망쳐 버릴까 하는 생각이었다.

이런 생각이 번개같이 스치고 지나가기가 무섭게 그는 움켜 안은 짐을 들고 한발 한발 풀 속으로 뒷걸음을 치기 시작하였다.

도둑들도 그러했지만 광한과 그의 아버지도 눈에 살기를 띤 채 염장의 행동엔 정신을 팔 겨를이 없었다.

숲속으로 숨어 버린 염장은 봉물 짐을 지고 그냥 도망쳐 버릴 생각에 가슴이 제173회
후들거렸지만 발길은 좀처럼 떨어지질 않았다.

벌써 도둑은 세 놈이나 광한의 돌에 맞아서 쓰러지고 말았다.

"아버지 저 쓰러진 놈의 칼을 빼앗아 주시우…."

남은 도둑들은 광한의 팔목만을 바라다볼 뿐 좀처럼 달려들지는 못하였다.

언제나 뱃놈의 아들이라고 속으로 은근히 얕보기만 하던 염장이었지만 직접 보고 난 광한의 솜씨엔 놀라지 않을 수 없었다.

시퍼런 칼을 들고 덤비는 놈들을 맨주먹과 같은 돌로 때려눕히는 것을 보면, 봉화는 물론 궁파 같은 어른도 어림없을 것 같았다.

"칼을 해서 무엇 하려구 그러니."

광한의 뒤에 서 있던 아버지가 묻는 말이다.

"나중에 처치해 버리기가 곤란할 테니 지금 그냥 찔러 죽여 버리는 것이 날 것입니다."

염장은 듣기만 해도 속이 떨렸다. 보기엔 우스워 보이던 그였지만 알고 보니 광한이란 대단한 놈이었다.

앞으로 쓰러져 있는 도둑이 떨어뜨린 칼을 광한에게 주워다 주며 그의 아버지가 나직이 속삭인다.

"얘야, 그 맞아 쓰러진 놈을 죽여선 무엇 하겠냐, 그놈들도 마음만 바꿔 넣으면 사람 구실을 하지 않겠냐."

이러한 말이 염장이나 도둑들에겐 들릴 까닭이 없었다.

그러나 광한은 아무런 말대꾸 없이 칼을 받아 들었다.

광한이 칼을 드는 것을 보자 도둑 중 한 놈이 도망을 치기 시작했다.

그놈이 어찌나 발이 빠른지 바라보던 염장이 넋을 잃을 지경이다.

도둑이 도망을 치는 것을 보고 난 염장은 자기도 모르게 봉물 짐을 짊어진 채 언덕 밑으로 줄행랑을 쳐 버렸다.

무엇이 들었는지 짐짝은 보기보다는 꽤나 무거웠다.

다람쥐 모양 숲 사이로만 헤치고 도망치던 염장은 몇 번이나 넝쿨에 걸려 넘어졌지만, 이번엔 무엇에 걸렸는지 호되게 고꾸라지고 말았다.

염장은 정신이 얼떨했다. 일어서 고개 위를 올려다보았지만 나무가 어찌나 무성한지 그들의 그림자가 좀처럼 보이질 않았다.

염장은 옆에 굴러 떨어진 짐짝부터 주워 들었다. 그러나 도망쳐 내려오던 데 비하면 마음은 자꾸만 불안했다.

바람보다 더 빠른 것같이 느껴지던 도망친 도둑을 생각하니 마음의 불안은 더 무거워지기만 했다.

만일 여기서 봉물 짐을 갖고 도망을 치다 먼저 도망쳐 버린 도둑에게 붙잡힌다면 어떻게 한담…. 그놈이 도망을 치면서도 칼만은 버리지 않고 들고 뛰는 것은 염장 자기 눈으로 똑똑히 보았던 것이다.

칼만 갖지 않았다면 그런대로 맞서 볼 생각도 있었지만, 역시 그런 용긴 나질 않았다.

이렇게 되고 보니 봉물 짐엔 마음이 끌리지만 마음의 결단을 내리지 못하고 있는 염장은 초조와 불안이 뒤엉켜 들기만 했다.

제길 도둑을 만날 때는 만나도 기왕 여기까지 걸머지고 온 바엔 그냥 내빼 볼 생각도 없지 않았지만, 고개마루에서 광한의 목소리가 들리는 것만 같을 뿐 아니라 돌이 금시 머리 위에 떨어지는 것만 같아 움직이질 못했다.

제174회 광한이가 칼을 드는 것을 보자 한 놈은 도망을 쳐 버렸지만, 나머지 두 놈은 도망은 고사하고 이번엔 광한을 향하여 앞으로 한 걸음 더 다가서고 있었다.

옳지… 봐 하니 이놈들이 검술깨나 하는 놈들이구나… 흥, 두고 보아라, 이렇게 혼잣말같이 중얼거리고 난 광한은 은근히 화머리가 더 치밀어 올랐다.

마치 그놈들의 태도가 검술이라면 네깐 놈 같은 것은 문제가 되지 않는다는 듯한 그 교만한 태도가 비위에 거슬려 들었던 것이다.

광한이 젊은 혈기 같아선 검술이야 배우건 못 배웠건 칼을 들 바엔 한바탕 나가서 휘둘러 대고 싶었지만 때가 때인 만큼 주춤하지 않을 수 없었다.

"저 두 놈이 심상치 않다. 얘야 섣불리 굴지 말고 어서 네 있는 재간이나 피워라…."

등 뒤에 서 있던 아버지도 불안했던 모양이다.

광한은 아버지의 입에서 이런 소리가 떨어지기가 무섭게 칼을 버리고 돌로 또 한 놈을 후려갈겼다.

광한의 돌팔매는 한 번도 빗나가는 데가 없었다.

이번에도 앞에 서 있던 놈의 면상에 가서 들어맞았다. 아무리 힘이 장사라 해도 그렇게 얻어맞고 보면 어느 놈이건 곤두박질을 치며 나가떨어지곤 한다.

옆의 놈이 쓰러지자 인젠 시세가 글렀다고 단념을 했던지 더 덤벼들 생각도 없이 그놈은 뒤돌아서 도망치기 시작했다.

광한의 손에도 단 한 개의 돌이 남아 있을 뿐이다.

도망치는 것을 보자 광한도 몇 걸음 뒤따라 내려가며 들었던 돌을 던져 버렸다.

윙… 바람을 끊는 소리가 나더니만 포물선을 그리던 돌이 언덕을 향하여 굴러 내려가는 놈의 뒤통수에 들어맞았다.

딴 놈들마냥 그놈은 끽소리도 지르지 못한 채 그냥 앞으로 쓰러져 버리고 말았다.

불안과 공포에 치만 떨고 있던 광한의 아버지도 아들의 이런 재주를 대견하게 생각했던지 그제서야 얼굴의 주름을 펴 보며 기뻐했다.

"얘야 수고했다. 그런데 염장은 어데 있느냐."

"거기 어데 있겠지요. 저놈들을 저대로 두고 갈 수 없으니까 처칠 해 버려야지요."

"처칠 해 버리다니… 인생이 불쌍하지 않냐, 그냥 목숨을 살려 두도록 해라."

광한은 아버지의 말엔 별 대꾸도 않고 쓰러져 있는 놈들을 하나하나 끌어다 큰 나무에 비끄러매 놓았다.

얼굴이 모두 터져 피투성이가 된 그놈들은, 광한을 향하여 죽을죄를 빌었지만 그는 들은 척도 하질 않았다.

"네놈들이 마음을 옳게 먹으면 살 길이 생길 것이고 고약한 마음을 버리지 않고 있으면 시퍼런 독수리나 까마귀가 네놈들의 눈알을 그냥 두질 않을 테니까 나무에 기대서 생각하는 것이 좋을 것이다."

그놈들을 결박해 놓고 그 칼을 모조리 빼앗아 들고 돌아오자 광한의 아버지는 도둑을 당할 때보다 더 불안한 얼굴을 하고 있었다.

"얘야, 큰일 났다. 염장을 아무리 찾아보아도 보이지 않는다."

"설마한들 아버지두… 어데 틀어박혀 있겠지요."

제175회 아버지를 향하여 이런 소리를 하긴 했지만 아닌 게 아니라 광한도 마음에 거리끼는 바가 없지 않았다.

도대체 염장이 갔으면 어딜 갔을까?… 설마한들 짐을 갖고 도망을 치지는 않았을 텐데…. 그러나 통 그림자가 보이지 않으니 수상할 수밖에 없는 일이기도 했다.

목청을 가다듬은 광한은 힘껏 염장을 불러 보았다.

건너쪽 산이 울릴 지경으로 쩡했지만 아무런 소리가 없었다.

"겁결에 밑으로 내려가서 어데 깊숙이 숨어 있는 것이 아닐까요."

"글쎄 말이다, 그랬으면 좋겠지만…."

역시 아버지의 말끝은 갈구리가 달려 있었다.

그들은 양쪽 숲을 살펴보며 언덕길을 내려갔다.

짐보따리를 안고 숲속에 앉아 망설이고 있던 염장은 광한의 부르는 소리에 그만 기가 질려 주저앉아 버리고 말았다. 그러면서도 그 부르는 소리에 성큼 대답하고 나서고 싶은 생각이 없으니 이상한 일이기도 했다.

도망쳐 버린 도둑의 뒤를 좇아 도망쳐 버렸다 해도 늦지는 않았을 테지만 그러기엔 이제는 때를 놓쳐 버린 것이 분명했다.

이제 섣불러 그런 기색을 보였다가는 실수하는 날이면 만사가 낭패로 돌아갈 뿐 아니라 자칫하면 그놈의 돌에 맞아 죽기가 십상이고 보니 경솔하게 일을 저지를 수도 없었다.

염장은 그들이 내려오는 기색을 보고 일부러 도망치는 시늉을 하였다.

"염장아!"

그래도 염장은 뒤를 돌아보지 않고 그냥 숲속으로 뛰어들었다.

"염장아, 나라니까 나야…."

염장은 광한이가 자기 뒤를 좇아오는 것을 느끼고야 뒤돌아섰다.

"난 또 누구라구…."

"목소리를 듣고도 몰라…."

광한의 이런 말에 염장은 어색하게 얼굴은 붉히며 중얼거린다.

"그래 그놈들은 다 어떻게 해 버렸지?"

"어떡허긴, 모조리 쓰러뜨려서 묶어 놓았지."

"그럼 칼을 휘두르며 나를 쫓아오던 놈은 어떻게 된 놈이지."

"응, 한 놈은 그만 놓쳐 버렸지, 그놈이 어찌나 도망을 잘 치는지, 걸음새가 바람보다도 빠른 것 같던걸…."

"그런 걸 난 그놈이 날 노리구 뒤쫓는 줄만 알고 죽을힘을 다하여 숨어 버리지 않았어. 한 놈쯤 맞서 겨루고도 싶었지만, 짐도 있고 맨주먹으로야 하는 수가 있어야지…."

"그만한 것이 다행이다. 자 인젠 길을 어서 서둘러야 한다."

안도의 숨길을 돌리는 광한의 아버지 말이다.

"그런데 그 칼은?"

"그놈들의 것이지."

"참 잘됐군, 칼만 있으면야 그놈들 하나쯤이야 나도 못 해치울라구."

염장은 광한에게 짐을 내어주고 칼 다섯 자루를 물려받았다.

"이왕이면 하나씩 차지…."

"나야 칼을 쓸 줄 알아야지…."

"그래…."

염장은 그중 가장 큰 것으로 골라서 한 자루를 허리에 차곤 나머지 네 자루를 묶어서 어깨에다 둘러메었다.

"자 그럼 어서 길을 서둘러야지."

칼을 찬 염장이 먼저 앞장을 선 채 그들은 내림길을 더듬기 시작했다.

그들 일행이 경주 고을로 들어간 것은 저녁 무렵이었다. 제176회

번화하지 않은 허술한 객줏집에 들고 난 그들은 모든 절차를 내일로 미루고 오늘은 푹 쉬기로 했다.

이런 객줏집을 택한 것은 역시 광한의 아버지의 지나친 조심성이기도 했다. 그러게 그는 그들의 행색을 감추기 위해서 도둑들한테 빼앗은 칼까지도 경주 고을로 가까이 왔을 때 이를 따로 봇짐에다 꾸려 갖고 왔던 것이다.

객줏집에 들고 나자 광한의 부자는 무사히 도착한 안도감에 긴장이 풀려 초저녁부터 쉬기로 하였지만 염장은 그러질 않았다.

우선 번화한 거리가 궁금했을 뿐 아니라 산중에서 이루지 못한 봉물 짐에 대한 욕심이 어른거릴 때마다, 공연히 속이 서물거려 그냥 앉아 있을 수가 없었다.

"광한아 거리 구경을 나가 보지 않을래?"

"이제 여기 묵노라면 싫증이 나도록 거리 구경을 하지 않겠냐. 오늘은 피곤들 할 텐데 어서 자라."

염장의 말을 아버지가 이렇게 가로채고 나오는 통에, 광한은 누운 채 가타부타는 말도 못 하고 있었다.

염장은 우선 밤거리일망정 한 바퀴 돌고 싶었다.

그는 벌써 청해 땅에 대한 생각은 까마득히 잊고 있었다.

떠나올 때부터 돌아가리라는 생각 같은 것은 눈꼽만큼도 하지 않았던 그였고 보면 그것도 무리는 아니었다.

그가 봉물 짐을 경주에 와서 훔쳐 갖고 도망쳐 버린다는 생각은 양산 땅에서, 도둑을 만나고 나서부터는 잠시도 잊지 않고 있던 생각이다.

"아무리 피곤해도 밥을 먹고 어떻게 누워 버릴 수야 있나요. 광한아 바람이라도 좀 쐬면 어때…."

염장의 이런 말엔 광한의 아버지도 잠자코 있었다.

그렇다고 광한은 광한대로 염장의 말에 성큼 따라 일어설 순 없었다.

"오늘은 그냥 누워 쉬고 구경은 내일 하도록 하자…."

"누가 거리 구경을 나가자는 거냐, 잠간 바람을 쏘이자는 거지."

"밤에 섣불리 나다니다간 실수한다."

"실순 무슨 실수…."

"너 봉화 형님한테 전번에 왔을 때 일을 못 들었느냐…."

"못 들었는걸."

"거리엔 불량배들이 술을 처먹고 난동을 한다. 그런 것들 부딪치지 않으면 좋지만 요전번 모양 싸움이 또 버그러지면 시끄럽다."

염장도 그 말엔 아닌 게 아니라 좀 켕기기도 했지만 그렇다고 자리에 누워 버리고 싶지는 않았다.

"아무리 불량배들이 술을 처먹었다 해도 그래 가만 있는 행인을 갖고 시비를 걸라구…."

"그러니까 불량배지 그렇지 않으면 뭣 때문에 불량배라구 하니…."

염장이 이렇게 성가시게 굴자, 광한은 마음대로 하라는 듯 슬쩍 돌아누워 버리고 만다.

광한의 아버지도 이제는 아무런 간섭도 하지 않고 그냥 누워 있었다.

염장은 잠간 앉아서 그들의 동정만을 살피고 있다가 슬쩍 밖으로 나와 버렸다.

역시 거리에서 떨어진 곳이라 별로 오고 가는 사람들의 그림자도 드문 것 같았다.

밖으로 나오긴 했지만 염장은 주춤했다. 초행길이었기 때문이다. 어느 쪽으로 제177회
방향을 잡을지 알 수 없었기 때문이다.

옆에서 들리는 인기척에 염장은 돌아다보았다.

조금 전에 보았던 사람이 무척 좋아 보이는 객줏집 늙은이다.

손님에 대한 인사인지 그는 염장과 시선이 마주치자 주름으로 균형을 잃은 얼굴에 웃음을 지어 보인다.

"참, 주인장 잘 되셨구먼요… 거리 구경이 하고 싶어 나왔는걸요."

염장이 주인 옆으로 한 걸음 다가서며 나직이 말하자 그는 무슨 생각을 했던지 힐끔 집 쪽을 돌아다보고 나더니만 염장의 얼굴을 살피며 묻는 것이었다.

"딴 어른들은 거리 구경을 안 나가시나요."

"네, 피곤들 하시다고 그냥 누워 쉬고들 계시지요."

"피곤들도 하시겠지요."

노인은 자기 대답에 자기가 긍정하듯 고개를 주억거리며 다시 말을 이었다.

"거리 구경을 하실라면야 한참 가셔야지요. 꽤나 멀답니다. 대궐 있는 데까진."

이렇게 말하는 노인은 염장의 얼굴에서 무슨 반응이라도 찾으려는 듯 찬찬히 살피는 것이었다.

"대궐로 올라가는 길은 이쪽으로 그냥 올라가면 되는 건가요."

"올라가는 길이 아니라 여기선 내려가는 길이지요."

"그렇던가요."

"대궐 구경이야 낮에 해야지요. 어두워서야 대궐도 별 흥이 있나요. 낮에 보셔야지…."

염장은 잠시 어떻게 해야 할지 몰라 그냥 덤덤히 서 있기만 했다.

"손님의 얼굴을 가만히 보니까… 주점이 어디 있는지 알구 싶어 그러는 것 같구만요. 헤헤… 젊은 양반들이란 객지에 나오면 주점 구경도 하구 싶은 법이지요."

주점이라면 지금 당장이라도 데려다 주겠다는 듯한 주인 늙은이의 말투가 분명했다.

염장은 주점이건 어디건 좀 나가 돌아다니다 와야만 할 것 같을 뿐 아니라 순간 염장의 머릿속에 떠오른 엉뚱한 생각이 있었다.

그는 슬그머니 허리춤을 뒤져 보았다.

복아가 떠나올 때 준 물건이다. 그는 그것을 확인하고 나서 주인 영감의 얼굴을 찬찬히 살펴보았다.

염장이 배에 오를 때 복아가 쥐어준 것은 은동곳이었다.

복아가 등주 고을 주점의 수양딸이 되었을 때 주모로부터 정표로 받아 두었던 물건이다.

복아가 무슨 뜻으로 주었는지는 몰라도 염장은 그때 그것을 받아 곧 허리춤에 숨겨 두었던 것이다.

물론 객지로 떠나는 몸이라 먼 길을 염려하여 준 것이겠지만 염장은 그런 것도 미처 생각지 못한 채 복아가 주는 물건이라 해서 간직하고 있던 물건이다.

"주점엘 가면, 이런 것으로도 술을 살 수만 있다면 제가 주인 영감한테 한턱 대접은 해드리겠지만…."

늙은이는 염장의 손의 것을 보자 눈을 크게 뜨며 반색을 하였다.

"암, 주고 말굽쇼… 그것이라면야 술만 얻어 먹을 수 있을라구요… 염려 맙쇼. 제가 알뜰한 주점을 하나 소개해 드리지요."

제178회 염장이 주인 늙은이를 따라간 주점은 그리 멀지 않은 곳이다.

먼저 들어간 주인 늙은이가 주모를 불러 무어라고 쑥덕거린다.

술청엔 별로 손님의 그림자가 보이질 않았다.

주인 늙은이가 주모에게 무슨 소릴 했는지 허겁지겁 그들을 조용한 안방으로 인도했다.

"손님 보긴 이래두 색시들은 제법 깔끔하구 술맛도 법주라서 순하다우…."

주모가 물러간 다음 주인 늙은이가 염장에게 하는 말이다.

"저는 별로 술을 못한답니다."

"공연히 젊으신 양반이…."

"정말입니다. 실은 제가 여기 와서 술을 마시고 싶어 온 것이 아니랍니다."

주인 늙은이가 염장을 한참 이상한 눈초리로 쳐다보고 있더니만 반문하는 말이다.

"그럼…."

"그것은 어떻든 오늘은 이것을 가졌으면 여기선 얼마나 술을 마실 수 있는가요…."

"아무리 헐값으로 쳐도, 손님과 제가 여기서 한 이틀 동안은 만판으로 마실 수 있습지요."

염장은 노인의 말에 고개만 끄덕이고 있더니만 의젓한 태도로 말을 하는 것이다.

"그럼 우리 이렇게 하도록 합시다."

늙은이는 염장의 옆으로 바싹 상반신을 내밀며 그의 다음 말을 기다렸다.

"다름 아니라 여기선 주인만 대충대충 얼추기로 한잔 드시고 술 한 상을 잘 차려 집으로 보내 달라고 합시다."

"그것은 몇 푼 드나요…."

"남은 것은 또 내일 자시면 되지 않겠우…."

"그건 그렇지만…."

"실은 제 동숙하는 어른에게 술을 대접하고 싶지만, 그 어른— 피곤하다는 핑계로 나오셔야지요."

"참 그 어른은 누구신가요."

"제 같이 온 친구의 춘부장이지요. 그러니 제가 술 한 상 대접할 만하지 않어요…."

이때 주모가 다시 오자 주인 늙은이는 조금 전 염장이 시키는 말을 그대로 옮기는 것이었다.

이윽고 주모가 간단하지만 보기 좋은 술상을 차려 갖고 오자 이번엔 염장이 할 말이 있다고 그를 돌려보냈다. 염장이 먼저 주인에게 술을 한 잔 따르자, 주인은 손님한테 대접이 안 됐다고 하며 억지로 염장에게로 술을 따르는 것이었다.

"주인장, 이래 주었으면 좋겠습니다. 이 술은 제가 내는 술이라 하지 마시고 주인께서 손님을 위하여 대접하는 술이라고 하시고 남은 것은 남는 대로 내일 또 그렇게 해 주시도록 해 주었으면 합니다."

"원 별말씀을… 그럴 수야 있나요."

"아닙니다. 제가 친구 낯을 보아 술대접을 하려 했지만 어찌나 완고한 양반인지 들어주어야지요… 어떻게 하든 간에 술대접만 하면 그만이 아닙니까."

"체면이 없는 일이지만 손님이 정 그러시다면 그렇게 하도록 하지요…."

이런 계획을 꾸미고 난 염장은 속으로 빙긋이 웃었다.

주인 늙은이는 벌써 염장이 권하는 술에 취기가 도는 것 같아 염장은 서둘러서 그를 일으켜 세웠다.

그들은 주모에게 단단히 부탁을 해 놓고 밖으로 나왔다.

제179회 염장과 주인 늙은이가 나오는 뒤를 따라 사환 둘이 큰 술상을 마주 들고 따라나왔다.

광한네 부자는 벌써 잠이 들어 있는지 조용하다.

"손님네들 주무시는가요."

안에서 누가 일어나는 기색이었다.

"단잠을 주무시는데 이거 안됐습니다."

"누구신가요."

"네, 제 이 집 주인올시다."

그제서야 안에서 낮추었던 등잔을 돋우었다.

"그만 피곤한 김에 잠이 들어 버렸구만요."

광한의 아버지의 더듬는 말에 뒤이어 등잔을 돋우어 놓았는지 방 안이 훤히 밝아진다.

"젊은 손님이 거리 구경을 하고 싶다기에 모시고 나갔습지요. 거리 구경이래야

별거 있습니까… 그래 주점엘 모시고 갔더니 술을 한 잔도 들지 못하느만요. 그 통에 저만 두어잔 마셨습지요. 고단하실 줄은 알지만 술을 한잔 하고 나니 내 집에 오신 손님을 두고 혼자 마신 것이 미안해서 견딜 수가 있어야지요… 그래 한 상 차려 갖고 왔습니다."

염장은 주인 영감이 연극을 꾸미느라고 호들갑을 떨고 있는 것을 등 뒤에서 바라보며 히죽이 웃고만 있었다.

이 정도라면 일은 점점 순탄히 진행되어 가고 있는 것이 속으로 은근히 기뻤던 것이다.

몸은 피곤하였지만 광한의 아버지는 주인 영감이 술대접을 한다는 덴 정신이 펄쩍 드는 모양인지, 일어나던 때와는 딴판으로 만면에 웃음을 띠고 있었다.

"별안간 찾아와 이렇게 신세를 끼치는 것만 해도 미안한 터에 주인장이 술까지 내신다니 이럴 수 있을까요. 허허… 광한아 방을 좀 치워라."

아버지의 말을 듣고 광한이가 방을 대충 치우고 나자 주인 영감과 염장이 안으로 들어갔다.

무슨 의미에선지 염장이 광한을 보고 한 눈을 찡긋해 보이자 광한도 대답하는 것같이 눈을 찡긋했다.

주점 사환들이 마주 들고 들여온 술상을 얼결에 본 광한의 아버지는 속으로 은근히 걱정스러울 지경으로 성찬으로 마련된 술상이었다.

도대체 객줏집 숙박료가 몇 푼이나 되기에 이런 술상을 낸다는 것일까… 혹시 염장 놈이 나가서 무슨 소리를 한 것이 아닐까… 이런 속걱정 끝에 염장의 얼굴을 힐끔 쳐다보았지만 염장의 얼굴엔 별다른 표정도 보이질 않았다.

"졸지에 손님이 찾아오셔서 실은 저녁 대접을 변변히 드리지 못하여 어찌나 죄송했는지요. 별것은 없습니다. 그냥 술과 고기뿐이오니 푸짐히 드시지요. 객지에 나고 보면 언제나 출출한 법이라우."

주인 늙은이는 우선 술을 따라 광한의 아버지에게 권했다.

감미로운 향기로 보아 법주가 틀림없었다.

술을 즐기는 광한의 아버지로선 그 냄새만 맡고도 벌써 입 안에 군침이 절로 돌았다.

"자 젊은이들은 술은 못 하신다니까 이리 나와 고기라도 좀씩 어서 들도록 하시우…."

주인 영감은 어디까지나 호기로웠다.

광한과 염장은 주인 영감의 권에 못 이기어 나와 앉는 듯이 상 옆으로들 붙어 앉았다.

제180회 광한의 아버지도 술을 꽤나 하는 축이었지만 객줏집 주인도 보통 술은 아닌 성 싶었다.

그들은 벌써 술을 세 단지를 마셨지만 누구 한 사람 혀 꼬부라진 소리를 하지 않았다.

염장이 먼저 크게 하품을 하여 보였다.

고기로 포식을 하고 난 광한도 아닌 게 아니라 좀 졸리기도 했다.

그들은 서로 시선이 부딪치는 순간 또 한 차례 눈을 찔끔했다. 무슨 뜻이 있어서가 아니라 이번엔 서로 무료를 풀기 위해서다.

"젊은이들은 술도 안 자시니까 퍽 심심한 모양이구먼. 어서 저 방에들 가서 자도록 해요."

저 방이라는 것은 뒷방 격인 옆방이다.

"아버지도 인전 그만치만 드시고 상을 물리시지요."

"오냐…."

아들 광한이가 하는 말에 아버지는 좀 겸연쩍은 표정이다.

"원 아직 술이 이렇게 남아 있고 밤이 긴데… 자 그러지 마시고 젊은 양반들이나 어서 저 방에 건너가 한숨씩 푹 쉬도록 해요."

"그래라, 있는 술이나 마시고 우리도 그만 그칠 테니 어서 저 방으로 가도록 해라."

"그럼 짐을 저 방으로 옮겨 놓을까요."

"아무데 놓아두면 어떠냐, 마음대로 하렴…."

"그럼 먼저 건너가 자겠습니다."

짐보따리를 든 광한이 이런 인사를 하고 건너가는 뒤를 이어 염장도 칼짐을 갖고 그리로 갔다.

두 늙은이는 그들이 사라지자 감시인의 눈이라도 피한 듯한 기분에서 서로 주거니 받거니 떠들썩했다.

칼짐을 머리맡에 놓은 염장이 먼저 자리에 눕자 광한도 그 옆으로 자릴 하고 따라 누웠다.

"대궐이 있는 쪽은 어딘지 몰라도 서울도 별것이 아니오."

"사람 사는 데가 그렇구 그렇지. 별나면 얼마나 별날라구…."

자리에 누워 이런 말을 주고받고 난 그들은 어둠 속에 잠잠해졌다.

역시 옆방에선 밤이 깊어 갈수록 더 흥이 겨워지는 모양이다.

자리에 누워 있는 염장은 줄곧 짐짝 생각만 하고 있었다.

저 속에 무엇이 들어 있을까… 임금님한테 드리는 봉물 짐이라니까 틀림없이 귀중한 물건이겠지만 역시 그 내용이 궁금하지 않을 수 없었다.

"내일 어느 때쯤 대궐로 들어가나."

"글쎄 아버지께서 알아 하시겠지."

"임금님한테 드리는 선사품이라니까 꽤나 값진 물건들이겠지…."

"그럴 테지…."

염장은 듣기만 해도 공연히 가슴이 들먹거리는 것 같았다.

저놈을 갖고… 염장은 누워 있는 다리가 갑자기 후들후들 떨리는 것 같았다.

은동곳 하나에 저렇듯 술을 많이 주니 저것만 가진다면야 한평생 무슨 걱정이 있을라구….

염장은 눈을 감은 채 고향인 광주 땅을 생각해 보았다. 아직도 낱낱이 기억해 낼 수 있는 거리다. 저것만 갖고 가면, 어느 놈이 부러우랴… 이런 생각에 잠겨 있는 순간 언뜻 떠오르는 것은 복아의 모습이다. 염장은 못 볼 것을 본 것같이 눈을 지레 감아 버렸다.

돈만 있으면 어딜 가면 계집이 없을라구… 돈만 있으면야 어딜 간들 계집이 없 제181회
을라구….

줄곧 따라다니던 복아를 피해 이런 소리를 중얼거렸을 땐 염장이 잠을 깨쳤을 때다.

잠결에도 누가 자기의 중얼거리던 소리를 듣지 않았나 하여 벌떡 일어나 앉았다.

우선 옆에 누워 있는 광한이가 코를 골고 있는 것이 다행했다.

그들이 잠드는 것을 지키려던 그가 잠이 들었다 깨쳤으니 그들이 어느 때쯤 상을 물렸는지 알 수 없는 일이다.

어둠 속에 눈이 익숙해지자 옆에 누워 자는 광한의 얼굴도 똑똑히 보이는 것 같았다.

염장은 머리맡에 놓았던 칼짐 속에서 가장 큼직한 칼 한 개를 골라 들었다.

여차하는 때엔 마구 뽑아 휘두를 판이다. 그런 생각까지 하고 나니 사지는 더 떨리는 것 같았다.

염장은 옆방의 동정을 살피려 그쪽으로 갔다.

술에 취해 잠이 든 광한의 아버지의 코 고는 소리에 문창살이 울릴 지경이다.

주인 늙은이 같은 것은 동정을 살필 필요도 없었다.

그는 어둠 속에서 봉물 짐을 찾아 짊어지곤 뒷문으로 빠져나왔다.

어둠이 차분히 깔린 주위엔 아무런 소리도 들리지 않는다.

짐을 짊어지고 나오긴 했지만 성공한다는 기쁨에 앞서 그의 가슴속에 매어 달리는 것은 역시 불안과 공포뿐이다.

칼을 지팡이 삼아 그는 우선 한길로 나왔다. 방향을 종잡을 수 없어 한참 서서 살피자니 어제 주인 늙은이와 같이 들렀던 주점에서 불빛이 새어 흐르고 있었다.

그제서야 그는 어렴풋이나마 어제 객줏집 주인으로부터 들은 방향을 찾을 수 있었다.

어떻게 할까….

대궐이 있다는 쪽으로 갈까….

이때 어디서인지 요란하게 개 짖는 소리가 들려왔다.

염장은 짐을 짊어진 채 그냥 주저앉아 버리고 말았다.

이러다간 기껏 성공했던 일을 그냥 잡쳐 버릴 것만 같았다.

염장은 다시 일어섰다. 벌써 전신에 후줄그제 땀이 흘러내리고 있었다.

이렇게 망설일 것이 아니라 어떻든 아는 방향으로 가 놓고 보자.

그는 잰걸음으로 주점 앞을 지나려고 하던 참이다. 또 한 차례 몹시 개가 짖어댄다. 주점의 개인 모양이다.

주점 문이 열린다. 새어 흐르는 불빛이 이쪽까지 비치는 것 같았다.

"아침 해장이라도 하고 가시죠."

귀에 익은 목소리다. 어젯밤 객줏집 늙은이와 수군덕거리던 주모가 분명했다.

주인이 이렇게 소리치자 미칠 듯이 짖어 대던 개 소리도 좀 뜸해졌다.

염장은 고개를 돌리지 않은 채 일부러 굵은 목소리로 중얼댔다.

"있다 돌아오는 길에 하고 가도록 하지요."

주모는 아무런 대꾸도 없이 문을 닫고 안으로 들어가 버리는 모양이다.

별치도 않은 일이었지만 염장은 등허리에 땀이 물 흐르듯 젖어들었고 다리는 쫓기는 사람 모양 후들거림을 어찌할 수 없었다.

밖으로 나왔을 땐 눈앞이 내다보이질 않았지만 날이 새는지 주위가 훤해지는 제182회
것 같았다.

객줏집 늙은이의 말대로 대궐 쪽으로 올라갈수록 집들이 커지고 거리도 이에 따라 번화해지는 것 같았다.

여기저기서 인기척이 들려올 때마다 염장은 걷던 걸음을 멈춘 채 찔끔하곤 했다.

이러다가 그냥 날이 새어 버린다면 여러 모로 보아 불리할 것만 같았다.

염장은 우선 객줏집이나 주점 같은 데를 찾아가서 형편을 봐 가지고 행동하는 것이 좋을 것 같아, 큰길에서 머뭇거리다가 옆으로 빠지는 길로 들어섰다.

아직도 거리는 조용했다. 어느 쪽으로 가야 주점이 있고 객줏집이 있는지 분간할 수 없는 처지고 보니 그냥 걸을 수밖에 없었다.

한참 골목을 끼고 올라가자니 훤한 불빛이 보였다.

정녕 주점이 아니면 객줏집이라고 생각한 그는 지금까지의 긴장이 풀리는 한편 흐뭇한 생각까지 들어 좀더 잰걸음으로 그쪽으로 갔다.

그때 문짝을 탁 열어젖히는 소리가 들리더니만 두세 장정이 나오고 있는 것이 보였다.

제김에 움칠해 버린 염장은 길 한쪽으로 비켜서 버렸다. 순간 그의 머릿속을 스치고 지나가는 것은 어제 초저녁 광한으로부터 들은 말이었다.

불량배들….

차림새를 보면 그런 것 같지는 않았지만 떠드는 품이 그런 예감도 없지 않아 될 수 있는 대로 그들의 눈에 띄지 않게끔 피하긴 했지만 그들이 이쪽으로 걸어온달 것 같으면 영락없이 부딪치고 말 것이 뻔했다.

외골목이고 보니 따로 피할 길도 없었다. 오도 가도 못하고 있던 염장은 옆집 대문에라도 기대어 피해 보려고 그쪽으로 올라서려던 때였다.

"어떤 놈이 저기서 우리들을 망보고 있나…."

우락부락한 이런 소리가 들리자 골목 안은 금시에 왁자지근해졌다.

"어떤 놈이냐, 어떤 놈."

"어데 어데…."

대문에 기대서려고 댓돌을 올라가던 그는 그냥 그 자리에 주저앉아 버리고 말았다.

훤해지던 주위가 별안간 캄캄해지는 것 같기만 할뿐더러 눈앞엔 수없이 밝은 불띠가 흩어져 떨어지고 있었다.

이렇게 된 바에야 칼을 뽑아 휘둘러 볼까도 생각하고 힘껏 칼자루를 쥐어 보았지만 한 놈도 아닌 세 놈을 당해낼 것 같지가 않았다.

벌써 이쪽으로 몰려오는 발자국 소리가 쿵쿵거린다.

어떻든 일어서 형편을 보려는 차에 벌써 한 놈이 와서 염장의 목덜미를 잡아 일으키는 것이었다.

목덜미를 잡아 일으키는 몸의 팔뚝 힘이 어찌나 센지 염장은 그냥 훌렁 달려 올라가는 것 같기만 했다.

"웬 놈이냐?"

잡아 일으킨 그가 이렇게 큰 소리로 물을 때 염장은 성큼 대답이 나오질 않았다.

대답을 당장에 하지 못하고 우물거리는 것을 보자, 그를 잡아 일으킨 자가 뒤를 돌아보며 신바람을 내어 소리치는 것이었다.

"도둑이다! 도둑을 잡았다…."

제183회 "일거리가 없던 차에 잘 됐군 …."

도둑이라고 외치는 소리에 대답하며 이쪽으로 걸어오는 소리다.

염장은 찔끔했다. 섣불리 굴다간 물건은 고사하고 한바탕 뒤복일 것이 뻔했다.

"여보시오, 사람을 보고 말하시오. 그래 내가 고작 도둑으로밖에 안 보인단 말이오."
"허 요놈 봐라, 뭐가 어떻다구…. 그래 네 이놈, 그 갖고 있는 것이 뭐냐."
"뭐긴요…. 제 혼수감을 지고 가던 중이지요."
"혼수감?…"
염장은 만일을 생각하여 그렇게 꾸며 댄 말이긴 하지만 이 친구의 귀엔 그 소리가 더 구미를 당기게 하였던 모양이다.
"혼수감이라면 쓸 만한 것들이 들어 있겠구만…."
"남의 혼수감에 쓸 만한 것이 있든 없든 당신에게 무슨 상관이오."
이런 수작을 주고받고 있을 즈음 일거리가 없던 참에 잘 되었다구 떠들어 대던 친구가 옆으로 오더니만 참견을 걸려고 했다.
"여보시오 아무런 죄도 없는 사람을 붙잡아 놓고 그러지 마시고 갈 길이 바쁘니 어서 가던 길이나 보내 주시구려."
"갈 길이야 네가 바쁘지 나까지 바쁘냐."
이때 옆에 서 있던 자가 염장이 들고 있던 칼을 획 잡아 낚아채 빼앗았다.
"네 이놈, 이 칼은 어데서 난 것이냐."
염장은 또 한 번 말문이 막힐 수밖에 없었다.
"요놈이 나인 어리면서도 여간 흉측한 놈이 아니구나… 네 이놈, 이 칼이 어데서 났다구?"
그는 칼을 어둠 속에서 유심히 살펴보는 품이 그 칼에 무슨 곡절이라도 들어 있는 것 같았다.
조금 전까지도 그들과 맞서 보려던 염장은 이젠 별 수 없이 기가 꺾이고야 말았다.
이놈들과 공연히 이러다 섣불리 경을 치느니보다는 오히려 수그러드는 것이 상책인 것만 같았다.
"여보 형장, 너무 그러지 마시우, 내 자세한 곡절을 말할 테니 우선 어데 조용한 곳으로 저를 데려가 주시도록 하시오."
"홍, 뭐라구…."
"글쎄 제 전후 사정을 들어 보시면 아실 게 아닙니까."

"그럼 자네가 그 짐을 들게…."

염장은 칼과 짐을 빼앗긴 채 그들을 따라갔다.

그들이 염장을 데리고 간 곳은 역시 주점이었다.

그곳에도 같은 또래의 친구가 아직 두세 명 남아, 주점에 매어 있는 색시인 듯싶은 젊은 계집들과 희롱을 하고 있던 참이다.

"뭣들이냐?"

그중 술이 가장 취한 듯싶은 한 친구가 그들을 향하여 까부라진 소리로 소리치는 것이었다.

"한길에서 이상한 놈을 붙잡았기에 좀 조사해 보려구 데리구 왔습지요."

"그래…."

"주모, 어데 조용한 방을 하나 내시오."

"조용한 방이라면야 저 안방밖에 있어요. 그리로 들어가시지요."

주모가 턱으로 가리키는 방으로 염장은 그들을 따라 들어갔다.

주모가 갖다 놓은 등잔불로 방 안이 밝혀졌다.

염장은 자기를 싸고도는 친구들의 얼굴을 돌려 보았다.

같은 또래의 그들은 모두가 다 술에 취해 있었다.

이때 염장으로부터 칼을 빼앗아 갖고 있던 친구가 놀란 표정으로 소리를 질렀다.

"형님!."

아까부터 그들이 형님 형님하고 부르던 친구가 얼굴을 내밀었다.

"이 칼이 분명 형님이 차고 다니시던 칼 같은데 좀 보슈…."

그가 내민 칼을 받아 든 형님이란 작자는 칼과 염장의 얼굴을 번갈아 쳐다보며 매서울 지경으로 얼굴빛이 달라졌다.

"요놈이 보기와는 다른 놈이로구나… 네 이놈!"

그는 당장 들고 있는 칼을 뽑아 염장의 정수리를 내려칠 것 같은 형세이기도 했다.

이런 경우를 당할수록 염장은 자신도 모르게 대담해졌다.

"글쎄 제 말씀을 들어 보시고 죽이던 살리던 하셔도 늦질 않으실 텐데 왜 이리 서두르시기만 하십니까."

염장이 이런 말을 하며 눈을 똑바로 뜨는 것을 보자 그들의 눈에도 호락호락하게 보이질 않았든지, 서로 얼굴을 쳐다보며 염장에게 자초지종의 설명을 할 수 있는 기회를 주려 했다.

"그래, 그 칼이 어데서 났으며 그 짐이 무엇인지 설명해 봐라."

"네 그 짐은 저의 사부 궁파 어른이 청해 땅에서 올리는 봉물 짐이었고, 그 칼은 양산에서 언양 쪽으로 빠지는 산중에서 도둑을 만나 빼앗은 것입니다."

그들은 봉물 짐이라는 말에 모두 다 움칠하는 것 같았다.

"그래 네가 무슨 재주가 있어 도둑이 한 놈도 아닐 텐데 여러 놈을 해치우고 더욱이 그 칼까지 빼앗아 올 수 있었느냐."

"제 일행은 저뿐이 아닙니다."

"그럼 다른 사람은 어데 있느냐."

염장은 어떻게 대답할지를 몰라 잠시 그대로 앉아 있었다.

"그럼 네 일행이었다면서, 혼자 봉물 짐을 걸머지고 나온 이유는 무엇이냐."

"네, 거기엔 곡절이 있습니다."

염장은 낯색 하나 달리하지 않고 그럴듯한 말을 꾸며 댔다.

"제 일행이란 제 친구 광한의 부자올습니다."

"그래, 그 광한의 부자가 어떻게 되었다는 거냐."

"실은 궁파 어른의 짐을 갖고 서울로 오는 도중 도둑을 만났습지요. 그런데 광한이란 친구가 돌팔매를 잘 치는 까닭에 도둑을 무사히 잡고, 보시다시피 칼을 이것 말고도 네 자루나 더 빼앗았습지요."

"뭐? 돌팔매질을 잘 치는 놈이라구?"

그들은 염장의 말에 한결같이 펄쩍 뛰다시피 놀라는 것이었다.

"네, 돌팔매를 귀신같이 치지요."

"그래 그놈이 어데 들어 있느냐. 이번엔 그놈을 그냥 놔두질 않을 테다… 그놈이 들어 있는 주막이 어데냐."

"글쎄 너무 이렇게 서두르지 마시고 제 말을 들어야지요."

"네 사정은 나중에 듣기로 하고 당장 그놈들이 어느 집에 들어 있느냐 말이다."

광한이 부자가 있는 거처를 대라고 그들이 이렇게 불같이 성화를 부리는 것을 보면 일전에 봉화와 광한이가 욕을 보였다는 불량배가 그들인 것 같기도 했다.

"이제 보니까 당신들이 그 광한의 팔매질에 욕을 본 사람들이구만요. 항상 광한이가 자랑을 하는 말을 들어 뵈옵긴 처음이지만 오래 사귄 것같이 알고 있습지요."

염장이 이런 말을 하자 그들의 얼굴은 더욱 푸르락거렸다.

"여러분들이 그렇게 섣불리 서둘다가는 그놈한테 도리어 욕이나 보게 될 테니 제 말을 들어 보시고 행동하는 것이 좋을 겁니다."

"그래 네가 하려는 말이 무슨 말인지 어서 해 보아라."

염장은 이런 말을 하는 친구가 좀 아니꼽기는 했지만, 일이 이 지경에까지 이르고 보면 그들과 한패가 되는 것이 자신을 위하여 이로울 것 같아 그냥 꾹 참았다.

"말씀드리려는 것은 별일이 아닙니다. 여러분들이 당해 봤듯이 그놈의 돌팔매는 칼이나 창 같은 것으로 문제가 되지 않지요."

염장은 그들의 동정을 살피며 음성을 낮추어 다시 말을 이었다.

"제가 칼과 봉물 짐을 갖고 이렇게 나온 것도 실은 이런 이유가 있습니다. 그들 부자가 나를 해치고 봉물 짐을 가다가 도둑에게 빼앗겼다고 하자는 은밀한 의논을 들었던 까닭이지요. 그래서 그들이 잠든 틈을 타서 이렇게 도망을 치고 나왔습지요. 그러니까 그들을 그냥 다룰 것이 아니라 관가에 고발을 하는 것이 좋을 것입니다. 아직도 그들에겐 저런 칼이 네 자루나 남아 있답니다."

염장의 말을 듣자 그들은 서로 얼굴을 쳐다보는 것이었다.

눈치가 어떻게 하면 좋겠느냐고 서로 의논을 하는 꼴이었다.

"그래 자네는 앞으로 어떻게 할 텐가."

처음 염장을 붙잡은 친구가 묻는 말이다.

"저야 이 처지가 되었으니 여러분들이 하라는 대로 합지요."

"그래 그럼 됐다 됐어… 사내대장부가 청해 같은 조그만 섬엘랑 가선 무엇 하겠나… 서울에 있어야 벼슬도 해 보지 않겠나. 그러니 자네는 우리들과 같이 있도록 하세."

염장의 의견을 묻지도 않고 이렇게 말해 버린 그는 옆에 서 있는 친구한테 이런 의견을 말하는 것이었다.

"형님, 그놈이 아직 칼을 네 자루나 가진 것이 있다니 그놈들을 잡아 형님네 집에 들었던 도둑으로 몰아 대면 지난날의 분풀이도 되고 우리도 한몫 볼 게 아닙니까."

형님이라고 불리는 자가 이 말을 듣고 나더니만 눈을 찔끔해 보이는 것이 그의 의견에 찬동하는 표시인 것 같았다.

"어떻든 그놈들이란 이젠 독 안에 든 쥐나 다름없으니까 어서 붙잡아 봐야 하지 않겠나. 자 어서 그놈들의 거처를 알리도록 하게…."

"제가 초행길이라 잘 모르겠습니다만, 그런대로 앞장을 서지요."

그들은 봉물 짐은 주모에게 맡기고 염장의 뒤를 따라 골목으로 나왔다.

아직도 날이 새기엔 이른 시각이었던지 좁은 골목 안엔 얼씬하는 그림자 하나 보이질 않았다.

뒤숭숭한 꿈자리에서 잠이 깬 광한은 벌떡 일어나는 길로 문을 열고 밖으로 나왔다. 第186회

그는 옆에 누워 있는 염장의 동정을 살펴볼 겨를도 없이 그냥 밖으로 나왔던 것이다.

전에 없이 급작스레 뒷간으로 가고 싶어서였다.

어제저녁 먹은 고기가 얹혔던 모양 같았다.

뒷간으로 가 한참 요동을 하고 나서야 겨우 속이 좀 후련해지는 듯했다.

그제서야 광한은 앞뒤를 헤아릴 수 없이 어수선했던 꿈이 하나하나 되풀이되었다.

"제길…."

광한은 뒷간에 앉아 혼자 입 속으로 중얼거렸다.

개꿈이라고 돌리려고 하지만 아무래도 불길한 생각이 스쳤던 까닭이다.

광한은 일어서려다 다시 주저앉았다. 또다시 배가 찌뿌듯해지는 것 같아서다. 주저앉고 보니 또 꿈이 되살아 오른다.

확실히 그것은 큰 독구렁이였다. 얼결이었지만 돌을 집어 갈겼던 것이 분명했고, 그 꺼먼 독구렁이는 자기가 던진 돌에 쓰러진 것이 확실했지만 어떻게 된 영문이었는지 그놈의 꼬리가 자기 허리에 슬슬 감겨져 있었다.

질겁하여 허리에 감긴 꼬리를 잡아당긴 것이 결국 배를 가렸던 이불을 잡아채며 일어났던 것이다.

밑 배에다 힘을 주려던 그는 무슨 소리에 귀를 쫑긋하고 바깥 동정을 살핀다.

가까운 곳에서 무슨 소리가 들리는 것 같았지만 아무런 소리도 나지는 않는다.

모든 것이 그 징그러운 꿈 탓인 것 같았지만 광한은 전에 없이 마음이 불안했다.

그러나 이번엔 소리뿐이 아니라 불빛까지 보였다.

허둥지둥 일어선 광한은 허리띠를 단속하고 밖으로 나오려다 주춤해 버렸다.

어둠 속에서 속닥거리는 말소리가 들렸던 까닭이다.

"저 방과 그 옆방입니다."

분명 자기들이 들어 있는 방을 가리키는 소리가 분명했다. 그러나 다시는 말소리가 들리지 않고 오고가는 발소리만이 들릴 뿐이다.

언뜻 듣기에 염장의 목소리 같기도 했지만 염장이 아직 방 안에서 자고 있을 것이 뻔하고 보면 객줏집 주인 목소리 같기도 했다.

그러고 보면 객줏집 늙은이의 행동이 수상하기도 했다.

밖으로 나가긴 해야 하겠지만 꼭 눈앞에서 무슨 불길한 일이 터져 오를 것만 같은 생각에 발길이 옮겨지질 않았다.

틀림없이 객주 주인 놈이 도둑과 내통하여 우리를 털려고 하는 짓이로구나….

날이라도 새었으면 다행이지만 이렇게 앞이 잘 보이지 않고서는 아무리 돌팔매를 잘 치는 광한이라 해도 소용없는 일이었다.

그러면서도 광한은 뒷간 앞에 있는 주먹보다도 큰 돌을 하나 집어 들었다.

돌을 주워 든 광한은 그래도 머리맡에 칼이 한 자루도 아니고 여러 자루 있고 보면, 그냥 맥없이 도둑한테 털리지는 않겠지… 하는 생각이 간절한 기원처럼 떠올랐다.

제187회 분명 호각呼角 소리였다. 어떤 신호였던 모양이다.

그 호각 소리에 뒤이어 여기저기서 불빛이 번쩍거리더니만 고함 소리가 들렸다.

"꼼짝 말고 이놈들 나오너라."

밑도리가 전에 없이 후들거렸지만 광한은 그 이상 더 서 있을 수가 없었다.

그는 불빛이 얼른거리는 쪽으로 갈 생각으로 뒷간으로부터 뛰쳐나왔을 때다.

"웬 놈이냐."

소리쳐 묻는 말에 대답을 못한 광한은 그 자리에 물러선 채 그림자를 노려보았다. 확실히 칼을 뽑아 들고 서 있었다.

염장은 무엇을 하는데 아직도 그쪽에서 불빛만 보일 뿐 잠잠했다.

광한은 자기를 노리고 있는 그림자를 피하여 그쪽으로 달려가려고 하자, 또 고함을 지르며 덤벼들지 않는가….

"어떤 놈이냐…."

어둠 속에 고함 소리가 퍼지자 여기저기서 낯선 그림자들이 이쪽으로 몰려오고 있었다.

이제는 광한도 별 도리가 없었다. 움켜쥐고 있던 돌로 지금 자기를 향해 달려들고 있는 놈이라도 후려갈기고 피하는 수밖에 없다고 생각한 그는 들었던 돌로 자기와 맞서고 있는 자를 향해 던졌다.

"아이쿠…."

그는 다급한 소리를 지르며 칼을 떨어뜨린 채 쓰러지고야 말았다.

금시 구슬땀이 이마에 솟은 광한은 재빨리 도망치려는데 어둠을 베고 달려든 칼이 어깻죽지를 후려갈기고 지나갔다.

그냥 어깨가 선뜻하게만 느껴지던 때다.

"돌팔매질 치는 놈이 여기 있다!"

이런 고함 소리가 들리기가 무섭게 불빛이 몰려들었다.

선뜻하게 느껴진 어깻죽지가 쑤셔 들었다. 불끈 주먹을 쥐어 봤지만 손엔 돌이 없었다.

광한의 눈에선 수없이 불꽃만이 터져 흘러내리고 있었다.

바로 그때였다. 또 한 차례 목덜미를 선뜻 스치고 지나가는 것이었다.

광한은 그대로 앞으로 쓰러지고야 말았다.

멀리서 무슨 소리가 들려오는 것 같았지만 아무런 소리도 들리질 않았다.

"이놈이 틀림없냐?"

불빛을 들이대며 묻는 말이다. 염장은 고개를 돌리고 대답을 한다.

"틀림없이 그 친구요."

염장은 이렇게 뱉어 놓듯 말해 버리곤 돌아서 버렸다.

칼에 맞아 쓰러진 모습을 보니 염장의 가슴속엔 더 무서운 생각이 들었다.

어차피 이렇게 된 바에야 광한의 아버지도 자기 손으로 처리해 버리고 싶은 생각이 들었다.

밖에서 이런 소동이 일어났을 때 광한의 아버지는 겨우 취한 잠에서 일어나 불빛이 얼른거리는 밖으로 나오고 있었다.

염장과 마주치자 염장은 뽑아 든 칼로 그를 향하여 마구 찔렀다.

배에 칼을 맞은 그는 역시 비명을 지르며 앞으로 쓰러지고야 말았다.

그때 불빛이 그쪽으로 몰려들었다. 염장은 칼로 이번엔 쓰러져 있는 그를 마구 내리쳤다.

핏발이 얼굴에 튕겼지만 염장은 아랑곳하질 않았다.

재앙

제188회

災殃

왕정王政이란 한 귀퉁이가 흔들리면 무너지기 시작하는 담같이 걷잡을 수 없게 되는 모양이다.

장화부인을 잃고 난 홍덕왕이 정사에 실의失意하게 되자 국사는 흩어진 삼단 모양 얽혀 들었다.

홍덕왕은 몸과 마음이 피로할 대로 피로하여 인젠 자리에 눕게까지 되었다.

오직 이 병석을 극진히 지키고 있는 것은 왕의 수족같이 움직이고 있는 아지뿐이다.

아지는 또한 왕의 병석을 돌보는 유일한 간호자일 뿐 아니라 또한 만사에 이목耳目의 구실을 하고 있었다.

"아지야, 오늘 날씨는 어떠하냐…."

병상 옆에 꿇어앉아 있던 아지는 고개는 들었지만 시선은 여전히 밑에 떨어뜨린 채다.

"어제나 다름없이 맑게 개인 날씨옵니다."

"그래…."

조용히 고개를 끄덕이는 왕은 맥없는 눈길로 주위를 살펴본다.

맑게 개인 날씨라고 하는데 무슨 이유로 이렇듯 방 안이 어둠침침한지 알 수 없는 일이다.

"방 안이 이렇듯 어두워 보이는 것도 결국은 날씨 탓이 아니라 내 마음의 탓인가 보구나…."

이렇게 말하는 왕의 눈 속엔 먹먹히 눈물이 솟아올랐다. 그는 그것을 스며뜨리기라도 하려는 듯 눈을 감는다.

엷은 한숨 소리가 아지의 귓전에 더욱 무겁게 들렸다.

병상을 모시고 있는 아지는 왕의 신경이나 다름없이 예민했다.

"갑갑하시오면 문을 열어 놓는 것이 어떠하올까요…."

"날이 어두워 그런 것이 아니라 마음이 어두워 그런 것을, 창을 열어 헤친들 무슨 소용이 있겠느냐… 너도 무쇠 몸이 아닌 바에야 어서 나가 좀 쉬도록 하여라."

아지는 천은天恩의 고마움에 더욱 고개를 들 수가 없었다.

"성한 몸일 뿐 아니라 한창인 이 나이에 어찌 피곤을 느끼리까…."

아지는 머리를 조아리며 그냥 앉아 있었다.

하루 세 때 꼬박꼬박 시의侍醫가 들러 집맥과 아울러 약을 달여 올리지만 별 효험이 있는 것 같지가 않았다.

쪼그리고 앉아 있던 아지는 허리를 펴며 용안을 굽어보았다.

어제오늘에 더 수척하여 보이는 것이 가슴 아픈 일이다.

이제 약을 올려야 할 시각이지만 왕이 잠이 들어 있는 것 같아 아지는 주춤했다.

벌레란 새순을 뜯기 마련이고 병마란 인자한 사람의 몸에 침범하기 마련인가….

아지는 용안에서 다시 시선을 옮겼다. 어려서 대궐로 들어와 오직 한 분에게만 정을 붙이고 살던 아지고 보니, 이러한 요즈음은 비할 바 없이 더욱 슬프기만 했다.

왕은 아지가 생각하듯 잠이 들어 있는 것이 아니라 그냥 눈을 지레 감고 있었다.

아지는 조용히 왕의 동정을 살피기만 하였다.

그러나 왕은 눈을 감고 누운 채 아무런 움직임도 보이질 않았다. 아지는 더 눈치만 살필 수가 없어 조용히 물었다.

"지금 나가 약을 가지고 와 올리겠나이다."

제189회 왕은 감고 있던 눈을 뜨고 아지를 바라다본다.

희미한 눈초리는 아지에게 무엇을 호소하는 것 같기도 했다.

아지는 왕명만 기다리며 읍한 채 서 있다.

왕은 여윈 손을 가만히 내저어 보인다.

약을 올리겠다는 아지의 생각을 제지하는 것인 줄 알면서도 아지는 못 알아들은 척 그냥 묵묵히 바라다보기만 하고 있다.

벌써 열사흘 왕은 아지의 권을 언제나 거절하려고 했다. 그러나 아지는 자기 고집대로 한 번도 그것을 실행 못한 적은 없었다.

아지의 이런 표정을 보자 왕은 조용히 입을 열었다.

"그만두어라… 별로 차도가 없는 것 같으니 말이다…."

"차도가 없으시다고 이제 약까지 전폐하시면 어떻게 하겠나이까…."

"몸의 병이 아니라 마음의 병이고 보니 의원인들 무슨 재주가 있으며 약인들 어떤 효험이 있겠느냐…."

만승지萬乘之 몸인 상감의 입에서 이런 말이 나오는 것은 이번이 처음이었다.

아지는 오래 모시고 있던 정리로 이런 말을 듣자 그냥 눈시울이 뜨거워짐을 참을 수가 없었다.

아지도 그런 것을 모르고 있는 것은 아니었다.

마음의 병은 의원의 손으로 고칠 것이 못 된다는 것은 아지 자신도 잘 알고 있었다. 그러나 굳게 문을 잠가 버리다시피 한 마음의 문을 열게 할 수 있는 방법은 자신이 금하고 있는 터이고 보니 어쩔 도리가 없었다.

아지는 새삼 돌아가신 국모가 원망스러웠다.

그분이 살아 계셨던들… 이 지경에까지야….

아지는 목구멍이 뜨거워질 지경으로 슬픔이 치밀어 오름을 참으며 다시금 머리를 조아리며 아뢰었다.

"약을 그만두시라 하시면 미음이라도 좀 드셔야 기맥을 차리실 수 있으시지 않으리까…."

왕은 극진한 아지의 정성이라 그것마저 마다할 순 없었다.

"네 소견대로 하여라…."

왕의 목소리도 가라앉은 채 젖어 있었다. 아지는 머리를 조아리고 병실 밖으로 나왔다.

병상에 누운 채 왕은 아지의 뒷모습을 바라다본다.

어깨가 푹 꺼져 있는 그 모습이 어느 모로 보나 병신스러웠다.

새삼 왕은 아지의 생애가 측은스럽게 여겨졌다.

그는 무슨 운명을 타고 났기에… 아니 정말 아지는 평생을 무엇으로 즐거움을 삼을 것인가….

왕권王權은 무슨 이유로 그로부터 그러한 본능마저도 빼앗았던 것인가.

왕은 무거운 한숨을 내쉬며 다시금 눈을 내려 감는다.

그러나….

그러나 아지는… 본능을 잃었을망정 지금 자기와 같은 뼈저린 슬픔을 겪어 가며 살지는 않을 수 있지 않을까… 뼈저린 슬픔을….

왕은 또 한 차례 푹 한숨을 돌리며 자기 옆을 떠나 밖으로 나간 아지의 신세가 도리어 지금에 와선 부럽기까지 했다.

제190회 아지는 입맛을 돋우어 드리기 위하여 피쌀로 미음을 끓이노라고 한참 걸렸다.

그것도 누구를 시켜서가 아니라 자신이 끓여서 상에 받쳐 들고 지금 왕이 누워 있는 거실로 가려던 참이다.

이러한 아지의 일거일동을 보는 궁녀들은 입으로 말하지는 못하지만 눈으로 비웃는 것이 분명했다.

아지도 그런 눈치를 모르는 것은 아니었지만 일생을 괴어 온 왕이고 보면 하는 수 없었다.

그럴수록 아지에겐 궁녀들의 일거일동이 눈에 거슬렸고 밉살맞게만 보였다.

지금도 아지는 한차례 욕지거리를 퍼붓고 싶었지만 그냥 꾹 참은 채 걸음을 옮기려던 순간이다.

이상스러웠다. 밑도리가 후들하면서 아지는 상을 떨어뜨리고 주저앉고야 말았다.

아직은 그럴 나이는 아니지만… 아지는 이런 생각을 하며 밖을 내다보았다.

유난히 맑은 날씨다….

그제서야 아지는 자기 밑도리가 후들거린 것이 아니라 집이 흔들리는 것을 알아차릴 수 있었다.

궁녀들의 비명이 들린다. 아지는 허겁지겁 일어서려 하였지만 일어날 수가 없었다.

높은 산의 메아리 소리 같은 지동地動이 울린다.

대궐의 주춧돌이 이렇게 흔들릴 때야 사정이야 일러 무엇하랴….

아지의 머릿속엔 지금 그런 것까지 생각할 마음의 여유가 있질 않았다.

그의 눈앞을 스치고 지나가는 것은 지금 병상에 혼자 누워 있을 왕의 모습뿐이다.

이제는 대궐의 크나큰 들보까지도 부러져 떨어질 것만 같았다.

비명을 지르던 궁녀들은 매 모조리 밖으로 뛰쳐나가고 있었다.

그러나 아지는 그들 모양 밖으로 나갈 순 없었다.

아지는 벌렁벌렁 기다시피 하여 왕의 거실 쪽으로 갔다.

그렇게 눈을 속이고 틈을 타서 왕의 거실을 노리던 궁녀들이었건만 누구 하나 아지를 앞질러 가는 그림자는 보이질 않았다.

아지는 그러한 소행들이 더할 수 없이 괘씸하여 그런 난리통에도 연거푸 혼자 욕을 중얼거리며 겨우 왕의 병상 옆으로 달려갔다.

머리맡으로 돌려 세워져 있던 절병풍折屛風이 쓰러 넘어져 있는가 하면 화병도 굴러 떨어져 있었다.

넘어진 병풍에 묻혀 왕의 모습이 보이질 않는다.

불안과 불길한 예감에 휩싸인 아지는 병풍을 걷어치우며 다급한 목소리로 왕을 불렀다.

"상감마마! 상감마마!"

자리에 누운 채 꼼짝 않고 있는 왕의 얼굴은 백지장같이 희었다.

아지는 이 지경일망정 무사한 것이 다행했다.

"상감마마… 불편하시오나 밖으로 납셔야겠나이다."

왕은 누운 채 고개를 흔들었다. 아지는 억지로라도 일으킬 생각으로 왕을 부축하려 했다.

그때 한차례 지동이 다시 울려 집이 흔들렸다.

아지는 너무나 다급한 생각에 누워 있는 왕 위에 올라 덮이고야 말았다. 아지의 생각엔 꼭 천장이 무너져 떨어질 것만 같은 생각에서였다.

이 넓은 대궐 안…. 제191회

오직 존귀한 한 몸이 여기 누워 있건만 그것을 염려하여 모든 위험을 무릅쓰고 달려온 것은 아지뿐이고 보면 병석에 누워 있는 왕의 마음은 더욱 처량할 뿐이다.

수척한 용안엔 이러한 슬픔을 말하는 듯 눈물이 번져 흐르고 있다.

아지도 차마 용안을 바라볼 수가 없어 얼굴을 돌린다.

그러나 언제 또다시 용마루가 흔들릴지 모를 지금 조그만 정념에 사로잡혀 이러고만 있을 수도 없는 형편이다.

"상감마마, 불편하오나 어서 밖으로 납시어 잠시 형편을 살피는 것이 좋을 줄 아옵니다."

"아지야…."

아지를 불러 놓은 왕은 목이 메어 다음 말을 잇지 못하는 것 같았다.

기력이 없는 것으로 보아선 지나친 눈물을 흘리고 있었다.

"세상의 정리情理가 나를 저버리고 하늘과 땅마저도 이제 나를 돌보고자 하지 아니함은 내 부덕으로 왕도王道를 잃었음이라."

왕의 숨결은 기맥이 없으면서도 거칠었다.

"상감마마 그것이 무슨 말씀이오니까."

"아니다 천도天道가 나에게 마음이 없거늘 공연히 서두르면 범부의 웃음거리가 될 것이니 나를 그냥 있게 하라."

대궐을 뒤엎을 것 같던 지동 소리도 인제는 사라진 바람 소리같이 아득했다.

그러나 병상을 누르고 있는 불안과 슬픔은 무겁게 드리워진 장막 모양 좀처럼 사라지질 않는다.

지극히 짧은 동안이었지만 마음과 몸이 극도의 고역을 겪고 난 왕의 얼굴엔 전에 없이 땀까지 흘러내리고 있었다.

조갈이 난 왕의 입시울은 마른 오가리 모양 졸아들었고 기력의 진한 듯한 눈자욱은 일층 더 푹 꺼져 버린 것 같았다.

"아지야 물을 한 모금 다고…."

심한 조갈증에 왕의 음성은 녹이 슨 듯했다.

아지는 왕명을 따라 일어나긴 하였지만 어쩐지 자리를 비워 두기가 마음 놓이질 않았다. 이런 때 머리맡의 물그릇까지 비어 있다는 것은 평소에 소홀했던 탓이라고 후회해 봐도 소용없는 일이었다.

되기만 한다면 여기서 누구를 소리쳐 부르기라도 하고 싶었지만 그럴 수도 없으니 천상 자기가 갔다 오는 수밖에 도리가 없었다.

아지는 무거운 마음을 남기며 거실 밖으로 나갔다.

삽시간에 일어난 일이었지만 대궐 안은 수라장으로 화해 있었다.

아직도 뜰에선 궁녀들이 오고 가며 지르는 비명들이 그치질 않았다.

아지는 눈살을 찌푸리고 멍청 밖을 내다보았다. 검은 연기가 휘감겨진 속에 널름거리는 불길이 보였던 까닭이다.

물론 대궐 밖이었지만 그리 먼 거리는 아니었다.

그 속에서 아우성치는 소리가 여기까지 들려오는 것 같기만 하다.

대궐이 이 지경으로 수라장으로 화한 것으로 미루어 보면 능히 있을 수 있는 일이다.

조갈이 나서 물을 찾던 왕의 모습이 떠오르는 순간 아지는 밖의 일이야 어떻든 총총걸음으로 달려가야만 했다.

서라벌 일대가 지진으로 입은 피해는 상상 밖으로 컸다. 제192회

엎치는 데다 덮치는 격으로 집이 무너진 데 불까지 나서 인명의 피해도 많이 입었지만 졸지에 거지 신세가 된 난민들은 정처를 잡지 못하고 방황하게 되었다.

안으론 왕이 오래 병상에 누워 있게 되고 밖으론 이런 돌변사가 일어나고 보니 나라 형편은 이루 말할 수가 없었다.

서라벌의 각 사원에서는 이는 만승지몸이 병상에 오래 누워 있게 된 연고라 하여 백오십 명에 가까운 도승度僧들을 뽑아 부처 앞에 기도를 올리게 하였지만 생활고로 일어나는 도둑의 무리는 그치질 않았다.

이에 시중 벼슬에 있던 우징佑徵은 전에 없던 변괴가 연발하는 것은 자기의 실덕失德의 탓일 뿐 아니라 이렇듯 어지럽게 백성들이 도탄에 빠져 들게 된 것은 스스로가 무능한 소치라고 생각하여 시중 자리를 물러날 것을 왕에게 주언했다.

그동안 우징으로부터 아지를 통하여 몇 번이나 알현謁見을 윤허允許해 주도록 청했지만 왕이 이를 거절하자 우징은 오늘 큰 결심을 하고 병상 옆까지 들어왔던 것이다.

"이 한 몸을 오로지 국사에 바치고자 하였으나 하늘의 도움을 받지 못하는 몸

이 되어 이렇듯 크나큰 변괴를 당하옵고, 또한 자신에 큰 포부는 있었사오나 경륜經綸이 부족하와 거리에 방황하는 난민과 그들의 입으로부터 새어 흐르는 원성을 막을 길 없사오니 어찌 소신이 시중의 자리에 머물러 있을 수 있으리오. 원하옵건대 이제 새로 인재를 등용하사 인심을 새롭게 함이 위로는 왕도를 세우는 길일 뿐 아니라 엉클어진 국사를 쇄신하는 길이 아닌가 하나이다."

처음 왕은 우징의 주달奏達을 들으려 하지 않았지만 그가 이렇듯 반나절이나 꿇어 앉아 간곡히 말하는 것을 보면 그의 충성과 국사를 생각지 않을 수 없었다.

"경은 물러가 있도록 하오, 내 오늘 중으로 결단을 내리리다."

우징이 나간 다음에도 굳어진 왕의 표정은 한참 동안 움직이지 않았다.

정사政事에 뜻을 두지 않던 왕이었지만 이 세상이 이 지경에까지 이르고 보니 파리한 그의 얼굴에도 수운이 짙어지는 것 같았다.

"아지야 거리의 형편이 어떠하더냐."

아지는 왕의 뜻을 알 수 없어 읍하고 선 채 머뭇거리기만 한다.

"네가 보고 들은 대로 크고 작든 간에 숨김없이 말하여 보아라."

아지는 헛기침을 하며 머리를 조아린다.

"뜻하지 않았던 지동에 거리의 집들은 무너져 쓰러지고, 그 위에 불까지 나서 즐비하던 거리가 마치 폐허나 다름없이 되었나이다."

아지는 용안을 살피기 위하여 말을 끊었다 다시 이었다.

"무덤 같은 폐허엔 자식이 아비를 찾는 소리와, 자식을 잃은 어미의 곡성으로 가득 차 있을 뿐이옵니다."

밤마다 도둑이 이웃을 노리고 원성이 강물처럼 흐르고 있다는 소리까지는 차마 할 수 없었다.

왕은 아지의 말 한마디 한마디를 귀담아 듣고는 무엇을 생각하는지 언제까지나 눈을 감고 있었다.

제193회 우징이 시중 벼슬을 내놓고 나가자 왕은 다시 이찬伊湌 윤분允芬으로 하여금 시중을 삼았다.

시중을 윤분으로 삼고 나면서부터 왕의 심중에도 크나큰 변화가 생기기 시작했다.

그것은 먼저 간 장화부인으로 인하여 자신이 막중한 사직과 백성을 너무 잊고 있었다는 것이다.

이러한 변괴가 끝없이 일어나는 것도 결국은 왕도를 저버린 자를 하늘이 꾸짖기 위한 섭리攝理라고 생각할 때 스스로 본연의 자세를 찾지 않을 수 없었다.

이제 왕은 국사를 떠난 대궐 안의 여러 범절과 일신상의 일이라면 아지를 상대로 의논할 수밖에 없었다.

"아지야."

아지는 이 며칠 사이에 용안에 생기가 돋아 보이는 것이 대견하기만 했다.

"아지 여기 와 있나이다."

왕은 잠시 아지의 동정을 살피고 나서 입을 열었다.

"내 오늘부터 정전正殿을 피하고 상선常膳을 폐하도록 하여라."

상선이래야 항상 병상의 몸이라 별것이 아니었지만 정전을 내도록 하라는 분부는 아지로선 쉬 납득이 가지질 않았다.

왕이 정전을 버리고 별처別處로 가 기거한다는 것은 대궐 안에 있어서 흔히 있는 일이 아니었다.

또한 왕이 무슨 뜻으로 그런 분부를 내리는지 아지로선 모르는 바도 아니었다.

그러나 그는 지금 허약한 병 중의 몸인 것이다.

"상감마마의 뜻을 모르는 바 아니오나 마마께옵선 지금 와병臥病 중이거늘 어찌 별처로 가시어 기거하실 수 있으리오."

"하늘이 나를 버렸거늘 이제 내 다시 구원을 받으려면 스스로 나를 돌보지 않을 수 있으랴… 오로지 왕도를 위함과 백성을 살리는 길은 이밖에 길이 없으니 알아서 하도록 하여라…."

왕의 뜻이 이러하고 보면 아지로서도 왕명을 거역할 순 없었다.

이날 왕은 또한 별처로 옮겨가기 전에 시중 윤분을 불러들였다.

"듣건대 백성이 이 지동으로 도탄의 고역을 당하고 있다 하니 경은 어떠한 경륜을 갖고 있소."

"헐벗고 굶주린 자를 살리는 길에 무슨 큰 경륜이 있으리오. 그들에게 먼저는 먹이고 다음은 입힘으로써 족할 것이오나 해를 두고 계속된 가뭄에 곡간이 비어 있으니 경륜에 앞서 바라보고 탄식할 뿐이옵니다."

윤분은 그 말하는 품으로 보아 강직한 사람이었다.

"나라 곡간이 비었다면 대궐의 곡간을 열어 곡穀과 포布를 내어 그들에게 널리 나눠 주도록 함이 좋을 것이오."

"왕명을 받들어 시행하오면 어린 백성들은 크게 기뻐하오리다."

"또한 내일로 중외中外의 모든 옥수獄囚를 사함이 좋으리라."

"지체 없이 왕명을 시행하도록 하겠나이다."

이러한 왕명을 받아 가지고 나온 시중 윤분은 임해전으로 나오는 길로 만조백관 중에서 사람을 골라 왕명에 의한 사절로 백성들을 안무安撫하도록 했다. 경륜에 앞서 굶주린 백성들은 시중의 말대로 먹이고 입힘으로써 우선 원성이 가라앉을 수 있었다.

제194회 지동으로 인하여 헐벗고 굶주리던 백성들도 조정의 적극적인 시책으로 점차 가라앉기 시작했다.

오랫동안 병석에 누워 신음하던 왕도 시약의 효험을 보지 못하였지만 스스로의 긴장으로 어느 정도 차도를 보게 되어 이제는 보행步行도 마음대로 할 수 있어 한때는 손을 대지 않다시피 하고 있던 정사에도 점차 관심을 갖게 되었다.

만사에 관심을 갖게 되고 보니 왕은 또한 마음에 거리끼는 일이 많았다. 그것은 오래도록 시조묘始祖廟에 나가 직접 배알을 올리지 못한 일이다.

그래서 오늘은 왕은 친히 만조백관을 거느리고 시조묘에 참배하였을 뿐 아니라 또한 서악西岳으로 나가 군병을 대열大閱한 다음 무평문으로 어림御臨하여 활 쏘는 것을 보았다.

왕이 어가御駕를 타고 서악에 이르러 높이 쌓아 올린 단 위로 올라가자 군례軍禮로 받든다.

오랜 병석에 수척하여진 왕이었지만 이 당당한 위용威容을 바라볼 때 스스로 기쁨을 금할 수가 없었다.

바람에 휘날리는 기치旗幟는 하늘을 뒤덮는 것 같았고 울리는 고각鼓角 소리는 천지를 뒤흔드는 것 같았다.

좌우익左右翼으로 수기手旗를 잡고 있고 검창劍槍은 마치 숲같이 늘어서 있었다.

이렇듯 수많은 대군大軍이 오직 군령軍令 하나에 따라 움직이는 모습은 마치 목수木手가 먹줄을 긋는 것같이 명확했다.

비록 몇 해 동안 봄가을 두 차례는 언제든지 있어야 했던 이 대열大閱의 행사가 얼마 동안 중단되어 있었다 해도 서라벌의 전통을 이어받은 낭도郎徒의 정신은 아직도 여기 면면히 흐르고 있음을 볼 때 왕은 기쁘기 그지없었다.

한나절에 걸친 대열이 끝난 다음 각 군에서 궁사들을 뽑아 이번엔 무평문 앞에서 서로 무예를 다투는 활쏘기 대회가 열렸다.

오래 때를 얻지 못하고 있던 궁사들은 오늘 어전御前 대회를 뜻 깊게 생각하여 앞을 다투어 겨루기를 꺼리지 않았다.

한 궁사가 끝마치자 다음 궁사가 어전을 향하여 절을 하고 단 위로 올라가 과녁을 노려본다.

궁사가 오를 때마다 사죽絲竹의 소리가 울려 궁사들의 사기를 돋우어 주었다.

시울을 당기자 활대는 달같이 늘어진다. 시울 소리가 울릴 때마다 공중을 나는 살은 물찬 제비꼬리 모양 각가지 형태로 과녁을 노리고 바람을 끊는다.

오시오중五矢五中을 알리는 기치가 하늘 높이 올라 흔들릴 때마다 환성이 진동하였다.

다시 질탕한 음률 소리가 환성과 뒤엉켜 사람의 마음을 더욱 흥겹게 만든다.

오늘이 있기를 기다려 오로지 활쏘기에 열중하였던 낭도 중에는 오시오중의 명궁수가 꼬리를 이어 연달아 나오는 판이다.

장화부인을 잃고 나서 오늘에 이르기까지 왕은 오늘과 같이 마음이 기쁘고 맑아 본 적은 일찍 없었다.

왕은 이날 여러 장수와 이들 영예의 궁사들을 크게 위로하기 위하여 잔치를 베풀어 술과 음률로써 밤을 즐기게 했다.

신라 역대 왕 중 흥덕왕 때 모양 천지의 변괴가 많은 적은 일찍 없었다 해도 과 제195회
언이 아니다.

장화부인이 세상을 떠난 후로는 해마다 가뭄이 들지 않았으면 장마가 지고 이런 풍수해風水害가 아니면 기근이 드는 것이 예사인 데다 지진까지 있어 인심이 흉

흉하던 중 홍덕왕이 궐 안의 곡식과 포布를 널리 나눠 주어 겨우 안정을 얻으려 할 때 세상은 다시 이상한 현상으로 불길한 예감을 품게 되었다.

중추仲秋의 계절도 이미 지난 지 달포가 되면서부터는 철새의 이동과 더불어 점차 날씨가 차가워져야 할 무렵이건만, 금년은 이상하게도 철새가 날아가는 것을 누구 한 사람 보았다는 사람이 없었다.

게다가 날씨가 차가워지기는 고사하고 전에 없이 봄 날씨나 다름없이 따스한 일기가 계속되고 있었다.

첨성대의 일관들은 이 심상치 않은 날씨를 걱정하여 매일같이 하늘을 올려다보며 기상氣象을 살폈지만 그럴 만한 원인을 잡지 못한 채 서로의 얼굴만을 살피며 수심에 잠겨 있었다.

계속되는 온화한 날씨더니만 이날은 훈훈한 바람으로 잠가 놓았던 창문까지도 활짝 열어 놓아야 할 판이었다.

그 훈훈한 바람 속엔 계절답지 않은 꽃향기가 서려 있었다.

이상하게 생각한 왕은 옆에 있던 아지를 불렀다.

"아지야, 요즈음 날씨가 이상스레 덥지만 오늘은 웬일이냐… 훈훈한 바람 속에 이렇듯 꽃향기가 느껴지니…."

며칠 전부터 궐 안에 있는 복숭아꽃 봉오리가 부풀어 오른다는 말은 아지도 듣고 있어 혹시나 또 무슨 변괴가 있을 전조가 아닌가 하여 염려하고 있던 차에 이런 하문이 있고 보니 아지는 은근히 걱정스러웠다.

왕의 말을 듣고 보니 자신도 새삼 꽃향기가 느껴지는 것 같았다.

"며칠 전부터 푸근해진 날씨에 복숭아 꽃봉오리가 진다고 하는 소리가 들리옵더니 그것이 핀 것이 아닌가 하옵니다."

"복숭아꽃이?"

"네…."

아지가 아뢰는 말에 왕 자신도 어떤 불길한 예감을 느꼈던지 용안의 빛이 변해 있었다.

아지는 모든 것이 자신이 부덕한 소치인 것만 같아 송구하였던지 고개를 들지 못하고 있었다.

안색이 흐려진 왕은 한참 묵연히 앉아 있더니만 다시 조용히 아지를 부른다.

"아지야… 그것이 사실인지 네 눈으로 보고 와 알리도록 하여라."

"네 그러하겠나이다."

아지는 총총걸음으로 어전을 물러나와 밖으로 나왔다.

밖으로 나온 아지는 엉거주춤 서 버린다.

궐 안에 있는 복숭아라는 복숭아꽃은 하루아침 사이에 모두 활짝 피어 있었다.

오늘도 일찍 일어나는 길로 밖을 내다본 아지였지만 무슨 정신에 그것을 보지 못하고 있었던 것인가….

멍청 서 있는 아지의 머릿속엔 모든 것이 예사로운 일이 아닌 것만 같아 더욱 속이 두근거렸다.

어찌된 일이며 도대체 세상이 어떻게 되려고 이런 변괴가 생기는 것일까….

고개를 떨어뜨린 아지는 돌아서 무거운 걸음을 옮겨야만 했다.

아지의 들어서는 표정을 보고 왕은 벌써 그 얼굴에서 무엇을 느꼈던지 더 우울 제196회 한 표정을 한 채 말이 없었다.

이러한 용안을 바라보니 아지는 가슴이 더욱 메는 것 같아 말문을 열기가 두려웠다.

그렇다고 언제까지나 이렇게 서 있을 수도 없었다.

"지금 나가 보았더니만 어제까지도 아무렇지도 않던 복숭아꽃이 활짝 늘어지게 피어 있나이다."

역시 왕은 듣고만 있을 뿐 아무런 대답이 없다.

고개를 떨어뜨리고 있는 아지는 조금 전 뜰 안을 오고 가며 떠들어 대던 궁녀들의 모습을 생각하여 눈살을 찌푸렸다.

나라에 불길한 일이 있을 전조임을 생각지 못하고, 꽃이 피었다고 기꺼워하던 모습들이 아무래도 마땅칠 않았다. 아지는 그때 크게 꾸짖지 못한 것이 거리꼈다.

그러고 보면 나라에 해마다 예측할 수 없는 변괴가 생기는 것도 생각하면 궁녀들의 이러한 버릇없는 소행으로 인한 것 같았다.

아지가 여자를 미워하는 마음이란 대단하였다. 그는 한번 그릇 보면 죽도록 싫어하는 습성이 있었다.

싫어할 뿐만이 아니라 그는 어떤 잔인한 일이라도 저질러 처참한 광경을 보고 싶은 충동을 가끔 느끼는 것이 습성이기도 했다.

조금 전 본 궁녀들을 생각하는 지금도 아지는 그런 충동으로 푹 꺼져 있는 등이 들먹거릴 지경이다.

"상감마마, 이런 말씀을 아뢰옵기는 황공하오나, 이런 변괴가 생기는 것은 다름이 아니오라, 요염한 궁녀들의 탓인 줄 아옵니다."

생각지 않았던 아지의 말에 왕의 얼굴에도 약간의 동요의 빛이 보이는 것 같았다.

"어째서 궁녀들의 탓으로 변괴가 생긴다고 하느냐…."

"조금 전에도 상감마마의 분부를 듣삽고 뜰에 나갔더니, 그 요염한 궁녀들이 복숭아꽃이 피었다고 기꺼워들 하고 있지 않겠나이까."

왕은 아지의 다음 말엔 아무런 반응을 보이질 않은 채 그냥 고개를 돌릴 뿐이었다.

왕으로선 그러한 말을 아뢰는 아지의 처지가 더 불쌍하고 측은하게만 여겨졌다. 그러한 생리가 아니었다면, 꽃을 보고 즐기는 꽃 같은 궁녀들을 그렇게까지 요염하다고 보지는 않았을 그가 이렇게 궁녀들을 미워하는 것은 역시 그가 입은 생리적인 피해인 것같이 생각켰던 까닭이다.

이런 말을 아뢰는 아지의 눈 속에선 붉은 기운의 불빛이 흘러나오는 것만 같았다.

고개를 돌리고 있는 왕이었지만 아지의 그러한 기색을 충분히 알아차릴 수 있었다.

왕은 오히려 등허리가 차가워질 지경으로 아지의 말에 오한과 불안이 느껴졌다.

"때 아닌 때에 복숭아꽃이 피었다니 아지야 나가 보자. 이를 반드시 불길한 징조로만 돌릴 것이야 뭐 있겠느냐."

아지는 악연한 표정으로 왕의 안색을 살피듯 쳐다본다. 왕은 그런 눈치는 아랑곳없다는 듯 억지로 태연을 가장하며 자리에서 일어섰다.

왕이 옥보를 옮겨 밖으로 나가니 아지도 그 뒤를 따라 나갈 수밖에 없었다.

제197회 서리가 내려야 할 계절에 복숭아꽃이 피고 보니 이상한 질병이 돌기 시작했다.

몇 해를 두고 계속되는 기근에 시달려 영양실조가 된 백성들은 몸에 아무런 저항력도 가지고 있질 못했다.

오늘도 거리엔 떼죽음이 일어나고 있었다.

아침까지만 해도 아무렇지 않게 멀쩡하던 사람이 저녁에는 송장이 되었다는 소리가 여기저기서 들리기 시작했다.

대개의 환자들은 심한 열에 덜덜 떨다 그대로 쓰러져 구토와 설사로 기운을 뽑다 그대로 숨을 거두는 것이 예사였다.

의원들도 병명조차 집맥하지 못하는 형편이고 보니 온 거리는 죽음의 도시나 다름없었다.

이런 때일수록 백성들의 원성은 조정을 향하여 높았다.

정사란 무엇인가?…

백성이 잘살면 왕의 은덕이요 선정善政이라 하고, 못살면 백성의 사나운 팔자와 타고난 운명이라는 것인가….

이렇듯 거리가 불안과 공포로 뒤끓고 있을 때 시중 윤분도 그 자리를 물러날 것을 왕에게 주달했다.

정사에 뜻을 두지 않고 있을 때는 벼슬아치들의 진퇴가 그냥 성가신 절차에 불과했지만 크고 작은 일에 관심을 갖게 된 오늘날엔 시중의 진퇴가 크게 가슴 아픈 일이었다.

시중은 벼슬을 물러나면 모든 책임을 벗을 수 있지만 왕도王道는 어떤 일로서 사경死境에 이른 백성을 구할 수 있겠으며 또한 이러한 책임을 면할 수 있을 것인가….

길이 탄식하는 왕은 아지를 불러 물었다.

"아지야, 거리는 사정이 어떠하다고 하느냐."

병상에서 일어난 지 얼마 되지 않아 아직도 건강이 채 회복되지 않은 왕이 크게 상심할 것이 두려웠지만 아지는 바른대로 아뢰지 않을 수 없었다.

"거리엔 괴질怪疾이 창궐하여 집집마다 환자 없는 집이 없으며, 죽음을 조상하는 곡성이 바람 소리같이 사납게 들리고 있는 형편이온데 의원들이란 병명조차 집맥하지 못하고 있는 채 죽음만 기다리고 있는 형편이라 하옵니다."

"내 전생에 무삼 죄가 많아 살아 짧은 동안에, 이렇듯 백성들이 뒤볶이고 있단 말인가."

말끝을 흐리는 왕은 낙루落淚를 용포에 받으며 길이 탄식할 뿐이다.

"시중은 자리를 물러나면 그 책임을 다할 수 있지만 왕도는 어떻게 하여 이 책임을 면할 수 있으랴…. 내 차라리 필부匹夫로 태어나 산수 간에 자유로운 몸이 못 되었음을 이제 한한들 무삼 소용 있으랴…."

지존至尊의 몸으로 이렇듯 자탄하는 것을 옆에서 들을 때 아지도 그만 돌아서 흐느껴 울지 않을 수 없었다.

이렇듯 나라가 어지러워졌음은 왕이 정사를 저버리다시피 했던 까닭이라고 천하가 원망한다 해도 오직 아지 자기만은 그럴 수가 없었다.

무슨 까닭에 천도天道가 마음이 온유하고 성품이 착한 분을 돌보려 하지 않는지가 도리어 원망스럽고 안타까울 뿐이었다.

아지로서는 자기가 괴는 왕만큼 착하고 어진 사람은 드물 것만같이 생각되었던 까닭이다.

제198회 회복기에 들어섰던 홍덕왕은 지나친 상심으로 드디어는 다시 병상에 눕는 몸이 되고 말았다.

시의들이 번갈아 집맥을 하고 각가지 약을 올려도 아무런 소용이 없었다.

때 아닌 때에 피었던 복숭아꽃도 스러지기 시작하였지만 괴질만은 고개를 수그리지 않았다.

대궐 안의 왕이 괴질에 걸려 누웠다는 소문이 누구의 입에서부터 시작되었는지 숙덕거리기 시작하자 궐 안은 일층 더 불안에 떨었다.

그것은 마치 대궐 안에 기거하면서도 죽음의 그림자가 자기들을 뒤쫓고 있는 것같이 느끼는 데서 오는 공포이기도 했다.

항상 아지의 눈을 속여 틈만 있으면 왕의 침실에 들어가 보려고 노리던 궁녀들의 그림자도 이제는 하나도 찾아볼 수가 없었다.

그러나 오직 이 방을 지키고 있는 아지뿐은 변함없는 정성을 아끼지 않고 있었다.

밤이 적이 깊었던 모양이다. 목덜미가 선뜻하는 통에 아지는 그만 잠을 깨쳤다.

불빛이 흔들린다. 사면을 살펴보았지만 문은 모두 잠겨 있는 대로다.

왕이 잠드는 것을 보고 마음을 놓았던 순간 아지는 그만 잠간 졸았던 모양이다.

잠들어 있는 줄만 알았던 왕이 초점이 흐린 눈길이었지만 아지를 쳐다보고 있었다.

핏기 없는 입술이 가늘게 떨고 있다. 아지는 부주의한 자기 소행이 뉘우쳐져 고개를 떨어뜨렸다.

"아지야…."

푹 꺼져 들어간 용안 모양 그 음성도 가늘었다.

아지는 묵연히 고개를 들고 누워 있는 왕을 바라본다.

"오랫동안 너 하나만을 내가 너무나 괴롭힌 것이 마음에 걸린다."

맥없이 솟아오른 눈물이 베개 위로 굴러 떨어지고 있었다.

아지는 이런 정경을 차마 바라볼 수가 없어 그냥 고개를 돌린다.

"날이 어느 때쯤 되었느냐."

"아직 밝을 때가 아닌가 봅니다."

"아무래도 가야 할 길 날이 새기 전에 가야지…."

말끝이 흐려지는 왕의 얼굴엔 어떤 그늘이 지는 것 같았다.

아지는 입술을 베어 문 채 용안을 들여다보고 있었지만 북받치는 설움에 목부터 먼저 잠기기만 했다.

"상감마마 진정하시옵소서…."

병상 옆으로 한 걸음 가까이 나앉으며 이렇게 말하는 아지의 음성은 떨고 있었다.

왕은 조용히 고개를 흔들더니만 무엇을 생각하는지 한참 아지의 얼굴을 쳐다보고 나서 꺼진 음성으로 띄엄띄엄 말을 이었다.

"아지야 내 네게 한 가지 당부할 말이 있다. 내 날이 샐 때까지 지탱할 것 같지가 못하다… 이제 내가 죽으면 나를 죽어서도 외롭지 않게 장화부인이 누워 있는 안강安康 땅에 합장을 하도록 해라…."

아지에게 남겨 놓은 마지막 말이다. 왕은 이런 유언을 마치자 곧 턱이 굳어지며 밑으로 내려앉는 것 같았다.

달려들어 왕을 불러 보았지만 유명幽明이 달라진 왕은 돌아서려 하지 않는다. 넓은 대궐… 한 나라의 왕자도 죽음 앞엔 그냥 쓸쓸한 인생에 불과했던 것이다.

제199회

상리

相離

봉물 짐을 갖고 서울로 올라간 광한의 일행에 대한 소식은 아득하였다.

몇 달 만에 선원들만 돌아왔을 뿐 누구도 그 소식을 정확하게 전하는 사람은 없었다.

대개가 양산 고을에서 도둑을 만나 비명에 죽었으리라는 추측이 고작이었지만 궁파 한 사람만은 그런 속측을 내리기 전에 그들의 행방에 대하여 혼자 의문을 품고 있었다.

광한의 민첩한 행동과 그 솜씨라면 엔간한 도둑의 서투른 칼에 맞아 비명에 쓰러졌을 리가 만무하다는 생각에서다.

그래서 궁파는 그들의 행방을 길이 있을 때마다 알아보았지만 막연했다.

궁파는 직접 조정에 계장啓狀을 올려 볼까도 생각해 보았지만 아직도 청해 땅에 완전한 자리를 잡지 못한 때고 보면 무슨 일이 생길지도 모른다는 생각으로 그대로 버려두었던 것이다.

그러한 일이 있었던 지 사 년—.

궁파는 우연한 기회에 사건의 단서를 잡을 수 있었다.

그것은 염장이 서울 거리에서 타락한 양가집 자손들과 얼려 술과 노름과 싸움으로 일삼고 있다는 소리를 들었던 것이다.

아직 어린 염장이었지만 어딘지 모르게 그 눈에 큰일을 저지를 것만 같은 살기가 있어 꺼렸던 것이다.

염장이 살아 있어 그 불량배들과 어울려 다닌다면 그는 틀림없이 짐을 빼앗기 위하여 광한의 부자를 그들에게 내통하여 살해해 버렸을 것이리라.

그 말을 전해 들은 순간, 궁파는 절로 찌푸려지는 양미간에 노기를 띠며 낯색을 달리하였지만 쉬 그대로 꾹 참았다.

지금 남아 있는 광한의 어머니 외에는 그 일에 대해선 모두가 기억 속에서 희미해져 가고 있는 일을 새삼 떠들어 다시금 옛일로 민심을 들떠 오르게 할 필요가 없다는 생각에서다.

그러나 그 일을 입 밖에 내지 않으려니까 궁파는 더 괴로웠다.

그것은 처음부터 자기에게 있던 어떤 예감을 그대로 믿었더라면 좋았을 것을 아녀자兒女子들의 권에 쉬 허락했던 자신을 뉘우치는 마음이 앞섰던 까닭이다.

"그럼 염장을 자네 눈으로 보았던가."

"아니옵니다. 들리는 말에 염장이란 젊은 친구가 성질이 횡포하고 그 불량배들 중에서 가장 사납게 굴어, 장안의 명물이라는 소문을 들었을 뿐입니다."

궁파는 입술을 힘껏 베어 문 채 그의 얼굴만을 쳐다보고 있더니만 가라앉은 목소리로 타이르듯 말하는 것이었다.

"이름은 같고 사람이 다르지 않을까?… 여기서 간 염장은 성격이 계집애 같았지… 그동안 아무리 세월이 흘렀다 해도 사람의 성격이 그렇게야 달라질 수가 있을라구. 자네가 직접 보았다면 모르되 전해 들은 말이라니까 역시 풍문風聞이겠지…. 풍문이란 흔히 근거가 없기 쉬운 것…. 그리고 아직 이곳에 광한의 자당과 그 어린 소생이 있으니 확실치 않은 말을 입 밖에 내지 않음이 좋으리다…."

"뜻을 잘 알아차려 명심하겠나이다."

이런 말을 주고받은 후, 궁파는 일찌감치 집으로 돌아왔다.

아비의 얼굴을 그냥 벗겨 씌운 것같이 닮은 염장의 아들이 광한의 어머니 품에 안겨 노는 것을 본 궁파는 그대로 얼굴을 돌려 버렸다.

복아가 순산을 했을 때 그의 조숙을 누구나 쑥덕거렸다. 제200회

"참새도 알을 낳는데…."

조숙을 쑥덕거리는 사람들을 비웃듯이 한 광한의 어머니 말이었다.

이 말엔 서로 입을 틀어막고 웃었을 뿐 누구도 대꾸를 하지 못했다.

순산에다 득남은 하였지만 웬일인지 복아는 사흘째 되던 날부터 심한 하혈을 하고 나서 이틀이 못 가 죽어 버렸다.

진통이 올 때마다 부끄러운 줄도 모르고 염장을 부르던 복아는 누가 뭐라든 간에 그를 진정으로 그렸던 것이다. 복아의 무덤은 그녀의 그러한 소원을 풀어 주기라도 하려는 연옥의 고운 마음씨에 의하여 뱃길이 내다보이는 언덕에 마련되어 있었다.

어미와 아비의 얼굴을 모르고 자란 원민元敏은 광한의 어머니 품속에서 자라 이젠 제법 말도 하고 제 발로 꽤나 잘 뛰어다니며 놀았다.

"원민아."

"응…."

여문 눈망울이 영락없이 자기 아비의 모습이었다. 원민의 얼굴에서 염장의 모습이 떠오를 때마다 그녀는 염장을 생각하곤 눈시울이 흐려지곤 했다.

"할머니 왜 불렀어."

"원민이가 고와서…."

"아니야 할머닌 왜 울지?"

"이놈아 할머니가 울긴 왜 울어. 눈이 아파 그러지…."

"할머닌 왜 눈이 아파…."

"할머닌 이젠 다 늙어서 이렇게 눈이 아프단다…."

광한의 어머니는 어린것의 눈을 피하여 고개를 돌리고 찹찹히 젖은 눈을 손등으로 닦는다.

요즈음은 이 어린것을 맡아 기르는 것이 유일한 즐거움이었지만, 그녀의 가슴속엔 오늘날까지도 하루면 열두 때 가끔 이렇게 가슴속에 뭉클 치밀어 오르는 것이 있었다.

남들이야 어떻든 우리 광한에게도 이런 것이라도 하나 있었더라면 대는 끊기지 않았을 것이 아닌가….

강가에서 자란 그녀라 처음엔 그들 부자가 언제든지 꼭 살아오리라고 생각하고 있었지만 요즈음은 그것마저 기대할 수 없게 되자, 막연히 이런 생각을 품어 보는 것이 하나의 습성이기도 했다.

"할머니 집으로 가…."

원민이가 밀어 대지만 그녀는 성큼 일어서지지 않는다.

이런 때엔 집보다도 바깥이 좋았고, 어느 조용한 장소라도 있으면 그녀는 실컷 목을 놓아 울고 싶기만 했다.

그러게 한때는 복아의 무덤 앞에 가서까지 목을 놓고 울었던 것이다.

복아에 대한 유별난 정이 있어서라기보다, 아들과 영감을 생각하여 그랬던 것이다.

"할머니 집으로 가…."

"그래… 우리 원민인 세상에서 누가 제일 곱지?…"

"아부지…."

"그 다음은?"

"엄마…."

"할머닌?"

"할머니도 고와…."

원민이가 아버지라는 것은 봉화요 엄마는 물론 연옥을 가리켜 하는 말이다.

할머니로 불리는 광한의 어머니는 섭섭하였지만 역시 핏줄은 속이지 못하는 것이라고 생각할 때 그녀는 더욱 섭섭했다.

원민이 성화에 못 이겨 광한의 어머니는 그를 집으로 데리고 왔다. 제201회

그들은 연옥이와 같이 살고 있었다. 봉화가 없을 때는 연옥이도 언제나 한가하였다.

연옥도 인제는 생산을 할 나이였지만 그런 증세는 조금도 보이지 않았다. 그러게 원민을 친아들이나 다름없이 정을 붙이고 있었다.

할머니의 손을 뿌리치고 난 원민은 엄마인 연옥의 치맛자락에 뛰어가 매달린다.

"엄마요!"

"우리 원민이가 어델 가서 종일 놀다 오지?"

"할머니 하구…."

"할머니 하구 갔었어?"

"응…."

원민은 할머니 쪽을 힐끔 쳐다보고 나더니만 응석을 피우듯 매달린다.

"엄마요, 할머니가 지금 울었어…."

"할머니가?…"

"응 지금 저 언덕에서…."

이 소리를 들은 광한의 어머니는 좀 무안했던지 원민을 바라보며 어색한 웃음을 띤다.

"저놈 봐, 저런 엉뚱한 거짓말을 하다니…."

"아니야, 거짓말 아니야, 할머니가 눈이 아파 운다고 그랬지 않어…."

연옥은 광한의 어머니의 얼굴을 살피고 나서 원민을 타이르듯 말했다.

"할머니가 이젠 늙으셔서 햇볕만 보아도 곧잘 눈물이 나온단다…. 아무렴 할머니가 원민이 모양 울라구…."

"엄마, 내가 언제 울었어, 응? 내가 언제 울었어…."

이렇게 생떼를 쓰는 것을 보면, 원민은 얼굴 모습뿐만 아니라 그 성격까지도 아비인 염장을 꼭 닮은 것 같았다.

그럴 때마다 연옥은 자기도 모르게 소름이 끼얹히는 것이지만, 어린것에 무슨 죄가 있으랴 싶어 낯색에 나타내질 않았다.

광한의 어머니는 뜰에서 원민과 연옥이가 이런 말을 주고받고 있을 때 혼자 자기 방으로 들어갔다.

아직도 그럴 나이는 아니었지만 허리가 빼근했다.

풀썩 자리에 누워 버린 그녀는 새삼 이리로 이사 왔던 것부터 후회가 막심해졌다. 낙동강 기슭에서 강고기나 잡아먹고 살았던들 이런 일은 당할 리 만무했던 것이었으니 말이다.

하기야 물에 빠져 죽을 사람이라면 소 발자국에 고인 물에도 코를 박고 죽는다는데…. 설사 그렇다고 해도 정든 마을에 살고 있었더라면, 이렇게까지야 적적하게 살지는 않았을 것이 아닌가….

이런 생각에 골몰하고 있자니 흐르는 것은 눈물과 한숨뿐이었다.

아직도 연옥과 원민은 뜰에서 서성거리고 있는 모양 같았다.

그들의 주고받는 말소리가 누워 있는 광한의 어머니의 귀에까지도 똑똑히 들려오고 있었다.

"엄마요, 삼촌은 언제 온다구 했지?"

그는 영권이를 또한 친삼촌같이 따르는 것이었다.

"엄마가 얼만큼 있다 온다구 했지?… 원민이가 한번 말해 봐…."

"엄마 이렇겠지…."

원민은 손가락을 접어 연옥에게 보였다.

"옳지, 그렇게면 며칠 밤 지나면 되나."

"넷…."

원민은 아주 뽐내듯 말했다.

"우리 원민이가 참 착하구만… 그래 네 밤 자면 아마 삼촌이 오실 게다." 제202회

"엄마 삼촌이 올 때 나 뭐 사다 준다고 했지?"

"글쎄… 뭐 사다 준다고 했더라…."

"그것 있지 않아 그거…."

"그게 무언가…."

"왜 사탕 사다 준다고 하지 않았어. 왜 사탕 말이야…."

"참 그랬던가…."

"엄만 그것도 몰라 바보야…."

연옥은 멍청 고개를 들었다. 오늘도 바다는 잔잔했다.

원민이 보곤 네 밤만 자면 온다고 했지만 벌써 와야 할 날짜에서 오늘까지 나흘이나 지난 셈이다.

대개 뱃길이란 하루 이틀 더디는 법이지만, 이번엔 여러 날째 지연되는 셈이다.

바다가 저렇게 잔잔하고 보면, 크게 걱정될 것은 없었지만 온다는 날짜에 오지 않고 보면 역시 기다려지게 마련이다.

오늘도 미윤이가 두 차례나 올라왔다 내려갔다.

연옥은 혼자서 빙긋이 웃었다. 하나에서 열에 이르기까지 자기가 참견하고 걱정해야 했던 영권이었지만, 이젠 따로 걱정해 줄 사람이 생겼다는 기쁨에서보다

눈에 뜨이게 달라진 미윤의 모습이 별안간 우스웠던 까닭이다.

하기야 인젠 그럴 나이가 되기도 했지만….

그러나 한편 생각해 보면 그들은 너무나 조숙한 것 같았다.

연옥이가 웃은 것은 그것보다도 미윤의 입에서 오빠라고 부르는 칭호가 없어졌다는 것이다.

언제나 입에 오른 듯이 영권이 오빠 영권이 오빠하고 부르던 그 입에서 언제부터인지 그런 칭호가 말짱하게 가셔졌다는 것을 확인할 수 있었던 것은 오늘이 처음이었다.

연옥이가 세심한 주의를 하지 않았던 관계로 그것이 어느 때부터라고 기억할 수 없었지만 연옥은 오늘 우연히 그것을 느낄 수 있었던 것이다.

"파도가 이렇게 잔잔한 걸 보면 뱃길이 사나운 것도 아닌데 웬일일까요… 아버지께서도 퍽 걱정하시던데요… 딴 일이 있어 아마 지체되는 모양이지요…. 우리가 이렇게 걱정하게 되니 떠나야 할 날짜에 떠나지 못하는 본인이야 오죽할라구요…. 전엔 한 번도 그런 일이 없었는데 이렇게 지체되는 것을 보면 역시 딴 일이 생겼나보지요."

전 같았으면 본인이라는 말 대신에 응당 오빠 자신이라는 말을 썼을 것이 분명하다.

그렇다고 연옥이로서 영권으로부터 어떤 자세한 말을 듣고 있었던 것은 아니다.

다만 미윤의 입으로 새어 나오는 말로서 그들의 사이를 혼자 추측해 보는 데 불과했다.

"이번엔 오시면 다신 가시지 않게 아버지께 부탁을 해야지요. 교대로 가 있어야지 사고무친한 곳에서 오죽이나 적적하실라구요."

이처럼 동생 영권을 생각해 주는 마음씨는 고마웠지만 연옥은 그때 교대해야 한다는 말엔 자신도 모르게 움칠했다.

교대를 한다면 물론 그것은 남편 봉화밖엔 적임자가 없었다. 그러면… 그 순간 연옥은 눈앞이 그냥 흐려지는 것 같기만 했다.

제203회 집으로 돌아온 궁파는 어느 때보다도 일렀다.

대개 이렇듯 이를 때는 밖에 무슨 일이 있거나, 그렇지 않으면 기분이 덜 좋을 때였다.

연옥이네 집으로부터 돌아와 있던 미윤은, 아버지가 돌아오는 것을 보자 반색을 하며 나가 맞는다.

"어머나, 오늘은 웬일이세요. 이렇게 일찍 돌아오시구…."

주위에서 보기엔 미윤도 인젠 다 자란 처녀였지만, 아버지를 대하는 미윤이 자신이나 또는 아버지의 입장으로 볼 땐 언제나 어린애 같기만 하던 미윤이긴 했지만 오늘따라 궁파에겐 그렇게만 보이질 않았다.

순간 궁파의 마음속엔 전에 없이 불안한 빛이 스쳤다.

오늘 염장에 관한 소문을 듣고 죽은 복아의 불행을 생각할 때 더욱 그러했다.

전 같으면 미윤이 묻는 말에 무슨 대답이라도 있음 직했지만 그는 잠자코 있었다.

"아버지께선 어데 몸이 불편하시기라도 하세요."

그때서야 궁파는 딸의 얼굴을 힐끔 쳐다보며 조용히 대답했다.

"아니다…."

"그러하오면 무슨 딴 걱정이라도 생기셨던가요."

미윤은 옷을 갈아입는 아버지의 옆에까지 따라와 이렇게 캐어묻고 있었다.

"왜? 아버지의 얼굴이 그렇게 수심에라도 잠겨 있는 것같이 보이느냐?"

"별로 그렇게까지는 보이지 아니하오나, 어덴지 모르게 평상시와는 다른 것 같아와 걱정되어 그러하와요."

궁파는 이렇듯 영리한 딸이 대견하여 빙긋이 웃는다.

"어제 붙잡아 왔다는 해적선 일로 그러시는가요?… 들리는 말엔 그 배는 오늘도로 풀어 주었다고 하던 것 같은데요."

궁파는 딸의 말을 들으며 눈을 내리감고 있었다.

사면에 둘러 있는 바다… 청해 땅이 오늘날 왜倭나라와 당唐의 교역의 중심지가 되기까지는 장구한 세월도 세월이었지만 청해 땅을 중심한 해상권海上權에 대한 궁파의 세심한 노력이 없었던들 이루어지지 못했을 것이다.

해상권의 장악이란 해적의 세력을 물리치는 일이었다.

그러게 궁파는 여기 머물러 각가지 배를 새로 고안하기에 전력을 다했던 것이다.

이러한 사업의 기초적인 도움을 준 사람이 광한의 아버지다.

말하자면, 그는 청해 땅에 있어서 조선업造船業의 공로자였던 것이다.

그가 여기 있었던들 청해는 좀더 빨리 은성殷盛을 극極할 수 있었을 뿐 아니라, 아직도 좀도둑 같은 해적의 출몰은 벌써 근절되었을 것이었다. 궁파는 감고 있던 눈을 뜨고 딸을 한참이나 바라보고 나더니만 무거운 입을 열었다.

"미윤은 무삼 일로 집안일보다 바깥일에 관심이 더 크냐…."

가라앉은 아버지의 음성이었지만 미윤은 이 말에 절로 얼굴이 붉어짐을 숨길 수가 없었다.

"아버지의 딸이 아버지의 일에 어찌 관심을 적게 가질 수 있으리까."

그러나 미윤의 붉어진 얼굴은 좀처럼 가시지 않았다.

제204회 딸의 이러한 표정은 아랑곳도 하지 않고 그는 다시 말을 이었다.

"아버지의 딸이 아버지의 일에 크게 관심을 갖는 것도 좋은 일이지만 너는 아버지의 딸이라는 것을 알고 집안일에 좀더 세심해야지…."

아버지가 무슨 이유로 오늘따라 이런 말을 하는진 알 수 없어도 미윤은 섭섭했다.

부모는 어떻게 생각하는지는 알 수 없어도 자기는 자기대로 아버지의 딸이지만 아들에 못지않은 딸이 되려고 했던 까닭이다.

미윤은 글썽해지는 눈물로 고개를 수그린 채 참았다.

"앞으론 집의 일도 소홀히 하지 않을 생각이오나, 소녀가 바깥일에 관심을 갖는 일이 아버지에겐 거슬리는 일인가요."

미윤은 아버지의 말이 지나치게 섭섭하여 이렇게 물었다.

궁파도 딸의 표정을 쉬 읽을 수 있었다.

"아니다. 너도 어서 과년過年하여지기 전에 남의 집으로 갈 준비를 해야 하겠기에 말이다."

정작 아버지로부터 이런 말을 듣고 보니 미윤은 더욱 부끄러워 이번엔 귀뿌리마저 붉어져 있었다.

딸에게 이렇게 말했지만 궁파의 뜻은 그렇지가 않았다.

염장이 살아 불량배들의 틈새에 끼어 떠돌아다닌다는 소식….

광한의 부자를 잃게 된 쓰라린 경험….

그것이 연옥과 아내의 권고가 아니었던들 이러한 실수를 저지르지 않았으리라는 뉘우침이 어느 때보다도 가슴속에 짙었다.

그러게 미윤이한테도 무심중에 한 말이었지만 아녀자兒女子는 바깥일엔 관심을 갖지 말라는 말을 했던 것이다.

아버지 옆에 서 있는 미윤의 마음속에 오르내리는 것은 어제 붙잡았다 오늘 풀어 주었다는 해적선에 관한 일이거나 또는 아버지가 자기를 딸자식이라 하여 아들보다 섭섭하게 생각하고 있다는 그런 일보다 영권이가 타고 돌아와야 할 배에 대한 관심이 더 컸다.

이때 궁파의 아내가 들어왔다. 앳된 얼굴을 하고 있는 그녀도 이곳에 와서 한 섬의 우두머리의 아내 노릇 하기에 마음을 쓰는 탓인지 작금양년에 퍽이나 늙은 것 같았다.

"어떻게 오늘은 일찍 돌아오셨던가요."

"별로 바쁜 일도 없기에…."

"우리 집 큰아기는 또 무엇을 조르고 있나…."

슬하에 하나밖에 없는 혈육血肉이라 어머니에겐 언제나 소중한 존재인 성싶었다.

"그 애가 아버지한테 조를 만한 일이 있다우…."

궁파는 이런 말을 하며 넌지시 딸과 아내를 쳐다본다.

미윤이는 약간 상기한 대로 놀란 기색에 반하여 미윤이 어머니는 호기심이 가득한 눈으로 남편과 딸을 번갈아 쳐다보는 것이다.

"아니 무슨 일이기에 이 어미한테 비밀로 하고 혼자 와서 아버지한테 조르니…."

"제가…."

미윤이가 무슨 말을 하려 들자 궁파가 이를 가로막듯이 먼저 입을 열었다.

"미윤이도 인제 출갈 시켜야겠는데 이 성안에야 어디 그럴 만한 상대가 있어야지…"

"아버님도…."

"그런 일이라면 어미 몰래 아버지한테 와서 조를 만도 하구만요." 제205회

"아이 어머님도…."

미윤은 옆에 서 있는 어머니의 손을 잡아 흔들었지만 그래도 아주 싫은 표정은 아닌 것같이 보였다.

그러나 한 가지 아무런 표정도 드러내 보이지 않는 아내였지만 그의 귀엔 남편 궁파의 말이 심상치 않게 들렸던 것이다.

아내 자신 마음으로 정한 것은 아니었지만 남편한테 신임을 받고 있는 점으로 보든지 또는 미윤이가 스스로 따르고 있는 것으로 보아, 영권을 오늘날까지 남의 사람으로 보아 오지 않던 그녀로선 이 섬에 사윗감으로 맞을 만한 위인이 없다는 그 말을 무심히 넘겨들을 수가 없었다.

미윤이가 옆에 없었던들 기왕 말이 나온 김에 물어볼 수도 있는 일이긴 하였지만 그럴 수도 없었다.

"참 아버님, 왜나라에서 온다는 배는 언제 오는가요."

미윤은 화제를 돌리기도 할 겸 또한 처음부터 마음속에 접어 둔 채 망설이고만 있던 영권에 대한 일을 알아볼 생각으로 이렇게 물었다.

"글쎄, 벌써 왔어야 할 텐데 아직 안 오니 딴 일이 생겨 지체하는 모양이지."

궁파는 그 일에 대해서 퍽 냉담할 뿐 아니라 걱정조차 하질 않는 것 같았다.

미윤의 어머니는 남편의 이런 말투로써 영권의 일은 물어보나마나 짐작할 수 있을 것 같았다.

"조금 전 연옥 언니한테 들렀더니만 여간 걱정이 아니시두만요. 벌써 와야 할 날짜에서 이틀이나 지났다고 하던걸요."

"뱃길이라는 거야 어디 육로陸路 같을 수 있을라구."

물론 궁파의 말에 일리 없는 것은 아니었지만 미윤은 아버지 모양 편안하게 생각할 순 없었다. 그러게 그녀는 또 연옥이가 하지도 않은 말을 끌어다 대었던 것이다.

"연옥 언니의 걱정은 그런 것이 아니라 어제도 붙잡은 해적선이 있으니까 혹시나 하는 마음도 있어 그런 일로 여러 가지 근심이 되는가 보던데요."

"한가한 몸이라 연옥이도 한가한 걱정이겠지… 제 아무리 용감한 놈이 있단들 그래 우리 배를 감히 엿보러 드는 놈이 있을라구…."

궁파는 아무런 걱정도 없다는 듯 크게 웃기만 했다.

딸의 심정을 속속들이 알고 있는 어머니는 그 자리를 피하고 싶었다.

"오늘 모처럼 일찍 나오셨는데 약주술이라도 한잔 드릴까요."

"허허… 당신 생각이 그렇다면 그 참 좋겠구려…."

미윤의 어머니는 남편의 입에서 이런 소리가 떨어지기가 무섭게 밖으로 나갔다.

"아버님, 이번에 왜나라에서 배가 오면 다음부터 사람을 교대할 도리는 없는가요?"

미윤은 좀 주저하기는 했지만 아무래도 이 말을 내쳐 버리지 않고는 못 배겼다. 궁파는 딸의 얼굴만을 빤히 쳐다보고 있기만 했다.

"왜?"

"한 사람만 오래 가 있으면 공평칠 않을 테니까요."

딸의 심정을 알면서도 그는 오히려 무뚝뚝했다.

"가 있는 본인이 좋다는 것이니까… 공평치 않을 것이 뭐 있겠느냐…."

영권이가 왜나라로부터 돌아온 것은 그러고 나서도 사흘 후였다. 제206회

기다리는 사람들보다도 실은 떠나 돌아오는 영권이의 마음은 더 바빴다.

일 년 만에 한 번씩 돌아오는 길…. 그것은 마치 후조候鳥의 생리나 다름없었다. 그러나 후조는 계절을 따라 바꿔 사는 곳마다 정을 붙이고 살 수 있었지만 영권은 왜나라로 들어가는 날부터 다시 청해 땅으로 돌아오는 날을 손꼽아 기다려야만 했던 것이다.

전 같으면 배가 부두에 와 닿았다는 소식이 전해지면 온 식구가 이를 맞으러 나갈 수 있었지만 점점 이곳도 자리를 잡아 감에 따라 모든 절차가 공사의 구별이 엄연하게 되었다.

물론 미윤이가 부두까지 나와 있지 못할 줄은 번연히 알고 있으면서도 가슴 한 모퉁이에 느껴지는 섭섭한 정은 어찌할 수 없었다.

그들 일행은 배에서 내리는 길로 관아로 갔다.

일 년 전 영권이 자신이 왜나라로 들어가던 때에 비하면 관아의 건물들도 놀랄 정도로 크게 증축되어 있었다.

"형님, 그동안 여러 모로 수고 많으셨구만요."

"여기 있는 사람들이야 수고한 게 뭐 있나. 모두가 사부의 힘과 임자같이 밖에 나가 일하는 사람들의 덕이지…."

봉화는 옛날 버릇으로 궁파를 지금도 사부라고 부르고 있었다.

“이제 겨우 면목을 갖추게 되어 정말 그지없이 기쁩니다.”

영권은 자기가 본 왜나라 ‘지쿠젠’ 태수가 거처하는 관아에 비하여 이곳 건물이 지나치게 초라한 것이 마음에 거리꼈던 것이지만 당나라의 제도에 따라 지은 화려한 건물을 볼 때 절로 마음이 흐뭇했다.

이 정도랄 것 같으면 지쿠젠 태수의 그것에 조금도 손색이 없었다.

“형님, 얼마 있지 않으면 왜나라로부터 입당入唐하는 유학승留學僧들이 이곳에 몰릴 것이지만, 그들도 이 건물들을 보면 크게 놀랄 것입니다.”

“아직은 힘에 겨운 일이었지만 사부의 말씀이 대신라 조정의 이마나 다름없는 청해 땅의 문물제도가 초라하게 보여선 국위國威가 서지 않는다고 말씀하시며 금년엔 무슨 일이 있어도 완성을 봐야 한다고 서둘렀던 것이라네….”

“정말 수고를 하셨습니다. 저야 그대로 떠나 있어 편안히 지냈지만 여기 계신 분들이야 이런 큰 공사를 앞에 두고 얼마나들 수고하셨겠습니까.”

“크고 작고 간에 또 우리가 어데서 무엇을 하든 간에 모두가 나라일이 아니겠는가….”

멀리서 바라보아도 육중하게 자리 잡고 있는 건물이 화려하게 눈에 띄었지만 가까이 다가가니 그 세심한 기교는 볼수록 아름다웠다.

웅雄한가 하면 아雅한 것이 천지의 아름다운 조화를 그대로 한 곳에 옮겨 놓은 것 같았다.

이런 말을 주고받으면서도 영권의 가슴에 서려 들고 있는 유일한 생각은 미윤이에 대한 안부였다.

“형님, 제가 정말 잊고 있었구만요, 집안은 두루 다 무사한가요?”

“나라일이 이렇듯 나날이 융성하는데 집안일인들 무사치 않을 리가 있겠나.”

대범한 봉화의 대답이나 영권에겐 흡족하질 않았다.

규모가 커질수록 모든 제도도 갖추어지고 보니 그전 모양 사랑방에 앉아 대소사를 의논하던 때와는 달랐다.

영권은 지쿠젠 태수 앞에 그곳 제관들이 하듯 장엄한 격식을 갖추어 무사히 돌아왔음을 궁파 앞에 아뢰었다.

늠름한 젊은 기상 대신 어디인지 가라앉은 중늙은이의 티가 궁파에게도 엿보였지만 영권도 당나라 벌판에서 맨발로 양을 몰던 목동의 모습은 찾아볼 수가 없었다.

홍안의 얼굴엔 아직도 앳된 티가 가시지는 않았지만 그의 거동은 당당했다.

"그곳에 체류하는 동안은 별고 없었다니 다행이로다."

"모두가 헤아려 주신 은덕인 줄 믿나이다."

"예정 날짜보다 뱃길이 늦어졌음은 무삼 이유냐…."

"오는 도중 사고가 있었음이 아니오라, 떠날 때부터 예정 날짜보다 늦게 떠나게 되었나이다."

"예정 날짜보다 늦게 떠나게 되었다구?"

궁파의 되묻는 말은 처음 영권을 위로하던 때의 말투보다는 억양이 높아진 채 조금 거칠었다.

"크게 걱정하실 줄 알았습니다만 만부득한 사정이 있었습니다."

"만부득한 사정이란?"

영권은 약간 수그렸던 고개를 들었다.

"지쿠젠 태수가 보내는 선물이 늦어 그만 하루 이틀 늦게 되었나이다."

"선물이라니…."

"여러 모로 신세를 지고 있다 하오며 이번 길에는 특히 그곳 이름난 직공들을 불러 베를 짜게 했던바 날짜가 늦어 그러하게 되었나이다. 지금 배에서 내리며 모든 짐을 풀라 하였으니 곧 이리로 그것을 갖고 올 줄 아나이다."

지쿠젠 태수가 이렇듯 보여 준 성의에 궁파는 만족한 듯 고개를 끄덕거렸다.

그제서야 궁파는 자기가 진작 물어봐야 할 일들을 까마득히 잊고 있었음을 뉘우쳤다.

"그래, 그곳의 물정은 대개 어떠하더뇨…."

"미숙한 저의 소견이 무슨 도움이 되리오만 느낀 대로 아뢰오면 대략 이러하나 제207회
이다… 왜나라는 견당 유학생을 많이 파견하려 하오나 첫째는 해운업이 발달치 못하여 우리 선박의 힘을 빌리지 않을 수 없사옵고 또한 그들은 당나라의 사정에 눈이 어둡고 서로 언어가 통하지 않고 보면 우리의 주선의 힘을 빌리지 않을 수 없는 형편이옵니다. 사정이 이러하온즉 우리는 해운업에 힘을 쓰는 한편 또한 역관譯

官을 길러 편리를 열어 주는 한편, 회역사回易使를 내어 양쪽 교역에 도움을 주며, 한편 이익을 취하도록 함이 좋을 줄 아옵니다."

영권이 왜나라에 가서 보고 느꼈다는 점은 궁파 자신이 언제나 가슴 깊이 숨겨 두고 있던 하나의 복안이기도 했다.

"그대 말이 옳도다. 이제 우리가 안으로 국력을 부강케 하고 밖으로 국위를 신장케 함이 바로 이때로다."

항상 그러한 복안을 품고 있던 궁파는 영권의 그런 말을 듣고 보니 그 일이 당장 눈앞에 실현되기나 하는 것같이 기뻐, 무릎까지 치며 기뻐하였다.

이때 선원들이 배에서 짐을 풀어 갖고 올라왔다.

십여 짝에 가까운 큰 짐이었다. 영권이가 직접 나와 짐을 풀어 일일이 간수하고 나서 그것을 말끔히 관아 안으로 나르게 했다.

지쿠젠 태수가 궁파에게 보내온 비단은 그것이 한두 필이 아니었다.

백 필에 가까운 비단을 일일이 보고 난 궁파는 그것을 그 자리에서 나눠, 가족을 가진 자와 홀몸으로 있는 자를 구별하여 한결같이 돌려 주었다.

크고 작은 물건이 생길 때마다 그러했지만 오늘 여러 사람이 모두 다 크게 기뻐했다.

배가 부두에 닿았다는 소식이 전해지자부터 시켰던 잔치가 그제야 모든 준비가 갖춰졌다는 전갈이었다.

지난날 같았으면 물론 궁파의 집에서도 크고 작은 잔치가 있었겠지만 이제는 그것도 공사를 구별하는 뜻에서인지 관아에 있는 연회장에서 베풀어졌다.

외국의 사신을 위하여 마련한 장소인데, 이번 영권의 노고를 위로하기 위하여 특히 여기서 베푸는 것이라고 봉화가 알려 준 말이었지만 영권으로선 작을망정 미윤이 집에서 열리느니만 못했다.

자기를 위한 잔치였고 보니 처음부터 자리를 비울 수가 없어 먼저 참석하였지만 역시 그의 마음은 미윤이한테로만 달려가고 있었다.

이제는 무엇 하나 부족한 것이 없었다. 술도 그러했고 기녀妓女와 음률도 또한 그러했다.

영권은 궁파가 주는 상을 받아 자기 자리로 물러가 앉았다.

잔치가 길어질수록 사람과 음률이 같이 취해 가고 있었다.

궁파는 잔을 들면서도 가끔 영권을 바라다보고 있었다.

단정한 이목구비와 재치가 반짝이는 그 눈의 광채 등이 능히 여자의 마음을 잡을 수 있는 수련한 모습이었지만, 궁파의 욕심은 딴 곳에 있었다.

청해 땅에 자리 잡고 자수로 여기까지 이르게 된 궁파는 가끔 딴꿈을 꾸고 있었다. 그것이 자기에게서 이루지 못한다면 하나밖에 없는 딸에게 미루어 주어서라도 이룩하고 싶었다. 그러나 영권의 상相은 장사치의 그것은 될망정 관운官運과는 너무나 멀었다.

제208회

영권은 내심으로 크게 실망했다. 이렇게 쉬 왜나라로 다시 돌아가게 될 줄은 꿈에도 생각지 못했던 일이다.

어느 정도 자리가 잡힐 때까지는 물론 그곳에 가 있어야 한다는 것은 자신도 생각하고 있었지만 여로의 피곤도 풀리기 전에 가라 하니 그 진의를 알 수가 없었다. 비록 실망을 느꼈다 해도 한 마디의 불평조차 누구에게 할 수 없는 형편이다.

그것은 자기뿐이 아니라 이번엔 봉화도 당나라로 들어가야 했던 까닭이다.

영권의 이러한 실망은 미윤에게 대한 미진한 정이 원인되기도 했다.

실은 이번에 나와선 서로의 무슨 언약이라도 하고 싶었던 영권이었다. 그동안 눈코 뜰 새 없이 바쁘기도 했지만 날짜가 이렇게 촉박해지고 보니 그러한 마음의 여유조차도 가지질 못했던 것이다.

영권은 몸이 불편하다는 이유로 오늘은 관아에도 나가질 않았다.

"누님…."

"어데 몸이 대단히 불편한 모양 아니냐…."

봉화가 당나라로 들어가게 되었다는 소식을 전해 들은 연옥의 얼굴도 어제오늘 좀 핼쑥해진 것 같았다.

영권은 연옥의 묻는 말엔 동떨어진 대답을 한다.

"어떻게 미윤이가 놀러옴 직한데 꼼짝하질 않누만요…."

그제서야 연옥은 영권의 눈치를 알아차렸다.

그녀는 절로 얼굴이 발가우리해진 채 해죽이 웃었다.

"글쎄, 올라올 것 같은데… 참 나도 볼일이 있으니 내 잠간 다녀오도록 하지…."

연옥은 이런 말을 남긴 채 밖으로 나가 버렸다.

연옥이가 나가는 것을 보고 나서 영권은 자리에서 일어나 옷을 갈아입었다.

"삼촌…."

영권은 힐끔 뒤돌아보았다. 뜰 한 가운데 광한의 어머니와 염장의 아들 원민이가 서 있었다.

"삼촌, 나 할머니하구 저기 바닷가에 나가요."

"그래…."

"할머니 가…."

원민은 다시 할머니 쪽으로 뛰어 가 손을 잡고 햇병아리 걸음을 하며 걸어 나갔다.

주위가 별안간 조용해진 것 같았다. 영권은 그들의 그림자가 보이지 않을 때까지 오래오래 바라보고 있었다.

한때는 서로 견주고 다투던 터였지만 이상하게 그가 오늘따라 그리워졌다.

지금쯤 같이 있었다면….

역시 영권은 광한에 대한 정보다는 염장에 대한 그것이 더 두터웠다.

이런 생각에 골몰하고 있는 동안 영권은 지금 미윤이가 들어오는 것도 보지 못했다.

자기 쪽을 바라다보고 있으면서도 자기를 본 척도 하지 않고 있는 것이 수상하여 미윤은 걸음을 멈추고 서 버렸다.

영권은 벌떡 일어났다. 영권이가 놀라 일어서는 것을 본 미윤의 얼굴이 일층 더 붉어지고 있었다.

"언제 오셨던가요… 그만 정신을 팔고 있어 모르고 있었구만요."

"무슨 일이기에 사람이 들어오는 것도 못 알아볼 지경으로 골몰하고 계셨을까…."

제209회 서로 주고받는 말 끝에 그들은 소리 없이 웃었다.

그러나 영권의 웃음 뒤엔 쓸쓸한 빛이 흐르고 있음을 미윤은 눈치 챌 수 있었다.

"누님은?…"

"어머님 일을 좀 거들어 드리고 올라오신다니까 뒤로 오실 겁니다."

영권은 누나의 착한 마음씨가 고마우면서도 어쩐지 부끄러웠다.

미윤은 아직 영권이가 그렇게 쉬 왜나라로 다시 들어가게 되었다는 것을 모르고 있었다.

"몸이 불편하시다더니…."

"누님한텐 몸이 불편하고 미윤이 아가씨한텐 마음이 아프다고 해야 옳겠지요."

양미간을 살짝 찌푸리며 놀란 표정을 한 미윤은 무슨 소린지 알 수 없다는 듯 고개를 갸웃했다.

순금 귀걸이가 하느작거리는 것이 유난히 아름답다.

이번 영권이가 왜나라로부터 돌아오는 길에 가져다준 정표다.

자기가 준 정표를 보라는 듯 달고 다니는 그녀의 마음씨가 고마우면서도 그러한 그녀를 두고 쉬 떠나야 할 자신을 생각할 때 영권은 새삼 슬펐다.

"이번 이렇게 돌연 다시 왜나라로 가야 할 줄은 정말 몰랐소…."

영권은 자신도 의식치 못한 채 가슴에 쌓였던 실망을 불평스럽게 터뜨려 놓고야 말았다.

"아니 무슨 말씀이신가요… 왜나라로 가시다니요…."

맑은 하늘에서 떨어지는 벼락 같은 소리에 미윤은 영권이 앞으로 얼결에 상반신을 내밀며 이렇게 되물었다.

그녀의 얼굴빛은 금시에 파리해져 있었다. 미윤이 그렇게 놀라며 되묻는 말에 영권이도 놀랐다.

"아니 그럼 아직까지 모르고 계셨던가요… 이삼일 내로 떠나게 되었어요."

묵직한 영권의 음성이었지만 말끝이 떨고 있었다.

"그런 법이 어데 있어요… 그런 법이 어데 있어요!"

미윤은 목소리가 흐려졌듯이 눈시울도 젖어 있었다.

"돌아오셔서 편히 쉬지도 못한 몸이온데… 아버님은 너무하셔요…."

아버지보다도 자기를 더 지극히 생각하는 그녀의 말에 영권도 가슴이 먹먹하였다.

"주위에 사람이 없고 보니 하는 수 없는 일이지요."

미윤이가 하도 슬퍼하는 통에 영권은 불평을 늘어놓기는커녕 마음에도 없는 소리를 혼자 중얼거렸다.

“아무리 사람이 없다 한들 아버님은 너무하셔요… 아무리 딸자식이라 한들 그토록 청을 드렸는데도 불구하고 그렇게 정하셨다는 것은 아버님 앞엔 딸자식 같은 것은 안중에도 없으신가 보지요. 어떻든 너무하셔요.”

미윤은 흐느껴 울며 간간이 이렇게 말을 이었다.

자기에 대한 미윤의 정이 이러하다면 영권은 정을 남기고 떠나는 것이 섭섭하긴 해도 앞날을 위해선 만사를 참아야만 할 것 같았다.

미윤은 자기 무릎 위에 얼굴을 파묻은 채 흐느껴 울기만 한다.

영권은 곱게 파동치는 그녀의 어깨 밑으로 굵은 팔을 넣어 울고 있는 그녀를 일으키었다.

왕권

王權

밤… 함박눈이 내린다.

서울 거리는 집집마다 문을 굳게 잠근 채 잠이 들어 있었다.

흥덕왕을 장례 지낸 지도 이미 한 달이 넘었다.

천하의 백성들은 누가 왕위에 오를 것인지 자못 궁금해 하고 있었지만 한 달이 넘도록 궐위闕位해 있고 보니 항간엔 이상한 유언이 번져 흘러 백성들은 오히려 불안해 했다.

그러게 날이 어두워지기만 하면 그들은 문을 굳게 잠갔지만 실은 밤이 깊을 때까지 그들은 솔깃이 밖에다 귀를 기울이고 있었다.

상대등 균정均貞이 왕위에 오른다느니 또는 이찬 헌정憲貞의 아들 제륭悌隆이가 건위乾位에 오를 것이라는 둥… 날이 갈수록 주고받는 사람들은 서로 의견을 달리했다.

이렇듯 거리를 가진 구구한 의견은 이즈음에 와선 무서운 유언을 퍼뜨려 놓고야 말았다.

왕위 계승으로 갈라진 왕족王族을 따라 조정이 무너져 두 패로 나뉘니 또한 군사도 패를 나누어 머지않아 서울 거리엔 무서운 싸움이 버그러질 것이라는 것이다.

이렇게 되고 보면 해를 입는 것은 무고한 백성들뿐이라 하여 그들은 스스로 세심한 조심을 게을리 하지 않게 되었다.

예전에 없이 올핸 추웠다. 흥덕왕의 장례식 날도 그러했지만 그로부터 오늘날까지 날씨는 하루도 풀리는 날이 없었다.

해질 무렵부터 내리기 시작한 눈이 온 한길을 뒤덮다시피 하였다.

인적이 끊어진 거리… 어떤 그림자가 조심조심 눈길을 걸어가다 걸음을 멈춘 채 주위를 살펴보곤 한다.

그는 뒤따르는 그림자가 없음을 알자 걸음을 빨리한다.

거리엔 소복소복 쌓이는 눈 내리는 소리가 지금 걸어가는 그의 발자국과 발자취 소리를 지워 가기에 바쁘다.

하늘은 이 땅에 복을 빌어 주기 위하여 한결같이 흰 눈을 내려 주고 있지만 지금 눈발 속에 사람의 시선을 꺼리며 걸어가는 그림자가 있듯이 그네들은 자기네들끼리의 권모에 밤 깊는 줄도 모르고 있는 것 같았다.

세찬 바람이 눈발을 안아다 추녀 밑으로 나를 때마다 인젠 굳게 잠긴 문틈에서 흐르는 불빛도 하나하나 꺼져 가고 있었다.

눈발을 헤치고 지나가는 그림자는 가까운 데서나 보일 뿐 그 걸음새가 빠른 데다 또한 눈발이 이를 감싸 주어 잘 눈에 띄질 않는다.

대궐에 못지않은 큰집이다. 그림자는 이 앞에 이르고 또 한 차례 주위를 살펴본다.

아무런 그림자도 보이질 않는다. 그는 재빠른 걸음으로 대문 앞으로 달려가 대문을 가만히 두들긴다.

대문이 소리 없이 조용히 열리더니만 어떤 그림자가 머리를 내밀었다.

"나다…."

대문을 연 사람은 그가 누군지를 곧 알아보는 눈치였다.

"지금 오시는가요. 눈발이 퍽 사나우신데…."

대문을 연 친구의 이러한 말엔 아무런 대꾸도 하지 않고 그는 안으로 들어갔다.

대문을 잠그는 소리가 희미한 눈길 위에 어떤 여운을 남긴 채 밤은 또 조용할 뿐이다.

제211회 안으로 들어선 그림자가 뒤돌아서 대문을 잠그던 친구에게 묻는다.

"다들 모여 계시느냐…."

"벌써부터 모여 앉아 기다리고들 계시옵지요."

지금 대문을 들어선 그림자는 중문으로 들어가 후당後堂 앞으로 가고 있었다.

모든 불빛은 다 꺼져 있었지만 여기 후당에만 불빛이 새어 흐르고 있다.

새어 흐르는 불빛에 떨어지는 눈발이 보일 지경으로 휘황하다.

그림자가 문 앞으로 가까이 가자 방에서 문을 먼저 연다.

방 안에 앉아 있던 사람들은 그 그림자를 초조히 기다리고 있었던 모양이다.

“에이 눈길도….”

그는 혼잣말같이 중얼거리며 전신의 눈을 털고 있었다.

그가 눈을 털고 방으로 들어가자 둘러앉아 있던 사람들의 시선은 그만을 쳐다보고 있었다. 모두가 긴장한 얼굴들이다.

그는 한가운데 앉아 있는 사람한테 눈으로 절을 하며 한쪽으로 자리하고 앉는다.

지금 들어서는 사람한테 눈인사를 받은 사람이 홍덕왕을 모시고 있던 상대등 균정均貞이다.

“형세가 듣던 말과 어떠하던고….”

“네, 지금 막 염탐을 하고 돌아오는 길입니다.”

이렇게 대답하는 사람이 지금 눈 내리는 밤거리를 사람들의 이목을 피하며 걸어온 우징祐徵이다.

우징은 균정의 아들로서 홍덕왕을 모실 때 시중 벼슬로 있었지만 그 아버지 균정이 상대등으로 입상入相하는 것을 계기로 부자 함께 요직에 있음을 꺼려 왕에게 상표上表를 올리어 해직을 간청하고 물러나와 있었다.

균정의 옆에 앉은 하관이 빠름하고 눈알이 유난히 반들거리는 사람이 김양金陽이었다.

그러나 넓은 후당 안에 둘러앉아 있는 사람은 그들뿐이 아니었다. 그들을 따르는 여러 일가 문중이 여기 모여 있었다.

어느 왕조에나 왕위 계승 문제는 극히 소중하였지만 홍덕왕이 세상을 떠나자 신라 조정에도 역시 이 문제를 둘러싸고 왕족 사이에 치열한 암투가 버그러졌던 것이다.

홍덕왕에게 아들이 없었던 것도 아니지만 그들은 아직 연만年滿하지 못하여 왕위를 이어 조정을 좌우할 만한 힘이 없었다.

그러고 보니 이 계승 문제는 자연적으로 파벌을 일으키지 않을 수 없었던 것이다.

그중에 가장 물망에 오른 것은 홍덕왕의 종제從弟요 상대등으로 있던 균정과 원성대왕元聖大王의 손인 이찬伊湌 헌정憲貞의 아들 제릉인데 이들은 물망에 올랐다기보다 결국은 두 파로 갈리어 서둘러 나선 터이고 보니 싸움이 될 수밖에 없었다.

헌정도 홍덕왕의 종제요, 제릉은 그의 아들이고 보면 균정과는 역시 숙질 간의 싸움이었다.

왕이 세상을 떠난 직후는 조정의 공기로 대개 그것이 균정으로 낙착될 것으로 생각하고들 있었지만 천하대세란 사람들의 생각대로만 되는 것이 아닌 성싶었다.

날이 갈수록 제릉에 대한 세력이 눈에 두드러지게 띄게 되고 보니 조정의 중신마저도 그 앞날을 예측할 수 없는 형편이었다.

제212회 문제는 우징이 아버지인 균정이 입상하였다 하여 시중 벼슬을 물려 놓고 나온 것이 큰 원인이기도 했다.

우징이 시중 벼슬에 그냥 눌러앉아 있었던들 문제는 달랐다.

그가 그대로 조정의 실권을 잡고 있고 보면 이번 왕위 계승 문제는 틀림없이 상대등 균정에게로 옮겨졌을 것이 뻔하다.

부자가 조정의 권세를 장악한다는 것은 더구나 왕이 와병 중에 있는 때고 보니 이는 그럴 수 없다 하여 우징이 상표를 올렸던 것이다.

이렇게 시중 벼슬을 놓고 나오자 그 뒤를 이은 사람이 김명金明이었다.

왕이 세상을 떠나게 되고 보니 새로 임금이 등극하는 날까지 모든 실권은 김명에게 있었다.

조정의 벼슬아치들이란 인간과 의리를 좇느니보다는 명리名利를 좇는 것이 그들이 타고난 생리다.

왕권이 사라진 뒤고 보니 시중은 그것을 대신하는 것이나 다름없었다.

김명은 사실상 홍덕왕과의 혈연을 따진다면 우징보다는 훨씬 더 가까운 쪽이었다.

그는 홍덕왕의 친동생인 충공忠恭의 아들이다.

조정의 원만을 기하기 위하여 홍덕왕은 친동생보다는 종제들에게 더 치중을 하고 마음을 써 왔던 것이다.

그렇게 함으로써 그는 조정의 불평을 없게 하려고 스스로 꾀하였던 것이다.

그러나 선왕의 덕은 이러하지만 직접 당하는 사람들은 그러하질 않았다. 그러게 김명은 시중 벼슬로 들어앉기 전부터 그러한 불평이 누구보다도 심했다.

그러던 것이 우징이 물러나므로 시중이 되자 그는 쌓였던 그런 불만이 은연중에 나타나곤 했다.

이러한 김명이었던 까닭에 자신에겐들 왕위 계승에 대한 욕심인들 없었을 리 없었다.

그러나 아무리 조정의 실권을 쥐고 있다 해도 왕위 계승 문제란 그렇게 만만한 일이 아니었다.

조정엔 언제나 원로元老가 있고 중신重臣들이 있는 법이다.

왕위 계승이란 사직에 관한 일이고 보면 실권에 앞서 그들의 발언이 크게 좌우되었다.

아직 자기 실력으로선 그런 것까지 규합하기엔 어리고 힘이 모자라는 형편이다.

그러나 상대등 균정에겐 왕위를 물려주게 하고 싶진 않았다.

만일 그가 왕위에 앉는다면 우징이 큰 세력을 갖게 될 것이 두려웠던 까닭이다.

우징은 김명과 연령으로 엇비슷한 정도였지만 이미 시중 벼슬을 몇 번이나 지낸 일이 있어 그는 조정에 큰 힘을 갖고 있었다.

그러한 우징과 겨룬다는 것은 어리석은 일이었다.

김명이 왕위 계승에 대하여 균정에게 반기를 든 이유도 여기 있었다. 그에게 반기를 들고 보니 그가 내세운 사람이 제륭이었다.

제륭을 내세운다면 원로 중신들에게 대의명분도 서지 않을 리가 없었다.

뿐 아니라 제륭은 항렬이 자기와 같을 뿐 아니라 자기의 애쓴 공로를 쉬 잊어버릴 위인도 아니고 보면 균정보다도 제륭이 김명에겐 유리하지 않을 수 없었다. 김명의 이런 태도를 보고 조정에서도 제일 먼저 호응한 것이 이찬 이홍利弘과 배훤백裵萱伯 등이었다.

"그들 일행은 지금 모두 대궐에 모여들었나이다." 제213회

우징이 말하는 그들이란 시중 김명을 비롯한 이홍 배훤백 등이다.

"대궐에?"

균정은 얼굴빛을 달리하고 크게 놀란 표정이다.

"그들은 우선 대궐을 점거해 놓고 그들의 야욕을 채우려는 간계가 분명하나이다."

우징이 이런 말을 해도 그들은 서로 얼굴만을 쳐다볼 뿐 아무런 대꾸도 하질 않는다.

"대궐을 점거한다… 무도한 놈들…."

균정의 얼굴엔 점점 심한 노기가 떠오르고 있었다.

"그들의 야욕이 이렇듯 노골화한 형편이고 보면 일찍 서둘러야 할 줄 아나이다."

균정은 치밀어 오르는 분을 참기라도 하려는 듯 눈을 내리감고 있었다.

"이런 말을 들었기에 제가 직접 대궐엘 가 보았습지요."

"대궐에?"

"네… 그들은 대궐을 점거할 목적으로 군사를 풀어 물 샐 틈 없는 경계를 하고 있나이다."

이 소리를 듣는 사람은 누구나 경악의 빛을 보일 뿐이다.

"나라가 점점 어지러워질 징조이로다."

균정은 길이 탄식할 뿐 별 묘책이 떠오르지 않는지 우징을 바라다볼 뿐이다.

우징은 잠시 아버지의 시선을 피하여 고개를 떨어뜨리고 있다.

"나라의 원로 중신들이란 사람들이 어찌 그들이 그러한 무엄한 짓을 하도록 버려둔단 말인가."

이 말을 들은 우징이 고개를 번쩍 든다. 그의 미간엔 힘찬 어떤 결심이 흐르고 있었다.

"원로들이란 지금엔 썩어 들어가는 들보나 다름없삽고, 중신들이란 이미 벙어리가 된 지 오래인 지금 그들에게 무엇을 바라겠나이까… 이제 남아 있는 것은 오직 힘으로 이를 몰아내는 길밖에 없는 줄 아나이다."

우징은 균정의 얼굴에서 시선을 옮기질 않았다.

"예로부터 힘으로 나라를 얻는 자는 힘에 의하여 멸망한다 하였거늘… 어찌 힘으로 거사할 것을 생각할 수 있으랴…."

우징은 이러한 균정의 말이 비위에 맞질 않았다.

오늘 사태가 이렇게 기울어진 것은 김명이 실권을 잡은 데 원인하겠지만 균정의 온건한 이런 태도도 그 원인이 아닐 수 없었다.

"지금의 사태는 도저히 그렇게 안이하게 생각하고 있을 때가 아닌 줄 아나이다. 때마침 오늘은 눈이 내리고 있습니다. 대궐을 점거하고 있는 그들은 지금쯤 모두 다 깊은 잠이 들어 있을 것입니다. 또한 대궐을 지키고 있는 군사들도 이 시각엔 추위와 피곤에 졸고 있을 것입니다. 지금이야말로 다시없는 기회인 줄 아나이다. 그래서 지금 돌아오는 길에 평소에 심복으로 생각하는 군사들을 소집하여 대기하게 하고 돌아온 길입니다."

"균정이 심야深夜에 군사를 풀어 대궐을 습격하여 왕권을 얻었다 하면 천추에 부끄러운 일이니 이는 불가하다. 만사는 밝은 날 결정함이 좋을 것이다."

균정은 우징의 간청에 귀 기울이려 하질 않았다.

밤새 퍼붓던 눈은 이른 새벽에야 개었다. 제214회

하룻밤 대궐을 지키며 새운 군사들은 술과 고기로 배부르게 먹고 나서 새로운 군사들과 교대했다.

대궐 안은 벌써 새 임금이 등극登極한 것같이 떠들썩하다.

오고 가는 궁녀들의 입에선 오래간만에 구슬같이 명랑한 웃음소리가 굴러 흐른다.

눈 내린 다음 날이 되어 그런지 날씨는 포근한 편이다.

대궐을 뒤덮은 흰 눈에 반사되는 아침햇살이 서기瑞氣인 듯 일층 더 화려하게 느껴짐은 사람의 마음의 탓일는지….

지금 대궐을 지키는 군사들을 교대시켰다는 보고를 받고 난 김명을 중심한 제륭, 이홍, 배훤백 들이 한자리에 모여 앉아 있다.

"우징 일파가 아직 눈치를 못 차리고 있는가 보지요."

김명이가 옆에 앉아 있는 이홍에게 하는 말이다.

"눈치를 알아차리지 못할 리야 없겠지요… 사태는 알았지만 때가 늦었음을 지금쯤 개탄하고 있을지도 모르지요."

그러나 배훤백의 의견은 이홍과는 달랐다.

"물론 뒤늦게나마라도 지금쯤은 모든 사태를 짐작했을 것입니다. 그러나 그들이 단념했을 리는 만무합니다… 그들에게도 심복이 있고 움직일 수 있는 군사가 있습니다…."

배훤백의 입에서 이런 소리가 나오자 그들의 얼굴빛은 다시금 긴장하여지는 것 같았다.

"그럼 그들이 군사를 불러 일으킨다는 말이오."

배훤백에게 묻는 김명의 음성은 날카로웠다.

배훤백은 잠간 무엇을 생각하는 듯 세 사람의 얼굴을 둘러보고 나서 무거운 입을 열었다.

"그들도 사리에 어두운 사람들이 아니고 보면 대낮에 군사를 일으켜 반역의 누명을 스스로 뒤집어쓰려 하진 않을 것입니다."

배훤백의 말엔 깊은 뜻이 들어 있는 것 같았다.

일리 있는 말이고 보니 그들도 고개를 끄덕거렸다.

"그렇다면 그들이 어떤 거사를 할 것이란 의견인가요."

이홍의 묻는 말에 배훤백은 크게 고개를 흔든다.

굿은 무당이 하고 떡은 근처 사람이 먹는다는 격으로 모사謨事는 김명이가 하되 왕권을 물려받을 제륭은 처음부터 잠자코 있었지만 그들이 주고받는 이런 말을 듣고 있는 동안 그는 누구보다도 불안한 빛을 얼굴에서 숨기질 못하고 있었다.

"우리가 이렇게 대궐을 먼저 점거하고 이제 군사를 풀어 지키게 하고 있는 이상 인젠 한시바삐 서두르지 않으면 오히려 대궐을 강점하였다는 역적의 누명을 면키 어려우리다."

김명과 이홍은 서로 얼굴을 쳐다보며 배훤백의 말에 귀를 기울인 채 어떤 묘책을 생각하고 있었다.

"그럼 지금이라도 속히 원로와 중신들을 궐 안으로 불러들이도록 하는 것이 좋을 줄 아오…."

이홍이가 김명에게 낮은 목소리로 제안하였다.

제215회 사실 대궐을 먼저 강점하고 있다는 그것만으론 우징 일파가 눈이 시퍼래 앉아 있는 한 거사에 성공했다고는 볼 수 없는 문제다. 아직도 그들에겐 남아 있는 일이 더 중대하고 큰 것이었다.

김명도 이홍의 말을 이해 못하는 것은 아니다.

"원로 중신을 불러선 어떻게 할 참이오…."

이홍은 이홍대로 김명을 의심하듯 쳐다본다.

"무슨 일이 있어도 우리는 만사를 즉석에서 처리해야 할 것이 아니겠소."

"만일에 원로 중신들이 우리들의 부름에 응하지 않는다면?…"

"그러게 우리는 지금 선수를 쓰는 게 아니겠소… 군졸을 풀어놓음은 대궐을 지키게 하기 위함보다, 뜻은 딴 데 있지 않았소."

"그러면 군졸을 시켜 바삐 원로 중신들을 불러들이도록 합시다."

김명의 입에서 이런 소리가 떨어지기가 무섭게 여러 사람도 이에 호응하는 기색을 보였다.

김명이 사람을 시켜 군졸의 우두머리를 불러들이게 했다.

네 문을 지키는 군졸들의 우두머리가 한꺼번에 몰려들었다.

김명이 이들을 앞에 세우고 속히 원로 중신들을 모셔 들이도록 명하자 그들은 한결같이 허리를 굽혔다.

분부를 받은 그들은 각기 앞을 다투어 다시 나갔다.

그들이 나가고 나자 한참 동안 가벼운 불안이 휩쓸고 있었다.

"자, 이제 원로 중신들이 들어올 테니 우리는 임해전臨海殿으로 나가 기다려 보도록 하는 것이 어떠하리오."

"그러함이 좋으리다…."

이홍의 의견에 배훤백도 이렇게 찬동의 빛을 보였다.

그들이 임해전으로 옮겨 가려고 나서자 별안간 임해전 앞 넓은 광장이 소란하였다.

이때 한 군졸이 그들 앞에 찾아 달려왔다.

군졸이 숨 가쁘게 달려오자 김명은 꾸짖듯이 물었다.

"무슨 일로 저렇듯 소란을 피우고 야단이냐…."

"지금 우징 일행이 들어오고 있는 것을 어명이라 막은즉, 누구의 어명이냐고 호통을 치며 야단을 부리고 있나이다."

대담한 김명이었지만 이때만은 얼굴빛을 달리한 채 둘레에 자리하고 있는 그들을 번갈아 쳐다보았다.

이때 이홍이 김명의 귀에다 대고 무어라 속닥거렸다.

김명은 긴장한 얼굴로 고개를 끄덕거리며 군졸에게 명한다.

"알았다. 네 나가 곧 궁노수弓弩手 한 명을 속히 오라 하고 한참 후 그들을 이리로 들어오게 하여라…."

"분부대로 하겠나이다."

뛰쳐나간 군졸이 곧 궁노수를 불러 들여보냈다.

김명은 불러온 궁노수로 하여금 임해전 기왓골에 숨어 있다가 그들이 가까이 들어오는 것을 겨누어 활질을 하도록 명하였다.

돌아서 나가는 궁노수의 발길은 어쩐지 후들거리는 것 같았다.

모든 일이 그들도 생각지 않았던 일이고 삽시간에 꾸며진 일들이라 불안하기 그지없었다.

제216회 만반의 준비를 갖춘 그들은 임해전 앞뜰을 내다보고 있었다.

군졸들은 김명이가 명령하는 대로 한참 후에 우징 일행의 길을 풀어 주었던 모양이다.

지원 우징을 선두로 그의 아버지 균정과 그 뒤로 김양金陽 아찬 예징禮徵을 비롯하여 몇몇 사람이 따르고 있었다.

군졸들과 다투던 그들의 얼굴엔 아직도 노기가 가시질 않은 채였다.

임해전 넓은 뜰에 무슨 흉모가 버그러지고 있는지 전연 알지 못하는 그들의 위풍은 역시 김명이나 이홍 들의 눈에도 당당하였다.

균정은 어젯밤 우징으로부터 들은 바 있어 짐작한 사태이긴 하지만 일찍이 신라의 중신으로서 이렇듯 전에 없는 욕을 보고 불쾌하기 그지없었다.

그러나 우징은 우징대로 어젯밤 거사를 했던들 이런 일을 당하지 않았을 생각을 하니 더욱 분했다.

불쾌한 일을 생각하면 옆에 찬 칼을 뽑아 치고 싶었지만 대궐 안에서 함부로 있을 수 없는 일이고 보니 모든 분을 참을 수밖에 없었다.

임해전 안에 들어앉아 있는 김명 일파는 그들이 가까이 올수록 불안하고 초조했다.

이때 임해전 기왓골 뒤에서 시울 소리가 울리더니만 화살이 날았다.

화살은 균정을 노렸지만 그 옆에 따르던 김양의 어깻죽지에 틀어박혔다.

그제서야 그들은 흉모를 알고 각기 칼을 뽑아 들었다.

임해전 안에서 이 광경을 보고 있던 그들은 크게 놀랐다.

여차하면 만사가 실패로 돌아가는 날이다.

김명이 뒷문으로 나가 군사를 불러 대었다.

김양은 어깻죽지에 들어맞은 화살을 뽑아 버린 채 칼을 휘두르며 고함을 질렀다.

사면에서 군사들이 창과 칼을 들고 나선다.

이리 밀리고 저리 섞이는 통에 인전 활을 쏘진 못했다.

우징과 김양은 밀려오는 군졸을 마구 쓰러뜨리며 북쪽 문을 향해 뚫고 나갔다.

서투른 군졸들의 칼과 창이 그들을 당하지 못한다. 그러나 워낙 많은 수에 밀리고 보니 우징도 인제는 피곤했다.

우징은 북문을 빠져 나서서야 김양의 깊은 상처와 아버지 균정이 뒤따르지 못하였음을 알 수 있었다.

그러나 때는 이미 늦었다. 그가 다시 균정을 구출하러 달려갔을 땐 군졸들은 이미 문을 굳게 잠근 채 열어 주질 않았다.

우징이 이렇게 북문을 다시 침범하고 있다는 소식을 들은 군졸들은 안에서 활질을 했다.

선불리 여기서 싸우다간 상처 입은 김양과 자기는 부질없는 죽음만을 당할 것이 뻔한 일이고 보니 우징은 원한을 품은 채 한때나마 도피하지 않을 수 없었다.

북쪽 문밖으론 어젯밤 내린 눈이 그대로 쌓인 채 누구도 지나간 자국이 보이지 않아 길을 찾기가 힘들었다.

흰 눈길 위에 김양이 어깨로부터 쏟아져 흐르는 핏자국을 그리며 그들은 허둥지둥 도망치는 수밖에 없었다.

그들 등 뒤로는 짓궂게 화살이 날아오고 있었던 것이다.

균정이 살해되고 김양은 깊이 상처 입은 정변政變이 있은 후 김명 등 일파는 제 제217회
륭을 왕위에 오르게 했다.

제륭은 즉위卽位하여 희강왕僖康王이라 하니 그는 원성대왕의 손인 이찬伊湌 헌정의 아

들이다.

정변으로 왕위를 얻은 그들은 먼저 크게 인심을 얻기 위하여 옥수獄囚 중 사형수 이하 모든 죄인을 대사大赦하는 한편 또한 이번 거사에 크게 힘입은 시중 김명을 상대등上大等으로 삼고 아찬阿飡 이홍利弘을 시중으로 삼아 그들의 주변을 굳게 함에 게을리 하지 않았다.

그러나 아직 우징 일파가 남아 있는 한 그들은 안심할 수가 없었다.

인심이란 언제나 권력에 끌리는 법이다.

균정이 그렇게 무참히 죽어서도 누구 한 사람 감히 이에 대하여 상소하거나 또는 시비를 논하는 사람이 있을 까닭이 없었다.

그런 형편이고 보니 나라의 중신이었지만 균정의 장례식은 여염집 그것이나 다름없었다.

이렇게 권력에서 물러나 앉고 보니 우징의 신세란 이루 말할 수가 없었다.

찾는 사람도 없고 보니 그의 원한은 날로 짙어가기만 했다.

이러한 우징이고 보니 제륭이 불법으로 왕권을 잡았다는 것이 그의 일파의 입으로부터 항간에 퍼지기 시작했다.

인심이란 한때는 새로운 권력에 영합하기 쉬운 것이지만 그것이 언제까지나 길게 갈 수는 없는 법이다.

어제까지 영합하던 마음도 오늘에 와선 그것과 분리하여 불평을 일삼기가 쉬운 일이다.

이러한 무렵 우징 일파가 퍼쳐 놓은 균정의 억울한 죽음과 불평은 널리 만민의 동정을 사지 않을 수 없었다.

그러니 백성의 소리가 조정에 들리지 않을 리 없었다.

당황한 것은 김명과 이홍 등이다. 그들도 자신의 불법을 모를 위인이 아니고 보면 어떤 일이 있어도 이것을 막아 내야만 했다.

당황이 앞서면 물불을 가릴 마음의 여유를 가지지 못하는 법이다.

"시중은 항간에 도는 소리를 듣지 못하였소?"

김명이 이홍에게 묻는 말이다.

"우징 일파가 돌리고 있는 말을 들었습지요."

이렇게 대답한 이홍은 가늘게 뜬 눈으로 김명의 눈치를 살필 뿐이다.

"부질없는 소문으로 인심이 소란해지니 이를 어찌 걱정하지 않을 수 있으리오."

"모든 낭설의 근원은 역시 우징인 줄 아나이다."

김명도 그것을 모르고 있었던 것은 아니지만 고개를 크게 흔들었다.

"우징을 어찌하면 좋으리오."

"우징은 왕도를 어질러 놓는 자이니 이를 어떤 죄명을 씌워 옥에 가두게 하거나 또는 자객을 보내어 조속히 없이하는 도리밖에 없을 줄 아나이다."

이렇게 말한 이홍은 파리한 웃음을 지으며 김명을 쳐다보았다. 어지간히 살기가 찬 눈매다.

김명은 이홍과 맞장구는 치지 않고 저대로 눈을 내리깐 채 무엇을 생각하고 있는지 오래도록 침울한 얼굴을 하고 있었다.

아무리 심중 궁궐 안에서 주고받은 말이었지만 소문이란 언제나 쉬 밖으로 새기 마련이다.

우징은 오늘도 집에 들어앉아 있었다. 제218회

새로운 왕권을 호시탐탐 노려 보고 있었지만 역시 시일이 얼마 경과하지 않은 때고 보니 그 기회란 좀처럼 보이질 않았다.

아니 그것보다도 우징의 요즈음 우울이란 그것뿐이 아니었다. 잘잘못을 따지기 전에 역시 칼자루를 들고 있는 그들이 어떤 흉모를 꾸미고 있을지도 모른다는 생각이 머릿속을 스치곤 하는 것이다.

오늘은 웬일인지 집에서 부리는 하인이 일찍 들어와 문안을 아뢴다.

"벌써 들어와 아뢰올까 하였지만 공연히 불안만 일으킬까 두려워 이삼 일 그냥 있었습니다."

"거리에 떠도는 소문이라도 들었느냐."

"네… 실은 어제 그제 사이 이 늙은 것이 잠도 아니 오고 하여 집 주변을 둘러보군 하였습지요."

"그래서…."

"초저녁은 그렇지도 않습니다만 밤만 깊으면 인기척이 들리는 것 같아 문단속을 하려고 밖으로 나가 보군 하지 않았습니까. 그랬더니만 수상한 그림자가 얼굴을 가리고 집 둘레를 돌고 있다가는 이쪽에서 인기척을 내면 자취를 감추곤 하지 않습니까…."

우징은 이 늙은 종의 말이 아니라도 벌써 신경에 집히는 것이 있었다.

"그래 수상한 그림자의 모습이 어떠하더냐."

"달도 이미 기운 때고 게다가 얼굴을 가려서 어떤 놈인지를 분간할 수가 없었습니다."

"알았다. 물러가서 오늘부터는 문단속을 더 잘 하도록 하여라."

"그러하옵고…."

"또 무슨 말이냐…."

"오늘 아침 이 늙은 것이 시장기가 나서 주점에 들렀습지요. 그랬더니 주점 늙은이가 딴 말은 않고 주인 어른께서 당분간 어디 피신해 있는 것이 좋을 것이라는 말을 저에게 귀뜀해 주더군요. 아마 집 둘레를 돌고 있던 놈들이 필시 그 주점에 들러 무슨 말을 했던가 보지요."

"알았다… 물러가 있어라…."

그는 늙은 종에게 아무렇지도 않은 듯 담담한 표정으로 말하였지만 가슴속에 겹쳐 떠오르는 불안은 막을 길이 없었다.

이는 생각해 볼 필요도 없이 그들 김명 일파가 자기한테 자객을 보내온 것이 틀림없었다.

금시 물러갔던 종이 다시 뛰쳐 들어왔다.

그가 굽신하고 아뢰는 말은 김양의 집에 있는 사환 아이가 서찰을 갖고 왔다는 것이다.

우징은 부랴부랴 서찰을 뜯어서 내리 읽었다.

김양으로부터의 서찰은, 사세가 위급하니 어서 몸을 피하라는 것과 오늘 밤 안으로 온 식구를 데리고 황산진黃山津으로 빠져 청해 땅 궁파한테로 가서 몸을 의탁하고 있음이 좋겠다는 의견도 덧붙여 씌어져 있었다.

우징은 김양의 집 사환을 돌려보내게 하고 나서도 마음의 안정을 얻지 못하여 침울한 표정을 하고 있었다.

자기는 모르고 있었지만 사세가 대단히 위급한 모양이었다.

권속을 이끌고 청해 땅으로 가는 일은 만만치 않았지만 지금 당장은 김양의 의견대로 그렇게 하는 수밖에 별 궁리가 트이질 않았다.

날이 어둡기 시작하자 우징은 집안의 종들을 시켜 대충 짐을 싸게 하고, 아녀자 제219회
兒女子를 태울 가마를 준비시켰다.

늙은 종들은 이런 일을 눈치 챘지만, 어린 계집종들은 일손을 잡지 못하고 눈이 휘둥그레져 있기만 했다.

밤이 깊기를 기다렸다가 우징은 아녀자 일행을 먼저 떠나가게 하고 자기는 남아서 모든 장물과 가산 일체를 따라갈 수 없는 계집종들에게 골고루 나눠 주고 나선 길들이고 살던 집엔 기름을 부어 불을 질러 놓고 나서 일행의 뒤를 따라갔다.

앞서 간 일행을 만난 것은 서교 근처였다.

우징은 그제서야 안심하고 이마의 땀을 거두며 뒤돌아보았다.

아무리, 큰 집이 불탄다 한들 그 불길이 여기까지 보일 까닭은 없었다.

그러나 우징에겐 아직도 그 사나운 불길과 뭉쳐 오르는 연기가 눈앞에 보이는 것 같기만 했다.

우징이 가까이 왔다는 소리를 듣자 일행은 멈칫 쉬려고 했다. 이런 기색을 안 그는 어서 길을 재촉했다.

물론 길잡이를 앞세운 일행이긴 하지만 밤이고 보니 노정路程이 더디는 것은 뻔한 일이다.

서교로 쫓겨 나와 다시 집 쪽을 돌이켜 바라보는 우징의 마음은 그냥 엎드려 크게 통곡하고 싶을 뿐이었다.

조정의 권세를 한 손에 쥐고 흔들던 그였고 보니 그러한 감회가 더욱 절실했다.

그러나 지금은 쫓기는 목숨….

그때 어둠 속을 가르며 꼬리를 끌고 지나가는 유성의 그림자가 크게 눈에 띄었다.

"지금 저기 떨어지는 별을 보았느냐?"

"보았습지요."

옆에 따르던 늙은 종이 하는 대답이다.

“머지않아 왕권이 저 운명일 테니 너무 설워 말라….”

그것은 우징이 종을 위로하기 위한 말이라기보다는 자위를 하려는 말이기도 했다.

“이 늙은 것이 죽기 전에 그렇게 되어 이 길을 지금 모양 눈물로써가 아니라 훤한 대낮에 음률을 잡히고 돌아가게 되었으면 얼마나 좋겠습니까….”

“하늘이 저러한 암시를 나에게 주니 머지않아 그렇게 되겠지….”

두 사람의 대화는 여기서 끊어진 채 어둠 속엔 침묵만이 무겁게 깔리고 있었다.

하늘이 자기에게 뚜렷한 암시를 준 것이라고 장담한 우징이었지만 기약할 수 없는 길이고 보니 가슴에 스미는 서글픔이란 이루 말할 수가 없었다.

황산진까지는 아직도 먼 거리였다. 그동안이라도 무사해 주었으면 좋지만 악독한 그들이고 보면 예측할 수 없는 일이기도 했다.

한두 자객이라면 무서울 것도 없었지만 군졸이나 동원하는 경우엔 우징 자신이 검술에 능하다 해도 당해 낼 수 없는 일이다.

그러나 이러한 불행을 그들에게 보여 줄 수 없는 그였다.

그러게 그는 불안을 피하기 위하여 날이 밝으면 띄엄띄엄 있는 인가를 피하여 산속에서 쉬게 하고 날이 어두운 때만을 이용하여 일로 황산진을 향하여 걸음을 재촉하였던 것이다.

우징은 물론 일행은 세상에 태어나 처음 당하는 고생이라 입 밖에 내진 않지만 견디기에 여간하질 않았다.

망명

亡命

궁파 일행이 고국으로 떠난 다음 홀로 떨어져 남은 정년은 오랜 풍상風霜을 넓은 당나라 벌판에서 술과 계집으로 살았다.

그가 서주 군관 벼슬을 동댕이쳐 버린 것은 궁파가 나올 때다.

아내를 잃고 나서 홀로 고독 속에 그리움과 뉘우침을 되풀이하며 살아오던 그는 법화원에서 연옥을 처음 만났을 때 잃어버린 아내를 만난 듯한 황홀 속에 빠져 들었던 것이다.

그러나 때는 이미 늦은 때였다. 그것이 자기와 겨룰 수 있는 상대였다면 정년은 어떤 수단과 방법으로든지 연옥을 차지하였을 것이지만 수하의 봉화와 맞선다는 것은 그의 자존심이 허락지 않았던 것이다.

그렇듯 거만한 자존심이 그로 하여금 이국의 땅에서 당당한 군관의 자리를 차지하게 할 수도 있었지만 그것이 길을 일단 잘못 디디고 나서부터는 고집이 강한 거리의 부랑패로 변해 버리고 말았던 것이다.

싸움!… 싸움!… 그러고 나서도 성미가 풀리지 않을 때는 칼부림이 그의 유일한 무기였다.

군관 자리에 있었을 때의 그의 그러한 고집은 부하를 사랑하고 상관의 부정에 타협지 않는 무서운 정의감이었지만 길을 잘못 짚고 나서부터는 누구도 막을 수 없는 횡포로 변해 버렸던 것이다.

그러나 정년의 이러한 유랑의 젊음도 언제까지나 계속되지는 않았다.

날이 갈수록 그에게도 이런 생활이 겨웠고 또한 잃어버려지지 않는 추억 속에 되살아 오르는 것은 어린 시절의 꿈이 잠들어 있는 고국 산천이었다.

들리는 풍문에 의하면 궁파가 고향 땅인 청해에 자리를 잡았다 하니 돌아가면 그와 더불어 말년을 편안하게 지낼 수도 있는 일이긴 하지만, 지나치게 변해 버린 자신이라 그냥 덥석 돌아가기도 지금에 와선 스스로 마음에 거리끼는 바가 없지 않았다.

자기모순 속에 빠져 허덕일 즈음 그에게 있어서 유일한 구원의 길이라는 것은 술밖에 없었다.

이렇게 술로써 세월을 보내던 그가 우연히 등주 고을에 다시 들렀을 때 그의 마음을 이끄는 곳은 법화원이었다.

법화원은 마음을 의지할 수 있는 고향이요, 또한 어머니의 품속이나 다름없는 곳이었다.

그날의 법화원 주지의 기뻐하던 모습….

나락의 진구렁이 속에서 굳어 버린 정년이었지만 그날만은 눈시울이 뜨거워짐을 참지 못했던 것이다.

"궁파 어른이 청해 땅에 자리를 잡았다 하니 이제 돌아가 그와 함께 일함이 어떠하리오…"

정년은 주지 앞에 고개를 숙인 채 한참 동안 아무런 말도 하지 못하고 있었다.

번개같이 스치고 지나가는 고향 땅….

그러나 그런 강한 유혹이 머리를 스치고 지나가도 자기의 걸어온 길이 너무나 험악하였던 관계로 성큼 입을 열지 못했던 것이다.

"내일 이곳에 숙위 중宿衛中이던 흥덕왕의 왕자 김의종金義琮 님을 문종文宗께서 고국으로 돌려보낸다 하니 그 배에 편승함이 좋으리다."

주지 스님의 이런 말을 듣곤 정년도 정말 울지 않을 수 없었다.

이리하여 정년은 생각지도 못했던 기회를 얻어 부랴부랴 서둘러 환국의 길에 올랐던 것이다.

제221회 정년은 왕자가 타고 오는 배에 편승하였던 관계로 낙동강 하구까지 갔다가 거기서 다시 뱃길을 얻어 청해진으로 향하였다.

정년이 왕자를 모시고 온 배는 당나라 배였다.

그러나 지금 타고 가는 배는 청해진 배라는 것이다.

규모는 당나라의 그것보다 비록 작다고 볼 수 있었지만 속력이라든지 또는 그 조선법造船法의 정밀한 것은 당나라 배가 따를 수 없는 경지였다.

정년은 우선 그것을 보고 놀라지 않을 수 없었다. 자기가 어렸을 때 바다에서 자랐다 하지만 이런 구조의 배는 한 번도 보질 못했다.

도사공을 비롯한 모든 선원들은 그가 누군지를 알 까닭이 없었다. 다만 당나라에 들어갔던 왕자를 모시고 온 사람이라 귀인貴人이라는 추측을 할 뿐이지 경력은 알 까닭이 없었다.

"이 배는 청해 땅에서 무엇을 하러 그곳까지 다니는 밴가요?"

정년이 배에 오른 후 처음 도사공에게 묻는 말이다.

"네 청해 땅에서 무역을 한 필목을 갖고 가서 곡식과 바꿔 갖고 오는 배지요."

"무역을요?"

"네, 아마 당나라에서 오셔서 이곳 사정을 잘 모르시는가 보군요."

"그곳에 오래 살아서 이곳 사정은 알 길이 없지요."

"그도 그러하시겠군요."

도사공은 여기서 말을 일단 끊고, 먼 앞바다를 바라보더니만 용총줄을 잡고 있는 사람 밑에서 노를 젓고 사람에게 무어라 소리친다.

그 소리가 떨어지기가 무섭게 배가 방향을 바꾸고 있었다.

도사공은 한참 바다를 바라보고 있더니만 다시 돌아서 말을 이었다.

"삼사 년 전만 해도 이런 배는 이렇게 바다에 나다니질 못했습지요… 해적이 떼구름 모양 몰려다녔거든요."

"요즈음은 어떤가요?"

"인젠 해적이란 종자마저도 없어지고 말았습지요… 그것 다 우리 궁파 대사님의 덕분이지요."

정년은 그런 소리를 듣고 나니 스스로 얼굴이 붉어지는 것 같았다.

나는 그동안 무엇을 하며 세월을 보냈던가… 그동안 이런 도사공의 입에서까지 안정된 위치를 말할 수 있게 되기까지 그는 얼마나 크나큰 수고를 하였으며 애를 썼을까….

이제 내가 궁파 형님을 무슨 낯으로 뵌담….

생각이 여기에까지 미치고 보면 정년은 깊은 생각 없이 배에 오른 것이 후회스러웠다.

도사공은 정년이 지금 이런 생각에 잠겨 있는 것을 알 까닭이 없었다.

"바다에 해적선이 없고 보니 우리 청해 땅이 무역의 근거지가 될 수밖에 없습지요… 동으로 왜나라가 오고 서로 당나라가 오고 요즈음은 저 남쪽에서 얼굴이 검둥이 같은 검은 친구들까지 온답니다. 그래서 그들은 여기서 갖고 온 물건을 사고팔 뿐 아니라 우리들의 배가 빠르고 풍랑에 세다 하여 가끔 빌리기도 합지요."

정년은 도사공의 설명을 들으며 눈을 가느스레 뜨고 자라나던 청해 땅을 그려보았지만 그것은 마음속에만 남아 있을 뿐 그가 말하는 그런 모습은 눈앞에 언뜻 떠오르질 않았다.

제222회 "그래서 우리는 거기서 이문으로 얻은 포목을 갖고 본국에 와서 양곡과 바꿔가지요."

도사공은 여기까지 설명하고 나서 또 한 차례 먼 바다를 바라보고 있더니만 이번에도 용총줄을 쥔 친구와 노를 젓는 사람에게 또 무어라 소리를 치고 있었다.

이번에도 조금 전 모양 배는 또 방향을 바꾸고 있었다.

정년은 도사공의 이러한 거동이 이상하여 물었다.

"무슨 이유로 이렇게 방향을 자주 바꾸게 되나요."

도사공은 정년의 묻는 말에 씩 웃고 나서 대답한다.

"못 보셨군요…."

"무엇을 말이지요?"

"조금 전 저 앞을 지나가던 상어 떼 말입니다. 요즈음은 계절의 탓인지 상어떼의 이동이 심합니다. 그래서 방향을 돌렸습지요… 뭐 그냥 갈 수도 있습지요만 역시 피하는 편이 결국은 더디질 않지요."

정년은 그제서야 고개를 들어 앞바다를 바라보았지만 이미 다 지나간 뒤라 파란 물굽이만이 넘실거리고 있었다.

별안간 물새가 머리 위에서 끼룩거린다.

대륙 생활에 젖어 있던 정년에겐 그것도 새로운 정경이 아닐 수 없었다.

어렸을 때 물새를 잡기 위하여 짜리를 잡아 노끈에 매어 갖고 물에 띄웠던 때도 없지 않았다.

"청해 땅엔 이런 배가 몇 척이나 되지요."

하나에서 열에 이르기까지 모두가 궁금하여 묻는 말이다.

"이런 배야 뭐 배 축에 든다고 하겠습니까…."

도사공의 말은 점점 맹랑했다.

"아니 그럼?"

정년의 놀라는 표정에 도사공은 집안일을 자랑이나 하듯 또 한 차례 씽긋이 웃는다.

"이 배는 이젠 낡은 화물선에 불과한걸요. 그러니까 이런 뱃길을 다니고 있습지요. 청해 땅에 있는 배라면 청해성을 한 바퀴 둘러 감고도 남을 것입니다."

물론 도사공의 지나친 과장이라고 정년은 생각하지만 속으론 은근히 놀라지 않을 수 없었다.

"아니 그럼 그 많은 배를 어디다 쓴단 말이요."

"허허… 말씀 맙시오. 그래도 청해 땅에 매어 있는 배는 하루도 쉬는 날이 없답니다. 그뿐인가요. 대사 어른께서는 항상 말씀하시기를 청해는 신라의 큰 대문이라고 하시지요. 대문을 지켜 도둑을 막으려면, 아직도 배가 부족하다고 해마다 더 만들게 하고 있습지요. 또 이렇게 노후한 배는 이것을 다시 칠하여 왜나라를 비롯하여 여러 나라에 팔고 있습니다."

이런 말을 듣고 보니 정년은 궁파의 속을 더욱 헤아릴 수가 없을 것 같았다.

"혹시 사공은 궁파 어른 말고 봉화라는 사람을 알고 있나요."

"알다뿐이겠습니까… 퍽 얌전한 분이지요. 또 궁파 어른한테 신임도 두터워 지금 왜나라에 가서 그분이 모든 일을 맡아보고 계시지요."

정년은 듣는 말마다 감탄하지 않을 수 없었다. 아무리 세상이 흐르는 세월 속에 변한다 해도 그것은 마치 자신이 꿈나라의 말을 지금 듣고 있는 것 같기만 했다.

굼실거리는 물결을 헤치며 배는 쏜살같이 달리고 있었다. 제223회 용총을 당기는 삐꺼덕 소리가 넓은 바다 위에 더 고요를 그려 주고 있었다.

바람은 없지만 물살은 잔잔한 편이 아니다.

"댁은 어떻게 봉화 어른을 알고 계시나요."

도사공이 정년을 향하여 물어보는 말이다.

"네 전에 당나라에 있을 때 안면을 갖고 있었지요."

"아참, 그 어른도 그전에 당나라에 가서 오래 계셨다고 하는 소리를 들었습지요… 나이는 젊은 분이지만 대단하시지요, 왜나라 태수까지도 그분을 어렵게 생각하는 모양이시두만요… 그러면 댁은 우리 대사님도 알고 계시겠구만요."

"네 그분도 그냥 그곳에 있을 때 사귄 적이 있을 뿐이지요."

궁파와의 정의라면 물론 형제간의 정의였지만 정년은 무슨 이유에서인지 그런 것을 이 도사공 앞에서 털어놓고 싶지가 않았다.

"그럼 이제 댁이 오셨다는 소식만 들으시면 대사 어른께서는 크게 기뻐하실 것입니다."

도사공으로부터 이런 말을 듣자 정년의 눈앞에 지나간 옛날 일들이 주마등같이 스치고 지나갈 뿐 아니라 궁파의 모습이 더욱 크게 떠올랐다.

그도 인젠 퍽 늙었겠지… 아니 미윤이도 제법 자랐을걸….

"이제 얼마나 더 달리면 가 닿을 수 있을까요."

"바람만 방향을 바꾸지 않으면 오늘 저녁엔 갈 수 있을 것입니다."

"오늘 저녁으로요…."

"그전 같았으면야 보통 이 길을 순풍을 만나야 사흘 나흘 걸렸습지요… 그러나 우리 배라면 언제나 당일치기랍니다… 이렇게 되면 앞으로 바다도 점점 좁아질 수밖에 없습지요."

바다가 좁아진다는 사공의 말이 정년에겐 그럴듯했다.

"자 보십시오… 벌써 보이기 시작합니다."

정년은 도사공이 가리키는 수평선을 바라다보았다.

굽이치는 물 속에 어디서 솟아났는지 그림 같은 섬이 보인다.

정년의 가슴속은 낙동강 하구에 배가 닿을 때보다도 더욱 설레는 것 같았다.

넓은 바다에 비하면 하잘것없이 조그만 존재였지만 파도에 밀리고 물결이 부서져도 의연毅然해 보이는 그 모습은 마치 궁파 그 사람의 모습인 것 같아 믿음직했다.

"물론 여기서 보시는 바와 같이 조그만 섬에 불과합니다만 가 보십시오 굉장합니다. 당나라 사람들도 그랬지만 왜나라에서 왔던 사신들도 와서 보곤 크게 경탄한답니다. 이름이 섬이지 조그만 왕국이나 다름없습지요… 그러니까 누구나 들러 본 사람들은 머물러 살고 싶어 하지 떠나려 하질 않습지요."

도사공은 점점 더 신이나 하는 듯했다.

정년은 그러한 도사공의 설명을 그냥 흘려 듣고만 있었다.

그가 바라보고 있는 지평선 위엔 뿌연 산봉우리만이 보이고 있지만 그의 가슴 속에 떠오르는 감회 속엔 어린 시절의 온갖 꿈이 되살아 오를 뿐 아니라 궁파의 힘에 의하여 개척된 새로운 나라가 온갖 모습으로 전개되고 있었다.

배가 부두에 닿았을 땐 황혼 무렵이었다. 제224회

부두에 나온 사람들이 지르는 환성 속에 배는 닻을 내리었고 사람들이 부두로 오를 수 있게 발판을 마련하여 놓았다.

정년은 한참 망설였다. 두말할 것 없이 궁파를 찾아가야 하겠지만 어쩐지 멋쩍은 것 같았다.

"어떻게 하시렵니까…."

"글쎄…."

도사공이 묻는 말에 정년은 어떤 확답을 하지 못하고 망설일 수밖에 없었다.

"물론 대사 어른 댁으로 올라가서야 하겠습지요."

"그래야겠지요…."

"그럼 우리 대사 어른 댁으로 사람을 보내도록 합지요."

"사람까지 보내어 놀라게 하실 거야 있소…."

사람을 보내면 놀랄 거라는 말에 도사공은 이 위인이 아무래도 보통 사람이 아니라는 것을 느낄 수 있었다. 차림새를 보면 그냥 허술한 편이지만 역시 당나라에서 왕자를 모시고 왔다는 점이거나 봉화를 벌써부터 알고 있다는 사실 등으로 미루어 봐도 그러했다.

그래서 도사공은 육지에 오르기 전에 선원을 시켜 당나라에서 어떤 손님이 왔다는 것을 궁파 대사에게 전달하게 했다.

선원을 보내고 난 도사공은 시간을 좀 늘여 잡았다.

정년은 그러한 시간이 지루하기만 했다.

"모든 절차가 끝났으면 올라가 나를 궁파 어른 댁으로 좀 인도해 주도록 하면 좋겠소이다."

"네, 조금 전에 선원을 대사 어른 댁으로 보냈소이다."

"원 사람을 보내어 놀라시게 할 필요가 있나요. 내가 올라가 뵈어야 할 텐데, 어서 올라가도록 합시다."

도사공은 정년이가 서두는 통에 마지못하여 발판을 짚고 앞장서서 육지로 올라갔다.

바다는 붉은 황혼의 빛을 받자 몸살을 앓는 듯 더 출렁거리기 시작했다.

선원으로부터 전갈을 받은 궁파는 의아하게 생각했다.

배가 당나라로부터 오는 배도 아닌데 당나라에서 오는 손님이 왔다 하니 더욱 그러했다.

"그래 그분의 성함이 무어라고 하더냐."

"성함도 말씀하시지 않고 그냥 속히 대사 어른께 가서 알리라고만 하셨소이다."

어떻든 이런 전갈을 받고 보니 그냥 있을 순 없었다.

예사로운 일 같았으면 도사공이 일부러 사람을 시켜 알릴 까닭도 없었을 것이다.

정년이가 돌아온 것이 아닐까….

당나라로부터 오는 사신은 물론 아닐 것이고 보면 궁파의 머릿속에 떠오르는 것은 정년이밖에 없었다.

분명 정년이라고 한다면 성명을 숨길 리가 없지 않은가….

선원을 따라 나오는 궁파의 머릿속은 여러 모로 궁금하지 않을 수 없었다.

어떻든 자기한테로 온 손님이고 보면 바삐 나가 만나봐야겠다는 생각으로 그는 부두 쪽을 향하여 걸어갔다.

그때 도사공과 함께 이리로 오는 그림자가 보였다.

"지금 도사공 뒤에 오시는 저분입니다."

선원이 전하는 말에 멈칫하고 바라보았지만 때마침 내려앉은 역광逆光으로 모습이 확실칠 않았다. 제225회

그러나 저쪽으로부터 오던 사람은 이쪽 모습이 똑똑히 보였던지 황급한 걸음새로 걸어오고 있었다.

도사공을 뒤에 남겨 둔 채 뛰쳐 오다시피 한 정년은 궁파의 앞으로 가까이 오더니만 맨땅에 꿇어 엎드렸다.

궁파도 그제서야 그가 정년임을 알 수 있었다.

"형님, 오래 뵈옵지 못했습니다."

꿇어 엎드린 그는 머리를 조아리며 이렇게 말하였다.

"여보게 정년이…."

궁파도 목이 멘 채 꿇어 엎드린 그를 잡아 일으켰다.

그들은 서로 얼싸안은 채 어쩔 줄 모르게 기뻐했다.

"형님, 그동안 몸성히 이렇듯 큰일을 하셨으니 기쁩니다."

"그동안 소식이 없어 많이 궁금하던 차에 이 사람아 바람같이 이렇게 불쑥 나타나니 무어라고 말할 수가 없네."

그들은 언제까지나 한길에 붙들고 서서 이렇게 긴말을 주고받을 수는 없었다.

선원과 도사공에게 앞서 기별을 보내고 그들은 천천히 뒤따라 궁파의 집으로 올라갔다.

"형님, 상전桑田이 변하여 벽해碧海가 된다더니 정말 청해 땅은 제가 자라나던 곳이 아닌 것만 같습니다."

"변한 것이 있다면야 사람과 문물이 변했을 뿐이지 산천이야 우리가 자라던 산천 그대로지 변한 것이 있겠나."

궁파와 함께 걸어오는 도중 눈에 뜨이는 건물을 봐도 정년은 크게 놀랐다.

과연 배에서 도사공이 하던 말에 조금도 거짓이 없었다.

"형님, 이런 큰일을 하시며 갖은 심뇌를 하셨겠지만 조금도 늙은 데가 없으신 것 같습니다."

"대자연이 변하는데 사람이 늙지 않을 수야 있겠나."

이런 말을 하며 정년을 쳐다보니 궁파의 눈에도 정년은 그 나이에 맞지 않게 주름이 잡혀 있었다.

궁파는 그제서야 정년이가 홀몸으로 온 것을 깨달았다.

"여보게, 어떻게 자네는 혼자 왔는가."

정년은 궁파의 불쑥 묻는 말을 언뜻 파악하질 못했던 모양인지 궁파의 얼굴을 찬찬히 쳐다보며 되물었다.

"형님, 혼자 오지 않으면…."

궁파는 그제서야 정년이 아직 장가를 들지 않고 있었다는 것을 눈치 챌 수 있었다.

정년도 또한 궁파의 말이 무엇을 뜻하는 소리인지를 짐작할 수 있었다.

"혼자 살라고 태어난 몸이, 자기 운명대로 혼자 사는 것이 편하지 그것을 인력으로 억지를 써선 무엇하겠습니까."

정년의 이 말엔 궁파도 아무런 대꾸도 하지 않고 그냥 묵묵히 고개만 수그렸다.

그러고 보면 정년은 아직도 벌써 세상을 떠난 아내에 대한 정을 잊지 못하고 있을 뿐 아니라 그 뒤 연옥에게 품었던 정도 버리지 않고 있는 것 같아 무언지 모르게 마음이 서먹해지는 것 같았다.

정년이 왔다는 소리를 전해 들은 궁파의 집에서는, 아내와 딸 미윤이가 벌써 문 앞까지 나와서 기다리다 그들을 맞이하는 것이었다.

제226회 정년을 위하여 베풀어진 잔치는 지금까지 이 섬에선 구경할 수 없을 지경으로 화려하였다.

넓게 자리 잡은 연회장엔 둘레를 보랏빛 비단 휘장이 휘감겼고, 오늘도 각종 음률이 마련된 가운데 단장을 한 기녀들이 주호酒壺를 들고 오가고 있었다.

술잔을 들고 장내를 둘러보는 정년의 가슴속엔 형용할 수 없는 정회가 떠돌았다.

맨발 벗고 이 섬의 해변을 뛰놀던 어린 시절이 어제나 다름없었다.

어찌 오늘과 같은 성사를 꿈엔들 생각할 수 있었던 일이랴…

정년은 술잔을 놓으며 궁파를 쳐다본다.

"형님, 천하에 태어나 천하게 자란 이 몸이 오늘 이와 같은 경사를 어떻게 생각할 수 있었겠습니까… 모든 일이 형님 한 분을 잘 사귄 덕인 줄 아나이다."

정년이 이런 말을 하자 궁파는 웃음으로 응수하며 입을 연다.

"난들 자네나 다름이 무엇인가… 천하게 태어나 천하게 자랐다 해도 우리들은 성의와 의리로 귀하게 살아가면 그만이 아니겠는가…."

궁파는 옆에 앉아 있는 정년의 손을 힘차게 꼭 쥐었다.

몇 번이고 돌아올 것을 주저하다가 혈혈단신 돌아오고 보니, 정년은 더욱 그의 변함없이 두터운 인정에 감격하지 않을 수 없었다.

"형님, 그래도 당나라 땅에 남아 있었다면 어느 이름 없는 초원에서 그냥 죽어갔을 목숨… 지금 형님을 이렇게 다시 만나게 되니 더욱 보람을 느끼옵니다."

"이제 그대가 나를 찾아온 것도 정리라면 우리가 정말 해야 할 일도 또한 의리로서 이루어져야만 할 것이 아닌가… 자 어서 잔을 비세…."

궁파와 정년은 마주 높이 술잔을 들어 각기 한 잔씩 마시고 나선 서로 잔을 바꿔 권한다.

"그대가 돌아와 준 것이 정말 반가우이… 정년이! 우리가 해야 할 일은 아직도 태산 같네… 나는 이제 내 오른팔이나 다름없는 자네를 만났으니 기쁘기 한량없네…."

"보잘것없는 동생을 그렇듯 생각하여 주시니 이 몸이 남은 목숨을 어찌 형님을 위하여 바치지 않을 수 있으리오…."

정년은 궁파의 말에 크게 감격하여 눈물까지 글썽해지며 말했다.

잔치는 밤 가는 줄 모르게 성황을 이루었다.

술도 고기도 그러했거니와 또한 가무도 그칠 줄을 몰랐다.

정년이 일찍 당나라 군관의 벼슬을 지내며 오래 살아 보았지만 이렇듯 화려한 연석은 처음이었다.

비록 청해 땅이라는 곳이 조그만 섬이라 하지만 궁파는 이름 그대로 이 조그만 섬을 거점으로 바다 전체를 휘두르는 왕자의 모습이나 다름없었다.

정년도 오랜 유랑의 생활에서 발을 벗고 이러한 사람을 형으로 모시고 있다는 그 바람에 술에 취하느니보다는 어쩐지 마음의 홍분이 앞서짐을 어찌할 수 없었다.

가무가 끝나자 또 한 차례 기녀들이 돌아다니며 빈 잔에 술을 따르며 오고가는 모습이 나비나 꽃을 닮은 것같이 아름다웠다.

제227회 희강왕僖康王이 즉위했다는 소식은 이 청해 땅에도 곧 전해졌다.

이 소식을 들은 궁파는 기쁨보다 걱정이 컸다.

순서대로 이루어진 왕권의 교체라면 별문제였지만 왕족끼리 다투다 결국은 대궐 내에서 피를 보고 이루어진 일이라 하니 더욱 그러했다.

그뿐만이 아니라 앞으로 조정에서 청해진 대사에 대하여 어떤 분부가 있을지 모르는 일이다.

궁파는 홍덕왕으로부터 청해진 대사의 직을 제수받던 날의 일을 혼자 회상해 본다.

조정의 원로 중신들이 한결같이 대사 직을 제수하는 것을 찬성했던 것은 아니다.

말하자면 희강왕이 왕권을 잡는 데 도움이 된 주동 인물인 김명이나 이홍 등은 극구 반대하던 사람들이다.

결국 청해 땅에 진을 둘 것을 찬성한 사람들은 우징 일파였다.

이제 그들이 조정에서 밀려 나왔으니 아무리 청해진 대사의 직이 조정으로 볼 때는 그것이 말단 직이라 해도 그 여파가 없다고 단언할 수는 없었다.

물론 궁파 자신으로선 왕족끼리 싸우는 조정의 왕권 다툼에 끼어들고 싶진 않다 해도 조정의 명령은 좇지 않을 수 없는 입장이고 보니 스스로 생각하지 않을 수 없었다.

이러한 즈음 우징이 신변의 두려움을 느끼고 이 일가족을 솔가하여 갖고 황산진黃山津으로 나왔던 것이다.

떳떳이 대로로 행차할 수 없다면 그렇게 오래 지체하지도 않았겠지만 그들은 낮에 숨어 쉬고 밤길만을 택하였을 뿐 아니라 또한 사람의 이목을 피하기 위하여 큰길을 버리고 좁은 산길을 택하고 보니 서울을 떠나 황산진에 도착하기까지는 근 한 달이나 걸렸다.

우징 자신도 험한 여로에 지쳤지만 아녀자들의 모습은 차마 볼 수 없을 지경이었다.

영고성쇠榮枯盛衰가 아무리 심하다 한들 우징은 지난날의 자신과 오늘을 돌볼 때 지나치게 초라해진 주위의 모습에 스스로 눈물을 머금지 않을 수 없었다.

그러나 황산진까지 오고 보니 그런대로 한시름 놓이는 것 같았다.

황산진까지만 빠져나오면 언제나 청해진에서 배가 와 있다는 말도 그에게 있어선 뜬소문에 불과한 것 같았다.

허술하게 변복을 한 그들은 청해 땅으로 살러 가는 사람들같이 차리고 배를 기다렸지만 배는 좀처럼 오질 않았다.

하루 이틀 묵는 사이에 우징은 더 초조하기만 했다.

이렇게 오래 기다리고 있으면 소문도 두려웠지만 자기들 뒤를 자객刺客이 따르지 않나 하는 염려도 없지 않아서다.

사람을 시켜 마을 사람들한테 물으니 청해 땅에서 배가 오지 않는 것이 오히려 수상하다는 말들이다.

우징은 하늘이 스스로를 궁지에 몰아넣으려는 것 같아 불안했다.

그것도 그럴 수밖에… 왕권이 교체되었다는 소리를 들은 궁파가 당분간 본토와의 연락을 금하고 보니 제아무리 우징이 배를 기다리고 있다 해도 올 까닭이 없었다.

여기서 며칠을 허송세월을 하고 난 우징은 하는 수 없이 이 마을에서 조그만 고깃배를 빌려서 구사일생九死一生의 모험의 길을 택하지 않을 수 없었다.

우징이 청해 땅에 도착한 것은 황산진을 떠나 꼭 보름 만이었다. 제228회

갖은 풍파와 고생을 겪으면서도 인명의 피해 없이 도착한 것만이 다행했다.

그들 일행이 부두에 닿았다는 소식을 들은 궁파는 혹시나 조정으로부터 피난민을 가장시킨 자객 같은 것이 아닌가 하여 스스로 의심하여 직접 부두로 나왔던 것이다.

궁파는 처음에 우징을 보고 크게 놀랐다.

물론 그가 조정으로부터 몰려났다는 소식은 이미 듣고 있는 바였지만 이렇듯 초라한 모습으로 여기까지 망명해 올 줄은 꿈에도 생각지 못했던 일이다.

"어이한 일이시옵니까…."

궁파는 옛날의 위풍이란 찾아볼 수 없을 지경으로 초라해진 우징의 손을 잡고 이렇게 물었다.

"세상사는 썰물과 밀물의 현상과 같음이라… 모든 것이 천운인 것을 무엇을 말하리오… 다만 내 여기 권속을 솔가하여 갖고 왔음은 옛 지기知己를 믿고 왔음이니

만사를 부탁할 따름이오."

우징의 입에서 이런 소리가 나오자 궁파는 더한층 허리를 굽히며 공손히 말한다.

"청해의 땅은 서울과 달라 모든 문물이 불편하옵고 또한 섬이오라 항상 일기가 불순하여 혹시나 지내시기 불편하지 않으실까 크게 염려되나이다."

궁파는 그들을 맞아 사신들을 맞아서 유숙케 하던 영빈관迎賓館을 숙소로 정하게 했다.

반삭半朔이나 풍랑에 시달린 그들이 숙소로 갔을 때는 모두 곤죽이 되다시피 녹초가 되었다.

원인은 어떻게 되었든 간에 조정으로부터 귀인이 왔다는 소리를 전해 들은 온 섬사람들은 서로 귓속말을 주고받으며 웅성거렸다.

우징은 먼저 이 영빈관의 큰 규모 하나만을 보고도 내심 놀라지 않을 수 없었다.

화려한 단청은 대궐에 못지않았던 까닭이다.

조정으로부터 버림을 받고 있다시피 한 이 조그만 섬에서 과연 궁파는 무슨 재정이 있어 이렇듯 호화로운 건물을 설계할 수 있었을까가 크게 의심되지 않을 수 없었다.

또한 그 건물뿐이 아니라 화기애애한 섬사람들의 얼굴 모습이거나 몸차림도 서울 사람들에게 못지않게 화사한 것을 볼 때 우징은 그 출중한 수완을 감탄하지 않을 수 없었다.

조정에서 생각하듯 그는 한 변방 수진守鎭의 주인인 대사로선 너무나 큰 경륜과 포부를 갖고 있음을 알 수 있었다.

"오늘 평화로운 청해 땅의 문물을 보니 그동안 이 변방에서 얼마나 수고가 컸음을 알겠소… 또한 해상의 모든 도둑이 자취를 감추었다 하니 나라에 이보다 더 큰 경사가 어디 있으리오."

우징은 진심으로 찬탄을 아끼지 않았다. 그러나 궁파는 어디까지나 겸손한 사람이다.

"모든 것이 위로 조정의 힘이 컸을 뿐 아니라 오늘날 청해 땅에 자리 잡고 이 정도의 문물 제도를 갖추게 되었음은 오로지 저에게 대사의 직을 제수하여 주신 은덕인 줄 알고 있습니다."

궁파는 은근히 우징의 공을 사례하였다.

이제 우징이 청해 땅에 망명하여 있다는 소문이 조정에 들리면 궁파는 크게 미 제229회
움을 살 줄을 번연히 알고 있으면서도 그는 한편 은근한 큰 꿈을 갖게 되었다.

조정이 미워하면 미워할수록 우징을 내세울 수 있었고 기회를 보아 조정에 대하여 크게 언권言權을 가질 수 있는 때가 머지않을 것 같은 예감이 들었던 까닭이다.

그러게 궁파는 딴 때보다 요즈음은 어떤 보람을 느끼게까지 되었다.

어제까지는 상왕봉에 있는 법화원에서 우징의 온 식구를 위하여 도승들로 하여금 축원의 기도를 드리게 하였고 오늘은 사현射峴재 앞에서 군사들을 대열케 하였다.

사현재에 모은 회선정會先亭엔 궁파가 우징을 앉히고 군졸들을 사열하고 있었다.

군졸들이 든 창이나 칼은 서라벌을 지키고 있는 신라의 정규병에 못지않을 뿐 아니라 그들의 엄격한 군율과 민첩한 동작은 일찍 우징이 선왕을 모시고 한두 번 대열 의식에 참석한 바 있었지만 이렇듯 씩씩한 모습은 한 번도 본적이 없었다.

또한 그 숫자가 만여 명에 가깝고 보니 수에 있어서도 열세는 아니었다. 대열 의식이 끝난 다음은 젊은 군사들을 뽑아 또한 그 활재주를 서로 견주게 하였다.

서라벌의 궁수들보다도 모두가 뛰어난 솜씨들이다.

뒷자리에서 앉아 있던 우징은 스스로 눈을 감았다.

대궐 안에서 받은 치욕을 씻을 수 있는 기회가 머지않아 올 것만 같은 벅찬 생각이 머릿속을 스치고 지나갔던 까닭이다.

옆에 앉아 있던 궁파는 이러한 우징의 마음속을 속속들이 들여다볼 수 있었다.

그러한 동정을 살펴보기 위하여서뿐만이 아니라 우징 그 사람에게 어떤 자극과 충격을 주기 위하여 일부러 부랴부랴 대열 의식을 갖게 했던 궁파였다.

"조련이 덜 되어 미흡한 점이 많은 줄 아나이다."

"미흡이란 무슨 말이오. 일찍 조정의 정규병에 비하여도 조금도 구김살 없는 엄격한 규율이오. 어찌 기쁘지 않으리오."

우징은 진심으로 크게 감탄하는 표정이다.

"사실이 그러하다면 청해의 이 몸인들 어찌 기쁘지 않으리까… 군졸의 모든 병권은 이제 어른을 위하여 있사온즉 기회를 보아 써 주시도록 하심이 좋으리다."

궁파는 나직한 목소리로 속닥거리며 우징의 속심을 떠보았다.

"간신들이 종문사직을 배반하였거늘 내 어찌 눈에 흙이 들어가기 전에야 그 일을 잊을 수 있으리오. 이제 내 넓은 땅에 의지할 수 없었던 몸이 권속을 데리고 근거를 잡을 수 있는 터전을 얻게 되었고 또한 나로 하여금 조정의 역적을 몰아낼 수 있는 조련된 군사를 또한 마련하여 주니 이제 기회를 보지 않을 수 있으리오. 만사가 성사되는 날엔 내 그 은공을 또한 잊지 않으리다."

궁파의 말에 크게 감격한 우징은 옆에 앉아 있는 그의 손을 굳게 붙잡는 것이었다.

궁파도 또한 힘을 주어 그의 손을 맞잡으며 어떤 굳은 결심을 그에게 암시하였다.

흥병작란

興兵作亂

제륭이 즉위한 다음 우징은 청해 땅으로 망명하고 김양은 어디로인지 행방을 감춤으로써 한때 혼란하던 시국은 점차 안정을 이루게 되었다.

그러나 상대등 김명은 일단 시국이 안정되자 점차 상대등이라는 중신의 자리로선 만족이 가지질 않았다.

제륭이 왕위에 오른 것은 오로지 그 힘이 상대등인 자기와 시중 이홍의 힘이라 해도 과언이 아니지만 그는 시국이 안정되고 나서부터는 왕권을 마음대로 하는 것이 사사건건에 눈에 거슬리기만 했다.

제륭이 왕권을 함부로 하는 까닭에 나라의 중신인 김명의 눈에 거슬렸다느니보다는 실은 김명에게 상대등 이상의 권세를 탐내는 마음이 있어 희강왕의 일거일동을 주시하게 되고 또한 매사를 탐탁지 않게 생각하였는지도 모른다.

김명의 이렇듯 불공한 태도는 여러 모에서 엿볼 수 있었다.

김명의 이러한 태도를 즉각적으로 느낄 수 있었던 것은 누구보다도 희강왕 자신이었다.

물론 희강왕 자신도 김명의 그렇듯 중한 공을 모르는 것은 아니었다.

그러나 일단 왕위에 오르고 보면 만승의 몸으로서 중용의 덕을 왕도로 삼아 만민을 다스리고 싶은 것이 공평무사公平無私한 경륜이기도 했다.

희강왕 자신의 뜻이 이러고 보면 상대등 김명과의 사이에 보이지 않는 마음의 균열龜裂이 생기는 것도 무리한 일은 아니었다.

이러한 균열은 보이지 않는 음모로 바꿔지기가 일쑤다.

그러게 김명은 오늘 돌아가는 길에 말머리를 시중 이홍의 집으로 돌렸던 것이다.

하인이 뛰쳐 와 상대등 김명이 별안간 찾아왔다고 전하고 간 것은 이홍이가 금방 돌아와 옷을 갈아입으려고 하던 때다.

하인이 와서 이런 말을 전하자 이홍은 그를 후당으로 모시라 하며 혼자 엷은 웃음을 입가에 짓고 있었다.

약삭빠른 이홍은 이미 김명의 마음속을 반이나 들여다보고 있었던 까닭이다.

시중 이홍도 김명이나 다름없이 희강왕의 처사를 그르게 생각하고 있었다.

그것은 김명이나 자기보다는 배훤백을 더 중히 여기려는 뚜렷한 그것이 비위를 상하게 하였던 까닭이다.

그러나 일거일동을 저울질하듯 바라보고 행하는 이홍이라 먼저 발설하여 화근을 만들고 싶지는 않았다.

이러한 이홍이었고 보니 김명의 내방을 기뻐하지 않을 리가 없었다.

부랴부랴 옷을 갈아입고 난 그는 속히 주안상을 마련하여 후당으로 날라 오도록 이르고 나서는 일부러 느릿느릿 발을 옮겼다.

가는 동안도 이홍은 혼자 마음속으로 이모저모 재어 보고 있었다.

후당 옆으로 간 이홍은 조금 전과는 달리 일부러 호들갑을 떨며 김명을 맞았다.

"이렇듯 누추한 곳을 찾아와 주실 줄은 몰랐소이다."

이홍의 말은 필요 이상으로 비굴스러웠다.

"그것이 무슨 말이오. 우리가 한때는 서로 마음을 같이하던 지기들이 아니었소."

"그것을 잊지 않아 주시니 더욱 황송할 따름이옵니다."

제231회 마주 앉은 그들은 조정에 있어서의 상대등과 시중이 아니라 서로 의기가 통하는 이름 그대로 지기나 다름없었다.

하인이 날라 온 다茶를 들며 그들은 속일 수 없는 눈길로 마주 쳐다보았다.

"속사를 잊고 이렇게 조용한 기회를 얻을 수 있는 것은 근자에 드문 일이옵니다."

"정말 그러하구려…"

아직도 마시다 남은 다향이 가시기 전에 하인들이 동자童子에게 주호를 들려 주안상을 마련해 갖고 나왔다.

"별안간 오셔서 아무런 준비도 없소이다."

"원 별말씀을… 우리가 무슨 그런 간격을 두어야 할 사이겠소."

김명은 처음부터 모든 것을 터놓고 싶어 하는 심정이 분명하다.

이홍도 시중의 그러한 태도가 마음에 들지 않을 수 없었다.

주인이 술을 권하자 손도 사양치 않고 잔을 거듭한다.

술이 두어 순배 돌고 나자 이홍이 먼저 입을 열었다.

"요즈음 몸이라도 어디 불편하신 데가 있으신가요."

김명의 속을 빤히 들여다보고 하는 말이다.

"몸은 불편한 데가 없소마는…."

김명은 잔을 비우며 말끝을 흐려 버린 채 길게 탄식하며 이홍의 얼굴을 찬찬히 바라다본다.

김명의 얼굴은 주기에 붉어졌다느니보다는 가슴속을 뒤흔들고 있는 야릇한 홍분에 상기했다고 해야 옳을 것이다.

"자, 이제 우리가 어찌 흉금을 털어놓지 않을 수 있으리오."

김명의 음성은 얼굴빛 모양 홍분에 거칠어져 있었다. 그는 그런 홍분을 스스로 가라앉히기라도 하는 듯 진득이 눈을 감는다.

"일찍 그런 점을 깨닫지 못한 것은 아니지만…."

이홍은 가늘게 웃으며 불붙는 김명의 말에 부채질이라도 하는 듯 이런 말로 대꾸하였다.

"이제 우리의 힘을 입어 즉위한 후로는 새로운 당파를 만들어 우리와 대립시키고자 하는 계모가 눈에 보이니 국록을 먹는 우리들로서 어찌 방관하리오."

"우리가 선왕의 뒤를 이어 권위에 오르시게 할 때도 군졸을 풀었거늘 이제 배훤백의 일파가 왕도를 어지럽힘을 보고 어찌 그냥 있을 수 있으리오."

이홍도 낮은 목소리로 심중의 일단을 그의 앞에 토로하여 보였다.

김명은 이홍이 서슴지 않고 이런 말을 하여 주는 것이 다시없이 고마웠다.

홍병작란興兵作亂을 해도 무방하다는 그 말….

김명은 이홍의 뜻에 크게 동의하는 듯 크게 고개를 주억거렸다.

"공의 뜻이 그러하다면 알아서 하리라…."

김명이 이렇게 대꾸하자 이홍은 이번에 무슨 생각을 했던지 일어서 김명의 옆으로 가까이 오더니만 그의 넓적한 귀에 입을 갖다 대고 무어라 속닥거리는 것이다.

김명은 크게 만족한 듯 히죽이 웃어 보인다.

김명은 한두 순배 더 술을 들고 나선 일찌감치 이홍의 집에서 나와 바로 집으로 향하였다.

제232회 술좌석에선 일찍 일어났지만 실은 보통 때보다는 늦게야 집으로 온 셈이다.

김명이가 돌아온 기색이 있자 기다리고 있던 하인들이 달려 나와 그를 부축하다시피 하여 안으로 모셔 들어간다.

"무슨 일이 있사와 늦으셨나이까."

김명의 입에서 훅 술 냄새가 풍기자 궐 안에서 무슨 특별히 좋은 일이라도 있었는가 하여 물어보는 아내의 은근한 목소리다.

"내, 시중 이홍 댁을 잠시 다녀오는 길이오."

김명은 아내의 물음에 이렇게 대답하며 아내가 옆에서 챙겨 주는 의복을 관복과 갈아입으며 무슨 일인지 하인을 부르게 했다.

아내는 남편의 분부대로 이 집에서 가장 오래된 늙은 하인을 부르게 했다.

그는 아비 때부터 이 집에서 살았을 뿐 아니라 그 성미가 충직하여 하인들 가운데서 가장 심복이기도 했다.

"부르셨사옵니까. 여기 대령하였소이다."

이미 머리털이 희끗희끗한 하인이 문 앞에 대령하고 분부를 기다리듯 읍하고 있었다.

"오, 잠간…."

김명은 하인을 거기서 기다리고 있게 하고, 잠시 지묵紙墨을 꺼내어 몇 자 적었다.

기다리는 사람의 짐작으로도 더디지 않는 품으로 보아 그리 긴 사연은 아닌 듯싶었다.

몇 자 적은 것을 아내에게 봉하게 하고 나서 다시 하인 쪽을 돌아보며 분부하는 것이다.

"네, 배훤백의 집을 아느냐."

배훤백은 지금까지 벼슬이 그리 높지 않았던 까닭에 혹시나 하여 김명에게 하인은 물었다.

"전에 우리 댁에 몇 번 드나든 일이 있던 그 젊은 무관이 아닌지요."

"옳도다. 바로 그 사람이다."

"그 어른 댁이라면 알고 있나이다."

김명의 얼굴에는 금방 안도의 빛이 보인다.

"서찰을 갖고 가서 전하고 오도록 하여라."

"서찰만 전하오면 되옵니까."

"하인배에게나 누구 다른 사람에게 전하지 말고, 네가 직접 그 어른께 전하면 무슨 기별이 있을 게다."

"알았소이다. 그럼 곧 이 길로 다녀오도록 하겠소이다."

하인이 물러가자 김명은 혼자 빙긋이 웃는다.

일은 시작이 성사의 반이라는 말이 불현듯 떠올라서다.

남편이 시중 이홍의 집에 들러 술을 하고 왔다는 일이라든지 또는 지금 배훤백의 집으로 서찰을 보내는 일이라든지 아내가 옆에서 보기엔 모두가 심상한 일 같지가 않았다.

그러게 김명의 아내는 조심스러운 어조로 남편에게 물어보는 것이었다.

"오늘 조정에 무슨 일이 생겼던가요."

"조정에 무슨 일이 생겼겠소… 그냥 태평할 뿐이오."

아무렇지도 않게 받아넘기는 남편의 대답이었지만 느닷없이 벙글거리는 품이 별로 궂은일은 아닌 듯싶지만, 어떻든 꼭 무슨 일이 있었다는 것은 틀림없을 것 같았다.

"자 내 손님을 청하였으니 당신은 어서 나가 주안상을 마련하도록 하여 주오."

아내는 남편의 분부대로 밖으로 나와 버렸다.

김명은 거나하였던 술이 좀 깨는 것 같았지만 배훤백이 곧 올 것을 생각하고 진 제233회
득이 참고 있었다.

공연히 늙은 하인을 시켰다는 후회를 하며 그는 입맛을 다셨다.

젊은 종을 시켰다면 벌써 다녀오고도 남았을 것만 같은 생각이 되풀이되자 그는 초조하기까지 했다.

주안상을 마련하러 나간 아내도 오늘 밤따라 왜 이다지도 느린지 알 수 없는 일이다.

어찌 되었담!…

그는 입 밖엔 내지 않았지만 이런 생각을 하며 벌떡 일어서고야 말았다. 그때 마침 밖에서 인기척이 들렸다.

김명은 다시 자리에 주저앉으며 밖을 노려본다.

자기 거동이 좀 우습기도 하였지만 그런 것을 생각할 마음의 여유가 있질 않았다.

"지금 다녀오는 길이옵니다."

밖에서 늙은 하인이 아뢰는 말소리다.

수고했다는 위로의 말을 주기엔 그의 마음은 너무나 들떠 있었다.

"무슨 일로 그렇게 늦었느냐."

늙은 종은 김명의 날카로운 목소리에 무슨 잘못이나 저지른 것같이 흠칠하며 머리를 조아린다.

"서찰을 보시고 무슨 회신을 주실까 하여 오래 기다리노라고 그만 뜻밖에 지체하게 되었나이다."

이 말을 듣자 김명의 양미간은 주름이 잡힌 채 펴지질 않는다.

불길한 예감이 섬광 모양 머릿속을 스치고 지나가는 순간 그는 발끈 화를 내고야 말았다.

"뭐라고?…"

"네… 저 서찰을 보시고 회신을 주실 줄 알았사옵기 기다렸사오나 회신은 주시지 않으시더이다."

양미간이 잔뜩 찌푸려진 김명의 눈앞에 수많은 불똥이 쏟아져 흐르고 있었다.

배훤백이 아무리 당돌해졌기로 그럴 수야 있을라구….

이렇게 생각해 보는 것이지만 밖에서 아뢰는 하인의 말이 그것을 입증해 주지 않으니 하는 수 없는 일이다.

김명은 얼굴 전체가 훅훅 달아오르는 것 같았다.

이놈이 나를 모욕하여도 분수가 있지….

“기다리고 있자오니 한참 후 그 댁의 하인을 시켜 몸이 불편하여 누워 계셔서 오늘은 출입을 할 수 없으시다고 전하더이다.”

김명은 밖에 있는 하인한테까지 부끄럽지 않을 수 없었다.

김명은 울화통이 뒤엎어지는 일이었지만 참지 않을 수 없었다. 여기서 더 화를 낸다면 하인한테마저도 자기만 우스꽝스러워질 것이 뻔한 일이었던 까닭이다.

“알았다 물러가거라.”

“물러가겠나이다.”

하인이 물러가자 김명은 다시 자리에서 벌떡 일어나서 안정되지 못한 채 방을 빙빙 돌고 있었다.

오늘 임해전에서 만난 배훤백의 얼굴이 다시금 떠오른다.

별안간 몸이 불편하다고?… 그 팽팽한 얼굴엔 조금도 병색이 보이지 않았던 것이 아닌가….

언제부터 배훤백이란 놈이 이렇게 도도해졌단 말인가….

김명은 이날 밤 부풀어 오르는 홧김에 한숨도 자질 못했다.

오늘은 임해전 넓은 앞뜰에 전에 없었던 큰 잔치가 벌어졌다. 제234회

조정의 만조백관은 물론 궐 안의 모든 궁녀들이 아름다운 몸단장으로 잔치에 참석하였다.

희강왕도 오늘은 시종여일 만면에 웃음을 잃지 않고 있었다.

왕의 옆으로 앉아 있던 시중 이홍은 어느 사이엔지 자리를 뜬 채 멀리 떨어진 쪽에 앉아 술과 음률을 즐기면서도 상대등 김명 쪽으로만 시종 신경을 쓰고 있는 것 같았다.

그러나 시중 이홍의 이런 태도를 누구도 이상하게 보는 사람은 없었다.

남빛 휘장으로 둘러져 있는 주연상은 이름 그대로 홍겹고 화려하기만 했다.

그동안 아찬 예징禮徵과 양순良順도 상대등과 시중의 압력에 이기지 못하여 도망쳐 청해 땅으로 가고 보니 이제 조정은 김명과 이홍의 손아귀에 든 것이나 다름없었다.

그러나 정사란 그리 만만칠 않았다. 김명과 이홍의 힘을 빌려 즉위한 희강왕이

었지만 그는 무슨 뜻에서인지 배훤백 등을 중시하고 있으니 말이다.

그러게 김명은 한때 자기와 손을 잡았던 배훤백을 은근히 불러 보려 하였던 것이 뜻대로 이루어지지 않고 보자 그에 대한 김명의 분노는 대단하였던 것이다.

이렇듯 겉으론 화기애애한 잔치였지만 그 밑바닥에 흐르고 있는 음모의 검은 욕심은 누구도 쉽사리 짐작 못하고 있는 터였다.

또 한 차례 질탕한 음률 소리가 좌중을 누른다.

김명이 벌떡 일어서더니만 주배酒杯를 든 배훤백의 옆으로 간다.

배훤백의 옆에서 주호의 술을 따르던 기녀가 김명이 가까이 오자 얼굴을 붉힌 채 자리를 피하려 한다.

"게 있거라! 나한테도 술을 한 잔 따라야지…."

궁녀는 주호를 든 채 김명이가 자리를 하고 앉기를 기다린다.

이렇듯 소란을 피우며 김명이가 옆으로 앉자 배훤백은 홍겨웠던 주홍이 일시에 깨지는 얼굴빛마저 달라져 있었다.

김명은 궁녀로부터 따라 받은 잔을 단숨에 내더니만 옆에 앉아 있는 배훤백에게로 잔을 권한다.

"이렇듯 즐거운 날이니 마음껏 한 잔 드시오."

김명이 내밀어 권하는 잔을 안 받을 순 없었다.

배훤백이 잔을 받아들며 적이 황송해 한다.

"제가 먼저 잔을 권했어야 하였사온데…."

"술에 무슨 그렇게 까다롭고 힘든 절차가 있겠소."

배훤백이 잔을 받아 들자 옆에 서 있던 궁녀가 잔에 넘치도록 술을 따른다.

"지난날은 몸이 불편하시다 하더니 요즈음은 건강이 좀 어떠하신가요."

물론 그것은 김명이 상대방을 비꼬아 뜯는 말투가 분명했다.

배훤백은 들었던 잔을 놓으며 김명의 취한 얼굴을 쳐다본다.

배훤백은 김명으로부터 서찰을 받고 가지 않은 것을 나중에는 후회했던 것이다.

그러나 지금 다시금 이렇게 마주 부딪쳐 이런 소리를 듣고 보니 새삼 아차! 하는 생각이 들지 않을 수 없었다.

그날 김명으로부터 받은 서찰의 내용은 그냥 좋은 주효酒肴가 있으니 술을 같이 나누면 좋겠다는 사연에 불과한 것이었다.

그러나 배훤백은 요즈음의 궐 안의 공기로 볼 때 그것이 그냥 청하는 것이 아니라는 것쯤은 쉬 눈치 챌 수 있었던 것이다.

본래 배훤백의 성격은 어느 쪽에 기울어지는 것을 그리 즐겨 하는 성격이 아니었다.

지난번 우징과 김명과 서로 겨눌 때도 배훤백은 우연한 기회에 제륭에게 편하였을 따름이다.

우징이 아직 청해 땅에 살아 있고 또한 예징과 양순이 밀려간 지금에도 배훤백은 자기의 경솔을 스스로 뉘우치고 있었던 것이다.

그날 밤 김명으로부터 서찰을 받아 읽던 순간 배훤백의 머릿속을 스치고 지나간 생각은 웃음 속에 가시가 들어 있을 것만 같은 불안한 예감이었다.

그래서 성큼 회신을 하지 못하고 주저주저하던 끝에 칭병稱病을 했던 것이다.

그것은 분명 김명이 자기의 청에 응하지 않았다는 힐난의 말이지만 배훤백은 자기의 처지와 주위를 생각하여 꾹 참지 않을 수 없었다.

"모처럼 좋은 기회를 베풀어 주시었사오나 급환으로 실기하였음을 오늘에 이르기까지 두고두고 뉘우치고 있소이다."

배훤백의 본심은 그렇지 않다 해도 그의 말과 태도는 어디까지나 정중하였다.

그러나 아무리 배훤백의 태도가 그렇다 해도 이미 어긋난 김명의 마음이요 또한 모든 것을 결정하고 난 지금이고 보면 한낱 웃음거리에 지나지 않는 일이었다.

김명으로부터 받았던 잔을 비어 그는 다시 김명에게로 돌리려 한다. 그러나 김명은 그 잔은 받으려 하질 않는다. 김명의 눈시울엔 싸늘한 빛이 감돌고 있을 뿐이다.

그가 잔을 받아 들지 않자 주호의 술을 따르려고 서 있던 기녀도 주춤하고 서 있다.

"공은 주도의 법이 매우 까다로운 것 같더니만 어찌 그리 무례하오… 내 물론 보잘것없는 위인이긴 하지마는…."

김명은 그를 이렇게 비웃고는 잔을 받으려 하지도 않고 일어선 채 자기 자리로 가 버린다.

손을 내밀고 잔을 권하던 배훤백은 기녀 보기가 무색할 정도다.

들고 있던 잔으로 돌아선 김명의 뒤통수를 후려갈겨야만 속 시원할 지경이지만 어전에서 그런 무례를 저질렀다간 그 뒷일이 뻔한 일이다.

그러고 보면 김명은 그런 것을 생각하고 자기한테 싸움을 걸어오는 것 같기도 했다.

잔을 들고 있던 그의 손길이 가늘게 떨고 있다.

시종 옆에서 이 광경을 보고 있던 기녀가 가는 목소리로 그에게 속닥거려 준다.

"상대등 어른께서 크게 노하신 것 같사오니 그쪽 자리로 가시어 술을 권하시고 오심이 좋을 것 같나이다."

배훤백은 견딜 수 없는 치욕에 전신이 떨렸지만 참지 않을 수 없었다. 그러나 지금 옆에 있는 기녀의 말을 듣고 보니 그 말에도 일리는 없지 않은 것 같았다.

제236회 주연장은 배훤백의 이런 속살은 아랑곳하지 않고 담소와 음률로써 흥성거리기만 했다.

그는 한참 동안 묵묵히 앉아 있기만 했다. 아직도 마음의 안정을 잡지 못한 표정이다.

이러한 굴욕에 그대로 순응해야 할 것인가….

아직은 그의 젊은 피가 그것을 허락하질 않는다.

그러나 눈앞의 수치를 참지 못한다면 앞으로 무슨 일이 버그러질지도 모를 일이다.

배훤백은 고개를 수그린 채 다시 스스로를 생각해 본다.

분명 자기는 오늘의 사람이 아니라 서라벌을 위한 내일의 인물이라고 해야 할 것이다.

혈기로써 그 길을 망친다는 것은 스스로의 뜻도 아니지만 억울하기가 짝이 없는 일이다.

옆에서 시종 이러한 광경을 보고 있던 기녀가 다시 가는 목소리로 속닥거린다.

"한 잔 술을 더 드시옵고 마음을 진정하도록 하시옵소서."

그는 수그렸던 고개를 번쩍 들고 기녀를 쳐다본다.

얼굴에 엷은 미소가 가시기 않는 기녀의 얼굴을 본 순간 가슴속에 오르내리고 있던 시름과 분노는 한순에 흩어지는 것 같았다.

그는 김명에게 권하려고 들었던 잔을 그냥 기녀 앞으로 내밀었다.

술의 방순芳醇한 향기가 새로운 흥취를 돋우어 주는 것 같았다.

배휜백은 받아 든 잔을 입술에 가져다 대고 조금씩 조금씩 음미하듯 빨아 본다.

그것은 정말 술이 아니라 기녀의 마음인 것같이 향기로웠다.

시름과 격했던 분노가 가시자 그는 다시금 새로운 취기가 온몸을 휘감는 것같이 짜릿했다.

잔을 비우고 난 그는 기녀더러 자기 옆으로 앉기를 권한다.

기녀는 그대로 선 채 눈웃음을 지을 뿐이다.

이번엔 배휜백이 그녀의 치마폭을 잡아당기었다. 그러나 기녀는 여전히 앉으려 하질 않는다.

"제가 자리에 앉는 것은 쉬운 일이오나 어른께옵서 선후 일을 가리시어 하심이 좋으실 줄 아옵니다."

기녀의 말엔 말속에 깊은 뜻이 있음이 분명했다.

물론 그도 그 말의 뜻을 알고 있었다. 그러나 웬일인지 뜨거운 피가 다시금 솟구쳐 오르는 것 같았다. 그는 숨소리마저 거칠어져 있었다.

그러나 기녀의 얼굴엔 조그만 동요의 빛도 보이질 않는다.

"반드시 뒷일이 걱정스럽사오니 술좌석의 일은 그 자리에서 풀도록 하심이 좋을 것 같사옵니다."

기녀의 일편단심은 장부의 마음을 풀기에 족했다.

"오냐, 네 말이 옳도다…."

이렇게 대답하고 난 그는 자기의 모든 자존심을 그녀의 말로 억누를 수 있었다.

그는 잔을 든 채 자리에서 일어섰다.

"다녀오실 때까지 이 자리에서 기다리겠나이다."

배휜백은 기녀의 말에 대답하듯 크게 웃어 보이며 김명이가 앉아 있는 쪽으로 걸음을 옮기려 했다.

김명이가 앉아 있는 자리는 희강왕이 앉아 있는 저쪽 편이었다.

일어선 배휜백이 자리에서 몇 걸음 옮겨 가기 전이다. 제237회

활시울 소리가 들리기가 무섭게 빠른 화살이 배휜백 쪽으로 날아들었다.

그러나 다행히 그 화살은 희강왕의 머리 위와 걸어가던 배휜백의 앞가슴을 스

치고 지나갔다.

홍겹던 술좌석은 이미 한 귀퉁이에서부터 무너지기 시작했다.

뜻하지 않은 소동에 희강왕도 얼결에 자리에서 일어섰지만 배훤백도 당황과 불안에 그만 그 자리에 서 버리고 말았다.

그러나 다시금 날아든 화살은 기어코 배훤백의 앞가슴을 찌르고야 말았다.

배훤백은 들었던 잔을 떨어뜨린 채 주저앉으며 가슴에 박힌 화살을 뽑으려 하였지만 이미 사지의 맥이 풀어진 듯이 힘이 나질 않았다.

넓은 임해전 앞뜰은 순식간에 수라장이 되어 버렸다.

겁에 질린 사람들의 발길에 채였는지 또는 계획적인 방화였는진 몰라도 둘러 있던 남빛 포장엔 불이 달려붙기 시작했다.

주위의 권신들과 궁녀들에게 옹위를 당하였지만 희강왕은 취기가 가신 채 불안했다.

역모逆謀가 틀림없었다. 누구의 장난인지 짐작이 가고 보니 왕은 더 불안했다.

희강왕도 지금 옆에 쓰러진 것이 배훤백임을 모르는 것은 아니었다.

그러나 왕의 생각엔 그 화살이 처음부터 배훤백을 노린 것이 아니라 자기를 노렸던 것이 빗나가 그에게로 간 것 같기만 했다.

희강왕은 여기 권신과 궁녀들에게 옹위당하여 안으로 옥보를 옮기려 하였지만 짙어 가는 불안은 가셔지질 않았다.

배훤백이 쓰러지자 제일 먼저 달려든 것은 조금 전의 기녀뿐이다.

누구도 앞으로 무슨 일이 닥쳐올지 모르는 때라 서로들 뒤꽁무니를 뺄 따름이다.

이러한 형편이고 보니 누구도 역모의 활시울을 울려 이렇듯 평화했던 자리를 어지럽힌 자를 잡으려 하는 사람은 없었다.

서로서로 갈피를 잡지 못하여 우왕좌왕할 뿐이다.

그러나 상대등 김명과 시중 이홍은 이러한 소란 통에도 조금도 당황하는 일 없이 약속이나 한 듯이 여러 신하와 궁녀들에게 옹위되어 들어가는 희강왕의 뒤를 따라 안으로 들어가고 있었다.

화살을 정통으로 맞은 배훤백은 예상외로 출혈이 심했다.

달려든 기녀는 가슴에 꽂힌 화살을 뽑고 철철 흐르는 선지피를 자기의 치마폭을 찢어 감싸 보았지만 무가내였다.

그의 사지는 덜덜 떨기까지 했다. 그녀는 그렇게 떠는 그를 힘껏 부둥켜안았지만 도저히 그 힘으로는 감당할 수 없을 지경이다.

그러나 누구도 그러한 그녀의 정성을 도우려는 그림자는 없었다.

기녀는 어서 의원을 불러 달라고 악을 썼지만 의원의 그림자는 좀처럼 나타나질 않는다.

이제는 회연장에 남아 있는 그림자도 없었다.

벌름벌름 휘장에 파고드는 불길이 그들의 모습을 훤히 비쳐 줄 뿐이다.

푹 늘어져 있던 배훤백이 그제서야 가늘게 눈을 뜬 채 자기를 부축하고 있는 기녀의 얼굴을 힘없이 쳐다볼 뿐이다.

궐 안으로 돌아온 희강왕의 주변엔 수많이 따르던 권신과 궁녀들도 다 돌아가 제238회
고 지금 남아 있는 사람은 김명과 이홍을 비롯한 몇몇 중신들뿐이었다.

날은 이미 어두워져 방 안엔 불빛만이 가득할 뿐이다.

주위에 따라온 군신들을 돌아다보는 왕의 눈초리엔 맥이 없어 보인다.

그러한 왕에겐 불빛마저 오늘 밤따라 희미하게 느껴졌다.

그것은 마치 얼마 남지 않은 자기 앞날의 운명을 말하는 것 같아 만승지 몸이언만 속으로 슬프지 않을 수 없었다.

그러나 지금 주위에 김명과 이홍이 와 있는 것을 안 그는 그들 앞에서만은 그러한 슬픈 빛을 조금도 드러내 놓고 싶지가 않았다.

모든 것이 그들의 장난인 줄 알면서도 그 말을 입 밖에 내지 못하는 왕의 심정은 슬프기보다 아프기까지 했다.

"나라의 반석磐石이요 마마의 공명지신功名之臣으로서 오늘과 같은 불미한 일을 막지 못하였음을 크게 뉘우쳐 소신들은 응당 그 자리에서 물러가겠나이다."

김명이 먼저 이런 말을 하자 뒤에서 이홍도 똑같은 소리를 앵무새 모양 아뢰는 것이었다.

왕은 그들이 무슨 말을 한다 해도 믿어지지가 않을 뿐 아니라 듣기조차 싫었다.

묵연히 앉아 있던 왕은 아무런 대꾸도 하질 않는다.

왕에겐 그들이 차라리 눈앞에 보이지 않았으면 하는 생각뿐이다.

"모두가 짐朕의 부덕의 소치인 줄 아오… 경들은 조정의 중신들이거늘 어찌 그러할 수 있으리오. 다만 오늘은 심신이 극도로 피곤하니 어서 물러가도록 하오."

왕은 정말 홀로 몸과 마음을 가눌 수 없을 지경으로 피곤했다.

어서 그들이 물러가고 나서 혼자 있고 싶기만 했다.

이런 왕의 분부가 있자 김명을 비롯한 이홍 들이 물러 나오니 다른 신하들도 따라 나오고야 말았다.

그들이 물러 나간 다음 희강왕은 주변에 시중들던 무리들까지도 모두 다 물러 나가 있게 했다.

그러곤 스스로 불을 껐다. 앞날의 자기 운명을 상징하는 듯싶은 그 불길한 불빛이 싫었던 까닭이다.

어둠이 방 안을 온통 뒤덮었지만 왕은 오히려 마음의 안정을 얻을 수 있었다.

마음이 가라앉고 보니 왕은 첩첩한 앞날이 그냥 아득하기만 했다.

그의 싸늘한 얼굴엔 소리 없이 눈물방울이 비 오듯 쏟아지고 있었다.

머리 위를 스치고 지나가던 화살… 아니 배훤백의 가슴을 꿰뚫은 그 화살….

앞으로 그런 화살이 수없이 자기를 향하여 날아들 것은 뻔한 일이었다.

이 화살을 피하자면 김명과 이홍의 꼭두각시놀음을 하는 수밖에 도리가 없는 일이다.

그러나 그렇게까지 해서 그는 지존至尊의 자리를 지키고 싶지는 않았다.

그렇다면? 배훤백이 쓰러졌듯이 어느 역모의 화살이 아니면 창칼에 비참한 죽음을 당해야 할 것이 뻔한 노릇이었다. 혼자 앉아 깊은 생각에 잠겨 있던 희강왕은 무엇을 생각했던지 벌떡 일어서 용포의 긴 옷자락을 뜯어 어둠 속을 더듬어 대궐의 굵은 쇠고리에 걸고 스스로 목을 졸랐던 것이다.

제239회 왕이 스스로 궁중에서 목을 매어 세상을 떠나자 조정은 소산蘇山에 장사 지내게 하였다.

물론 김명과 이홍 두 사람이 모두 짜고 한 일이지만 이러한 소문이란 삽시간에 퍼지기 마련이다.

왕이 협박에 이기지 못하여 스스로 목을 매었다는 소문이 일단 퍼지기 시작하자 인심은 조정으로부터 떠나 흉흉해지기만 했다.

입을 가진 사람들이라면 누구나 그 불의를 숙덕거렸고 김명의 일파를 크게 비난들 했다.

그러나 백성들이란 언제나 권력에 눌리는 법이었다.

아무리 옳고 그른 것을 스스로 분간할 줄 알아도 권력 앞엔 꼼짝할 수가 없었다.

콩을 갖고 팥이라고 권력이 우기면 속으로 어떻게 생각하던 간에 그렇게 따라가기 마련이었다.

조정의 신하들도 그러했다. 선왕으로부터 깊은 사랑을 받던 자들도 새로운 권력이 무서워 눈치를 살피는 형편이고 보니 딴 무리들이란 이루 말할 필요조차 없었다.

이제 선왕을 핍박逼迫하여 죽이고 난 김명은 스스로 왕위에 오름을 조금도 주저하질 않았다.

선왕들의 예에 따라 김명이 즉위卽位하니 일러 민애왕閔哀王이라 하였다.

일찍이 우징과 함께 도망쳐 청해로 가지 않고 있던 김양金陽은 그 후 스스로 신변의 두려움을 느끼고 도망쳐 김해 땅으로 와 있었다.

김해 땅에 은신하고 있던 김양은 이런 기회를 노리고 있었던 것이다.

어떤 기회가 마련되기만 하면, 그는 병사를 일으키는 한편 가까운 뱃길을 이용하여 청해 땅 우징에게 알릴 뿐 아니라 사세가 부득하여 이곳에서도 머물러 있지 못하게 된다면 그는 여기서 뱃길을 이용하여 자기도 청해 땅으로 도망칠 생각을 하고 있었던 것이다.

김명이 드디어 선왕을 살해하고 왕위에 올랐다는 소식을 안 것은 그가 즉위하고 나서 반삭半朔이 지났을 무렵이다.

이 소식을 전해 들은 그는 전신의 피가 거꾸로 흘러 오르는 것 같았다.

그는 잠시도 지체하지 않고 관아官衙로 찾아 이곳 현령縣令을 만나 김명의 불의를 꾸짖고 이곳에 병사를 일으키어 반란할 것을 권하였지만 늙은 현령은 인심의 안위를 위하여 김양의 말을 들으려 하지 않을 뿐 아니라 오히려 그를 은근히 위협까지

하는 것이었다.

그러나 김양이 현령의 위협에 흔들릴 위인은 아니었다.

김양의 성의는 드디어 이곳 현령까지를 움직여 놓고야 말았다.

곳곳마다 격문을 내붙여 의병을 부른다 하니 지금까지 눌려 살던 백성들 중엔 원근遠近을 가리지 않고 찾아들었다.

김양이 김해 땅에서 반란을 도모한다는 소식이 조정에까지 전달되었지만 왕위에 올라 아직 얼마 되지 않은 민애왕은 조정의 안정을 보지 못한 지금엔 그것을 정벌할 만한 여력을 갖고 있지 못했다. 그가 할 수 있는 일이란 기껏 수비에 대한 마음 준비 정도였다.

물론 의병은 그것이 훈련된 장정들은 아니었지만 수가 삼천 명에 이르고 보니 단단한 기세가 아닐 수 없었다.

이렇게 일을 서둘러 시작해 놓은 김양은 곧 자기 스스로가 배를 타고 청해 땅으로 우징을 만나러 떠났던 것이다.

권토중래

捲土重來

청해 땅은 사면이 바다에 둘려 있는 탓인지 육지에 비하면 푸근한 날씨뿐 아니라 아직도 밭에는 애배추 같은 것이 그대로 푸르러 있었다.

김양은 청해 땅에 도착하는 즉시로 우징을 찾았다.

우징은 김양이 청해 땅으로 왔다는 소식을 듣자 그를 친동기나 다름없이 뛰쳐나가 반기었다.

반가움에 서로 손을 붙잡은 그들은 잠시 격한 감정에 말문이 막혀 버린 채 얼굴만을 쳐다볼 뿐이다.

"거치른 풍토風土에서 그동안 얼마나 고생하셨나이까."

이렇게 말문을 열며 우징의 얼굴을 우러러 쳐다보는 김양의 눈에서 눈물이 솟아 흘렀다.

우징도 눈시울이 뜨거워짐을 억지로 참는다.

"모르는 소리오. 우리가 육지에서 생각하기엔 청해라는 곳은 풍토가 사나운 곳으로 알았지만 와서 정붙여 살고 보면 오히려 육지보다도 살 만한 곳이오."

김양에겐 우징이 억지로 스스로를 위로하기 위한 말인 것 같았을 뿐 아니라 그렇듯 당당하던 위세와 체모도 가신 것 같아 더욱 슬펐다.

인간이란 권력의 자리에서 떠나고 보면 이러한 것인가….

"나는 멀리 떨어진 곳에서 몸과 마음을 편히 쉬며 오늘에 이르렀지만 공은 위험한 감시의 눈을 피하여 다니기에 얼마나 수고로웠소—"

부모의 말같이 인정이 넘치는 이런 말을 듣고 보니 김양은 새로운 감개가 무량하였다.

"모두가 천운天運이 도와 오늘에 이르렀는가 하나이다."

"천운!"

김양의 말을 받아 이렇게 한 마디 중얼거리고 난 우징의 얼굴엔 엷은 애수가 깃드는 것 같았다.

생각하면 좁은 청해 땅일망정 이렇게 몰려와 연명할 수 있는 것도 김양의 말대로 천운이라고 할 수 있겠지만 그러나 우징의 입장으로 보면 그것은 하늘이 너무나 자기에게 무심한 것만같이 생각키웠다.

천운이 막히지 않았으면야 이럴 수야 있을까….

눈을 감고 고개를 숙이고 있던 우징은 조용히 고개를 들어 김양을 바라다본 채 가슴속에 물거품 모양 설레는 온갖 감회를 누르며 다시 묻는다.

"가족은 어찌하고, 이렇듯 단신單身으로 도피하여 왔소!"

그제서야 김양은 자기가 사정私情에 사로잡혀 중대한 일을 잊고 있었음을 깨달을 수 있었다.

"위급한 사명을 띠고 시각을 다투어 달려온 제가, 그만 사정에만 골몰한 채 큰 일을 잊어버리고 있었소이다. 훗날 마땅히 크게 벌을 받아야 할 줄 아옵니다."

김양의 얼굴은 조금 전과는 달리 급작스레 긴장해진 것을 보자 우징도 어떤 예감이 그의 머릿속을 스치고 지나가는지 조심조심 그의 얼굴을 쳐다보고 있다.

"김명 일당이 홍병작란하여 제륭은 스스로 온전치 못할 것을 깨닫고 대궐 안에서 스스로 목을 매었나이다."

"김명 일파가 홍병작란을 하였다고?"

우징도 그의 말을 받아 이렇게 되풀이하였을 뿐 한참은 멍청 그대로 서 있을 뿐이다.

제241회 "제륭이 스스로 대궐에서 목을 매었다고?"

우징의 목소리는 원수에 대한 복수심에 불타는 그런 표정이 아니라 무상한 세상사를 진심으로 한탄하는 듯싶은 그런 목소리였다.

"이제 제륭이 죽자 그를 장사 지내고 난 그들은 백성들의 원성은 들은 척도 아니하고 김명이 즉위하여 그 일당으로 하여금 권세를 희롱하고 있소이다."

김양은 흥분이 앞서는 모양인지 말소리가 떨렸다.

우징은 담담한 표정으로 눈을 감은 채 김양의 말을 듣고만 있었다.

"그동안 서울에 있지 못하고 김해 땅에 와서 숨어 있었소이다. 이 소문을 김해 땅에서 듣삽고 그곳에서 의병을 일으키느라고 며칠을 지체하였소이다."

"의병을 일으켰다고?"

누구보다도 이런 기회를 노리고 기다리던 우징이 아니었던가…. 그러나 실상은 우징은 이런 소리를 듣고 나서도 별로 크게 마음이 움직이지 않는 것은 자신도 알 수 없는 일이었다.

"누적해 있던 백성들의 울분은 의병을 모집한다는 소리가 널리 퍼지자 사방에서 구름떼같이 몰려들고 있는 형편이었소이다."

우징의 눈앞엔 아우성치고 몰려드는 의병들의 모습이 선하게 보이는 것 같기만 했다.

그러나 다시금 생각하면 그것은 지금까지 조정에 대한 쌓이고 쌓였던 원한에 대한 분풀이라고는 볼 수 있을지언정 우징 자기를 돕기 위한 군사들이라고는 생각할 수 없었다.

아무리 조정이 썩었다 해도 그 군졸들은 모두가 하나같이 훈련된 자들일 뿐 아니라 또한 군졸들이란 권력에 의하여 쓰이게 마련이고 보면 섣불리 의병을 갖다 댄다는 것은 위험한 일이 아닐 수도 없었다.

"김명이 일당을 모아 즉위는 하였사오나, 조정은 아직 자리 잡지 못한 때옵고 신왕을 죽인 원성과 불의를 꾸짖는 소리가 높은 때옵고 보니 이 기회를 한시라도 늦추어선 아니 될까 하나이다."

김양의 말은 하나도 도리에 어긋나는 점이 없었다.

기회라면 이때가 가장 좋은 기회일 뿐 아니라 이 기회를 놓친다면 그야말로 우징 일파는 영영 육지에 발을 옮겨 놓지 못한 채 이곳에 묻혀 버려야 할 일도 뻔한 노릇이었다.

그러한 처지에 놓여 있는 우징이었지만 마음이 설레지 않는 것은 자신조차도 이상하지 않을 수 없었다.

"의병들이란 아직 조련되지 않은 군졸들이거늘 어찌 쉽사리 움직여 우리의 목적을 이룰 수 있다고 단언할 수 있으리오."

우징의 말은 도무지 마음 내키지 않는 투였다.

처음부터 김양에겐 우징의 표정이 이상하게 느껴졌지만 이런 말을 하는 것을 보면 김양조차도 그 뜻을 알아차릴 수 없을 정도였다.

"그러하오면 이런 기회를 지연시킨다는 뜻이옵니까."

김양은 초조해지지 않을 수 없었다.

"작은 일이 아니고 보면 신중을 기함이 좋을까 하오."

김양은 수그렸던 고개를 들어 우징을 쳐다본다.

그는 섬에서의 안이한 생활에 모든 뜻을 저버린 것이 아닌가 하는 생각이 들어서였다.

제242회 역시 거사를 한달 것 같으면 우징은 김양이가 말하는 의병만 갖고는 안심하고 일을 추진할 순 없었다.

물론 김양이 왔다는 소식을 안 궁파는 그를 위로하기 위한 잔치가 벌어질 것이 뻔했지만 그런 자리에서보다는 좀더 조용한 곳에서 그와 더불어 의논해 보는 것이 적절할 것 같아, 그는 우징을 데리고 궁파를 찾았다.

김양은 전에 궁파를 본 적이 있었지만 지금 다시 만나 보니 그 사람됨이 범상한 인물이 아님을 가히 짐작할 수 있었다.

"이렇듯 조그만 섬에서 뵈옵게 되었음을 크게 슬퍼하는 한편 또한 그 영광을 기쁘게 생각하나이다."

궁파가 이런 말을 하자 김양도 전과 달리 공손히 응답한다.

"작은 땅이지만 마음 놓고 설 수 있는 곳이 있었으니 어찌 기쁘다 하지 않을 수 있으리오."

궁파가 자리를 권하며 자기도 앉는다.

우징이 먼저 무슨 말을 털어놓을 것 같았지만 입을 다문 채 잠잠하다.

김양은 그러한 우징이 점점 이상하기만 했다.

이분이 조그마한 일에 아주 실의해 버린 것인가….

"실은 부랴부랴 청해 땅으로 달려온 것은…."

김양이 먼저 말문을 열자 궁파와 우징의 시선은 약속이나 한 것처럼 일제히 그의 얼굴을 쳐다본다.

"김명이 홍병작란하여 찬위簒位를 하였기에 기회를 놓치지 않기 위하여 달려온 참이니 장군은 서슴지 말고 우리를 도와주시오."

육지로부터 김양이 달려왔다는 소리를 들었을 땐 궁파도 무슨 곡절이 있어 찾아왔으리라고 생각했었지만 이렇게 청천벽력과 같은 소리인 줄은 꿈에도 생각지 못했던 일이다.

궁파의 얼굴에도 무슨 뜻에서인지 크게 동요의 빛이 흐르고 있음을 엿볼 수 있었다.

"김명이 찬위를…."

그는 이렇게 한마디 중얼거렸을 뿐 말끝을 맺지 않은 채 우징을 쳐다보고 있을 뿐이다.

그의 묵직한 시선은 마치 우징에게 어떤 의향을 묻는 성싶은 그런 눈길이기도 했다.

우징은 무엇을 생각하는지 고개를 수그린 채 덤덤히 앉아 있었다.

그러나 우징을 쳐다보고 있던 궁파의 눈길은 자신도 모르게 또 한 번 변하고 있었다.

그 성글은 눈 속에선 무엇이든 녹여 버릴 것만 같은 불길이 지글거리고 있었다.

드디어 궁파 자신도 가슴속에 끓어오르는 불길을 의식했던지 그 시선을 창가로 돌리고 있다.

이해도 저물어 가는 십이월이다.

궁파는 자신도 모르게 불끈 주먹을 쥐어 본다.

김양이 가지고 온 소식이 앞날에 있어서 길흉吉凶 어느 것이라고 다짐할 순 없었지만 새로운 계기를 마련하는 기회인 것만은 틀림없었다.

청해 땅에 자리 잡으며 오늘에 이르기까지….

궁파의 가슴속에 굼실거리고 있던 비밀은 궁파 자신밖에는 아는 사람이 없었다.

그 비밀이란?…

창밖을 내다보던 그는 잠에서 깨어난 사람 모양 놀란 표정으로 우징을 쳐다보고 있다.

처음부터 침묵을 지키고만 있던 우징이 그제서야 궁파를 쳐다보며 입을 열었다.

"김명이 왕을 죽이고 자립自立하고, 이홍도 군부君父를 죽였으니 하늘을 같이 받들 수 없는 원수라— 원컨대 장군의 병력을 빌려 군부의 원수를 갚고자 함이라."

젊은 혈기가 가신 것같이만 보이던 우징이었지만 이때만은 누구도 탓할 수 없는 의기義氣가 넘쳐흐르고 있었다.

우징의 이런 결심을 듣고 얼굴에 희색을 감추지 못하는 것은 일시 궁파보다 김양이다.

궁파는 잠시 자기를 쳐다보는 두 사람의 시선을 피하지 않고 번갈아 쳐다보고 나더니만 천천히 입을 열었다.

"옛사람이 말하기를 의분義憤을 느껴야 할 일을 보고 행치 않으면 이를 무용無勇한 사람이라 하였은즉 본인이 비록 용렬한 사람이라 하오나 삼가 명에 복종토록 하겠나이다."

궁파가 의연한 태도로 말을 끝내자 비록 그가 해도海島 출신의 미천한 사람이라 해도 그 넓은 도량과 의기에 두 사람은 크게 감격하지 않을 수 없었다.

"내 군부의 원수를 갚고 나면 장군의 오늘의 은공을 어찌 잊으리오."

"본인이 오늘 일을 도우려 함이 어찌 후일의 공을 생각했음이리오. 다만 선왕으로부터 받았던 병력을 이제 선왕의 왕도를 위하여 도우려 할 뿐이옵니다."

이렇게 말하는 궁파였지만 역시 그의 가슴 한구석엔 자기대로의 야심이 없을 수 없었다.

이제 우징을 돕기 위하여 수하의 군졸을 풀어 육지로 보낸달 것 같으면 거사의 성패成敗는 제쳐 놓고라도 그 병력이 다시 청해 땅으로 오리라고는 생각할 수 없는 일이다.

그렇다면 모든 병력을 자기 수족같이 쓸 수 있을 뿐 아니라 또한 모든 군졸들이 자기와 같이 믿어 줄 수 있는 사람이라면 과연 누구일까—.

수하에 아장들이 있었지만 성큼 떠오르는 사람은 없었다.

그렇다고 모든 병력을 김양에게만 맡길 순 없는 일이다.

장무張牟 정년鄭年 이순행李順行… 떠오르는 대로 몇몇 사람을 마음속으로 꼽아 보았지만, 역시 자기 심복은 정년밖에 없었다.

“군사들은 하나같이 조련되어 있습니다만 막상 거사를 하고자 하니 수하에 믿을 만한 아장이 없음이 쓸쓸한 일이로소이다.”

우징은 궁파의 말에 별 대꾸 없이 그의 얼굴만을 찬찬히 쳐다보고 있을 따름이었다.

궁파는 다시 한참 무엇을 생각하고 나더니만 말을 계속한다.

“이제 김양 어른으로 평동장군平東將軍을 삼으시면 그 밑에 정년을 기용하심이 어떠하리까.”

궁파는 우징의 속을 떠보기 위하여 은근히 이렇게 말을 걸어 보았다.

김양이 평동장군을 삼는 일엔 별다른 이의가 없는 것 같았지만 정년을 기용하면 어떠냐는 말은 우징의 비위에 선뜻 들어맞질 않은 모양으로 잠시 우물쭈물한다.

“이곳 사정에 그리 능통치 못하지만 들리는 풍설에 의하면 정년이란 사람은 이심二心을 품고 있다 하는 것 같던데…”

궁파는 크게 놀란 표정으로 우징을 쳐다본다.

“정년은 저의 죽마지고우요 또한 다시없는 지기이어늘 어찌 그런 일이 있을 수 제244회
있겠소이까….”

궁파는 우징의 말에 반발이라도 하는 듯 이렇게 자신 있게 말한다.

물론 궁파도 우징이 말하는 바와 같은 소문에 전연 귀가 어두웠던 것은 아니다.

그런 풍문을 들은 지 이미 오랬을 뿐 아니라 그 말이 무엇에 기인하여 퍼지기 시작한 소문이란 것도 짐작 못하는 바도 아니다.

요즈음 정년은 당나라에 있었을 때나 다름없이 밤낮을 가리지 않고 술을 마시고 있는 것도 사실이다.

그렇듯 그가 술을 마시게 된 동기와 그런 심경을 누구보다도 궁파 자신이 먼저 알고자는 처지이기도 했다.

그러나 청해 땅으로 보면 이제 겨우 모든 제도가 자리 잡게 되었다 해도 과언이 아닌 요즈음 그가 왔다 하여 지기를 내세워 자리를 준달 것 같으면 모든 기강이 스스로 풀어져 버릴 것은 뻔한 일이다.

이런 처지고 보니 궁파 자신 정년의 심경을 이해하면서도 그대로 버려둔 채 때를 기다릴 수밖에 없었던 것이다.

풍설의 원인은 여기에서부터 시작했다 해도 과언이 아니다.

처음 그가 돌아왔을 땐 궁파가 그에게 어떤 대우를 하는가 호기 찬 눈으로 바라다보며 여차하면 그 불평을 늘어놓을 생각들을 하고 있었지만 오늘에 이르기까지의 침묵과 냉대를 볼 때, 그들은 도리어 정년을 동정하여 은근히 궁파 자신을 나무라는 말까지 떠돌게 되었던 것이다.

이런 환경에서 정년 자신 자포자기적인 폭음 행위를 바라볼 때 설사 정년의 입에서 그런 소리가 나오지 않았다 해도 풍문은 꼬리를 이어 색깔을 달리한 채 번져 들었던 것이다.

그러게 궁파는 어떤 뜬소문이 들린다 해도 그것은 소문으로 돌린 채 자기 자신 정년을 믿듯이 정년도 자기를 믿으리라 생각하고 조금도 의심칠 않았던 것이다.

궁파가 그렇게 잘라 말하자 한동안은 우징도 무안을 당한 것같이 덤덤히 앉아 있기만 하더니만 다시 입을 열었다.

"등잔불 밑이 어둡다는 속된 말같이 혹시 장군의 귀엔 그런 소문이 미치지 아니하였는지…."

궁파는 이 말을 듣자 그냥 빙그레 웃을 뿐 성큼 대답질 않는다.

"내 정년이란 사람을 겪어 보지 못하여 그 사람됨은 아직 알 수 없지만 어떻든 들리는 소문은 그리 반가운 것이 못 되오."

"아무리 소문이 물 끓듯 한다 해도 제가 정년을 믿고 있듯이, 정년도 또한 의심을 품고 있을 사람은 아닌가 하나이다."

이렇게까지 궁파 자신이 그를 믿고 있다면 우징으로서도 더 말할 여지가 없었다.

"다만 내가 그 사람을 아는 것은 소문으로 들은 바이거늘 어찌 풍문으로만 그 사실을 옳다고만 주장할 수 있으리오…."

사실 우징도 거기서 더 우겨 댈 수가 없이 한 말이다.

"정년은 조금도 의심할 바 없는 사람인 줄 아옵니다. 지금 그를 불러 직접 보시면 그 위인을 한눈에 알아볼 수 있으리라고 생각하나이다…."

궁파의 말소리는 부드러우면서도 어딘지 모르게 사람의 가슴을 누르는 힘찬 데가 있었다.

궁파는 곧 동자童子를 불러 정년을 모셔 오라고 명하였다.

정년을 부르러 나갔던 동자가 얼마 있지 않고 돌아왔다.

혹시나 궁파는 그가 벌써 술에 취하여 있어 데리고 오지 못하지나 않는가 하여 은근한 걱정이 있어 먼저 물었다.

"어떻게 되었느냐…."

"네 지금 가던 도중에 만나 뵈옵고 말씀을 전하였사옵더니 절더러 먼저 가라 하시옵고 곧 오신다고 하시더이다."

우징과 김양만 없었더라면 그가 술에 취해 있지 않더냐고 물어보고 싶었지만 그들이 옆에 있는지라 그것까지는 물어보질 못했다. 동자는 주인의 다음 지시를 기다리기라도 하는 듯 한옆에 쭈그리고 서 있었다.

"수고하였다. 네 다시 부를 때까지 안에 들어가 있도록 해라…."

동자가 주인의 말대로 안으로 들어가고 나자 정년이 곧바로 찾아왔다.

"형님 오래 격조했습니다."

정년은 밖에서 이런 소리를 하며 문을 열고 들어서려다 우징과 김양이가 앉아 있는 것을 보자 좀 망설이는 듯한 표정이다.

"어서 사양 말고 이리로 들어오게."

우징과는 서로 안면이 있는 터라 정년은 그를 향하여 꾸벅 절을 하곤 그냥 안으로 들어왔다.

"어떻게 오늘은 취하질 않었나. 자네가 취하지 않은 것을 보면 하늘조차 이상하게 여길 텐데…."

궁파가 이런 농을 하자 그는 딴 두 분을 보기가 민망했던지 얼굴을 붉히며 대꾸한다.

"형님두, 이렇게 태평한 세상인데 술마저 마시지 않는다면 할 일이 있어야지요."

"허허… 이 사람, 할 일이 없다구? 됐어 됐어! 바로 자네가 아니면 할 수 없는 일이 생겼으니 말이네—."

궁파는 정년의 사람됨을 보이기 위하여 일부러 이런 농을 걸고 나선, 정년을 김양에게 소개하고는, 모든 일의 자초지종을 그에게 낱낱이 알려 주었다.

"내 이 청해 땅에서 오늘을 이루었음은 모두가 선왕의 덕이요 또한 여기 앉아 계신 어른의 힘을 입은 바이라….”

조금 전 농을 걸던 때와는 딴판으로 정년도 신중한 태도로 말을 듣고 있었다.

“어지러웠던 바다를 가라앉히고 보니 이번엔 사직이 흔들리는 꼴이니 어찌 앉아서 볼 수만 있으랴… 또한 은혜를 입고 갚지 못함은 금수와 무엇이 다르며, 다음 날 궁파는 의분을 보고도 주저앉아 있었다는 무용한 미물이라는 소리를 죽어도 듣기 싫은 바일세….”

여기까지 말하고 난 궁파는 스스로 격해져 그 얼굴을 붉혔고 숨소리마저도 가빠진 것 같았다.

“형님의 생각이 그러하시고 또한 정년이 해야 할 일이 있다면 무엇에 구애되어 주저하겠습니까…. 형님의 의중을 속히 말씀해 주옵시오.”

“여기 선왕으로부터 받은 훈련된 오천五千의 군졸이 있은즉, 그대가 이 두 어른을 모시고 나간다면 능히 화란禍亂을 평정시킬 것으로 믿는 바이네….”

이로써 모든 계획은 궁파가 생각하는 대로 진행될 수 있게 되고 보니 궁파는 우징이나 김양에게 못지않은 기쁨이 가슴속에 솟구쳐 흐르고 있었다.

제246회 엄동설한嚴冬雪寒에 오천 명의 군사를 움직인다는 것은 쉬운 일이 아니다.

그래서 모든 준비가 갖추어졌지만 의론이 분분했다.

그러나 궁파는 김양의 주장을 옳게 생각하여 곧 출군出軍하는 의견을 좇기로 하였다.

물론 청해 땅 군사들은 대부분이 육지에서 오긴 했지만 오랫동안 큰 추위를 겪어 보지 못한 관계로 그것도 불리한 조건의 하나이긴 하지만, 김명이 즉위하여 얼마 되지 않아 조정이 아직 가라앉지 못한 때고 보면 다소 이쪽이 계절적으론 불리하다 해도 오히려 시기로 봐선 지금이 더 적절한 것 같았던 까닭이다.

그러게 음력 십이월이라 추위의 막바지에 이른 때이긴 하지만 궁파는 그러한 결심을 내렸던 것이다.

이날 일착으로 이천 명에 가까운 군사들과 식량을 이백여 척의 배에 싣게 하고 이를 전군前軍으로 삼아 정년이 이를 지휘하게 하였다.

부두엔 군사들과 온 섬사람들로 뒤끓었다.

처음 이리로 올 때는 오천 명에 가까운 군사들을 수송하는 데 근 한 달이 걸렸지만 지금은 같은 수효에다 식량까지 싣고도 하루에 수송할 수 있게 되었으니 정말 격세지감이라고 하지 않을 수 없었다.

으레 한겨울의 바다란 느닷없이 파도가 들이치고 몰리는 것이었지만 날씨도 청청한 데다 오늘은 설레던 파도마저도 잠잠하여진 것 같았다.

부두엔 사람의 수효에 못지않은 창검이 하루아침 사이에 삼엄한 숲을 이루고 있었다.

부두에 서 있는 군졸들은 차례로 배에 오르고 있었지만 그들의 얼굴엔 긴장과 기쁨이 뒤엉킨 속에도 사뭇 섭섭해 하는 애석의 정이 엿보이고 있었다.

육지 사람이 육지로 돌아간다는 기쁨도 그들에겐 컸지만 그러나 그것이 따스한 고향집으로 그냥 돌아가는 것이 아니라 목숨을 걸고 달려야 할 싸움터로 가는 길이고 보니 벅찬 감정도 무리는 아니었다.

그러한 감개 속에서도 그들의 가슴의 밑바닥을 적시고 흐르는 것은 그동안 정들 대로 정들인 애착이다.

그들의 대부분이 이곳에 올 때는 홍안의 미소년들이었지만, 지금에 와선 검은 구레나룻뿐이 아니라 사람에 따라선, 검은빛이 벌써 퇴색해 가는 사람조차 있으니 꽤나 오랜 세월을 여기서 정들여 산 셈이다.

부두에 있는 한 개의 바위들에서부터 깔려 있는 풀 한 포기에 이르기까지, 그들의 정성된 땀이 미치지 않은 곳이 없다 해도 과언이 아니다.

그런 형편들이고 보니 그들은 지금 육지로 돌아가는 것이 아니라 청해 땅을 떠나간다는 이별의 정이 그들의 가슴속엔 옛날 떠나오던 때 모양 다시금 설레고 있는 것 같았다.

짐이 먼저 오르고 그 다음으로 사람이 오르고 나면 배는 각기 닻을 올리고 썰물에 씻겨 나가듯 나가면 다시 새로운 배가 부두로 와 닿는 것이다.

배마다 높이 달아 놓은 깃발들이 바람에 펄럭여 해면 전체가 마치 하늘의 무지개가 구비 구비 흘러내리는 것 같은 느낌도 없지 않았다.

그러나 이렇듯 복잡한 속에서도 돌고 나는 것은 마치 목수木手가 나무에 먹줄을 그어 놓는 것같이 정확했다.

이제 전군의 마지막 배에 정년이가 오를 참이다. 제247회 궁파가 배에 오르는 정년의 앞으로 한 걸음 가까이 간다.

궁파가 자기 옆으로 가자 배에 오르려던 정년이가 돌아선다.

모든 군사들과 부두에 나와 섰던 사람들의 시선이 그들 쪽으로 쏠리고 있다.

오늘의 정년의 모습은 지난날 밤낮을 가리지 않고 술만 퍼마시던 그런 모습이 아니다.

사람은 같아도 그 풍채는 역시 대군의 우두머리로서 믿음직한 바가 있었다.

"형님 그동안 지나치게 소란을 끼쳐 미안합니다. 난이 평정되는 대로 다시 돌아오겠습니다."

궁파를 향하여 군례를 표시하여 하는 정년의 말속엔 군법軍法에 앞서 그들이 당나라의 허허벌판을 같이 뛰어다니던 때부터 맺어진 두터운 정리가 넘쳐흐르고 있었다.

"동생, 미안하이… 그대가 돌아온 지 얼마 되지 않아 다시 난지亂地로 보내게 되니 섭섭한 마음 그지없네."

궁파의 말도 모든 풍문을 믿지 않을뿐더러 그의 말속엔 지기라기보다 진정 형제의 정이 어려 있었다.

"형님도… 무슨 말씀이십니까…. 이 길이 조정과 사직을 위한 길이요 또한 형님과 저의 본분이라면 이에서 더 영광된 일이 어데 있겠습니까."

"그대의 말이 옳도다…. 우리는 서로가 청해 땅에 태어났던 미천한 몸을, 그 몸을 조정과 사직을 위하여 이토록 중한 몸이 될 줄을 어찌 믿었으랴. 이는 하늘이 장차 우리에게 새로운 길을 열어 주려는 뜻이거늘 어찌 주저하랴…. 이번 길에 나는 그대의 유공有功을 믿을 뿐이라…."

짧은 말 속에 그들의 석별惜別이 끝나자 정년은 돌아서 배로 내려갔다.

정년이 배에 오르자 부두에선 장엄한 북소리를 신호로 사죽의 소리가 흐른다.

배에 오른 정년이 부두를 향하여 손을 흔든다.

정년이 배에 오른 것을 알자 배가 서서히 파도를 타고 나간다.

온 군사들과 부두의 사람들이 일제히 함성을 지른다.

북소리는 이러한 사람들의 흥분을 돋우어 주기라도 하려는 듯 둥둥 사면에 퍼지고 있다.

정년이 탄 배를 언제까지나 그 자리에 서서 바라보고 있는 궁파의 마음속에는 등주 고을을 떠나오던 때의 추억을 비롯하여 앞으로 새로 닥쳐 올 예상할 수 없는 풍운風雲이 교체될 때마다 스스로 누를 길 없는 감개로 가슴이 벅차짐을 어찌할 수 없었었다.

앞으로 몰려올 풍운은 불투명한 채 믿을 수 없다 해도 지금 자기가 짚고 있는 부두를 장엄하다고 하면, 등주 고을을 떠나오던 추억도 비분에 엉켜 있었을망정 화려했던 출발이었음은 틀림없었던 것 같다.

장엄한 현실과 화려했던 추억과 비록 불투명한 미래라 해도 궁파의 앞날은 스스로가 생각하기에도 힘찬 것이 있을 성싶었다.

지금 궁파의 눈에 떠오르는 현상은 파도를 끊고 나가는 배와 군졸들의 모습이 아니었다.

지난날 서라벌의 서울을 찾아가 대궐 안 선왕 앞에서 청해진 대사를 제수받던 때의 그러한 풍경이 부각되어 오를 뿐이었다.

전군이 나간 다음 중군을 실은 배가 부두에 와서 머물렀다. 제248회

중군엔 우징의 일행이 오르게 되어 있었다.

일행이란 황산진에서 일엽편주에 몸을 싣고 왔던 그의 가족이다.

역시 모든 군졸들이 오른 다음 그들도 우징과 함께 배에 올라야만 했다.

우징과 궁파가 마주 서 있고 또한 그들의 가족이 양쪽으로 갈라져 서로 이별의 정을 나누고 있다.

세월의 탓인지 우징의 아내도 이리로 오던 때에 비하면 눈자위에 가는 주름이 꽤나 잡혀 있었다.

부두에 서 있던 군중들은 그들의 석별을 저마다 구경하러 서로 이쪽으로들 몰려오며 아우성을 친다.

그러나 엷은 슬픔에 잠겨 있는 그들은 주위가 아무리 소란해도 그냥 잠잠할 뿐이다.

우징의 아내가 먼저 앞에 나와 있는 궁파 부인의 손을 잡으며 입을 연다.

"내 여기 와 부인의 신세를 태산같이 지고 가니 그 신세를 무엇으로 다 갚을 수 있으리오… 비록 우리가 서로 육지와 섬에 갈라져 산다 해도 육친이나 다름없는

사이거늘 내 한시인들 어찌 그 정을 잊고 살 수 있으리오."

우징의 아내의 얇살한 눈시울은 말이 끝나기 전부터 젖어 있었다.

"사나운 풍토와 익숙지 못한 환경 속에서 적지 않은 세월을 지나시는 동안 혹시나 하여 하루도 마음 편한 날이 없었사오나 오늘날까지 편히 계시다 이제 다시 서울로 돌아가는 길을 맞이하게 되고 보니, 한편 마음은 그지없이 섭섭하오나 또한 생각하면 오늘의 기쁨, 비할 바가 다시없는 줄 아나이다."

우징 일행과 같이 왔던 노복들도 흐르는 세월 속에 꺼칠하게 늙어 있었다.

두 부인이 주고받는 인정에 사로잡혀 우는지 또는 다시 환향하는 기쁨에 격해졌는지 그들은 처음부터 눈시울을 벌겋게 붉혀 가지고 있었다.

그들에 못지않게 섧게 울고 있는 것은 광한의 어머니다.

그녀는 처음부터 눈시울을 붉히고 있었지만, 지금은 그들과 떨어진 자리에서 흐느껴 울고 있었다.

우징의 아내와 유별나게 사귄 처지도 아니요 그들을 따라와 있던 노복 중에 친히 지내던 사람이 있었던 것도 아니다.

다만 온 섬이 텅 비어진 것같이 모든 사람들이 배를 타고 육지로 간다는 소리를 들었을 때부터 설렁거리던 가슴이 부두로 달려 나와 보니 절로 터져 오르는 설움이었다.

물론 돌아오지 않는 아들과 영감에 대한 슬픔이기도 했지만, 모든 사람이 육지로 떠나고 보니 누구도 맞아 줄 사람은 없지만, 그 다정했던 낙동강 기슭이 오늘따라 그리워져 흐느끼는 슬픔이기도 했다.

우징의 아내는 궁파 부인과 말을 끝내고 나자 그 뒤에 서 있는 궁파의 딸 미윤이 앞으로 와 그녀의 얄팍한 손을 꼭 잡는다.

미윤은 손을 잡힌 채 얼굴을 붉히고 고개를 수그린다.

"청수한 용모와 단정한 예모는 그냥 섬에 두기가 아깝도다. 내 대궐에 들어가는 날엔 내 혈육이나 다름없이 생각하여 좋은 배필을 구하여 낭랑娘娘을 데려가리라…"

미윤은 얼굴뿐이 아니라 부인한테 잡힌 손끝까지 활 달아오르는 것만 같았다.

제249회 가족들과의 작별이 끝나자 우징은 일행을 먼저 배에 오르게 하고 자기만이 남았다.

계속되는 북과 사죽의 소리가 잠시 부두에 고요를 그려 주고 있다.

"이 자리로서 장군과는 잠시 헤어져 있게 된 것이 섭섭하오…."

"헤어지는 정은 잠시 잠간이오니 앞으로 부디 편안하시옵소서."

"앞으로 태평한 날을 누릴 수 있다면 이는 장군의 덕이라…."

"만일 전세 불리하오면 본인도 남은 군졸을 이끌고 서라벌로 달릴 것이오니 부디 안심하소서."

"장군은 대 서라벌의 수문장이요 또한 바다의 왕자이거늘… 어찌 외환을 염려치 않을 수 있으리오. 내 지난날 뜬소문으로 정년을 의심한 바 있으나 이는 나의 그릇된 견해라 장군이 그를 믿고 파병하거늘 어찌 평정치 못하리오. 장군은 부디 안심하라."

이제 서로 작별 인사가 끝나자 우징은 궁파와 헤어져 가족이 타고 있는 배로 올랐다.

그 어느 때보다도 북과 사죽의 소리가 요란하게 울린다.

군사들과 부두에 선 사람들이 소리치는 함성은 파도 소리보다도 높았다.

배에 오른 우징은 비로소 사면을 살펴본다.

일엽편주에 일행을 싣고 황산진을 떠나올 때 같아선 다시 살아 육지를 밟아 볼 것 같지가 않았지만, 수백 척의 배를 거느리고 다시 육지로 향하게 되었으니 무량한 감개는 스스로도 형용할 수가 없었다.

그는 이렇듯 무량한 감개를 누리기라도 하려는 듯 스스로 눈을 감고 있다.

파도가 밀려와 뱃전에 부서지고 설레는 소리가 어쩌면 대궐을 향하여 들어가던 때의 소란했던 웅성임 같기도 했다.

생각할수록 지난날의 일들이 꿈 같으면서도 핏줄을 타고 흐르는 원한에 사무친 복수심은 맥박과 고동 소리마저도 드높여 줄 뿐이다.

만사에 치밀한 자신이었지만 그날만은 너무도 소홀히 행동했던 것을 지금에까지 뉘우치지 않을 수가 없었다.

비명에 쓰러진 선친… 생각하면 홀몸일망정 자신이 그런 함정 속에서 용케 빠져나올 수 있었던 것도 기적이 아닐 수 없었다.

그러나 지금에 와서 생각하면 다행했던 일은 그것뿐이 아니었다.

얼마든지 그들이 추격할 수 있었을 뿐 아니라 그들의 추격을 받았을 것 같으면 틀림없이 황산진에서 배에 오르지도 못한 채 어느 자객의 손에 거꾸러졌을 것이 뻔한 일이었던 것이다.

배는 어느 사이엔지 벌써 부두를 벗어 나와 있었다.

물굽이를 타고 오르내리던 물새들이 한결같이 깃을 펴고 머리 위를 원무하고 있다.

모든 것이 우징 자기의 오늘을 축복하여 주는 것 같아, 그는 가슴 설레는 벅참 속에서도 또한 그지없이 기뻤다.

우징은 지금 배에 올라 파도에 흔들리고 있으면서도 그의 마음은 이미 서라벌의 넓은 들판을 달리고 있었다.

수하에 오천 군사… 수족이나 다름없이 믿을 수 있는 김양과 정년이가 옆에 있고 보면 육지에 오르기가 무섭게 대궐로 줄달음쳐 갈 수 있을 뿐 아니라 무슨 일이 있어도 김명만은 자기 손으로 붙잡아 한칼로 처리해 버리고 싶었다.

실종

失踪

후군이 떠남으로써 부두에 벌어졌던 소란은 가라앉았다.

전송 나왔던 모든 사람들은 뿔뿔이 자기 처소로 돌아가지만 파도에 씻겨 나가지 않은 소라껍질이 모래사장에 남아 있듯이 혼자 멍청 바다 건너쪽을 바라다보고 서 있는 것은 광한의 어머니뿐이다.

"할머니 가…."

"응…."

그녀는 이렇게 건성 대답을 할 뿐 넋을 잃은 사람같이 그냥 서 있기만 했다.

그래도 원민은 그렇게 서 있는 할머니를 그냥 놔둔 채 돌아서기가 안됐던지 이번엔 달려가 펄럭이는 치마폭을 잡아당기며 들어갈 것을 재촉하는 것이다.

"할머니 어서 들어가, 응 할머니요 어서 들어가요…."

원민의 목소리는 옆에서 듣기가 애절할 정도다.

그러나 그렇게 다정하기만 하던 할머니였지만 오늘은 무슨 영문인지 통 아랑곳하여 주질 않는다.

원민은 하는 수 없이 연옥이 쪽으로 달려갔다.

"엄마, 할머닌 왜 그러지?…"

연옥은 무어라 성큼 대답할 수가 없었다.

"할머니는 이제 천천히 들어오시겠지."

연옥의 대답은 동문서답 격이었지만 그녀의 심경으로서도 지금 당장은 그렇게밖엔 대답할 수가 없었다.

연옥은 원민을 데리고 그냥 돌아서려고 했다.

원민만을 데리고 돌아서기란 아닌 게 아니라 좀 걸리긴 하였지만 기실 저렇게 넋을 잃다시피 하고 서 있는 그녀를 억지로 데리고 들어간다는 것은 오히려 그녀를 위하여 더 큰 괴로움을 줄 것만 같은 생각에 연옥은 원민만을 데리고 들어가려고 했던 것이다.

그러나 원민은 연옥이 자기보다도 할머니라고 믿고 있는 광한의 어머니에게 더 정을 붙이고 있었던 까닭에 어린 생각에도 좀처럼 발걸음이 떨어지지 않는 모양 같았다.

“엄마요 할머니 데리고 가요, 예 엄마요….”

원민이한테 이렇게 졸리고 보니 연옥도 까닭 없이 슬펐다.

이렇듯 마음이 확 풀리고 보니 연옥도 원민만을 우겨서 데리고 들어갈 순 없었다.

연옥은 자기가 가서 들어가기를 권해 볼 생각을 한다.

그러나 이렇게까지 자기 자신의 마음이 약해질 때고 보면 광한이 어머니한테 들어가기를 권하기에 앞서 자기 자신이 먼저 울음보를 터뜨려 놓고야 말 것만 같았다.

그 언젠가도 그런 일이 있었고 보면 연옥은 좀처럼 걸음을 옮길 수가 없었다.

“우리 원민이가 착하지! 자 원민이가 가서, 할머니요 어서 들어가셔요, 하고 할머니를 모시고 와야지….”

원민이 생각에도 그것이 나을 듯이 생각된 모양이다.

“그럼 엄만 여기서 기다려야 해, 내가 가서 할머니 모시고 올 테니까 먼저 가지마….”

“응 그래, 기다리구 말구….”

원민은 토끼걸음으로 다시 할머니한테로 달려갔다.

달려가고 있는 원민의 뒷모습을 바라보고 있는 연옥은 자꾸만 눈시울이 뜨거워짐을 어찌할 수 없었다.

제251회 지금 연옥의 눈시울에 배 잦아 오른 것은 광한이 어머니에 대한 동정이 아니라 연옥이 자신도 오래 잊고 있던 생각이 떠오르는 데서 벅차지는 슬픔이기도 했다.

정말 연옥은 오래 그것을 잊고 있었다. 이렇게 잊고 살 수 있었다는 것은 옆에 언제나 봉화가 있었던 까닭이라 해도 과언이 아니다.

잊고 살다시피 하던 고향 생각이 오늘따라 이렇게 불현듯 떠오른 것은 아니다.

영권과 봉화를 함께 떠나보내고 나서부터는 그것이 무어라 이름 지을 수 없는 막연한 허전감이 밀려드는 조수 모양 가끔 가슴을 누르던 것이 오늘 광한의 어머니의 뒷모습을 바라다보고 있는 순간 어떤 뚜렷한 윤곽을 갖고 떠올랐을 따름이다.

비린내가 풍기는 바닷가… 해진 그물과 부서진 나뭇조각이 언제나 어수선하게 벌려져 있는 조그만 언덕 마을…

먹먹히 스며드는 눈물을 머금고 서 있던 연옥은 다시 부두 쪽을 바라다본다.

달려간 원민이가 무어라 조잘대는 것 같았지만 광한의 어머니의 모습은 이미 굳어진 돌이나 다름없이 조금도 움직이질 않는다.

그러나 지금 연옥의 각막에 떠오르는 영상은 부두에 서 있는 광한의 어머니와 원민의 모습은 아니었다.

자기들 남매를 잃고 아침저녁 가리지 않고 먼 바다 끝을 바라다보고 있을 어머니의 모습이었다.

연옥 자신과 영권은 잊어버리다시피 할 때가 많은 어머니였지만 정말 어머니는 지금 광한의 어머니 모양 저렇게 넋을 잃고 자기들의 행방을 찾고 있을 것을 생각하니 안절부절못해지는 마음의 동요를 걷잡을 수가 없었다.

넘실거리는 파도가 그냥 손짓을 하는 것 같기만 했다.

이렇게 못 견디게 그리워지는 어머니를 그동안 어떻게 그렇게 오래 잊고 살 수 있었는지가 의심되지 않을 수 없었다.

그러면 광한이나 그의 아버지도 이렇듯 아내와 어머니가 그리는 줄도 모르고 연옥이 자기들 모양 육지의 어느 거리에서 헤매고 있는 것이 아닐까?…

그러고 보면 자식이란 부모에 대하여 매정한 존재인 것 같기만 했다.

처음 청해 땅에 왔을 땐 이렁저렁 자리 잡기 위하여 짬을 낼 수가 없었다고 할 수 있지만, 그동안 영권이나 자기가 부모님을 한 번도 찾아뵙지 못했다는 것은 정성이 없다느니보다 매정한 탓인 것 같기만 했다.

오늘에 이르러 이토록 짙은 회한으로 철철 눈물을 흘리며 괴로워할진대 차라리 일찌감치 그 일을 무슨 이유로 시행치 못했는지 자신마저도 알 수 없는 일이다.

영권은 외지로 돌아다니기에 그럴 겨를이 없었다 해도 변명이 될는지 모르지만 언제나 집에만 붙어 있다시피 하던 자기요, 또한 뱃길도 전과는 달리 그토록 편해진 지금에 이르기까지, 통 그런 생각조차 하지 않고 있었다는 것은 결국 자식으로서 매정했다는 말 이외엔 아무런 변명도 할 수 없는 처지이기도 했다.

이런 뉘우침에 사로잡혀 있던 연옥은 할머니한테로 달려갔던 원민이가 큰 소리로 울며 이쪽으로 걸어오고 있는 것까지 알지 못하고 그냥 서 있기만 했다.

제252회 연옥은 원민이가 달려와 치마폭에 얼굴을 감쌀 때야 비로소 제정신을 차렸다.

"우리 착한 원민이가 왜 울지?"

원민은 아무리 연옥이가 달래도 얼굴을 치마폭에 묻어 버린 채 아랑곳하질 않는다.

연옥은 그제서야 무슨 일이 생겼는가 하여 부두 쪽을 바라다보았다.

광한의 어머니는 부두에서 솟아난 사람 모양 바다 쪽을 향한 채 여전히 서 있었다.

그렇게 많던 사람들도 인제는 죄다 사라진 지 오래다.

원민의 울음소리는 아직도 끊이질 않는다.

"자, 원민인 엄마하고 함께 들어가야지… 착한 애도 우나 착한 앤 울질 않아야지…."

차가운 바닷바람에 원민의 손가락은 꽁꽁 얼다시피 했다.

늘어지게 울던 원민은 연옥이가 손을 이끌자 비틀거리며 따라나섰다.

한겨울의 해는 이 섬에도 짧았다. 벌써 해가 기울기 시작한 탓인지 바닷바람이 점점 거세지기 시작하는 것 같았다.

그렇게 섧게 울던 원민의 울음도 좀 뜸해지는 것 같았다.

연옥은 집을 향해 들어가면서도 부두에 서 있는 광한의 어머니가 마음에 놓이지 않아 잠간 걸음을 멈춘 채 다시 뒤돌아본다.

여전히 그녀는 한 발도 옮겨 걷지 않은 채 서 있다.

저렇게 서 있다가도 마음이 풀리면 들어오겠지….

연옥은 그런 생각에 잠기며 다시 발걸음을 옮겼다.

"엄마요…."

울음은 그쳤지만 원민의 목소리엔 아직도 슬픔이 가시질 않았다.

"할머닌 난 싫어 인젠…."

"원민이가 할머닐 싫다면 누가 원민일 업어 주지?…"

연옥이가 이렇게 묻자 원민은 그 둥근 눈을 한참 껍석거리더니만 다시 말을 잇는다.

"난 인젠 걸어 다닐 수 있으니까 업히지 않아도 돼…."

그러고 보면 원민은 할머니가 무어라고 했든지 어린 소견에도 꽤나 속이 뒤틀어진 것 같았다.

연옥은 무엇 때문에 그렇게 속이 틀어졌는지 알고 싶었지만 어쩐지 그것을 물어보기가 불안하여 그냥 손목을 잡은 채 걸었다.

"할머닌 내가 집으로 가자고 해도 아무 말도 안 하잖어…."

"그래서 원민은 할머니가 싫어졌냐?"

이번엔 원민이가 아무런 대답도 않은 채 그냥 땅만 들여다보며 걸었다.

"엄마요…"

연옥은 대답 대신 이번엔 원민의 얼굴을 쳐다본다.

원민은 내가 언제 울었냐는 듯 이번엔 연옥을 쳐다보며 빙긋이 웃어 보인다.

"엄마…"

"…"

"우리 할머닌 갑자기 귀머거리가 됐는가 부지…"

"그건 또…"

"아니야, 정말 할머니는 귀머거리가 됐는가 봐…"

원민은, 몇 번이고 이런 소릴 되풀이하였다.

연옥은 집으로 돌아와서도 일손이 잡히지 않을 뿐 아니라 마음이 가라앉질 않았다. 제253회

혼자 나가 스렁스렁 놀던 원민이도 인전 지쳐 버렸는지 그냥 들어와 버린다.

"엄마요… 할머니 아직도 거기서 무얼 하누…."

울 때 같아선 그렇게 할머니가 싫어졌다던 것이 할머니가 옆에 없는 것이 어린 소견에도 심심하였던 모양이다.

"글쎄 할머니는 거기서 무엇을 하고 계실까…."

원민은 이렇게 대꾸하는 연옥의 얼굴을 빤히 쳐다보았다.

"배도 인전 다 떠나 버리고 하나도 없는데…."

이렇게 말하며 고갯짓을 하는 원민은 아무리 생각해 봐도 알 수 없다는 듯

한 표정이다.

"엄마요 할머닌 거기서 아버질 기다리나요."

"글쎄…."

원민은 아무래도 마음이 놓이질 않는 모양 같았다.

그러게 자기 혼자 제멋대로의 생각을 해 보는 모양이다.

"아버지가 언제 밤에 온 적이 있나…. 아버지나 삼촌은 언제나 낮에 오군 했지. 할머닌 참 바보야…."

할머니에 대한 원민의 애정은 또한 극단적인 증오로 쉬 바꿔지는 모양이다.

"할머닌 바보야…"

또 한 차례 이렇게 중얼거리고 난 원민은 창문 앞으로 가더니만 문을 빠끔히 열고 밖을 내다보고 있다.

원민의 말에 자극된 것은 아니지만 연옥은 오늘만은 정말 그 사람이 옆에 있어 주었으면 싶었다.

봉화가 아니라도 영권이라도 있었던들 이렇게까지 허전할 것 같지가 않았다.

한풀 깔렸던 노을이 사라지자 쉬 어둡기 시작하는지 창문에 그늘이 들기 시작했다.

원민은 무슨 생각에서인지 열어젖혔던 문을 확 닫아 버린다.

"할머닌 바보야, 날이 어둡기 시작하는데 어떻게 올라구…."

원민은 또 울상이 되어 연옥을 쳐다본다.

"원민아, 할머니가 이제 곧 들어오실 게다. 이리 온…."

그러나 원민은 연옥이 옆으로 올 생각은 하지 않고 다시 창문가로 되돌아가 버린다.

연옥도 원민이 모양 아직도 돌아오지 않고 있는 광한의 어머니에 대한 은근한 걱정이 없지 않았다.

연옥은 혼자서 광한의 어머니의 뒤를 더듬어 본다.

아직도 부두에 서 있을까?… 아니 지금쯤은 복아의 무덤 앞에 목을 놓고 울고 있을지도 모르지….

울어야지 슬퍼질 때는…. 어떻든 한참 울고 나면야…. 멍든 가슴도 후련히 가라앉지 않을라구….

연옥의 귓전엔 섧게 울고 있는 광한의 어머니의 울음소리가 들려오는 것 같았다.

"할머닌 바보야…"

창문가에 서 있던 원민이가 별안간 소리를 지르며 또 울음보를 터뜨려 놓고야 말았다.

연옥은 자기 앞으로 원민을 끌어안았다. 연옥도 이때만은 들먹들먹 솟구쳐 흐르는 슬픔을 참아낼 수가 없었다.

부두에 서 있는 광한의 어머니의 마음은 출항하는 배보다 앞서 먼저 낙동강 기 제254회
슭을 더듬고 있었다.

가난과 주림과 그리고 모진 학정虐政만이 깔려 있는 마을이었지만 그녀의 가슴속엔 어떤 왕국의 찬란한 궁전보다도 화려한 곳으로 생각키웠다.

자라 온 고향을 이렇듯 마음속에 그리고 있는 그녀에겐 지난날의 뼈저리던 가난과 주림과 그리고 함부로 목숨을 빼앗아 가던 왕정王政은 하나도 생각나지 않았다.

그냥 돌아가고 싶기만 했다… 지금 디디고 있는 부두가 그녀에게 제아무리 아늑한 생활을 보장해 준다 해도 그녀에겐 모두가 귀찮기만 했다.

그러게 그녀는 이 부두로 나올 때부터 유달리 가슴이 설레었다.

전군이 출항하고 중군이 오를 때는 진정 울지 않을 수 없었다.

옆에서 보기엔 그냥 이별을 아끼는 막연한 슬픔같이 생각키웠지만 그녀의 슬픔은 전신으로부터 솟구쳐 흐르는 걷잡을 수 없는 울음이기도 했다.

그만큼 그녀는 고향으로 돌아가고 싶었다.

수많은 배가 있고 수많은 군졸들이 마음대로 오르는 배였지만 그러나 그녀가 끼어야 할 자리는 없었다.

아무리 자기 심정이 그러하다 해도 그것은 지금의 형편으로선 누구에게 호소할 수 없는 일이다.

광한의 어머니는 너무나 오랜 세월을 오늘이나 내일이나 하고 기다려 왔던 것이다.

그러나 그렇듯 막연한 고대도 지금에 와선 눈앞에 부서지는 포말처럼 모두가 허사인 것만 같았다.

그럴 즈음 원민이가 달려와 돌아가기를 재촉하였다.

이런 생각에 골몰하고 있는 그녀에겐 원민의 재촉이 들릴 까닭이 없었다.

배는 간다 육지로….

그녀의 마음은 그냥 배로 뛰어오르고 싶었지만 그럴 수도 없는 일이다.

그럴수록 북받쳐 오르는 것은 설움뿐이다.

광한의 얼굴이 먼저 떠오른다….

그녀는 가죽이 밀리는 주먹으로 눈물을 닦았다.

또 한 차례 뜨거운 눈물이 시야를 가린다.

이번에 보이는 것은 광한의 얼굴 아닌 영감의 얼굴이다.

언제나 무뚝뚝해 보이기만 하던 영감의 얼굴이었지만 오늘따라 무엇을 꼭 말하려는 그런 표정이다.

전에 없이 자기한테 각별히 말을 걸려는 그 얼굴….

흐느끼던 그녀는 그냥 목청을 돋우고야 말았다.

돌아가자고 재촉하던 원민의 그림자도 보이질 않는다.

별안간 허전해진 부두엔 바닷바람이 모질게 불어올 뿐이다.

영감과 광한….

광한과 영감….

뒤섞여 돌아가는 환각 속에 그녀의 머릿속을 스치고 지나가는 것은 어떤 일이 있어도 고향으로 돌아가야 한다는 생각이다.

아들과 영감도 그러했지만 자기 자신도 아무리 그것이 거친 땅이라 해도 자기가 돌아가 마음 놓고 묻힐 곳은 그곳밖엔 없을 것 같았다. 어쩌다 여기서 눈을 감는 일이 있다 해도 그녀는 눈이 감아지지 않을 것 같은 새로운 불안이 가슴을 엄습하고 있었다.

제255회 배는 노를 젓는 대로 따라 나가는 것이 아니라 파도치는 대로 씻겨 나가고 있었다.

물속과 하늘을 구별할 수 없을 지경으로 주위는 어둠에 꽉 둘러싸였다.

어느 쪽으로 방향을 돌려 잡아야 할지 그녀는 가늠할 수 없었지만 조금도 마음은 불안하질 않았다.

배가 물 위에 떠 있고 또한 자신이 배에 올라 있는 이상 언젠가는 낙동강 기슭을 찾아들어 갈 수 있을 것만 같은 희망과 자신이 그렇듯 그녀로 하여금 조금도 불안케 하질 않았다.

그녀의 사지四肢는 인제는 자신이 잡고 있는 노 모양 굳어져 버린 채 움직여지질 않는다.

그러나 그녀는 아직도 자기 자신이 힘껏 노를 젓고 있다는 환각 속에 어둠 속을 응시하였다.

지금까진 의식지 못했던 무슨 소리가 들린다.

그것은 바다가 설레는 파도 소리였지만 그녀에겐 그렇게 들리질 않는다.

어둠 속을 노려보고 있는 그녀의 눈이 더욱 빛난다.

자기 손에 들려 있던 노가 미끄러져 바닷물에 씻겨 나가는 것도 의식지 못한 채 그녀는 열심히 어둠 속에서 무엇을 찾고 있었다.

세찬 파도가 이번엔 고물 쪽을 거세게 흔든다.

그녀는 중심을 잃은 채 한쪽으로 밀려가며 쓰러져 버렸다.

그러나 지쳐 버린 채 넘어져 있으면서도 그녀는 자신이 넘어져 있다고는 생각지도 않았다.

또 한 차례 무슨 소리가 가깝게 들린다. 역시 파도 소리였지만 그녀에겐 파도 소리가 아니다.

광한이, 광한이가 부르는 소리요 그의 아버지가 지르는 고함 소리다.

광한이가 먼저 소리치면 아버지가 뒤따르고 아버지가 먼저 고함을 지르면 광한이가 뒤를 먹이는 소리다.

분명 그 목소리는 가까운 곳에서 들려오고 있었지만 그녀는 확실한 방향을 잡을 수가 없었다.

그녀는 쓰러진 채 고개를 들었다. 그러나 주위가 보이질 않는다. 그녀는 좀더 고개를 바싹 쳐들었다.

그렇게 어둡기만 하던 시야가 한쪽으로 훤하게 트인다.

훤하게 트여 보이는 저쪽으로부터 어떤 그림자가 이쪽을 향하여 손짓을 하고 있다.

그녀는 있는 힘을 다하여 일어서고야 말았다.

지금 자기가 있는 곳은 바다도 배 위도 아니다.

훤하게 올려다 보이는 낯익은 어떤 언덕길이 분명했다.

그녀는 헝클어진 머리카락을 한 손으로 치켜올리며 그 언덕을 향하여 소리를 지른다.

"광한아… 어미다 어미야…."

이렇게 여기서 부르고 있기보다도 그녀는 자기가 어서 그리로 가야겠다는 생각에 마음이 바빴다.

그녀는 엉금엉금 걸어 나가고 있었다.

휙 몰아치는 파도에 씻겨 그녀는 그냥 흐르는 물굽이 속으로 들어가 버렸지만 그녀의 희미한 의식 속엔 자신이 물속에 빠졌다는 생각은 추호도 없는 채 지금 그 훤한 언덕길을 더듬어 올라간다는 아늑한 기쁨으로 가득했다.

제256회 연옥은 무엇에 놀라 잠을 깨쳤는지 벌떡 일어나 앉았다.

사나운 바닷바람이 추녀 끝을 스치고 지나갈 뿐이다.

아무런 인적도 들리질 않는다. 바람이 이렇게 사납게 부는 것을 보면 동이 틀 무렵인 것 같기도 하다.

이런 것도 오랜 섬 생활에 익숙해진 데서 느끼게 된 하나의 관습이기도 하다.

꽤나 늦게까지 돌아오지 않던 광한의 어머니를 기다리다 그냥 잠이 들어 버렸던 것이다.

잠을 깨어 일어나 앉고 보니 잠들기 전까지 돌아오지 않는 그녀에 대한 생각이 불안하였다.

그렇게 밤새 할머니가 언제 돌아오느냐고 조르던 원민도 이젠 만사를 잊어버린 채 그냥 잠들어 있었다.

어둠 속에 앉아 어린것의 숨소리에 귀 기울이고 있자니 연옥의 가슴속에 흐르는 불안은 더 짙은 색깔로 바꾸어지는 것 같았다.

그녀는 불씨를 골라 등잔을 밝혀 놓았다.

역시 건넌방에선 아무런 소리도 들리질 않는다.

물론 지금쯤은 돌아와 지쳐 버린 채 잠이 들어 있으리라고 생각은 하면서도 어쩐지 그 기대에 어긋나 버릴 것만 같은 예감에 연옥은 성큼 일어설 힘이 나질 않았다.

그렇다고 날이 샐 때까지 혼자 앉아 이런 불안을 되씹고 있을 수만도 없었다.

등잔을 든 그녀는 그냥 잠들어 있는 원민만 두고 건넌방으로 가 보았다.

문을 열 때부터 차갑게 느껴지던 방 안은 역시 텅 비어 있었다.

연옥의 가슴을 누르고 있던 불안이 두려움으로 바뀌는 순간 그 두려움은 그녀로 하여금 걷잡을 수 없는 초조를 느끼게 하였다.

날씨는 어제보다도 더 차가워진 것 같았다.

아직도 부둣가에 그대로 서 있는 것일까?

필시 복아의 무덤 앞에서 이 추운 밤을 고스란히 새우고 있을 것 같기도 했다.

그녀는 언젠가도 복아의 무덤 앞에서 밤새 울고 새운 일이 있고 보면 이 밤도 틀림없이 그러한 것 같기만 했다.

그러나 그때는 무더운 여름날이어서 그럴 수 있었지만 오늘 밤같이 이렇게 호되게 추운 날씨고 보면, 불길한 예감이 머리를 스치고 지나가는 것도 무리는 아니었다.

어떻든 이러고 서 있을 때가 아니다.

연옥은 등잔을 가리어 든 채 밖으로 나왔다. 그러나 바람이 등잔을 그대로 두어 둘 리가 없었다.

등잔을 아무리 다시 켜 갖고 나온다 해도 이 바람 앞엔 소용없으리라고 생각한 연옥은 그것을 한쪽에다 세워 둔 채 그대로 나올 수밖에 없었다.

바람 소리가 요란하면 요란할수록 거센 파도 소리도 높았다.

아무리 사면을 둘러보아도 불빛 하나 보이질 않는다.

어둠에 눈이 익어질수록 훤한 바다가 내다보인다.

연옥은 부두보다도 복아의 무덤을 먼저 찾아갔다.

군데군데 서 있는 바위들을 그녀의 그림자로 착각하며 무덤 주변을 몇 번이나 돌아보았지만 광한의 어머니의 그림자는 아무 데서도 찾아볼 수가 없었다.

무덤 근처는 물론 부두까지 샅샅이 뒤지다시피 찾아보았지만 그녀의 그림자는 제257회
보이질 않았다.

잠결에 나와 찬바람을 쏘이며 헤맨 탓인지 연옥도 이젠 지쳐 버리고 말았다.

그러나 모든 불찰이 자기한테 있는 것 같아 그녀는 더욱 괴로울 뿐이다.

원민이가 가서 권할 때 자기가 따라가서 권했던들 이런 일은 없었을 것이 당연

하고 보면, 어린 원민이마저 대할 면목이 없었다.

벌써 날이 희부연히 밝기 시작하였다. 이렇게 되고 보면 연약한 자기 힘으론 어쩔 수 없는 일이 아닐 수 없었다.

이렇게 된 바엔 미윤의 아버지 궁파 어른한테 알리는 수밖에 도리가 없었다.

찬 바닷바람에 언 연옥은 온몸이 자기 몸 같지가 않았다.

하는 수 없이 돌아 올라오던 때다.

"엄마요!"

바람결에 들리는 원민의 목소리다. 그 목소리는 슬픔에 젖어 있는 목소리다.

연옥은 엉거주춤 서 버린 채 언덕을 올려다보았다.

몇 걸음 떨어진 곳에 원민과 미윤이가 서 있는 것이 보인다.

연옥은 원민의 부르는 소리에 대답하기에 앞서 가슴부터 짜릿했다.

무어라고 설명해야 할지 또는 무어라고 변명해야 할지, 그런 생각에 앞서 눈앞이 먼저 흐릿해질 뿐이다.

잠을 일찍 깬 원민은 아무리 살펴보아도 엄마와 할머니가 없는 것을 보자 그냥 울며불며 미윤의 집으로 달려갔던 것이다.

아직 자리에서 일어나지도 않은 즈음 밖에서 원민의 울음소리가 요란하게 들리는 것이 이상하여 미윤은 부랴부랴 뛰쳐나왔던 것이다.

원민은 미윤을 보자 더욱 소리를 높여 슬피 울었다.

"원민아 왜 울지?"

"엄마가요…."

"…."

"할머니가요…."

미윤은 처음에 무슨 영문인질 몰라 우는 원민을 달래어 집으로 데리고 가려고 하였지만 원민은 발버둥을 치며 발길을 영 그쪽으로 돌리려 들지 않았다.

하도 이상하게 생각한 미윤은 울음 섞인 목소리로 띄엄띄엄 설명하는 원민의 말로써 광한의 어머니와 연옥이가 집에 있지 않다는 것을 알아차릴 수 있었다.

미윤의 생각에도 이상하지 않을 수 없었다.

아직 날도 채 새기 전에 집을 비우고 나갔다는 일이 그녀로서도 납득이 가질 않았다.

그러나 할머니가 어젯밤 늦게까지 집에 돌아오지 않았다는 원민의 덧붙인 설명으로 미윤은 모든 일의 윤곽을 잡을 수 있었던 것이다.

원민의 그런 설명을 듣고 나서 미윤은 지금 원민의 손을 잡고 부두로 통하는 언덕길로 내려오던 참이었다.

"엄마요, 할머닌 어디 있어요?"

연옥은 고개를 수그린 채 아무런 대답을 못한다.

미윤의 머릿속에도 이상한 예감이 스쳤다.

"어떻게 된 것일까?"

이렇게 자기 자신에게 물어보는 그녀는 원민의 손을 끌고 연옥의 쪽으로 걸어 내려갔다.

연옥으로부터 자초지종의 소식을 듣고 난 미윤도 당황하지 않을 수 없었다. 제258회

연옥과 단둘이선 아무리 의논해 보았댔자 이런 일이란 어떤 성과를 바랄 수 없는 일이다.

그래서 미윤은 아버지한테로 달려갈 수밖에 없었다.

궁파도 미윤으로부터 이 말을 듣곤 놀라지 않을 수 없었다.

광한의 부자에 대해선 항상 미안을 느끼던 그다.

오늘에 이르는 청해 땅의 큰 발전은 광한의 부자가 그 원동력이 되었다 해도 과언이 아니다.

그들의 소식이 묘연해진 지 이미 수 년….

궁파는 한때도 그들에 대한 정을 잊지 않았을 뿐 아니라 지금은 섬에 혼자 남아 살고 있는 광한의 어머니에 대하여선 각별한 생각을 하고 있던 바다.

미윤도 아버지의 이토록 놀란 표정이란 좀처럼 보지 못했던 바다.

궁파는 그길로 자기가 솔선하여 군졸을 풀어 부두 일대는 물론 섬 전체를 조사케 하였지만 이렇다 할 연락을 얻지 못했다.

이때 부두의 책임을 맡아보고 있는 무관 한 사람이 와서 보고하는 것이었다.

"아무리 샅샅이 찾아 봐도 그 종적을 알 수 없사오나 한 가지 이상한 일이 있사

옵니다."

"그 이상하다는 일이 무슨 일인고?"

"돛이 상하여 부두에 매어 두었던 배 한 척이 온데간데없는 것이 수상하옵니다."

궁파의 머릿속엔 이상한 예감이 떠올랐다.

"그 배가 있던 자리에 닻줄이 끊어져 있는 것은 없더냐?"

"그냥 그 배가 없어졌을 뿐 아무것도 눈에 띄는 것은 없었소이다."

궁파는 고개를 갸웃거리지 않을 수가 없었다.

여자의 혼자 힘으로 닻줄을 끌어 올리진 못했을 것이라는 생각에서다.

그러나 배 한 척이 없어졌고 광한의 어머니의 그림자가 보이지 않는 한 그 배를 타고 나갔다고밖엔 생각할 수 없었다.

궁파는 무관에게 명하여 곧 수군을 풀어 해상을 조사케 하고 그 보고를 기다리는 수밖에 없었다.

이른 새벽까지도 그렇게 세차던 바람도 자고, 풍랑도 가라앉아 바다는 딴 날보다도 더 조용했다.

각기 수군은 자기들의 공을 다투어 바다로 나갔지만 역시 망망한 대해엔 아무것도 보이질 않았다.

짧은 겨울날….

궁파는 초조한 마음을 가라앉히기 위하여 혼자 술을 들며 수군들의 보고만을 기다리고 있었다.

날이 다 어두워진 후 다시 부두의 무관이 왔다.

"수군들이 모두 다 돌아왔사오나 이렇다 할 소득은 얻지 못하였나이다."

"수고하였도다. 술을 주어 군졸들의 노고를 풀어 주도록 하라."

궁파의 목소리는 이상하게 가라앉아 있었다.

무관이 물러가고 난 다음에도 궁파는 펄럭이는 등잔 앞에 혼자 잔을 기울이기만 했다.

벌겋게 꽃무늬를 그리고 있는 그의 눈시울은 밤이 깊을수록 더욱 짙어져 갔다.

출군 전

出軍前

우징을 중심한 일행이 김해 성문 밖에 진을 친 지 오늘이 이틀째다.

그들은 정군整軍을 하기 위하여서라는 핑계로 일부러 김해성 안엔 들어가질 않았다.

처음 김양이 격문을 내어 의병을 모집하자 하였을 땐 질겁을 하던 김해 현감이었지만, 우징 일행이 황산진으로 상륙하여 성 밖에 진을 치기 시작하였다는 소문을 듣자 그는 잠시도 주저 않고 달려 나와 그들을 영접하였다.

지금 정년은 진중에 호젓이 앉아 있었다.

낮부터 흐릿하던 날씨는 황혼을 물들일 새도 없이 그냥 어두워져 버리고 말았다.

저녁 무렵부터 날씨도 퍽 풀려 푸근한 편이다.

군졸이 들어와 장막 안에 불을 켜 놓고 나갔다.

정년은 그대로 비스듬히 기대앉아 있을 뿐이다.

굳게 잠겨진 장막 안이었지만 불길이 절로 펄럭인다.

정년이 처음 계획으로선 상륙한 즉시로 전군前軍은 행군을 할 예정이었던 것이다.

정년 자신 정군을 핑계 삼고 오늘까지 여기서 이틀째 머물게 한 것은 자기대로의 이유가 있었다.

장승포 앞을 지날 무렵 멀리 수평선 끝에서 십수 척의 배를 발견했던 것이다.

그쪽도 이쪽의 기미를 알아차렸던 모양인지 곧 뱃머리를 돌려 자취를 감추어 버리고 말았다.

처음 정년은 속력을 내어 이를 추적해 볼 생각도 해 보았지만 아직 이쪽 사정에 정통치 못한 자신이 선불리 서둘렀다가 헛된 노고勞苦를 가져올 것을 꺼리어 그냥 버려두었던 것이다.

그러나 그 수평선 끝에 보였던 십수 척의 배 그림자가 웬일인지 정년의 가슴을 파고들었다.

우징과 김양이 정년의 이런 소갈머리를 알 까닭이 없었다.

다만 한시라도 바쁜 그들은 그냥 행군할 것을 바랐지만 정년의 입에서 정군과 휴식을 취해야 한다는 주장에 마지못하여 이곳에 진을 치게 했던 것이다.

고깃배는 물론 아니다. 그것이 수군이었달 것 같으면 이쪽의 수상한 거동을 그들이 미리 알아차렸을 것은 뻔한 일이다.

만일 그것이 수군이었달 것 같으면….

정년은 이런 생각을 하며 눈을 번쩍 떴다.

급작스레 음산한 바람이 장막 안으로 스며드는 것 같았다.

정년은 급작스레 이러한 자신을 발견할 때 놀라는 한편 까닭 없이 허전하였다.

수많은 군졸을 거느리고 당나라 천지를 휘두르고 다니던 때의 정년은 한 번도 느껴보지 못했던 심정이다.

바람이 부는 곳을 찾아 물결치는 장소라면 일부러 그 파도를 좇아가던 자신이었다.

그러고 보면 물정과 지리에 능통치 못하다는 것보다 자신도 모르게 늙은 것만 같은 생각이 들었다.

묵직한 어깨를 다시 기댄 정년은 스르르 눈을 감으며 길게 숨길을 돌린다.

허전한 마음이라도 메워 보려는 그런 숨길이기도 했다.

이때 불을 켜 놓고 나갔던 군졸이 장막으로 들어와 군례로써 전갈을 아뢰었다.

제260회 "지금 평동장군平東將軍으로부터 군졸이 와서 전갈을 두고 갔나이다."

기대앉았던 정년은 벌떡 허리를 일으켜 반듯이 앉은 채 전갈을 아뢰는 군졸의 얼굴을 쳐다본다.

감고 있던 눈을 뜨자 눈 속에서 훅 불이 쏟아져 나오는 것 같았다.

군졸은 군령에 따라 똑바로 서 있으면서도 그 위압에 질려 까닭 없이 속이 후들후들 했다.

"무슨 전갈이었더냐."

그 이글거리는 눈빛에 비하면 목소리는 유난히 부드러웠다.

"평동장군께서 곧 우징 나리 장막으로 오시라는 전갈이었나이다."

"알았다."

정년이 이렇게 말하며 고개를 끄덕이자 군졸은 다시 장막 밖으로 나가 버렸다.

정년은 군졸이 나가 버린 다음에도 잠시 그냥 앉아 있었다.

필시 내일은 행군을 하자는 의견을 말하기 위하여 부르는 것이라고 생각하며 정년은 자기대로의 생각을 하고 있었다.

청해 땅에 돌아와선 그냥 술로써 세월을 보내던 그였지만 오랜 군관 생활에 단련된 그라 진중의 군법을 잊을 리가 없었다.

그는 곧 옷을 단정히 하고 허리엔 칼을 차고 나왔다.

장막 밖으로 나온 정년은 한 손으로 칼을 쥔 채 사면을 살펴본다.

푸군해진 하늘에선 금시 무엇이라도 쏟아질 것만 같은 날씨다.

장막마다에서 불빛이 새어 흐르고 있었다.

어둠의 탓인지 멀고 가까운 곳의 말소리가 낱낱이 들리는 것 같았다.

정년도 장막 안에 있던 때와는 딴판으로 이렇게 밖으로 나와 이런 따스한 분위기에 휩쓸려 들고 보니 자신마저도 진중에 있는 몸이 아니라 어떤 자그마한 마을에 와 있는 듯싶은 착각을 일으킬 정도였다.

이렇듯 진중이 화기애애할 수 있다는 것은 모든 군졸들이 험악한 싸움터로 나간다는 생각보다 오래 마음속에 그리고 있던 고향으로 돌아간다는 기쁨이 앞선 탓이기도 했다.

우징이 거처하는 장막은 평동장군인 김양과 더불어 산등성이 위에 있었다.

정년은 장막으로부터 새어 흐르는 불빛을 따라 올라갔다.

누긋한 바람 속에 비릿한 향기가 풍겨 온다.

보잘것없는 자그마한 어촌에 지나지 않는 곳이었지만 뒤돌아보면 볼수록 어느 고을에 못지않아 보였다.

군령에 따라 움직이는 파수병의 경계가 삼엄하다.

그들에게 군호로써 대답하며 등성이를 오르는 정년은 그것만으로도 다시 옛날로 돌아간 듯싶어 마음이 흐뭇해지기만 했다.

휘황한 불빛이 새어 흐르는 장막 밖에 두 군졸이 서 있다. 정년의 그림자를 보자 앞으로 나와 길을 막는다.

정년은 역시 군호로써 대답하며 자기가 왔음을 우징에게 알리도록 하였다.

파수 보던 군졸이 들어갔다 곧 나와 안으로 들어올 것을 전갈한다.

정년은 장막 안으로 들어가 우징을 비롯하여 김양에게 극진한 군례를 표시하자 우징과 김양이 함께 일어나 그에게 자리를 권하는 것이었다.

제261회 잠시 후 세 사람이 각기 자리를 하고 앉는다.

우징은 자기와 마주 앉은 정년을 슬쩍 쳐다보며 김양 쪽으로 시선을 옮긴다.

궁파가 말했듯이 이렇게 조용한 자리에 마주 앉고 보니 역시 그 인품이 믿을 만한 사람이라는 것이 더 절실하게 느껴지는 것 같았다.

김양이 우징과 시선이 마주치자 옆으로 앉아 있던 정년을 쳐다본다.

이때 군졸이 더운 차를 갖고 들어와 부어 놓고 나간다.

차가움 속에 떠 흐르는 향기가 유난히 맑다.

"장군은 어느 때쯤 행군을 할 생각이오."

김양이 찻종을 들며 정년에게 묻는 말이다.

장막을 나올 때부터 미리 짐작하고 온 그는 조금도 당황하는 기색도 없이 도리어 빙긋이 웃는 얼굴로 김양과 우징을 쳐다보며 대답한다.

"생각 같아선 지금 당장이라도 출군을 하고 싶소이다만…"

정년은 여기서 말을 끊고 김양을 쳐다본다.

김양과 우징도 정년의 얼굴에서 어떤 동정을 살펴보기라도 하려는 듯 그를 마주 쳐다본다.

정년이 출군에 대하여 확답지 않는 것을 보면 그냥 내세우는 말대로 정군을 하기 위해서가 아니라 어떤 곡절이 있는 것 같았다.

"그렇다면 장군은 아직도 여기서 얼마 동안이나 더 묵을 요량을 하고 있는 것이오."

이번엔 우징이 정년에게 묻는 말이다.

정년은 이 말에도 어떤 확답을 할 수 없었다.

"실은 정군의 이름으로 적의 동정을 살피기 위하여 여기서 머물 것을 주장하였소이다."

정년의 이런 말을 듣고 실색한 것은 김양이다.

도대체 이 사람이 당나라에서 군관의 벼슬을 지냈다는 무관으로서 아무리 이곳의 지리에 정통치 못하다 한들 이럴 수야 있느냐 하는 생각이 들었던 까닭이다.

우징도 처음의 기대에 너무나 어긋나는 대답이라고 생각한다.

"아무리 적정을 살핀다 한들 여기 주저앉아 있어서야 어찌 그것을 살필 수 있으리오."

김양의 반문은 부드러우면서도 어딘지 모르게 비웃는 말투였다.

그러나 정년은 조금도 언짢은 기색은 보이질 않는다.

"물론 적정을 살피기엔 너무나 먼 거리임을 짐작하고 있소이다. 그러나 일단 출군을 하면 여하한 일이 있어도 그 방향을 쉬 바꿀 수 없을 것 같아 이곳에 더 머물러 있기를 고집하였나이다."

이 말엔 김양도 잠자코 있었다. 우징은 김양과 정년을 번갈아 쳐다볼 뿐이다.

우징은 이 사람에게 필시 무슨 깊은 계획이 있어 그러는 것 같아 그것이 듣고 싶었다.

"일단 출군을 하면 쉬 방향을 바꿀 수 없다 한즉 장군은 어떤 계략을 갖고 있소?"

정년도 진작 그것을 말하고 싶었던 차다.

그는 이 기회에 자기의 계략을 대충 설명하려는 듯 고개를 번쩍 들었다.

"서라벌의 김명 군은 우리가 이미 여기 상륙하여 진을 치고 있음을 알고 있을 제262회
줄 아나이다."

정년이 입을 열자 두 사람은 정년만을 쳐다본다.

"우리가 여기 진을 친 지 이틀밖에 되지 않거늘 어찌 벌써 알 수 있으리오."

옆에 앉은 김양이 의아한 눈초리로 되묻는 말이다.

"전군前軍이 거제巨濟 섬 앞을 지날 무렵, 멀리 수평선 끝에 십수 척의 배가 있음을 보고, 이것을 추격할까 하였으나 곧 도망쳐 버렸기에 이를 그냥 두었소이다…. 이는 단지 고기를 잡는 배가 아니라 필시 수군이었음이 틀림없을 줄 아나이다. 그렇다면 이미 우리가 여기 상륙하였음을 알았을 뿐 아니라 김명군은 우리를 맞을 만

반 준비를 하고 있을 줄 아나이다."

정년의 말은 김양과 우징 두 사람에겐 전연 생각조차 하지 못했던 일이 아닐 수 없었다.

"그렇다면 우리가 행군을 서둘렀어야 할 일이 아니오."

김양은 정년의 언행이 더욱 의아하여 이렇게 따지지 않을 수 없었다.

그러나 정년은 태연하기만 하였다.

"물론 서둘러야 했습지요…. 그러나 여기서 정군을 빙자하여 머문 것은 적의 동정을 살피고 나서 움직여 볼 생각이었나이다."

"적의 동정이라니요."

"적군은 우리가 양산 언양을 지나 서울로 쳐들어갈 것을 생각하여 이쪽으로 군졸을 몰아 놓을 것이라 생각하나이다."

"적에게 그만한 시일의 여유를 주지 않고 진격해야 할 것이 아니오."

김양의 말투는 인젠 자신도 모르게 정년을 공격하는 말투였다.

"물론 적에게 시일을 주지 않고 공격함이 병법의 하나인 줄 아나이다. 그러나 양산을 중심한 산줄은 보통 보행에도 험한 길이옵니다."

우징은 정년의 말을 들으며 지그시 눈을 감고 있었다.

험난한 길을 낮을 버리고 밤에만 도망쳐 오던 생각이 어제 일같이 생생하게 떠오르는 것이었다.

"더욱 금년에는 이곳에 유독 눈이 많이 왔다고 하옵니다."

그 말은 우징과 김양도 이곳 김해 현감으로부터 이미 들은 말이다.

"이런 험준한 길을 택한다는 것은 적과 싸우기 전에 먼저 절반의 군졸을 잃게 되는 위험을 무릅쓸 생각을 하고 만사를 진행시켜야 할 줄로 아나이다."

정년의 말을 이렇게 듣고 보면, 그의 말은 하나도 조리에 닿지 않는 것이 없었다.

"그럼 장군은 양산 길을 택하지 않으면 어느 길을 취하려 하오."

이번엔 김양의 음성도 적이 누그러워져 있었다.

"처음부터 그 길을 택하지 않을 생각이기에 여기 머물 것을 주장하였나이다."

정년은 이렇게 말하며 조용히 씽긋 웃었다.

우징에겐 그 웃음이 그의 말과 더불어 믿음식했지만, 김양은 자기를 비웃는 것 같아 여간 불쾌하지 않았다.

그러나 사사로이 불쾌하다 하여 이런 중대한 시기에 자기감정을 그대로 털어놓을 수는 없었다.

장막은 다시금 조용하였다. 헝클어진 김양의 숨길만이 이상한 파문을 그리고 제263회
있을 뿐이다.

"김명 군은 이미 양산 길을 막기 위하여 총출동하였으리라 생각하나이다."

우징은 정년의 말에 고개를 끄덕거릴 뿐이다.

"그렇다면 장군은 양산 쪽을 버리고 달벌達伐 쪽으로 돌아갈 생각이란 뜻이오?"

정년은 김양의 묻는 말에 크게 고개를 흔들어 대답한다.

"길은 편할지 모르나 시일은 세 갑절이나 걸릴 것이 아니오."

"물론 거리로 따지면 세 갑절이나 될 줄 믿나이다… 김명 군에게 지장智將이 있어도 우리가 달벌 길을 택하리라고는 생각지 않으리다. 그러니 그들은 모든 군력을 틀림없이 양산 쪽으로 기울이리라 믿나이다. 달벌을 택함은 어리석은 듯하나 적의 그러한 허虛를 찌름이요, 거리는 멀다 하오나 아군의 모든 군사는 지금 싸움터로 나간다는 생각보다 고향으로 돌아간다는 생각에 마음이 들떠 있나이다. …모든 군졸들의 마음이 그러하고 보면 거리는 멀다 하여도 길만 편하면 그들의 그러한 마음으론 시일을 극복할 줄 믿나이다."

정년의 이런 설명을 듣고 보니, 우징은 그의 확고부동한 전법에 마음이 후련하여지는 것 같았다.

"그렇다면 장군은 어느 때쯤 출군할 생각이오."

우징은 이미 정년 자신의 주장을 좇는 것을 전제로 하여 묻는 말이려니 했다.

"행로가 결정되었다면 전군은 내일이라도 출군을 하게 하고, 중군과 후군은 며칠 더 머물러 의병을 정비하여 갖고 뒤따름이 좋을 줄 아나이다."

전군이 출발한다는 것은 물론 정년 자신의 출발을 뜻하는 것이다.

행로의 선택에 다소 불만은 있었지만 내일로 출군한다는 말에 김양은 그것을 참을 수 있었다.

정년은 여기서 며칠 더 머물며 동정을 살피고 싶었지만 그들이 서두르는 눈치고 보니 출군하여 도중에 머무는 한이 있어도 그렇게 말했던 것이다.

"내일 출군을 한다면 장군도 일찍 돌아가 쉬는 것이 좋으리라 생각하오. 모든 승패는 오직 장군의 힘을 믿을 뿐이오."

이렇게 말하며 정년을 쳐다보는 우징의 얼굴엔 새로운 빛이 넘쳐흐르고 있었다.

정년 자신도 눈앞에 앉아 있는 사람에게 충성을 다한다는 생각보다도 자기를 어디까지든지 믿어 주는 궁파에 대한 지기의 정과 의리에 보답할 것을 다시 한 번 스스로 다짐하였다.

"소장은 내일 출군을 서둘기 위하여 일찍 돌아가겠나이다."

출군을 서둘기 위함이란 말에 김양과 우징은 그를 더 붙잡아 놓지 못한다.

장막 한쪽에서 타오르는 불길이 밤의 고요를 더해 줄 뿐이다.

이렇게 말하고 난 정년은 들어오던 때와 다름없이 그들에게 군례로써 하직을 고하고 밖으로 나왔다.

장막마다 켜져 있던 불빛도 군데군데 꺼져 있는 것으로 보아 밤이 꽤나 깊은 모양이다.

뺨이 선뜻거리는 것으로 보아 흐릿하던 날씨가 진눈까비를 날리는 모양 같았다.

제264회 자기 장막으로 돌아온 정년은 옷에 묻은 물방울을 털곤 그냥 의자에 기대앉아 한참 동안은 무엇을 생각하는 듯 멍청히 타오르는 불빛을 바라보고 있다.

내일 출군한다는 말을 선언해 놓고 돌아와 앉아 있고 보니 이렇게 진중에 한가하게 앉아 있는 몸이 아니라 그의 마음은 치열한 싸움터로 달리고 있는 것같이 분망하게 설렜다.

창과 칼과 싸움터와는 이제 인연을 끊은 것같이 생각던 자신이었지만, 또 다시 이렇듯 전진戰塵에 몸을 묻히게 된 것을 생각하면, 자신은 세상에 그런 것을 하기 위하여 태어난 것만 같은 이상한 생각이 들었다.

누구를 위한 충성도 아니다. 다만 있다면 자기에 대한 의리가 있을 뿐이다.

그 의리는 무슨 까닭에 수많은 살육으로서만 이어갈 수 있단 말인가….

정년으로선 도시 알 수 없는 일이었다. 그러나 이미 군령에 매인 몸….

무관으로선 군령을 어길 순 없는 일이다.

멍청 불빛만 바라보고 있던 정년은 벌떡 일어나며 장막을 지키고 있는 군졸을 부른다. 진눈까비를 맞으며 밖에 서 있던 군졸이 안으로 들어왔다.

군졸의 얼굴을 한참 쳐다보고 있던 정년은 한참 후에 무거운 입을 열었다.

"전군의 각 아장들을 속히 모이도록 이르라…."

"군령대로 전하겠나이다."

군졸이 나가 버린 장막 안은 다시금 조용하다.

장막 밖에 쏟아지는 진눈까비 소리까지도 들리는 것 같다.

정년은 깊숙이 의자에 기대앉은 채 천장을 향하여 고개를 든 채 눈을 감고 있다.

밖이 웅성거리는 것 같더니만 잠시 후 세 장수가 차례로 들어온다.

하나도 빠짐없이 힘찬 얼굴들이다. 그 힘찬 얼굴에 긴장의 빛이 흐르자 조용하던 장막 안에 살기가 떠도는 것 같았다.

이윽고 정년이 세 장수를 번갈아 쳐다보며 조용히 입을 연다.

"밤중에 급작스레 제장을 불렀음은 다름이 아니라."

크지 않은 정년의 부드러운 말소리지만 이렇게 서두가 시작되자 그들의 얼굴은 지나친 긴장에 하나같이 굳어지기만 했다.

"오늘로써 대군이 정비되었으니 필요 없이 이곳에 지체할 수 없는 바다. 따라서 내일 이른 새벽 출군할 예정이라 제장은 그리 알고 모든 군졸에게 군령으로서 전하라… 또한 행군이 시작되면 제장들은 맡은 바 군졸들을 엄한 군령으로 다스려 도중에 군기를 문란케 하거나 또는 민폐를 끼치는 일이 없도록 하라…. 비록 우리가 적을 물리쳐 승전했다 해도, 민심이 우리를 좇지 않을 땐 이는 패하였음이나 다름없는 일이라… 모든 공로는 서울에 진격하여 대전의 넓은 마당에서 밤과 낮같이 엄하게 가릴 것이니 제장은 그리 알고 돌아가 만반의 출군 준비를 갖추도록 하라…."

정년의 입에서 일단 정해진 말이 군령이고 보니 여러 아장들에겐 이의가 있을 리 없었다.

긴장에 뒤섞인 아장들이 돌아간 다음에도 정년은 혼자 앉아 깊은 생각에 잠겨 있었다.

제265회

김명이 조성을 뒤집어엎고 정권을 잡았다는 소식을 들은 것은 염장이 고향인 무주武州를 떠나 다시 서울로 돌아오던 때다.

염장은 처음 그 소리를 듣곤 반신반의를 했다.

설마 그럴 수가 있을라구….

이렇게 자신에게 다짐해 보면서도 염장의 가슴을 가로막는 것은 아차 하는 생각이다.

아차!란 그지없이 아쉬운 생각이다. 그러고 보니 염장은 그동안 고향으로 되돌아갔던 일마저도 후회스러웠다.

그 후회란 다시없을 기회를 놓쳤다는 생각에서다.

청해 땅을 떠나 오늘에 이르기까지 광한의 부자를 살해하고 서울의 노름 터에 빠져 돌아다니면서도 언제나 염장의 머릿속을 떠나지 않는 것은, 조정에 발을 들여놓을 수 있는 기회를 엿보는 일이다.

이렇듯 생각은 간절했지만 아직도 그에겐 액운이 가시지 않았던지 오늘날까지 거리를 헤매는 부랑배의 신세를 면하지 못했던 것이다.

고향에 돌아가지 않고 서울에 그냥 머물러 있었던들 이번 기회야말로 어느 품에 가 붙었어도 한몫 볼 수 있었던 게 아닌가… 생각할수록 분하기 짝이 없었다.

염장이 김해 땅에서 의병을 모집한다는 소리를 들은 것은 이런 아쉬운 생각을 품고 서울로 돌아가는 어느 길가의 주점酒店에 들렀을 때다.

아직 날이 저물기에는 이른 때였지만 주점엔 이른 나절부터 젊은 장정이 술을 마시고들 있었다.

그들은 염장이 들어가도 알은척도 않고 자기들의 토론에 열중하였다.

"밤낮 호미 자루만 들고 이 꼴로 살겠느냐… 기회라면 다시없는 기회다… 그리고 의병에 가담해도 명분이 서지 않느냐…."

옆에 앉아 듣자니 그들은 그들의 말대로 호미 자루만 들고 사는 농군 같지는 않았다.

그들의 주고받는 말투도 그러했지만 또한 생김새도 그러했다.

의병이란 말에 귀가 번쩍 뜨인 염장은 그들에게 술을 사며 참견을 했던 것이다.

그들의 말로서 김양이 청해 땅에 가 있는 우징을 받들어 김해 고을에서 의병을 모집하고 있다는 사실을 알았다.

염장의 가슴속은 이상하게 설렜다. 그는 그들에게 술을 사 들고 권할 때와는 딴판으로 간다 온다는 인사도 없이 주막을 빠져나왔다.

주기가 들은 얼굴엔 바람이 더 차가운 것 같았다.

이날 밤으로부터 염장은 밤낮을 가리지 않고 김해 고을을 향하여 걸어갔다.

김해 고을이 가까워짐에 따라 과연 주점에서 들은 말이 뜬소문이 아니라는 것을 깨달을 수 있을 때 염장의 마음은 더욱 들떠 올랐다.

염장이 김해 고을에 도착한 것은 정년이가 지휘하는 전군이 김해 성문 밖에 주둔하여 진을 치던 날이다.

청해 땅으로부터 온 군사가 성 밖에 진을 쳤다는 소문을 들은 염장은 자기가 저지른 일이 있어 불안하였지만 요행히 궁파 어른이 오지 않고 정년이가 왔다는 소리를 듣곤 혼자 기뻐했다.

이제야말로 언덕을 비비고 기댈 수 있는 자리가 마련된 것 같은 생각에 그는 부랴부랴 성문을 빠져나와 정년의 진지를 찾았던 것이다.

성문 밖으로 빠져나온 염장은 한참이나 헤매었다. 제266회

흐릿한 날씨였더니만 진눈깨비마저 퍼붓고 보니 방향을 종잡을 수가 없었다.

장막 밖으로 새어 흐르는 불빛에 드러나 보이는 것은 삼엄한 경계망이다.

스스로 담이 크다고 자부하던 염장이었지만 어쩐지 접근하기가 두려워 한참이나 진지의 변죽만을 헤매었다.

그러나 이렇게 헤매다가는 밤새 그 뜻을 이루지 못할 것같이 느껴진 염장은 일부러 진지 앞으로 가까이 걸어갔다.

"누구여?"

"나요!"

소리친 파수병의 그림자가 보이질 않는다.

염장은 조심조심 걸어가려다 멈칫 서버린다.

뺨에 떨어지는 진눈깨비가 유난히 차갑기만 하다.

"누구여?"

"나요!"

다시 한 번 똑같은 소리를 되풀이하였다.

주위가 더 조용해지는 것 같았다. 파수를 보던 군졸은 아무래도 이상했다.

이곳 군사랄 것 같으면 으레 군호軍號로써 대답할 것이지만 두 번 다 이렇게 대답하는 것을 보면 외인外人이 틀림없었다.

창을 들고 있는 파수병은 머리끝까지 긴장이 흘렀다.

어둠 속을 노려보는 그의 눈에서 확 불꽃이 흐르는 것 같았다.

그는 숨소리마저 죽여 가며 염장의 그림자를 노려보았다.

그는 동정을 살피기 위하여 일부러 창 소리를 내어 본다.

절벅거리는 창 소리를 들은 염장은 가슴이 뜨끔했다.

선불리 이렇게 덤벙대단 어느 어둠 속에서 불쑥 나오는 창에 쓰러질지 모를 일이다.

그런 생각이 떠오르자 자기 자신 스스로 담이 크다고 다짐하던 염장은 간이 콩알만큼이나 줄어들어 가는 것 같았다.

무어라고 해야 하겠지만 얼핏 그럴듯한 구실이 떠오르질 않는다.

이러한 염장을 노려보고 있던 파수병은 그토록 꿈질거리는 것으로 보아, 이놈이 염탐을 하러 온 놈이라고 단정할 수밖에 없었다.

염탐을 하러 온 놈이랄 것 같으면 이놈을 꼭 사로잡아야 하겠다는 결심을 한 파수병은 어둠 속에서라도 선수를 쓸 생각을 하며 그놈 옆으로 한발 가까이 갔다.

그러나 이쪽의 동정이 보이지 않았던지 그는 그냥 서 있었다.

호된 바람 속에 진눈깨비가 세차게 퍼붓는다.

파수병은 바람 소리와 함께 들고 있던 창을 버리고 염장한테로 달려들었다.

훅, 소리 없이 달려든 파수병은 염장을 쓸어안은 채 그냥 나꿔쳐 쓰러뜨리고야 말았다.

이렇게 맥없이 쓰러지기란 염장 자신도 처음이다.

"어떤 놈이냐! 이놈! 염탐꾼이지 이놈…"

"아니다. 나는 정년 장군을 뵈러 온 의병이오 정년 장군을…."

염장의 입에서 이런 소리가 나오자 그제서야 파수병은 힘을 늦추어 쓰러졌던 염장을 잡아 일으켰다.

파수병은 의병이란 말에 그냥 되붙잡아 놓은 채 곧 동료를 시켜 정년에게 연락 제267회
토록 하였다.

어둠 속에서 별안간 홍두깨로 얻어맞은 것같이 얼떨하고 불쾌했지만 그것으로 정년을 만날 수 있게 된 것이 염장으론 한편 흐뭇하기도 했다.

파수병은 우선 염장을 자기 장막 안으로 데리고 들어갔다.

훤한 불빛이었지만 그들은 서로 얼굴을 알아보지 못했다.

"궁파 어른께서는 이번에 오시지 않았던가요…."

염장은 우선 진중의 동정을 살피기 위하여 이렇게 물었다.

"궁파 어른은 오지 않았소이다."

염장은 자기 자신을 밝힐까도 생각하였지만 군졸한테까지 그것을 밝힐 필요가 없을 것 같아 다시 화제를 딴 곳으로 돌렸다.

"형장은 청해 땅 사람인가요?"

"아니올시다."

"그럼 서울 사람으로 청해 땅에 가 있었구만요."

"네, 그렇소이다."

파수병에 대한 신분보다도 염장에게 더 궁금한 것은 영권과 봉화였다.

"형장은 그곳에서 오래 살았다면 혹시 영권이란 사람을 아시나요?"

"봉화 어른의 처남 되시는 분 말인가요."

"그렇습니다."

"그분은 지금 왜나라 지쿠젠에 가 계시지요."

"그런가요… 그럼 봉화 어른은 이곳에 같이 오셨겠구만요."

염장이 이렇게 묻자 그제서야 파수병의 태도도 조금 전보다는 훨씬 달라졌다.

"어떻게 그리 청해 땅 일을 자세히 아시는가요."

"네, 그럴 만한 연유가 있어 그냥 좀 알고 있을 뿐이지오."

"지금 봉화 어른을 물으셨지만, 그분도 여긴 못 오셨답니다."

그 말을 듣고 나자 염장은 긴장이 풀리는 것같이 안심이 되었다.

영권과 봉화만 여기 없다면 자기에 관한 과거를 자세히 아는 사람은 없을 것이다.

그는 자기도 모르게 길게 숨길이 펴져 흘렀다.

"그분은 어떻게 되어서 못 오셨던가요."

"그분도 궁파 어른의 명을 받고 일전에 당나라로 들어가셨답니다."

"그래요…."

이렇게 대꾸하고 앉아 있는 염장의 머릿속을 스치고 지나가는 것은, 복아의 얼굴이었다.

오래 잊고 있다시피 한 그 얼굴이었지만 오늘은 선명히 그 윤곽이 떠오름은 무슨 까닭인지 자신마저도 알 수 없는 일이었다.

염장은 눈앞에 얼른거리는 환상을 잊기나 하려는 듯 눈을 감았다.

복아…

연옥…

미윤…

차례차례로 이런 얼굴들이 스치고 지나가는 순간, 염장은 절로 마음이 무거워지는 것 같았다.

이때 밖에서 소란한 소리가 들리더니만 정년에게로 올라갔던 군졸이 장막 안으로 들어선다.

"장군께서 이제 곧 올라오라 하시니 같이 가도록 합시다."

염장은 군졸의 뒤를 따라 다시 장막 밖으로 나갔다.

제268회 정년은 군졸의 뒤를 따라 들어서는 염장을 힐끔 쳐다보았다.

조금도 기억에 떠오르지 않는 얼굴이다.

염장도 몇 해 전 그를 잠시 보았던 얼굴일 뿐 아니라 그동안 너무도 많이 변하여 얼핏 알아보기가 힘들었다.

염장은 그의 앞으로 가서 공손히 절을 한다.

그러나 정년의 눈엔 아직도 의심의 빛이 가시질 않았다.

"장군께서는 소인을 물론 기억하시지 못할 줄 아나이다."

염장이 이렇게 말하자 정년은 옆에 있는 의자에 자리를 권하며 그에게 되묻는다.

"그대는 나를 어디서 만난 기억이 있는가…."

"물론 여러 해 전 일입니다. 장군께옵선 까마득히 잊고 계실 줄 아오나 소인으로선 생명의 은인이라 평생을 두고 잊을 수 없사와 장군이 여기 오셨다는 소리를 듣고 이렇게 찾아왔나이다."

그는 염장의 얼굴에서 그가 말하는 어떤 실마리라도 찾아내려는 듯 다시 한 번 그의 얼굴을 쳐다본다.

그러나 정년으로선 그럴 만한 기억이 떠오르질 않았다.

"내 기억이 확실치 않으니 그대는 좀더 자상히 말하여 보라."

"장군께옵선 해적선에서 노비로 잡혀 갔던 소년 소녀들을 기억하시겠지요."

물론 정년 자신도 그것을 잊고 있을 리가 없었다.

염장의 말에 고개를 끄덕이는 정년의 얼굴엔 금시 긴장의 빛이 떠돌았다.

그 일로 인하여 아니 그때 해적선에서 구출했던 연옥으로 인하여 고국을 등진 채 몇 해를 방랑하다 돌아온 자신이었던 것이다.

"소인의 이름은 염장이라 하옵고 그때 장군의 손에 구출되었던 소년이옵니다."

염장의 목소리는 격해진 것같이 가늘게 떨었다.

"그대가 벌써 이렇게 성장하였던가."

아직도 염장의 모습은 기억 속에 확실치 않았지만 지난날을 다시 한 번 회상하게 되는 정년도 감개가 무량하지 않을 수 없었다.

"이렇게 장군을 찾아 다시 뵐 수 있게 되니 꼭 제 육친을 만난 것이나 다름없는 심정이옵니다."

염장의 목소리는 부드럽고도 은근했다.

"내가 여기 온 줄을 그대는 어떻게 알고 찾아오게 되었는가…."

"자초지종을 말씀 드린다면 이 밤이 다하여도 끝이 없을 줄 아옵니다."

염장은 무슨 대단한 이야기라도 펴놓으려는 듯 이렇게 허두를 뇌까리며 정년의 기색을 살핀다.

혹시나 청해 땅에서 궁파로부터 자기에 관한 무슨 좋지 않은 이야기라도 들은 것이 있지 않나 해서다.

자기가 염장이란 말을 했을 때도 별로 의심치 않는 것을 보면 그는 자기에 관하여 들은 바가 없는 것 같기도 했지만 염장으로선 매사에 조심하지 않을 수 없었다.

"장군께서 여기 오셨다는 소문은 어제 김해 땅에 와서 들었나이다. 이렇게 밤중에 찾아오는 것은 도리가 아닌 줄 아오나 긴 밤을 뜬눈으로 새울 수 없어 무례를 무릅쓰고 찾아왔나이다."

염장은 상대편의 환심을 사기 위하여 눈치만 살핀다.

제269회 염장이 잊지 않고 이렇듯 밤중임에도 불구하고 찾아온 것이 정년에겐 도리어 기특했다.

"그런데 그대는 어찌하여 청해 땅에 있지 않고 이리로 오게 되었는가…."

이 물음엔 염장도 가슴이 뜨끔했다.

"네 여기 와서 살게 된 데는 또 그럴 만한 이유가 있나이다… 실은 청해 땅에서 서울로 보내는 봉물 짐을 갖고 왔던 것이 여기 와서 머물게 된 동기가 되었나이다."

"봉물 짐!"

정년으로선 처음 듣는 소리이기도 했다.

"벌써 여러 해 전 일이었나이다. 봉물 짐을 갖고 오다, 양산재에서 도둑을 만나 짐을 빼앗겼을 뿐 아니라 동행이 살해당하고 겨우 저 혼자만이 도망쳐 오늘에 이르게 되었사온즉 목숨은 살았사오나 청해 땅으로 돌아갈 면목이 없어 이곳저곳으로 헤매던 중, 김해 땅에서 의병을 뽑는다는 소문을 듣고 고향인 무주 땅에 있다가, 불원천리하고 달려와 보니, 뜻밖에도 장군을 상봉하게 되었나이다."

정년은 무엇을 생각하는지 눈을 감고 염장의 말을 듣고만 있었다.

그가 염장 자기의 말을 듣고도 별로 노한 빛을 보이지 않는 것으로 보아 자기에 관한 일을 전연 알지 못하고 있는 것 같아, 무엇보다도 다행스러웠다.

"장군을 이렇게 뵈오니 옛일이 다시금 뉘우쳐지오나, 그때 심정으로선 정말 면목이 없어 차라리 자결을 하면 했지 돌아갈 순 없었나이다."

염장의 경우는 얼마든지 있을 수 있는 일이라고 생각하는 정년은 그러한 염장에게 오히려 동정이 갔다.

"사람에겐 흔히 실수도 있는 법이거늘, 그런 일이란 천재天災나 다름없거늘, 어찌 하랴. 모든 것이 지난 일이니 잊어버림이 좋으리라."

염장은 정년의 이런 말이 내심 여간 기쁘지 않았다.

그러나 그는 조금도 그런 빛을 겉 표정엔 나타내질 않았다.

"장군께서 그런 말씀을 하시니 더욱 송구스러울 뿐이옵니다."

염장은 진정 자기 과거를 뉘우치는 것같이 정년 앞에 정색을 하고 고개를 수그렸다.

밖에서 진눈까비 퍼붓는 소리가 더 심해지는 모양인지 장막이 꽤나 흔들린다.

"이제 모든 일을 뉘우치며 장군을 찾아왔사오니 장군께서는 불쌍한 소인을 버리지 말아 주시오면 이번 길에 목숨을 다하여 옛 은혜를 갚을 생각이옵니다."

우연히 기회에 이러한 염장을 수하에 두게 되었다는 것은, 정년으로선 백만의 군졸을 더 얻은 것보다 마음이 든든했다.

"우리가 서로 인연이 있어, 벌써 옛날부터 아는 터이거늘 내 어찌 그대를 저버릴 수 있으랴."

"소인은 장군을 오늘로부터 사부師夫로 모시옵고, 이 몸이 다할 때까지 충성을 바칠 것을 맹세하겠나이다."

정년도 염장에게 못지않게 그를 만나게 된 것이 기뻤다.

그들은 좁은 장막 안에 간소한 주안상을 마련하여 놓고 서로 옛날을 회상하며 잔을 주고받았다.

밖에는 여전히 진눈까비가 쏟아지고 있었다.

대승

大勝

한때 어지럽던 조정도 쉬 가라앉았다.

왕위에 오른 김명은 선왕의 예를 따라 매일 아침 임해전臨海殿에 나와 조례를 받았다.

이날도 새로 임명된 상대등 김귀金貴를 비롯하여 시중 헌숭憲崇 등을 거느리고 나왔다.

만조백관은 왕의 거동을 보자 모두 허리를 구부려 크게 절한다.

그들을 굽어보며 탑전榻前으로 가는 왕의 얼굴엔 가느다란 미소가 부드러운 바람결같이 출렁인다.

형식에 따르는 조례가 끝날 무렵이었다.

만조백관의 대열에 끼어 있던 한 장수가 일어나 왕 앞에 고하자 급작스러운 일이라 여러 조신들도 당황하는 빛을 숨기지 못한다.

"바야흐로 조정이 안정되어 만민이 잠자리를 편히 할 수 있음을 기뻐하는 즈음 우징의 일당이 청해 땅으로부터 홍란興亂하기 위하여 황산진으로 상륙했다 하니 조정은 장차 이 일을 어찌하리오."

그 장수는 머리가 허옇게 희었을 뿐 아니라 얼굴엔 그가 살아온 과거가 순탄치 않았다는 듯 굵은 주름이 잡혀 있었다.

이 소리를 듣자 왕은 물론 모든 중신까지도 얼굴에 빛을 잃은 채 좌우를 살필 뿐이다.

"이 어찌된 일이뇨."

위엄을 갖춘 왕의 목소리였지만 그 위엄 속엔 온갖 불안이 스며 있음이 분명했다.

여러 신하가 읍하고 있었지만 누구 한 사람 이 문제에 대해선 아는 바가 없다는 듯 입들을 봉하고 있기만 했다.

"소신의 일가 중에 어업을 생업으로 하는 자가 있나이다. 수일 전 남해로 그물을 치러 나가던 차 별안간 장승포 앞바다에 헤아릴 수 없는 큰 배에 군기軍旗가 펄럭이고 있는 것을 보고 혹시나 해적의 무리가 아닌가 하여 자세히 살펴본즉, 해적의 무리가 아니오라 청해 땅으로부터 많은 군사를 싣고 오는 배가 분명하여 소신이 조정에 국록을 받잡고 사는 것을 연줄 삼아 주야를 가리지 않고 찾아와 알리더이다. 생각건대 이는 틀림없이 우징의 무리가 청해 대사 궁파로부터 군사를 빌려 대역의 일을 도모하려 함이 분명하온즉 조정은 마땅히 출전을 서둘러 만민을 전란의 도탄 속에 빠져 들지 않도록 함이 현명한 일이온 줄 아옵니다."

이렇게 말한 이 늙은 장수는 대감大監 벼슬에 있는 김민주金敏周이었다.

김민주의 말에 어떤 확증이 있는 것은 아니지만 역시 듣고 보면 불안하지 않을 수 없었다.

이때 시중으로 있는 헌숭이 김민주를 노려보며 날카롭게 반문하는 것이었다.

"그대는 무엇을 근거 삼아 그 배가 청해 땅에서 모반을 계획한 우징의 배라는 것을 확증할 수 있단 말이오. 만일 이것이 겨우 자리 잡은 민심을 소란케 하는 한낱 유언비어일 때는 그대는 그 책임을 어찌할 생각이오."

헌숭의 말투는 반문하는 말투가 아니라 공연한 소리로 조정을 어지럽히려는 터무니없는 소리가 아니냐고 크게 꾸짖는 말투였다.

섣불리 정보를 제공할 수도 없는 판이었다.

김민주는 벼슬은 대단치 않은 사람이었지만, 그 성품이 강직하다는 것은 조정 제271회
에 널리 알려져 있었다.

그는 시중 헌숭이 그런 말을 해도 조금도 동요하는 빛이 없었다.

그는 왕을 모시고 있는 헌숭을 쳐다본다.

성품의 탓인지 그는 격해질 때마다 말을 더듬었다.

그에겐 기실 누가 왕권을 잡던 간에 그것은 조금도 개의할 필요가 없었다. 그러게 그에겐 요즈음 조정보다도 백성이 더 크게 염려되었다.

그가 오늘 조반朝班에 참석하여 그런 말을 한 것도 자신의 공을 내세우거나 또는

공을 빙자하여 벼슬을 노려서가 아님은 물론이다.

천재와 학정에 시달린 백성들을 생각하는 마음에서였을 뿐이다.

"물론 책임을 물으신다면 김민주의 이 백발이 성성한 머리를 걸고 아뢰올 뿐이옵니다… 만일 그것이 우징이 모반을 계획한 배가 아니랄 것 같으면 수백 척의 배가 장승포 앞바다를 헤맬 리는 없을 줄 아나이다. 또한 근자에 이르러 해적의 무리가 연해를 침범치 못하고 있음은 세인이 다 아는 바요 우징이 청해 땅으로 가서 의지하고 있음도 그러하온즉 어찌 이를 아니라고 다짐할 수 있으리오… 청해 땅엔 오천여 군사가 있사온즉 이를 허수히 여긴다면 서울 거리의 인심을 소란케 하는 어지러운 일이 생길 줄 아나이다… 원컨댄 소신 김민주는 그 벼슬이 하치않으나 평생을 싸움터에서 지낸 경험이 있사온즉, 이 하잘것없는 성성한 백발이오나 사직과 만민의 편안을 위하여 즐거이 죽을 수 있는 자리를 다시 한 번 마련하여 주시기를 바랄 뿐이옵니다."

이 소리를 듣고 난 만조백관은 긴장 속에 소리 없이 어명御命만을 기다리거나 하는 듯 모두 다 고개를 수그리고 있었다.

왕도 어떤 결단을 내리지 못한 채 상대등 김귀와 시중 헌숭의 얼굴만을 번갈아 쳐다볼 뿐이다.

그러나 시중 헌숭은 몹시 불쾌했다.

보잘것없는 무부武夫인 김민주의 태도가 지나치게 당돌하였던 까닭이다.

뿐만 아니라 헌숭은 김민주의 그런 언행은 조정을 얕잡아 보는 폭언이라고까지 생각했다.

"그대의 말은 솥뚜껑을 보고 자라라고 놀라는 사람의 심정이나 다름없음이로다…. 대역을 시도하려는 우징의 간계라 한들 아직 어느 포구에 그들이 올랐다는 상표上表도 없는 지금 한낱 보잘것없는 자기 충성을 내세우기 위하여 민심을 현혹케 하는 언행은 마땅히 삼가야 할지어다."

헌숭의 노기 찬 목소리가 다시 한 번 고개 수그리고 있는 조신들의 머리 위를 스치고 지나간다.

김민주는 어이가 없었다. 그대로 자기 자리에 주저앉은 그는 주먹으로 자기 무듦을 소리 나게 한 번 갈기고 나서 길게 한숨을 내뿜는다.

그의 깊숙이 들어간 눈시울이 찌릿하였다.

직위로 보아 그와 언쟁을 할 자기 처지가 못 됨을 스스로 알고 있는 그는 이렇게 주저앉을 수밖에 도리가 없었다.

이때 인접 고을로부터 상표물上表物이 올라왔다고 하며 어느 조신朝臣이 탑전으로 전하였다.

상표가 전달되자 탑전의 분위기는 더욱 긴장하여졌다. 제272회

왕이 옆에 앉아 있는 헌숭더러 받아 읽으라 명한다.

헌숭이 조신으로부터 받은 표문의 봉을 조심조심 뜯어 읽기 시작하였다.

"조정이 안정되어 만민이 태평을 기뻐할 즈음 김해 땅에 은신하고 있던 김양이 김해 현감과 대역을 공모하여 의병을 모집하고 변방을 소란케 하는 한편…."

여기까지 읽고 난 헌숭의 음성은 조금 전 노기 찼던 때에 비하면 너무나 풀기가 없어진 채 그 얼굴빛마저도 파리해졌다.

왕을 비롯한 상대등의 표정도 모두 제빛을 잃은 채 헌숭의 표정만을 더듬을 뿐이다.

조금 전 김민주가 아뢴 말로 짐작할 수 있던 일이지만 모두 다 뜻밖이라는 듯한 표정들이다.

"대역을 공모하였다구…."

혼잣말같이 중얼거리고 난 왕은 자신을 누르려 하였지만 용안에 비쳐진 동요의 빛은 쉬 가라앉질 않았다.

"어서 다음을 읽도록 하라…."

왕이 노기 찬 목소리로 분부하자 헌숭이 표문을 계속하여 읽는다.

"사람을 청해 땅에 보내어 우징으로 하여금 궁파 수하의 군졸을 거느려 갖고 오게 하여 황산진으로 이를 올리어 지금 김해 남교에 진을 치고 서울을 지척인 듯 노리고 있는 실정이옵니다. 변방에 일어나고 있는 이러한 소란을 목격한 주민들은 빛을 잃은 것같이 실색을 한 채 그 갈 바를 모르고 허덕이는 형편이옵니다.

이들이 지금 진을 치고 군사를 편히 쉬게 하고 있음은 양산재를 단숨에 넘어 서울을 쏜살같이 달려가 포위하려는 계교인 것 같사오니 바라건대 조정은 하루속

히 손을 써서 사직과 만민의 화를 일찍 면케 하시옵소서…."

헌숭이 상표문을 읽고 나자 모든 조신들은 무서운 꿈을 깨친 것같이 불안한 표정에 사로잡혀 있었다.

표문은 김해 현감 밑에 있는 변방의 벼슬아치가 사람의 눈을 가리고 보내온 것이다.

헌숭도 지금에 이르러선 누구를 탓할 수가 없고 보니 그대로 묵묵할 수밖에 없었다.

모든 조신들이 꿀을 나누어 먹은 벙어리 모양 앉아 있을 즈음 김민주가 다시 진언한다.

"이제 모든 사태가 확정적인 지금 갑론을박으로 시일을 소비하다간 대역의 무리가 서울을 포위하고 대궐을 침범하는 날도 머지않을 줄 아옵니다. 오직 사직과 조정을 화에서 면케 하는 길은 이들이 한 발도 서울에 옮겨 디딜 수 없게끔 양산재에 복병伏兵을 두어 이들을 섬멸케 하는 길밖에 없나이다… 소신이 비록 지략을 갖추진 못하였사오나 오직 많이 남지 않은 여명을 바칠 생각이오니, 바라건대 신에게 군사를 주시어 이를 막게 하여 주시옵소서…."

자기 목숨을 바치고 나서는 김민주의 뜻을 막을 사람은 없었다.

그날로 열린 중신 회의에서는 대장 김민주에게 군사 삼천 명을 주어 양산재로 진격해 올 우징군을 막게끔 왕명을 내리었다.

김민주는 자기의 여생을 보람 있게 바칠 수 있게 되었음을 기뻐하며 왕명을 받아들였다.

제273회 삼천여 군졸이 남교南郊에 모여 진격해 오는 우징 군을 물리치기 위하여 출군한다는 소문을 들은 시민들은 또 한 번 발칵 뒤집혔다.

일찍이 궁파가 청해 대사를 제수받고 오천여 군졸을 거느리고 청해 땅으로 가던 때도 바로 이 자리였다.

그때는 모든 백성들이 남교까지 따라 나와 그들을 열성껏 전송하여 주었다.

하늘마저도 백성들의 마음을 닮아 흐린 날씨다.

우중충한 날씨는 금시 눈발이라도 쏟아질 것 같았지만 바람만 몹시 불어 댈 뿐이다.

그들의 출정에 사기를 고무해 주기 위하여 오늘도 어가御駕가 여기까지 나왔지만 전송을 나온 사람들의 그림자는 별로 보이질 않는다.

하노 뒤볶이는 통에 백성들의 마음도 이제는 시들해졌을 뿐 아니라 무슨 일이 있달 것 같으면 인제는 겁과 불안을 먼저 느끼게 된 탓인지도 모른다.

그들의 화려한 장도壯途를 축하하는 사죽의 소리도 전에 없이 장엄하였지만 창과 칼을 들은 삼천여 군졸들의 얼굴은 한결같이 흐린 날씨와 같이 어둡기만 하였다.

이제 모든 절차가 끝난 다음 장사진의 행군은 시작되었다.

추위를 막기 위하여 단단히 몸을 감싼 그들이었지만 갈수록 심해지는 추위는 뼈마디마저도 도려내는 것 같았다.

"세상을 잘못 타고난 죄지, 엄동설한에 이것이 무슨 일이람…."

허리를 움츠린 늙수레한 군졸의 입에서 나온 말이다.

"누가 아니래우. 좀더 늦게 태어나거나 그렇지 않으면 좀더 일찍 태어났던들 이런 고생이야 면하지 않았겠수…."

"암…."

그들은 덜덜 떨리는 추위에 입마저 놀리기가 싫었던지, 이런 대화를 주고받았을 뿐 자신이 걷는 것이 아니라 앞에서 당기는 줄에 마지못하여 끌려가는 것같이 따라가고 있었다.

행렬 사이에 번지는 불평의 대화는 이런 정도만이 아니었다.

"지금 진격해 오는 군졸들이 모두 청해 땅에서 건너온 군졸이라지…."

"응, 그렇다는군…"

행렬에서 뒤떨어진 앳된 얼굴들의 대화다.

"큰일 났는걸…."

"뭐가…."

"거기서 오는 군사들이라면, 우리 삼촌도 게 있을 텐데… 이게 무슨 일이람…."

"삼촌? 삼촌이면 한 다리 건너니까 좀 났지…."

"뭐가…."

"형보다야…."

"자네 형도 청해 땅에 가 있었나?"

두 군사는 입을 다문 채 묵묵히 걸어가기만 했다.

"고래싸움에 새우등이 터지니 새우들만 죽어나는 판이야…."

"암 그렇구 말구… 설마 자네 형이 자네를 찌르거나 내가 우리 삼촌 앞에 창질이야 할 수 없지…. 아무리 왕명이란들 천륜天倫과 인륜人倫을 서로 저버릴 수야 있나…."

동족상잔이 아니라 친족상잔의 비극을 주고받으면서도 그들은 존엄한 왕명을 거역하지 못한 채 세찬 바람이 몰아치는 벌판을 조심조심 걸어가고 있었다.

제274회 현감 김민주가 삼천 대군을 거느리고 양산재로 떠난 지 사흘째에 접어든 날이었다.

왕은 그들로부터 쾌보快報 있기만을 기다리고 있던 때다.

이러할 즈음 뜻밖에도 달벌達伐 태수太守로부터의 상표문이 들어왔다.

그 표문엔 대략 다음과 같은 내용이 적혀 있었다.

"남으로부터 우징의 전군前軍이 이천 대군을 거느리고 달벌을 침범하기 위하여 진군하고 있나이다.

그 형세가 매우 흉강凶强할 뿐 아니라 또한 빠르기 화살이나 다름없으니 머지않아 달벌을 침범하여 이곳을 경로經路로 삼아 서울로 향할 것이오니 바라건대 경각을 다투어 대군을 발發하여 주시옵소서."

직접 표문을 읽고 난 왕은 크게 놀라지 않을 수 없었다.

부질없이 양산재로 김민주로 하여금 대군을 이끌고 출전케 한 것을 후회하기에 앞서, 왕은 들고 있던 표문을 떨어뜨릴 지경으로 놀라움과 불안이 컸다.

왕은 좌우의 조신을 바라보며 스스로 탄식한다.

"대군을 무턱대고 양산재로 발하였음은 적에게 속은 바라… 대역의 무리가 왕도王都가 비었음을 틈타 이렇듯 달벌로 돌아 진주하여 온다 하니 이를 어이하랴…."

왕을 모시고 있던 신하들의 얼굴에도 수운의 빛이 짙을 뿐이다.

"사태가 대단히 위급하오니 중신重臣들을 불러 의논하심이 어떠하오리까."

왕은 이렇게 권하는 신하들에게 상대등을 비롯한 중신들을 곧 불러들이게 명 하였다.

왕명을 받은 중신들이 속속 대궐을 향하여 들어왔다.

어명을 갖고 갔던 신하로부터 대충 상표문의 내용을 물은 시중 헌승은 자신의 무능과 대과大過를 크게 뉘우치지 않을 수 없었다.

성급히 서두르는 김민수를 타일러 지모智謀 있는 상수들과 의논하여 보았던들 오늘의 위기는 모면할 수 있었으리라 생각하니 후회가 앞섰다.

그러게 그는 대궐로 들어와 어전에 이르기가 바쁘게 꿇어 엎드려 자신의 경솔을 뉘우쳐 청죄淸罪를 구하였다.

"소신의 경솔과 불충으로 사세가 이렇듯 위태로운 지경에 이르렀사오니 마땅히 목에 칼을 받아야 옳을 줄 아오나 사태가 위급한 지금에 이 난국을 타개할 것이 급선무이온즉 소신의 목숨을 걸고 적과 대결할 기회를 주시옵소서. 당장은 가깝게 믿을 만한 장수가 없으니 원컨대 소신에게 어명을 주시와 근위近衛하는 군사들과 속히 토병을 발하여 달벌로부터 오는 우징군을 무찔러, 우징을 참斬함으로써 소신의 불충한 대죄를 씻을까 하옵니다."

왕은 물론 여러 중신들도 침음沈吟한 표정들로 서로 얼굴을 쳐다보고 앉아 있을 뿐이다.

그들의 이러한 표정은 시중 헌숭의 계책에 앞서는 어떤 계교가 떠오르지 않았던 까닭이다.

사태가 위급한 지금, 그것이 실천에 옮길 만한 일이 못 되는 한이 있어도, 시중 헌숭이 이렇듯 충성이라도 맹세하고 나서니 그것만으로도 왕에겐 다소의 위안이 아닐 수 없었다.

이때 왕이 엎드려 있는 헌숭의 손을 친히 잡아 일으키며 말한다. 제275회

"사태 위급한 지금 지난날의 일을 갖고 개의介意함이 무슨 소용이 있으리오. 이제 경은 스스로 지나치게 꾸짖지 말고 다시 충성을 맹세하여 짐을 돕도록 하오."

헌숭은 왕의 이렇듯한 인자함에 체면을 불구하고 울기까지 했다.

조금 전 헌숭은 믿을 만한 장수가 없다고 하였지만 그것은 지나친 속단이었다.

아직 근위군近衛軍을 지휘하는 대흔大昕이나 의훈嶷勛 등의 장수가 남아 있었다.

이에 여러 중신들이 어전에 앉아 새로운 계책을 세우기 위하여 의론이 분분하였다.

김민주에게 양산재로부터 곧 회군回軍을 명하는 한편 그들은 달벌로 진격해 올 우징의 전위군을 막기 위한 대군을 다시 편성하였다.

그들은 대흔과 의훈에게 각기 천 명씩의 군사를 주어 전후군前後軍을 삼게 하여

곧 달벌을 향하여 진군케 하였다.

대흔과 의훈은 일천씩의 군사를 거느리고 왕에게 배사拜辭한 후 달벌성을 향해 떠나며 이르는 고을마다 토병을 징발하니 그 병력은 거의 배나 붇게 되었다.

별안간 편성된 대군이고 보니, 그들을 가장 괴롭히는 것은 군량軍糧이었다.

때가 엄동설한이고 보니 어느 곳에나 양식이 풍부하질 않았다.

그들이 이러한 곤경에 빠지게 된 것은 무계획한 토병의 징발에 그 원인이 컸다.

장비와 군량이 부족하고 보니 과도한 진군은 그들에게 곧 피로를 가져올 뿐이다.

이러고 보니 자연 군기가 문란해질 수밖에 없었다.

아무리 엄한 군령을 내린다 해도 그것은 무고한 군졸을 베어 사기를 떨어뜨릴지언정 별 큰 효과는 내질 못했다.

정년이 조정의 대군이 달벌을 향해 온다는 소식을 들은 것은 달벌성에 입성하고 난 다음 날이었다.

달벌성은 무방비 상태나 다름없었다. 이곳 태수는 이미 그 가족들과 도망친 후라, 이곳 백성들은 아무런 저항도 하지 않고 정년 군에게 성문을 열어 주었던 것이다.

무혈입성을 하고 난 정년 군은 달벌성 백성들에게 도움을 줄지언정 아무런 피해를 입히지 않고 보니 인심도 별로 동요하질 않았다.

진중에서 조정의 대군이 달벌을 향하여 진군해 온다는 소식을 들은 정년은 혼자 앉아 그 계책에 골몰하고 있었다.

달벌성의 입성은 예정보다도 빨랐다. 그것도 그럴 것이, 모든 군졸은 싸움터로 간다는 생각은 조금도 않고 환고향한다는 그런 생각이고 보니, 자연 진군이 빨라질 수밖에 없었다.

진군해 오는 조정군을 성 밖으로 나가 맞아 일격에 이들을 물리치고 서라벌로 곧장 진격하고 싶은 생각도 없지 않았지만 뒤따를 중군과 후군을 생각하여 정년은 급히 서두르고 싶은 자신을 스스로 억제하여 본다.

그것은 중군과 후군을 맞아 모든 군사의 사기를 높이는 한편 조정군을 성 가깝게 유인하여 이를 무찌르는 것도 더 효과적이라고 생각했던 까닭이다.

 달벌성을 중심하여 이런 소동이 있고 보니 행인들의 자취는 자연 끊어지고 말았다.

이날 정년은 염상을 농군으로 가장시켜 적의 동정을 살펴 오게 했다.

이제 김양의 중군도 이미 도착하고 끝으로 후군인 우징군만 오면 그만이다.

정년이 염장으로 하여금 이렇게 염탐하고 서두른 것은 별다른 이유가 있어서가 아니다.

적군이 달벌성을 향하여 진격해 온달 것 같으면 이미 그들이 도착하고도 남을 만한 시일이 경과했다.

그런데도 불구하고 아직 그들의 동정이 보이지 않는다는 것은 필시 무슨 곡절이 있을 것만 같았을 뿐만 아니라 또한 사기가 지금 충천해 있는 군졸들을 그대로 버리다시피 한달 것 같으면 오히려 포식으로 인한 권태를 초래할 우려가 없지 않았던 까닭이다.

정년으로부터 이런 군령을 받은 염장은 누구의 눈에도 띄지 않게 성문을 빠져나왔다.

날씨는 오늘도 흐릿한 채 매운바람이 방향을 잡지 못하고 마구 불어 대었다. 염장은 얼마나 걸었는지를 알 수 없었다.

물론 염장은 이 길이 초행이나 다름없었다.

그러게 지리도 서툴렀다. 서툴고 보니 힘은 갑절이나 들었다.

이러한 염장이 노상에서 어떤 늙은이를 만난 것은 그 지점에서도 약 십 리나 걸어가서다.

어디서 오는 늙은인진 알 수 없었지만 그는 염장을 보자 말은 하지 못하고 덥석 그의 손을 잡더니만 다짜고짜로 이끌어 대는 것이었다.

"할아버진 뉘신가요?"

"젊은이 가지 마우 가지 마…."

이렇게 염장을 향하여 애원하다시피 말하는 그는 육순이 퍽 넘어 보이는 것 같았다.

그의 눈언저리는 신경 활동이 모두 그 기능을 잃은 것 같았다.

그러게 연방 스며 나오는 눈물이 눈언저리에 얼어붙기가 일쑤였다.

"내 자식이 중하니 남의 자식도 중해서 하는 말이우… 그놈이 공연히 밖으로 나갔다 글쎄 붙잡혀 가질 않았수…."

"붙잡혀 가다니요."

염장이 이렇게 되묻자 이 늙은이는 염장의 얼굴을 찬찬히 쳐다보며 자기가 당한 억울한 일을 설명하는 것이었다.

"우리 아들놈은 삼대독자지요. 그놈이 글쎄 어제 군졸로 잡혀가질 않았겠수. 이제 열여섯 살 나지요… 그래 이 늙은 것이 오늘 일찍부터 가서 그놈 대신 내가 나가도 그놈만은 돌려보내 달라고 애원해도 영 들어주질 않는구려. 이런 억울한 일이 어데 있겠수—. 그놈이야 싸움터로 나가기만 하면야 영락없이 죽어 버리지요. 제가 칼을 쓸 줄 압니까 창을 쓸 줄 압니까. 그런 생판 농군을 데려다 죽이기나 했지 무슨 소용이 있다구 잡아간단 말이겠수! 젊은이도 아예 그쪽으로 가서 공연히 붙잡혀 부모의 애를 태우지 말고 어서 집으로 돌아가도록 하우."

"그 군졸들이 있는 진지가 여기서 먼가요?"

"멀다니요 저 모퉁이 고지만 돌아가면 언덕바지에다 진을 치고 오고가는 행인을 붙잡아 대는 판인걸요."

제277회 "할아버지 제 염려 마시구 어서 추우신데 돌아가시우."

자기 신변을 염려하여 이렇게 간곡히 말해 주는 늙은이의 뜻이 고마워 염장도 이렇게 권했다.

"젊은이는 이 늙은 것의 말이 곧이들리질 않나 부지— 목숨이 아깝고 부모님께 효도할 생각이 있으면 그냥 돌아가요."

"할아버지 제 걱정일랑 하지 마세요…. 제가 이 길로 가서 할아버지 아들까지도 찾아다 드리지요…."

염장은 자기 아들 생각을 하여 눌어붙는 늙은이를 떼다시피 하고 그 길을 줄달음치듯 걸어갔다.

늙은이는 자기 말을 듣지 않고 줄행랑을 치는 염장의 고집이 원망스럽다는 듯 한길에 서서 찬바람 속에 묻힌 채 언제까지나 그의 뒷모습만을 바라다보고 서 있었다.

살을 저미는 것같이 느껴지던 추위도 염장에겐 인젠 훈훈하기만 했다.

이렇게 그림자 하나 얼씬하지 않는 한길을 걸어가는 염장은 무슨 일이 있어도 이번 기회만은 놓쳐선 안 된다는 다짐을 자기에게 되풀이해 본다.

정년의 눈에 먼저 들어야 할 것은 물론이지만 김양과 우징에게까지 깊은 신임을 받을랄 것 같으면 그만큼 남보다 두드러진 행적이 이번 기회에 남아야 할 것이 뻔하다.

말하자면 이런 염탐의 길도 그런 길이 열릴 수 있는 시초이고 보면 염장으로선 그 임무가 무겁지 않을 수 없었다.

이러한 각오와 긴장이 전신에 번질수록 그의 걸음은 빨라지기가 일쑤였다.

염장은 한길 옆 언덕 위에 자리 잡고 있는 그들의 진지를 벌써 한눈에 익혀 알 수 있었다.

그러나 그것만을 보곤 적정을 염탐하였다고는 할 수 없는 일이다.

그런 언덕을 바라보며 한참이나 걸어갔을 즈음이다.

뒤에서 누가 부르는 소리가 바람결에 똑똑히 들려왔지만 염장은 일부러 허리를 웅크리고 못 들은 척하고 걸어갔다.

또 한 차례 고함 소리가 요란하게 울린다. 그러나 염장은 역시 못 들은 척하고 더욱 걸음을 빨리하였다.

"이놈이 거기 서지 못하겠느냐, 이놈아!"

이렇게 고함을 지르며 몇몇이 자기 뒤를 쫓아오는 것 같았지만 그대로 염장은 아랑곳하지 않고 그냥 걷기만 하였다.

점점 그 발소리들이 가깝게 들린다. 염장은 그제서야 걸음을 멈추고 뒤돌아섰다.

창과 칼을 쥔 친구들이 헐레벌떡 달려온다.

"이놈아 서라는데 왜 서지 않고 가는 거야!"

맨 먼저 염장 앞으로 달려온 친구가 버럭 소릴 지른다.

그는 금시 들고 있는 창으로 염장을 찔러 댈 것 같은 기세이기도 했다.

염장은 일부러 비실비실 피하는 눈치를 보이며 그들을 향하여 애원하였다.

"나으리들 왜 이러십니까. 저는 저 건넛마을에 사는 사람입니다. 오늘날까지 아무런 죄도 짓지 않고 살아온 사람입니다. 나으리들…."

허둥대며 쩔쩔매는 염장을 비웃는 듯 그들은 아무런 대꾸도 없이 다짜고짜 붙들어 세우는 것이었다.

"글쎄 저는 아무런 죄도 없는 사람이라니까요." 제278회 염장의 목덜미를 추켜잡은 친구가 그제서야 숨길을 돌리며 말하였다.

"이놈아, 우리가 언제 너더러 죄진 놈이라고 하더냐…."

"그럼 죄도 없는 사람을 무슨 일로 이렇게 붙잡아 가는가요."

"허어 이 능청맞은 놈이… 지금이 어느 때며 관가에서 하는 일에 무슨 잔소리냐…."

염장은 일부러 반항하는 척하면서 그들에게 붙잡혀 갔다.

"그런데 저를 잡아다 어쩔라구 그러는가요."

"이놈… 우리가 너 같은 놈을 잡아다 삶아 먹겠느냐 튀겨 먹겠느냐. 어서 잔소리 말고 가기나 해라."

"글쎄 가긴 갈 테니까 이 목덜미는 좀 놔 주슈…"

그제서야 염장의 목덜미를 주리 쳐 잡아끌던 친구가 그것을 놓아 주었다.

"아무리 두더지 모양 땅만 파먹고 사는 놈이로서니 이놈, 그래 너는 세상 돌아가는 것도 모르고 산단 말이냐."

"봄가을 절기 돌아가는 것이야 알기에 그래도 농사를 지어 먹고 사는 게 아니겠수…."

염장을 끌고 가던 세 군졸은 한바탕 크게 웃어 대었다.

"이놈아 그래 그게 세상 돌아가는 일인 줄 아느냐?"

"그럼 세상이란 게 도대체 뭐요."

"이놈아, 지금 세상은 온통 뒤집혀 난리가 났다, 난리가…."

"그럼 절 데려다 당신들 모양 군사 노릇을 시켜 준다는 거요?"

"그렇지…."

"그렇다면야 절 붙잡지 않고 그냥 가재도 성큼성큼 뛰어갈 텐데 하필이면 도둑을 다루듯 할 게 뭐요."

"허, 이놈이… 그럼 넌 왜 우리가 부르는데도 그렇게 도망질을 쳤느냐 말이다…."

"나야 투전 노름을 했다고 잡으려는 줄 알았지요."

"오, 그럼 넌 투전 노름을 했구나…."

"했지요…."

이때 염장은 달벌성을 나올 때 미리 준비해 갖고 나온 동곳 세 개를 어름어름 허리춤에서 찾아냈다.

"절 데려가면 군졸을 시켜 준다고 했지요."

"암…."

"그럼 이것을 하나씩 나눠 가지슈…."

그들은 염장이 내미는 것을 잠시 주춤하고 바라보기만 하더니만 한 개씩 돌려받는다.

은동곳이란 말만 듣고 보기만 했지, 지금까지 한 번도 손에 잡아 보지도 못했던 물건이다.

"그래 이 물건이 어디서 난 물건이냐…."

물건을 얻기는 하였지만 지나친 귀중품이라 좀 겁이 났던지 그중 나이를 좀 먹은 군졸이 염장에게 물었다.

"어디서 나긴요, 어젯밤 투전판에서 딴 물건이지요. 이제 나도 군사가 되면 이 노름은 다시 손에 잡아 보지 못할 게 아니우. 또 여러분들이 날 군사를 시켜 준 은덕을 이렇게라도 갚아야지 갚을 길이 없지 않수."

염장이 이렇듯 인정을 쓰고 나자 그들의 태도는 금시 달라지고 말았다.

그들은 서로 오래전부터 사귄 지기들이나 다름없이 함께 진지로 돌아갔다.

염장의 그런 가벼운 꾀에 넘어간 그들은 그를 별로 감시하려 하지 않았다. 제279회

그는 그것을 다행으로 온 진지 속을 마음대로 구경할 수 있었다.

염장의 눈으로 볼 때도 군율軍律은 말이 아니었다.

그들이 갖고 있는 군기軍器도 그러했지만 오합지중烏合之衆으로 잡아들인 토병들은 낡은 병기보다도 더욱 못한 존재들에 불과했다.

그들이란 여기저기서 약탈해 오다시피한 군량이나 소비하며, 늘어놓느니 입에 담지 못할 불평뿐이었다.

이런 꼴이고 보면 수효는 어떻든 간에 조금도 염려할 것이 없을 것 같았다.

진중을 샅샅이 구경하고 난 염장은 어서 날이 어둡기만 기다리었다.

그것은 야음을 타서 진지를 도망쳐 달벌성으로 향해 갈 생각보다 염장은 엉뚱한 생각을 하였다.

이렇듯 군율이 문란한 틈을 타서 진중에 크나큰 혼란을 일으켜 놓고 나서 진지

를 빠져나갈 계획이었던 것이다.

경계가 심한 곳이란 대흔大昕과 의훈疑勛이 있는 장막일 뿐이고 그 나머지 곳은 전연 무방비 상태나 다름없었다.

염장이 여기서 노리는 곳은 군량軍糧을 쌓아 놓은 곳이었다.

염장이 여기다 불을 질러 버릴 생각을 하고 있다는 것을 누구나 알 까닭이 없었다.

어서 날만 어두워져라….

일찍부터 불씨를 마련하여 갖고 있는 염장은 이렇게 속으로 뇌까렸다.

찌뿌듯하기만 하던 하늘에서 금시 눈발이 쏟아질 것 같으면서도 점점 바람만 세차질 뿐이다.

염장은 군량이 노적되어 있는 쪽을 또 한 바퀴 돌았다.

"야, 무슨 놈의 날씨가 이렇게 추워."

염장이 이렇게 중얼거리며 그곳에 파수 보는 군사들의 옆으로 가자 그들은 자기들과 같은 토병인 줄만 생각하고 조금도 의심하는 빛이 없었다.

"난 여긴 불이 있나 하고 왔더니만…."

염장은 어디까지나 능청스럽게 혼잣말같이 이렇게 중얼거렸다.

그들은 염장을 힐끔 쳐다보며 원망조로 말한다.

"불이 있으면 더운 줄을 누가 모르나."

염장은 그들의 표정을 살피며 군량이 쌓여 있는 뒤쪽으로 돌아갔다.

다행히 누구도 있질 않았다. 염장은 재빨리 숨겨 갖고 있던 불씨를 그곳에 묻어 두곤 총총 걸음으로 먼저 있던 진지로 내려왔다.

염장은 마음이 진정되지 않아 들락거리기만 한다.

불씨가 꺼지지 않은 채 옮겨 붙었는지가 몹시 궁금하여서다.

또 한 차례 매운바람이 불어 댄다. 날씨도 어둑어둑하기 시작한다.

바로 그때였다. 훅 몰아치는 바람에 넘실거리는 불길을 염장 자신이 똑똑히 볼 수 있었다.

불길이 그렇게 훅 올라 쳐도 파수 보던 친구들의 눈엔 보이질 않았던지 아무런 소리도 들리질 않는다. 아마도 여전히 웅크리고들 불평에 부은 눈꺼풀을 내리깔고 있는 모양이다.

이번에 꼬리쳐 오르는 불길은 조금 전보다도 좀더 거세었다.

그렇게 화염이 터져 오를 즈음에야 불이야! 불이야! 하는 아우성이 들리기 시작하였다.

별안간 온 진중이 뒤집힌 것같이 법석이다. 제280회

화염은 이런 것은 아랑곳하지 않고 그냥 바람결에 따라 꼬리를 저어 흔들어 댈 뿐이다.

진중의 군졸이란 군졸들은 모두 다 불길이 충천하는 곳으로 뛰쳐 올라갔다.

사태가 이렇게 버그러지고 보니 누구도 주위에 신경을 쓰는 사람은 없었다.

한참 동안 이런 광경을 구경하고 서 있던 염장은 그 길로 진중을 빠져나왔다.

바람을 타고 어둠이 발밑으로 몰려들어도 염장의 마음엔 자기 앞 길이 환히 트여 내다보이는 것 같기만 했다.

염장이 달벌성으로 다시 돌아왔을 땐 자정이 훨씬 넘었을 때다.

성문을 지키고 있던 군졸들이 염장의 얼굴을 쉬 알아보고 곧 문을 열어 주었다.

염장은 그 길로 정년의 장막을 찾아갔다.

이미 정년은 침소에 누워 있던 모양인지 염장을 한참 동안 밖에서 기다리고 있게 하였다.

이윽고 안으로부터 들어오라는 전갈이다.

별로 얼굴에 표정을 보이지 않던 정년이었지만 그를 보자 퍽이나 반기는 눈치였다.

"크게 염려하여 주신 덕분으로 적의 진중을 샅샅이 살펴보고 무사히 돌아왔나이다."

"수고하였도다! 적은 어느 지점쯤에 진을 하고 있던고…."

"이곳으로부터 약 육십 리쯤 떨어진 행로 옆 언덕진 곳에 진을 치고 있었습니다."

정년이 조용히 고개를 끄덕이며 염장을 쳐다본다.

대충 그 거리와 형세를 설명하고 난 염장은 다시 자기가 실지 당한 일과 또 실행하고 온 일을 낱낱이 설명하였다.

"그래 그들의 군량고는 그곳밖에는 없던가…."

"제가 보기에는 그곳밖에는 없는 것으로 아나이다… 그 불길과 또한 세찬 바람으로 미루어 볼 때 군량은 모두가 재로 화했을 것은 물론이지만 그들의 진지마저도 수습할 수 없을 지경으로 어지러이 타 버렸을 줄로 아나이다."

정년은 또 무엇을 생각하는지 한참 눈을 감고 묵묵할 뿐이다.

"소인은 병법을 모르오나 저렇듯 적의 진지가 수습할 수 없을 지경으로 수라장화했을 즈음 공격을 취한다면 적을 섬멸시키기란 그리 어려운 일이 아닐 줄 아옵니다."

염장이 말할 동안 지그시 눈을 감고 있던 정년이 그제서야 염장을 쳐다보며 말을 잇는다.

"그대의 공은 대군의 그것보다도 컸음이라 후일 논공이 있는 날 내 이를 주언하리라. 지금은 그대도 피곤할 테니 가서 편히 쉬고 다시 군령을 기다리도록 함이 좋으리라."

염장은 피곤도 말짱하게 잊은 채 그냥 가슴이 부풀어 오르기만 하였다.

염장과 함께 장막을 나온 정년은 그를 돌려보내고 자신은 곧장 김양이 거처하는 장막으로 올라갔다.

제281회 김양의 장막을 향해 올라가는 정년의 가슴도 염장의 부풀어 오른 그것이나 다름없이 들떠 오름을 어찌할 수 없었다.

날이 아직 활짝 밝기 전에 정년의 휘하에 있는 전군前軍엔 출동 명령이 내렸다.

떠나기에 앞서 밥과 고기와 술로 배부르게 먹고 난 군졸들의 사기는 차가운 바람마저 이겨 조금도 추워하는 것 같지가 않았다.

출군에 앞서 정년은 휘하 대군을 향하여 엄격한 군령을 내렸다.

김해 땅으로부터 이곳에 이르기까지의 행군에 있어서 그 군령이 어떻다는 것을 겪은 바 있는 모든 군졸들은 묵묵히 그것을 가슴에 새기는 것 같았다.

출군에 앞서 있을 음률과 전고戰鼓도 이날만은 금하였다.

바닷물이 해변을 씻고 지나가듯이 그는 천여 대군을 움직이면서도 그 도정을 알리지 않으려고 하는 것 같았다.

모든 군졸들은 바람에 휘날리는 정기를 선두로 성문 밖으로 걸어 나갔다.

장사진을 이루는 그들의 대열은 마치 굽이치는 거센 조류潮流 같기도 하고 또한 기치旗幟와 창검이 움직일 때마다 그것은 계곡의 바람을 막는 원시의 큰 수림樹林을 연상시키는 데 알맞았다.

옆 사람의 얼굴마저도 구별할 수 없을 지경으로 몰렸던 어둠도 대열이 전진할수록 점점 흩어지기 시작하였다.

날이 훤히 밝기 시작하면서부터 희뜩희뜩 함박눈이 내리기 시작한다.

염장은 정년을 옆에 모시고 어제 걸었던 길을 다시 걸으며 지형을 살폈다. 그는 정년의 참모 격이나 된 듯한 마음으로 부산히 주위를 살피는 것이었다.

"저 앞에 보이는 모롱고지를 들면 적의 진지이나이다."

정년은 염장이 가리키는 쪽으로 바라보았다.

날이 다 밝지 않은 엷은 어둠을 타고 비치는 붉은 불기운이 보인다.

"아직도 불이 타고 있는 모양이옵니다."

염장이 옆에서 이런 설명을 하지 않아도 바람결에 풍겨 오는 검은 연기 속에 스며 있는 내음은 곡식이 타는 냄새가 분명했다.

이때 정년은 대군을 향하여 그 자리에 머무를 것을 호령하였다. 그러곤 곧 각 아장들을 불렀다.

눈발을 맞은 젊은 아장들의 얼굴엔 긴장의 빛이 흐른다.

갑자기 행군을 중지당하고 서 버린 대열은 마치 파도가 설레는 것 같은 모습이다.

"우리는 지금 바로 적진에 이르렀도다… 이제 여기서 잠시 쉬고 전군에 총진군의 군령을 전고로 알릴 것이다. 적의 진지엔 뜻도 모르고 잡혀 온 토병이 많다 하니 이를 함부로 베지 말지어다… 또한 조련된 적병이라 해도 창과 칼을 버리고 항복하여 올 땐 이를 너그러이 받아들이도록 하라."

정년으로부터 이런 군령을 직접 받고 난 모든 아장들은 각기 자기 소속처로 돌아가 전고의 군령만을 대기하고 있었다.

어둠 속을 달리듯이 행군해 온 군졸들이 한숨 푹 쉬었을 무렵이다.

별안간 둥둥 전고의 군령이 눈발 속에 번져 흐른다.

전고의 군령을 따라 각기 아장들이 군졸들에게 명하자 그들은 정연한 진세 속에 함성을 지르며 진격을 개시하였다.

노적했던 군량에 불길이 일어나자 일대 수라장을 이루었던 대흔大昕과 의훈嶷勛 제282회
의 진지는 상하를 물론하고 뜬눈으로 새우다시피 하였다.

꼬리 치는 불길 속에서 그들이 얼마간의 군량을 끄집어냈다는 것은 조족지혈鳥足之血에 불과한 결과밖에 안 되었다.

물론 그들은 군령이 아니라도 저저마다 불을 끄려 했지만 지나칠 정도로 불길이 컸을 뿐 아니라 때마침 불어 대는 바람은 인력으로선 어찌 할 도리가 없었다.

결국 불길은 탈 대로 타고 나서야 겨우 고개를 수그리기 시작했던 것이다.

그러지 않아도 사기가 저하했던 형편인 데다 이 지경이고 보니 진세陣勢는 말할 형편이 되질 못하였다.

또한 인근 촌락에서 잡혀 오다시피 했던 토병들이 이러한 혼란을 틈타서 대개는 도망을 쳐 버리고 말았다.

진중에 남아 있는 군졸들이란 군졸은 피곤과 굶주림에 허덕일 수밖에 없게 되었다.

이렇듯 뜻하지 않은 재앙을 입은 대흔과 의훈은 크게 성이 나 있었다.

문란해진 군기를 수습하기 위하여서라도 그들은 군량을 지키던 군졸들을 잡아 공개리에 참斬하려 했다. 그러나 군졸들이 이러한 것을 미리 알아챘던 모양인지 진중을 아무리 찾아 보아도 그들의 그림자조차 붙잡을 길이 없었다.

두 장수의 노여움은 더 컸다. 그러게 그들은 각기 아장들을 불러 세우고 그들을 문책하는 한편, 도망친 그들을 붙잡지 못하면, 군령에 의해 대신 다스리겠다는 엄한 군령으로 위협하고 있을 즈음이었다.

대흔과 의훈은, 우선 자기들의 귀를 의심하며 불안에 싸인 눈초리로 서로 얼굴을 쳐다본다.

똑같이 두 사람의 귀에 울려오는 것은 틀림없는 전고 소리였다.

기복을 그리며 울리는 전고 소리 뒤엔 또한 우렁찬 함성이 요란하게 울렸다.

두 장수는 벌떡 자리에서 일어서고야 말았다.

"이는 적의 내습이 분명하오."

대흔의 입에서 얼결에 쏟아져 나온 말이다.

의훈도 그 소리를 의심치 않았다. 순간 그들의 얼굴엔 당황과 불안의 빛이 교차할 뿐이었다.

"그대들은 속히 돌아가 각기 수하 군졸들을 수습하도록 하라."

묵묵히 고개 숙이고 있던 이장들은 새로운 군령에 고개를 든 채 그들의 얼굴을 다시 쳐다본다.

전고 소리와 함성은 점점 가깝게 울린다.

"잠시도 지체할 수 없으니 속히 군졸들을 수습하라."

각기 아장들이 물러간 다음 대흔과 의훈 두 장수도 휘하를 독려하며 창과 칼을 들고 나섰다.

펄럭이는 눈발을 재촉하는 것같이 울리는 전고 소리는 각 아장들이 내리는 군령 소리보다도 모든 군졸들의 마음에 큰 불안을 그려 주었다.

진중은 다시, 어제 군량 더미에 불길이 일어나던 때 모양과 다름없이 혼란이 일어났다.

아무리 군령이 엄하다 해도 군졸들은 각기 갈피를 잡지 못한 채 좌왕우왕할 따름이다.

연달아 울리던 전고 소리가 잠시 멎더니만 눈발 속을 헤치며 이번엔 날아드는 화살 소리가 요란하게 울렸다.

눈발을 헤치고 날아드는 화살에 대흔 의훈의 군졸들은 아무리 무거운 군령이 제283회
머리 위에 떨어져도 앞으로 전진하기는커녕 사방으로 흩어지기만 했다.

적군의 이런 모습을 바라본 정년은 조용히 미소하며 다시 아장들에게 군령을 내렸다.

각기 군졸들을 독려하여 나가 싸우되 항복하는 자는 이를 너그러이 받아들이고 특히 적의 두 장수는 이를 사로잡으라는 것이다.

이런 군령이 다시 아장들로부터 군졸들에게 전갈되자 모든 군졸들은 서로 앞을 다투어 나갔다.

날아드는 화살을 창으로 막고 난 대흔과 의훈은 수하의 군졸 중에 겁을 먹고 도망치는 자가 있는 만큼, 더욱 앞장을 서서 달려드는 적군을 향하여 창검을 휘둘렀다.

옆으로 몰려드는 군졸들을 막아 낸 대흔은 의훈을 향하여 소리친다.

"내 앞으로 나가 대역의 우두머리를 벨 터이니, 장군은 수하의 장졸들을 수습하여 내 뒤를 쫓도록 하여 주오."

"지금 봐 하니 마구 진격해 오던 적군이 주춤하는 것 같으니 장군은 적의 속임수에 빠져 너무 깊이 들어갔다 낭패가 없도록 함이 좋을 줄 아오."

그러나 대흔은 의훈의 그런 말은 들은 척도 않고 앞으로 전진하였다.

대흔의 이런 모습을 보다 의훈도 하는 수 없이 휘하의 군졸을 몰아 갖고 그의 뒤를 쫓았다.

휘날려 깔린 흰 눈 위엔 선혈의 자국이 삽시간에 음산하다.

창과 칼이 부딪치는 소리가 눈발 속에 요란하다.

이때 잠잠하던 전고 소리가 다급하게 울린다.

다급한 전고 소리가 울리자 대흔과 의훈의 두 장수를 가로막던 앞길이 툭 트이는 것 같다.

주위가 별안간 바뀌자 두 장수도 멈칫한다.

이때 의훈이 다시 대흔을 향하여 만류하며 소리친다.

"대흔은 앞으로 더 나가지 말고 뒤를 돌아보라."

대흔도 의훈의 말에 창을 멈춘 채 사방을 뒤돌아본다.

어이한 일인고…. 앞길을 가로막던 적의 진세는 전고 소리를 따라 널리 퍼져 그들을 에워싸기 시작하고 있지 않은가….

"이대로 싸우다간 우리가 휘하의 군졸만을 잃을 뿐 별로 큰 성과를 얻지 못할 것이니 우리는 일단 후퇴의 길을 뚫고 나가야 할 것이오."

의훈의 말을 옳게 생각한 대흔은 다시 앞장서서 주위를 무찌르며 길을 열고 나갔다.

독 안에 들었던 쥐 모양 갈 바 올 바를 모르고 그들의 뒤만 쫓던 군졸들은 다시 두 장수가 열고 나가는 혈로를 뒤따를 뿐이다.

이렇게 뒤쫓다가도 그들은 적과 맞서게 되면 창과 칼을 버리고 그들 앞에 항복한다.

대흔과 의훈이 이렇게 그들의 포위망을 겨우 뚫고 나왔을 땐 뒤쫓는 군졸들이란 얼마 되지 않았다.

아직도 진격의 전고 소리가 그들의 심장을 타고 흘렀다.

그들은 하는 수 없이 뒤따르는 군졸들을 수습하여 패로敗路를 더듬지 않을 수가 없었다.

패로를 너듬던 내흔과 의훈은 조그만 마을로 찾아 들이갔다.

앞서 그들이 지나갈 때 벌써 이곳 마을 사람들은 전화가 두려워 모두 피난을 가 버린 후였다.

주인 없는 집으로 찾아 들어간 두 장수는 지칠 대로 지쳤다.

뒤쫓아 온 군졸들이란 이삼백 명에 불과했다.

그들은 굶주림에 빈집을 샅샅이 뒤졌지만 낟알이란 한 알도 찾아볼 수가 없는 형편이다. 휘날리던 눈발도 인제는 뜸했다.

눈발이 멎자 차가운 바람이 불기 시작한다.

허탈 상태에 빠져 있던 대흔은 어제 오늘에 겪은 일들을 스스로 되풀이해 본다.

이는 정녕 하늘이 자기를 도우려 하지 않음이 분명한 일이었다.

대흔의 머릿속을 스치고 지나가는 일은 그것뿐이 아니었다.

근위군近衛軍을 거느리던 자신의 화려했던 지난날이 떠오르는 순간 현실은 너무나 가혹하기만 했다.

조정의 신임이 있어 대궐을 지키는 큰일을 맡아 보던 자신이 이제 무슨 면목으로 돌아갈 수 있을 것인가….

전신의 피가 거꾸로 흐르는 것같이 느껴지는 순간, 성급한 대흔의 가슴은 지나친 흥분에 격해짐을 참을 수가 없었다.

대흔은 옆에 놓아두었던 칼을 뽑아 들었다.

대궐로 돌아갈 면목이 없고 뒤쫓아 온 군졸들마저 대하기가 부끄러울 바에야 차라리 자결해 버리는 것이 나을 것 같은 생각이 들어서다.

뽑아든 칼로 목을 찌르려 하던 순간이다.

옆에 있던 의훈이 황급히 달려들어 그의 손을 잡고 간곡히 타이른다.

"어명을 받고 장군과 더불어 장도에 올라 오늘에 이르기까지 우리가 생사를 결한 싸움도 한번 하지 못한 채 이렇듯 패하였음은 우리들의 허물이 아닌 줄 아오…. 아직 하늘이 우리를 도우려 하지 않으니 우리는 다시 서울로 돌아가 대군을 수습하여 반격을 가하여 오늘의 치욕을 씻어야 마땅하거늘 장군은 어찌하여 보람 없는 일을 저지르려 하오… 장군은 아무쪼록 오늘의 분노를 참도록 하오."

의훈이 붙잡고 타이르는 통에 대흔은 뽑아 들었던 칼을 놓고야 말았다.

"싸우지 못하고 우리가 패하고 또한 패함에 이르러서도 이렇듯 수많은 군졸을 잃었으니 돌아가 무슨 면목이 있으며 또한 대군을 수습한다 하오나 무슨 병력으로 이를 대치할 수 있으리오."

대흔은 자결을 단념하고 나서도 이렇게 탄식할 뿐이었다.

"장군은 어찌하여 병력을 걱정하시오. 우리가 거느린 것은 나약한 근위군이 중심되었음을 어찌 잊었으리오, 아직도 서울엔 정예군이 남아 있음이라… 우리가 떠날 때 양산재로 출군한 김민주에게 회군을 명하였으니 우리는 다시 성은에 보답할 기회가 있소이다."

대흔은 의훈으로부터 이런 말을 듣고 나서야 겨우 마음을 진정시킬 수 있었다.

제285회 대흔과 의훈이 남은 군졸들을 이끌고 서울로 돌아온 것은 사람 없는 부락에서 머물고 난 다음다음 날이었다.

그들 일행은 이 이틀 동안의 행군에 죽을힘을 다하였던 것이다.

뒤쫓아 올 적군의 추격을 크게 염려한 것이지만, 그들은 다행히 그것을 받지 않은 채 무사히 서울까지 돌아올 수 있었다.

대흔과 의훈이 수많은 군졸을 잃고 돌아왔다는 소리가 퍼지자 조정은 물론 장안의 인심이 물 끓듯 하였다.

대궐 안엔 왕을 중심하여 중신들이 앉아 있었고 그 앞에 대흔과 의훈 두 장수가 죄인 같은 형세로 패배의 길을 더듬지 않을 수 없었던 경로를 설명하였다.

왕은 물론 조신들의 얼굴도 제빛을 잃은 채 말이 없다.

"이 일을 어이 할꼬…."

왕이 이렇게 중얼거리며 장탄식하자 조신들의 고개는 땅으로 더 수그러지기만 한다.

이때 앞에 쪼그리고 앉아 있던 의훈이 고개를 들어, 계책을 주언하였다.

"이제 남은 길은 양산재로 간 대군을 하루속히 회군시키는 일인 줄 아옵니다."

이 말을 듣자 시중 헌숭이 의훈에게 대꾸했다.

"김민주가 거느리는 대군은 오늘이나 내일이면 능히 회군하리다."

"양산재로부터 대군이 돌아오면 크게 염려할 것은 없을 줄 아옵니다."

"어씨 그것을 단언할 수 있으랴…."

헌숭이 다짐하듯 의훈에게 묻는다.

"적의 병력은 분에 넘치는 대군이옵니다. 불과 몇 사람 되지 않는 아장들이 이 대군을 거느리면서도 우리에게 대항할 수 있었던 것은 군졸들을 날날이 배부르게 먹일 수 있는 군량의 조달이 있었던 까닭입니다…. 이제 그들이 아무리 군량을 풍부히 갖고 온다 해도, 그것은 불과 열흘 동안의 양식도 못 될 줄 아옵니다…. 만일 양산재로부터 대군만 회군한다면 이들로 하여금 굳게 성문을 닫고 안에서 지키고 있게만 하면, 그들은 열흘을 넘지 못하여 스스로 붕괴하여 후퇴치 않을 수 없을 줄 아나이다. 또한 지금 계절이 엄동설한이온즉 그들이 무슨 재주로 어디서 그러한 군량을 조달할 수 있으리오."

의훈의 이러한 설명을 듣고 나서야 비로소 그들의 얼굴엔 약간의 생기가 도는 것 같았다.

"만일 오늘 중으로라도 적이 내습한다면?"

이렇게 묻는 왕의 입술은 절로 떨었다.

"아무리 적이 정군을 하여 바람과 같은 속도로 진격해 온다 해도 거리로 보아 이삼일 내로 진격해 오지는 못할 줄 아나이다."

어전에 모였던 긴급하고 또 중대한 회의에선 걸음이 빠른 자를 골라 회군해 오는 김민주에게 경각을 다투어 돌아오라는 어찰御札을 띄워 보내는 한편 대흔 의훈들의 두 장수로 하여금 다시 살아 돌아온 군졸들과 남아 있던 군졸들로 병력을 재편성하여 각기 문을 굳게 지키게 할 것을 결정하였다.

이렇듯 조정이 설레고 보니 도하의 인심이란 이루 말할 수 없을 지경으로 삽시간에 뒤끓었다.

정년은 도망치는 적군을 버려둔 채 그날은 적군이 주둔했던 진지에서 모든 군 제286회
졸을 쉬게 하고 다음 날 뒤따라 온 중군中軍과 합류하고 나서 서서히 서울을 향하여 진군하였다.

가는 곳마다 그들은 혹시나 복병伏兵이 있지나 않을까 하여 주의 깊게 진격하였지만 황급히 도망친 적군은 다행히 그런 것까지는 미처 생각지 못했던 것 같았다.

정년은 도성에서 약 오 리 떨어진 곳에서 일단 진격을 중지한 채 병력을 분산하여 성을 둘러싸게 하는 한편, 동쪽 한쪽만 일부러 수비를 소홀하게 하도록 했다.

이는 궁지에 빠진 적병들이 패로敗路마저 잃게 되면 무고한 백성들에게 무슨 행패를 부릴지 모른다는 생각에서다.

우징 군이 진격하여 벌써 도성을 둘러싸고 있다는 소문이 삽시간에 번져 흘렀다.

민심은 물론이지만 조정의 군신들도 불안에 싸인 채 어떤 계책마저 주언하는 자가 없었다.

이미 도성이 둘러싸인 지 만 하루가 지나서다.

왕은 모든 각오를 한 채 직접 성 위에 올라 성 밖의 적의 진지를 살펴보았다.

도성 밖으로 둘러 있는 적군의 수는 이루 헤아릴 수 없을뿐더러 또한 진세와 그 사기도 성문을 지키고 있는 군졸들에 비하면 갑절이나 늠름해 보였다.

"지금 우징의 군졸이 얼마나 되는지 알 수 없을뿐더러 사기가 또한 저렇듯 늠름하니 적은 군사를 갖고 어찌 출전하여 무찌를 수 있으랴. 성문을 굳게 닫고 지키는 한편 양산재로부터 김민주가 회군하는 것을 기다리는 수밖에 도리가 없으리라."

왕이 탄식조로 이렇게 말하자 뒤따르던 중신들도 이를 마땅히 여겨 다만 성문을 굳게 지키라는 영을 전달케 하였다.

다시 대궐로 돌아온 군신들은 의론이 분분했다.

이는 상대등 김귀로부터 이런 말이 나왔던 까닭이다.

"아무리 보아도 사태 위급하니 어가御駕를 월유댁月遊宅으로 잠시 옮김이 어떠하리오."

월유댁이란 대궐에서 외따로 떨어져 있는 이궁離宮이다.

모든 조신들은 김귀의 말을 옳게 여기지만, 시중 헌승만은 이에 반대했다.

"아직 사태가 그리 위급하지도 않은 지금 대궐을 비운다는 소문이 난다면 도하의 인심을 무엇으로 수습하리오. 이 일은 부디 신중을 기하는 것이 옳으리다."

헌승의 말에도 일리 없는 것은 아니다. 그러나 지금 당장에라도 적군이 성문을 부수고 난입하는 일이 있달 것 같으면 이는 앉아서 화가 오기를 기다리고 있는 것이나 다름없는 일이기도 했다.

가부可否 양론으로 한참 떠들던 끝에 결국 어가를 월유댁으로 옮기도록 결정을 내리고야 말았다.

일단 어가가 대궐 밖으로 나가는 것을 보자 먼저 동요하기 시작한 것은 도하의 인심보다도 대궐 안에 종사하던 대소 벼슬아치들과 수많은 궁녀들이었다.

바람 앞에 놓여 있는 등잔이나 다름없는 왕권과 그 왕권 밑에 달려 있는 모든 군신들이 바라고 있는 것은 양산재로부터의 김민주의 회군뿐이었다.

김양은 오늘도 정년에게 총진격할 것을 제의하였지만 정년은 성문 안의 동정을 제287회
좀더 자세히 파악하고 나서 진격할 것을 주장하였다.

정년의 장막에 김양이가 아직 앉아 있을 때다.

이때 염장이 황급히 달려와 아뢰었다.

"군령을 받잡고 서쪽 한길 쪽을 염탐하고 있던 중 수상하게 걸음이 빠른 놈이 지나가기에 이를 불러 세웠더니 이놈이 어찌 걸음이 빠른지 뒤따를 수가 없었나이다. 그래 하는 수 없이 옆에 데리고 있던 궁노수를 시켜 이놈을 쏘아 넘어뜨리게 하고 그놈의 거동이 수상하여 시체를 수색하여 본즉 품에 이런 것이 들어 있기에 갖고 왔나이다."

이렇게 말하고 난 염장이 품에 품고 있던 한 통의 봉서를 꺼내 정년에게 주었다.

김양은 이때 염장을 처음 보았지만 그 인물이 범상치 않음이 한눈에 들었다.

"김민주라는 사람을 아시는가요."

"김민주란 자는 벼슬은 그리 높지 못하나 성향性向이 강직한 조정의 늙은 장수요."

이 소리를 듣고 난 정년은 급하게 봉서를 뜯었다.

그것은 회군을 서두르고 있는 김민주로부터의 상표문이었다.

"사태 위급함을 듣고 불충한 김민주는 회군을 서두는 바이옵니다.

대역의 무리가 도성을 둘러싸고 있다니 이는 신臣들의 불충함이옵니다.

조속히 변란을 갚이 못 하였음은 사죄死罪도 마땅하온 줄 아옵니다. 신은 화보火報를 받잡고 삼천 대군을 거느리고 시위侍衛하기 위하여 성야星夜로 가는 중이옵니다."

이렇듯 짧은 상표문을 읽고 난 김양은 기쁨을 이기지 못하여 스스로 무릎을 크게 쳤다.

"이는 성중이 온통 비어 있음을 말함이라. 이제 우리가 무엇을 지체하리오."

정년도 김양의 이런 모습을 보곤 그냥 미소로써 대하였다.

김양은 정년과 전고로써 서로 군호軍號를 알리기로 약속하고 자기 장막으로 돌아갔다.

자기 장막으로 돌아온 김양은 잠시도 안정할 수가 없었다.

몸은 비록 진중에 있다 하여도 그의 마음은 벌써 대궐 안에 들어가 있는 것이나 다름없었다.

마음이 그러하고 보니 성급히 기다려지는 것은 정년으로부터 알리기로 되어 있는 전고 소리다.

이렇듯 마음이 들뜬 김양은 군호가 울리기 전부터 수하의 아장들을 불러 각기 총진격할 준비를 서둘도록 영을 내렸다.

지난날 빛 없는 밤을 틈타서 도망쳐 나온 그 길이다.

그러했던 길을 당당히 수많은 군사를 거느리고 진격하게 되었으니 초조해질 지경으로 마음이 서둘러질 뿐이 아니라 전신의 피마저도 끓어오르는 것 같았다.

이렇듯 기쁜 흥분에 자신을 누르지 못하고 안절부절못하고 있을 즈음 정년 쪽으로부터 알리는 군호의 전고 소리가 들려왔다.*

제288회

제289회 김명과 정년은 대궐을 점령하고 나자 곧 군대를 재편성하여 각기 성문을 굳게 지키게 했다.

이러한 방어태세를 취한 것은 양산재로부터 회군하여 오는 김민주 군을 맞이하기 위해서다.

그들이 이미 대궐마저 점령하였을 뿐 아니라 왕이 칙간에 숨었다 이름 모를 군졸의 칼에 무참히 쓰러진 것조차도 모르고 밤낮을 가리지 않고 서교에 도착한 것은 그들이 대궐을 점령하고 난 다음 날 저녁 무렵이다.

어제에 비하면 날씨는 퍽 풀린 것 같았지만 행군의 피로와 주림에 군사들은 그대로 쓰러질 지경에까지 이르렀다.

---

* 288회는 당시 연재에서 누락되었다. 이 부분은 〈민족문학대계〉에 수록된 내용을 발췌하여 부록편에 실었다(552쪽 참조).

김민주 자신 서울이 함락되었다는 소식을 분명히 안 것은 서교에 도착하고 난 한참 후였다.

김민주의 귀에까지 이 말이 전달되었을 땐 물론 군졸들 사이에도 널리 알려지고 난 때였다.

군졸들의 동요란 이루 말할 수 없을 지경이다.

처음 이 소식을 전해 들은 김민주는 이미 유명을 달리한 선왕의 영혼을 위로하기 위해서라도 끝까지 싸워 공격할까도 생각해 보았지만 그런 생각은 쉬 물거품 잦듯 가라앉고 말았다.

그것은 선왕에 대한 자기 충성이 서라벌 만민을 위한 복된 일이 될 수 없다는 생각에서다.

그러게 김민주는 피곤과 굶주림에 지친 수하의 군사와 또한 장안의 질서와 만민을 위하여 항복의 글을 써서 우징 앞으로 아장의 한 사람을 보냈던 것이다.

승자勝者의 입장에 선 우징이 김민주의 이러한 처사를 받아들이지 않을 리가 없었다.

사신으로 보냈던 아장이 갖고 온 서찰을 뜯어보고 난 김민주는 스스로 마음에 결심을 다짐하며 군령을 내렸다.

그 군령이란 다름이 아니었다. 모든 무기를 먼저 거두라는 것이다.

또한 그런 군령 뒤엔 이러한 전달이 내렸다.

무인武人의 몸이란 그 충성을 만민과 조정을 위하여 있는 것이지 어느 특정된 개인에 예속된 것이 아니라는 점과 질서를 잃지 않게 행동할 뿐 아니라 성 안으로 들어가면 새로운 군령에 복종하고 각기 자기 신분을 지키라는 뜻의 내용이었다.

무기를 버리고 난 군사들은 각기 아장들의 인솔에 따라 항복의 행진을 했다.

모두가 서라벌의 아들이고 보면 그것이 비록 이름은 항복의 길이라 해도 누구도 반대하고 나서는 사람은 없었다.

삼천 대군이 대오를 지어 입성하는 덴 꽤나 시간이 걸렸다.

이제 백여 명의 남은 숫자만 들어가면 그것으로 끝을 맺는 셈이다.

김민주는 그들이 떠난 다음에도 홀로 그 자리에 남아 있었다.

소란했던 소동이 밀려가자 어둠 속엔 고요만이 깃들었다.

큰 칼을 뽑아 쥔 김민주는 스르르 눈을 감았다.

자기를 길러 준 땅이요 자라선 그것을 지키기 위하여 숨 가쁘게 달리던 그곳이다.

머리엔 서릿발이 치기 시작한 연륜이었지만 오늘에 이르기까지 부끄럽지 않게 살아온 생애이기도 했다.

지금 각막을 스치고 지나가는 것은 노모老母와 처자의 모습이다. 그는 그들을 향하여 마지막 웃음을 던지고 나서 뽑아든 칼로 자기 목을 찔렀다. 선왕에 대한 충성이 아니라 깨끗한 자기 생애를 위한다는 생각을 하면서….

밀회

제290회

密會

왕권을 잡고 왕위에 오른 우징은 신무왕神武王이 되었다.

그는 왕위에 오르자 먼저 임해전 앞뜰에서 무참히 쓰러진 아버지 균정均貞의 영혼을 위로케 하는 한편 사신을 청해 땅으로 보내어 궁파를 감의군사感義軍使로 봉하게 하고 식읍食邑 이천 호二千戶를 주게 했다.

오늘 청해 땅 온 섬사람들은 이 장엄한 의식을 구경하러 모여들었고 의식이 끝나자 널리 주연이 베풀어졌다.

주연은 사신을 위로하기 위한 잔치이기도 했지만 한편 궁파 자신의 자축연이나 다름없었다.

궁파는 국왕의 사신이라 하여 그를 윗자리에 모시고 은근한 후대를 게을리 하지 않았다.

이렇듯 무르익어 가는 주석에 앉아 있으면서도 궁파의 마음속엔 두 가지 엷은 불만이 있었다.

그 하나는 이렇게 사신이 오는 데도 정년으로부터 아무런 소식이 없다는 것이다.

물론 사정이 있을 것이고 또 그것으로 크게 불만하게 생각할 것까지는 없는 일이긴 했지만 마음속에 그런 생각이 곰실거림을 어찌할 수 없었다.

그러나 궁파의 마음속 깊이 자리 잡고 있는 것이라면 그것과는 달리 좀더 큰 불만이 있었다.

사실 궁파가 신왕으로부터 감의군사의 직을 제수받거나 또는 식읍을 이천 호씩이나 받았다는 사실은 딴 사람들로부터 볼 때는 그것이 자랑이요, 또한 영광일진 몰라도 궁파 자신의 입장으로 볼 땐 별로 대수로운 것이 아니었다.

기녀가 옆으로 와 주호의 술을 잔에 따라 준다.

궁파는 힐끔 기녀의 얼굴을 쳐다보고 나자 그 취기 어린 시선을 떨어뜨렸다.

떨어뜨려진 시선 밑엔 지금 집에서 외로이 있을 딸 미윤의 환상이 스치고 지나간다.

미윤이도 인젠 그럭저럭 혼기를 놓쳐 버린 과년한 딸이었다.

이런 생각이 떠오르는 순간 궁파는 다시 잔을 상 위에 놓아 버렸다.

그러곤 자기도 모르게 긴 한숨을 돌린다.

우징군이 승전하여 자기한테 사신이 온다는 가정 밑에 그가 바랐던 것은 오늘과 같은 이런 영광이 아니라 전혀 다른 것이었다.

물론 그런 생각은 궁파 혼자만의 생각은 아니었다.

그럴 만한 언약이 있었던 까닭에 궁파 자신도 그것만을 간절히 바라고 있었던 것이다.

떠나갈 때 부두에서 우징의 아내가 딸 미윤의 손을 잡고 하던 말소리가 아직도 그의 귓속엔 너무나 똑똑하게 남아 있었다.

그러게 궁파는 그 후 아내로 하여금 딸에게 대궐 안의 범절에 뒤떨어지지 않을 예의범절을 힘써 가르치게 하였던 것이 아닌가….

이러한 생각에 골몰하게 되는 동안 궁파는 딸을 만나는 일이 불안하였다.

그는 이러한 불안을 잊기 위해서 다시 반상 위에 놓아 버렸던 잔을 들었다.

조정으로부터 온 사신은 궁파의 이런 속은 알지도 못하고 극진한 대우에 만족한 채 기녀들이 따라 주는 잔을 연거푸 들고 있었다.

제291회 궁파가 들었던 잔을 비는 순간 사신의 시선과 마주쳤다.

사신은 들고 있던 잔을 주춤하며 궁파의 얼굴을 살핀다.

그 시선 속에 무엇이 깃들어 있는 것같이 보였던 까닭이다.

취중이었지만 궁파는 사신의 시선이 자기 마음을 들여다보는 것같이 느껴져 그것을 얼버무리기라도 하는 듯 빈 잔을 그에게 권하였다.

옆에 있던 기녀가 권한 잔에다 술을 따른다.

"거치른 섬 땅이라 생산되는 것이 없고 보니 박주냉과薄酒冷菓의 푸대접이 되어 죄송할 따름이오…."

사신은 기녀가 따른 잔을 쥔 채 조용히 이에 대답한다.

"군사 어른이 그런 말씀을 하시니 도리어 자리가 송구스러워져 취홍이 깨는 것 같소이다."

"하도 대접이 소홀하여 그만—."

궁파는 이런 인사말을 허두로 화제를 돌렸다.

그사이 사신이 받은 잔을 비어 궁파에게 다시 권한다.

"돌아가시면 정년을 만날 수 있으실까요?"

"만날 수 있다 뿐이겠소니까…. 이번 거사엔 정년 장군의 지략이 컸다고 조정이 모두 칭찬하더이다. 혹시 어떤 전달이라도 있으신가요…."

궁파는 정년에게 사신을 통하여 전달이라도 해 볼 생각이 없지 않았지만 스스로 자기의 그런 생각을 부정해 버리고 말았다.

"이제 태평한 몸이 되었음을 알았는데 새삼 무슨 전달이나 문안이 있으리오. 다만 정년은 당나라에서부터 형제지분兄弟之分으로 지나던 사이여서 공연히 궁금하여 물어보았을 뿐이로소이다."

그들이 이런 담소를 주고받는 사이에 다시 음률이 흐르기 시작하였다.

오래 어지러운 조정의 분위기에 젖어 이렇듯 아늑한 분위기를 가져 보지 못했던 사신은 정말 태평성대로 돌아가는 듯싶은 즐거움 속에 소일할 수 있는 기쁨이란 여간하질 않았다.

조금 전 궁파는 정년에게 전달할 것까지는 없다고 단언하다시피 했지만 속생각으론 자신이 궁금히 여기더라는 말이 전달되기를 은근히 바라고 있었다.

그러게 궁파는 그가 돌아가는 날 다시 이 말을 그에게 해 볼 생각이었다.

그렇게만 되면 딸 미윤의 문제를 조속히 해결 지을 수 있는 방법이 생각보다는 수월히 해결될 수 있는 기회가 마련될 것 같기도 했다.

물결 잦듯 잔잔하던 음률의 소리가 다시 질탕해지자 이번엔 곱게 단장한 무희들이 서로 앞을 다투어 나와 춤을 춘다.

소매를 접으면, 그들은 한 떨기 꽃이요 접었던 소매를 펼치면 그들은 마치 짝을 이루고 날아드는 호접의 모습이 분명했다.

술과 사죽의 소리가 귀와 마음을 취하게 하더니만, 무희들의 춤은 눈마저 취하게 하였다.

이렇듯 화려한 잔치가 끝을 맺은 것은 차가운 날씨였건만 일륜日輪이 중천을 지났을 무렵이었다.

잔치를 일찍 파하게 한 것은 사람도 취하였지만 사신의 피곤을 생각하여서다. 궁파는 사신 일행을 객관으로 모시게 하고 나서 안으로 들어갔다.

제292회 안으로 들어온 궁파가 의복을 바꿔 입으려고 하던 때다.

밖에서 인기척이 있더니만 부두에서 사람이 왔다고 알린다.

"무슨 일이냐?"

"지금 부두에 배가 들어왔기에 알리러 왔나이다."

이렇게 부두에 배가 들어온 것을 알리는 것은 예사로운 일이 아니다.

보통 배의 입출항은 일일이 알리기로 되어 있지 않았던 까닭이다.

그러게 취중일망정 궁파의 얼굴빛은 금시 긴장하였다.

"배가 들어왔다고? 어데서 온 배냐…."

성급히 묻는 궁파의 음성은 어쩐지 떨리는 것 같았다.

"네… 왜나라로부터 영권 어른이 타고 온 배옵니다."

"왜나라로부터? 영권이가?… 무슨 일로 왔다더냐…."

부두에서 일하는 그가 그런 일을 알 까닭이 없었다.

그는 자기한테 이런 말을 묻는 궁파를 오히려 이상하게 생각하며 그냥 묵묵히 서 있었다.

의복을 갈아입으려던 궁파는 손을 멈추고 어찌할 바를 몰라 하는 사람 모양 방 안을 한두 걸음 서성대기만 한다.

궁파의 이러한 모습을 보고 놀란 것은 옆에 있던 그의 아내다.

아무리 생각해도 영문을 알 수 없는 일이다.

두세 걸음 서성거리고 난 궁파는 밖을 향하여 내뱉듯 소리친다.

"배에서 오르지 말고 그냥 있으라고 전하여라…."

"네 그대로 가서 전하겠나이다."

밖에 서 있던 자가 부두로 돌아가는 기색이 보이자 궁파는 그제서야 주저앉는다.

아내는 궁파의 눈치만 살피며 옆을 떠나지 않는다.

궁파는 흥분된 가슴을 식히기라도 하는 듯 긴 숨길을 돌린다.

근래에 볼 수 없었던 흥분 상태고 보니 아내는 더욱 조심스러웠다.

영권이가 무슨 잘못을 저질렀을까?… 그가 저지른 잘못이란 어떤 일이기에 저렇듯 화를 낼까?…

남편의 의중을 전연 모르고 있던 바는 아니지만 아내는 항상 딸의 정에 기울어지기가 일쑤였다.

딸 미윤이가 영권에게 은근한 정을 느끼고 있는 것을 알고 있었기에 영권을 또한 중히 여겼던 것도 사실이다.

"영권이가 크게 잘못한 일이 있었던가요…."

아내가 옆에서 물어도 궁파는 입을 다문 채 그는 스르르 눈을 감았다.

무슨 일로 그렇게 화를 냈는지 자신도 알 수 없는 일이기도 했다.

아내의 묻는 말과 같이 큰 잘못이 그에게 있어서도 아니다.

다만 미윤에게 대한 치우친 사랑에서랄까….

대궐로부터 미윤에게 대한 아무런 소식이 없었다는 것이 결국 그런 화를 내게 했을는지도 모른다.

아니 그것보다도 미윤과의 사이를 멀리하기 위하여 일부러 왜나라로 다시 보낸 영권이가, 이러한 시기에 급작스레 돌아온 것이 그로 하여금 그렇게 화를 내게 한 원인이 되었을는지도 모를 일이다.

배에서 내리려던 영권은 달려온 군졸의 말을 듣고 놀랐다. 제293회

아무리 생각해 보아도 영문을 알 수 없었다.

"오늘 무슨 일이 있었느냐?"

영권은 억지로 놀란 빛을 보이지 않기 위하여 태연히 군졸에게 물었다.

"네 육지로부터 사신이 왔사와 조금 전까지 큰 잔치가 벌어졌다 금시 파하였나이다."

"육지로부터 사신이 왔다고?"

모든 일은 영권이가 왜나라로 들어간 다음 일어난 일이었다.

그러게 그는 사신이 왔다는 말이 청해 땅의 어떤 불길을 말하는 것같이 느꼈다.

그런 연고로 궁파 어른이 자기를 배에서 오르지 못하게 하는 것이라 생각하니 매사가 더욱 궁금할 수밖에 없었다.

아무리 궁파 어른이 사사로이 한 말이라 해도 영권에겐 그것이 엄한 군령이나 다름없었다.

"또 한 번 수고롭지만 우리 누님을 잠간 이리로 나오시도록 가서 전하여 주게."

"네 그러하옵지요. 곧 가서 전하도록 하겠소이다."

군졸이 발판을 디디고 부두로 올라가는 것을 보고 나서 영권은 배 안으로 들어와 누님 연옥이가 오는 것을 기다리고 있었다.

누님만 온다면 모든 사정을 낱낱이 알 수 있을 것 같았던 까닭이다.

배 밑창을 두들기는 파도를 바라다보고 있는 영권의 눈앞엔 가깝게 돌고 있는 갈매기의 원무도 보이질 않는다.

밀려왔단 부서지고 부서졌단 다시 밀려가는 수많은 파도 속에 떠오르는 것은 지금 앉아 기다리는 누님의 모습보다도 미윤의 환상만이 연거푸 지나갈 따름이다.

"누님께서 오셨소이다."

옆에서 알으켜 주는 수하手下의 말소리에 영권은 퍼뜩 제정신을 차리고 돌아서 일어선다.

"누님, 그간 안녕하셨던가요."

"어떻게 아무런 소식도 없이 이렇게 왔느냐…."

"별로 일도 없고 해서 다니러 왔나이다. 매형께서는 그간 무슨 소식이 있었던가요."

"편이 없어 그런지 아직 별로 소식이 없구나…."

그러고 보면 누님의 얼굴도 좀 여윈 것 같았다.

연옥은 전갈을 왔던 군졸로부터 들은 말로 대략을 짐작할 수 있었다.

짐작이 가고 보니 동생 영권이가 더 측은해 보이기만 했다.

그들 남매가 마주 앉은 것을 보자 옆에서 서성거리고 있던 사람들도 각기 딴 곳으로 자리를 옮겨 갔다.

파도에 배는 흔들거리지만 주위는 퍽 조용하다.

"누님, 육지로부터 사신이 왔다면서요."

이렇게 묻는 영권의 얼굴엔 역시 불안한 빛이 감돌고 있었다.

"그런가 보더라…."

이렇게 서두를 꺼내기 시작한 연옥은 그간 섬에서 일어난 일들을 대충대충 영권에게 설명하여 주었다.

"그러면 오늘 온 사신은 왕위에 오른 우징 어른으로부터 보내온 사신이구먼요…."

"그렇다고 하더라…." 제294회

이렇게 대답하는 연옥은 우징 부부가 이곳을 떠날 때 미윤의 손목을 잡고 하던 말을 돌이켜 생각했다.

그리고 오늘 베풀어졌던 화려했던 잔치와… 또한 이렇듯 먼 바닷길을 찾아온 동생 영권을 전에 없이 육지에 오르지 못하게 하는 것을 보면, 영락없이 이번에 돌아가는 사신의 편을 이용하여 미윤을 대궐로 보내려고 하는 것만 같이 생각되었다.

연옥은 영권에게 여러 가지 말을 하면서도 미윤에게 관한 그런 말은 하질 못했다.

"누님 무슨 걱정이 생겼나요."

연옥의 표정이 하도 상이하여 영권은 이렇게 물어보지 않을 수 없었다.

"미윤에겐 다시없이 기쁜 일이겠지만 네 자신에겐 크게 상심될 일인 것 같아 걱정스럽고나…."

영권도 이 한마디로 만사를 짐작할 수 있었지만 자신에 관한 일이고 보니 수수께끼 같은 그 밑바닥이 더욱 궁금했다.

이런 말을 하고 난 연옥의 눈엔 눈물이 핑 고여 있었다.

더 묻지 않아도 알 수 있는 일이다. 그러나 영권은 누님의 얼굴에서 잠시도 시선을 옮기지 않은 채 덤덤히 바라보기만 하였다.

"모든 일이 나라에 관한 일이요 또한 궁파 어른댁 경사고 보면 우리가 무슨 말을 할 수 있겠냐…."

이런 말을 들으러 허둥지둥 배를 타고 온 자신을 생각하니 영권은 전에 없이 서

글프기만 했다.

서글퍼지는 마음을 누르려 영권은 시선을 돌렸다.

그러나 연옥의 설명은 거기서 그치질 않았다.

우징의 부부가 미윤을 데려간다던 말과 아마 모르긴 해도 미윤은 이번 사신과 더불어 이곳을 떠날지도 모른다는 말까지 덧붙였다.

막상 누님으로부터 이런 말을 듣고 보니 영권은 오히려 그러한 누님의 말이 믿어지지가 않았다.

설사 그것이 모두 다 결정된 일이라 해도 영권으로선 그럴 수가 없을 것만 같았다.

그것은 미윤의 마음 하나를 믿는대서 그러했다.

무슨 일이 있어도 자기 자신이 그럴 수 없듯이 미윤이만은 자기와의 언약을 어길 리가 없을 것만 같이 여겨지는 까닭이다.

"누님은 그동안 미윤이를 만나 보셨던가요?"

묻지 않아도 연옥은 동생의 물음이 무엇을 뜻하는 말인지 알 수 있었다.

끝까지 미련을 갖는 영권이가 불쌍했지만 누님된 입장으로선 그런 미련을 쉬 단념시키고 싶을 뿐이었다.

"만나 보았으면 무엇 하겠느냐… 모든 일이야 어른들이 결정 짓는 것이지 우리들이 하는 일이냐…."

누님의 말도 일리 없는 말은 아니었다.

그러나 자기 의사는 어떻든 간에 웃어른들의 결정에 덮어놓고 복종해야 하는 자신이 인제는 더할 수 없이 괴롭기만 했다.

"이제 무슨 분부가 계실지 모를 테니 마음 가다듬고 아무쪼록 자중하도록 해라…."

연옥은 더 지체할 수 없어서 이런 말을 남긴 채 일어서 나갔다.

제295회 건넌방에 있던 미윤은 귀를 바싹 기울였다.

부두에 배가 들어온 것을 알리려 왔던 군졸이 돌아가는 기색이다.

어머니의 말소리도 옆에서 듣는 것같이 똑똑히 들린다.

계속되는 침묵 속엔 아버지와 어머니의 숨소리마저도 들릴 상싶을 정도다.

영권이가 왔다는 사실도 전연 예기치 못했던 일이지만 아버지의 분부도 뜻밖이 아닐 수 없었다.

미윤이 자신도 그동안 자기와 영권이 사이가 순탄치 않으리라는 것을 전연 예기하지 못했던 것은 아니다.

우징 부부가 이곳을 떠날 때 남기고 간 뜻 모를 말이라든지 또는 아버지의 태도나 말투에서도 그런 것을 넉넉히 느낄 수 있었던 것이다.

그러나 미윤은 이미 정해진 자기 마음에 대하면 조그만 동요도 느끼지 않은 채, 영권이 돌아오기만을 기다렸다 해도 과언이 아니다.

그러한 미윤이었지만 지금 당장 머리 위에 떨어지는 불벼락 같은 소동을 보고는 그대로 태연할 순 없었다.

부두에 배를 대고도 내리지 못하는 영권의 처지를 생각할 때 미윤은 그대로 편안히 앉아 있을 수가 없었다.

그녀는 곧바로 부두를 향하여 뛰쳐나갈 것같이 자리에서 일어섰다.

"영권이가 죄인이 아닌 바에야 일부러 온 것을 배에서 내리지도 못하게 한다면, 그것을 어찌 인정이라 할 수 있으리까…."

어머니의 말소리다.

미윤은 그것이 밖으로 뛰쳐나가려는 자기를 타이르는 말인 것 같아 다시 주저앉는다.

어머니의 말에 아버지는 아무런 대답이 없다.

미윤에겐 대답 없이 앉아 있는 아버지의 얼굴이 보이는 것 같았다.

"다소 허물이 있다 해도 배에서 내리게 함이 좋을 것 같사온데…."

"안 돼…. 아내란 집안일을 주관하는 것이지 바깥일까지 참견하는 것이 아니오. 이번 일엔 당신일랑 모르는 척해 두는 것이 좋을 것이오."

그 음성으로 보아 아버지의 노여움은 대단한 것 같았다.

아버지의 입에서 이런 소리가 떨어지고 보니 안방은 다시금 물을 끼얹은 것같이 잠잠했다.

미윤은 정말 그대로 앉아서 시기의 호전만을 기다리고 있을 수가 없었다.

그녀는 벌떡 일어서 문을 열고 밖으로 나갔다.

뜰 안엔 벌써 낙조落照의 빛이 깃들기 시작했다.

안방에 있는 아버지와 어머니는 미윤이가 문 앞까지 온 것도 모를 지경으로 피차에 흥분하여 있는 것 같았다.

미윤이가 들어서는 것을 보자 아버지와 어머니의 얼굴엔 금시 동요의 빛이 엿보였다.

미윤은 들어서는 길로 부모 앞에 고개를 숙이며 읍한다.

무거운 침묵뿐이 세 사람의 앞을 가로막을 뿐이다.

"철없는 것이 아뢰옵기는 황송하오나 소녀로 인하여 갑자기 어떤 근심된 일이 생긴 듯하와 마음이 불안하옵기에 들어왔나이다."

궁파는 대답 없이 딸의 얼굴만을 쳐다보고 있었다.

제296회 "널로 인하여 생긴 일도 아니요 또한 너나 네 어머니가 관계할 바 일이 아니니 그대로 물러가 있도록 하여라."

아버지 태도가 이러하고 보면 다시 무어라 드려 볼 말도 없었지만 그렇다고 미윤은 그냥 순순히 물러 나올 수가 없었다.

고개 숙인 채 읍하고 있는 미윤은 엷은 눈시울이 자꾸만 뜨거워질 따름이었다.

"물론 철없는 소녀가 관여할 바 아니온 줄은 아오나 건넌방에서 잠간 듣건대, 아버님의 이번 처사가 너무나 가혹하신 것 같사와…."

미윤은 아버지의 노여움을 크게 살 것을 각오하고 나서서 한 말이지만 끝을 맺지는 못하고 말았다.

"무엇이 가혹하다고 하느냐?"

아버지의 음성은 뜻밖에 부드러운 편이다.

"연옥 언니에 대한 정으로 보나 또는 어느 모로 보아도 이번 일은 지나친 처사인 것 같나이다."

궁파는 아무런 말이 없었다. 아내도 남편과 딸의 기색만을 살필 뿐 아무런 말이 없다.

"미윤은 영권을 어떻게 생각하고 있느냐?"

아버지의 입에서 이런 말이 떨어지는 순간 미윤은 전신이 화끈할 정도였지만 그러나 지금 와서 양보나 굴복이란 있을 수 없는 일이었다.

"가까운 이웃이요, 같이 자란 동기나 다름없는 사이라고 생각하고 있었나이다."

미윤의 말소리는 고추 끝처럼 매울 정도로 분명했다.

"알았다."

궁파는 혼잣말같이 이렇게 중얼거리며 잠시 눈을 감고 있더니만 다시 미윤을 쳐다보며 말을 잇는다.

"나도 너나 네 어미의 마음을 짐작 못하는 바는 아니지만 그러나 세상사는 그렇게 단순한 것이 아니다. 아비도 인제는 늙었다. 몸과 마음이 늙고 보니 네게 대한 기대도 전과 달리 커지는 것 같다."

궁파 자신이 늙었다고 해서가 아니라 이런 말을 하고 있는 아버지를 쳐다보고 있는 미윤의 눈에도 분명 전에 없이 늙어 보이는 것 같았다.

"나는 자랄 때 섬의 미천한 어부의 자식으로 태어나 오늘에 이를 때까지 너는 생각조차 할 수 없는 많은 모험의 길을 걸었다… 모험의 길이란 결코 순탄한 길은 아니다… 내가 걸은 것과 같은 길을 너에게 걷게 하고 싶지 않는 것이 아비의 마음이다. 또한 사람이 늙고 보니 나 자신도 여생을 복된 속에 보내고 싶을 뿐이다. 이제 하늘이 우리 가족을 도와 너를 우징 어른 내외께서 대궐로 데려간다 하셨으니 어찌 그것이 복락이 아니겠느냐. 너도 그것을 짐작하고 매사에 자중해라…."

어머니의 눈엔 기꺼운 눈물이 핑 괴어 흘렀지만 미윤의 눈시울을 적시는 눈물은 그렇질 못했다.

"무슨 일이 있다 해도 저는 부모님을 떠나서 살려 하지 않나이다."

이렇게 말한 미윤은 흘러 떨어지는 눈물을 주체할 수가 없어 그냥 밖으로 나와 버리고 말았다.

딸이 나가는 뒷모습을 바라보는 궁파는 누구도 이해할 수 없는 웃음을 입가에 짓고 있었지만 역시 어머니는 불안한 눈초리로 딸의 모습을 바라다볼 뿐이다.

자기 방으로 돌아와 한참 흐느껴 울고 난 미윤은 정신을 수습하고 밖으로 나 제297회
와 보았다.

물들었던 낙조의 빛이 땅속에 스며든 채 밖은 희끗희끗 어둡기 시작하였다.

무슨 일이 있어도 미윤은 그냥 있을 수가 없었다.

그녀는 안방의 동정을 살피며 살금히 밖으로 빠져나왔다.

어떤 경우를 물론하고 미윤의 상대가 되어 줄 사람은 연옥이밖에 없었다.

연옥은 작은 등잔 앞에 앉아 있었고 원민이가 한옆에 잠이 들어 있었다.

반기는 품이 그전 같지 않은 것을 보아도 미윤은 연옥의 감정을 짐작할 수 있었다.

연옥 언니는 나보다도 모든 사실을 먼저 알고 있는가 보군….

이런 생각이 떠오르는 순간 미윤은 설움부터 북받쳐 올랐다.

"연옥 언니…."

미윤은 연옥을 이렇게 부르기에 앞서 고개를 떨어뜨린 채 흐느꼈다.

연옥은 아무런 대꾸 없이 미윤을 따라 울 뿐이다.

"언니, 전 앞으로 어떻게 하면 좋아요…."

괴로운 자기 심정을 호소하는 미윤의 격한 말소리다.

"자식이란 부모의 명령에 순종해야지."

그러나 미윤에겐 연옥의 그런 말이 옳게 들리질 않았다.

"어쩌면 언니까지도 그런 말씀을 하실까요."

미윤은 연옥이까지도 원망스럽다는 듯 목이 메어 말했다.

"만사가 그렇게 하도록 마련된 길이 아니냐?"

"언니, 그럴 순 없어요. 무슨 일이 있어도 그럴 순 없어요…."

연옥도 평소의 미윤과 달라 고분고분 달랠 수가 없었다.

"언니…."

슬픔에 젖은 눈으로 미윤은 연옥을 쳐다본다.

"언니, 제 소원이어요. 제게 남자 의복을 한 벌 빌려 주어요."

연옥은 이런 말을 듣자 겁부터 앞섰다.

"남자의 옷은 해서 무엇 하려고?"

"이 꼴을 하고는 번다한 눈을 피해서 배로 나갈 수가 없지 않아요. 무슨 일이 있어도 저는 배로 나가서 만나 뵈어야 하겠어요."

연옥은 잠시 아무런 대답도 하지 못했다.

"언니…."

"아버지의 엄명이신데…."

"아버지의 말씀은 배에서 내리는 것을 막았지 배에 오르는 것을 금하고 있는 것은 아니지요."

연옥도 미윤의 그 절박한 청을 들어 주지 않을 수 없었다.

나중엔 어떻게 되든 간에 그들이 서로 만나 보고 싶은 마음이란, 자기가 당나라에 들어가 있는 봉화를 그리는 정이나 다름없을 것이고 보면, 그것까지 막고 나설 순 없었다.

연옥은 영권이가 입던 옷 한 벌을 장 속에서 꺼내 주었다.

미윤은 그것을 곧 자기 옷과 바꿔 입었다.

이미 마음으로 단단히 결심한 바라 조금도 주저의 빛은 없었다.

미윤이 그러고 나서니 어느 모로 보나 뉘 집 도령으로 보이지 여아의 태는 찾아볼 수가 없었다.

배에 연금軟禁당하다시피 한 동생 영권이도 그러했지만 지금 변복을 하고 배로 제298회
찾아가는 미윤을 볼 때 연옥의 슬픈 정은 더했다.

"언니, 그럼 다녀올게요."

"조심해야지…."

연옥은 미윤의 그림자가 보이지 않을 때까지 어둠 속을 응시한 채 멍청 서 있어야만 했다.

미윤이 역시 한 번 뒤돌아보았을 뿐 그냥 부두 쪽으로 걸어갔다.

미윤의 걸음걸이는 그 마음을 닮아 달리는 듯 빨랐다.

부두가 가까워질수록 차분한 어둠 속에 파도 소리만 요란하다.

멀리 망루에서 흘러내리는 불빛만이 보일 뿐 주위는 캄캄하다.

미윤으로선 어디가 어딘지 구별할 수 없을 지경이다.

여기저기 정박해 있는 배가 어둠 속에 희미하게 보이지만 미윤으로선 어느 배인지 구별할 수가 없었다.

미윤은 걸음을 멈추고 서 있다가 다시 한 번 주위를 살펴본다.

어둠 저쪽에서 인기척이 들리는 것 같다.

미윤으로선 그것이나마 다행하여 무턱대고 그쪽으로 걸어갔다.

저쪽에서도 이쪽 인기척을 살피는 듯 주춤 서서 있다.

"영권 어른이 타고 오셨다는 배가 어디 정박해 있소."

미윤은 어둠 속의 그림자를 향하여 소리쳐 보았다.

"무슨 용건이신가요…."

"무척 급한 일을 전갈하러 온 참이오…."

그쪽에 있는 그림자는 보이지 않을 뿐이지 한 사람이 아닌 기척이다.

그들은 낮은 목소리로 궁파 어른한테서 온 모양이라고 서로 숙덕거리는 것이었다.

"이리로 오십시오."

미윤은 그들 곁으로 잰 걸음걸이로 걸어갔다.

"어떤 전갈이신가요."

이렇게 묻는 군졸은 목소리로 보아 늙은 사람인 것 같았다.

"직접 만나 전해야 할 말이오."

"그러신가요… 그럼 이리로 따라오시우…."

어둠 속에 익숙한 그는 아무렇지도 않게 걸어갔지만 미윤은 발밑이 불안하여 마음 놓고 걸을 수가 없었다.

"이쪽 발판이 위험하오니 퍽 조심해야 하우…."

배에다 갖다 댄 발판은 외나무다리나 다름없었다.

부축을 받아 겨우 건너갈 수 있을 정도였지만, 영권을 만난다는 그 생각뿐으로 미윤은 아무런 불안도 없이 군졸의 뒤를 따라 건너갔다.

먼저 건너간 군졸이 돌아서 말한다.

"여기서 잠시 기다려 주셔야 하겠소이다. 조금 전 영권 어른의 분부가 누가 찾아와도 만나시지 않는다 하였으니 제가 먼저 들어가 전후를 가려 말씀드리고 나오겠소이다."

"급한 일이오니 속히 서둘러 주시오."

"알아 하겠소이다."

군졸은 미유의 남복 모습에 깡그리 속아 버린 채 별로 의심하는 빛도 없이 안으로 들어가 버렸다.

파도의 포말이 뛰어올라도 미윤은 꼼짝 않은 채 군졸이 돌아오기만을 기다렸다.

등잔을 앞에 하고 기대앉아 있는 영권은 군졸이 들어와도 거들떠보기조차 않는다. 제299회

가슴속에 솟구쳐 오르는 우울은 무엇으로도 막아 낼 도리가 없었다.

지금까지 품고 있던 모든 꿈과 희망이 난파를 당한 배 모양 산산이 부서져 나가고 보니, 자신은 지금 선실에 앉아 있는 것이 아니라 해저 깊은 곳으로 빠져 들어가는 것 같기만 했다.

"지금 궁파 어른으로부터 사람이 왔나이다."

"누가, 무엇이?"

영권은 그제서야 앞에 서 있는 군졸의 얼굴을 찬찬히 쳐다본다.

전에 없이 매서워진 그의 시선과 부딪친 군졸은 자신도 모르게 찔끔했다.

그는 자기 자신에게 무슨 잘못이 있지 않나하여 읍했던 자세를 바꾸며 조금 전의 말을 다시 되풀이한다.

"궁파 어른으로부터 전갈이 있어 사람이 왔나이다."

영권은 이번에도 아무런 대꾸를 하지 않는다.

궁파에 대한 원망이라기보다도 그는 사람을 대한다는 것이 이 순간에 있어선 무엇인지 모르게 불안했다.

낮에 다녀간 누님의 말로써 모든 것을 체념하지 않을 수 없는 자기 자신이라는 것을 누구보다도 잘 알고 있었기에 영권의 불안은 더 컸다.

앞으로 무슨 일이 닥쳐올지도 모를 일이지만 그렇다고 궁파로부터 보내온 사람을 그냥 돌려보낼 순 없는 일이다.

"누구더냐…."

"어둠 속이어서 잘 알아볼 수 없었소이다. 그 댁에서 부리는 사람인가 하나이다."

"이리 들여보내도록 하여라."

군졸이 나간 다음에도 영권은 눈을 감은 채 꼼작도 않고 기대앉아 있었다.

지금에 이르러선 아무 것도 바랄 것이란 없었다.

이런 절망의 그늘 속에 앉아 있는 그였지만 자욱한 구름이 언뜻언뜻 개일 때마다 내리비치는 햇살 모양 미윤의 모습이 수없이 눈앞을 스치고 지나가는 것이었다.

밖으로 나온 군졸은 영권의 수상한 태도에 공연히 겁을 집어먹었다.

그의 생각에도 아무래도 여기엔 무슨 큰 곡절이 있는 듯싶었다.

무슨 일일까….

배에서 오르지 못하게 한 것을 보면 영권에게 무슨 잘못이 있었던 모양이지…. 그런데 이 밤중에 사람을 보내온 것은 무슨 이윾까?…

그는 조심조심 남복을 하고 있는 미윤이 옆으로 가까이 갔다.

"지금 영권 어른께서 들어오라 하시오."

군졸은 조금 전과는 달리 무슨 비밀한 말이라도 속닥거리듯이 나직한 목소리로 말하였다.

"영권 어른께선 지금 혼자 계시던가요."

"네 그렇소."

군졸의 뒤를 따라가니 석실의 불빛이 새어 흐른다.

그 불빛만 보아도 미윤은 벌써 영권이 그 사람을 만난 것같이 가슴이 두근거렸다.

앞서 걸어온 군졸이 선실 문을 열며 한쪽으로 비켜선다.

등잔을 앞에 하고 있는 영권의 모습이 거기 있었지만 미윤은 성큼 뛰어들어 갈 수가 없었다.

제300회 문밖에까지 온 사람이 주저하는 것을 보자 영권은 자리에서 성큼 일어서 걸음을 옮긴다.

영권은 먼저 자기 눈을 의심해야만 했다.

전신의 피가 거꾸로 흐르는 것같이 얼굴이 후끈거린다.

미윤도 영권의 동작과 함께 한 걸음 문 안으로 들어섰다.

생각 같아선 영권의 품을 헤치고 매어 달리고 싶은 심정이었지만 주위의 이목耳目이 두려워 그의 얼굴만을 쳐다보고 서 있다.

"밖으로 물러가 있도록 하여라."

영권의 입에서 이런 소리가 떨어지기가 무섭게 군졸이 문을 닫고 물러난다.

군졸이 물러간 다음에도 영권과 미윤은 서로 말없이 쳐다보고 서 있을 뿐이다.

영권이가 먼저 놀란 것은 그가 남복을 하고 왔다는 것이다.

그것만으로도 그녀의 부자유를 상상하고도 남음이 있었다.

영권이 먼저 자리에 앉으며 그녀에게 자리를 권한다.

미윤은 잠시 그대로 서 있을 뿐이다.

등잔불만이 그들의 심정을 대변하여 주는 것같이 출렁거린다.

"어서 그리로 앉으시지요."

미윤은 그제서야 그가 권하는 대로 자리하고 앉으며 고개를 수그렸다.

연옥으로부터 남복을 얻어 입고 달려오던 때와는 딴판으로 가슴은 차분히 가라앉으면서도 울컥울컥 치밀어 오르는 설움을 어찌할 수 없었다.

그러나 그 설움마저도 미윤은 꾹 참고 견디어야만 했다.

밖은 파도가 설레고 이 선실 안은 그것과는 동떨어진 것같이 조용하고 아늑하였지만 두 사람의 가슴을 밟고 지나가는 침묵은 괴로움만 자아내었다.

몇 마디 말보다도 오히려 따스한 침묵이 즐거움을 가져다주던 시절에는, 침묵이 얼마를 계속된다 해도 조금도 슬플 것이 없었다.

그러나 지금 침묵에 앞서 전에 없이 굳어져 버린 영권의 표정과 차갑고 딱딱한 태도가 이 순간 미윤의 가슴을 더욱 미어지게 하는 것이었다.

"먼 뱃길에 시달려 몸도 피곤하실 텐데 이렇게 밤중에 찾아와 죄송하기 그지없나이다."

미윤의 입에서는 기껏 이러한 서먹한 인사말이, 그나마 반은 울음 섞인 목소리로 흘러나왔다.

영권에겐 그 한마디 한마디가 아프게 가슴에 부딪쳤지만 아무쪼록 태연한 기색을 꾸며야 했다.

"언제나 배에서 자고 깨던 몸이 유별나게 괴로울 것이 무어 있겠소…. 다만 듣건대 자유롭지 못한 몸이라 한데, 이렇게 모습을 바꿔 여기까지 오셨단 말이 번지게 되면 크게 염려를 끼치게 될 일이 아니겠소…."

영권의 말은 침착한 듯하면서도 자신을 비웃는 듯 냉연했다.

이런 말을 듣고 보면, 아버지는 그를 그냥 배에서 내리지 못하게 한 것이 아니라 분명 무슨 말이 있은 듯싶었다.

그러나 아무리 아버지가 어찌했다 해도 자기의 의견은 조금도 들어 보지 않고 마치 남에게 하듯 이렇게 말하고 있는 영권이가 야속하고 매정하기만 했다.

미윤은 그제서야 고개를 들어 그를 쳐다보았다. 눈길이 마주치는 순간 미윤은 눈물을 주체하기 위하여 다시금 고개를 떨어뜨렸다.

제301회 미윤의 눈물을 보니 영권도 마음이 편안칠 않았다.

그러나 만사를 체념에 붙여야 할 영권의 처지로선 슬픔을 되씹어 볼 생각은 버려야 했다.

그는 그러한 마음을 누그리기라도 하는 듯 자리에서 일어서 몇 걸음 서성대어 보지만 그렇다고 마음이 안정될 리가 없었다.

생각하면 지난날이 모두가 꿈 같고 보니 더욱 허전할 따름이다.

오열에 잠겨 있던 미윤이가 그제서야 겨우 고갤 든다.

"장차 저는 어찌하면 좋으리까…."

영권은 멍청 미윤의 얼굴만을 바라다본다.

모든 것이 이미 결정되다시피 한 지금에 영권으로선 무어라 대답할 바가 없었다.

그러나 미윤의 눈길은 성급히 그에게 무엇을 재촉하고 있음이 분명했다.

"만사는 이미 결정된 일이 아니겠소…. 무엇을 이제 말할 수 있으리오. 이런 일을 부모님께서 아신다면 크게 걱정하실 뿐 아니라 나로 하여금 의리 없는 놈이라 꾸짖을 것이니, 어서 마음 진정하고 돌아가도록 함이 좋으리다."

고개 숙이고 영권의 말에 귀 기울이고 있던 미윤은 새삼 매정한 그 사람이 원망스럽기만 했다.

자신을 참지 못한 미윤은 자리에서 일어나 영권이 앞으로 달려갔다.

"지난날의 맹세는 어찌하라고 이제 그런 말씀을 하시나이까…."

"신臣은 군부君父의 명을 좇아야 하고, 자식은 어버이의 말씀에 순종해야 함이 도리가 아니겠소."

영권은 격해진 감정에 목이 메는 듯하여 돌아서 버린다.

잠시 후 그는 다시 자신을 누그리고 부드러운 음성으로 미윤을 타이르듯 말을 이었다.

"우리들이 거듭 맹세할 정의라 한들 어찌 인륜의 도리를 어기고 살 수 있으리오…. 나를 더 괴롭히지 말고 어버이께 걱정도 그만 끼치도록 하시오."

"그러시다면 우리들의 맹세란 그렇듯 빈말이었던가요…. 철없는 소견인진 몰라도 어버이의 뜻을 알 수 없나이다. 민물고기는 언제나 민물에 살아야 하거늘…. 미흡한 제가 어찌 대궐의 익숙지 못한 관습에 젖을 수 있으리까…. 이는 부질없는 정략의 제물로 보내고자 하는 그릇된 생각이오니 어찌 그것을 알고 좇을 수 있으리까…."

울음 섞인 목소리였지만 미윤의 말소리는 날카로웠다.

그것이 의리를 저버리는 일인 줄은 알면서도 미윤의 그러한 결심을 알 때, 그녀에 대한 영권의 정은 흐뭇하지 않을 수 없었다.

"바라건대 저를 저버리지 마옵소서."

"장부의 해를 두고 언약한 정이거든 어찌 저버리고 싶은 마음이야 있으리오…. 정에 치우치면 배반이 두렵고 도리를 좇고자 하니 정이 애달플 뿐이오."

"어버이께서 우리들을 허락하시지 않으신다면, 저는 그것이 비록 파도치는 바다 위에서 평생을 소금물을 마시며 산다 해도 따를 결심이오니 저를 아무데라도 데리고 가시도록 하여 주시오."

영권의 앞으로 한 걸음 더 나서며 이렇게 읍소泣訴한 미윤은 끝내 그의 넓직한 앞가슴에 얼굴을 묻고야 말았다.

미윤의 얼굴이 가슴에 닿는 순간 영권은 고동 소리만 더욱 심해지며 어쩔 줄 제302회
을 몰랐다.

차라리 뛰는 가슴이 그대로 터져 버렸으면 싶었다.

차마 미윤의 그 어깨를 밀어 버릴 용기는 없었다.

영권의 떨리는 손길이 미윤의 양어깨를 짚고 있다.

미윤의 어깨가 파동치는 탓인지 또는 영권의 손길이 떨려 그런지 그들의 몸과 마음은 진정할 도리를 잃고 있었다.

이윽고 영권의 손길이 미윤을 끌어당겼다.

등잔 불길보다도 뜨거운 그들의 입김이 뿌연 안개를 뿜어내는 듯 두 사람의 시야는 흐려진 채 아득했다.

"아무리 내가 모진 장부라 한들 어버이의 뜻이라고는 하나 그대가 대궐로 감을 어찌 즐겨 바라볼 수 있으리오… 다만 궁파 어른은 나의 둘도 없는 은인이요 또한 사부나 다름없거늘… 의리를 저버렸다는 후일의 욕이 두려울 따름이오…"

영권의 양팔은 이제는 아주 놓칠 수 없다는 듯 미윤을 꼭 껴안는다.

꿀꺽꿀꺽 숨결이 넘어가는 것 같았지만 미윤은 온갖 두려움과 불안과 슬픔까지도 이 순간만은 씻은 듯이 잊을 수 있는 것이었다.

미윤의 눈은 스르르 감겨져 있었고 그의 가는 입술이 떤다.

"어버이에 대한 의리는 조금도 염려할 것이 없을 줄 아옵니다. 우리들의 맹세가 이러하거늘 어찌 어버이들께서 우리를 멀리 떨어져 그리고 사는 진구렁이 속으로 떨어뜨릴 수 있으리오. 날이 새면 다시 말씀 올려 성사하도록 해 보리다."

체념과 비탄 속에 잠겨 있던 영권도 새로운 용기를 얻을 수 있었다.

그날 밤 영권은 미윤을 달래어 집으로 돌려보내려 하였지만 그녀의 결심을 돌릴 순 없었다.

마음과 온갖 정성을 오늘날까지 다하여 왔거늘 이제….

영권은 하는 수 없이 미윤의 뜻을 받아들였다.

파도가 설레듯 그들도 온밤을 불길같이 피어오르는 정을 다하였지만 가슴속에 가라앉는 것은 미진한 정회뿐이었다.

그들에겐 날이 새는 것이 두려웁고 아쉬웠다.

먼저 자리를 헤치고 일어난 영권은 날이 새고 있는 데 놀랐다.

"날이 새면 남의 이목이 두려우니 어서 집으로 돌아가오."

영권이가 이런 말을 하자 미윤은 엷게 얼굴을 붉힌다.

"그렇게 내쫓지 않아도 이제 곧 돌아가리다."

영권에겐 오히려 그녀의 토라져 뾰름해지는 모습이 더욱 귀여웠다. 그러나 그는 더 미윤에게 가까이 가지 않고 눈을 돌려 버렸다.

미윤이가 옷을 챙겨 입는 동안 선창 밖을 내다보고 있었다.

슬픔과 기쁨이 한 줄에 얽히던 어제였지만 지나고 보면 모두가 영권에겐 황홀할 뿐이다.

영권은 변복을 한 미윤을 데리고 부두 위까지 올라갔다.

아직도 날이 다 새기엔 일렀다. 멀리 보이는 망루의 불빛이 새 아침과 더불어 그들에게 어떤 희망을 약속하여 주는 것 같았다.

배로 다시 돌아온 영권은 잠시도 마음을 안정시킬 수가 없었다. 제303회

그는 꼭 어제 지난 일들이 꿈속에서 일어난 일 아니면 무엇에 자신이 홀렸던 것만 같은 생각이 들었다.

처음 궁파로부터 배에서 내려서는 안 된다는 지시가 있었을 땐 돌아온 일이 뉘우쳐졌지만 미윤과 더불어 하룻밤을 지내고 난 지금엔 그런 후회란 조금도 있을 까닭이 없었다.

희부연 안개로 둘려 막혔던 시야가 점점 넓어진다.

밤새 쉬지 않고 출렁이던 파도가 또 꼬리를 뒤흔들기 시작한다.

보이진 않지만 벌써 멀고 가까운 곳에서 물새들의 울음소리가 들려온다.

지금 영권으로선 이 모든 것이 새 아침과 더불어 자신을 축복해 주는 소리인 것같이 기뻤다.

지금쯤은 미윤이도 집으로 돌아갔을 것이다.

그런 생각에 잠긴 영권에겐 새삼 변착 남복을 하고 왔던 그녀의 모습이 우스웠다.

수하에 부리는 선원들도 그제서야 일어난 모양이다.

그들은 어젯밤 일은 아랑곳하지도 않고 영권이 앞에 인사를 한다.

아직도 아침 햇살은 오르지 않았지만 날은 훤하게 새었다.

그때 궁파로부터 보내온 군졸이 영권을 찾는다는 것이다.

선원으로부터의 전갈을 들은 영권은 무언지 모르게 가슴이 벅차지기만 했다.

"곧 이리로 안내해라."

이윽고 군졸이 영권이 앞으로 와서 군례를 행하고 한 장의 서찰을 전해 주었다.

영권은 그 서찰을 뜯어보았다. 틀림없이 궁파로부터 보내온 것이다.

영권의 얼굴빛은 군졸이 보기에도 딱할 지경으로 파리해져 있었다.

궁파로부터 보내온 서찰의 내용은 햇살이 오르기 전에 닻을 올려 왜나라로 출범하라는 것이다. 만일 지체할 때는 군령으로써 다스리겠다는 말까지 덧붙여 있었다.

화려한 꿈만을 되풀이하고 있던 영권으로선 맑은 날씨에 떨어진 벼락이 아닐 수 없었다.

"이 서찰을 누가 보내더냐."

"궁파 어른께서 보내시었소이다."

"알았다. 그대로 돌아가 전달되었음을 전하여라."

군졸이 돌아간 다음에도 영권은 실신한 사람 모양 한참이나 멍청 그대로 앉아 있어야만 했다.

무어가 무엇인지를 분간할 수 없는 순간이다.

그러나 전해진 것이 군령이고 보면 군령을 어길 순 없었다.

별안간 영권으로부터 닻을 올리라는 명령이 떨어지자 수하의 선원들도 놀란 빛이었다.

그러나 일단 명령이 떨어지기가 무섭게 닻을 올리는 소리가 요란하게 울린다.

주변을 날던 물새들도 이 소리에 놀랐음인지 멀리 자취를 감춘다.

닻을 올리자 배의 동요가 심해지더니 배는 이미 부두를 떠나 있었다.

그러나 영권의 마음은 부두에서 떠날 수가 없었다. 부둣가를 뚫어지게 바라보고 있었지만 새로운 기적은 보이질 않았다. 당기는 용총줄은 돛을 돌리는 것이 아니라 슬픔이 번져 흐르는 영권의 마음을 부두로부터 돌리려 애썼지만 그의 시선은 잠시도 옮길 줄을 몰랐다.

제304회

이홍의 행방

利弘의 行方

민애왕 앞에 충성을 다하던 김양 등은 그 죽은 흔적이 뚜렷하였지만, 오직 그것이 확실치 않은 것은 이홍뿐이었다.

이제 이홍이 홀로 살아 있다 해도 별로 크게 근심할 바는 아니었지만 항간엔 여러 가지 풍설이 떠돌고 있었다.

이홍이 군사를 끌고 동쪽으로 도망하여 기회를 노려 거사를 도모하고 있다는 등….

또는 이홍이 그대로 서울 안에 잠복해 있다는 등….

물론 어느 하나도 근거 있는 말들은 아니다.

그러나 이런 풍설이 마구 떠돌고 보니 조정의 신경을 극도로 자극시킨 것도 무리는 아니었다.

대궐 안엔 지난날에 서리 맞았던 예징禮徵 김양 들이 중신으로서 왕을 보필하게 되었다.

이번 거사에 있어서의 논공행상에 뒤이어 지난날 억울한 죽음을 당한 이들을 위한 추존追尊의 행사도 끝나고 보니 궐 안은 돌아오는 봄빛과 더불어 다시 평온하였다.

요즈음은 지난날과는 달리 조례가 끝난 다음 다시 중신회의를 열었고 대개의 정사는 이곳의 결정에 따라 행해지고 있었다.

지금도 말하자면 어전의 중신회의인 셈이다.

지난날은 서로가 같은 동지로서의 입장이었지만 대위에 일단 오르고 보면 군신의 별이 뚜렷했다.

신무왕인 우징 앞에 예징은 신하로서의 모든 예절을 갖춘 채 아뢴다.

"이제 조야朝野도 안정되었사온즉 남은 일은 당나라에 사신을 보내어 경응慶膺을 불러다 태자로 봉하는 일인가 하오."

경응이란 신무왕의 아들이었다. 일찍 당나라에 유학하고 있던 중 조정의 거듭되는 정변으로 말미암아 그곳에 오래 체류한 채 귀국하지 못하고 있던 터였다.

예징이 아뢰는 말에 왕도 마음이 동하지 않는 바가 아니었다. 그러나 우징인 신무왕은 즉위하여 지존의 몸이 되고 나서부터 무슨 이유에서인지 마음과 주위에 항상 불안을 금할 수가 없었다.

"지금 새로 왕권을 회복하였사온즉 천년 사직의 터전을 굳게 하기 위할 뿐 아니라, 천하에 왕위王威를 선양하는 뜻으로도 그 일을 하루속히 서두름이 옳을까 하나이다."

이는 예징의 주언奏言에 조언하는 김양의 말이었다.

왕은 그들의 뜻에 동의하는 듯 고개를 잠시 끄덕이더니만 좌우의 중신을 돌아보며 무거운 입을 열었다.

"아직 이홍의 행방에 대해선 이렇다 할 확증이 없소…"

신무왕으로선 아들인 경응을 태자로 봉하는 일도 중하였지만 무엇보다도 이홍에 대한 소식이 궁금하기만 했다.

항간에 떠돌고 있는 풍설을 왕 자신이 직접 듣고 묻는 말은 아니었다.

다만 이 며칠, 새 임금은 무슨 이유에서인지 종적이 모호한 이홍의 행방이 자꾸만 궁금하게 생각되었다.

그러지 않아도 항간에 떠돌고 있는 풍문에 신경이 자극되어 있는 그들은 혹시 왕이 직접 무슨 정보를 듣고 있는 것인가 하여 이런 하문이 있자 불안한 표정을 서로 감추지 못했다.

제305회 이때 예징이 왕의 물음에 공손히 대답한다.

"항간에는 아직도 여러 풍설이 떠돌고 있소이다. 이홍은 군졸의 화살에 맞아 죽었다는 말도 있사오나 그 시체를 얻지 못하였으니 이를 믿을 수 없삽고, 일설에는 남은 군졸을 데리고 동쪽으로 도망쳤다 하기도 하옵고 또는 아직 서울 안에 잠복해 있다 하기도 하와 군졸들로 하여금 염탐 중에 있사오나 그 확증을 잡지 못하고 있소이다."

예징의 말을 들으며 오래 눈을 감고 있던 왕은 자신이 이홍의 무리에 쫓겨 서교로 도망쳐 나가넌 일이 떠올랐나.

비록 그때와는 방향이 바뀌져 이홍이 동쪽으로 도망쳤다 하지만 자신이 서라벌을 향하여 다시금 돌아왔듯이 그도 언제 대궐을 향하여 올지 모를 일이고 보면 스스로 불안을 느끼게 되는 것도 무리는 아니다.

"그 처자들은 어떻게 되었는가…."

눈을 감고 있던 왕이 다시 묻는 말이다.

"처자들은 아직 그 자리에 남아 있사옵기에 군졸들을 시켜 멀리 감시케 하는 한편, 잠시도 염탐을 게을리 하지 않게 하고 있소이다."

처자를 데리고 가지 못했다는 그것만으로도 왕은 다소 위안이 되었다.

이때 김양이 입을 열어 아뢰었다.

"가증한 이홍을 생각하여선 그 처자를 모조리 옥에 가두게 하고 싶사오나 항간의 이목과 풍설을 생각하여 아직 그대로 두고 멀리서 감시만 하고 있을 따름이옵니다."

왕은 김양의 말에 고개를 끄덕거린다.

"이홍은 전에 사귀어 보아 알고 있는 처지지만 그 성향이 간악한 자라… 그가 만일 살아 도망쳐 있다면 어디서 무슨 흉계를 도모할지 모르는 자이니 그의 행방을 조속히 염탐토록 하라…."

예징과 김양을 비롯한 중신들이 머리를 조아리고 일제히 어전을 물러 나왔다.

어전을 물러 나오는 김양은 은근히 불안했다.

그 자신 서울에 입성하고 나서 오늘에 이르기까지, 골몰하다시피 그의 행방을 수색하고 있었지만 아직도 그럴듯한 단서를 잡지 못하고 있는 터에다 날이 갈수록 항간에 번지는 풍설이 불안하고 보니 스스로 그 책임을 느끼고 있던 차 오늘 그런 하문까지 있고 보니 송구스럽지 않을 수 없었다.

"오늘 특별히 이홍에 대하여 하문이 계셨음은 틀림없이 풍설이 궐 안에까지 새어 들어간 증좌니 장차 어이하면 좋으리오."

예징도 걱정스러워 나오는 길에 김양에게 의논조로 물었다.

"그렇듯 엄밀히 염탐과 수색을 하고 있건만 아직 이렇다 할 단서가 보이지 않으니 시일이 경과되어야 할 것 같아 걱정되는 바 없지 않소. 어떻든 우리들의 걱정보다도 어명이 그러하온즉 더욱 서둘러 실마리를 풀어내야 하겠소."

김양의 말도 막연한 말에 지나지 않았지만 예징으로선 그래도 김양을 믿어 보는 수밖에 없었다.

김양은 대궐에서 나온 길로 군졸을 시켜 정년을 불러오게 했다.

군졸을 보낸 지 얼마 안 있어 정년이 찾아왔다.

정년이 들어오는 것을 보고 김양은 반색을 하며 맞는다.

"얼마나 수고하시오 장군께서는…."

"황공하온 말씀을… 그간 별로 큰 사고 없음은 다만 신왕의 성덕이 미치는 바라 생각하옵니다."

오래 당나라에 머물러 살던 정년은 비록 그가 무관이라 해도 꽤나 구변이 좋았다.

"실은 오늘 장군을 새삼 부른 것은…."

김양이 이런 말을 끄집어내려 할 즈음 안으로부터 다담상을 들고 나와 말은 잠간 중단되었다.

정년은 그의 말 서두가 예사로운 것 같지 않아 그의 표정만을 살핀다.

다담상을 들고 나왔던 비자가 들어간 다음 김양은 차를 들며 끄집어내었던 말을 계속했다.

"오늘 어전에서 중신회의가 있었습니다…."

김양의 근엄한 태도로 미루어 볼 때 오늘 있었다는 중신회의는 꽤나 중대한 모양 같았다.

"역적 이홍에 대한 행방은 아직도 묘연한가요?"

그러고 보면 오늘 있었다는 중신회의 토론의 대상은 이홍에 대한 것이 분명했다.

정년은 조금 전 염장으로부터 들은 말을 생각하며 그로부터 들은 바를 말했다.

"이홍이 시중에 묻혀 있지 않는 것만은 사실인 것 같나이다."

"그렇다는 확실한 증거가 드러났던가요…."

김양은 상반신을 정년의 앞으로 내밀며 이렇게 물었다.

"제 수하에 있는 염장을 아시는지요."

"압니다."

"그 책임을 염장에게 시켜 염탐하고 있던 바, 그가 조금 전에 알리는 말에 의하면 도망친 것이 분명하다고 하더이다."

"그럴 만한 단서가 있던가요?"

"대감께서 황급히 부르신다 하여, 자세한 말은 듣지 못하였사오나 그럴 만한 증거가 있는 것 같소이다."

김양은 그만 정보로도 크게 안심이 되었다.

"실은 오늘 그 일로 신왕께서 크게 걱정하시며 용안에 수운愁雲을 보이시니 하루 속히 그를 잡아 처결해야 만사가 안정될 것 같소이다. 하오니 장군은 노고를 아끼지 말고 그 일에 더욱 전력을 다하여 확실한 성과를 얻어 주기 바라오."

김양의 표정은 말과는 달리 그것이 분부가 아니라 부탁일 뿐 아니라 한 걸음 더 나가선 애원이나 다름없는 듯싶은 모습이다.

"아직까진 이홍의 행방을 몰라 그렇듯 시일을 경과시켰사오나, 이제 그 행방의 윤곽을 알았사온즉 그를 잡는 일은 그리 어려울 것 같지는 않사오니 크게 염려 마옵시오."

"만사는 장군을 믿을 뿐이오."

정년은 김양으로부터 이런 부탁을 받곤 곧 자기 거처로 돌아왔다.

그는 돌아오는 길로 염장을 불렀지만 염장은 그새 어딜 나갔는지 보이질 않았다.

정년이 김양한테로 가는 것을 보자 염장은 한참 후 그 뒤를 이어 따라 나왔다. 제307회

무슨 특별한 용건이 있어서가 아니다. 그는 정년과는 방향을 바꾸어 이홍이네 집으로 향했다.

이홍이네 집을 염탐하는 것은 염장이 맡은 바 책임이다.

그는 그것을 구실로 줄곧 그 집엘 드나들었다.

그가 드나드는 목적은 결코 이홍의 행방을 찾기 위해서만이 아니다. 실은 이홍의 딸에 은근히 마음을 두고 있었던 까닭이다.

오늘날까지 염장은 어떤 호의를 베풀어 그녀의 환심을 사려고 했다.

그러나 그러한 호의까지도 그녀는 언제나 의심 가득한 눈초리로 경계를 게을리하지 않고 있다는 것을 염장 자신도 알고 있었다.

실은 입성하던 그날로 이홍에게 딸이 있었다는 것을 염장 자신이 알고 있었더

라면 혼란한 틈을 타서 건드렸달 것 같으면 문제없이 손에 넣을 수 있었던 것이지만 요즈음 사정은 그렇질 못했다.

그렇게 미워하던 이홍이었지만 점차 질서가 잡히기 시작하면서부터는 그들의 불우한 처지를 오히려 동정하는 사람들까지 생겼을 뿐 아니라 조정은 항간의 이러한 기미를 알고 불미한 점을 여간 단속하고 있질 않았다.

한편 염장 자신도 이번 기회를 헛되이 잃는달 것 같으면 다시없는 기회를 놓치게 된다는 것을 잘 알고 있었기에 각별한 조심도 했다.

그러나 유달리 미색美色을 즐기는 염장으로선 그런 경계를 스스로 하면서도 이홍의 딸에게 쏠리는 욕정은 누르질 못했다.

오늘도 어떤 일이 있어도….

그것이 정년이 뒤를 따라 나오며 염장이 자신에게 다짐하는 말이었다.

이런 다짐을 하고 보면 결과는 어떻게 되었든 간에 마음이 후련했다.

염장은 주위도 살펴볼 겨를이 없이 곧장 이홍이네 집 쪽으로 걸음을 재촉했다.

이홍이네 집 대문 앞으로 걸어가던 염장은 멈칫했다.

지금 이홍이네 대문 안으로 들어가는 수상한 그림자가 보였던 까닭이다.

그는 우선 멀찌감치 피했다. 이홍이네 집에 부리는 종이랄 것 같으면 염장 자신이 대개 그 얼굴들을 알고 있었다.

그러나 지금 들어가는 그 후줄그레한 모습은, 염장이 한 번도 보지 못했던 사람이다.

일단 그 장소에서 멈칫했던 염장은 멀리 파수 보는 군졸 옆으로 가까이 갔다.

"지금 막 어떤 수상한 놈이 들어가고 있었습니다."

염장을 보자 파수 보던 군졸이 하는 말이다.

"왜 부르지 않고 그대로 놔두었느냐."

"그 집 종이 나왔다 같이 들어가기에 혹시 부르면 우리가 망을 보고 있다는 것이 드러날 것 같아 나올 때 붙잡으려고 그냥 버려 두었소이다."

군졸의 말도 그럴듯했다. 염장은 지금 막 달려 들어가 그 놈을 붙잡아 놓고 이홍의 딸을 협박해 볼 생각도 해 보았다. 그러나 역시 그것은 불리할 것 같았다.

그는 자기의 욕심을 누르며 지금 들어갔던 수상한 친구가 도로 나오기만을 기다리고 있었다.

들어간 수상한 그림자는 좀처럼 나오질 않았다. 제308회

벌써 날이 어둡기 시작했다. 어둡기 시작하니 기다리는 염장의 마음은 더 초조할 뿐이다.

염장은 아닌 게 아니라 좀 시장하기도 했다. 그렇다고 지금 자리를 비울 수는 없었다.

"그놈이 그 집 종놈은 아니지…."

군졸에게 묻는 염장의 말이다.

"아니구 말굽쇼. 저 집 종놈들의 얼굴이야 제가 죄다 기억하고 있는걸요. 아무래도 수상한 놈입니다."

군졸이 이런 말을 하고 있을 즈음 이홍이네 집 쪽에서 인기척이 들렸다.

그들은 서로가 긴장한 눈빛을 그쪽으로 집중시켰다.

틀림없이 얼마 전에 들어갔던 자가 주위를 살피며 나오더니만 동쪽 한 길로 걸어가고 있었다.

염장은 재빨리 달려가 그 수상한 그림자를 붙잡아 오게 했다.

이윽고 군졸이 그를 잡아 이끌고 염장 앞으로 왔다.

"너는 어데 사는 자냐!"

"저는 아무런 죄도 없소이다."

그는 질겁하며 어쩔 줄을 몰라 했다.

한눈에 보아 그는 두메의 농군에 틀림없었다.

"네 죄를 묻는 것이 아니라, 네가 살고 있는 곳을 묻는 것이 아니냐."

"산중에서 숯이나 묻어 먹고 사는 놈이옵니다."

"산중에서 숯을 묻어 먹고 산다는 놈이 무슨 일이 있어 그 댁에 들렀다 가는 길이냐."

그에겐 위엄 있는 염장의 목만 들어도 전신이 떨리고 목이 컥컥 메는 것 같아 말이 제대로 나오질 않았다.

염장은 그를 위협하기 위하여 허리에 찬 칼자루를 잡아 흔들었다.

"만일 네가 바른대로 말하지 않는달 것 같으면 이 칼이 네 목을 그냥 붙여 두질 않을 것이다."

칼 소리만 듣고도 벌써 기겁을 했던 그는 이런 말까지 듣고 보니 목이 자기 몸에 붙어 있는 것 같지가 않았다.

"저에겐 아무런 죄도 없소이다."

"죄가 없다면 너는 그 집에 무슨 일로 들어갔다 지금에야 나오는 것이냐…."

"사실은 며칠 전에 어떤 사람이 저의 집 근처에 왔나이다."

"그래, 그 사람이 어떤 사람이더냐."

"어떤 사람인지는 자세히 알 수 없사오나 귀인이 틀림없삽고, 그 귀인이 급한 일이라 하여 한 장의 서찰을 써 주시며 지금 그 댁에 전하고 오라 하기에 전하고 돌아가던 길이옵니다."

염장은 그 귀인이라는 사람이 틀림없이 이홍이라는 것을 알아차릴 수 있었다.

"그래 그 사람은 그곳에서 무엇을 하며 지내느냐…."

"별로 하는 일이 없이 지내고 있나이다."

"그럼 너는 산중에 살던 몸으로서 어떻게 그 집을 알고 찾아올 수 있었느냐."

"그 귀인을 모시는 두세 군졸이 있사와 그중 한 사람이 따라와 먼 곳에서 집을 가리켜 주고 먼저 돌아갔사와요."

그는 그저 아는 대로 겪은 대로 말하지 않을 수 없었던 모양이다.

염장은 이홍의 목이 이미 자기 손아귀에 든 것 같아 기뻤다.

제309회 염장이 기뻐한 것은 이홍의 행방을 알았다는 그것뿐이 아니다.

오늘은 무슨 일이 있어도 이홍의 딸을 자기 손에 넣을 수 있는 기회를 마련하게 된 것이 무엇보다도 기뻤다.

"내가 다녀올 때까지 이 자를 도망치지 못하도록 하라…."

"알았소이다."

"저는 아무런 죄도 없사온즉 그냥 풀어 놓아 주십시오."

염장을 향하여 그가 이렇게 애원해도 염장은 들은 척도 않고 이홍이네 집 쪽으로 걸어갔다.

이홍이네 집 대문은 어느 때나 다름없이 굳게 잠겨 있었다.

염장은 낮은 목소리로 부르며 대문을 두들겼다.

한참 후에 늙은 종이 나와 내문을 열있다.

이렇게 늦게 찾아오는 것이 늙은 종은 마음속으로 싫었지만 겉으론 공손했다.

사실 딴 날보다도 이 늙은 종은 마음이 뜨끔했다.

꼭 그가 이미 무슨 냄새를 맡고 찾아온 것만 같은 예감이 들어서다.

"별고 없었느냐."

"네네… 별고 있을 리가 있습니까."

늙은 종이 오늘따라 이렇게 당황해 하는 것도 염장으로선 우스웠다.

조금 전까지 왁작복작하다 인기척에 별안간 조용히 가라앉은 분위기다.

염장이 뜰 안에 들어서는 길로 그 공기를 못 알아차릴 리가 없었다.

오늘 밤 중으로 그들이 도망치려던 계획이 틀림없었구나….

염장은 이런 생각을 하며 이홍의 아내가 거처하는 방 앞으로 갔다.

"염장 나으리가 오셨습니다."

늙은 종의 말은 염장이 오는 것을 반겨 전하는 말이 아니라 경계를 암시하는 신호 같기도 했다.

종이 이런 말을 전하자 곧 방문이 열렸다.

"부인은 그동안 별고 없으셨던가요."

어제 왔던 염장이 새삼 이렇게 묻는 것이 이홍의 아내에겐 좀 수상하였지만 그녀의 대답은 태연했다.

"하루 사이에 무슨 일이 있었겠나이까."

염장도 자기가 묻는 말이 우스웠던지 그냥 크게 웃는다.

"저 아기 방으로 모시도록 하여라."

"네 그러하옵지요."

종은 주인이 말하는 대로 염장을 주인집 딸이 거처하는 곳으로 데리고 갔다.

이홍의 아내는 염장의 그런 눈치를 벌써부터 알고 있으면서도 늘 경계하는 태세만 취해 왔지 오늘 밤과 같이 자진해서 염장을 그 방으로 가게 한 적은 없었다.

늙은 종이 밖에서 불러도 안에선 아무런 소리가 없다.

사창에 새어 흐르는 불빛만이 아리따운 이 방 주인의 얼굴과 같이 화려하게 비쳐 흐를 뿐이다.

"아마 잠간 비어 있는 모양 같사오니 어서 들어가 앉아 기다리시지요."

늙은 종이 방문을 열었다. 방 안을 지키고 있는 것은 가득히 넘쳐흐르는 등잔 불빛뿐이다.

염장은 주인 없는 방에 들어가기가 좀 멋쩍었지만 종의 권에 이기지 못하여 들어가는 척했다.

방에 배어 있는 지분 냄새가 염장의 마음을 전에 없이 푸짐히 가라앉혀 주는 것 같았다.

제310회 염장을 자기 방으로 데리고 가라는 말을 들은 딸은 울상이 되어 어머니를 쳐다본다.

"얘야 너무 급해서 그런 걸 어떡하겠니."

"어머니 아무리 급하다 하신들…."

딸은 더 말하고 싶은 것이 있었지만 어머니가 괴로워할 것을 생각하여 그만 고개를 숙인다.

어머니도 이러한 딸을 쳐다보기가 난처한지 외면을 한다.

그렇다고 언제까지나 이렇게들 서 있을 수만도 없었다.

"손님을 아가씨 방으로 지금 모셨나이다."

늙은 종이 다시 와서 아뢰는 말이다. 그가 일부러 와서 이런 말을 하는 것은 꼭 무엇을 암시하는 것같이 두 모녀에겐 들렸다.

모녀가 같이 얼굴을 쳐다본다. 어머니가 좋은 묘안을 생각해 낸 모양인지 딸의 귀에다 입을 갖다 대고 속닥거린다.

어머니의 말에 고개를 까딱거리는 딸은 스스로 무슨 결심을 한 듯 얼굴빛이 긴장한다.

"그럼 어머니 나가 보겠나이다."

"그래라…."

나가려던 딸이 다시 돌아서 어머니를 쳐다본다.

"저, 어머니도 될 수 있는 대로 빨리 주안상을 마련하여 갖고 나오도록 하셔요."

"암, 아무 염려 말아라…."

딸은 어머니에게 이런 다짐을 하고 밖으로 나왔다.

딸의 뒷모습을 바라보는 어머니의 마음은 그저 슬프기만 했다.

주인 영감이 있었달 것 같으면 물론 있을 수도 없는 일이다.

세상이 뒤바뀐 지금이지만 언뜻 앞서가는 것은 그 생각부터다.

어머니는 딸이 나가자 곧 안으로 들어가 주안상을 서둘러 차리기에 바빴다.

자기 방으로 가려고 나온 딸은 성큼 발길이 옮겨지지 않아 주춤하여 버린다. 유난히 지글거리는 염장의 눈길이 생각키웠던 까닭이다.

그 눈길을 생각하면 금시 등어리가 서늘해지는 것 같았다.

이제 조용한 방에 그와 단둘이 있게 되면 그 눈길이 아무래도 그냥 있을 것 같지가 않았다.

그가 전에 없이 어두워져서 찾아온 것부터가 수상했다.

그가 이렇게 늦어서 찾아온 것은 아버지로부터 어떤 전갈이 온 것을 눈치 채고 온 것은 아닐까?…

만일 그렇다면?…

그렇다면 오늘 밤 일뿐이 아니라 모든 일이 수포로 돌아갈 것이 아닌가….

그녀는 어머니의 말을 들으며 혼자 결심했던 일을 자신에게 또 한 번 다짐해 본다.

어머니의 말대로 그를 취하도록 술을 권하고….

그리고 그를 눕혀 둔 채 도망을 친다… 어림없는 일이다.

그가 취하는 기색을 보아… 그렇게 하는 수밖에 없었다.

그녀는 품속에 간직하고 있는 단검을 쓸어 만져 본다.

남을 해치려는 생각에서가 아니라 언제든지 자기를 지키려는 결심으로, 세상이 바뀐 그날부터 품고 있던 그것이다.

밖에서 한참 망설이던 딸은 안에서 어머니가 주안상을 마련하여 갖고 나올 무 제311회
렵해서 자기 방문을 소리없이 열었다.

불빛이 확 새어 흐른다. 불빛으로 인해서인지 거기 앉아 있는 염장의 모습이 유난히 커 보인다.

징그러울 정도로 커 보이는 그가 그지없이 증오스러웠지만 조금도 그런 빛은

보일 수 없었다.

염장도 뜻하지 않을 때 그녀가 혼자서 방문을 열고 들어오는 것을 보자 약간 놀란 빛이다.

"지루한 시간을 기다리시게 하여 죄송하옵니다."

"이렇듯 늦은 시간에 찾아온 내 무례함을 너그러이 용서하여 주기 바라오."

머리를 수그린 그녀에겐 까닭 없이 숨가쁜 순간이다.

염장의 시선은 그녀의 얼굴에서 잠시도 떠나질 않는다.

첫눈에 혹한 그녀의 모습이었지만 이렇듯 조용한 장소에서 바라보니 더욱 매혹적이다.

연옥….

복아….

그리고 서라벌 거리를 헤매며 수많은 미색을 구경한 염장이었지만 그녀를 닮은 화용花容은 아직 보질 못했다.

한때의 욕정만이 아니라 그녀가 응應하고 주위가 허락한다면 염장 자신 그녀를 천정배필이라 믿고 싶은 마음도 없지 않았다.

그러고 보니 염장도 처음 이 집을 드나들던 때와는 스스로 생각이 달라지는 것 같았다.

그러나 자기의 처지론 아직 이홍을 구출할 만한 힘이 없다는 것은 자신이 더 잘 알고 있는 일이다.

그렇다고 미색을 뒤쫓기 위하여 입신立身과 양명揚名을 저버리고 조정을 배반할 수는 없는 처지다.

순간적이나마 이런 생각에 잠기게 되고 보니 염장도 무엇인지 모르게 괴로운 것이 명치끝을 내리훑는 것 같기도 했다.

그는 이런 생각을 송두리째 잊어버리기라도 하려는 듯 진득히 눈을 감았다 뜬다.

그의 숨길도 조금 전과는 딴 의미에서 거칠었다.

"아직도 가사가 안정되지 않아 얼마나 괴로우리오."

"염려하여 주시는 넓으신 은덕으로 오늘날까지 연명하고 있는 줄 아옵니다."

이때 밖에서 인기척이 들리며 문을 열었다.

"손님을 모셔 놓고 너무 오래 기다리게 하와 죄송하옵니다."

이홍의 아내가 들어오며 하는 말이다.

"늦은 시간에 찾아와 도리어 불안을 끼치지 않나 하여 걱정이옵니다."

염장도 지난날과는 달리 자기도 모르게 그녀를 향하여 공손히 예를 갖추었다.

"천만의 말씀을…. 이미 오래 사귀어 서로 친숙한 친지로 지나면서도 우리 처지가 처지라 오히려 서먹하게 지나게 된 것이 서운할 따름이옵니다."

그녀가 서슴지 않고 이렇게 탁 털어놓다시피 하며 말하고 보니 오히려 염장 편에서 말문이 막힐 지경이다.

잠시 후 늙은 종 두 명이 주안상을 맞들고 나왔다. 제312회

주안상을 보자 염장은 조금 전과는 달리 의심이 떠올랐다.

이홍으로부터 전갈을 받고 결국은 야간도주를 꾀하기 위하여 일부러 술상을 마련한 것 같았던 까닭이다.

그렇다고 처음부터 호의를 무시하고 든달 것 같으면 그것도 장부답지 못한 소행이다.

"항상 오셔서 한 번도 겨를이 없어 술 한 순배 대접지 못하고 지내다 오늘에야 겨우 차가운 안주와 쓴 술일 망정 마련하였사오니 박절한 대접이라 아무쪼록 서운히 생각지 말아 주십시오."

부인의 말을 그녀의 표정으로 보아 조금도 구김살 없는 진심인 것 같기도 했다.

"군령軍令에 매인 몸이라 술은 삼가야 할 처지오나 이렇듯 베풀어 주신 성찬을 어찌 거절할 수 있으리오."

염장도 내심의 생각과는 달리 어디까지나 흔연히 대답한다.

부인이 먼저 주호의 술을 잔에다 따른다.

방순한 향기만으로도 벌써 입속에 군침이 돌았다.

부인은 술잔을 들자 권하기에 앞서 염장의 얼굴을 찬찬히 쳐다보며 말을 이었다.

"저의 집 처지가 다른 집과 달라 술에 의심을 품을 것이 두려워, 예가 아닌 줄 아오나 먼저 맛을 보고 권하려 하나이다."

말끝을 맺자 부인은 조용히 술잔을 들어서 비웠다.

그러지 않아도 혼자 속으로 의심을 품고 있던 염장은 부인의 담대하고 솔직한 행동을 보자 당황하지 않을 수 없었다.

그녀의 그러한 소행은 벌써 자기 마음을 눈치 채고 일부러 그러는 것같이 보였던 까닭이다.

"비록 서로 입장과 처지는 다를망정 지금까지 흉허물 없이 지내던 사이거늘 새삼 부인의 그런 말씀을 듣게 되니, 도리어 저를 의심하는 것 같아 불안하오이다."

"저의 모녀를 조금도 의심치 않는다 하오니 더욱 감사할 따름이옵니다."

염장도 그제서야 부인의 권하는 술을 사양치 않았다.

밤이 깊어가고 술이 더해갈수록 방 안의 분위기는 더 친밀하여지기만 했다.

염장도 술기운을 빙자하여 옆에 부인이 있어도 딸을 쳐다보는 눈길이 대담하였고 딸도 역시 염장의 그런 눈길을 아무렇지도 않은 듯 부드럽게 받아들였다.

방 안의 분위기가 이 정도로 가라앉은 것을 보자, 부인은 어떤 구실을 만들어 밖으로 나갈 생각을 했다.

그것은 안으로 들어가 바삐 서둘러 온갖 준비를 갖추어 놓아야만 할 것 같은 생각에서다.

그런 구실을 만들어 딸만 남겨 두고 나와야 할 처지가 가슴 아팠지만 하는 수 없는 일이기도 했다.

사실은 염장도 잔을 거듭할수록 몽롱한 취기가 밀려들었고 그럴수록 어서 부인이 자리를 좀 비웠으면 하는 생각이 간절했다.

"내 잠간 안에 볼일이 있어서 다녀오리다."

부인의 이런 말은 염장에게도 그러했지만 딸에게도 뜻밖이었다.

제313회 누구에게도 만류할 틈을 주지 않고 부인은 밖으로 나갔다.

성급히 들어가는 발자국 소리가 들렸을 뿐 주위는 다시 조용했다.

염장은 술이 금시 확 깨는 것 같았다. 그러나 딸은 어머니의 마음을 짐작했던지 별로 놀라는 기색이 없다.

"약주가 높으신 것 같사오니 상을 물리도록 하면 어떠하오리까."

염장의 취기를 떠보기 위한 말이다. 염장은 그녀의 말에 빙긋이 웃는다.

"술은 지금부터이거늘 어찌 상을 물리라 하오."

실은 염장 자신 술을 좀 지나치게 마신 편이었지만 그녀의 말이 철상하고 나가 버리겠다는 말같이 들려 이런 말을 하였다.

"주량에 대하여 아는 바 없사와 공연한 말을 하였나이다."

자기 실언失言을 사과하기라도 하는 듯 그녀는 주호를 들어 그에게 잔을 권한다.

물론 염장에겐 그것이 싫을 리가 없었다. 싫다기보다는 바라던 일이다.

염장은 받아 든 잔을 단숨에 비워 그녀 앞에 잔을 내밀었다.

"술은 아직 입에 대어 본 일이 없나이다."

그녀는 잔을 받으려 하지 않은 채 고개만을 수그린다.

염장은 이홍으로부터 보내온 농군을 붙잡아 군졸에게 맡겨 둔 생각 같은 것은 죄다 잊어버리다시피 한 순간이다.

"술을 마시지 못하는 줄은 아오나 장부의 이렇듯 내민 손이 부끄러우니 잔이라도 받아 주시오."

그녀는 고개를 수그린 채 망설이기만 한다.

펄럭이는 등잔 불길이 방 안에 얼룩을 그린다.

얼굴엔 술기운이 달아올랐지만 염장의 가슴속엔 술기운 아닌 욕정의 불길이 타오른다.

그녀는 잔을 권하는 그의 말소리보다도 양어깻죽지까지도 꽉 누르는 듯싶은 침묵에 이기지 못하여 고개를 들었다.

역시 그의 눈길은 생각하던 바보다도 더 이글거렸다.

그녀는 불안했다. 자리를 비고 나가 버린 어머니가 새삼 원망스러웠다.

그녀는 그의 이글거리는 눈길에 이끌려 마지못하여 무릎 위에 놓았던 가는 손길을 내밀었다.

잔을 든 그의 손길이 그녀의 손길 앞으로 가까이 가며 가늘게 떤다.

그의 얼굴엔 술기운 대신 이상한 홍분이 번진다.

그의 손에 쥐어 있던 잔이 반상 위에 떨어진다.

잔을 받아 들려던 그녀의 손길이 주춤하려는 순간 잔을 떨어뜨리고 난 그의 손길이 그녀의 흰 손을 꽉 붙잡았다.

손을 잡힌 그녀는 가늘게 몸을 떨며 그의 얼굴을 쳐다본다.

불길같이 타오르는 그의 눈길이 그녀의 몸을 휘감았다.

그녀는 생각에 앞서 가슴부터 떨렸다.

붙잡은 그의 손길에 힘이 주어진다. 그녀의 손뿐이 아니라 이번엔 상반신이 그의 앞으로 쏠렸다.

그녀는 처음 이 방으로 들어올 때의 결심을 되풀이하며 그가 하는 대로 버려둘 수밖에 없었다.

제314회 그녀의 팔을 잡아당기던 염장의 손길은 옮겨져 그녀를 뒤로 껴안았다.

흥분과 증오의 불길이 전신을 휘감고 도는 순간 그녀는 떨리는 손으로 앞가슴을 더듬는다.

욕정에 사로잡힌 염장은 그녀의 이러한 동정은 미처 깨달을 새도 없었다.

염장의 숨길은 더 거칠었고 그 거친 숨길은 그녀의 목덜미를 달구어 줄 뿐이다.

그녀가 크게 반항할 줄만 알았던 염장으로선 뜻밖이 아닐 수 없었다.

이렇게 되고 보면 겁탈을 일삼는 것만 같은 비열한 행동이 염장에게도 뉘우쳐지지 않을 수 없었다.

힘껏 뒤로 껴안았던 염장은 손의 힘을 늦추며 무슨 말을 하려 하지만 그럴듯한 말이 생각키우질 않는다.

가슴을 더듬던 그녀의 손은 품고 있던 단검의 자루를 쥐었다.

만일 실수를 한다면 만사는 수포의 길이다.

그러나 실수하여 자기 한 목숨을 잃는 경우가 있다 해도 자기 희생으로 그를 없이 할 수만 있다면 어버이를 비롯하여 온 식구를 구출할 수 있을 것이다.

양 어깨를 주리 처매듯 당기고 있던 그 팔에 힘이 풀리는 순간을 틈타 그녀는 단검의 자루를 뽑아 들고 그를 뿌리치며 뒤돌아서는 순간 그의 가슴을 노리고 찔렀다.

불의의 습격을 당한 염장은 취기와 욕정마저도 순식간에 가시고 말았다.

염장의 가슴을 노리고 찔러 댄 그녀의 단검은 빗나간 방향으로 염장의 어깨를 스쳤다.

염장의 억센 손이 이미 그녀의 가는 손목을 잡아 들었다.

힘차게 쥐고 있던 칼이 맥없이 굴러 떨어진다.

홍분에 떠는 염장의 다른 손이 떨어진 칼을 주워 들었다.

조금 전까지도 그렇게 황홀하게 보이던 그 미색도, 지금에 있어선 천하의 요부일 따름이다.

"은혜를 원수로 갚으려는 요염한 년 같으니…."

염장이 벼락 소리 치듯 했지만 쓰러진 그녀의 귀엔 아무 소리도 들리질 않았다.

그녀는 자기 계획이 실패하고 칼을 떨어뜨리는 순간, 이미 실신하고 있다시피 했다.

분이 치받친 염장은 그녀를 그냥 버려 둘 수가 없었다.

칼을 쥔 그의 손길이 거친 숨길 모양 떨었다.

염장은 그녀의 검은 머리를 휘감아 쥐자 먼저 그녀의 흰 목을 그녀가 자기 가슴팍을 노렸듯이 찔렀다.

목과 가슴을 찌르고 난 염장은 성찬의 반상 위에 칼을 던졌다. 맑은 쇳소리가 이상한 여운을 그린다.

손에 묻은 피를 닦고 난 그는 나오는 길에 한구석에 놓여 있는 등잔을 발로 걷어차 버렸다.

그 휘황한 불빛이 무엇인지 모르게 그의 마음을 허전한 가운데 불안을 느끼게 했던 까닭이다.

밖으로 나온 그는 잠겨 있는 빗장을 빼고 군졸이 서 있는 쪽으로 달려갔다.

"자, 그놈을 데리고 어서 가 보자."

일이 여기까지 이르고 보면 앞으론 그곳에 파수도 세워 둘 필요가 없었다.

거리는 다른 때나 다름없이 어둠 속에 조용하기만 했다.

주인을 따라 안으로 들어가 도망칠 준비를 하고 있던 늙은 종이 밖으로 나온 제315회
것은 주인 아가씨 동정을 살피기 위해서다.

유난히 그쪽 방에서 흐르는 불빛이 밝아 보였다.

아니 그냥 등잔 불빛이 아니다. 허겁지겁 달려간 종은 방문을 열었다.

방문을 연 종은 문짝을 열어 젖힌 채 그냥 주저앉아 버리고 말았다.

그것은 자욱한 연기와 불길이 훅 내달았던 까닭이다.

뒤로 주저앉았던 종이 일어섰을 땐 온통 불바다가 된 때다.

"아가씨! 아가씨!"

넘실거리는 불 속에서 대답이 있을 리 없었다.

"불이야 불! 불!"

늙은 종은 어둠 속에 선 채 이렇게 소리치기만 했다.

다급히 소리치는 늙은 종의 목소리를 듣고야 안에서 뛰쳐나왔지만 역시 늦은 때다.

불길은 그 방뿐이 아니라 벌써 퍼져 옮겨 갔다.

뛰쳐나온 사람 중에서도 발을 구르며 어쩔 줄 몰라 하는 것은 이홍의 아내다.

이홍의 아내는 몇 번씩이나 불길이 차 있는 방 안으로 뛰쳐 들어가려는 것을 억지로 종들이 말린다.

"진정하셔야지 큰 일입니다. 저렇듯 불길이 번지는데 어떻게 들어가려 하십니까."

종들의 만류에 부인은 주저앉은 채 딸을 부르며 통곡할 뿐이다.

같은 동네 사람들이 몰려오고 종들이 이리 뛰고 저리 뛰며 서둘러 불을 끄려 했지만 번지기 시작한 불길은 한 채 집을 온통 불살라 버리고야 스러지는 것이었다.

불이 다 꺼졌어도 딸과 염장의 그림자는 나타나질 않았다.

딸은 고사하고 염장의 종적마저 찾을 수 없다는 것이 그들에겐 더 큰 불안을 던져 주었다.

자신을 간직할 수 없는 비탄 속에 빠져 있는 이홍의 아내였지만 수없는 억측이 오고 갔다.

염장이 술 취하여 눕자 딸이 등잔을 엎어 놓고 어디로 먼저 도망친 것이 아닌가?… 도망쳤다면 안에 있는 어미에게 알리지 않았을 리가 없는 일이다.

그럼 딸과 염장은 서로 눈이 맞아 그 행방을 감추기 위하여 일부러 그런 짓을 저지른 것이나 아닐까?…

그러나 평소의 딸의 태도로 미루어 볼 때 절대로 그런 것 같지는 않았다.

그럼… 그럼….

아무리 생각해 보아도 알 수 없는 일이었다.

벌써 날이 새는 것 같았다. 타다 남은 잿더미 속에서 아직도 불길이 훅 치솟아 오르곤 한다.

앞뒤를 수습하고 다니던 늙은 종이 이홍의 아내 옆으로 가까이 오더니만 낮은 목소리로 말했다.

"아가씨의 행방을 알 수 없게 된 것이 슬픈 일이오나 그냥 이대로 있을 수만은 없을 것 같나이다."

늙은 종은 긴 한숨을 돌리고 나서 다시 말을 잇는다.

"예정대로 서둘러야 할 것 같소이다. 아무래도 후환後患이 있을 것만 같소이다."

충직한 종의 말을 귀담아 듣지 않을 수가 없었다. 그녀는 그의 말대로 날이 더 새기 전에 예정했던 길을 서둘러야만 했다.

염장은 자기가 차 넘어뜨린 등잔불로 이홍의 집이 온통 불바다로 화해 버릴 줄 제316회
은 모르고 돌아왔다.

그는 군졸로 하여금 이홍이 집에 연락 왔던 농군을 자기 거처로 먼저 데리고 가 있게 하고, 자기는 정년의 침소로 찾아갔다.

정년의 침소를 지키고 있는 군졸은 염장의 얼굴을 알고 있었다.

"늦은 밤에 어떻게 이렇게 오셨나이까."

"장군께서는 지금 침소에 드셨느냐?"

"아직 앉아 병서를 읽고 계실 겁니다."

"그래…."

염장은 군졸과 몇 마디 주고받고 나서 곧 정년의 침소로 가서 문을 가만히 두드렸다.

들어오라는 정년의 가라앉은 음성이다. 염장은 옷매무새를 단정히 하고 안으로 들어갔다.

"급한 일이 생겨 늦게 찾아왔소이다."

"아니, 그 옷에 피는?…"

놀란 정년의 음성은 날카로웠다. 염장도 약간 당황했다.

그러나 그는 정년의 물음엔 대답치 않고 딴전을 폈다.

"이홍의 거처를 알아내었소이다."

순간 정년의 눈이 번쩍 빛난다.

"이홍의 거처를 알았다구?"

"네… 실은 이홍으로부터 자기 집에 은밀히 보내온 자를 붙잡아 왔소이다."

정년은 기뻤다. 그 기쁨으로 염장의 옷에 묻어 있는 핏자국에 대한 연유를 물어보는 일까지 잊고 있었다.

아무리 술에 취했었다 해도 염장이 그런 기미를 놓칠 까닭이 없었다. 염장은 은근히 마음이 놓였다.

전후 사실을 말하며 지금 그자를 자기 거처에 두고 군졸로 하여금 지키고 있게 하였다고 하자 정년은 만족한 듯 고개를 크게 흔든다.

"그러나 잠시도 지체할 순 없을 것 같나이다."

"무슨 연유로?"

"이미 이홍이네 권속과 종들이 이 일을 알고 있사온즉 혹시 종을 시켜 미리 이홍이한테 연락이라도 한다면 반드시 이홍은 거처를 바꿀 것이옵니다. 저에게 군졸 십여 명만 주신다면, 밤길이 불편할 줄 아오나 그자를 앞장세우고 가서 날이 새기 전에 이홍을 붙잡아 갖고 오는 것이 상책이 아닌가 하나이다."

"옳아, 그것이 상책이고말고. 이제 이홍을 잡아야만이 위론 지존의 마음을 편케 하는 한편 민심을 가라앉게 할 수 있는 길이라… 성사 후면 어찌 조정이 그대의 공을 모른다 하리오."

자기의 허물을 감추기 위하여 서두른 염장이지만 정년으로부터 도리어 이런 말까지 듣게 되고 보니 내심 흐뭇하지 않을 수 없었다.

정년은 수하의 군졸 중에서 가장 날쌔고 걸음이 빠른 자를 열 명 뽑아 염장에게 주었다.

십여 명의 군졸을 받은 염장은 일단 자기 처소로 돌아왔다. 두메의 농군을 앞장세우고 밤길을 떠났다.

일부러 그들은 누구의 눈에도 띄지 않기 위하여 뒷길을 골라 동문東門을 빠져 나갔다.

군졸과 더불어 밤길을 서둘러 걸어가는 염장은 술기운이 말짱하게 가실수록 이홍의 딸을 자기 손으로 죽여 버린 것이 마치 쥐고 있던 보석을 잃은 것같이 아쉬웠다.

밤이다.

그러나 그에겐 오밤중이 아니라 밝은 햇볕이 드는 임해전 앞뜰이었다.

크게 지른 비명에 그만 잠을 깨치고 말았다.

꿈이다.

식은땀이 축축이 전신에 흘러내린다.

깨고 보니 꿈이었지만 그것은 조금도 생시나 다름없었다.

두세 중신들과 함께 뜰을 거닐다 임해전으로 들렀던 참이다.

그러나 그 중신들의 얼굴은 분명치 않았다. 다만 뚜렷이 남아 있는 것은 이홍의 모습뿐이다.

활시울 소리….

그리고 활촉이 등을 뚫던 순간, 꿈을 깨쳤지만 아직도 등골이 그냥 쑤신다.

잠자리에서 벌떡 일어나 앉은 왕은 눈을 감았다.

분명 그것은 이홍이가 쏜 화살에 틀림없었다.

그러나 거기 있던 것은 이홍뿐이 아니었다. 그렇지만 이홍 외엔 누구도 얼굴들을 기억할 수가 없었다.

눈을 감고 있는 왕은 더 불안했다.

꿈에 놀라 사람을 부르고 법석을 떨 순 없었다.

아무리 절대적인 왕권을 쥐고 있다 해도….

날이 새는 것을 기다릴 수밖에 없었다. 때로는 지나치게 짧은 밤이지만 지루하다. 또 등골이 쑤신다. 그에겐 만사가 귀찮았다.

산중으로 도망쳤다는 이홍이가 꿈속에 나타나 이렇듯 괴로움을 줄 줄은 생각지 못했던 일이다.

이홍이…

꽉 문 잇새 틈으로 절로 새어 나온 원망에 찬 부름이다.

그가 도망을 쳤다면?… 아무리 산중이라 해도 결국은 서라벌 영토가 아닌가…. 서라벌 영토 안에 숨어 있는 자를 잡아내지 못하고 비록 꿈속에서나마 이런 봉변을 당했다는 것은 절대자의 몸으로 수치가 아닐 수 없었다.

내일은 무슨 일이 있어도 그를 잡아들이지 않고서는 그냥 버려둘 수 없는 일이다.

이제는 더디 새는 밤까지도 원망스러웠다.

비록 그가 일엽편주日葉片舟에 몸을 싣고 청해 땅에 가 있을 때만 해도 이런 불안과 고독은 일찍이 느껴 보지 못했던 것이다.

대궐 안…, 그것도 나는 새마저도 떨어뜨릴 수 있는 지금에 이토록 사무치는 외로움과 불안을 느끼게 된다는 것은 정말 뜻밖이 아닐 수 없었다.

그는 다시 자리에 누웠지만 잠이 오질 않는다.

물론 잠을 청하려고 누운 것은 아니지만 뭉켜 든 피곤마저도 풀리기는커녕 화살을 맞은 자리가 왜 이렇게 쑤시는지 알 수 없는 일이다.

그럴수록 그에겐 꿈에 당한 일이지만 예사로운 일이 아닌 것만 같았다.

아무리 손을 등으로 가져다 어루만져 보아도 어떤 자국이 있을 리가 없었다.

그러나 자국은 나지 않았다 해도 쑤시고 아픈 것은 도리가 없었다.

자리를 바로 하는 그의 입에선 절로 신음 소리만이 흘렀다.

제318회 조례朝禮 때이지만 오늘은 무슨 영문인지 시간이 더뎠다.

중신들을 비롯한 백관이 다 모였지만 아직 지존의 몸 왕이 나타나질 않아서다.

왕이 조례에 늦은 것은 다름이 아니라 어제 밤 꿈에 이홍이가 쏜 활촉에 맞은 자리가 이상하게 쑤셔 시의侍醫를 부르게 했던 까닭이다.

일찍 왕의 처소로 온 시의는 새로 집맥도 하였을 뿐 아니라 알몸뚱이가 된 등을 샅샅이 살펴보았다.

좁쌀알만 한 것이 돋아 있었다. 시의는 그것을 손끝으로 눌렀다.

왕이 전신을 움츠리며 신음을 한다. 겉으로 보아선 별로 대수롭지는 않았지만 등창이 생길 징조인 것 같기도 했다.

"고약을 발라 주고 하루만 지나면 별일 없을 것 같소이다."

왕은 시의의 이런 말을 들으며 치료는 받았지만 믿어지지가 않았다.

그렇다고 어제 밤 꿈에 당한 일을 설명할 순 없었다.

이때 시중이 들어와 왕에게 아뢰었다.

"산중에 도망했던 이홍을 잡아다 놓고 거동하시기를 모두 기다리고 있소이다."

"이홍을 잡았다구?"

"네! 정년 장군의 부하, 염장이 잡아 갖고 들어왔나이다."

왕은 정말 이 순간만은 등골의 아픔마저도 잊었다.

시중을 따라 임해전 앞뜰로 나오니 만조백관들이 모두 다 나와 있었다.

이때 결박당한 이홍이 어전으로 끌려 나왔다.

반쯤 고개를 떨어뜨린 모습이었지만 어제 밤 꿈속에서 본 얼굴이나 조금도 다름이 없었다.

이홍을 잡았다는 소식을 듣고 그렇게 기뻐한 왕이었지만, 그 얼굴을 가깝게 대하고 보니 급작스레 전신에 소름이 끼얹히는 것 같았다.

가라앉았던 등골의 아픔이 다시금 느껴진다.

왕에겐 그의 죄상을 따질 마음의 여유도 없었다.

치미는 분 같아선 당장 일어서 스스로 그의 목을 자르고 싶었지만 그럴 수도 없는 일이다.

"대역을 음모한 죄인은 잠시도 지체할 수 없으니 이자를 끌고 나가 능지처참하도록 하라."

정권을 잡고 왕위에 오른 후 이렇듯한 즉결 처단은 이번이 처음이다.

서릿발같이 차가운 왕명에 이론이 있을 리 없었다.

왕의 등골은 다시금 뜨끔했다. 앉아 있기가 거북할 정도다.

그를 능지처참까지 해 버리라고 하였지만 이렇게 등골이 쑤시고 보니 왕 자신도 무언지 모르게 마음이 석연치 않았다.

용상에서 일어선 왕은 내전으로 발걸음을 옮겼다.

왕이 내전으로 들어가고 나자 이홍은 왕명에 의하여 서교로 끌려 나가 구름같이 모여든 구경꾼들 속에 무참한 죽음을 당하고 말았다.

그러나 언제나 잊히지 않던 이홍이 잡혀 와 서교에서 참해 버렸지만 왕의 등골에 생겼던 통증은 가시질 않았다.

여러 시의가 모여 극진한 처방으로 약을 썼지만 그는 결국 그 등창으로 인하여 이홍의 뒤를 따른 채 그렇듯 소중했던 왕위를 내버리지 않을 수 없었다.

제319회

장복

章服

영권이가 떠난 지도 벌써 수삭이 지났다.

물론 그것이 아버지에 의한 군령의 탓이었지만 꿈길에 찾아왔다 꿈속에 사라지고만 사람 모양 사라진 그 사람이 원망스럽기만 했다.

영권에 대한 소식은 그동안 묘연했다.

왜나라 지쿠젠으로 돌아갔으리라는 것은 그들의 추측일 따름이다.

그동안 왜나라로부터 입당하는 배도 있었고 또는 무역 거래로 왔다 간 배도 있었지만 영권의 소식을 전하는 사람은 없었다.

그것은 미윤과 연옥에게만이 아니라 궁파에게도 그러했다.

물론 궁파도 그들과 더불어 궁금하지 않을 수 없었다.

생각하면 좀 지나쳤다는 뉘우침도 없지 않았지만, 그러나 궁파로선 그렇게 하는 수밖에 없었다는 자기주장을 굽히고 싶지가 않았다.

궁파 자신 그만 정도의 뉘우침이라도 갖는 것은 그가 자기 사윗감으로서는 마땅치 않다 해도 의리심이 있는 수하로선 지중한 존재라고 생각해 왔던 까닭이다.

모든 제도가 궤도에 오른 지금에 있어선 청해 땅만은 육지보다도 태평했다.

그런 태평이 경우에 따라선 권태를 가져다주기 마련이다.

사람들은 이러한 권태를 잊기 위하여 술을 마신다.

술은 권태를 잊으려고 하지만 사람의 마음을 흥분시키기가 일쑤다.

흥분 뒤엔 희롱이 따르고 지나친 희롱은 가끔 뜻하지 않은 언쟁言爭을 마련했다.

이러한 말다툼이란 흔히 힘내기가 되곤 했다.

시작은 하치않았던 일이었지만 결과는 커진다.

누구나 고의적으로 저지른 일이 아니라 권태가 원인하여 빚어낸 싸움이고 보면 그른 사람은 없고 서로 옳을 뿐이다.

잘못을 모르고 옳은 것만을 내세우고 보니 결국은 송사訟事로 바뀌는 수밖에 없었다.

요즈음 청해 땅에 부쩍 는 일은 이러한 부류의 송사일 뿐이었다.

온 백성의 처지가 이러고 보면 관가도 그러했다.

사실 궁파로선 그런 송사일까지 없고 보면 파적破寂거리가 없을 지경이다.

궁파는 오늘 아침도 송사일로 일찌감치 관아로 나갔다.

송사일이 있는 날이면 대개 미리 백성들에게 널리 알려지곤 했다.

그러게 송사가 있다는 날이면 관아로 구경꾼들이 떼를 지어 모여들곤 했다.

아버지가 관아로 나가자 미윤도 곧 밖으로 나왔다.

날이 갈수록 전에 없이 송사일이 늘어 가는 것도 미윤으로선 심상한 일 같지가 않았다.

미윤이가 밖으로 나왔을 땐 송사 구경을 가는 남녀노소의 그림자가 좁은 길을 가로막을 지경으로 떼를 지어 가고 있었다.

미윤은 그런 사람들의 눈에 뜨이지 않게 그들 옆에서 그들을 바라보다 발길을 연옥이네 집으로 돌렸다.

"안녕하세요."

대문 밖으로 나오던 원민이가 미윤을 보고 하는 인사다.

"원민인 어델 가지?" 제320회

"관아에요."

"관아엔 뭣 하러?"

"오늘 송사가 있다고 하지 않아요."

원민의 표정은 그것도 모르고 있느냐는 듯싶었다.

미윤은 행길로 나가는 그의 뒷모습을 한참 바라다보고 있다.

엊그제까지도 풋병아리 걸음을 치던 그가 관아에 구경을 간다고 나가는 모습이 우스워서다.

저것이 송사가 뭔지 알기나 하고 저러나….

미윤은 입속말로 중얼거리며 안으로 들어갔다.

연옥이가 방문을 열고 미윤을 웃는 얼굴로 맞는다.

그들이 밖에서 주고받던 말로 그녀는 벌써 미윤이가 온 것을 알고 있었던 모양이다.

"언니 아침 드셨나요?"

"그 애가 송사 구경을 간다고 서둘러 오늘은 벌써 치웠는걸…."

"글쎄 저런 철없는 것들까지 송사 송사 하니…."

"그것이 송사가 뭔지 알기나 하고 저러나. 남들이 구경거리가 났다고 서두르니 멋도 모르고 곁따라 저 모양이지…."

연옥이가 아무리 그런 말을 한다 해도 미윤으로선 그것이 예사로운 일 같지가 않았다.

연옥과 마주앉은 미윤이가 먼저 길게 한숨을 쉰다.

하루 걸러끔, 때로는 매일같이 만나다시피 하는 미윤과 연옥이었지만 그들은 만날 때마다 오래 떨어져 있다 만나는 그런 심정들이었다.

그러게 그들의 가슴속엔 아무리 주고받아도 다하지 않은 사연이 차곡차곡 쌓여 있었다.

"언니 세상이 왜 점점 이렇게 분분해지는지 정말 불안해 견딜 수가 없구려."

"세월이 태평한 탓이겠지…."

"아무리 세상이 태평하다지만 무슨 송사일이 이렇게 매일같이 잇달아 일어나겠수."

연옥도 이 말엔 대꾸치 않고 앉아 있다.

"아무리 생각해도 심상한 일 같지가 않구만요."

날이 갈수록 핏기가 없어 보이던 미윤의 얼굴은 유난히 더 핼쑥해져 있었다.

연옥은 딴 사람 아닌 자기 동생으로 인하여 저렇듯 변모하다시피 해 가는 미윤의 모습과 처지가 새삼 측은했다.

"뭐 그런 일이야 우리가 걱정할 일이라구…. 어련히 아버지께서 알아 처리하시지 않으리…."

"언니두…."

미윤은 무슨 말을 하려다 그만 고개를 살며시 돌린다.

뜨거워지는 눈시울을 연옥에게 보이지 않으려 해서다.

한참 고개를 돌리고 있다 쳐들었지만 그녀의 살눈섭은 젖은 대로 있었다.

"언닌 벌써 우리 아버지를 지내 보시고도 아직 그런 말씀을 하셔…. 아버지는 지난날의 아버지가 아니신걸요. 두고 보세요."

연옥은 잠자코 미윤의 말에 고개를 떨어뜨리고 있었다.

연옥의 생각에도 궁파 어른은 너무나 변한 것 같았다. 제321회

당나라 땅 적산 법화원에서 처음 뵈었을 때는 물론 이곳 청해 땅으로 옮겨 온 그 무렵에 비하면, 늙기도 늙었지만 생각하는 것도 전에 그 사람 같지가 않았다.

사람이란 늙으면 그렇게 생각까지도 변하게 되는 것일까?…

연옥은 어쩐지 새삼 늙는다는 것이 두려웠다.

"미윤이는 아버지를 퍽이나 곡해하고 있는가 봐…."

지나친 침묵이 싫어서 한 말이지만 연옥은 사실 마음에도 없는 소리를 해 버리고 말았다.

연옥의 말에 미윤은 덤덤히 그녀의 얼굴을 쳐다본다.

"그렇지 않을까?…"

"언니까지도 그런 말씀을 하신다면…."

미윤은 더없이 섭섭한 표정을 했다.

"내가 뭐 미윤이보다 아버지를 두둔해서 하는 말은 아니야…. 그렇지만 아버진 섬의 웃어른으로서, 우리와는 생각이 다르신 것 같아…."

항상 흉금을 털어놓던 연옥이요 또한 그녀의 말이라면 어떤 말이든지 귀 기울여 듣던 미윤이었지만 오늘의 대화는 그녀의 비위를 거슬려 주기만 했다.

"물론 아버진 우리들과는 생각이 다르시겠지요…. 생각이 다르시니까 당치도 않은 일을 저지르고 계시지 않아요."

영권과 자기 사이를 억지로 갈라놓는 아버지에 대한 불평을 넘은 원망의 소리다.

영권이가 딴 사람 아닌 동생이고 보니 연옥은 그 말에 대꾸를 삼가지 않을 수 없었다.

"필부匹夫란 언제나 필부의 몸으로 있을 때 그 마음과 몸가짐이 단정한 법이지요."

미윤의 얼굴은 자기 홍분에 점점 상기되어 가고 있었다.

"아버지도 저한테 항상 말씀하셨듯이 이곳 청해의 이름 모를 어부의 아들이었다는 것을 잊지 않으셨다면 오늘날과 같은 엄청난 생각은 안 하셨을 것입니다. 사람이란 흔히 지금에 지나친 자신을 가지면 내일을 덮어놓고 믿으려 하지 않습니까…. 그런 사람일수록 또한 과거를 까마득히 잊어버리기가 쉽지요."

아버지에 대한 이토록 날카로운 미윤의 비판은 일찍 들어보지 못했던 것으로 연옥으로선 무언지 불안했다.

그러나 미윤의 말은 거기서 그치질 않았다

"조그만 섬의 우두머리가 되시고 생활이 편하게 되면 으레 더 화사한 꿈을 꾸게 되는가 보지요…. 말을 타면 경마를 잡히고 싶은 것이 인정이니까요."

전에 없이 가슴속에 쌓였던 사연을 다 털어놓았지만 미윤이 자신은 더 괴롭기만 했다.

미윤을 굳이 대궐로 들여보내려고 하는 그의 아버지의 심사는 지금 미윤의 설명을 듣지 않고도 알고 있던 사실이다.

그러나 연옥의 처지로선 그런 꿈과 포부를 갖는 그 어른에 대하여 미윤이 모양마구 나무랄 수만도 없는 일이었다.

홍조가 가신 미윤의 얼굴엔 이상한 긴장이 흘렀다.

제322회 "미윤이 진정해야지…."

연옥의 말에 미윤은 고개를 떨어뜨린다.

그냥 목을 놓아 울고 싶은 충동이 치밀어 오르지만 그녀는 엷은 입술을 베어문 채 참는다.

"세월이 지나면 아버지의 오해도 풀릴 날이 있으시겠지…."

미윤에겐 연옥의 이런 위로의 말은 귀에 들리지가 않았다.

오해가 아니라 그것은 부질없는 욕망이라고 생각하는 미윤의 눈앞엔 파도 소리 드높은 부두가 얼른거렸다.

기회를 보아 대궐로 데려가겠다던 우징의 아내의 말소리가 다시금 되살아 오른다.

우징의 아내가 아니라 대 시라벌의 국모의 말이다.

국모의 자리에 오른 지도 이미 오래건만 그 언약은 부둣가에서 한 탓인지 파도에 씻겨간 듯 아무런 소식도 없지 않은가…. 그런데 아버지는 무엇을 더 기다리며 부질없는 고집을 부리는 것일까…. 세상사는 알다가도 모를 일이다.

거센 파도 소리뿐이 그녀의 귀엔 요란스러울 뿐이다.

새로운 파도 소리와 더불어 떠오르는 것은 자욱한 안개 속에서 꿈결같이 지난 그날 밤의 일이다.

차라리 그 배에 그대로 좀더 머물러 있기라도 했던들…. 군령이 그렇게 존엄하여 기어코 날이 새기 전에 닻을 올려야 했다면 미윤도 군령을 좇아 그 사람이 가는 곳으로 따라갔을 것이 아닌가….

그렇게라도 했던들 오늘과 같은 비탄에 싸이지는 않았을 것이다.

생각하면 운명의 지나친 희롱이 슬펐다.

향방도 알리지 않고 떠난 지 수삭…. 그렇다고 그 후 기별이 있는 것도 아니다.

이러한 하루하루를 보낸다는 것은 끝없는 어둠 속을 혼자서 방황해야 하는 일이나 다름없었다.

정말 인제는 질식할 것만 같았다. 이러한 하루하루를 지속시켜야 한다면 미윤은 차라리 수중고혼이 되든지 머리를 깎고 법화원으로 올라갔으면 하는 생각뿐이었다.

그러한 결심이 앙금이 가라앉듯 짙어지면 짙어질수록 한편 그녀의 가슴을 설레게 하는 것은 끝없는 정담 속에 피어오른 운우雲雨의 꽃봉오리였다.

그 꽃에 차라리 열매라도 있었던들….

미윤의 생각은 물론 모든 현상이 방향을 달리했을 것이다.

열매 없이 스러진 꽃…. 미윤은 부푸는 숨길을 돌리며 연옥을 쳐다보았다.

그 꽃의 내음과 빛깔은 누구도 모르는 비밀이다.

"언니…."

미윤의 눈시울엔 화판에 떨어지는 이슬 모양 눈물이 어린다.

"이렇듯 헤어날 수 없는 신세에 얽혀 헤매느니보다는 차라리 불도佛道에 들어갔으면…"

연옥은 이런 의견을 말하는 미윤을 향하여 고개를 살래살래 흔든다.

"불도란 부처님을 기쁘게 하기 위하여 수도하는 곳이지 자기 번민을 잊기 위하여 도피하는 곳은 아닐 거야…. 그런 마음으로 불도를 택했다가 세상이 다시 그리울 땐 어떻게 하지?"

그것은 연옥의 말이 아니라 멀리서 들리는 보살의 말 같기도 했다.

제323회 "그러면 언니 전……."

미윤은 연옥의 무릎에 얼굴을 묻고야 말았다.

연옥의 가는 손길이 미윤의 등어리를 어루만져 준다.

"미윤의 마음이 그러하다면 자신이 불도에 들어가지 않는다 해도 부처님께서는 그 발원發願을 성취시켜 주실 거야…."

이렇게 말하는 연옥의 코끝도 매웠다.

연옥이 자신도 봉화에 대한 정념이 그녀에게 못지않았다.

그러나 미윤을 타일렀듯이 그녀는 자신의 그러한 소원이 조만간 꼭 이루어질 것만 같은 어떤 예감이 그런 말을 하게 했던 것이다.

"언니, 그런 소원이 언제 이루어지지요?… 저에겐 그것이 믿어지지가 않아요. 그 분의 행방이라도 알고 있다면 모르되 그것조차도 모르고 있는 지금 어떻게 그것을 바랄 수 있어요."

연옥의 눈에 흐르는 눈물이 미윤의 등에 떨어진다.

그러나 연옥은 아무리 동생 영권으로부터 아무런 기별이 없다 해도 그가 가 있는 곳은 왜나라의 지쿠젠이라고 믿고 있었다.

그것이 어떤 확실한 증거를 가진 것은 아니지만 동생의 성격으로 보아 그럴 것만 같았다.

"미윤이 왜 행방을 모른다고 그러지?"

연옥의 무릎에 얼굴을 묻고 있던 미윤이가 고개를 든다.

비록 눈물에 뒤엉킨 그녀의 눈이었지만 그 속엔 새로운 빛이 흘렀다.

"그럼 언닌 행방을 알고 계신단 말씀인가요?"

비희悲喜가 교착交錯한 미윤의 얼굴은 보기에도 너무나 딱한 정상이다.

그러한 미윤에게 실망을 주어서는 안 될 것만 같았다.

"알구 말구…."

"그럼…."

"왜나라 지쿠젠에 가 있지 어딜 가 있어."

"언니 무슨 기별이라도?"

"응…."

연옥은 얼결에 이렇게 대답해 버리곤 눈을 내리감았다.

하고자 해서 한 고의적인 거짓말은 아니었지만 어쩐지 미윤의 시선을 피해야만 했다.

"언니, 언제 그런 기별이 있었던가요."

"일전에…."

연옥의 목소리는 가라앉은 채 가늘게 떨었다.

"누구 편에요?"

연옥은 미윤의 얼굴을 찬찬히 바라다본다.

"어제 당나라로 들어간 왜선이 있었지…. 그 선원 편에 무사히 지낸다는 기별이 왔어…. 미윤에게 알릴까 했지만 아버지께서 아시게 되면 공연한 걱정이 되지 않을까 하여 혼자만 알고 있었지…."

연옥은 인젠 무슨 말을 해도 떨리질 않았다.

그녀의 생각엔 자기가 말하는 그대로가 사실인 것같이 자신도 믿어 버리고 싶었다.

"언니 언니!"

미윤은 뭐라고 말은 없이 연옥의 가는 손길을 잡아당기며 이렇게 거듭 부르기만 했다.

궁파는 요즈음 내심으로 몹시 우울했다. 제324회

철석같이 기대하고 있던 일들이 모두가 다 수포로 돌아간 듯싶은 생각에서다.

우징이 왕권을 잡고 즉위한 지도 어제 같았지만 이미 세상을 떠났다는 소식이 돈 지도 달포가 지났다.

미윤을 데려가겠다던 그 사람이 유명을 달리했으니 언약이라든가 약속 같은 것은 지난날의 유물이나 다를 바 없었다.

이미 고인이 되어 버린 사람을 원망한단들 소용없는 일이긴 하지만 그래도 궁파의 마음속엔 오늘날까지 그것이 가시질 않았다.

일부러 여기서 청한 일도 아니었다. 말하자면 그쪽에서 자청하다시피 한 일이고 보니 더 그러했다.

신의 없는 말….

결국은 지나간 바람으로 환심을 사려고 했던 그 말에 속았단 말인가….

그래도 그가 살아 있었을 땐 행요를 바라는 마음도 있었지만 그가 죽고 나선 그런 실낱 같은 기대마저 잃게 되고 보니 초조와 우울이 겹쳐지기만 했다.

그런 초조와 우울도 낮이면 번거로운 송사일로 잊을 때도 있었지만 집으로 돌아오면 까마득했던 추억이 되살아 오르듯 했다.

지금도 궁파는 그런 생각으로 몹시 불쾌한 표정을 하고 있었다.

말하자면 오늘날까지 궁파는 자신의 언행을 그대로 믿고 살아 왔다 해도 과언이 아니다.

그러나 딸과 아내에 대한 말을 무엇으로 실천해야 할 것인가….

물론 궁파 자신의 잘못이 원인이 아니라 해도, 이미 자신의 말에 믿음을 잃게 되었으니 강직한 그로선 처자를 대하는 것까지도 어쩐지 서먹했다.

그는 큰 기침을 하며 묵연히 천장을 바라다보고 있다.

영권의 모습이 생생하게 떠오른다. 그는 스스로 눈을 감아 버렸지만 그 환상은 각막 속에 달라붙은 듯 좀처럼 사라지질 않는다.

무거운 숨길을 휘하고 내뿜어 보았지만 가슴은 오히려 더 답답해질 뿐이다.

표정 없는 영권의 모습…

연소하지만 그 성실함과 침착한 성향性向은 조금도 나무랄 데가 있었던 것은 아니다.

그러나…

궁파로선 그것만으론 만족할 수가 없었다.

그 욕망이 궁파를 이 지경으로 끌어 들였다 해도 그는 자신의 초지初志를 뉘우치고 싶지는 않았다.

아직도 영권의 환상은 그에게서 사라지질 않는다.

말짱하게 잊고 있나시피 하던 그가 무슨 이유로 이렇듯 되살아 오르는지 알 수 없는 일이다.

영권은 왜나라로 돌아가 있을 것인가….

그동안 선편이 있었지만 그의 소식은 묘연하지 않았던가….

이런 생각에 골몰하고 있던 궁파는 아내가 들어오는 것도 모르고 있었다.

"안색이 좋지 않은 것 같사온데 어디 몸이라도 불편하신 데가 있으신가요…."

궁파는 놀란 표정으로 아내를 쳐다본다.

아내를 쳐다보고 있던 궁파의 눈길이 맥없이 떨어진다. 제325회

"별로 몸이 불편한 데는 없지만 영문 없이 심사가 우울하구려…."

궁파는 아내한테까지 자기 심회를 그이고 싶지는 않았다.

"무슨 크게 상심된 일이라도 생겼던가요?"

"글쎄 그런 일도 별로 없는 것 같지만…."

"그동안 송사일이 너무 바빠, 지치신 모양인가 보지요."

궁파는 아내의 말엔 아무런 대꾸도 않고 고개를 떨어뜨린 채 눈을 감고 있었다.

궁파의 그런 모습이 아내에겐 더욱 근심되었다.

그녀는 잠시도 남편의 옆모습에서 시선을 돌리지 않는다.

우징이 세상을 떠났다는 것을 알고 있는 사람은 섬 사람 중에 궁파밖에 없었다.

궁파는 아내에게까지도 그 일을 감추고 있었다.

아내의 실망이 딸의 실망으로 바뀔 것이 두려웠던 까닭이다.

그것은 영권이가 섬에 있던지 또는 왜나라에 가 있다는 것이 확실하면 모르되, 지금 모양 그 행방이 확실치 않고 보면 더욱 그러했다. 처음엔 반대하던 딸이 그동안 마음이나 돌리고 있었달 것 같으면 예상외로 큰 충격을 줄 것이 뻔했다.

그래서 궁파는 처음부터 그 일을 누구에게도 발설칠 않았던 것이다.

"혹시 일전에 조정으로부터 서찰이 왔다더니 그 사연이 걱정되는 일이 아니었던가요?"

되도록이면 바깥일엔 관심을 가지지 않으려던 아내였지만 남편의 지나치게 우울한 표정을 대하고 보니 오히려 무관심한 것이 도리가 아닌 것 같아 이렇게 물었다.

고개를 번쩍 든 궁파는 아내의 얼굴을 찬찬히 쳐다본다.

"조정에서 서찰이라…니 나도 모르는 일을 당신이 어떻게 알고 있소…."

궁파 자신이 뚝 자르듯 이렇게 시치미를 떼고 보니 물어본 아내가 도리어 무안할 지경이다.

"그러하오면 제가 잘못 들었던가 봅니다."

"그것이 언제쯤 일이오."

"이미 달포가 지난 줄로 알고 있나이다."

"그… 그것은 조정으로부터 온 서찰이 아니었지…."

"그랬던가요…."

"정년으로부터 무사히 있다는 문안서찰이 온 것을 그릇 알았던 모양이구려…."

"그런 일은 모르고 사신이 서찰을 갖고 왔다기에 조정으로부터 온 줄만 알았나이다."

"난리가 평정되고 인심이 가라앉았는데 아직도 그분들이 청해 땅을 기억하고 있을 줄 아오…."

아내는 남편의 말이 무슨 뜻인지 직감적으로 알아차릴 수 있었다. 그러나 그 일엔 섣불리 입을 열 수 없는 처지이기도 했다.

순간 궁파는 자기가 공연한 말을 지껄인 것을 후회했다.

"무료하구려 술이나 한잔 주도록 하오."

남편으로부터 이런 분부를 받은 아내는 일어서 나갔다.

제326회 얼마 후 아내가 주안상을 마련하여 갖고 들어왔다.

혼자 한두 잔 들고 보니 더욱 심심할 따름이다.

그렇다고 가까운 누구를 불러올 형편도 아니다.

궁파는 빈 잔을 들고 옆에 앉아 시중드는 아내의 얼굴을 찬찬히 쳐다본다.

"혼자 마시기는 아무래도 쓸쓸하구려… 자 당신도 한잔 들면 어떠하우."

"마실 줄 모르는 술이오니 받아 놓기나 하옵지요."

아내는 받은 잔을 입에 가져다 마시는 시늉만 한 채 조그만 종지에다 술을 따라 놓곤 다시 잔을 권한다.

"마실 줄 모르면 지금부터라도 배워 보구려…."

아내는 남편의 말에 빙긋이 웃기만 한다.

"참…."

궁파는 받은 잔을 반상 위에 놓고 아내를 쳐다본다.

"미윤인 제 방에 있소?"

"그렇겠지요… 부르도록 하리까…."

"내 그 애를 본 지가 벌써 며칠이 된 것 같구려…."

딸과 남편의 사이가 그전 같지 않게 느끼고 있던 아내는 좋은 기회라 생각하고 곧 딸의 방으로 건너갔다.

미윤의 방은 등잔불도 밝히지 않은 채 어두웠다.

밖에서 인기척을 내어도 안에선 아무런 반응이 없다.

연옥이네 집에나 가 있는가 생각하면서도 미심결에 문을 열었다.

문이 열리자 미윤은 자리에서 일어났다.

"어디 몸이라도 불편하냐?"

"아니오!"

딸의 음성은 흐려져 있었다. 어머니는 어떤 동정을 살피기라도 하는 듯 잠시 그대로 서 있다.

"무슨 일이 있으신가요."

이번엔 딸이 어머니한테 묻는 말이다.

"아버지께서 너를 부르시고 계시는데…."

"어머니 먼저 건너가 계시지요, 제가 곧 가 뵙겠습니다."

"그래라…."

더 뭐라고 할 말도 없어 이렇게 대답하고 돌아섰지만 어머니의 마음은 어두웠다.

어두운 방에 혼자 누워 울고 있는 딸의 모습….

자신이 출가하던 때에 비하면 딸은 혼기를 잃었다 해도 과언이 아니었다.

상대가 없는 것이 아니다. 그러나 남편의 고집은 아내가 보기에도 그것을 허용할 것 같지는 않았다.

그렇다고, 육지로부터 무슨 소식이 있는 것도 아니다.

어머니의 마음으론 딸을 대궐로 들여보내고 평생 보지 못하고 사느니보다는 차라리 가까이 두고 싶은 마음이 더 간절했다.

그러나 아녀자의 욕심을 남편한테 내세울 순 없었다.

문밖에서 잠시 주춤거리던 아내는 방문을 열었다.

주기가 든 남편의 얼굴은 여전히 쓸쓸해 보인다.

"지금 곧 건너오겠다고 합니다."

아내는 이렇게 말하며 다시 남편 옆으로 자리하고 앉는다.

제327회 잠시 후 미윤이가 안방으로 들어갔다. 궁파는 들었던 잔을 놓고 딸의 얼굴을 찬찬히 살펴본다.

미윤은 들어서자 한쪽으로 읍한 채 서 있다.

"그쪽으로 앉도록 해라…."

미윤은 아버지가 말하는 대로 어머니 옆으로 가 앉는다.

궁파의 눈엔 딸의 모습이 얼마 사이에 더 성숙해진 것 같았다.

그러한 딸의 모습을 대하고 보니 그의 마음은 더욱 괴로웠다.

그 괴로움이란 육지로 가고 나선 아무런 소식도 없는 우징에 대한 원망이기도 했다.

그는 반상에 놓았던 잔을 단숨에 마시자 자기도 모르게 길게 한숨을 뿜는다.

"요즈음은 무엇을 하며 소일을 하고 있느냐…."

한숨 끝에 딸을 향하여 묻는 궁파의 말이다.

"별로 손에 잡히는 일이 없사와 연옥 언니와 같이 한담으로 지내고 있나이다."

"연옥도 별고 없이 지내고 있느냐…."

미윤은 무엇을 생각하는지 잠시 주저하고 나더니만 고개를 들고 궁파의 물음에 대답한다.

"얼마동안 동생 영권의 묘연한 소식을 궁금히 여겨 끌탕을 하고 있던 중 며칠 전 우연히 그 행방을 알게 되어 기쁜 빛으로 지내고 있나이다."

미윤의 대답은 어떤 의미에선 아버지의 소행에 대한 간접적인 항변이기도 했다.

"영권의 소식을 알았다구?"

"네, 며칠 전에 들었다고 하더이다."

궁파도 그동안 영권의 행방에 대해선 답답히 여기고 있던 중이다.

"다시 왜나라로 들어가 새로운 분부가 있으시기를 기다리고 있다고 하더이다."

그 말은 아버지의 마음속을 떠보기 위한 미윤 자신이 생각한 말이다.

그러나 궁파는 그 말엔 아무런 표정도 보이질 않았다.

"여보 술을 한 잔 더 따라 주오…."

아내가 주호의 술을 잔에다 붓는다.

궁파는 조용히 잔을 연거푸 기울일 뿐이다. 그러나 궁파의 마음은 표정 모양 조용칠 않았다.

영권의 소식을 알았다는 것이 반갑긴 했지만 그렇듯 냉대했던 자신이었고 보면 기쁜 표정마저도 마음대로 할 순 없었다. 아니 그것보다도 대궐로부터의 모든 희망이 끊어지게 되자 그것이나마 반기려는 자신이 오히려 슬프기도 했다.

그냥 반상을 주먹으로 힘껏 내려 갈기며 맹수의 울음소리 같은 고함이라도 질러 보면 속이 탁 풀릴는지… 그는 잔을 거듭할수록 우울하기만 했다.

영권이…

그는 몽롱해진 눈앞에 영권의 모습을 그려 본다.

이제 와서 그를 불러 사위로 삼기에는 궁파 자신이 지녀 오던 꿈이 너무나 컸다.

"고단할 텐데 너는 어서 나가 편히 쉬어라…."

궁파는 미윤을 자기 방으로 내려 보내 놓고 나서도 아내더러 술을 따르게 하여 연거푸 마셨지만 크나큰 우울증은 좀처럼 가라앉질 않았다.

청해 땅엔 서울로부터 온 사신들로 법석이다. 제328회

등창을 앓던 신무왕이 세상을 떠나자 그 뒤를 이어 즉위한 분이 문성왕文聖王 경응慶膺이다.

그는 신무왕의 태자太子로서 왕위에 오르자 선왕과 궁파와의 정의를 생각하여 다음과 같은 교서를 내리게 했다.

"청해진 대사 궁파는 일찍이 병력으로 성고聖考를 도와 선조先朝의 거적巨賊을 멸滅케 한 그 공을 보아 청해장군清海將軍[鎭海將軍]으로 삼는 동시 장복章服을 내리게 함이라…"

청해 땅으로 온 사신들은 이 교서와 복장을 궁파에게 전하러 온 사람들이었다.

장엄한 의식이 넓고 화려한 빈관賓館에서 거행되었다.

북쪽을 향하여 세 번 절을 하고 난 궁파는 공히 교서를 받아 읽고 또한 장복을 받았다.

나라에 경사가 있어도 드물게 있는 일일뿐 아니라 궁파로선 다시없는 영예였지만 무거운 영광에 비하면 궁파의 마음은 너무나 허전했다.

궁파가 오늘날까지 바라던 일은 청해장군이라는 벼슬이나 장복이 아니었기 때문이다.

선왕의 언약을 이것으로써 무마해 버리려는 것은 아닐까….

이런 생각이 떠오르는 순간 궁파는 감격에 앞서 불쾌하기까지 했다.

그러게 그는 장엄한 식이 끝나고 그들을 위로하기 위하여 베푼 잔치에서도 별로 기쁜 얼굴을 하지 않았다.

사람마다 그에게 축배를 올리며 오늘의 자랑된 영광을 축하하였지만 그의 이러한 심정을 이해할 사람은 누구도 없었다.

그러게 오늘의 잔치는 밤이 새도록 기뻐하여야 할 자리였지만 의례적인 것으로 끝나고 말았다.

궁파는 잔치가 파하자 일찌감치 집으로 돌아왔다.

남편의 이러한 심정을 이해하지 못하는 아내는 그냥 기쁘기만 했다.

그러나 일찌감치 자기 방에 들어박혀 있는 미윤은 어머니와는 딴판이었다.

아버지에 대한 그러한 영광은 시각을 다투어 자기한테 어떤 불행을 가져올 전조前兆인 것 같기만 했던 까닭이다.

집으로 돌아온 궁파는 옷을 갈아입으면서 언뜻 떠오른 것은 정년이었다.

그동안 지나칠 정도로 소식이 없었던 것도 항상 마음에 거리끼는 일이었지만 이번 같은 기회에도 아무런 소식이 없다는 것은 수상한 일이 아닐 수 없었다.

이때 늙은 종이 문밖에 와서 말을 전한다.

"대사 일행을 모시고 왔다는 어떤 젊은 분이 어른을 뵈옵고자 청하고 있나이다."

"누구라구?"

궁파는 이상한 예감이 들어 먼저 이렇게 반문했다.

"대사 어른을 모시고 온 사람이라고 하나이다."

잠간 주저하고 난 그는 종에게 명한다.

"곧 이리로 모셔 오도록 하여라."

"분부대로 하겠나이다."

종이 다시 밖으로 나간 다음에도 그는 혼자 골똘히 생각하여 보았지만 그럴 만한 사람이 언뜻 떠오르지 않았다.

누굴까?… 어떤 용무일까?…

밖으로 나갔던 종이 잠시 후 다시 들어왔다. 제329회

"여기 모시고 왔소이다."

"들어오시도록 하여라."

종을 따라온 사람은 젊은 사람이었다.

그는 들어서는 길로 궁파에게 크게 절을 하고 주인이 권하는 자리에 앉고 나서 고개를 들었다.

어디서 본 얼굴 같기도 하였지만 확실치 않았다.

"장군께옵서는 소인의 얼굴을 기억하여 주실는지요."

"글쎄…."

"소인이 바로 장군의 휘하에 있던 군졸이옵니다."

"오, 그랬던가! 그동안 얼마나 수고하였는가…."

"소인이 오늘에 이른 것은 모두 다 장군의 높으신 은덕인 줄 알고 있나이다."

궁파는 교서와 장복을 받던 때보다는 옛 주인을 알아보는 이 젊은 군졸을 맞는 지금이 더 기뻤다.

"실은 이렇게 밤중에 찾아 뵈옵게 된 것은 정년 어른의 특별한 분부가 있어 그러하였나이다."

"정년이…."

이렇게 반문하는 궁파의 눈빛은 이상할 정도로 빛났다.

"소인이 이번 길에 수행하여 오게 된 것은 정년 어른의 특별한 주선으로 해서 된 것이옵니다."

"오, 그러했던가…."

"배가 닿자 곧 찾아 뵈옵고자 하였사오나 기회가 없사와 이토록 늦었소이다. 소인이 떠나올 때 정년 어른께옵서 서찰을 주시며 누구에게도 알리지 말고 전하라는 분부가 엄중하였사옵니다."

이렇게 다짐하듯 말하고 난 젊은 군졸은 그제서야 옷 속 깊이 간직하였던 정년으로부터의 서찰을 꺼내 궁파에게 주었다.

서찰을 받아 든 궁파는 막을 길 없는 흥분에 손이 떨렸다.

소식이 묘연하던 그로부터 처음 서찰을 받았다는 그것으로 이렇게 앞서는 흥분만이 아니었다.

그는 봉을 뜯어 그 내용을 더듬어 읽는다.

특별한 내용은 아니었지만 그로 하여금 온갖 생각을 자아내게 했다.

"오랫동안 문후를 드리지 못하였나이다. 이곳에 머물기 일 년이 지났는가 봅니다. 세상과 인정도 많이 변하였습니다. 그러나 형님을 그리는 마음은 예나 지금이나 조금도 다른 배 없는 줄 아나이다.

오늘 인편을 얻어 상서하는 것은 다름이 아니오라 우제愚弟의 거취를 의논코자 함이옵니다.

선왕에 이어 태자가 즉위하여 사직과 조정은 날로 번창할 줄 믿사오나 그대로 여기 머물러 있을 것인지 불연이면 형님의 슬하로 돌아갈 것인지 하교 주시기를 바라옵니다. 우제의 생각으로선 이곳에 머물러 있음도 앞날을 위하여 크게 도움이 될 줄 아오나 만사는 형님의 뜻에 순종코자 하오니 이 인편을 이용하시어 회신 주시옵기 바라나이다."

아무리 되풀이해 읽어 보아도 별다른 내용은 아니었지만 끝머리에 이르러 '이곳에 머물러 있는 것이 앞날을 위하여 크게 도움이 될 것 같다'고 한 구절에 무언지 정년의 숨은 뜻이 있는 것 같았다.

제330회 서찰을 읽고 난 궁파는 그것을 옆에 있는 서가 위에 놓고 잠시 눈을 감는다.

무엇을 깊이 생각해 보는 표정이 분명하다.

자리에 앉아 그가 서찰을 되풀이해 읽는 동안 꼼짝 않고 있던 젊은 친구는 그제서야 꼼지락거리며 입을 열었다.

"밤도 깊은 것 같사오니 소인은 그대로 물러가 보겠나이다."

궁파는 그제서야 감았던 눈을 뜨며 그를 쳐다본다.

"잠간…."

그를 기다리게 하고 난 궁파는 아내를 불러 지필紙筆을 가져오게 했다.

아내가 지필을 마련하여 갖고 오자 붓을 든 채 사연을 가다듬던 그는 드디어 적기 시작했다.

옆에 앉아 있는 아내나 젊은 친구는 그 사연이 무엇인지 알 까닭이 없었다.

서찰 쓰기를 끝낸 그는 자신이 이것을 봉하고 다시 아내를 불러 무어라 귓속말로 속닥거린다.

아내는 아무런 대꾸 없이 건넌방으로 나갔다. 잠시 후에 돌아와 조그만 주머니를 그에게 주었다.

"서찰의 내용은 별다른 것이 아니나 이를 남의 눈에 뜨이지 않게 전하도록 부탁하네!"

"만사를 조심히 하겠나이다."

그는 궁파로부터 받은 서찰을 옷섶 안에 간직하자 자리를 뜨려 했다.

궁파는 눈짓으로 더 앉아 있기를 권하며 아내로부터 받아 들었던 조그만 주머니를 그에게 주었다.

젊은 군졸은 주저하며 받으려 하질 않는다.

"받아 넣어라."

그는 그것을 받아 들면서도 어찌할 바를 몰라 엉거주춤거린다.

"별다른 것이 아니라 몇 가지의 금붙이가 들어 있을 거다."

금붙이라는 말에 젊은 군졸은 더 놀란 표정을 한다.

"양친께서 다 생존하신가?…"

"그러하옵니다."

"슬하에 처권妻眷도 두고 있는가?"

"아직은 없소이다."

"그러면 그것을 잘 간직해 두었다가 혼례대사를 치르는 일이 생기면 쓰도록 함이 좋으리라."

"지난날 어른님을 모시고 있었을 때도 분에 지나친 큰 덕을 입어 오늘에 이르렀사온즉 오늘날 또다시 이렇듯 귀중한 물품을 주시니 그 은덕은 길이 뼈에 새겨 잊지 않으리이다."

젊은 군졸에겐 제 말대로 정말 분에 지나친 은덕이 아닐 수 없었다.

그는 몇 번이나 허리를 굽혀 사례를 했다.

"밤도 늦었으니 일찍 돌아가 편히 쉬도록 하라."

"그대로 물러가겠나이다."

정년으로부터 보내온 젊은 군졸이 돌아가고 나서도 궁파는 얼른 잠자리에 들지 못한 채 한참 그대로 앉아 있기만 했다.

그는 자기가 정년에게 보낸 서찰의 내용을 다시 한 번 더듬어 본다. 그러고 나선 왜나라로부터 영권을 돌아오게끔 서둘러 사람을 보내지 않았던 일을 잘했다고 혼자 생각했다.

등잔불이 유난히 밝게 피어오른다. 그것은 앞으로 전개될 자기의 앞날을 암시하는 것 같아 또한 은근히 기뻤다.

언약

言約

정년이가 궁파로부터 회신을 받은 것은 보름 되던 날 저녁이다.

청해 땅으로 갔던 사신들 일행이 돌아온 것을 안 그는 젊은 군졸이 오기를 기다리고 있던 참이다.

"일찍 오려 하였습니다만 이일 저일 뒤치다꺼리를 하다 그만 좀 늦어졌나이다."

"이번엔 수고가 컸도다…."

그는 군졸을 아래위로 훑어보며 이렇게 위로한다.

그가 말하는 뒤치다꺼리란 궁파로부터 받은 물건을 집에 가져다 두고 온 그 일이었다.

군졸은 깊숙이 간직해 두었던 궁파가 보내는 서찰을 꺼내어 그에게 준다.

"그래 청해 땅엔 별다른 일은 없더냐."

서찰을 받은 정년은 곧 그것을 뜯어보려 하지 않고 옆에 놓여 있는 탁자 위에 놓고 이렇게 묻는다.

"소인의 눈으로 보기엔 그냥 태평한 세월을 전체 백성이 누리고 있는 듯하였소이다."

정년은 가만히 고개를 끄덕거리며 군졸의 얼굴을 쳐다본다.

군졸은 어쩐지 그 눈길이 송구스러웠다.

그와 시선이 마주치자 군졸은 당황해 하는 표정이다.

정년은 아직 어려서 그런 표정을 하거니 생각했지만 군졸로선 그 서찰 속에 혹시나 자기한테 준 물건의 품목品目이라도 적혀 있지 않을까 하는 생각이 들자 그를 감추려는 자신이 불안하기만 했다.

"서찰을 보시고 나더니만 어른의 안부를 새로 조용히 물으시더이다."

"그래…"

졸지에 꾸며 댄 거짓말이다. 이런 말을 해도 상대편의 표정이 그대로 무뚝뚝하니 이쪽은 더 불안할 뿐이다.

어차피 알게 될 일이고 보면 여기서 밝혀 두는 것이 낫지 않을까….

이런 생각을 한 군졸은 다시 자리를 고치며 입을 열었다.

"서찰을 드리고 제가 돌아오려 하니까, 잠간 기다리라 명하시더니만 그 회신을 써서 주시며 수고하였다는 말씀과 더불어 조그만 주머니에 든 것을 주셨나이다. 소인의 혼례 때 긴요히 쓸 물건이니 가져가라 하셔서 사양하다가 그대로 받아 갖고 왔나이다."

"오, 그래, 그것 참 고마우신 어른이로구나…."

군졸에겐 전연 뜻밖의 대답이다. 그는 혹시 그 물건이 어떤 것인지 구경이라도 하자면 어쩌나 하고 조마조마하고 있던 참이다.

"혼인 날짜는 정해져 있는가?…"

"아니옵니다…."

"그럼 혼인 날짜가 정해지면 나도 자네의 수고를 그때 갚도록 해봄세…."

"원 황송하신 말씀을…."

군졸은 그 자리에서 다시 한 번 머리를 조아린다.

"원로에 피로도 아직 풀리지 않았을 테니까 오늘은 그만 일찍 돌아가 편히 쉬도록 하라…."

"이만 물러가겠나이다."

군례를 마치고 군졸이 나간 다음도 정년은 한참 그냥 앉아 있다가 비로소 탁자 위에 놓아두었던 서찰을 손에 들었다.

그는 서찰을 뜯어 읽는 것보다 제멋대로 사연을 생각해 보는 것이 더 즐거웠다.

제332회 정년은 궁파로부터의 서찰을 두 번 되풀이해 읽었다.

읽고 난 그는 다시 그것을 탁자 위에 놓은 채 눈을 감는다.

지나온 과거가 다시금 눈에 얼른거린다.

정년으로 하여금 살아온 지난날을 회상케 하는 서찰의 내용이란 대략 다음과 같았다.

"떠난 후 일자 소식이 없어 지극히 궁금하였소….

그대가 이룬 전공으로 왕권을 새로이 하고 조정과 사직의 터전을 굳게 하였으니 어찌 기쁘지 않으리….

우리가 대양大洋을 건너 당나라로 들어가던 아득한 옛 시절의 꿈이 오늘에야 이루어져 서라벌 서울의 땅에 실현될 줄을 어찌 생각하였으랴….

무한량無限量으로 기쁜 일이다.

고굉지신股肱之臣도 그 난亂을 평정하면 귀향歸鄕의 정이 일어남이 인간의 정리情理임이라 또한 그런 정리는 우리가 거치른 당나라의 땅에서 결연結緣한 바 형제의 의리임에랴….

그러나 우리의 뜻이 아직 아득한 앞날에 있거늘 기울기 쉬운 정을 따라 이 한적한 섬으로 돌아올 것을 어찌 생각하리오.

우리가 일찍 도모하고자 하던 일은 조그만 섬의 화평을 경영하려는 바가 아니라 대륙大陸에 대한 경륜經綸과 포부抱負라.

간청하는 바는 그대가 거기 머물러 있음을 바랄 뿐….

끝으로 사사로운 정을 말하고자 함이라….

일찍 선왕께옵서 이곳에 머물러 계실 즈음 극진한 대접을 이루지 못하였음이 항상 마음에 걸려 또한 성고聖考에 대하여 황공할 따름이라….

회천回天의 뜻을 이루어 선왕께서 배에 오르시며 주시던 말씀…. 세월과 더불어 과거지사로 돌아갔으나 아직 마음 깊이 남아 있음이라…. 내게 있는 유일한 혈육 미윤이를 머지않은 날 대궐로 데려다 이를 가꾸어 오래 청해 땅에 머물러 있던 정을 잊지 않을 뿐 아니라 서로의 연緣을 잇고자 하시던 뜻, 사람과 더불어 갔으나 아직도 나에겐 남아 있음이라….

일찍 당나라 땅에 머물러 있을 즈음은 이루어지지 않을 일엔 잊음이 빨랐으나 번연히 되지 않을 일을 아직도 생각하고 있음은 이 또한 늙은 나이 탓이 아니고 무엇이랴….

요즈음은 나이를 탓하고 또한 이를 꾸짖음을 일로 하고 있음이니 어찌 우습지 않으리오….

부디 바라는 바는 건강할지어라. 그리고 또한 초심初心을 잊지 말지어다."

조그만 섬의 화평을 경영하려는 바가 아니라 대륙大陸에 대한 경륜과 포부라….

정년은 지금 읽고 난 서찰 중에서 이런 대목을 눈을 감은 채 입속으로 중얼거려 본다.

어쩐지 주위가 불안하다. 그는 눈을 뜨고 주위를 살펴본다. 누가 있을 리 없다.

대륙에 대한 경륜과 포부란 과연 무엇일까?…

강직한 정년은 혼자 이 말을 또 한 번 되풀이해 보며 눈을 감고 있다.

무언지 모를 것이 가슴을 들먹거리게 하였다.

제333회 들먹거리는 가슴의 고동을 누르며 앉아 있는 정년은 그가 지금 방에 앉아 있는 것이 아니라 무연한 당나라의 벌판 한끝에 서 있는 것 같았다.

어디를 보아도 허허벌판이다. 그곳에서 유일한 기둥이라 믿었던 것은 역시 궁파 그 사람이다.

지금은 고국의 땅으로 돌아와 수하에 수천의 군졸을 마음대로 부릴 수 있는 몸이라 해도 그의 서찰을 읽고 난 지금의 실정으로선 자신은 역시 사고무친四顧無親한 처지로서 믿는 사람이란 궁파뿐이었다.

이제 그 사람이 여기 머물러 있으라는 것이다.

청해 땅에 무슨 정을 두고 온 자신이 아니고 보면 그곳으로 돌아가나 이곳에 머물러 있으나 마찬가지 일이다.

그러나 여기 머물러 무엇을 어떻게 하라는 지시는 없다.

대륙에 대한 포부와 경륜에 대한 방법으로 머물러 있으라는 뜻이겠지만 그에겐 막연했다.

정년은 탁자 위에 놓아두었던 서찰을 다시 잡아당겨 읽어 본다.

지금 그의 주의를 더 끄는 것은 전반보다도 후반에 씌어져 있는 사연이다.

미윤을 대궐로 데려간다고 언약했음이 분명하다.

그러나 선왕은 그 약속을 지키지 않은 것이 사실이다.

그러고 보면 그 끝의 사연은 자기에게 그냥 알려두는 정도의 말이 아니다.

그것은 처음에 씌어져 있는 대륙에 대한 경륜이나 포부와 연관성이 있는 말이었다.

미윤을 대궐로 들여보내고…

능히 짐작할 수 있는 일이다. 자기더러 이곳에 더 머물러 있으라는 궁파의 뜻도 그제서야 짐작할 수 있을 것 같았다. 이미 지나간 일이요 언약한 사람이 갔다고 모든 것을 체념하는 듯하면서도 그 마지막 사연은 결코 그것을 체념으로 돌린다는 말이 아니다.

나이를 탓하며 나이를 지금에 와 꾸짖으며 소일한다는 것은 아직도 그 희망을 잃지 않고 지낸다는 말이다.

결국 자기더러 이곳에 머물러 그 일을 성취하도록 하라는 암시가 서찰 속에 들어 있었다.

어떻게 할 것인가….

자신에게 먼저 그 방안을 물어보는 정년은 초조했다.

성급한 그의 성격은 그를 그대로 앉아 있게 하질 않았다.

그는 방 안을 서성거린다. 불빛이 흔들린다.

이미 밤이 이렇게 깊었고 보면, 아무리 좋은 방법이 있다 해도 날이 새기를 기다릴 수밖에 없었다.

그는 다시 자리로 와 앉는다. 그렇다! 선왕은 이미 세상을 떠났다 해도 아직 남아 있는 사람이 있다.

이런 생각이 떠오르는 순간 방 안의 불길이 유난히 밝아지는 것 같았다.

지금은 별당別堂에 홀로 있는 정종태후貞從太后를 생각했다.

누구도 그 일을 모른다 해도 그분만은 그 사실을 알고 있을 것이 틀림없었다.

정종태후는 선왕이 살아 있을 때 정년도 뵈온 일이 있었다.

그분을 통하는 길 밖에 없다고 생각하며 정년은 어서 날이 새기만을 기다리었다.

정종태후는 신무왕이 세상을 떠난 후엔 평의전平議殿 뒤뜰 깊숙한 별당에서 기거 제334회
起居를 하고 있었다.

이름만이 대궐 안이지 이곳은 한적한 시골이나 다름없었다.

정종태후의 둘레에는 내시 한 명과 두셋 궁녀뿐이 온갖 시중을 들고 있었다.

정년이 정종태후를 찾아간 것은 밖에선 별로 이른 때가 아니었지만 궐 안에선 퍽 이른 편이었다.

별당 가까이 온 그는 잠시 두리번거리며 머뭇거렸다.

이때 궁녀 한 명이 정년을 힐끔 쳐다보고 뒤돌아서 버린다.

물론 정년은 궁녀의 그러한 동정도 살피지 못했다.

"밖에 어떤 무인이 와서 두리번거리고 있더이다."

방울 소리같이 낭랑한 목소리다. 정년은 그 목소리가 들리는 쪽을 쳐다보았지만 누구의 그림자도 보이질 않는다.

"무인이 왔다고?…"

소리는 궁녀의 목소리보다 높지만 흐린 말소리다.

정년은 그 어감으로 내시의 목소리임을 알아차릴 수 있었다.

이윽고 문 소리가 나더니만 한쪽 어깨가 찌그러진 내시가 나오며 정년을 쳐다본다.

키는 크지만 그는 대꼬치같이 마른 위인이다.

걷는 것이 아니라 비틀거린다고 해야 옳을 것이다.

그는 정년을 유심히 쳐다보고 나서야 입을 열었다.

"누구를 찾아뵈러 오신 분이옵니까."

"태후마마를 잠간 뵈옵고자 찾아왔소."

"태후마마요?"

내시는 이렇게 반문하며 정년을 다시 한 번 쳐다보고 나서 말을 잇는다.

"뉘라 하시는 분이신가요."

"일찍 청해 땅에 있던 정년이란 무인이오."

"아직 궐 안은 때가 이르오니 잠간 기다리셔야 할까 보온데…."

"기다리긴 얼마 동안이라도 기다릴 터이니 어서 들어가 전갈이나 해 주도록 하오."

정년에겐 내시들의 그런 병신스런 모습과 음침한 듯한 성정性情이 싫어 이렇게 잘라 말해 버렸다.

내시의 눈에도 정년의 이러한 눈치가 아니꼬웠던지 힐끔 쳐다본다.

"그리해 보리다…."

내시의 대답은 어디까지나 무성의한 것이 분명했다.

내시가 안으로 들어간 다음에도 정년은 무심코 별당 둘레를 살펴보고 서 있었다.

곱게 단장한 궁녀의 모습이 엿보인다.

정년은 얼굴을 돌리고 있는 궁녀의 모습에서 얼른 미윤의 얼굴을 생각해 본다.

궁파 형님이 미윤을 대궐로 보낸다고?…

나비도 날아오지 않는 동산에 혼자 피었다 스러지는 저런 신세를 궁파 형님은 무슨 생각으로 그토록 두고두고 바라는 것일까?…

그로선 궁파의 심정을 도시 이해할 수 없을 뿐 아니라 새삼 미윤의 아리따운 모습이 오늘따라 불쌍하게 생각되기만 했다.

내시는 공연히 정년의 태도에 불만을 느끼며 발끈 화를 냈다. 제335회

그럴 때마다 그의 성미는 거칠어지군 한다. 문을 잡아당기는 투가 그러했다.

그는 돌아서는 길로 또 비위에 거슬렸다.

어느 나어린 궁녀가 밖을 내다보고 있는 것을 발견했던 까닭이다.

"게서 무엇을 그리 정신없이 바라보고 있지…"

그의 앙칼진 목소리가 들리자 궁녀는 외면을 한 채 얼굴을 붉힌다.

"보긴 무엇을 내다본다고 그러하셔요."

궁녀의 목소리도 지나친 간섭에 도투라져 있었다.

그에겐 궁녀의 그런 태도가 더욱 눈에 거슬렸다.

"아니 아무것도 내다본 것이 없다구? 그럼 내 눈을 썩은 생선 눈알로 아는가 보지…"

이렇게 말하는 그는 처진 어깻죽지가 절로 떨렸다.

궁녀는 고개를 떨어뜨린 채 서 있다. 그녀의 다리도 가늘게 떨렸다.

생각 같아선 그대로 뛰쳐 들어가 아무데서나 실컷 울어야 속 시원한 일이겠지만 그런 무엄한 일이란 할 수 없었다.

"외간 남자와는 상면 못한다는 걸 모르는가…"

그의 목소리엔 점점 독기가 더해 가는 듯했다.

태후를 모시게 되고 나서부터는 무엇인지 모르게 쓸쓸함을 금치 못하던 궁녀

는 이런 일을 당할 때마다 슬프기만 했다.

"어서 안으로 썩 들어가지 못할까."

그녀는 그 소리를 기다리고나 있었다는 듯이 총총걸음으로 모습을 감추고 말았다.

그래도 그는 무엇인지 못마땅해 못 견디겠다는 듯 그 자리에 선 채 씨근거렸다.

그럴 때마다 그의 병신스러운 어깨는 더 흔들린다.

한참 이러고 서 있던 그는 다시 밖을 내다본다. 정년은 그가 나오기만을 기다려 거기 그대로 서 있었다.

도대체 어떤 자이기에 저렇듯 거만할까?… 하기야 무인들이란 저렇게 무식하기 마련이지만….

그는 딱 입맛을 한 번 다시고 나서야 태후가 있는 거실 쪽으로 걸음을 옮긴다.

도대체 저런 무인 나부래기가 무슨 일로 태후를 뵌다고 할까?…

그러나 그가 청해 땅에 있던 사람이란 말이 되살아날 때 그도 조심이 가지 않을 수 없었다.

선왕과 태후가 위태로운 목숨을 건져서 오래 청해 땅에 의지하고 있었다는 것은 그 자신이 잘 알고 있었던 까닭이다.

이때 태후마마의 거실로부터 궁녀가 나오고 있었다.

"태후마마께옵선 거동을 하셨더냐…"

내시는 그 처진 어깨를 흔들거리며 궁녀를 만날 때마다 자못 거만을 떤다.

"조금 전에 기침을 하시고 아침 수라를 끝내신 참이오."

"알았어…"

그는 궁녀가 물러간 다음에도 한참 그 자리에 머물러 서 있다. 태후의 거실 앞으로 가서 허리부터 먼저 구부리며 선다.

그는 잠시 후 그의 독특한 기침 소리를 내어 인기척을 알린다.

제336회 "태후마마께 아침 문안드리오."

"오냐 밤새 다들 편안했느냐."

"마마의 높으신 은덕으로 어제 하루도 별고 없이 지낸 줄로 아뢰오."

"문을 열고 장帳을 올리도록 하여라."

태후의 이런 명은 그를 안으로 들어오라는 분부나 다름없었다.

그는 문을 열고 장을 반쯤 걷어 올린 후 안으로 들어갔다.

"태후마마, 실은 밖에 어떤 무인이 찾아와 마마를 뵈옵고자 한다고 하나이다."

내시가 이런 말을 하자 태후는 약간 의아한 빛을 보인다.

"어떠한 무관이던고…."

"무인은 무인이오나 아직 벼슬을 가진 사람 같지는 않아 보이더이다."

"누구일꼬?…"

"그 사람 제 말에 의하면 이름은 정년이라 하옵고, 일찍 청해 땅에 살았노라고 하옵니다."

여기까지 말하고 난 내시는 태후의 눈치를 살핀다.

청해 땅의 정년….

그러고 보면 무심한 세월 속에 부질없이 지내 온 것 같았다.

선왕에게 있어선 팔과 같이 쓰이던 장수일 뿐 아니라 태후 자신이 오늘날 평의전 뒤뜰에서 이렇듯 편히 지낼 수 있음은 그에게 힘입은 바가 여간 크질 않았다.

태후는 그가 별안간 찾아왔다는 말에 혹시나 신왕이 그의 공을 잊고 벼슬이라도 떼지 않았나 하는 불길한 생각부터 앞섰다.

"청해 땅 정년이라 하면 선왕의 중흥中興을 크게 도운 공신이다…"

그 말을 듣자 내시는 공연히 속이 찔끔했다.

"그럼 곧 나가 불러오도록 하시올는지요."

"암 곧 이리로 들어오도록 하여라."

그는 태후 앞에 크게 절을 하고 별당 앞에 서서 기다리고 있을 정년을 데리러 나왔다.

내시가 물러가자 태후는 조용히 눈을 감고 앉았다.

위기를 무릅쓰고 선왕과 더불어 청해 땅을 향하여 도망쳐 가던 일이 어제 일같이 생각키운다.

그러나 선왕도 돌아가신 지 이미 수삭이 지났다.

다시 태후의 머릿속을 스치고 지나가는 것은 일엽편주에 몸을 싣고 청해 땅으로 몰려가던 일뿐이 아니다.

그로부터 얼마 있다 다시 전진 속을 뚫고 돌아오던 때의 회상….

모두가 바쁘고 어수선한 일들이었지만 지금 와서 돌이켜 보면 그것도 잊을 수 없는 하나의 즐거움이기도 했다.

그렇지만 지금 태후의 머릿속에 떠오르는 것은 청해 땅에 머물러 있던 때의 온갖 일이다.

그 무렵 궁파의 도움이 아니었던들 오늘날의 이러한 생활이 있었을까…. 아니 그것보다도 청해 땅을 떠나 배에 오를 때 미윤의 손을 잡고 무심히 한 말이 문뜩 생각난다.

생각하면 자신이 어린것에 대하여 야속하다시피 지냈던 일들이 이제 후회스러웠다.

너무나 무심히 지내 온 세월이었다.

잊으려고 해서 잊어버린 일도 아니었지만….

미윤을 생각하는 태후의 눈엔 글썽 눈물까지 맺혀 있었다.

제337회 정년을 처음 대할 때에 비하면 내시는 엄청나게 공손했다.

"오래 기다리게 하여 죄송하옵니다… 태후마마께옵서 지금 기다리고 계시니 들어가 뵈옵도록 하심이 좋을 줄 아옵니다."

"수고하였소."

그는 이렇게 간단한 사의를 표하고 내시의 뒤를 따라 별당 안으로 들어갔다.

조금 전까지 하나둘 얼씬거리던 궁녀의 그림자는 하나도 보이질 않는다.

앞서 걷는 내시는 처진 어깨를 드린 채 허리까지 굽히고 걸어가는 모습이 뒤에서 보기가 여간 우습질 않았다.

태후마마가 기거하는 곳은 별당 중에서도 가장 깊숙한 곳이었다.

내시의 뒤를 따라가고 있는 정년은 전에 뵈었던 일이 있는 태후마마의 모습을 생각해 보았다.

아직도 늙었다고 하기엔 이른 나이였다.

그러한 분이… 아무리 이 나라의 온갖 영화를 한 몸에 다 누린다 해도 정년의 생각엔 다시없이 쓸쓸하게 여겨지기만 했다.

앞서 걷던 내시가 뒤돌아서며 정년으로 하여금 거기 서 있으라는 손짓을 한다.

정년은 그제서야 긴장하여 자기 옷매무새를 어루만진다.

"태후마마께 아뢰옵니다. 지금 청해 땅으로부터 오셨다는 무관 정년 어른을 여기 모시고 왔나이다."

정년으로선 듣기에도 등어리에 소름이 끼얹혀지는 방정맞은 목소리였다.

"이리로 드시라고 하여라…."

윤기 흐르는 태후의 분부다.

"지금 태후마마께옵서 드시라는 분부이옵니다."

정년이 내시 옆으로 가까이 가자, 그는 옆으로 물러서며 그에게 자리를 옮겨 주었다.

정년은 반쯤 걷어 올린 장막을 바라보며 허리를 굽히고 아뢰었다.

"태후마마를 뵈옵고자 하였던바 이토록 너그러이 허하여 주심을 미관직微官職의 무인으로서 다시없는 영광인 줄 아나이다."

말을 맺자 정년은 또한 허리를 굽혔다.

"이리로 드시오."

내시가 옆에서 걷어 올려 주는 장막 안으로 정년은 들어갔다.

정년은 또 한 번 그 앞에서 크게 절했다.

"이렇듯 잊지 않고 찾아주니 고맙소…. 그쪽으로 자리하고 어서 앉으시오."

"황공하옵니다."

정년은 태후가 자리하고 앉으라는 곳으로 가 앉는다.

태후는 은근한 눈빛으로 정년의 아래위를 살펴본다.

그제나 지금이나 하나도 변한 데가 없는 늠름한 장수다.

이러한 장수를 수하에 두고도 오래도록 나라를 지키지 못하고 세상을 떠난 선왕은, 자신의 운명이라 생각할 수밖에 없었다.

"태후마마, 소인은 그대로 물러가 있도록 하오리까…."

"물러가 있도록 하여라."

"그러하오면 물러가겠나이다."

내시의 걸어가는 발소리가 이상한 여운을 그려 준다.

정년은 그 여운이 들리지 않을 즈음해서야 비로소 고개를 들고 태후를 쳐다보았다.

제338회 "세월이 참으로 빠르오… 선왕이 떠나신지 이미 수삭…."

태후는 마음이 언짢아졌던지 약간 얼굴을 외면하며 말을 잇지 못한다.

정년은 뜻밖에도 이렇게 쓸쓸해 하는 태후를 대할 때 무어라 위로해야 할지 몰랐다.

생각하면 선왕은 너무나 박명한 사람이기도 했다.

중흥의 대업을 손수 이루고 왕위에 올라 겨우 일 년…. 경세經世의 뜻을 널리 펴보지도 못하고 돌아갔으니 말이다.

지난날 선왕을 가깝게 모시던 일을 생각하니 정년도 새삼 인생의 무상을 느끼지 않을 수 없었다.

"그간 지내기가 어떠하였소."

외면하고 있던 태후가 고개를 돌리며 이렇게 묻는다.

"선왕의 은총과 조정의 덕을 입어 편하기 이를 데 없이 지내고 있나이다."

은근한 태도요 극진한 대답이었지만 태후는 그 말이 믿어지지가 않았다.

그것은 그 사람이 믿어지지가 않아서가 아니라 그가 자기를 일부러 찾아온 걸 보면 기필코 어떤 곡절이 있을 것만같이 생각키웠는데도 불구하고 그런 티를 조금도 나타내 보이질 않았던 까닭이다.

"그동안 청해 땅엘 다녀온 일이 있는지요…."

정년은 태후가 먼저 그 말을 물어 준 것이 고마웠다.

"하는 일도 없이 다녀오지 못하고 있소이다."

"청해 대사 댁은 다들 무사한지…. 하도 오래되어 궁금하기 짝이 없구려…"

"모두 다 무사한 줄 아뢰옵니다."

"그동안 피차 서신 연락이라도 있었소."

"일전에 사신들이 돌아오는 편에 전갈이 있었소이다."

"청해 땅에 사신이 갔다 온 일이 있었던가…."

"태후마마께서는 아직까지 모르고 계셨던가요?"

정년은 오히려 의아한 생각에 이렇게 물었다.

"이번 태자께서 즉위하시자 청해 대사 궁파는 일찍 선왕을 병력으로 도와 선조의 거적을 멸케 한 그 공을 크게 찬양하여 장복과 청해장군의 직함을 제수하시어 친히 사신을 보내시었소이다."

"참으로 기쁜 일이오. 내 이제 이렇게 평의전 뒤에 자리하고 있으니 조정에 이런 경사가 있었던 것도 모르고 지냈구려…."

태후는 신왕의 그러한 처사를 매우 기뻐하였지만, 한편 크고 작은 일을 막론하고 모르는 일이 없이 지내 오던 지난날을 생각할 때 무엇인지 모르게 서운한 생각도 없지 않았다.

정년은 이 기회를 놓치지 않고 자기가 찾아온 뜻을 말하려고 할 때 밖에 궁녀가 와서 아뢰었다.

"차를 다렸사왔기에 올리고자 하나이다."

"오냐 이리 가져오너라."

태후의 응락에 곱게 단장한 궁녀가 다담상을 높이 들고 들어와 찻종을 따로따로 탁자 위에 옮겨 놓는다.

방순한 향기가 방 안을 더 따사롭게 하는 것 같았다.

궁녀가 빈 다담상을 들고 다시 물러 나갔다. 제339회

"어서 식기 전에 들도록 하오."

"황송하옵니다."

정년은 앞에 놓여 있는 찻종을 높이 들어 올리며 다시 한 번 허리를 굽혔다.

일찍 당나라에서도 별로 마셔 보지 못한 향긋한 차다.

찻종을 놓은 정년은 그제서야 자기가 찾아온 뜻을 태후 앞에 말했다.

"태후마마께옵서 청해장군 궁파의 외동딸을 기억하시난지요."

"그러지 않아도 내 지금 그 애를 생각하고 있던 참이오."

"황공하옵니다."

"참으로 영리한 아이라, 내 일찍 청해 땅을 떠나올 때 후일 그 애를 대궐로 부른다고 언약한 바 있거늘 세월이 이렇게 흐르고 보니 부질없는 말이 되어 버렸소."

이때 정년은 자신의 흉금을 더 솔직히 털어놓았다.

"실은 오늘 태후마마를 뵈옵고자 한 바는 그 일로 인하여로소이다."

이렇게 말문을 열자 태후의 얼굴에도 약간 동요의 빛이 흘렀다.

"지난날 사신들 가는 편에 청해장군 앞으로 문안을 올렸던바 그 인편으로 회신이 왔소이다… 그 사연 속에 이르기를, 미윤아는 태후마마의 말씀을 잊지 않고 대궐에서 소식 있기만을 고대하고 있다고 하였사옵니다. 그러하옵기에 혹시나 태후마마께옵서 그 일을 잊으시고 계신 것이 아닌가 하여 이렇듯 찾아뵈옵고 아뢰는 바이옵니다."

"잊지 않았다 해도 내 약속을 이행치 못하였으니 실로 여아에게 부끄러운 일이오…. 내 앞으로 기회를 보아 그 애를 불러오도록 하리다."

"황공하옵니다. 태후마마께옵서 그렇듯 청해장군의 뜻을 풀어 주신다면, 장군은 더욱 그 충성을 사직과 조정을 위하여 아끼지 않으리다."

"용맹하고 의리에 깊은 청해장군이 서라벌의 수문장으로 있는 한 왕조는 날로 번창할 것이오."

태후도 자못 만족해 하는 표정이다. 정년은 그것만으로도 자기의 사명을 다한 것 같아 기뻤다.

"만사를 태후마마만 믿고 물러가겠소이다."

정년은 그 길로 태후 앞을 물러 나왔다.

대궐의 깊숙한 내전이라 해도 이곳은 지나치게 한적했다.

아무리 국왕의 어머니인 태후라 해도 이런 곳에서 한창 나이를 보내야 할 그 입장을 생각할 때 정년은 역시 인간이란 무상하게 느껴지기만 했다.

어떻든 정년은 생각보다도 수월하게 용건을 성공적으로 마칠 수 있었던 것이 기뻤다.

다음 순간 다시금 그의 머릿속을 스치는 생각은 궁파가 무슨 이유로 이런 곳으로 외동딸인 미윤을 한사코 보내려고 하는지 그 심중을 이해할 수가 없었다.

혹시 슬하에 딸이 둘이 있다 해도 모를 일이지만, 단 하나밖에 없는 딸을 이름이 궐 안이지 그것은 먼 섬에 귀양살이 하는 것이나 다름없고 보니 말이다.

정년이 찾아 왔을 땐 그렇게 냉랭하던 내시가 무슨 생각을 했던지 이번에 그가 평의전 앞뜰까지 따라 나오며 정년을 향하여 깍듯이 인사를 차리는 것이 그에겐 오히려 달갑게 여겨지지가 않았다. ■연재 끝■

부록

附錄

대승(제288회)*

전고 소리가 울리기 시작하자 그것을 신호로 여기저기서 이에 호응하듯 군호가 울렸다.

마치 그것은 거센 파도 소리 같기도 했다.

전고 소리와 더불어 사면으로부터 오르는 함성이 또한 성문을 뒤흔들어 놓고 말았다.

불안과 초조에 휩싸인 성중 사람들은 굳게 문을 잠근 채 꼼짝하지 않았다.

우징 군이 대궐 안으로 난입했을 땐 궐 안은 몇몇 시위병이 있을 뿐 텅 비어 있다시피 했다.

굳게 잠가 놓은 문을 부수는 소리가 들리자 왕은 어찌할 바를 몰랐다.

왕은 기껏 도망쳐 간다는 것이 뒤꼍 떨어진 측간으로 들어가 버렸다. 대문을 부수고 들어간 군졸의 눈엔 수많은 궁녀가 제아무리 득시글거려도 그것은 눈에 띄지 않았다.

눈이 핏빛으로 변해가지고 찾는 것은 왕이었다.

궁녀들은 창과 칼이 무서워 허둥거릴 뿐이다.

군졸이 소리쳐 왕의 거처를 묻자 한 궁녀가 뒤꼍으로 갔다는 것을 알으켜 주었다.

칙간으로부터 왕을 발견한 군졸은 그를 측은히 생각하는 마음보다 부아가 더 났다.

이렇듯 아무런 위엄도 없는 버러지 같은 인간이 백성 앞에 교만과 교만과 방자를 마음대로 했을 것을 생각하니 분통이 터질 지경으로 화가 난 군졸들은 앞뒤 생각없이 한칼로 베어 버리고 말았다.

이때 시중 헌숭과 이홍은 관복을 벗어 버리고 헐벗은 채 동문을 빠져나와 뒷산 으슥한 숲속으로 몸을 숨겼다.

---

* 신문 연재 시 누락되었던 〈대승〉(제288회) 일부와 결말 부분인 〈실언〉, 〈사라진 야망〉은 동화출판공사의 〈민족문학대계〉 시리즈에 수록되었던 것을 발췌 수록하였다.

실언

失言

정년이가 돌아간 다음, 태후마마는 오래간만에 별장으로부터 내전으로 거동하였다.

태후마마가 내전으로 든다는 소식이 번지자 모든 궁녀는 일시에 놀라 그를 맞이하기에 바빴다.

"전하께서는 계시옵느냐…."

좌우로 옹위하는 궁녀들을 향하여 묻는 말이다.

"지금 조례에 나가시려던 참이었나이다."

태후마마는 궁녀가 아뢰는 말에 조용히 고개를 흔든다.

태후마마가 내전에 들었다는 소식을 누가 어느새 왕한테 아뢰었던 모양이다.

성장을 한 왕이 나와 모후를 맞아들였다.

"모후母后께옵선 그동안 편안하셨는지요."

태후마마는 이렇게 문안하는 왕을 향하여 답례를 할 뿐 아무런 대꾸도 하지 않은 채 주위를 살펴본다.

왕이라야 물론 아들이었지만 즉위한 후면 지존의 몸이라 아무리 태후라 한들 사정私情을 떠나지 않을 수 없었다.

왕의 거실로 든 태후는 주위의 모든 사람을 물러가 있도록 하였다.

태후가 이렇게 하명하는 것을 보면 왕은 물론 주위의 궁녀들도 오늘의 거동이 예사롭지 않다는 느낌을 받았다.

궁녀들이 물러 나가자 주위는 너무도 조용하였다.

왕은 모후인 어머니의 얼굴을 살펴본다.

부왕이 세상을 떠난 지 어제 같았지만 벌써 해를 거듭한 지도 오래다.

그동안 별당에 계신 모후를 찾아 문안을 드렸어야 사람의 도리였겠지만, 핑계라면 바빴던 조정의 번거로움 때문이었다고 말할 수밖에 없었다.

물론 태후가 지금 그것을 탓하는 것은 아니었지만 자식으로서 스스로의 뉘우침이기도 했다. 이때 태후가 조용히 입을 열었다.

"전하는 이 나라 지존의 몸이라는 것을 잊어서는 안 되오… 태후는 전하의 생모일지라도 그것은 어디까지나 사정私情이오. 지존의 몸 앞엔 한낱 백성에 지나지 않는 것이오."

"모후마마, 황공하나이다…."

태후가 이런 말을 한 것은 아들인 전하로 하여금 좀더 위엄을 가지도록 하기 위한 뜻이기도 했다.

"별당에 드신 후 자주 문안을 드린다는 것이 오늘날까지 미루어, 인자의 도리를 다하지 못하였음을 모후께서는 관용하여 주시옵소서…."

"내 어찌 전하의 문안을 바라리오… 오늘날까지 이 몸이 편안함은 전하의 문안이 아니라 어지러운 조정을 위하여 전하가 주야 고심하는 덕분인 줄 아오니 크게 염려하지 않는 것이 좋으리다… 만일 전하가 그 일로 고심하여 조정의 일을 소홀히 한다면 그보다 더 섭섭한 일이 어디 있으리오…."

지난날의 국모요, 또한 지존의 생모이라 그 기품 또한 누구 못지않은 바가 엿보였다.

"부왕의 덕을 이어 오직 사직과 조정을 위하여 마땅히 한 몸을 바칠 것을 모후 앞에 거듭 아뢰나이다…."

"전하의 뜻이 그러하다니 태후의 마음은 그저 기쁠 뿐이오…."

모자간의 대화였지만 마디마디가 위엄이 서려 있었다.

모처럼 이렇게 태후께서 내전으로 든 것을 보면 기필코 무슨 중대한 일이라도 있음이 분명하였다. 그게 도대체 무슨 일인지 태후의 표정에서 신왕은 무언가 읽어 내려는 듯 열심히 주목하였다.

태후의 담담한 표정은 조금도 그런 기색을 보이지 않았다.

"별당에 거처한 이후 궐 밖의 일을 모르고 지내던바, 들리는 소문에 의하면 지날 겨울은 크게 기근이 들어 백성이 주림에 허덕였다 하니 더욱이 근심되는 바이오."

이렇게 말하는 태후의 표정엔 크게 심려의 빛이 깃들어 있었다.

신왕도 모후 앞에 그런 것을 조금도 기이고 싶은 생각은 없었다.

"난리가 있을 후엔 으레 따르는 것이 역질疫疾과 기근인 줄 아나이다. 지난 겨울은 또한 유독히 추웠던 데 겹쳐 면할 수 없는 천직과 가난한 백성의 마음을 밟고 지나감을 보고 있는 과인의 덕이 부족한 탓이 아닌가 하였사오나 다행히 부왕의 덕을 입어 조정과 궐 안의 창고를 열어 포布와 오곡을 널리 나누어 주게 하여 어진 백성들을 위로케 하였나이다."

이런 말을 듣자 태후는 비로소 얼굴에 반색을 띠었다.

"어진 백성을 살펴봄이 지존의 몸으로 해야 할 일이오."

"모후 뜻을 받자와 부족한 덕을 잇도록 하겠나이다…."

태후는 다시 잠잠히 앉아 있을 뿐이다. 오고가는 궁녀들의 치마꼬리 쓸리는 소리가 들릴 만큼 사위가 조용하였다.

이런 말을 하는 것을 보면 오늘 태후께서 일부러 내전으로 든 것은 그냥 다녀가는 김에 들른 것이 아니라 왕 자신의 실정을 나무라기 위해서 들른 것 같기도 했다.

몸은 비록 지존의 몸이라 해도 모후는 궐 안의 가장 어른이고 보면 조정의 백발이 성성한 조신들보다 더 어려웠다.

"홍필弘弼의 모반은 어찌된 사실이오?"

모태후로부터 이런 질문을 받자 신왕은 송구스러워 어쩔 줄 몰랐다.

"부왕이 돌아가신 후 하루도 마음 편한 날이 없을 모후께 더구나 조정의 어지러운 일로 괴롭혀 드림은 과인의 덕이 부족한 소치가 아니리오. 황송하옵기 짝이 없소이다…."

"어찌 그 일을 지존의 탓으로만 돌리고 말 수 있겠소이까… 흔들렸던 사직과 바뀐 조정엔 으레 있는 일이오니 더욱 진중하길 바라오…."

신왕은 태후 앞에 무어라 변명할 도리가 없었다. 그러나 홍필에 대한 것만은 이 기회에 아뢰지 않을 수 없었다.

"홍필은 본디 의심받을 혐의가 없는 사람이라, 모반을 획책하리라고는 생각지도 못한 일이옵니다만… 다행히 거사 직전에 이를 발견케 되었나이다. 그러나 홍필은 그 위인이 약삭빠른 자라 조정이 이를 발견하였음을 알게 되자 그 일당과 더불어 야음을 타서 도주하여 서쪽 해도海島에 가 숨어 있는 형편이오라… 군졸을 풀어 이를 뒤쫓게 하여 잡아오게 할 생각도 없지 않았사오나, 지난 거사에 시달린 백성들의 마음을 놀라게 하는 것이 홍필을 잡아오는 일보다 더 큰 역효과를 내게 될 것 같아 그냥 버려두게 하였나이다."

태후는 신왕의 말에 크게 고개를 흔들며 말을 이었다.

"우리 조정에 홍필이 같은 자가 어찌 하나만 있다고 장담할 수 있으리오… 지존은 각별히 조심함이 좋을 줄 아나이다."

"차후론 세심히 살펴 모후 앞에 심려를 끼치지 않도록 하겠나이다."

"지존은 청해 땅의 궁파라는 사람을 기억하오…."

신왕에게 있어선 태후의 물음은 전연 뜻밖이 아닐 수 없었다.

"선왕에게 병력을 도와 선조의 화를 면케 한 사람이거늘 어찌 그 공을 알지 못하리오… 조정은 공을 보상하기 위하여 그에게 장복과 또한 청해장군이란 벼슬을 제수하였나이다…."

"공신을 예우함은 조정이 할 바이나 내 청해 땅을 떠나올 때 언약한 바를 아직까지 잊고 있었으니 내 심히 마음 괴로운 바이오."

잠시 흐려진 태후의 얼굴엔 깊은 근심의 빛이 보였다.

"모후께옵서 청해 땅을 떠나올 때 깊이 언약하였다는 일은 어떤 일이온데 그렇듯 심려가 많사오니까…."

"별다른 일은 아니오나 내 언약을 하고도 오늘날까지 그것을 시행치 않았으니 공연히 실없는 사람이 된 바이오."

태후가 이렇게 반복하자 신왕은 더욱 궁금하였다.

"모후께서 하신 바 언약은 누구한테 무엇을 하겠다 하였나이까."

"지존은 청해 대사의 외동딸을 본 기억이 있을 것이오…."

신왕은 왠지 얼굴이 붉어짐을 느꼈다.

"부둣가에 나왔을 때 똑똑히 보아 기억하고 있나이다."

"그 용모의 단정함과 또한 청해 땅에 머물던 기억을 잊지 않기 위하여 부두를 떠나올 때, 대궐로 돌아온 후 쉬 그녀를 부르도록 하겠다고 언약한 바 있으면서 아직까지 잊고 있었으니 얼마나 실없는 언약이 되었겠소…."

신왕의 눈앞엔 어제 일같이 부둣가에 벌어졌던 일들이 떠올랐다.

태후의 말대로 궁파의 딸은 그런 섬 구석에 묻어 두기엔 지나치게 아까운 언행과 용모를 갖춘 자이기도 했다.

태후가 그녀를 대궐로 부를 것을 의논하고자 함이 분명하였지만 신왕은 어쩐지 자신이 그 일을 서둘기가 겸연쩍어, 그만 담담히 앉아 있었다.

"청해 땅의 병력은 또한 조정의 군사에 못지않은 바이오… 조정에선 여기에 또한 깊은 배려가 있어야 할 것이오…."

태후의 음성은 어느 때보다도 냉정한 말투였다.

신왕도 태후의 말을 듣고 비로소 깨달은 것은 아니다. 신왕 자신이 직접 본 바도 있었지만 조정의 중신들도 날로 융성해 가는 청해의 궁파 세력을 염려하지 않는 바도 아니었다.

선조에 대해선 말할 수 없이 큰 공신이라 하더라도 한 치 사람의 속을 들여다볼 수 없는 실정이고 보면 그러한 경계도 무리한 일은 아니었다.

더욱이 요즈음은 홍필의 모반까지 있었던 차라 조정의 그러한 소문도 결코 무리가 아닐 것이다.

"부질없이 언약한 바도 있으니 궁파의 딸을 데려와 차비次妃로 삼음이 어떠하리오… 이는 사사로운 인정에 앞서 사직과 조정을 위하는 길인 줄로 아오…."

신왕은 성큼 대답지 못한 채 앉아 있더니 얼마 동안의 침묵이 지나자 겨우 입을 열었다.

"차비를 들이는 일도 조정과 상의해야 할 일이오니 모후의 뜻을 받들어 선처하도록 하겠나이다."

태후의 말을 듣지 않아도 신왕은 그 의중의 뜻을 짐작할 수 있었다.

태후가 돌아간 후에도 왕은 거실에 그냥 남아 태후가 던진 말로 인하여 마음에 일어난 파문을 수습하기에 골몰하였다.

청해장군 궁파의 외동딸 미윤이…

태후가 설명하고 가지 않았어도 신왕의 기억 속엔 그 단정한 용모와 이름까지도 똑똑히 남아 있었다.

그러나 태후의 말대로 그를 차비로 데려 들이기란 태후가 생각하듯 그리 간절한 일은 아니었다.

그녀를 그러한 자리로 데려오기엔 그녀가 타고난 핏줄이 너무나 미천한 것이었다.

물론 오늘날 궁파의 세력이나 그 직위를 보면 그리 만만한 편도 아니요 또한 조정의 누구도 감당할 만한 사람이 있는 것도 아니었지만 조정의 정사란 그리 간단하질 않았다.

물론 태후의 말대로 이러한 시기에 있어선 정략적으로 보아도 그게 필요한 일이긴 하지만 그 정략을 조정의 중신들이 그대로 받아들일 것인가도 생각지 않을 수 없었던 것이다.

그것은 지난날 선조의 공신을 표창하는 데 있어서도 지극히 이론異論이 분분하였던 터이다.

조정의 중신들도 청해 땅 궁파의 선조에 대한 공을 인정하지 않는 바는 아니었지만 그래도 장복을 그에게 하사한다는 일엔 대개가 찬성치 않던 것을 미루어 보아도 능히 짐작할 수 있는 일이다. 그것은 변방의 진장鎭將에게 그런 예의가 가당치 않다는 아주 간단한 이유 때문이었다.

장복 한 벌에 대해서도 그렇듯 갑론을박의 논란이 심하였거늘 이제 그의 혈육을 데려다 비로 맞는 데 있어선 중론이 순탄할 리 만무하였다.

조정의 중신이라 해도 그들에겐 언제나 사직과 조정보다도 자기 일신의 영달을 더욱 중시하게 되는 것이니 어찌할 수 없는 일이기도 했다.

이러한 조정이요 중신들이고 보면 신왕의 입으로부터 그 말이 떨어진달 것 같으면 이는 평지에 광풍을 일으키는 결과를 가져올 것이 뻔하였다.

그러하고 태후인 모후의 말을 저버릴 수도 없는 일이다.

뿐만 아니라 조정은 이제 겨우 안정되었다 해도 민심이 아주 가라앉았다고는 볼 수 없는 일이다.

태후가 말했듯이 홍필이와 같은 이가 하나밖에 없다고 단언할 수 없는 형편이고 보면 이런 때 궁파와 손을 잡고 회유하면 크게 도움이 될 것도 뻔한 일이다.

그러나 조정의 중신들이 이런 사정을 뻔히 알면서도 그들이 왕도와 인륜을 고집하고 나온달 것 같으면 왕위에 올라 아직 얼마 되지 않은 신왕으로선 궁색한 입장에 빠져 들지 않을 수도 없는 형편이다.

이런 생각으로 침음하던 신왕은 얼마 만에 번쩍 고개를 들었다.

조례에 참석해야 할 시간이 이미 지나 버린 지 오래다.

신왕은 사람을 시켜 조례에 참석치 못할 것을 알리는 동시에 상대등을 비롯한 여러 신하들을 안으로 불러들이기로 하였다.

그는 다시금 조용히 눈을 감고 앉아 있었다.

태후의 말소리가 다시 되살아오고, 이어 미윤의 모습이 엷은 구름결같이 감고 있는 눈앞을 스치고 지나간다.

한 번도 그런 일이 없었던 신왕이 조례에 참석지 않은 채 여러 중신들로 하여금 내전으로 들라는 어명이 있자 여러 신하들은 부랴부랴 몰려들었다.

긴급히 내전으로 몰려든 그들의 표정은 어딘지 모르게 긴장된 빛이 흘렀다.

신왕은 여러 중신들의 얼굴을 차례로 살피고, 잠시 눈을 감고 무엇인지 깊이 생각에 잠겼다.

비로소 신왕이 여러 신하들을 굽어보며 입을 열었다.

"오늘 여러 중신들을 이렇듯 급급히 부른 것은 다름이 아니오…."

여러 신하들은 머리를 조아리며 신왕의 다음 말을 기다린다.

"홍필의 모반으로 민심은 지금 어떠한 형편이오?…"

신왕의 이러한 물음은 여러 신하들에겐 전연 뜻밖의 일이 아닐 수 없었다.

홍필이 그 일당과 더불어 해도로 도망쳐 버렸다는 것은 이미 신왕도 알고 있는 사실이었던 까닭이다.

뿐만 아니라 그가 도망친 지도 이미 오래된 일일 뿐 아니라 백성들은 그 일을 알고 있지도 못할뿐더러 간혹 아는 자가 있다 하여도 이미 잊은 지가 오래거늘 새삼 신왕의 하문이 있고 보니 더욱 의아스러웠다.

이때 상대등 예징이 자리를 고쳐 하고 아뢰었다.

"홍필이 해도에 도망친 지는 이미 오래되었을 뿐 아니라 백성들은 그 일을 까마득히 잊고 있는 형편이옵나이다."

예징의 말을 듣고 묵연히 앉아 있기만 하던 신왕이 다시 물었다.

"들리는 소문에 의하면 홍필이 해도에 머문 채 군사를 모은다 하여 변방엔 민심이 소란하다는 소문이 있은즉 경들은 들은 바 없는지요…"

이렇듯 신왕이 다시 묻자 그들의 표정은 일시에 달라지며 금시 동요의 빛이 떠돌았다.

"어떤 요사한 인간이 항간에도 유포되지 않은 비언을 대궐 안에다 퍼뜨리고 있는 줄로 아뢰나이다. 소신들은 아직 그런 뜬소문을 들은 바 없나이다…."

예징은 조신들의 동의나 구하듯 그들을 한번 둘러보고 나서 다시금 아뢰었다.

조신들의 눈엔 신왕의 얼굴에 떠오르고 있는 수운의 빛이 아무래도 예사로운 것 같지가 않았다.

"홍필이 아직도 자기의 죄를 뉘우치지 못하고 숨어 홍병興兵을 꾀하고 있달 것 같으면 아무리 민심에 영향이 있다 하여도 조정의 군사를 발하여 이를 멸하게 하는 수밖에 도리가 없는 줄 아나이다…."

이 말은 의종義琮이 병으로 시중 벼슬을 내놓은 다음 시중 벼슬에 오른 양순의 극언이었다.

누구도 양순의 그러한 의견을 반대하는 사람은 없었다. 그대로 묵묵히 앉아 있기만 하던 신왕이 다시금 입을 열었다.

"이제 홍필을 멸하게 하기 위하여 조정의 군사를 발하여 그리로 떠난 후 새로운 홍필이가 일어난다면 어찌들 할 생각이오…."

꼬리가 긴 신왕의 이런 말은 조신들로 하여금 불안과 큰 의혹을 품게 하였다.

"조정이 안정되고 날로 민심이 가라앉고 있거늘 어찌 홍필이와 같이 대역을 도모하는 자가 있을 수 있으리오."

역시 시중 양순의 말이라 조신들은 그의 의견을 좇겠다는 듯 머리를 조아리며 잠잠할 뿐이다.

신왕은 이러한 조신들은 굽어보곤 다시 무슨 말인가 하려다 그래도 용상에 기댄 채 잠시 침묵을 지킨다.

이때 상대등 예징이 시중 양순의 뒤를 이어 다시 말을 계속했다.

"홍필이 해도에서 잔꾀를 도모하고 있다면 조정의 군사를 발할 것이 아니오라 변방의 수장들로 하여금 이를 면하게 함이 어떠하리오…."

"변방의 수장을 시킨다면 누구를 천거함이 좋으리오…."

신왕이 반문하자 예징도 선뜻 누구를 떠올리지 못한다. 예징의 태도가 그러고 보니 다른 신하들도 입을 열지 못한다.

"홍필이 도망쳐 가 있는 곳은 육지에서도 많이 떨어져 있는 해도인 줄 아나이다. 해도에 들어박혀 있는 홍필을 처단하기 위해선 조련된 수군水軍이 없으니 그 목적을 달할 수 없을 줄로 아뢰나이다."

이렇게 말하는 사람은 백발이 성성한 노장老將의 한 사람인 영리永里라는 사람이다.

이런 말을 듣는 신왕은 속으로 은근히 기뻤다.

"조련된 수군을 지휘할 수 있는 장수가 있다면…."

신왕이 이렇게 묻자 영리는 서슴지 않고 고개를 들어 말했다. 몸은 비록 늙었을망정 그 부리부리한 눈은 아직도 조국을 위해 목숨을 바치려는 정열로 넘쳐흐르는 것 같았다.

"수군이랄 것 같으면 서라벌의 수문장 청해장군 궁파를 따를 사람이 없는 줄로 아뢰나이다. 그는 서라벌뿐이 아니라 널리 해상에 알려져 있는 장수이오니 그가 아니오면 누구도 홍필을 수월하게 당해 낼 사람은 없을 줄로 아뢰나이다…."

영리가 궁파를 천거한 것까지는 좋았지만 그를 지나치게 칭찬하다 보니 양순과 예징은 은근한 불평이 치밀었다.

지난날 장복을 내릴 때도 극력 반대하고 나선 사람들도 예징과 양순이었다.

"홍필을 멸하게 하는 데 그러한 수군을 발할 필요도 없거니와 또한 궁파로 하여금 공을 세우게 하면 앞으로 조정은 그 오만한 힘을 감당하기 어려운 궁지에 빠질지도 모르니 이는 충분히 배려함이 있어야 할 줄로 아뢰나이다…."

양순의 극언에 뒤이은 예징의 말이었다.

이렇듯 그들의 반대가 심해지자 무인 영리도 무슨 생각이 들었는지 그냥 고개를 수그린 채 묵묵할 뿐이었다.

예징과 양순의 극언을 듣고 난 신왕은 길게 탄식하며 영리를 바라본다. 어전 앞은 물을 뿌린 듯이 조용할 뿐이다.

"궁파는 서라벌 태생이 아니오라 틀림없이 변방의 해도 출신이나이다. 또한 그는 별로 배운 바도 없는 줄로 아나이다. 그러하오나 그는 일찍 당나라로 들어가 모든 문물제도에 직접 접하였을 뿐만 아니오라 또한 그곳 군관의 벼슬에 있으면서 군졸의 통솔력도 스스로 습득한 사람인 줄 아나이다. 배운 바가 없어 의리가 없다 함은 궁파의 사람됨을 알지 못하고 하는 말인 줄로 아나이다. 그에게 만일 의리가 없다 한다면 어찌 그곳 군관 벼슬을 버리고 황무지인 청해 땅으로 돌아올 수 있었으며 또한 그가 사직과 조정을 중히 여기지 않는다면 어찌 선조에 대하여 그렇듯 충성을 다할 수 있으리오… 만일 조정이 그를 그릇되게 생각하고 이를 중히 여기지 않는다면 오히려 그로 하여금 이심을 품을 수 있는 결과를 마련하여 주는 계기가 될지도 모르오니 조정은 이를 심사숙고해야 할 줄 아나이다. 또한 오늘날 청해장군 궁파가 거느리는 군졸은 조정의 병력에 못지않을 뿐 아니라 조정의 조련된 군졸 중엔 지난날 그의 수하로 있었을 때 그의 덕德에 기이 그를 흠모하는 자가 많으니 이 또한 모른 척할 수 없는 일이나이다. 뿐만 아니라 조정은 오늘날 지금의 군졸을 먹여 살리는 데도 그 힘이 부족한 실정이오나 청해장군 궁파는 널리 해상의 이익을 얻어 해마다 군졸을 기르고도 남아 조정에 황금 삼백 냥과 금채錦采 오백 필匹을 올릴 뿐 아니라 기근이 있을 때마다 대궐의 곳간을 열어 백성에게 나눠주는 방곡의 배를 배에 실어 보내는 형편이오니 어찌 그를 무시할 수 있으리오… 그는 조정이 기른 사람도 아니오라 스스로 자라 이렇듯 충성하는 자를 공연히 시기해서 섣불리 취급한다면 반드시 조정은 이利보다도 화를 입을 것이 뻔한 일이오니 조정은 이 일을 너그러이 살핌이 좋을 줄로 아뢰나이다…."

무인 영리의 기탄없는 극언에 신왕은 가슴속 깊이 시원하였다.

그러나 예징과 양순은 그의 이러한 극언이 극도로 불쾌하였다.

그렇다고 영리의 말에 조그만 사심이 있는 것도 아니었다.

그러니 불쾌하면서도 영리의 말은 한편 그들의 간담을 오히려 서늘케 하는 바가 있었다.

생각하면 궁파의 세력은 누구도 억제할 수 없을 만큼 컸던 것이다.

그러나 예징과 양순은 그럴수록 그를 누르고 싶은 충동을 느꼈다. 궁파의 그러한 세력이 언제 조정에 미쳐 자기들의 위치를 위태롭게 할지도 모르니 더욱 그러하였다.

"궁파가 한낱 뱃사람으로서 오늘에 이르게 됨을 어찌 스스로의 힘이라 말할 수 있으리오… 나라에 충성되다 함은 오직 자기가 선왕으로부터 받은 바 은혜에 보답하였을 뿐이라, 어찌 훗날까지 조정은 그의 힘에 의존하려고만 하는지요…."

예징의 이러한 발언은 영리를 직접 공격하는 말은 아니라 해도 그를 윽박지르는 뜻임에는 분명했다.

강직한 성격의 소유자인 영리는 너무나 치졸한 그의 발언에 어이가 없어 잠자코만 있었다.

아무리 예징과 양순이 반대해도 신왕만은 영리의 말을 옳게 들었다.

"만일 궁파가 청해 땅에 의거하여 모반이라도 일으킨다면 경들은 어떤 계략으로 태세를 갖출 것이오…."

신왕의 이러한 물음은 예징과 양순에겐 전연 뜻밖이었다.

급작스런 물음에 그들은 말문이 막힌 채 잠시 대답을 못하였다.

머리를 수그리고 앉아 있는 여러 조신들의 입에선 자신들도 의식하지 못한 잔기침 소리가 새어 흐른다.

그 잔기침 소리로 인하여 예징과 양순의 두 어깨는 무거워지는 것 같기만 했다.

"조정의 은혜를 그토록 입은 궁파가 어찌 모반을 생각할 수 있으며 또한 그가 모반한다 한들 무엇이 두려울 게 있으리오… 만일 그가 모반한다면 이는 기른 강아지에 발뒤축을 물린다는 격으로 그는 자신이 훈련시킨 수군에 의하여 멸하게 될 것이 뻔한 줄 아뢰나이다…."

"궁파를 멸하게 할 수 있는 수군이 조정에 마련되어 있소?…"

양순의 말을 다짐하는 신왕은 그를 굽어보며 다시 묻는다.

"청해 땅으로부터 옮겨 온 오천 군사는 그 모두가 청해 땅에서 조련받은 수군인 줄로 아나이다…."

양순의 말을 들은 영리는 기가 막혔다. 이런 친구가 조정의 중신이라 그 직권만을 갖고 사람을 깔보려 드니 영리는 스스로 조정의 앞날을 걱정하지 않을 수 없었다.

"소인은 그 직은 미천하오나 무인 출신이나이다. 청해 땅으로부터 옮겨 온 군사가 어찌 한결같이 수군이라 하시나이까. 이는 그릇된 생각인 줄 아나이다."

양순은 발끈 화가 치밀었다.

"그대는 어찌하여 겁부터 집어먹고 그리 경망된 소리만 아뢰는 것이오? 그대 같은 노장은 이제 쓸모없는 장수라 언동을 심히 삼가토록 하오…."

영리는 이러한 양순을 못마땅한 눈으로 노려보기만 하였다. 이때 신왕이 그들의 사이를 조정하기라도 하려는 듯 입을 열었다.

"모두가 사직과 조정을 염려하는 마음이리라…."

신왕의 입에서 이런 말이 떨어지자 양순도 그제서야 어전 앞임을 깨닫고는 즉시 머리를 수그렸다.

"경들의 생각은 어떠할지 모르나 만일 궁파가 모반한다면 이를 군력으로썬 당할 길이 없을 줄로 짐은 아는 바라…."

신왕의 입에서 이런 소리가 떨어지자 예징과 양순의 얼굴은 금시 파래지기 시작했다.

오직 영리만은 이렇듯 모든 사태를 생생하게 살필 수 있는 신왕을 모실 수 있는 것이 혼자 흐뭇하였다.

어전 앞은 잠시 잠잠해졌다. 누구도 신왕의 말에 새로운 의견을 제기하는 사람이 없으니 더욱 그러했다.

"힘에 힘을 갖고 대항한다는 일은 오늘날의 현실로 미루어 볼 때 심히 난처한 일인 줄 아오… 생각건대 서라벌 만년대계를 위해서도 궁파를 회유하는 일밖엔 없는 것이니 경들의 생각은 어떠하오…."

이렇게 넌지시 말을 던지고 난 신왕은 조신들의 표정을 하나하나 살펴보았다.

예징과 양순은 묵묵히 앉아 있을 뿐이었다.

이때 무인 영리가 다시금 고개를 들어 아뢰었다.

"사직과 조정은 상감마마의 경륜에 달려 있사온즉 조신들에게 무슨 이의가 있으리오…."

"그러하다면 그를 회유함엔 무슨 방법이 좋을지 경들이 그 대책을 말하여 보오."

재차 이렇게 묻자 예징과 양순은 물론 누구도 대답하는 사람이 없었다. 신왕이 잠시 용안에 어색한 빛을 비치더니 다시 말을 계속했다.

"내 일찍이 부왕을 모시고 청해 땅에 살아 그 사정을 잘 아는바, 궁파에게 연만年滿한 외동딸이 있은즉, 그녀를 데려다 차비次妃를 삼으면 어떠하리오…"

영리의 생각엔 신왕의 제안이 그럴듯하였다. 그렇게만 된다면 서라벌 천년 사직의 터전은 조금도 염려할 것이 없다고 생각하는 마음에서다. 중신들은 그대로 잠잠할 뿐이었다. 이때 예징이 붉어진 얼굴을 쳐들고 신왕께 간하는 것이었다.

"부부의 길이란 사람으로서의 근본 윤리가 아니리오. 한편 나라의 존망도 자칫하면 이 윤리의 착각에 달려 있는 때가 많았나이다. 생각건대, 주나라는 포사褒姒로써 망하고 진나라는 여희驪姬로써 문란케 되었나이다. 이제 한낱 해도의 무인 궁파를 회유한다 하여 그 딸을 궐내에 들이면 모름지기 주나라·진나라의 예를 면치 못하리라 누가 단언할 수 있으리오… 또한 궁파는 오늘날 청해장군의 지위에 올랐다 하오나 그 바탕은 천인이거늘 그 딸을 지존의 배우로 생각한다면 이는 항간의 웃음거리에 지나지 않을 것이니 이는 사직과 조정을 위해서라도 삼가야 할 일인 줄 아나이다…."

예징의 이와 같은 말이 시작되자 양순은 물론, 영리를 제외한 모든 신하들은 한사코 반대하고 나서는 판이었다.

태후의 진정한 뜻으로 알고 받들어 모시자던 신왕의 간절한 소망이었지만 모든 신하들의 의중이 이런 형편이고 보면 왕위에 올라 얼마 되지도 않은 자신으로선 그를 우기고 나갈 수가 없이 되었다.

신왕의 은근하고도 간절한 뜻이 결국 조신들의 반대로 이뤄지지 못하고 그동안 잠잠해져 가던 조정만 다시 술렁거리게 되었다. 아예 말을 꺼내지 않았던들 이보다 더 심각해지지는 않았을 것이다.

그런 일이 있은 후, 왕은 며칠째 거동하기를 꺼려했다. 조례에 참석하면 여러 조신들의 달라진 눈치가 눈에 띄어 왕은 기분이 언짢았다.

한편 별당에서 며칠째 소식을 기다리는 태후마마를 생각하면 왕은 더욱 가슴이 아팠다. 그러나 그 무엇보다도 마음 꺼리는 것은, 잠간 동안이나마 왕의 가슴속 깊숙한 데서부터 우러나온 미윤에 대한 까닭 모를 인정이었다.

이런 조건 저런 상황들로 하여 입장이 난처해진 왕의 불쾌한 심정은 그런 대로 태후마마께 전달되었고, 그것은 곧 정년에게까지 상서롭지 못한 일로 전해졌다.

사라진 야망野望

궁파가 써 보낸 답서가 정년한테 전해지기까지 십오 일이 걸렸고, 다시 또 이십오 일이 넘도록 조정에선 궁파의 외동딸 미윤의 입궐 문제로 의견이 분분함으로써 청해 땅에선 속도 모르고 궁파 혼자서 울분과 함분으로 세월을 보내고 있었다.

궁파의 속셈을 알 까닭이 없는 청해 땅 주민들은 마냥 평화를 만끽하는 나날을 보내었다.

인간사가 으레 그렇듯이 화평이 지나치면 나태가 따르기 마련이다. 사람들은 일상의 무료함을 벗어나기 위해 작당하여 술을 마신다. 술을 마시다 보면 취하고 취하면 으레 쓸데없는 시비가 일기 일쑤였다.

요즈음 청해 땅의 주민들은 사소한 일로써 자주 송사가 벌어지곤 한다. 그야말로 이러한 송사라도 없다면 궁파로서 할 일이 없어져 버릴 만큼 무료한 나날이었다.

거의 한 달이 넘도록 궁파는 아내와 미윤을 데리고 취흥을 돋우며 지냈다. 아내와 마주 안으면 미윤의 혼사가 걱정이었고, 미윤을 옆에 앉히면 옆에 대륙으로 치닫는 야심을 억제할 길 없어 어쩔 줄을 몰랐다.

나라가 어떻게 생겼는지, 조정이 무엇인지, 백성의 뜻이 무엇인지를 생각할 수 없을 만큼 외지고 불모한 청해 땅에서 이름 모를 뱃사람의 자식으로 태어나, 한때는 당나라까지 가서 벼슬을 하긴 했다지만 평생을 바다 위에서만 살아온 궁파였다. 돌이켜 보면 너무도 쓸쓸하고 어려운 가시밭길이었다. 지금의 궁파에 대해서 많은 청해 주민들은 흠모와 숭앙의 뜻을 품기도 한다. 그러나 그 흠모와 숭앙의 이면을 보면 궁파 자신으로선 다시 감당하기 어려운 사나이의 눈물로 다져진 것이었다. 이제 이만큼이나마 자리를 잡고 자기를 돌이켜 볼 수 있는 여유가 생기고 보니 궁파는 가슴속 깊이 저며 드는 회한의 정과 함께 아직도 채 못다 푼 사나이의 기백 같은 것이 용솟음침을 의식했다.

과년해 가는 딸 미윤이 바로 그런 아비의 욕망을 채우고자 하는 구체적인 발판이었음은 이미 각오한 지 오래다.

아내는 언제나 영권에게 맘이 있어 보였다. 정직하고 명석한 총각이면 적당히 인연을 맺어 세상의 필부필부로 일생을 아늑하게 살도록 하고자 하는 욕심에서다. 그도 그럴 만한 이유는 있다. 뱃사람의 아내가 되어 평생을 풍파와 의지로 보낸 아녀자의 심정이 아니고는 누가 그것을 짐작이나 할 수 있겠는가.

은근한 심정으로 몇 차례나 종용해 온 아내의 권을 묵살해 버리고 궁파는 오로지 일념으로 대륙을 향해 꿈을 익혀 온 것이다.

정년의 소식을 받고 또한 답서를 써 보내고 난 후로는 더욱 그러한 욕망에 궁파는 잠을 못 이룰 지경이었다.

편지는 무사히 정년한테까지 전달되었단 말인가… 중간에 그 젊은 놈이 어떻게 분실해 버리지나 않았는지… 정말 그 편지가 정년에게 전달되었다면 이제 정년은 앞으로의 일을 어떻게 할 것인지, 근데 왜 정년은 지금까지 이렇다 할 아무런 소식도 없는지…

궁파는 날이 새어도 허망하고 날이 저물어도 망연하여 요즘은 통 일이 손에 잡히질 않는 것이다.

고대하던 정년에게서 연락이 온 것은 그러고 나서도 한 달, 그러니까 궁파가 정년에게 답서를 보낸 후로 두 달이 다 되어서였다.

궁파가 밀린 송사를 처리하느라고 진종일을 관아에서 시달리다가 막 집에 돌아와 의복을 갈아입으려는데 밖에서 전갈이 왔다는 것이다. 부두에서 일하는 젊은 수부였다.

"웬일이냐?"

"지금 막 부둣가에 낯선 배 한 척이 닿았습니다. 그래 달려가 알아보았더니 서울에서 왔다며 웬 젊은이가 혼자 타고 있었습니다."

"무엇이, 서울에서 왔다고?"

궁파는 벗다만 의복을 다시 고쳐 입으며 어서 이리로 안내하라고 서둘렀다. 서울에서 왔다면 정년한테서 온 것임이 분명했다. 순간, 궁파의 머릿속은 그동안 기대했던 상상만의 영광이 일제히 떠올라 황홀하기까지 하였다. 이제 정말 미윤이 서울로, 아니 대궐 안으로 들어가게 되나 보다… 그렇다면 이 궁파는…

심부름하던 부둣가 사람도 서둘렀던지 얼마 안 되어 곧 서울서 왔다는 젊은이를 데리고 왔다.

"그간 별고 없으셨습니까, 장군께서는…."

"아니, 그대는 지난번에 왔던 그 정년과 같이 있는 사람이 아닌가?"

"네, 그렇사옵니다. 다시 또 뵙게 되어 기쁜 맘 금할 길이 없사옵니다."

"그렇다면, 지체할 것 없이 곧장 들어오질 않구서… 어서 이리로 들어오게."

심부름하는 부둣가 사람이 지난번에 왔을 때 그를 보지 못한 것 같았다.

예상대로 그는 정년한테서 받아 온 두툼한 봉투를 가슴에서 꺼내 궁파 앞에 내밀었다.

"곧장 회답 올린다는 게 그만 늦어져 죄송하다고 말씀 전하라 했사옵니다."

궁파는 급히 편지를 뜯어 읽었다. 처음 안부 인사는 읽는 둥 마는 둥 넘겨 버리고 눈은 자꾸만 자기가 바라던 내용이 씌어 있을 곳이 어딘가 하고 찾아 읽고 있었지만, 끝내 시원한 구절을 찾지 못하겠는 것이었다.

"형님의 깊으신 뜻 우러러 받잡고 이튿날로 평의전 별당에 계시는 정종태후定宗太后를 찾아 뵈었나이다. 태후께선 예나 다름없이 형님의 따스한 인정을 잊지 않았사옵고, 몸소 언약한 바 형님의 뜻을 실행치 못함에 심히 괴로워하고 있음을 보았나이다. 그 문제에 대해선 태후께서 친히 신왕을 찾아뵙고 의중을 상달하였사오나 어이된 일인지 오늘날까지도 상세한 회답이 없어, 이 못난 아우의 심정 심히 답답하옵니다. 신왕의 하명이 계신 대로 곧 연락드리겠다며 차일피일 세월만 보내다 보니 형님의 궁금한 바 클까 염려되어 이렇게 불민한 글월 드리게 되었사옵니다. 곧 하명 있으신 대로 다시 소식 올리기로 약속하나이다."

제기랄! 편지를 읽다 말고 궁파는 불끈 치미는 홧김에 욕이라도 한바탕 외치고 싶은 걸 곁에 있는 손님을 생각해서 참았다.

더 이상 읽지 않아도 모든 걸 짐작할 수 있었다.

정년의 말대로 우징 부인 정종태후의 진심은 충분히 믿을 만한 것이다. 그녀야말로 미윤의 앞날을 위해 비록 인사말로나마 잘 되기를 바라던 사람이었고, 또한 그만큼 궁파로부터의 은덕을 입지 않았던가. 그렇지만 신왕의 경우는 어떨까. 모태후 정종태후의 심중이 그렇다면 아무리 지존의 몸이라 하더라도 어머니의 의견에 막무가내로 반대하고 들지는 않았겠지. 그러나 그런 신왕의 주변엔 많은 조신들이 있다. 지금의 조신들이란 벌써 몇 차례의 변란을 겪고 차지한 천재일우의 권좌였던 것을 생각하면, 결코 그들의 마음이 너그러우리라고만 추측되지는 않았다. 설사 신왕께서 어머니 정종태후의 의견을 좇으려 한다 해도 왕을 모시는 조신들이 얼마나 치밀한 이해타산과 모략으로 반대했을 것인가 하는 것은 능히 짐작이 가는 바다. 그것은 지금까지 이뤄 놓은 궁파의 공적을 놓고 그들의 시기 반목하던 태도를 보아 알 수 있는 일이다. 그놈들의 간계다. 그 무리들… 뱃놈의 딸이라며, 혈통이며 체통이며 따지면서 왕께 간했을 것이다.

생각이 여기까지 미치자 궁파는 지금까지 생각지 못했던 전혀 새로운 앙분이 치밀었다.

뱃놈의 자식이라고…

치미는 울분과 함께 아내와 미윤에 대한 죄책감마저 느껴졌다. 그렇다. 뱃놈의 아내요, 뱃놈의 딸이다, 미윤아!

궁파는 자꾸만 떨려 오는 가슴을 억제하며 정년에게서 온 손님을 편히 쉬게 하고, 자기는 밤새도록 잠을 이루지 못하였다.

밤을 하얗게 새워 버리고 얻은 결론은 단 한 가지였다.

당장 해치우는 거다…

저들의 혈통과 체통이 그토록 고귀한 것이라면 이 궁파의 혈통도 귀중한 것이다. 그것은 넓은 대륙과 바다를 줄달음치던 사나이의 기백이었다. 당장 쫓아가 한 칼에 그만 이 궁파의 기백을 보여 줘야지…

이렇게 결단을 내리고 보니 궁파는 한편 외로운 생각이 들기도 했다. 그것은 지금 휘하에 믿음직한 일꾼이 없는 까닭이다. 봉화와 영권이 지금은 모두 당나라와 왜나라에 가 있는 지 오래지 않은가. 그들을 한꺼번에 다 곁에서 떠나보낸 까닭은 실로 영권과 미윤의 사이를 조금이나마 멀리해 두고자 하는 심사에서 나온 것이기도 했지만 오늘 사태가 이렇게 되고 보니 궁파는 심히 후회되는 바가 많았다. 그렇다면 누가 있는가. 아무래도 쉽게 생각나는 사람은 서울에 있는 정년뿐이었다. 봉화와 영권은 언제 당나라와 왜나라에 각각 연락하여 다시 데려온다는 것도 이미 시일이 촉박한 것이었고, 더구나 영권의 행방에 대해선 지금 자세하지도 않았다.

그러나 정년의 경우엔 오히려 더욱 잘된 일이다. 여기서 일단 궁파가 남은 군졸만 인솔하여 간다면 정년의 군사가 서울 장안에서 함께 합세하여 일을 처리할 수 있지 않은가. 이렇게 편지를 보내온 것만으로도 정년의 궁파에 대한 의리는 조금도 변함이 없는 게 분명하리라.

청해 땅의 오천 군사를 동원하여 육지에만 닿으면 즉각 정년의 군사와 합세하리라.

그 더럽고 가소로운 조신들의 혈통, 그 변덕스럽고 옹졸한 체통들…

이제 그 더러운 혈통과 체통으로 이어 온 서라벌의 천년 사직을 이 뱃놈의 혈통으로 바꿔 버리는 거다…

궁파는 그의 빈틈없는 계획을 적어 이튿날 아침 다시 서울로 떠나는 젊은이 편에 주어 정년에게 전하도록 했다.

"반드시 정년 어른에게 직접 전해 주어야 되네, 알았지?"

"네, 잘 알았습니다."

"그리고 또, 우리의 영원한 형제 의를 잊지 말란다고 꼭 전하게."

"네, 꼭 전하겠나이다."

궁파는 젊은이를 향해 몇 차례나 다짐을 해 두고 또한 전보다도 훨씬 많은 금붙이를 보답으로 주었다.

벌써 초면이 아닌 탓도 있었겠지만 궁파가 보기에도 젊은이는 믿음직해 보였다. 더욱이 그 젊은이 자신으로서도 이곳은 초행길이 아니었으므로 모든 사정에 익숙해진 듯 인사말로나마 궁파의 심정을 안심되도록 할 수 있는 여유마저 갖추어져 있었다.

중요한 일인지라 궁파는 그날만은 예사롭지 않게 청해 땅의 믿음직한 사람 몇 명을 따로 부둣가에까지 전송토록 하여 떠나는 젊은이의 마음을 기쁘게도 해 주었다.

편지 속에 적힌 정년과의 거사 약속일은 그날로부터 보름 후였다. 편지를 쓰며 곰곰이 생각해서 정한 날짜이긴 하지만, 처음엔 너무 서둘지 않나 해서 혼자 꺼려해 하기도 하였다. 그러나 쇠뿔은 단김에 빼야 한다는, 속담에도 있는 말과 같이 성난 궁파의 심정으로선 더 이상 주춤할 수가 없었다. 오히려 정년과의 연락이 쉽게만 될 수 있는 형편이라면 그보다도 더 빨리 해치우고 싶은 심정이었지만 별수 없는 일이었다.

그날로부터 궁파는 청해 땅의 모든 군사를 정돈하기 시작했다. 그동안 모든 군사들은 사실상 농사를 짓는 이른바 한가한 농병의 처지나 마찬가지였다.

이제 군용을 재강화하기 위해서 궁파는 다음과 같은 몇 가지 작업을 시작하였다.

첫째, 청해 땅의 부녀자들로 하여금 그동안 남자들만이 해내던 농사일을 떠맡도록 하였다. 남자들이 생계를 위해 농사일에만 전념함으로써 청해 땅의 부흥을 가져오는 중요한 구실을 하기로 했지만, 이제 궁파가 도모하는 거사를 위해서는 먼저 농사로부터 손을 떼고 그야말로 창과 검으로만 생활하는 정신무장이 필요했던 것이다.

둘째, 농사일로부터 손을 뗀 군사들은 우선 선박을 재정비하는 일에 가장 많은 관심을 가졌다. 오천의 군사를 이동시키는 데에는 물론 많은 배가 필요하기도 했지만 그보다는 아무 사고 없이 무사히 육지까지 도착하는 일이 더욱 중요했으므로 일체의 배를 점검하는 작업이 요청되었던 것이다.

그리고는 군곡을 풀어 배불리 먹이고 남은 가족들에게 고루고루 나눠 주었다.

이는 전장에 나가는 지휘자로서의 덕망을 얻는 가장 주요한 일의 하나이기도 했다. 군민이 모두 배가 고프면 이심을 품기 마련이다. 배부르지 않고, 남은 가족이 헐벗을까 염려하는 군졸을 끌고 육지까지 간다 해도 거사 직전에 딴마음을 품어 버리면 만사는 끝장일 테니까, 궁파는 이런 점에 각별한 유의를 하였다. 이른바 궁파의 마음먹은 바가 일사불란하게 진행되었던 것이다.

한편, 서울에선 다시 궁파로부터의 이 엄청난 획책의 연락을 받은 정년이 은밀한 가운데 일을 도모해 가고 있었다. 이러한 궁파의 홍병이란 정년에겐 너무도 뜻밖의 일이었다. 처음, 우징을 따라 자기를 서울로 보내던 때도, 그리고 우징의 난이 무사히 성공하고 난 뒤에도, 다시 청해 땅으로 돌아오지 말고 그냥 서울에 머물러 있으라 한 때도 정년은 미처 이러한 홍병의 획책까지는 도저히 상상조차 못한 일이었다.

당나라에 있을 때도 궁파 어른은 얼마나 조국을 위한 염원으로 불타고 있었던가. 그리고 또한 다시 청해 땅으로 돌아왔을 때도 그분은 얼마나 진지한 열망으로써 조국의 발전과 안녕만을 위해 노력한 흔적이 역력했던가. 심지어는 우징의 홍병을 도와 거사를 도모할 때만 해도 그분은 조정의 안정을 위해 얼마나 고심했던가. 아무리 생각해도 정년은 지금 궁파의 글발을 보고는 그 뜻을 헤아릴 도리가 없었다.

정년은 청해 땅에서 돌아온 젊은이를 향해 자세하게 그 상황을 물었다.

"그래, 청해 땅의 민심은 어떠하더냐? 네가 보고 느낀 대로 나한테 한번 말해 보도록 하라."

"제가 보기엔 아주 태평한 세월을 누리는 듯했나이다. 정말이지 그렇게 느꼈나이다."

"그럼 궁파 어른의 표정은 어떠하시더냐?"

"그분 역시 처음 뵙던 때나 마찬가지로 매우 근엄하신 모습 그대로였나이다. 제가 올라가 인사를 드릴 땐 그분도 방금 관아에서 돌아와 의관을 바꿔 차리시던 중이었습니다만, 저를 보자 만면에 희색을 띠시며 다시 의복을 바로 입으셨습니다. 하지만, 제가 드린 글월을 다 읽으신 뒤의 표정은 상당히 노여워하신 표정이었습니다…."

"노여워하시다니?"

"네, 얼굴이 화끈 달아오르더니, 제기랄! 하고 혼자말씀을 하시며 문득 제가 옆에 있음을 생각하셨음인지 그만 그대로 침묵을 지키고 말았나이다."

"그리고는?"

"그리고는, 그날 밤 아무 말씀도 하신 적이 없습니다. 저는 저대로 안으로 들어가 편히 쉬도록 하고 궁파 어른께선 아마 잠을 못 이루신 것 같았습니다…."

"알았다."

정년은 가슴이 아파왔다. 이는 예전의 궁파 어른한테서는 볼 수 없던 처사다.

그러고 보면 궁파의 딸 미윤이 일로 얼마 전 정종태후를 찾아뵙던 날도 정년에겐 알지 못할 의혹이 있었다. 이 어지러운 조정에 도대체 무슨 까닭으로 미윤을 입궐시키고자 하는지, 그때도 정년은 궁파에 대한 알지 못할 의혹을 가졌더니 다시 이번에 그런 궁금증을 더하는 것이다.

아무리 정년의 심정이 이렇다 하더라도, 청해 땅으로부터 사태가 이쯤 되고 보면 정년으로선 회피할 수 없는 입장임을 잘 안다.

"궁파 어른께선 마지막 제가 떠나올 때 제 손을 꼭 쥐고 말씀하셨나이다. 부디 형제 의를 잊지 말란다고 전하라구요…."

젊은이가 잠자리에 들기 전, 마지막으로 전하던 말이다. 그렇다. 모든 일은 궁파 어른의 뜻에 맡기는 거다. 이것은 정년의 뜻이 아니라 궁파의 뜻이요, 또한 그것은 당나라 이국땅에서부터 맺어 온 우리 형제의 뜻이기도 하다.

정년은 문득 주먹에 힘을 주고 글발에 적힌 대로 군사를 정제하여 완전무결한 대책을 세울 것을 결심했다.

날이 새는 즉시 정년은 염장을 불렀다. 우징의 난을 계기로 인연을 맺은 정년과 염장의 사이는 이 서울 바닥에선 둘도 없는 형제 의였다. 더구나 난이 평정된 후 종적을 감춰 버린 이홍의 행방을 알아내고 그를 잡아 처단하기까지의 대공을 세운 뒤부터는 염장의 조정에 대한 신망이 한층 더 높아졌기 때문에 정년은 그 휘하에 염장 같은 맹장猛將이 있다는 게 얼마나 다행스러운지 몰랐다. 염장은 서울 장안은 물론 조정에까지 발 안 닿는 데가 없을 만큼 이제 그의 지위가 확보된 셈이다.

이번 거사를 도모하는 데에는 염장만큼 적격인 인물이 없다고 정년은 좋아라 하며 친히 염장을 불러 군용을 정제토록 명하는 것이었다.

"왜, 무슨 일이라도 생겼나요?"

눈치 빠른 염장이 뭔가 불길한 예감을 받고 정년을 향해 물었다. 정년은 한동안 어떻게 할까 망설이다가 그만 염장한테만은 모든 걸 털어 놓고 진행해야 될 것 같아 그에게 알리기로 작정했다.

"염장!"

정년은 염장을 불러 놓고도 쉽게 말을 꺼내지 못하였다.

"형님, 무슨 일입니까?"

"염장! 이제 며칠 안 있으면 청해 땅에서 궁파 어른이 오신다…."

"궁파 어른께서요?"

궁파가 온다는 말에 그만 염장은 소름끼치게 놀랐다. 순간적으로 염장의 눈앞엔 그동안 까맣게 잊고 있던 청해 땅의 정경이 펼쳐지고 있었다. 복아… 염장은 조용히 눈을 감았다. 복아의 눈물 젖은 모습이 어른거렸다. 그리고는 복아의 얼굴에 겹쳐 수많은 청해 땅의 인물들이 정신을 어지럽게 하였다. 영권이·연옥이·봉화…

그리고는 광한의 부자…

"궁파 어른이 어떻게 이곳엘 오시나요?"

염장은 겨우 안정을 되찾고 태연을 가장하여 다시 정년을 향해 물었다.

"글쎄, 염장!"

"네, 형님!"

"염장은 이 정년을 믿겠지?"

정년은 아무리 해도 궁파의 홍병대란을 똑바로 전할 수가 없어 그저 염장을 불러 대기만 하는 것이었다.

"형님, 믿다니, 그게 무슨 말씀입니까…."

"염장! 내 말을 잘 듣거라. 이제 며칠 후면 궁파 어른께서 군졸 오천을 거느리고 황산진에 닿게 되어 있다. 알겠지? 염장은 이제 아무런 말 하지 않고 나아가 군졸을 재강화하는 거다…."

"형님의 말씀을 어찌 거역하겠습니까만, 형님…"

"그리고 염장! 일체는 너와 나 사이의 비밀이야, 알겠지? 일은 감쪽같이 해치우는 거다."

여기까지 그만 단숨에 몰아붙인 정년은 염장으로 하여금 다시 말문을 열지 못하도록 눈에 불을 켜 염장의 기세를 제압하려 들었다.

궁파 어른이 온다…

염장의 머릿속은 갑자기 지진이 일듯이 무너져 내려앉고 있었다. 정년의 앞을 물러 나오면서 천천히 정신을 가다듬었다. 광한의 부자를 살해하고 나서부터 이날까지, 아니 당나라 땅에서부터 이 서울 장안을 휩쓸기까지 겪어 온 끝없는 방황이 계속되는 나날을 염장은 궁파에 대한 죄책감과 한편 치밀어 오르는 반감으로 보냈다. 그러한 반골 정신은 한편 염장으로 하여금 입신출세를 향한 강렬한 의지를 기르게 하였고, 그 열망은 비로소 우징의 난을 계기로 어느 정도 이뤄지고 있는 게 사실이었다. 더구나 이홍을 생포하여 처단한 이후부터는 염장은 조정의 중신들로부터 얼마나 많은 신망을 얻고 있는 터인가. 어젯밤만 해도 염장은 상대등 예징을 만나 각별한 칭찬과 앞으로 더욱 조정을 위해 힘써 달라는 격려의 손길을 받고 왔던 것이다. 이제 그의 입신출세의 길은 거의 받아 놓은 밥상이나 다름없었다.

그런데 이게 무슨 청천의 벽력이란 말인가. 그에게는 지금 하늘보다 더 중한 예징과 양순의 힘, 그 힘을 이제 궁파가 꺾으려 든단 말이니, 도대체 어찌된 일이란 말인가.

궁파가 홍병대란을 획책하다니…

광한의 부자를 살해한 후로 지금까지 염장이 숨어 살다시피 하던 까닭은 누구 때문이었던가. 그토록 보고 싶던 복아도 연옥이도 찾아볼 수 없이 이 서울 장안을 방황하던 까닭은 누구 때문이었던가. 염장은 군졸들 막사 쪽으로 걸어가며 자꾸만 고개를 저어 뒤숭숭한 정신을 가다듬었다.

군졸들은 어느새 조반을 다 마치고 오전 훈련을 시작하고자 대오를 지어 서 있었다.

염장은 문득 정신이 개운해지면서 스스로에게 질문을 던지고 있었다.

지금 줄을 지어 선 군사는 누구의 군졸이란 말인가… 조정을 위한 군졸이란 말인가. 궁파를 위한 군졸이란 말인가…

그리고는 스스로에게 답변을 내렸다.

이것은 분명히 궁파를 위한 군졸이 아니라 조정을 위한 군졸이다…

쉽게 결정을 내린 염장은 걷던 길을 되돌려 버렸다.

낮에는 예징과 양순이 대궐 안에 있을 것이었으므로 염장은 그날 밤을 기다려 예징의 사가私家로 찾아들었다. 이제 발걸음이 익숙해진 염장인지라 그가 들어설 때면 문전 하인들마저 예로써 맞아들일 뿐 아니라 하인의 안내도 필요 없이 직접 예징의 사랑으로 들어가곤 하는 것이다.

그날 밤 염장으로부터 궁파의 모반을 전해 들은 예징은 직접 양순을 자기 사랑으로 불러 염장과 셋이서 밤이 이슥하도록 대책을 마련하였다.

예징과 양순은 밤새도록 이를 갈며 치를 떨었지만, 그런 정경을 대할수록 염장은 웬일인지 속으로 가슴 뿌듯한 쾌재를 외치고 싶었다. 조정의 사태가 아무쪼록 염장 자신의 출세를 위해서만 진전되어 간다는 느낌이었다.

"사태가 막중함은 물론이요, 일전에 신왕께옵서도 일차 궁파의 외동딸 문제로 이런 처사를 예측한 바 있사온즉, 경도 아시다시피 어전엔 아뢰지 않음이 좋을 줄 아오."

황급히 달려 온 양순이 예징한테 하는 말이다.

"아무렴요. 그때 조정에서 벌어진 일이 아직도 머리에 생생하옵니다만, 신왕께옵선 아직도 궁파에 대한 호감을 버리지 못하고 있음이 분명했나이다. 그 늙다리 영리란 놈과 뜻이 맞아 자꾸만 궁파를 회유하려 들질 않았습니까."

예징도 역시 왕한테 알리지 말자는 제의에는 좋아라고 고개를 끄덕였다.

셋은 한동안 아무 말 없이 상대방의 눈치만을 보았다.

"어전에 이 일을 숨긴다면 그럼 무슨 좋은 방법이 있을까요…."

이번엔 예징이 먼저 입을 열었다. 양순은 이에 묘안을 찾지 못하겠는지 괜한 콧구멍만 후비고 앉아 염장의 얼굴을 바라보았다.

이제까지는 잠자코 있던 염장이 양순과 시선이 마주치자 그 무례함을 피하기 위해 불쑥 한마디 거들었다.

"제 우둔한 소견입니다만, 상대등 어른… 문제는 궁파가 이 육지에까지 도착하지 못하게 하는 길뿐입니다. 궁파가 황산진에 도착했다 해서 우리 조정의 군사가 이를 못 당해 낼 리가 만무하지만, 첫째 홍병이 있다 하면, 민심의 소란이 가장 염려되는 일일 뿐 아니라, 정년의 군사가 또 궁파와 합세할 게 뻔한 일이거든요…."

염장은 조정의 무력함을 건드려 괜히 그들의 서운함을 살까 봐 조심스레 눈치를 보며 정년까지 모함하고 있었다.

"글쎄 말이오. 그렇게만 된다면 얼마나 다행이겠소만, 과연 무슨 힘으로 궁파의 힘을 당한단 말이오…."

너무도 답답한 심정이라 예징은 염장의 말을 받으면서도 사실은 양순을 향해 이렇게 반질문 삼아 언질을 주고 있었다. 이 말에는 처음부터 염장의 마음속에 준비된 계책이 있긴 했지만, 워낙 높으신 분들 앞이라 하고 싶은 말도 참아가며 지금 눈치만 살피고 있었다. 실로 막연한 일이었다. 누가 궁파의 발길을 감히 막는단 말인가. 한숨조차 쉬지 못하고 셋은 그저 묵묵부답이었다.

밤이 이슥해서야 염장은 견디다 못해 입을 열었다.

"소인의 생각으로 이러하옵니다…."

"그게 뭔데?"

예징과 양순이 한꺼번에 염장한테 달려들어 물었다.

"궁파를 죽여 없애는 길밖엔 없습니다."

염장은 단호했다. 그러나 예징과 양순은 의외로 잠잠했다. 염장은 견디다 못하여 다시 최종적인 결론을 내렸다.

"상대등 어른, 한 가지 부탁 말씀이옵니다만, 저를 청해 땅으로 보내 주시옵소서…."

"그게 무슨 말인고?"

"제가 가서 궁파의 목을 베어 들고 오겠습니다. 다만 두 어르신께서 하실 일은 여기서 조용하게 정년을 처단해 버리는 일입니다. 청해 땅의 일은 오직 저한테만 맡겨 두십시오."

예징과 양순은 염장의 혈기에 부들부들 몸을 떨었다. 감히 한마디로 말은 못하였지만, 속으로 여간 고마운 게 아니었다.

"염장, 그대만 믿는 바이오."

자리를 파할 때, 쥐새끼라도 알아들을까 염려하여 다 죽어 가는 목소리로 예징이 들려주던 소리다.

그날로부터 염장은 두 개의 얼굴과 두 개의 마음을 가진 사나이로서 서울 장안을 누볐다. 낮에는 정년과 마주보며 정년의 비위를 맞춰 가며 군졸을 정제하는 척 시간을 보내다가도 밤이 되면 예징과 양순을 바꿔 만나며 모략과 계책을 나누기에 바빴다. 그러기를 며칠째 하더니, 어느 날 문득 염장이 서울 장안으로부터 증발해 버렸으니, 이에 가장 놀란 사람은 정년이다.

출군의 날이 다가오자 청해 땅은 조금씩 술렁거리기 시작했다. 청해 땅 주민이며 어느 집이고 간에 식구 중의 한 사람도 출병하지 않는 집이 드물었다. 처음엔 궁파 장군의 믿음직한 인도에 끌려 온 섬 안이 대륙으로 치닫는 희망과 야심으로 흥분되었지만, 차차 날이 임박해 오자 그들은 가슴 한구석에 저며 드는 불안감으로 마음이 들뜨고 있었다.

궁파 어른이 하시는 일이라 틀림없긴 하겠지만…

특히 섬 안의 아낙네들은 이런 안도의 숨길을 돌리면서도 그냥 이대로 청해 땅에 머물러 오순도순 살아 주었으면, 하는 생각이 더욱 절실하였다.

연옥은 누구보다도 더 그러했다. 궁파 어른께서 이런 일을 하시지 않는다 해도 연옥의 가슴속에 도사리고 있는 꿈은 언제나 서라벌의 고향 마을이었다. 고향에 가면 아버지 어머니가 계시다. 그 잔잔한 고향 앞바다가 눈에 선하게 떠오를 때마다 연옥은 눈물과 한숨으로 마음을 달랠 뿐이었다. 그 잊지 못할 고향 땅엘 지금 궁파 어른께서 몸소 가신다니, 연옥은 비록 여자의 몸일망정 함께 배를 타고 싶은 심정이 온통 전신에 타올랐다.

당나라에 가 있는 봉화에게서도 일차 소식이 없고, 더구나 동생 영권의 소식마저 이제는 묘연하니, 아무리 궁파 어른의 따뜻한 보호 아래 청해 땅의 복락을 만끽한다 해도 연옥의 가슴은 항상 텅텅 비어 있는 것만 같았다.

그나마 이제는 궁파 어른마저 연옥의 곁을 떠난다니, 언제나 믿음직스러워, 조금만 참으면 정말 그리운 고향에 가서 부모님을 만나볼 수가 있다고는 하나, 사람의 일을 누가 알 것인가. 그것도 늘상 듣던 바대로 임금의 부름이나 받고 영광되게 가는 길이라면 또 모르겠지만, 이토록 대군을 이끌고 관군과 싸움을 걸기 위해 떠나는 험로이고 보면 어찌 이 일을 그저 태평한 마음으로 앉아 축복만을 기다릴 수 있겠는가. 요즘 며칠을 두고 연옥은 불길한 생각에 잠겨 있는 것이다.

떠나기 전날 밤, 궁파는 예삿날과 변함없이 아내와 미윤을 데리고 앉아 정담을 나누었다. 약속된 대로 황산진에 대기 위해선 닷새는 먼저 출발해야 되었다.

안에서나 밖에서나 표정은 달라지지 않았지만, 지금 궁파의 가슴은 심히 고동치고 있었다. 이에 못지않게 궁파 아내와 미윤의 심정은 쓰리다 못해 아플 지경이었다.

"여보, 내가 없어도 내 있는 때나 다름없이 이곳 사람들을 보살펴 주기 바라오."

궁파 자신도 이러한 석별의 인사말은 생각지 못했었다. 그러나 마주 앉아 앞일을 생각하다 보니 불쑥 이런 말이 나오고 말았던 것이다.

아내는 애써 눈물을 흘리지 않도록 억제하며 잠자코만 있었고, 미윤이 흐느끼며 아버지를 찾았다.

"아버님, 용서하옵소서."

“미윤아, 그게 무슨 말인고… 떠나는 아버지한테 네가 눈물을 보여서야 되겠느냐. 더구나 너는 어려서부터 대궐의 풍도를 몸에 익힌 아이러니, 어찌 함부로 이럴 수가 있겠느냐….”

궁파는 억지로 위엄을 부려 딸을 꾸짖으려 하였지만, 또 다시 가냘픈 자애가 앞서 그만 말을 중단해 버리고 말았다.

미윤은 고개를 들어 눈물을 닦고 다시 아버지를 향해 조용히 말했다.

“…미거한 여식으로 태어나, 아버님의 경륜을 이어받지 못하고, 오늘날 이토록 아버님의 심충을 괴롭혀만 드렸으니 자식된 도리로 이를 어찌해야 하옵니까.”

문득 하던 말을 중단하더니 이윽고 궁파는 아내를 향해 격해진 음성으로 말을 잇는 것이었다.

“여보, 사나이 가는 길에 눈물이 웬일이오. 어서 눈물을 거두어, 떠나는 사람 앞에 쾌거를 바랄 뿐이오. 내 육지에 닿으면 기어코 서라벌 천년 사직을 궁파의 핏줄로 흐르게 하리니, 부디 기쁜 소식을 기다려 주길 바라오.”

궁파 아내는 조용히 두 손 모아 합장한 채 겨우 한마디, “그저 무사히 돌아오길 빌 뿐이오”라고 슬픔을 감추었다.

부둣가의 새벽은 섬 안의 주민들로 인산인해를 이루었다.

궁파는 눈을 붙인 둥 만 둥 일어나 옷을 갈아입자 미윤을 시켜 샘물 한 사발을 떠오도록 하여 꿀꺽꿀꺽 마시고는 그대로 부둣가로 향했다.

거리에 나선 아낙들의 눈은 밤새도록 잠을 이루지 못하고 이별의 정을 나눴음인지 퉁퉁 부어 있었다.

날이 밝기 전에 궁파가 미리 정해 둔 지시대로 장졸들이 질서정연하게 줄을 지었다.

멀리 수평선 너머로 붉은 화염이 짙어 왔다.

찬란한 일출이 시작되는 것이다. 섬 안은 온통 비어 있었고 부둣가로 몰려든 아낙네들이 희망과 불안에 뒤엉켜 숨을 조였다.

궁파의 아내와 미윤이는 사람의 물결을 헤치고 부둣가까지 나와 섰지만 연옥은 특별히 전송해야 할 사람도 없는 채 저쪽 언덕바지에 서 있었다.

커다란 햇덩어리가 불끈 바닷속을 뛰쳐나와 하늘로 치솟았다.

오천의 정돈된 군사 앞에 나선 궁파가 멀리까지 뻗쳐 선 아낙네들까지 들리도록 외쳤다.

"그동안 청해 땅을 터 잡아 서라벌의 문턱을 지켜 오던 우리 오천의 군사는 이제 육지로 나아가 천년 서라벌의 핏줄을 잇고자 함이라, 모든 군사는 앞으로 나를 따를지어다…."

"야아아!"

오천의 군사가 일제히 함성을 질렀다. 흥분이 고조된 궁파가 다시 외쳤다.

"저기 하늘을 향해 치솟는 태양을 보라! 우리의 앞날은 이제 저 태양처럼 밝도다… 배에다 오르는 대로 즉시 출범이 시작되리라…."

"야아아!"

오천 군사의 함성이 또 한 번 요란하게 하늘을 울렸다.

그때였다. 아직 그 요란한 함성이 채 시들기도 전에 웬 화살 하나가 날아와 궁파의 가슴에 꽂혔다.

"궁파 장군이 쓰러지셨다!"

누군가 앞에 섰던 군졸의 외침 소리가 들려왔다.

어찌된 일일까…

단 한 개의 화살에 그만 궁파는 피를 쏟고 쓰러진 것이었다.

미윤이 달려가고 아내가 이어 궁파를 안았지만, 이미 숨은 죽어 가는 판이다. 이 승승장구의 꿈이 도대체 어디로 사라졌단 말인가.

배에 오르기 시작하던 군졸들은 다시 하릴없는 발걸음을 돌렸고, 그 오천 군사가 남긴 함성의 여운인 듯 흐느끼는 곡소리만 부둣가를 울려 퍼졌다.

부둣가에 모여든 인파도 소리 없이 흩어져 버리고, 멀리 수평선 너머로 궁파의 넋이나마 아는지 모르는지 영문 모를 배 한 척이 유유하게 빠져 달아나고 있었다.

언덕에 올라서서 꼼짝 아니하고 서 있는 연옥이만이 이 모든 운명을 지켜보고 있었으니…

망향의 한을 못다 푼 여인네의 심정을 아는 듯 모르는 듯 무심한 갈매기 떼만 하늘 가득히 떠돌고 있었다.

| 작가 연보 |

1922년 11월 3일, 평북 영변군 영변면에서 부 정이석 씨와 모 박병렬 씨의 차남으로 출생. 기독교 가풍 속에서 성장. 중학 시절 춘원의 인도주의적 작품에 감동을 받고 이때부터 소설가를 지망. 영변 공립농업학교 졸업. 이후 방랑생활을 하다 평북식량검사소에 취직하여 검사원으로 일함.

1945년 징용을 피해 국경지대인 만포와 강계에 있다가 해방을 맞음.

1946년 단신 월남. 고려대학교 국어국문학과에 입학.

1947년 전광용, 정한모, 전경영 등과 '주막酒幕' 동인을 조직함. 이때는 단순한 친목 단체였음.

1948년 〈흉가〉를《예술조선》(3월)에 발표하여 문단에 데뷔.

1950년 고려대학교 국어국문학과 졸업. 6·25가 발발하자 부산으로 피난하여 중앙대학교에서 '소설창작론'을 강의함.

1952년 휘문고등학교 교사(1952~1958). 〈ADAM의 행로〉(신생공론 7, 12월), 〈광녀〉(주간국제, 9월) 등을 발표.

1953년 〈배신〉을《조선일보》에 발표.

1955년 〈전황당인보기〉가《한국일보》신춘문예에 당선. 이후 매달 '주막' 동인 합평회를 갖음, 이 합평회는 1970년대 중반까지 20여 년 동안 지속됨. 〈애정지대〉(평화신문, 3월~9월), 〈닭〉(사상계 21, 4월), 〈금당벽화〉(사상계 24, 7월), 〈묘안묘심〉(문학예술 5, 8월), 장편 〈황진이〉(한국일보, 8월~9월), 〈허허허噓噓噓〉(현대문학 9, 9월)를 각각 발표.

1956년 〈충신과 역신〉(신태양 41, 1월), 〈바위〉(문학예술 11, 2월), 〈눈 내리는 날〉(현대문학 14, 2월), 〈집착〉(문학예술 13, 4월), 장편 〈여인의 생태〉(조선일보, 4월 1일~11월 27일), 〈공포〉(자유문학 1, 6월), 〈고가古家〉(문학예술 16, 7월),

〈눈매〉(신태양 47, 7월), 〈예성강곡〉(현대문학 21, 9월)을 각각 발표.

1957년 고려대학교 문리대 조교수. 소설집 《애정시대》를 정음사에서 간행. 장편 〈암흑의 계절〉(문학예술 23-28, 3월~8월), 〈해랑사海嫏祠의 경사慶事〉(사상계 44, 3월), 〈청상시대〉(자유문학 4, 6월), 장편 〈고원古苑의 비련〉(평화신문, 6월~58년 1월), 〈화전민〉(신태양 61, 10월), 〈그늘진 계곡〉(문학예술 31, 11월), 〈애원의 언덕〉(현대 1-6, 11월~58년 4월), 〈수인공화국〉(자유문학 9, 12월)을 각각 발표.

1958년 단편집 《묘안묘심》, 《황진이》를 정음사에서 간행. 장편 《암흑의 계절》로 제1회 내성문학상 수상. 장편 〈처용랑〉(경향신문, 4월~59년 4월), 장편 〈시몬의 회상〉(신문예 1-6, 6월~11월), 〈낙산방춘사駱山房椿事〉(사상계 60, 7월), 〈미아리 근처〉(신태양 73, 10월), 〈탈〉(사조 7, 12월), 장편 《절영도》(부산일보)를 각각 발표.

1959년 장편 《시몬의 회상》을 신지성사에서, 장편 《암흑의 계절》, 단편집 《내 사랑의 편력》을 현문사에서 각각 간행. 〈풍화하는 바위〉(신태양 76, 1월), 〈바다의 왕자〉(경향신문, 4월~61년 6월), 〈고추잠자리〉(사상계 71, 6월), 〈나루〉(문예 1, 11월), 〈석비石碑〉(현대문학 59, 11월), 〈그날〉(평화신문, 12월)을 각각 발표.

1960년 〈굴레〉(세계 4, 4월), 〈신과 인간의 상처〉(문예, 5월), 〈목우木偶〉(현대문학 65, 6월), 〈두메〉(사상계 89, 12월), 〈IYEU島〉(자유문학 45, 12월)를 각각 발표.

1961년 고려대학교 문리대 부교수. 〈모발毛髮〉(현대문학 84, 12월)을 발표.

1962년 장편 《끊어진 다리》를 을유문화사에서 간행. 〈검은 레텔〉(현대문학 92, 8월)을 발표.

1963년 장편 〈우리는 서로 닮았다〉(동아일보, 1월~6월), 〈어느 동네에서 울린 총소리〉(현대문학 98, 2월), 〈괴짜 창식이〉(신세계 11-12, 3월~64년 3월), 〈닭장관리管理〉(현대문학 101, 5월), 〈쌍화점〉(현대문학 105, 9월)을 각각 발표. 평론 〈작품과 성의 문제점〉(고려대 문리논집 7) 발표.

1964년 고려대학교 문리대 교수. 〈훈장〉(세대 8, 1월), 〈산정山情〉(신사조 25, 2월), 〈해녀〉(문학춘추 7, 10월), 〈만나가 나리는 땅〉(현대문학 113, 5월), 〈돌쇠〉(문학춘추 7, 10월), 〈웅녀의 후예〉(현대문학 119, 11월)를 각각 발표.

1965년 장편 〈이성계〉(원제 : '용비어천가', 동아일보, 2월~), 〈청개구리와 게와의 대화〉(신동아 16, 12월)를 각각 발표.

1966년 장편 《우린 서로 닮았다》를 동민문화사에서 간행. 〈누항곡〉(현대문학 136, 4월), 〈히모도 손징 화백〉(문학 2, 6월)을 각각 발표.

1967년 〈좌돈挫頓〉(신동아 30, 2월), 〈설화說話〉(현대문학 155, 11월)를 각각 발표. 평론 〈성격의 유형—방자를 중심하여〉(고려대 인문논집 8) 발표.

1968년 〈잃어버린 기억〉(신동아 48, 8월), 〈유순이〉(현대문학 166, 10월)를 각각 발표.

1969년 고려대학교 교양학부장. 장편 〈논개〉(한국일보, 9월 30일~72년 9월 30일), 〈왕거미〉(월간문학 5, 3월), 〈옹달샘이 흐르는 마을〉(월간중앙 16, 7월), 〈선글라스의 목욕탕 주인〉(현대문학 175, 7월), 〈백자도공 최술〉(현대문학 180, 12월)을 각각 발표.

1970년 〈거문고 산조〉(현대문학 190, 10월)를 발표. 평론 〈현미경과 돋보기—김동리 단편소설에 대한 고찰〉(고려대 논문집 16) 발표.

1971년 〈밀렵기〉(현대문학 196, 4월), 〈새벽소묘〉(현대문학 202, 10월), 〈금어〉(지성 1, 11월), 〈설화와 전설과 섬〉(월간중앙 45, 12월)을 각각 발표. 평론 〈성의 유형과 그 매체〉(고려대 아세아연구 42) 발표.

1972년 평론 〈해학과 변이〉(고려대 인문논집 17), 〈농민소설의 변용과정〉(고려대 아세아연구) 발표.

1973년 〈어떤 부자父子〉(현대문학 227, 11월) 발표. 평론 〈반성과 해명—나도향론〉(문학사상 9, 6월), 〈붕괴와 생성의 미학〉(한국문학 1, 11월), 〈상황, 예술의 일체성〉(문학사상 15, 12월), 〈도향문학의 반성과 해명〉(고려대 어문논집 14-15) 발표. 《현대한국소설론》, 《소설문장론》을 고려대학교출판부에서 간행.

1974년 〈산동반점〉(문학사상 20, 5월), 〈울릉도 답사〉(현대문학 234, 6월), 〈맥주홀 OB키〉(월간문학 65, 7월), 〈육교 근처〉(한국문학 11, 9월), 〈어두일미〉(신동아 124, 12월)를 각각 발표.

1975년 전국소설가협회 부회장. 〈해후〉(현대문학 241, 1월), 〈황혼〉(월간문학 73, 3월), 〈관계〉(문학사상 33, 6월)를 각각 발표. 평론 〈소년과 무지개—김동인론〉(현대문학 245, 5월), 〈외래사조가 한국문학에 미친 영향〉(월간문학 78,

8월), 〈양면의식의 허약성〉(고려대 인문논집 20) 발표. 《소설기술론》, 《한국문학의 주변》을 고려대학교출판부에서 간행.

1976년 고려대학교 사범대학장. 장편 《조용한 아침》을 청림사에서 간행. 《현대한국작가론》을 고려대학교출판부에서 간행. 〈한계령〉(월간문학 83, 1월), 〈어느 소년의 추억〉(현대문학 264, 12월)을 각각 발표.

1977년 〈제천댁〉(문학사상 52, 1월), 〈산골 아이들〉(한국문학 50, 12월), 〈흰콩 검은 콩〉(현대문학 276, 12월)을 각각 발표.

1978년 〈양박사〉(현대문학 282, 6월), 〈불로장생〉(한국문학 58, 8월), 〈청개구리〉(새마음, 9월), 〈입석기〉(소설문예)를 각각 발표.

1979년 〈설산행〉(한국문학 64, 2월), 〈거리〉(현대문학 295, 7월), 〈원願〉(한국문학 74, 12월)을 각각 발표.

1980년 〈바잘 김〉(문학사상 87, 2월), 〈말미〉(현대문학 304, 4월), 〈수탉〉(소설문학, 6월), 〈소화원蘇畫員〉(한국문학 80, 6월)을 각각 발표. 《해방문단사》를 고려대학교출판부에서 간행.

1981년 단편집 《거문고 산조》를 예성사에서 간행. 〈태항胎缸〉(문학사상 103, 5월), 〈한밤의 환상〉(현대문학 319, 7월)을 각각 발표. 〈환경과 지식인의 체험—현민론〉(고려대 인문논집 26), 〈도향문학의 전개와 그 의의〉(고려대 인문논집 30) 발표.

1982년 〈눈뜨는 계절〉(현대문학 325, 1월), 〈성북구 성북동〉(한국문학 100, 2월), 〈첫사랑〉(소설문학, 5월), 〈평창군수〉(문학사상 116, 6월)를 각각 발표. 《현대한국문학사》를 고려대학교출판부에서 간행.

1983년 대한민국 예술원 정회원. 제15회 대한민국 문화예술상 수상. 단편집 《안개거리》를 정음사에서 간행. 〈안개거리〉(문학사상 124, 2월), 〈소설가 석운 선생〉(월간문학 169, 3월), 〈송아지〉(현대문학 341, 5월), 〈새끼 고무나무〉(문학사상 128, 6월), 〈우뢰〉(소설문학, 10월), 〈가오리연〉(현대문학 347, 11월), 〈늙는다는 것〉(소설문학, 12월)을 각각 발표.

1984년 〈산에 올라 구름 타고〉(월간문학 180, 2월), 〈E.T.〉(현대문학 353, 5월), 〈어떤 임종〉(소설문학, 6월), 〈횡관공로횡단기〉(한국문학 130, 8월)를 각각 발표.

1985년 소설집 《말이 있는 팬터마임》을 대학문화에서 간행. 〈차임벨〉(문학사상 147,

1월), 〈꽃피는 동백섬〉(월간문학 191, 1월), 〈편지〉(현대문학 364, 4월), 〈흥부의 기질〉(소설문학, 6월), 〈증곡대사〉(동서문학 1, 11월)를 각각 발표.

1986년 대한민국 예술원상 수상. 〈사마귀〉(현대문학 373, 1월), 〈들장미 뿌리〉(문학사상 159, 1월), 〈때밀이〉(월간문학 205, 3월), 〈그러고 30년〉(현대문학 377, 5월), 〈대학로 축제〉(한국문학 152, 6월), 〈머리카락〉(소설문학 131, 10월), 〈창녀와 복권〉(동서문학 149, 12월)을 각각 발표.

1987년 작품집《대학로 축제》를 문학사상사에서 간행. 고려대학교 문과대학 교수로 정년 퇴임. 국제 펜클럽 한국본부 이사. 한국 소설가협회 대표위원. 〈인과因果〉(월간문학 215, 1월), 〈전화〉(문학정신 5, 2월), 〈석등기〉(한국문학 161, 3월), 〈산비둘기 우는 새벽〉(문학사상 174, 4월), 〈냉면〉(현대문학 393, 9월)을 각각 발표.

1988년 3·1문화상 수상. 대한민국예술원 부회장. 국민훈장 모란장 수훈. 〈이타원異他院에서〉(동서문학 162, 1월), 〈출발이 다른 사람들〉(현대문학 397, 1월), 〈숫고양이〉(문학정신 16, 1월), 〈유혹〉(월간문학, 3월), 〈습작기〉(문학사상 186, 4월), 〈지팡이〉(시대문학, 4월), 〈권투시합〉(한국문학 176, 6월), 〈회심곡〉(현대문학 406, 10월)을 각각 발표.

1989년 수필집《잠든 숲속 걸으면》을 문학사상사에서 간행. 〈북한산진경〉(문학사상 196, 2월), 〈산딸기〉(동서문학, 3월), 〈속옷〉(월간문학, 5월), 〈멍든 허벅지〉(한국문학 187, 1월), 〈자화상〉(문학정신 33, 6월), 〈불〉(현대문학 414, 6월), 〈무애 탈〉(동서문학, 9월), 〈귀 울림〉(한국문학 418, 10월)을 각각 발표.

1991년 대한민국예술원 회장. 한국문화예술진흥원장 역임.

1997년 9월 17일 숙환으로 별세.

| 편집자의 말 |

《바다의 왕자—張保皐》 경향신문 연재 최초본을 복원하며

최영호(해군사관학교 교수 · 문학평론가)

■

우리 문학사에 처음 장보고가 등장한 것은 정한숙 선생이 〈경향신문〉 1960년 4월 29일자에 연재를 시작한 《바다의 王者—張保皐》를 통해서였다. 연재는 이듬해인 1961년 6월 3일까지 1년 2개월 동안 계속됐다. 〈경향신문〉은 1959년 4월 30일을 기해 대법원으로부터 정간 처분을 당했다가 그로부터 1년 뒤인 1960년 4월 26일에 집행정지로 복간되었는데, 이때 정한숙 선생의 장보고 소설을 복간기념 연재소설로 게재하였다.

작품 연재 당시만 하더라도 장보고는 문제적 인물이 아니었다. 학계의 연구도 일천했고 대중적 관심도 거의 없었다. 오히려 장보고는 반역을 꿈꾸다 실패한 인물로 여겨지던 때였다. 그럼에도 불구하고 '장보고 소설'을 과감히 발표했다. 이전까지 장보고는 《삼국사기》, 《삼국유사》, 《신당서》, 《입당구법순례행기》, 《속일본후기》에 잠시 언급되는 사료 속의 한 인물에 지나지 않았다.

사실, 장보고에 관한 첫 연구는 1933년 《진단학보》에 발표된 김상기의 〈고대의 무역 형태와 나말의 해상 발전에 대하여〉였다. 이 논문으로 장보고의 위상이 세상에 조금이나마 알려졌다. 장보고의 일대기도 《한국의 인물상》에 쓴 그의 〈동방의 해상왕〉란 글을 통해 짚어졌다. 그러나 김상기의 연구와 소개는 단편적이어서 장보고의 전체적인 삶을 조망하는 데는 한계가 있었다. 본격적인 연구는 1990년대 후반 들어 김문경에 의해 이루어졌다. 정한숙 선생의 소설은 김문경의 초기 연구(〈당 회창파불에 관한 연구〉)와 때를 같이 해서 발표되었다. 그러나 장구한 창작 시기까지 감안하면 시기적으로 소설 창작이 연구보다 먼저였다고 할 수 있다.

학계 연구가 어느 정도 진행되자, 1990년대 장보고 소설의 붐도 있었다. 지금까지 발표된 작품을 헤아려 보면, 유현종의 《海王》〔〈주간 매일경제〉(1990. 1-12) ; 《海王》(우석, 1992. 9)〕, 이춘희의 《장보고》(윤진, 1992. 10), 송지영의 《소설 장보고》(전3권, 호암출판사, 1993. 3), 강태희의 《장보고》(윤진문화사, 1994. 4), 이영호의 《장보고》(견지사, 1994. 10), 조영도의 《거상 장보고》(태학당, 1995. 5), 조세호의 《해상왕 장보고》(전3권, 태학당, 1999. 5), 박광서의 《천년의 대상 장보고》(전3권, 행림출판, 2001. 12), 최인호의 《海神》〔〈중앙일보〉(2001. 8. 1- 2002. 7. 31) ; 《海神》(전3권, 열림원, 2003. 1)〕 등이 있다.

■

정한숙 선생의 '장보고 소설'을 찬찬히 들여다보는 일은, 우리 문학사에 최초로 재현된 장보고의 존재를 찾는 일이 된다. 사실 《바다의 王者—張保皐》는 정한숙 선생이 연재본을 퇴고해 1975년 동화출판공사의 '민족문학대계' 시리즈에 수록한 바 있다. 그런데도 필자는 연재본을 저본으로 삼았으며, 여기에는 나름대로의 이유가 있다. 나는, 처음 이 작품이 실린 신문을 읽으면서 새로운 항로를 발견한 듯한 희열을 느꼈다. 우리나라는 분명 해양 강대국으로 성장할 충분한 조건을 갖추고 있음에도 그러했던 때가 한 번도 없었다. 이 점이 우리 역사에서 가장 아쉬웠던 나로서는 역사상 최초로 해상권을 주름잡던 장보고의 활약상을 담은 소설을 접하는 것 자체가 가슴 떨리는 일이었다. 그것은 마치 우리 해양 문학의 중흥을 알리는 신호탄처럼 뇌리에서 환히 터져 올랐다. 장보고에 대해 밝혀진 사료가 빈한함에도 작품은 그 모든 부족한 점들을 채우고 있었다. 장보고의 웅대한 야망과 좌절을 통해 보여 주는 인생역정은 그야말로 광활한 바다와 같아서 오늘을 사는 우리들 저 밑에 감춰두었던 거대한 욕망까지 파도치게 만든다. 호쾌한 남성성이 발현된 이 작품을 읽으며 나는 우리 현대 해양 소설의 효시라고 평가 내렸고, 때문에 최초의 해양 소설의 원전을 되살려 유지하는 것은 문학사적으로도 매우 의미 있는 일이라 자체 평가하였다. 정한숙 선생의 퇴고 작업을 이해 못하는 바는 아니나, 이 작품은 최초본 역시 남겨져 후학들이 해양 문학을 연구할 텍스트가 되어 줘야 한다는 것이 나의 판단이었고, 이 판단이 아마도 틀리지는 않을 것이다.

연재본 복원 과정은 지난했다. 육필본도 없었고 신문 보관 상태도 좋지 못했다. 신문을 촬영해 둔 마이크로필름 역시 판독이 어렵긴 마찬가지였다. 웃을 수밖에 없는 일도 많았다. 연재 횟수 번호는 같은데 내용이 다른 경우도 있어 문맥을 따져 앞뒤를 바로 잡았다. 그러던 중 도움을 주던 〈경향신문사〉 자료실 직원이 별안간 회사를 그만두고, 시간은 걷잡을 수 없이 흘렀다. 그렇게 미뤄지고 미뤄지다 갖은 우여곡절 끝에 마침내 작업을 마칠 수 있었다.

■

《바다의 王者—張保皐》에서 주목되는 점들 몇 가지를 간략하게 정리해 보자면, 먼저 장보고에 대한 학계의 연구가 활발하지 않은 때 창작되었음에도 그의 활약상이 매우 자세하고 세밀하게 묘사돼 현실감을 획득하고 있다는 점이다. 더불어 장보고의 민족애를 구체적이면서도 설득력 있게 제시했다는 점이다.

둘째, 긍정적 인물인 장보고만큼 부정적 인물인 염장도 문학적 상상력과 사료를 기반으로 실감나게 형상화했다는 점이다. 염장의 인물 특성과 성장 배경, 그리고 탐욕을 위한 숱한 변신을 재현한 정한숙 선생은 그를 악인의 한 전형으로 창조해 냈다.

셋째, 장보고라는 문제적 인물을 입체적으로 그린 점이다. 당시 있었던 갖가지 사건들의 추이로 보아 장보고는 결코 한 개인으로 살았던 존재가 아니다. 그 역시 수많은 인물들과 복잡한 관계를 이루며 살았다. 정한숙 선생은 이런 장보고의 일상적 삶과 역사적 인관관계를 다각도로 그려냈고, 역사의 장에서 간과되기 일쑤인 주변 인물들의 삶을 문학적으로 복원했다.

넷째, 소설의 복합적 결말과 함축미에 담긴 작가적 투시력이었다. 정한숙 선생은 장보고를 살해한 실체를 분명하게 그리지 않았다. 대신, 이를 문제적 상황으로 던져두었다. 이로써 장보고의 살해자가 '염장' 한 사람이라는, 기존의 평가에 의문을 품게 만들었다. 물론 염장은 장보고 살해 모의에 '적극적' 참여자였고, 행동으로 옮긴 자였다. 그러나 이 작품은 실제 살해 현장에서 염장의 모습을 드러내지 않고, 장보고가 '은밀히' 살해되는 것으로 결말 처리했다. 그 결과 여기서는 장보고의 '진짜' 살해자가 염장 한 개인일 수 없음을 주지시키고 있다.

앞으로 후학들이 채워 넣어야 할 부분도 없지 않은데, '바다의 왕자'라는 제목에 호응할 만한 해상 활동상이 다소 부족했다는 점과 장보고가 이용했을 법한 동아시아의 해상항로에 대한 언급이 없었다는 점이다. 이는 물론 작품이 창작될 당시 장보고에 대한 국내 학계의 관심 부족과도 연관이 있을 것이며, '바다'에 대한 낮은 관심도와도 연관이 있을 것으로 보인다.

실제 장보고는 해상무역을 통해 해상 왕국까지 건설했던 인물이다. 이런 위업을 쌓은 그를 단지 해적 소탕이나 해상권 장악 차원에만 국한시켜 논의할 수는 없다고 본다. 장보고의 삶은 '당–신라–일본'을 잇는 거대한 해상무역로의 개척자라는 보다 폭넓은 차원에서의 조명이 필요하다. 앞으로 '장보고'에 대한 보다 체계적인 평가와 연구가 있길 바라며, 이번 연재본 복원이 앞으로의 작업에 작은 단서가 되기를 기대해 본다.

신문연재본의 단행본 출간 결정이 쉽지 않았을 터임에도 수락을 해 주신 고려대학교출판부장으로 계신 김재혁 교수님을 비롯해 격려와 관심을 보여 주신 국문과 김인환, 송하춘, 최동호, 김흥규 교수님과 영문과 김우창 교수님, 불문과 황현산 교수님께 깊이 감사드린다. 그리고 〈경향신문사〉 자료실 신효정, 김혜정, 박성우 선생님께도 감사드리며, 고려대 100주년 기념관 서은원 선생님께도 감사의 마음을 전하고 싶다.

최영호 | 현재 해군사관학교 인문학과 교수 겸 학술정보관장으로 재직 중이다. 해군사관학교 졸업 후 고려대 국문학과를 거쳐 동 대학원에서 문학박사 학위를 받았다. 《세계의 문학》에 평론 〈부정과 저항의 존재 양식:이상화의 시〉를 발표하였다. 최근 발표한 논문과 평론으로는 〈선禪의 세계와 데리다의 해체전략〉〈바다의 상상력과 '다른 우리'의 출현:위티 이히마에라의 《웨일라이더Whale Rider》를 중심으로〉〈북한의 '이순신' 소설 연구〉〈일본인의 시각에서 본 '임진왜란' 문학 연구:오다 마코토의 《소설 임진왜란》을 중심으로〉 등이 있으며, 저서 및 역서로는 《해양문학을 찾아서》《20세기 최고의 해저탐험가 자크 이브 쿠스토》《西海風波》《은유와 도상성》 등이 있다.

바다의 왕자-張保皐

초판발행 2008년 12월 23일
초판 1쇄 2008년 12월 23일
지은이 정한숙
펴낸곳 고려대학교출판부
www.kupress.com kupress@korea.ac.kr
136-701 서울특별시 성북구 안암동
Tel 02-3290-4230, 4232 Fax 923-6311

찍은곳 (주)이환 D&B

값 14,000원
ISBN 978-89-7641-669-8 03810

* 잘못 만들어진 책은 바꿔드립니다.